Carbec, mon Empereur !

SIMIOT

Carbec, mon Empereur !

ROMAN

Albin Michel

22, rue Huyghens, 75014 Paris

ISBN 2-226-10801-7

1

Après Waterloo

La diligence entra dans la vaste cour des Messageries parisiennes à deux heures de l'après-midi. C'était le 14 décembre 1815. L'officier de police chargé du contrôle des sauf-conduits se dirigea aussitôt vers l'énorme guimbarde d'où sortaient une dizaine de voyageurs, liés les uns aux autres par trois jours d'enfermement et de cahots, heureux d'être arrivés à bon port et se congratulant avant de se séparer. Le policier les dédaigna. Seul l'intéressait un grand gaillard vêtu d'une redingote bleu foncé à triple collet, coupée à la mode anglaise, sûrement trop étroite pour ses épaules de forgeron. Discret, celui-ci ignorait ses compagnons de voyage et paraissait pressé d'en finir avec les formalités administratives imposées par l'arrivée du courrier de Bruxelles. Comme il allait présenter son passeport au fonctionnaire qui s'avançait vers lui, celui-ci, sans avoir eu besoin d'y jeter un coup d'œil, se mit soudain au garde-à-vous :

— Mes respects, mon général !

— D'où me connaissez-vous ? demanda l'homme au carrick sur un ton rude.

— Quand on a servi dans les hussards, on connaît le général Carbec ! dit l'autre en souriant.

La réplique partit comme un coup de pistolet :

— Quand on a eu l'honneur de servir dans la cavalerie, on ne devient pas un argousin !

Dédaigneux, le voyageur ajouta :

— À moins d'être un jean-foutre!

L'officier de police, le rouge au front, n'avait pas baissé les yeux. Tiraillé entre le souci de respecter les consignes de son ministre qui recommandait de ne jamais provoquer un ancien militaire et sa volonté de vieux soldat de ne pas perdre la face devant un sabreur, quel que soit son rang, il finit par dire d'une voix détimbrée : « Dès demain, mon général, vous devrez vous présenter au ministère de la Guerre pour régler votre situation », et s'en alla examiner les sauf-conduits des autres voyageurs.

Furieux contre lui-même, le général Carbec se demanda pourquoi il s'en était pris ainsi, le premier jour de son retour en France, à cet homme, sans doute quelque ancien sous-officier rayé des cadres comme tant d'autres et recruté par les services de la Sûreté. On lui avait cependant recommandé, à Bruxelles, la plus grande discrétion lors de son arrivée à Paris où étaient considérés suspects tous les officiers qui avaient rejoint Napoléon après son retour de l'île d'Elbe. Pourquoi avait-il outragé cet ancien compagnon qui l'avait reconnu et salué ? Pour se donner bonne conscience, le général haussa les épaules. « C'est un mouchard! Il ne m'a pas reconnu. Il savait que j'allais arriver à Paris aujourd'hui ou demain, et il était là pour m'espionner. Ce sale bougre m'attendait. J'ai bien fait de lui porter une botte. Il va pouvoir rapporter à son maître que je ne suis pas d'humeur à supporter d'être surveillé. Qu'on me laisse vivre en paix! Le reste ne m'intéresse pas. D'ailleurs, quel reste ? Plus d'Empereur, plus d'armée, plus de maréchaux... Il n'y a plus que des traîtres... et cette ridicule redingote prêtée par un officier anglais lui aussi blessé au mont Saint-Jean et ramassé sur le champ de bataille. Ai-je encore une femme ? La dernière lettre de Mélanie parlait de son prochain accouchement. Elle était datée du 10 novembre. Depuis ce jour-là, aucune nouvelle. Qu'est-il arrivé ? Est-elle malade, ou... ? Je perds la raison. Mélanie est plus solide qu'elle n'en a l'air. Ce n'est pas une affaire de mettre un enfant au monde quand on a vingt ans. Ses parents auront sans doute préféré l'emmener chez eux, à la campagne, pour y faire ses couches. Avec les mouchards du cabinet noir qui ouvrent toutes les enveloppes, personne ne peut savoir combien de temps met aujourd'hui une lettre pour aller des environs de Paris à Bruxelles. »

Des valets d'écurie dételaient les chevaux, quatre boulonnais pommelés aux énormes nasaux roses qui, débarrassés de leurs harnais, s'ébrouaient et projetaient autour d'eux des petits flocons d'écume. D'autres commis sortaient de la diligence des valises dont la solidité cossue s'accordait avec celle de leurs propriétaires. Le contrôle des sauf-conduits une fois terminé, l'officier de police ouvrit la porte d'une salle d'attente où se pressaient des hommes et des femmes de tous âges, même des enfants portés sur les bras de leur nourrice, venus attendre les voyageurs. Un instant, l'homme à la redingote bleue imagina que sa femme se trouvait parmi ceux-là, peut-être son beau-père Alphonse Paturelle. Il demeura bientôt seul dans la grande cour des Messageries parisiennes, en sortit tenant à la main un petit portemanteau de cavalerie, et héla un fiacre qui passait sur la place de la Villette.

— Conduisez-moi rue de l'Arcade. Vous connaissez cette rue ? demanda-t-il au cocher.

— Dame ! C'est dans les beaux quartiers.

— Vous passerez par la porte Saint-Denis et les Boulevards. Je suis pressé. Allez aussi vite que votre cheval en est capable. Vous aurez une bonne pièce. Baissez la capote de votre voiture.

Après avoir été bouclé pendant trois jours dans une diligence, le général Carbec avait besoin de respirer large, parler haut, regarder le ciel. Silencieux au départ de Bruxelles, ses compagnons de voyage s'étaient vite rattrapés, conteurs de gaudrioles auxquelles il n'avait pas accordé le moindre sourire. Son air distant, ses yeux bleus et ses cheveux roux avaient éloigné les autres : ils l'avaient pris pour un Anglais et, dès lors, tenu en dehors de leur cercle. Peu sensible aux harmonies de la nature, mais bon observateur comme se doit d'être un hussard, le général remarquait maintenant qu'au seuil de l'hiver la lumière de Paris dorait encore les dernières feuilles des marronniers plantés sur les rives du canal de l'Ourcq, le long duquel des promeneurs un peu raides tiraient la jambe. Un jour, il deviendrait lui aussi un de ces hommes tristes qui retardent le moment de rentrer à la maison et fixent l'eau immobile du canal avec des yeux farouches. Qui étaient-ils ceux-là ? Tout le monde n'avait pas eu la chance d'être cavalier. Ils avaient peut-être traversé l'Europe à pied de Madrid à Moscou et de Naples à Anvers, allez savoir. Pouvaient-ils désormais faire autre chose qu'essayer d'attraper des ombres et pêcher des reflets ? On ne leur avait jamais appris autre chose que marcher, armer, tirer, marcher, tirer, tomber, se relever, marcher, tomber, mourir, se relever, mourir encore... Bon Dieu, comment avaient-ils fait pour n'être pas tous morts ? Lui-même, François Carbec, avait été blessé cinq fois. En vingt ans, c'était peu de chose. La semaine dernière le chirurgien chef du Military Hospital lui avait dit, hilare :

— Général, j'ai une bonne nouvelle pour nous tous : la paix est signée. Nous n'avons aucune raison de vous garder plus longtemps. Vous pouvez rentrer chez vous, retrouver Mélanie et connaître le *baby*. Vous n'êtes plus ni mon grand blessé français ni notre prisonnier. J'espère que vous ne garderez pas un trop mauvais souvenir des six mois passés ici. Au fait, quel âge avez-vous, général Carbec ?

— Bientôt trente-huit ans.

— À votre âge, on se rétablit vite. Vous n'aurez que quelques cicatrices de plus, mais votre poumon droit n'en a pas été moins troué. Un damné coup de lance. Vraiment, nos Horses Greys sont de rudes colosses, n'est-ce pas ? J'espère que vous allez mener une vie calme.

François avait aussitôt écrit à sa femme qu'il serait dans

quelques jours à Paris où il espérait arriver à temps pour la naissance de son fils. Penser à Mélanie apaisait toujours le général Carbec. Leur mariage datait d'un an à peine, et il y avait plus de six mois qu'il avait quitté Paris pour rejoindre la brigade de cavalerie dont il venait de recevoir le commandement. Il se revoyait sautant dans la berline venue le chercher rue de l'Arcade, à l'aube d'un des premiers jours du mois de juin dernier, en ressortir brusquement, revenir sur ses pas, reprendre sa jeune femme dans ses bras et lui dire : « Ne pleure pas, Mélanie. À bientôt, après la victoire ! N'oublie pas d'aller chez Laffitte et donne-moi un beau garçon ! » Elle n'avait pas fait le moindre geste pour le retenir. Trois mois plus tôt, elle ne l'avait pas dissuadé de se rallier à Napoléon le jour même de son retour de l'île d'Elbe et, quelques jours plus tard, le voyant rentrer des Tuileries, rouge de bonheur et riant comme un enfant qui vient de recevoir un jouet, elle l'avait entendu s'exclamer : « L'Empereur m'a donné les étoiles ! Je suis général ! » C'était au mois d'avril.

« Je suis sûr d'avoir fait un garçon à Mélanie cette nuit-là », pensa le général Carbec.

Impatient, il rudoya le cocher :

— Va un peu plus vite avec ta foutue rosse !

— Ça n'est pas une rosse, c'est un vieux cheval ! protesta le cocher qui ajouta, un peu narquois : Les bons chevaux sont morts. Il faut faire avec ceux que vous nous avez laissés, mon général.

— Vous me connaissez donc ?

— Quand on fait ce métier-là depuis dix ans, on a vite deviné ses clients. Avec les militaires, c'est encore plus facile, on n'a pas besoin de vous connaître pour vous reconnaître. Je vous ai pris à la porte de la Villette, devant les Messageries. Sûr que vous arriviez de Bruxelles avec la diligence, comme tant d'autres depuis le mois de juin...

— Vous avez deviné que j'étais général ?

— J'appelle tous les militaires comme ça. Ça leur fait toujours plaisir… Allez, hue !

Comme il allait s'engager sur les Boulevards, le fiacre s'immobilisa soudain dans un embarras de voitures et de piétons. On entendait un air de musique guillerette jouée par des fifres et rythmée par des caisses claires. Dressé sur son siège, le cocher expliqua à son client :

— Voilà les derniers occupants qui s'en vont. Bon débarras, les Prussiens ! Ceux-là, c'étaient les plus teigneux. Partout où ils passaient, ils volaient tout : le bétail, la farine, les tableaux, le linge, l'argenterie, les meubles et les pendules. Même que leur Blücher a voulu faire sauter le pont d'Iéna parce que ça lui rappelait une sacrée frottée. Ils sont pires que les cosaques, c'est moi qui vous le dis ! Ah, vous n'avez pas fini d'en apprendre, peut-être bien d'en voir…

Le lendemain de la bataille, à l'aube du 19 juin, des brancardiers anglais avaient découvert le corps du général Carbec gémissant sous des chevaux morts aux ventres énormes et puants. Il avait la poitrine trouée, une cuisse brisée, l'épaule droite désarticulée. Par respect pour son grade, on l'avait ramené à Bruxelles et conduit au Military Hospital où il avait été déposé dans une salle immense déjà remplie par une cinquantaine de grands blessés, officiers anglais ou français. Pendant plusieurs jours, émergeant de temps à autre du brouillard où il était tombé et levant parfois les paupières sur des yeux sans regard, François était passé tour à tour du coma au profond sommeil et à l'hébétude. Un matin, il avait pris conscience qu'il se trouvait étendu sur un lit, le corps enveloppé de pansements comme une momie, incapable de faire le moindre mouvement sans souffrir. Ses voisins avaient entrepris de lui apprendre comment s'était terminée la grande bataille. Mais François Carbec n'avait rien voulu entendre. Il s'était même emporté violemment. « Qu'est-ce qui m'a foutu des bougres pareils ! Lorsque j'ai lancé la quatrième charge de mes cuirassiers sur l'infanterie anglaise, les *Goddams* allaient céder... » Oui, il avait reçu dans la poitrine un sacré coup qui l'avait désarçonné, il se rappelait qu'un mauvais goût de sang lui avait alors rempli la bouche et qu'il était tombé dans un grand trou noir. « Eh bien, qu'est-ce que cela prouve ? Vous ou moi, blessés ou non, vivants ou morts, l'affaire était dans le sac. » Plus rien ne pouvait empêcher l'Empereur d'aller coucher à Bruxelles... À ce moment de son discours, il avait perdu connaissance une fois encore, et une tache rouge avait souillé un de ses pansements. Le chirurgien était parvenu à arrêter l'hémorragie et avait conseillé de donner à boire une pinte de whisky au général français pour le tirer de l'hébétude où il était retombé. Pendant plusieurs semaines, les autres avaient dû reprendre jour après jour le récit de la bataille pour lui faire découvrir avec mille précautions quelques scènes de la tragédie du 18 juin et leurs conséquences politiques : les escadrons français écrasés les uns après les autres par les batteries de Wellington, l'arrivée de l'armée Blücher, la Garde engagée trop tard et lâchant soudain pied, la reculade devenant déroute, l'Empereur fuyant le champ de bataille et se rendant aux Anglais, la France occupée par plus d'un million de soldats ennemis et coupée en deux par une ligne de démarcation. Et à Paris : Louis XVIII accueilli aux Tuileries par les maréchaux, les officiers russes au bras des Parisiennes, la cocarde tricolore foulée aux pieds...

Lambeau après lambeau, le général Carbec avait appris la vérité. Pour qu'il l'admît enfin, il avait fallu qu'elle fût confirmée par les lettres et les journaux arrivés à Bruxelles dès que le courrier avait été rétabli. Chaque semaine, pendant six mois, lui avait apporté une bourrasque de chagrin, de honte ou de désespoir et voilà que, le premier jour de son retour à Paris, un cocher de fiacre lui disait qu'il n'avait pas fini d'en apprendre et d'en voir !...

La musique des fifres et des tambours s'était rapprochée. Elle éclata soudain devant lui. Du même coup, elle frappa de cécité le faubourg Saint-Denis. Les passants avaient déjà baissé la tête ou tourné le dos, et toutes les fenêtres s'étaient fermées, volets clos. Seul, mû par un vieux réflexe militaire, le général Carbec s'était levé pour examiner la tenue des Prussiens. Bon connaisseur, il esquissa un hochement de tête, ces bougres avaient été dressés selon les méthodes du roi Frédéric, mais il ne put s'empêcher de penser : « Avec nous autres, cela avait une autre allure », et il revit tout à coup, derrière ses paupières, les grenadiers de la division Oudinot défiler sur le Prater, à Vienne : en tête, les sapeurs barbus, hache sur l'épaule, vingt-quatre tambours battant leur caisse cerclée de cuivre, quarante-six musiciens en habit bleu à revers cramoisis rehaussés de galons d'or et, derrière eux, une forêt de baïonnettes toutes nues, flambant au bout des fusils portés par dix mille gaillards coiffés d'un bonnet à poil qui leur tombait sous les yeux et leur donnait un air terrible. Plus saisie encore d'étonnement que d'effroi, une foule immense de Viennois les regardait. Le lendemain, il était allé à l'Opéra où l'on jouait *La Flûte enchantée*, une musique dont il n'avait pas osé dire tout haut qu'à son avis elle manquait de moustaches. C'était au mois de novembre 1805, quelques jours avant Austerlitz : la victoire, les promotions, les joies simples, les fanfares, la vie insouciante, les femmes et l'argent faciles… Dix ans plus tard, presque jour pour jour, il se retrouvait vêtu d'un habit étriqué qui ne lui appartenait pas, debout dans un méchant fiacre traîné par une haridelle et regardant passer un bataillon de soldats prussiens qui, vainqueurs à leur tour, défilaient sur le pavé d'un boulevard parisien au son des fifres aigrelets et des tambours plats.

Était-il déjà devenu une vieille baderne attentive à observer les jeunes recrues faire l'exercice, et prompte à remâcher le souvenir de ses campagnes ? « Tout ce que nous avons fait, pensa-t-il, qui pourrait le savoir à part nous autres ? Personne ne voudra nous croire. On nous prendra pour des imposteurs ou des fous... Les Bourbons vont nous poursuivre comme des criminels. Ils ont déjà fusillé Ney et La Bédoyère, assassiné Brune, mis en prison dix-huit généraux. J'aurais dû rester à Bruxelles où ma femme m'aurait rejoint... » Tout à coup, honteux de ne penser qu'à son propre sort au lieu de s'inquiéter de Mélanie, il refit les calculs d'après lesquels elle aurait dû accoucher depuis une quinzaine de jours et fut surpris de ne plus entendre la musique des Prussiens. Leur troupe s'étant éloignée, les passants avaient relevé la tête et les volets s'ouvraient. Un instant suspendue, la vie colorait à nouveau les visages parisiens du faubourg Saint-Denis. Le sourire d'une blonde aux yeux bleus rappela au général Carbec le regard que lui avait décoché, à Erfurt, la reine Louise à qui son escadron présentait les sabres...

Le fiacre repartit. Dans quelques instants, François Carbec allait reprendre sa femme dans ses bras et connaître son fils. Au moins, ces deux-là le croiraient et l'admireraient quand le moment serait venu de leur raconter les prodiges vécus par les garçons de son âge pour secourir la patrie en danger. Ils avaient couru d'un bout à l'autre de l'Europe, la gloire et le soleil au cœur, jusqu'au jour où ces deux compagnons de leur aventure avaient disparu la nuit d'un désastre qu'on appelait maintenant Waterloo.

— Enfin, vous voilà de retour, mon général ! Vous avez l'air aussi solide que le jour de votre départ. Madame Mélanie s'est fait bien du souci... Elle a accouché chez ses parents, à la campagne, dans leur maison de Bièvres, là où vous vous êtes mariés tous les deux... Vous avez un fils, mon général, même que votre beau-père est venu à Paris où il est resté une semaine à vous attendre... Pour sûr qu'il voulait vous apprendre lui-même la nouvelle... Pauvre monsieur Paturelle, il faisait peine à voir !

Au timbre de la voix et au débit précipité du concierge qui l'accueillait, François Carbec comprit tout de suite qu'un malheur était arrivé.

— Où est ma femme?

— Cela me fait deuil, mon général, mais vous autres, les militaires, vous en avez tant vu! Autant vous dire tout de suite la vérité : Madame Mélanie est morte, il y a quinze jours. Votre beau-père a laissé une lettre pour vous.

— Donnez-la-moi, et ouvrez la porte de ma maison, commanda le général.

La veille de son mariage, Mélanie avait reçu en dot ce petit hôtel particulier situé au fond d'une belle cour pavée à laquelle on accédait en passant sous le porche d'une construction plus importante élevée quelques années avant la Révolution. Déclaré bien national parce que son propriétaire avait rejoint le camp des émigrés, l'ensemble avait été mis à l'encan, et M. Paturelle en était devenu propriétaire pour une somme dérisoire à une époque où les spéculateurs prévoyaient les plus-values que connaîtrait bientôt le quartier de la Chaussée-d'Antin.

Les deux hommes traversèrent la cour où rôdaient déjà les premières ombres de ce mois de décembre parisien. Immobile, le général attendit au seuil de sa demeure que le concierge eût allumé quelques lampes. Il se dirigea alors vers le petit salon ovale où se tenait le plus souvent Mélanie. Son visage s'était soudain durci, une mauvaise lueur au fond des yeux clairs. L'autre, cloué au parquet, finit par dire :

— Il y a aussi une autre lettre.

François Carbec prit cette deuxième enveloppe, la jeta sur un guéridon sans même la regarder, se débarrassa de son carrick qu'il tendit au concierge en lui faisant signe de s'en aller, s'assit, le torse raide, sur la méridienne où Mélanie aimait s'allonger, et attendit qu'on eût refermé la porte pour plaquer ses deux mains sur sa figure : il n'avait pas prononcé plus de dix mots depuis son arrivée rue de l'Arcade.

La nuit était tombée quand il se décida enfin à lire la lettre de son beau-père.

« Mon cher gendre. Un grand malheur nous a frappés. Au lendemain de couches un peu difficiles, notre fille chérie a été emportée par les fièvres puerpérales. Notre chagrin est immense malgré la présence du superbe garçon que Mélanie nous a donné. Je suis venu à Paris pour attendre votre retour et vous apprendre moi-même cette horrible nouvelle mais je ne puis y demeurer plus d'une semaine, ne voulant pas laisser seule madame Paturelle dans cette épreuve. Selon la volonté exprimée par Mélanie, votre fils a été enregistré à l'état civil sous les prénoms suivants : Mathieu et Jean-Marie. Il se porte à merveille et boit goulûment le lait de la nourrice que nous avons engagée. Nous élèverons Mathieu avec le même amour que nous avons porté naguère à notre fille et nous veillerons sur sa santé et son éducation autant que sur ses biens. Ne craignez rien, mon cher gendre. Madame Paturelle n'ignore point que les nombreux soins et les infinies précautions qu'exige la présence d'un enfant sont peu compatibles avec l'état militaire. Elle vous le dira elle-même quand vous serez de retour parmi nous et que vous viendrez faire la connaissance de Mathieu. À bientôt mon cher gendre. Dieu et notre petit-fils vous donneront la force de supporter notre malheur. »

Le général plia la lettre, la déplia pour la relire, la replia, la relut plusieurs fois. Certains mots le frappaient au visage comme des cailloux, couches difficiles, fièvres puerpérales, d'autres faisaient couler dans son cœur un miel inconnu, superbe garçon, Mathieu, nourrice. Le mot « mort » n'y figurait pas. Le beau-père Paturelle avait dû avoir peur de l'écrire comme s'il eût été porteur de malédiction. Le général Carbec comprenait cette crainte. Lui-même et tous les anciens de la Grande Armée évitaient de prononcer le mot dont ils s'étaient tous saoulés, par bravade, du temps des guerres d'Italie quand ils n'avaient pas encore vingt ans, et dont ils avaient feint de rire plus tard jusqu'au soir d'Eylau où ils avaient laissé vingt mille cadavres étendus sur la neige. Les plus frustres avaient alors senti que quelque chose venait de bouger dans le ciel : maintenant, les futures batailles seraient d'abord d'immenses tueries. À partir de ce jour-là, le nom des victoires n'avait plus jamais effacé le nombre des morts. Lui, François Carbec, volontaire à dix-sept ans, promu général vingt ans plus tard, pourquoi était-il sorti vivant de la dernière chaudière où presque tous les cavaliers de sa brigade avaient été engloutis en hurlant « Vive l'Empereur ! », même s'ils n'y croyaient plus ? À cette question puérile souvent posée — pourquoi eux et pas moi ? — pendant les longs mois passés à l'hôpital, il n'avait rien trouvé à répondre, noyé dans un désespoir qui le submergeait. Il entendait encore la voix du chirurgien qui lui faisait respirer des sels comme on fait avec les jeunesses qui ont des vapeurs :

— Allons ! remettez-vous, général ! Vous allez bientôt revoir Mélanie.

Revenant à lui, il avait demandé, surpris, peut-être offensé :

— Comment connaissez-vous son nom ?

— Excusez mon indiscrétion, avait répondu le médecin, vous parlez beaucoup de Mélanie dans votre sommeil.

Il n'avait pas osé dire « dans votre délire », et avait continué sur un ton cordial :

— C'est votre femme, je suppose ?

— Oui, c'est ma femme ! Elle attend un garçon.

— Oh ! Vraiment ? Voilà une très bonne nouvelle ! Pensez souvent à eux, c'est le meilleur moyen de vous sortir du mauvais pas où vous êtes. Les malades doivent aider les médecins à les sauver. Pour guérir il faut d'abord croire qu'on va guérir, général Carbec !

François avait esquissé une grimace qui voulait dire : Quand on se trouve prisonnier à Bruxelles avec la poitrine trouée, l'épaule droite cassée, une cuisse brisée, et l'Empereur aux mains des Anglais, en qui et en quoi peut-on encore croire ? Cependant, il s'était arc-bouté sur les dernières forces qui lui restaient, et, insensiblement, jour après jour, il s'était surpris à penser qu'une puissance mystérieuse l'avait secouru pour lui permettre de retrouver sa femme et de connaître son fils. Dès le mois de juillet, il avait pu envoyer une première lettre rue de l'Arcade et il n'avait pas haussé les épaules lorsque Mélanie lui avait exprimé, dans sa réponse, sa certitude que Dieu avait exaucé ses prières. Six mois avaient passé. François savait, ce soir de décembre, que si Dieu l'avait protégé, il avait aussi tué Mélanie.

La nuit était maintenant tombée. Le général Carbec relut encore une fois la lettre de son beau-père : « Au lendemain de couches un peu difficiles... » Que cachaient ces mots trop prudents ? Il n'avait jamais assisté à un accouchement mais il lui était arrivé, au hasard des patrouilles, de traverser avec un peloton de hussards un village endormi, et d'entendre alors une femme hurler dans la nuit. Ses cavaliers, qui ne tremblaient pas devant les hommes, baissaient la tête et devaient tenir plus serrés leurs chevaux saisis eux-mêmes d'une frayeur soudaine. À la pensée que Mélanie avait pu pousser des cris aussi terribles, il fut pris de peur lui aussi et imagina la scène à laquelle, par pudeur ou lâcheté, les hommes tournent le dos et dont ils laissent volontiers la responsabilité aux seules femmes.

Quand il l'avait quittée pour rejoindre sa brigade, Mélanie, bien qu'elle fût enceinte de trois mois, avait gardé le visage clair, le ventre plat et les hanches étroites de la très jeune fille rencontrée, il n'y avait guère plus d'une année, au bal donné par un munitionnaire de haute volée dans un bel hôtel de la

Chaussée-d'Antin pour célébrer les fiançailles de sa fille et fêter le retour du Roi. C'était au mois de juillet 1814. Depuis quelques semaines, Louis XVIII s'était installé aux Tuileries et Napoléon Ier régnait sur l'île d'Elbe.

Parce que leur nombre ne se justifiait plus et parce que l'armée risquait de devenir un foyer d'agitation dangereux pour la stabilité du trône reconquis, Louis XVIII avait supprimé cent trente-huit régiments. Menacé d'être rayé des cadres, le colonel Carbec avait été affecté à l'Inspection de la cavalerie grâce à l'intervention d'un cousin bien en cour, Léon Carbec de La Bargelière. Pour lui obtenir cette sinécure, le cousin Léon, préfet sous l'Empire, vite rallié aux Bourbons et devenu directeur adjoint de la police, avait dû vaincre les réticences de son parent. Au lendemain des adieux de Fontainebleau, celui-ci répugnait à servir un gouvernement qui, d'un trait de plume, venait de renvoyer dans leurs foyers trois cent mille hommes en haillons, et d'exclure de l'armée plus de vingt mille officiers, alors qu'il intégrait dans le même temps plusieurs centaines d'émigrés qui avaient combattu hier sous des drapeaux ennemis. Aux indignations du soldat, M. de La Bargelière opposait des arguments politiques et citait son propre exemple.

— Demeurer au service de l'État, voilà le mot d'ordre et l'honnêteté de la fonction publique, mon cousin. Il en est de même pour l'armée : commandée par l'Empereur ou par le Roi, elle demeure l'armée française.

À bout d'arguments, M. de La Bargelière avait évoqué leur

enfance commune passée à Louis-le-Grand, devenu le collège de l'Égalité au moment où toute la jeunesse s'était enflammée aux premières fièvres de la Révolution.

— Rappelle-toi, François, nous avions tous les deux douze ans en 1789. En avons-nous connu des bouleversements? Il se peut que nous soyons demain les témoins, ou même les acteurs, d'autres changements. Nous avions conclu naguère un pacte solennel : nous aider mutuellement quoi qu'il nous arrive, quelles que soient nos positions dans la société ou nos divergences d'opinion. Rappelle-toi, François. Nous avions dix-sept ans, tu partis rejoindre l'armée d'Italie et j'entrai à l'École de droit. Nous n'avons jamais failli à notre serment. Refaisons-le au moment où je puis obtenir la signature du ministre qui t'affectera dans un service d'état-major à Paris. Sois aussi réaliste que les maréchaux dont le plus grand nombre se ruaient hier à Compiègne pour être bons premiers à saluer le retour du Roi. Crois-tu qu'ils soient de mauvais Français?

François avait bondi :

— Ce sont des traîtres!

— Non, s'était contenté de répliquer ce jour-là M. de La Bargelière, ce sont des réalistes.

Soldat au cœur simple, François Carbec n'était pas demeuré tout à fait insensible aux paroles du haut fonctionnaire. Celles qui évoquaient leur jeunesse à l'internat du collège de l'Égalité l'avaient ému. Il n'en était pas moins demeuré sur la défensive pendant une semaine entière, comme s'il eût deviné que les raisonnements politiques dits réalistes risquent de conduire un jour ou l'autre vers les plus médiocres lâchetés.

Cependant, le moment approchait où il lui faudrait prendre une décision sans retour possible : demeurer dans l'armée ou se contenter d'une maigre retraite, voire d'une demi-solde. Avait-on jamais vu un hussard vivre comme un gueux ou seulement manquer de fonds, sauf pour régler dans l'immédiat une dette de jeu ? Officier pauvre, François Carbec n'avait jamais été privé de chevaux, de femmes, de beaux uniformes ou de vin : la guerre y avait pourvu depuis qu'un jeune général avait lancé à la face de ses soldats des mots jamais oubliés : « Vous n'avez ni souliers, ni habits, ni chemises, à peine de pain et nos magasins sont vides alors que ceux de l'ennemi en regorgent. Prenez-les ! »

Prodigue, le colonel Carbec savait aussi faire ses comptes. Dans le meilleur des cas, le montant de sa retraite n'atteindrait pas deux mille cinq cents francs alors que la solde d'un officier d'état-major de son grade dépasserait les six mille cinq cents, sans compter l'équivalent monétaire de trois rations quotidiennes de vivres, l'entretien de deux chevaux et la disposition d'un soldat d'ordonnance. Le résultat de tels calculs ne l'avait pas empêché de résister pas à pas, pendant quelques jours, mais ses derniers scrupules avaient disparu quand il avait appris que l'ancien major des grenadiers à cheval de la Garde, le brave général Exelmans, venait d'être nommé inspecteur de la cavalerie. Le cousin Léon avait raison : il convenait d'être réaliste. L'armée n'appartenait ni à l'Empereur ni au Roi, mais à la nation.

Sa décision prise, le colonel Carbec commanda aussitôt quatre uniformes, acheta deux chevaux et loua un meublé qui convenait à son état, autant d'opérations dont l'urgence balançait la nécessité et qui lui permettraient de faire rapidement bonne figure dans la société parisienne née de la chute de l'Empire, de la victoire des Coalisés et de la restauration de la monarchie. Fraternel, M. de La Bargelière avait avancé les sommes nécessaires à ces dépenses non sans s'étonner que son cousin fût si démuni, ce qui lui avait valu une jolie réponse de hussard : « Moi, je n'ai jamais eu le temps de faire des économies ni de m'enquérir d'un beau-père ! » L'autre, soucieux de mettre la main sur une dot, avait répondu par un mince sourire et s'était juré de marier François.

En secret, le colonel n'était pas si fier de lui : le jour où il lui avait fallu ôter la cocarde tricolore de son shako, une sorte de malaise l'avait saisi, comme s'il avait commis une mauvaise action. Au moment de s'en séparer, il l'avait gardée longtemps dans sa main, avant de la ranger avec soin dans un tiroir, telle une relique, peut-être une espérance inavouée.

Sous l'Empire, Paris n'avait pas beaucoup dansé. Des six cents bals publics fréquentés sous le Directoire, quelques-uns étaient demeurés ouverts pour permettre au ministre de la Police d'y entretenir des oreilles. Ni Austerlitz, ni Wagram, ni Iéna n'avaient provoqué des explosions de joie comparables à celles qu'avaient soulevées, peu d'années avant, Arcole, Rivoli ou Marengo. Les victoires de Bonaparte remplissaient les caisses de la France, celles de Napoléon les vidaient. Coûtant trop de soldats et trop d'argent, elles ne faisaient plus rire, encore moins danser. Paris avait retrouvé sa gaieté lorsque le tsar de Russie et le roi de Prusse y étaient entrés à la tête de leurs troupes victorieuses. Ce jour-là, les faubourgs avaient bien réclamé des fusils, crié à la trahison, et cru jusqu'au bout à l'arrivée de l'Empereur qui, une fois encore, bousculerait l'ennemi, mais le même soir des soldats prussiens avaient dansé avec des filles dans les cabarets des barrières. Le lendemain, comme on va au spectacle, les Parisiens s'étaient bousculés pour regarder de plus près les cosaques campés sur les Champs-Élysées, et avaient applaudi les musiques militaires russes qui jouaient *Il pleut bergère* et *Cadet Rousselle*. Le soulagement de voir enfin terminée une guerre qui durait depuis vingt ans l'emportait sur la tristesse et la honte de l'occupation ennemie.

Présenté par son cousin qui s'était promis de l'introduire dans la société du faubourg Saint-Germain où lui-même était parvenu à creuser un mince sillon, le colonel Carbec, officier détaché à l'état-major de la cavalerie, fut bientôt invité par la très belle comtesse de L., jeune veuve d'un ancien diplomate, à une soirée où étaient conviés quelques-uns des officiers russes que tous les salons se disputaient dès lors qu'ils appartenaient aux familles proches du Tsar. Ignorant les usages, il était arrivé tard, au milieu du bal, ne connaissant même pas la maîtresse de maison occupée à tourner une danse à trois temps avec le général Cheremetiev. Sauf le colonel français, tous les hommes portaient l'habit noir sur des plastrons immaculés : M. de La Bargelière avait oublié de dire à son cousin que les officiers russes avaient reçu l'ordre de revêtir une tenue civile en dehors des heures de service. Immobile et flamboyant, raide dans son uniforme neuf, décidé à ne pas perdre la face devant les sourires provoqués par l'apparition de ce dolman bleu ciel garni de mouton noir, François Carbec attendit la fin de la valse. Alors que les violons s'étaient tus et que les danseurs baisaient la main des dames avec de tendres chuchotis, il lança, d'une voix de colonel qui rassemble son régiment : « Bonjour et bonsoir la compagnie ! J'ai l'honneur de vous saluer. » Claquant les talons, il avait exécuté un demi-tour réglementaire, et était reparti sans que la comtesse de L. ait eu le temps de le retenir. Il avait passé le reste de la nuit avec une fille du Palais-Royal qui lui avait dit, heureuse d'une telle aubaine : « Il y a des semaines que je n'ai pas fait l'amour en français ! »

Le colonel Carbec n'avait plus jamais été invité aux soirées du faubourg Saint-Germain, mais, les troupes d'occupation ayant quitté Paris dès les premiers jours du mois de juin, c'était au tour des bourgeois de donner maintenant des fêtes, et au petit peuple d'aller aux bals publics. Les uns ne craignaient plus la conscription qui moissonnait les hommes plusieurs fois par an, les autres se réjouissaient d'avoir vu les actions de la Banque de France tombées à cinq cent quatre-vingts francs la veille de l'abdication de Fontainebleau, atteindre mille cinq cents francs deux mois après l'arrivée de Louis XVIII aux Tuileries. Depuis le Directoire, on n'avait jamais autant dansé ni autant dépensé d'argent dans les bons restaurants, les boutiques de luxe ou les tripots.

— Cher François, dit un jour M. de La Bargelière, il faut que tu te montres un peu. Je t'ai fait inviter au grand bal donné par les Mandermann à l'occasion des fiançailles de leur fille. Cette fois, tu pourras mettre sans crainte ta plus belle tenue de colonel de hussards. Bien que son futur gendre soit maître de requêtes au Conseil d'État, le père Mandermann n'oublie pas qu'il a fait fortune en vendant des souliers et des havresacs aux soldats de Napoléon. Il aime l'uniforme. Devenir le gendre d'un homme comme Mandermann, c'est déjà être riche. À ce propos, ne penses-tu pas qu'il serait temps que tu t'établisses toi aussi ? Quand on fait la guerre, il vaut peut-être mieux demeurer garçon que mettre au monde des orphelins. Aujourd'hui tout a changé : le traité qui vient d'être signé à Paris nous promet cent ans de paix et de prospérité. Crois-moi, François, le temps des célibataires est bien fini, le siècle des pères de famille commence.

À une telle conviction le colonel n'avait opposé qu'un éclat de rire, mais supportant mal les bureaucrates d'état-major qui lui tenaient compagnie le jour et lassé des femmes de rencontre devenues ses compagnes de nuit, il s'était rendu à la soirée offerte par M. Mandermann.

Autant le bal du faubourg Saint-Germain lui avait paru solennel comme si tous les invités eussent été contraints d'obéir à d'imprescriptibles lois, autant la soirée de l'ancien munitionnaire lui parut cordiale et gaie. Tout le monde s'amusait de bon cœur, les plus âgés comme les plus jeunes, jusqu'aux clarinettes, cors et trombones de l'orchestre qui avaient l'air de se moquer des violons de la comtesse de L. en déhanchant le rythme des quadrilles et en précipitant celui des farandoles conduites par des officiers en uniforme. Comme à tous ses camarades, il était arrivé au colonel Carbec de tenir garnison dans quelque ville allemande où il fallait passer de longs mois d'hiver avant de livrer de nouvelles batailles toujours gagnées et toujours recommencées. Il y avait été le bon élève de maîtres de ballet français qui, au siècle précédent, à l'exemple de nombreux architectes, ébénistes, cuisiniers ou philosophes, avaient répondu à l'invitation de quelque prince germanique soucieux de jouer les despotes éclairés. Gai danseur et bel homme, il avait connu les bonnes fortunes que tout vainqueur a le droit de rafler au passage, mais il s'était toujours méfié des jeunes filles de la société. M. et Mme Mandermann en avaient invité une cinquantaine choisies dans le monde du négoce, de la finance et de l'administration. Ce soir-là, encore qu'elles se fussent efforcées de ne paraître ni trop réservées ni trop hardies, elles ne furent pas insensibles à la présence des héros. Présenté à Mlle Paturelle, le colonel Carbec dansa avec elle un peu plus souvent que les convenances le permettaient. Il l'épousa six mois plus tard.

Les yeux fixés sur le miroir dressé dans un angle du petit salon où se reflétaient des objets hier familiers, tabatières, éventails, boîtes à dragées, François Carbec se sentit happé par un gouffre où il glissait lentement. Pour en sortir, il frappa le sol à grands coups de talon comme les nageurs qui ont touché le fond de l'eau. Il remonta à la surface, jura le nom de Dieu, se leva, redescendit au fond du trou, incapable de démêler le réel de l'imaginaire, et partit à la dérive, entraîné par une sorte de houle où il se reconnut portant dans ses bras Mélanie en robe de mariée et l'étendant sur la méridienne, c'était au mois de décembre dernier, après leur mariage. Le général la regarda longtemps, sans savoir s'il attendait le réveil d'une dormeuse ou s'il veillait une morte, entourbillonné de sons et d'images qui faisaient le sabbat sous ses paupières.

Plusieurs bals, quelques rencontres, une douzaine de baisers dérobés ou consentis, fiançailles, mariage à la campagne bénit par un curé ému aux larmes, tout s'était passé selon la tradition des romans sages où il est convenu que la fille unique, blonde et très jeune d'un négociant aisé épouse un bel officier qui a gagné ses galons en chargeant l'ennemi. Un dimanche du mois de septembre 1814, François Carbec, revêtu de sa tenue numéro un, s'était présenté rue de l'Arcade pour demander la main de Mélanie. M. de La Bargelière l'avait précédé de quelques jours avec la mission de prévenir M. et Mme Paturelle de la démarche qu'on se proposait de faire et de leur apporter les renseignements d'usage sur le prétendant et sa famille. Comme il convient, le cousin avait souligné la valeur de son parent et non moins glorifié les titres de la maison à laquelle ils appartenaient tous deux, celle des fameux Carbec que Louis XIV avait anoblis, si bien distingués parmi les messieurs de Saint-Malo, dans le négoce et le métier des armes. Honnête commerçant qui sait peser les marchandises, les hommes et les familles, M. Paturelle apprécia tous ces titres, accueillit les bras ouverts la démarche du colonel et ne manifesta pas la moindre mauvaise humeur lorsque le visiteur déclara ne disposer d'aucun autre revenu que sa solde. Dieu merci, drapier en gros et fournisseur des armées depuis la Révolution, il avait mis assez d'argent de côté pour permettre à un jeune ménage de s'installer. « Colonel, j'aime les militaires! J'ai gagné ma fortune en vendant du drap à l'armée pour confectionner des capotes. J'en suis fier! Je connais les sentiments que ma fille éprouve pour vous. Nous l'avons bien élevée, je vous garantis qu'elle sera une bonne épouse autant qu'une bonne mère. Quant à moi, je ne vous cache pas que je serai ravi d'avoir pour gendre un futur général. Dites-moi, entre nous, avec vos états de service, votre croix d'officier de la Légion d'honneur et votre poste à l'état-major du général Exelmans, vous ne tarderez pas à recevoir vos étoiles, non? Qu'en pensez-vous, madame Paturelle? »

Jusque-là silencieuse, Mme Paturelle se montra réservée, peut-être prudente ou plus soucieuse de respecter les usages de son clan. Entendant son mari vanter les mérites de Mélanie, elle avait écrasé au coin de l'œil gauche une larme attendrie qui voulait dire aussi : « Une mère bien élevée ne jette pas sa fille dans les bras d'un garçon... »

— Monsieur de La Bargelière, dit-elle au prétendant, nous avait déjà informés de votre état. Nous admettons que vous ne disposiez d'aucune fortune, et nous ne doutons ni de vos sentiments ni de votre honnêteté. Mais je me suis laissé dire que les hommes les plus désintéressés sont souvent les plus prodigues et que, à l'inverse, ceux qui connaissent la valeur de l'argent ne le dépensent pas si facilement. Mon mari et moi avons beaucoup travaillé et un peu amassé. Notre fille étant notre seule héritière il faudra établir un contrat en bonne et due forme. Nous n'exigerons rien d'autre.

Brusquant les choses, M. Paturelle était intervenu avec la rondeur d'un beau-père de répertoire :

— Nous donnerons à Mélanie, en dot, ce petit hôtel de la rue de l'Arcade, et nous lui constituerons une rente pour lui permettre d'assurer un train de vie convenable. Tout cela sera écrit noir sur blanc par nos notaires respectifs qui auront évalué les biens de chacun.

— Je n'ai ni notaire ni biens ! protesta François.

— On ne peut se marier sans notaire, trancha Mme Paturelle, on a toujours quelque bien, au moins quelques espérances.

Le colonel Carbec sentait le rouge lui monter au front et la colère aux yeux. Il se leva pour prendre congé. Mme Paturelle le retenait déjà :

— Écoutez-moi plutôt, dit-elle d'une voix un peu altérée. Hier, comme nous annoncions à Mélanie nos hésitations à accorder la main de notre fille à un officier démuni de biens, quels que soient ses grands mérites, elle nous a répondu que si ce mariage ne se faisait pas, elle en mourrait sûrement. Cela n'était pas un propos en l'air. Je connais ma fille. C'est une enfant très douce et intraitable. Je la sais capable du pire. Nous vous accordons la main de Mélanie parce que nous pensons d'abord à son bonheur. Comprenez-nous, colonel. Un bon mariage ça n'est pas seulement une union sentimentale, on doit y apporter autre chose que son cœur, n'est-ce pas, monsieur Paturelle ?

Inquiet de la tournure que prenait sa visite, déjà sur la défensive, François se demandait à quel prix ces drapiers allaient lui vendre leur fille, lorsque le futur beau-père dit à son tour :

— Parlons franc ! Vous serez bientôt général, n'est-ce pas ? Eh bien, promettez-nous sur l'honneur que, le jour de votre promotion, vous demanderez au Roi d'ajouter à votre patronyme le nom que porte votre cousin et auquel vous avez droit vous aussi. « Général Carbec de La Bargelière », voilà le titre que vous déposerez dans la corbeille de mariage. Ainsi, nous aurons tous fait une bonne affaire. Donnez-moi la main, mon gendre !

François Carbec avait failli s'étrangler de rire. Il fut même tenté de retourner aussitôt la manche droite de son dolman bleu soutaché d'or pour montrer son bras nu orné d'une longue pique surmontée d'un bonnet phrygien sous lesquels on pouvait lire : « Mort aux tyrans ». Un soir de beuverie, le maréchal des logis Carbec s'était fait tatouer cette profession de foi. Il avait alors dix-huit ans et voilà que, vingt ans plus tard, il se trouvait dans le salon d'un hôtel parisien déclaré bien national et acheté à vil prix par un drapier enrichi par les guerres de la Révolution et de l'Empire, qui lui demandait, en échange d'une fille bien dotée, d'ajouter à son patronyme le nom d'un aïeul à la fois cossu et vaniteux auquel Louis XIV avait vendu une savonnette à vilain !

Un moment, le colonel Carbec fut tenté de refuser de jouer une telle comédie : il valait mieux abandonner la partie, renoncer à la fille, s'en aller, quitter la France, partir pour la Turquie, la Perse, l'Égypte, l'Amérique du Sud, partout où l'on payait cher les anciens officiers de Napoléon, plutôt que de sombrer jour après jour dans la médiocrité confortable de la famille Paturelle déjà prête à adopter son héros. Tout cela considéré, il avait fini cependant par serrer la main du drapier. Pour ridicule qu'elle fût, la satisfaction accordée à ses futurs beaux-parents tarauderait moins sa conscience que le souvenir d'avoir fait disparaître la cocarde tricolore de son shako le jour où il avait été contraint à prêter serment au roi Louis XVIII pour demeurer dans l'armée avec son grade et sa solde. La Bargelière ou non, il savait que pour les cavaliers il resterait à jamais « Carbec-mon-Empereur » ainsi qu'ils l'appelaient tous depuis dix ans !

Quelles que soient les circonstances, François souriait toujours à ce souvenir, le plus beau de sa vie. C'était le 16 août 1804, au camp de Boulogne où campaient deux cent mille hommes destinés à porter la guerre en Angleterre. L'Empereur avait décidé de remettre lui-même, ce jour-là, en présence des troupes placées dans un immense amphithéâtre, deux mille croix de la Légion d'honneur qu'il venait de créer. Face à une estrade décorée de drapeaux pris à l'ennemi, se tenaient les récipiendaires, sans distinction de grade, qu'ils soient généraux ou hommes du rang. Alors capitaine, François piaffait d'impatience en entendant un colonel aide de camp les appeler par ordre alphabétique à monter sur l'estrade où Napoléon les décorait. Il entendit nommer Cabasson, Cacherel, Caillotin… On n'en finissait pas avec tous ces foutus C… Cambuse, Capucin, Carabon… Son tour était enfin venu mais, avant que le colonel eût prononcé son nom, François s'était déjà élancé vers l'estrade, en avait gravi les marches et, rouge d'émotion, droit comme un peuplier, saluait en clamant d'une voix sonore : « Carbec, mon Empereur ! » Un tel manquement à l'ordonnance de la cérémonie, voire à la discipline ou aux simples usages militaires, avait provoqué quelques mouvements de la part des maréchaux. Seul Napoléon avait souri. Il avait même adressé au capitaine le clin d'œil d'une vieille complicité avant de le décorer et de lui donner une cordiale accolade. Le même soir, après le banquet qui avait réuni tous les légionnaires, les hussards avaient joyeusement fêté la sortie inattendue de leur camarade. Depuis ce jour-là, on ne l'avait jamais plus appelé que « Carbec-mon-Empereur ».

Si le rappel des bruits et des couleurs du camp de Boulogne apaisa le général, son tourment l'envahit bientôt. Alors qu'il avait gardé de cette cérémonie une vision assez exacte pour, sans se tromper, en décrire tels détails, citer tels noms, évoquer tels visages, il ne parvenait pas à retrouver une image précise de Mélanie. Des femmes qui avaient passé quelques jours dans sa vie, ou quelques heures dans son lit, lui avaient laissé des souvenirs très précis, composés de formes et de volumes, de cris et d'odeurs, mais la mémoire physique de Mélanie, dont il n'était plus sûr d'avoir eu le temps de faire une amoureuse, lui échappait. Elle demeurait toujours, au lit et ailleurs, la jeune fille rencontrée à la soirée des Mandermann : une robe de gaze blanche et rose, des cheveux blonds, des yeux bleus et de jolis gestes. Quelque chose de très pur dans le regard et cependant rien qui évoque la pucelle de la tradition traînée au bal par une mère pressée de minauder avec son futur gendre.

Au Military Hospital, François avait souvent cherché, sans les retrouver, les traits de Mélanie. Il était pourtant sûr de ses sentiments ! Avant son mariage, il avait fait l'amour comme la guerre, tambour battant, toujours pressé. À cheval ! Au galop ! Pourquoi donc avait-il épousé celle-là ? Pour se faire admirer par une jeune fille, avoir enfin un domicile fixe, un salon, des enfants, dépenser l'argent d'un riche beau-père ? Il lui sembla réentendre sa belle-mère déclarer que, pour réussir un bon mariage, il fallait apporter autre chose que son cœur...

Si le général Carbec admettait aujourd'hui qu'il s'était sans doute marié pour toutes sortes de raisons, avouables ou non, il demeurait sûr d'avoir agi avec une loyauté et une sincérité de sentiments jamais éprouvés jusqu'alors. Incapable de prolonger le souvenir de Mélanie dans sa forme et son parfum, il revivait cependant les moindres détails des premières semaines de leur mariage et leur installation dans cet élégant hôtel de la rue de l'Arcade d'où les Paturelle s'étaient retirés en leur laissant deux domestiques, un cocher et un coupé attelé. Mélanie avait aussitôt invité à goûter ses amies de pension, dix-huit ans à peine. Elles aussi avaient regardé le hussard avec des yeux éblouis parce qu'elles appartenaient à la génération qui avait appris à lire en épelant A comme Austerlitz, B comme Bonaparte, C comme Carnot, D comme Desaix, E comme Empereur..., N comme Napoléon.

Une promenade à cheval chaque matin, deux ou trois heures passées dans les bureaux de l'Inspection de la cavalerie à raconter des balivernes, quelques visites protocolaires au bras de sa femme avant d'aller dîner au Rocher de Cancale à moins que Mélanie n'ait commandé un petit souper au coin du feu, les tendres banalités des premières semaines de son mariage n'avaient pas déçu François Carbec. Il avait peut-être regretté que Mélanie fût au lit aussi bien élevée qu'à table, mais il estimait que les dispositions naturelles de son épouse en feraient un jour une amoureuse telle qu'il aimait les femmes. Parallèlement, le colonel comprenait que l'affectation à Paris d'un officier d'état-major peut offrir des avantages non négligeables aux militaires soucieux d'administrer leur carrière : l'inspecteur de la cavalerie venait en effet d'inscrire son nom sur la liste des colonels susceptibles d'être promus généraux le 1er janvier prochain. Il ne restait plus qu'à attendre la signature du Roi.

Imprévisible, un nuage avait soudain obscurci la lune de miel du colonel Carbec quand il avait compris qu'il n'avait rien à attendre de la nouvelle armée voulue par Louis XVIII. Le général Exelmans, inspecteur de la cavalerie accusé d'espionnage et de correspondance avec l'ennemi pour avoir écrit une banale lettre de courtoisie au roi de Naples, Joachim Murat, dont il avait été naguère aide de camp, venait d'être traduit en conseil de guerre sur décision du maréchal Soult devenu à la fois ministre, royaliste et courtisan sans vergogne. Quelques jours plus tard, une nouvelle liste de sept cents militaires rayés des cadres était publiée alors que, dans le même temps, une centaine d'officiers nobles, qui avaient combattu sous les ordres de Condé, Blücher ou Schwarzenberg, étaient promus lieutenants-généraux. C'était proclamer que les hauts grades seraient désormais réservés aux seuls émigrés.

— Madame Paturelle, votre gendre ne sera jamais le général Carbec de La Bargelière !

Sans déplaisir, François se rappelait la scène qui l'avait opposé à sa belle-mère le jour où il lui avait tenu cette déclaration sur un ton légèrement goguenard, voire satisfait, comme s'il eût pris ce jour-là une revanche à la fois contre elle et contre lui-même. Agressive, elle s'était dressée :

— Manqueriez-vous à votre parole, mon gendre ?

— Votre Roi ne veut pas de moi, madame Paturelle. Il ne me reste donc qu'à lui tirer ma révérence. C'est ainsi qu'il convient de s'exprimer à la cour, je suppose ?

Le hussard avait expliqué à ses beaux-parents tous les aspects de l'affaire Exelmans, la fourberie des maréchaux ralliés et la volonté de Louis XVIII d'en finir avec l'armée de la Nation pour la remplacer par une nouvelle armée qui serait celle du Roi.

— Dans ces conditions, j'ai décidé d'envoyer ma lettre de démission au ministre.

— Vous ne pouvez pas agir ainsi ! avait sifflé Mme Paturelle. Tous nos amis à qui nous avions annoncé votre promotion vont se moquer de nous. Vous reniez votre parole, colonel !

— Croyez qu'il m'en coûte de prendre une telle décision.

— Allons donc ! Cela était calculé d'avance. Vous nous avez abusés pour prendre notre fille ! Qu'en pense-t-elle, la pauvre enfant ?

— Mélanie a été consultée : elle est d'accord.

Rage ou sanglot, Mme Paturelle s'était un peu étouffée en murmurant : « On m'avait bien dit qu'il ne faut jamais faire confiance aux cavaliers », puis, tournée vers son mari qui n'avait pas encore ouvert la bouche, elle avait lancé avec une violence qui lui tordait le visage et la ramenait à ses origines :

— Au lieu de rester muet comme un soliveau, dis donc maintenant à ton gendre ce que tu penses de ce joli monsieur dont le Roi a sans doute de bonnes raisons de ne pas faire un général !

Claquant la porte derrière elle, Mme Paturelle était sortie, drapée dans une colère de mauvais théâtre.

— Essayez de la comprendre, avait dit doucement le beau-père. Elle adore Mélanie. Depuis que nous avons acheté le petit hôtel de la rue de l'Arcade, ma femme s'est mis dans la tête que, si nous avions un jour une fille, elle deviendrait au moins l'épouse d'un baron. Il paraît que toutes les révolutions se terminent un jour ou l'autre de cette façon... Considérez que le retour des émigrés pouvait permettre à cette espérance de devenir une réalité si vous n'étiez pas intervenu. Pour ma part, foi de Paturelle, je ne me soucie que du bonheur de Mélanie, et je sais que ma fille est très heureuse. Son mariage a été un acte mûrement réfléchi. Mais vous, mon gendre, êtes-vous sûr de ne pas agir sur un coup de tête en quittant l'armée ?

Plus doucement, le bonhomme avait ajouté :

— Vous allez être très malheureux !

— Je le suis déjà, cependant je ne reviendrai pas sur ma décision, s'entêtait François.

— Êtes-vous si sûr de ne jamais le regretter ? Je pense qu'il existe un moyen de tout concilier malgré votre amertume. Nous autres, petits ou grands bourgeois, si nous avons applaudi au retour des Bourbons, c'est que Louis XVIII apportait avec lui la paix, mais nous sommes demeurés des libéraux : jamais nous n'accepterons que les nobles et les prêtres redeviennent nos maîtres. La police nous oblige à fermer nos boutiques le dimanche et à décorer la façade de nos maisons lors du passage du saint sacrement ! Pensez-vous que la France supporte longtemps de telles capucinades ? Croyez-moi, ces royalistes-là, s'ils persistent, ne feront pas long feu aux Tuileries… Au lieu de démissionner, pourquoi ne prendriez-vous pas un congé de longue durée qui vous permettra de réintégrer l'armée une fois que l'appétit des ultras se sera calmé ? En attendant, vous m'aideriez à gérer mes affaires. Je suis prêt à doubler tout de suite le montant de votre solde.

— Je ne sais rien faire d'autre que la guerre, vous le savez.

— C'est ma foi vrai ! Mais vous avez de nombreuses relations dans l'armée… Vous me comprenez ?

François avait haussé les épaules. Vendre du drap, même à l'Intendance, quand on a eu l'honneur de charger à Rivoli et qu'on a entendu, le même soir, Bonaparte dire à Lasalle lui apportant une brassée de drapeaux ennemis : « Couche-toi dessus, tu l'as bien mérité ! » ? Jamais il ne s'y résoudrait. Pour qui son beau-père le prenait-il ? Ni marchand, ni trafiquant, ni boutiquier, ni munitionnaire, je suis colonel de cavalerie et officier de la Légion d'honneur, tenez-vous-le pour dit, monsieur Paturelle !

Le concierge avait frappé à la porte du petit salon ovale. Il entra, tenant un panier à bois, et alluma le feu.

— Il se pourrait qu'il gèle pendant la nuit, mon général. Je sais que les hommes comme vous n'y craignent point, mais le froid est encore plus dur quand on a du souci. Vous voudrez peut-être manger quelque chose tout à l'heure ? Appelez-moi quand vous en aurez envie. Vous vous rappelez mon nom ? Je m'appelle Ernest. Sauf votre respect, ma pauvre mère disait toujours qu'il faut nourrir son chagrin.

Installé maintenant dans un fauteuil, face à la cheminée où des bûches flambaient, le général Carbec renoua vite le fil de ses souvenirs un instant rompu par l'arrivée d'Ernest le concierge. Il eut même la surprise de retrouver le visage de Mélanie quand il lui avait rapporté les conseils et la proposition de M. Paturelle.

— Mon père a raison, François, avait-elle répondu. Vous devez prendre ce congé de longue durée. Mais vous refuserez son offre. Je ne veux pas être l'épouse d'un marchand de drap. Ma mère, je la connais, vous considérerait bientôt comme son employé et n'aurait de cesse de vouloir gouverner notre maison. Si ma dot et notre rente ne suffisent pas, eh bien nous supprimerons le cocher, la voiture et les deux chevaux. Nous prendrons des fiacres.

Si douce et toujours consentante, Mélanie s'était montrée intraitable, ses yeux bleus animés tout à coup de lueurs froides. Docile tel un taureau qui se laisse conduire par un jeune garçon armé d'une seule baguette taillée dans une haie, le colonel s'était vite rendu aux raisons de sa femme. Assuré qu'il ne dérogerait pas à son rang en vivant sur la dot de Mlle Paturelle, tandis qu'il se déshonorerait certainement en devenant le premier commis d'un drapier, il avait demandé un congé sans solde de longue durée et rangé dans un placard bourré de camphre les beaux uniformes commandés quelques mois plus tôt.

Dès lors, François Carbec avait passé la plus grande partie de ses journées, souvent de ses soirées, dans les cafés du Palais-Royal où se réunissaient les anciens officiers de la Grande Armée. Ceux-là n'avaient pas besoin de se connaître pour se reconnaître. Oisifs, querelleurs, roides dans leur redingote pincée à la taille, les yeux hagards sous leur chapeau tromblon, maniant avec désinvolture des cannes plombées et arborant à la boutonnière un ruban rouge large comme un doigt, ils accueillaient le colonel d'un sonore « Carbec-mon-Empereur ! » dès que celui-ci apparaissait chez Lemblin ou chez Montausier. On l'attendait pour lui faire raconter, une fois encore, comment il était entré à cheval dans le grand salon d'une princesse italienne qui y donnait un bal. Généreux avec l'argent du ménage, François payait volontiers plusieurs tournées et, légèrement éméché, rentrait rue de l'Arcade où Mélanie se laissait faire l'amour avec un sourire de fille bien élevée.

Le général Carbec s'était levé. Il ouvrit un petit meuble d'où il sortit un flacon de rhum et une timbale, ému de les retrouver à la place où il les avait laissés le mois de juin dernier. Après avoir bu une large rasade, d'un seul coup, pour vaincre la torpeur toujours prête à le happer, il revint s'asseoir devant le feu. « Comment aurais-je pu imaginer que tout allait recommencer, même si nous chantions en chœur, chez Montausier, et sans y croire, *Il va revenir bientôt — Avec son petit chapeau — Et sa redingote grise...* ? C'était le 6 mars dernier, il ne faisait pas encore nuit mais on avait déjà allumé les lampes et j'étais cloué au lit par une foutue fièvre attrapée en Espagne, même que ça faisait plaisir à Mélanie de me faire boire des tisanes. Voilà que le cousin Léon entre sans crier gare dans ma chambre, la figure pâle, et me dit avec une voix qui lui restait au fond de la gorge :

« — Il est de retour !

« — Qui ?

« — Ton Empereur !

« — Bon Dieu !

« Sorti du lit, j'ai pris Léon par les épaules :

« — Si c'est une plaisanterie, tu la paieras cher.

« Toujours essoufflé, le cousin a répondu :

« — Lis demain matin *Le Moniteur*. Napoléon s'est sauvé de l'île d'Elbe. Il a débarqué à Fréjus. Aux Tuileries on connaît la nouvelle depuis hier, et au ministère depuis ce matin. Je n'en sais pas davantage. J'ai voulu te prévenir dès que je l'ai pu parce que, dans la crainte d'un complot militaire, la police va certainement procéder à des arrestations préventives. Je te conseille d'être très prudent.

« Je lui ai dit : “Foutaise, ta police !”, mais le cousin n'avait pas envie de rire. Il se dérida un court instant en m'apprenant la première réaction des maréchaux : “Ils sont furieux, mets-toi à leur place, ils disent que Napoléon est foutu et qu'il ne fera pas dix lieues.”

« — Voire !

« — Comment, “voire” ! Toutes les divisions militaires sont alertées.

« — Savez-vous au moins avec combien d'hommes l'Empereur a débarqué ?

« — Guère plus d'un bataillon.

« Je me souviens d'avoir répondu au cousin :

« — Et vous mobilisez toute l'armée française contre huit cents hommes ? Alors c'est vous qui êtes foutus ! L'Empereur couchera bientôt aux Tuileries. Je t'en fais le pari, tu peux préparer son lit. Pour ta récompense je lui dirai que son ancien préfet l'a peut-être un peu trahi, mais pas plus que les autres, et que tu es demeuré un bon bougre…

« Le cousin paraissait consterné. Je l'entends encore me dire avant de s'en aller : “Tu ne changeras donc jamais, sacré cabochard ! Ton Bonaparte est perdu. Même s'il trouvait assez de fous pour réussir son mauvais coup, cela ne durerait pas plus de trois mois. Je t'ai prévenu, prends garde à toi, sois très prudent. Surveillez-le, Mélanie, vous avez plus de tête que lui.” »

Mélanie s'était alors jetée dans ses bras, moitié riant moitié sanglotant. Il avait été troublé par ce geste spontané qui lui ressemblait si peu. Une même joie les étouffait. Malgré la fièvre, il l'avait entraînée sur le lit et, pour la première fois, l'avait sentie frissonner tandis qu'il entendait les trompettes de son ancien régiment sonner la charge. Le lendemain matin, de bonne heure, ils avaient lu ensemble l'ordonnance publiée par *Le Moniteur*. Il la savait par cœur : « Napoléon Bonaparte est déclaré traître et rebelle pour s'être introduit à main armée dans le département du Var. Il est enjoint à tous les gouverneurs, commandants de la force armée, gardes nationales et même aux simples citoyens de lui courir sus. » Cet après-midi-là, ils avaient eu la visite du beau-père. L'inquiétude ne lui donnait pas un beau visage. De la nouvelle parue dans *Le Moniteur*, il avait surtout retenu les conséquences : en quelques heures la Bourse avait perdu quatre points. Hier bourgeois libéral et volontiers frondeur, M. Paturelle se disait prêt à prendre un fusil pour défendre le trône et l'autel : « C'est mon devoir, mon gendre, de répondre à l'appel du Roi, et c'est le vôtre de vous présenter au ministère de la Guerre avec votre uniforme ! » Mélanie s'était conduite alors comme une véritable héroïne de M. Pixerécourt, elle avait ouvert à deux battants l'armoire où étaient rangées les uniformes et avait déclaré fièrement, cornélienne sans le savoir : « Mon mari le colonel Carbec ne revêtira ses tenues que pour le service de l'Empereur ! » Le beau-père, accablé, avait murmuré en s'en allant : « Où allons-nous ? Où allons-nous ? La France commençait à guérir. Vous voulez donc la guerre civile ? Vous aurez l'autre aussi. Jamais, ma fille, je n'oserai raconter à ta mère les propos que tu viens de tenir ! Que Dieu vous protège tous les deux ! Mes pauvres enfants... »

L'Empereur était arrivé à Paris quinze jours plus tard. Ces deux semaines d'attente avaient été éprouvantes. Les journaux ne racontaient pas toute la vérité, mais Carbec et ses amis parvenaient à l'apprendre grâce à de mystérieux courriers qui, après avoir évité les pièges tendus par les sbires du directeur de la police, arrivaient chaque jour à Paris, renseignaient sur le nom des étapes — Lyon, Autun, Avallon, Auxerre — et celui de régiments ralliés : 23e, 36e, 39e, 72e, 76e de ligne, 3e de hussards... À la seule observation de leurs visages, on pouvait deviner ce que pensaient les passants croisés dans la rue et apprendre dans leurs yeux les nouveaux succès de l'Empereur.

Le cocher, le concierge de la maison, le valet et la cuisinière ne cachaient pas leur joie : ils étaient hilares. En revanche une de leurs voisines, invitée d'un soir au bouillon de la duchesse d'Angoulême, ne répondait plus au salut de Carbec quand il la croisait rue de l'Arcade. À l'inverse, un lieutenant-général promu récemment, qui affectait jusqu'alors de l'ignorer, avait fait disparaître sa croix de Saint-Louis arborée la veille avec fierté, et lui adressait maintenant de cordiaux sourires. Lui-même s'était surpris, pendant sa toilette du matin, à chanter une des rengaines du café Montausier : *Bon ! Bon ! Bon ! Napoléon — Va rentrer dans ta maison !*

N'y tenant plus, il avait décidé de seller un de ses chevaux et de partir à la rencontre de l'Empereur. Un billet de son cousin parvenu par porteur rendit son projet inutile. « Le Roi part ce soir pour Bruxelles pour éviter de faire couler le sang français. Fidèle à mon serment, je le suis. Si tu en réchappes nous nous reverrons bientôt. À chacun sa voie et sa chance ! Je t'embrasse. Léon de La Bargelière. » C'était annoncer en clair l'arrivée imminente de l'Empereur dans Paris où la garnison s'apprêtait à l'acclamer.

Depuis quelques jours, Mélanie avait sorti de leur placard tous ses uniformes pour les brosser et les débarrasser de cette odeur de camphre où ils étaient conservés depuis qu'il avait quitté l'armée. Le message du cousin à peine lu, ils étaient partis tous deux pour les Tuileries, bras dessus, bras dessous. Le premier jour du printemps riait partout, dans les yeux et sur les arbres, dans les vitrines des boutiques où réapparaissaient déjà les aigles et les abeilles, sur les balcons et les toits où claquaient dans le vent frais du matin des drapeaux tricolores. On n'attendait pas l'Empereur avant la nuit, mais une foule immense occupait déjà le Carrousel. Sous son uniforme de colonel de hussards et avec la protection du général Exelmans qui occupait la place avec un bataillon d'officiers à la demi-solde, ils avaient pu entrer dans le palais. Toujours à cheval, occupé à courir aux quatre coins de l'Europe, il n'avait jamais été invité aux Tuileries. Mélanie et lui découvraient ensemble les grands escaliers de marbre, les salons dorés, les tapis bleus semés d'abeilles, les lustres de cristal, tout ce décor qu'on ne voit qu'au théâtre ou en rêve, au moins pour Mélanie parce que, lui, en Allemagne, en Italie, en Autriche, en Espagne, en avait vu, des palais ! Autour d'eux, allaient et venaient des maréchaux, généraux, conseillers d'État, mêlés à des huissiers en uniformes passementés et à des femmes déjà parées de robes de cérémonie sous leur longue cape de soie. On se retrouvait, on se félicitait, on s'embrassait en buvant la limonade du Roi que des valets de pied avaient découverte dans les placards du château. Quelques divisionnaires l'avaient reconnu : « Salut, Carbec-mon-Empereur ! » Mélanie le regardait alors avec des yeux amoureux. Mais l'Empereur ? Que faisait-il, le sacré tondu ? Les heures passaient, longues et inquiètes. Pourquoi ce retard ? On avait allumé tous les lustres des Tuileries et les fenêtres brillaient dans la nuit comme celles de Schönbrunn lorsque les Français y invitaient les Viennoises à danser. Il fallut attendre encore. Soudain, vers neuf heures du soir, on entendit venant des quais un formidable tintamarre de galops et de clameurs, de cliquetis d'armes et de roulements de voiture, qui se rapprochait vite, s'enflait, énorme tel un ouragan. Par une fenêtre ouverte il avait vu une grande berline entourée de cavaliers déboucher au grand trot et s'arrêter à quelques pas du pavillon de Flore, empêchée d'aller plus loin par des officiers qui avaient saisi la bride des chevaux tandis que d'autres ouvraient la portière de la voiture, en arrachaient le voyageur et le portaient à bout de bras, au-dessus de la tempête.

Carbec tisonna le feu. « À un moment il a levé les yeux vers la fenêtre que j'occupais. Je suis sûr qu'il m'a reconnu et qu'il m'entendait hurler : "C'est moi, Carbec ! Carbec, mon Empereur ! Carbec, mon Empereur !" Huit jours plus tard, après m'être présenté au bureau de la place, à l'Inspection de la cavalerie et au ministère de la Guerre, j'étais convoqué à l'Élysée où Napoléon s'était réfugié pour recevoir plus discrètement ses visiteurs et échapper aux caquets de sa famille.

« Au moment d'entrer dans son cabinet, je tremblais comme un conscrit. Assis devant un grand bureau plat, il signait de nombreux papiers sans plus se soucier de ma présence. J'ai observé qu'il avait un peu grossi depuis Fontainebleau et que son visage avait pris une mauvaise couleur. J'entends encore sa plume grincer sur les feuillets où elle devait éclabousser de fines gouttes d'encre en traçant tous ces N majuscules qui allaient, j'en étais sûr, remettre de l'ordre en France et en Europe. À la fin, je me suis permis de tousser doucement. Il a levé la tête et souri. Moi, tenant dans ma main gauche mon shako à hauteur de la poitrine, la main droite plaquée le long de ma jambe, j'ai claqué les talons et je me suis présenté : "Colonel Carbec, mon Empereur". Il m'a répondu : "Général, je suis bien aise d'être le premier à vous féliciter de votre récente promotion. J'ai signé le décret hier." Rouge de confusion et de bonheur, je ne savais quelle contenance prendre. Convenait-il de remercier l'Empereur et risquer de commettre un impair ? Dans les cas douteux, il est toujours permis à un militaire de se figer au garde-à-vous, le regard stupide, de répondre "À vos ordres !", et tout est dit. Comme s'il eût voulu me sortir de cet embarras, il me fit asseoir devant son bureau.

« — Nous sommes tous deux d'anciens compagnons, n'est-ce pas ? m'a dit l'Empereur. Toi, Carbec, je te connais depuis le premier jour où j'arrivai à Nice pour prendre le commandement de l'armée d'Italie. Tu étais maréchal des logis et tu commandais un piquet chargé de me présenter à la Préfecture où je m'étais installé. Alors que les autres ressemblaient davantage à des brigands qu'à des soldats, j'ai vu tout de suite que tes hommes étaient bien en main, je t'ai demandé ton nom et je t'ai félicité pour la bonne tenue de tes troupes. T'en souviens-tu, général Carbec ? »

S'il s'en souvenait !... Ce soir, après dix-neuf ans et neuf mois, il revoyait et entendait encore le spectacle dont il avait été le témoin. Il avait vu arriver à la Préfecture les généraux convoqués le jour même par le nouveau commandant en chef. Vêtus d'uniformes rutilants et le bicorne empanaché de tricolore, Augereau, Masséna, Sérurier et La Harpe étaient passés devant ses cavaliers qui les avaient salués du sabre avant d'aller prendre position autour du bâtiment pour en assurer la sûreté. Là où il était posté, il pouvait observer le salon où se tenait le général de l'armée d'Italie. Il avait vu entrer les quatre divisionnaires, hauts comme des tambours-majors, colorés comme des aras. L'air goguenard, ils avaient gardé leur chapeau à plume sur la tête. Bonaparte les avait fixés droit dans les yeux, pendant quelques secondes, avant d'enlever son bicorne. Les généraux avaient alors retiré le leur, mais le commandant en chef avait aussitôt replacé le sien sur sa tête en regardant ses grands subordonnés d'une telle façon qu'ils n'avaient pas osé l'imiter. Une heure plus tard, ils repassaient, bavardant entre eux, devant le peloton de service. Il avait entendu Masséna dire aux trois autres : « Ce petit bougre m'a fait presque peur ! » Lui, Carbec, avait alors dix-neuf ans...

« J'ai besoin de gens solides, des gens comme toi, avait poursuivi l'Empereur. Il y a longtemps que tu devrais être général. Nous allons rattraper le temps perdu. Les Alliés à qui j'ai présenté des offres de paix viennent de les refuser. Ils ont décidé de mettre la France en quarantaine. La guerre, ils veulent encore la guerre, toujours la guerre ! Eh bien, ils l'auront ! Malheureusement, j'ai trouvé l'armée, surtout la cavalerie, dans le piteux état que tu sais. Il faut la refaire. Nous disposons de vingt-cinq mille cavaliers et seize mille chevaux dont onze mille seulement sont capables de mener campagne. J'ai besoin de quarante-quatre mille cavaliers et cinquante mille chevaux. Tout de suite. Tu vas prendre la direction des remontes et acheter les chevaux qui nous manquent. L'Inspection de la cavalerie mettra à ta disposition les cadres dont tu auras besoin. Va voir Daru en sortant d'ici. Il t'attend et te donnera l'argent nécessaire. Ta mission terminée, tu auras un commandement. Bâti comme tu es, j'ai bien envie de te confier une brigade de cuirassiers. Ne regrette pas trop tes hussards. La cavalerie lourde est appelée à jouer un rôle majeur dans les prochaines guerres, retiens bien cela. »

L'Empereur parlait d'une voix saccadée et chacune de ses paroles avait la netteté d'un ordre bien pensé. Son ton s'était à peine radouci pour dire : « Il paraît que tu es marié et que ton beau-père est drapier en gros. Dis à M. Paturelle d'aller voir Daru qui sera prévenu de sa visite. J'ai besoin de tout : souliers, vêtements, cuirasses, poudre, fusils, gibernes. Maintenant, laisse-moi travailler. Voici mon cadeau de noces, général. Après la victoire, tu viendras me présenter Mme Carbec. »

L'Empereur lui avait mis dans la main une enveloppe. Elle contenait un billet à ordre de trois cent mille francs négociable à vue chez le banquier Laffitte.

Crépitante d'étincelles, une grosse bûche s'était cassée par le milieu. Le général Carbec se leva, avala un nouveau verre de rhum, reprit place dans un fauteuil, tisonnier en main, et entreprit de rassembler les braises éparpillées en même temps qu'il essayait de raviver dans sa mémoire les regards et les paroles de Mélanie le jour où, partant rejoindre sa brigade sur la frontière belge, il lui avait dit : « Fais-moi un beau garçon ! » Lui, il était parti joyeux, fier de son nouveau grade, incapable de cacher le bonheur de se retrouver avec ses soldats insouciants qui sentaient le tabac, le cuir et la sueur, loin desquels il se sentait perdu et inutile. Aux inquiétudes de Mélanie, il avait répondu : « Si j'étais demeuré un hussard, tu aurais peut-être de bonnes raisons de te tourmenter. Dans la cavalerie lourde je ne crains plus rien : une cuirasse, c'est une solide armure. » Le général Carbec lui avait caché une chose : sa brigade ne disposant pas d'un nombre suffisant de cuirasses pour équiper tous les cavaliers, il avait décidé que, le jour de la bataille, il chargerait sans plastron. Quelques jours plus tard, un coup de lance lui trouait la poitrine. Les cavaliers autrichiens, prussiens ou russes, il les connaissait bien pour en avoir désarçonné un certain nombre au cours des années passées, mais, sacré Bon Dieu, il n'avait jamais rencontré de tels colosses que ces Horses Greys montés sur des chevaux aussi lourds ! Lui-même n'était pourtant pas un gringalet...

À cette pensée, le général se leva d'un bond, alla se planter droit devant la psyché qui ornait un angle du salon, et s'examina sans indulgence. Si ses joues étaient encore un peu pâles, le regard bleu demeurait vif, le nez provocant et les tempes n'accusaient pas le moindre poil gris. Tout serré qu'il se sentît dans sa redingote, l'ancien hussard ne fut mécontent ni de sa mine ni de son allure. C'est en se retournant qu'il aperçut la seconde enveloppe remise au moment de son arrivée par le concierge, et à laquelle, accablé par la mort de Mélanie, il n'avait prêté aucune attention. Aussitôt, il reconnut l'écriture maladroite :

« Mon général Carbec, salut et fraternité ! J'ai su que tu t'étais tiré vivant de cette foutue frottée de Waterloo. Une fois de plus tu auras eu plus de chance que moi. Tous les deux, moi et Adèle, nous attendons donc ton retour après ta sortie d'hôpital. Préviens-nous de ton arrivée. Nous avons eu un fils au mois de juillet. Il s'appelle Joachim, comme Murat. Vive l'Empereur ! Signé : Sébastien Médard, ancien sous-lieutenant au 7e régiment de hussards, chevalier de la Légion d'honneur. »

Engagé volontaire, le cavalier Carbec avait été confié au maréchal des logis Médard pour apprendre à monter à cheval et manier le sabre. Tout de suite une amitié fraternelle avait lié le sous-officier illettré et le jeune bourgeois. Elle ne s'était jamais démentie bien que celui-ci, devenu sous-lieutenant quelques mois après son incorporation, eût gravi rapidement plusieurs grades alors que l'autre n'avait obtenu l'épaulette qu'en 1814. Trouver cette lettre le jour même de son retour à Paris, et apprendre que son vieux compagnon était père de famille, émut le général Carbec qui s'aperçut du même coup que, depuis son arrivée rue de l'Arcade, il n'avait pas beaucoup pensé à son fils. « Sacré Médard ! Voilà qu'il nous arrive un mouflet à tous les deux ! La relève de la Garde a commencé ! Que raconte donc M. Paturelle au sujet de mon fils ? Il s'appelle Mathieu comme l'ancêtre malouin, bon ! Il est beau et boit goulûment ! Très bon, ça ! Mais que veut donc dire M. Paturelle en écrivant : "Nous l'élèverons avec le même amour que nous portions naguère à Mélanie et selon les mêmes principes" ? Vous ne vous imaginez pas que vous allez me prendre mon fils et l'élever selon vos principes pour en faire plus tard un marchand de drap ? Non, monsieur Paturelle, vous ne me volerez pas mon garçon ! »

La colère montait aux yeux du général. Elle eut plus vite raison de la torpeur dans laquelle il s'était enfoncé que les rasades de rhum avalées à la suite. Il en voulait surtout à sa belle-mère d'avoir prétendu que les soins exigés par la présence d'un petit enfant étaient peu compatibles avec l'état militaire. Qu'en savait-elle ? « Mme Paturelle ne m'a jamais aimé, à peine admis. Quand je lui appris que j'étais promu général, elle m'a répondu, dédaigneuse : "Il ne vous a même pas fait baron d'Empire ?", mais elle ne s'est pas opposée à ce que son mari signe un marché de trente mille capotes de drap bleu avec M. Daru. Non, mon fils, tu ne seras pas élevé par les Paturelle ! "Nous veillerons sur lui autant que sur ses biens." Quels biens ? Il s'agit sans doute de cet hôtel de la rue de l'Arcade qui appartient en propre à Mélanie et dont Mathieu héritera. Voire ! C'est moi le père, donc le tuteur légal de ses biens, il n'est pas nécessaire d'être notaire pour savoir cela. Si vous voulez me voir déguerpir pour occuper la place afin d'y recevoir du beau monde avec l'argent que vous avez amassé en vendant du drap à l'Empereur pour habiller les conscrits de la classe 15, je me mettrai en travers, monsieur Paturelle, je vous en donne ma parole ! »

Pressé soudain par la faim, François Carbec n'avait pas refusé la proposition du concierge : une soupe, une tranche de pâté, un morceau de fromage et quelques pommes, prélevés sur son propre repas.

— C'est bien modeste pour un général, mais c'est de bon cœur, dit Ernest en s'excusant. Je vous demande pardon pour le service. Mme Paturelle a donné leur congé à la cuisinière et au valet quand elle a emmené Mélanie avec elle. On a aussi renvoyé le cocher et vendu les deux chevaux. Si mon général compte s'installer chez Madame…

— Ici, interrompit brutalement le général, c'est chez moi. Je m'y installe donc. Rappelez la cuisinière et le valet. Je m'occuperai des chevaux et du cocher.

Les détails de la vie quotidienne n'avaient jamais inquiété François Carbec. Le jour où il était entré dans l'armée, celle-ci s'était engagée à le nourrir, le vêtir, le loger. Si un jour on manquait de pain, on savait qu'on ferait ripaille une autre fois. Quand on dormait par une nuit de gel au bivouac, il arrivait qu'on logeât dans un palais la semaine suivante. Le plus important, c'était que les chevaux ne manquent jamais de fourrage. Plus tard, lorsque le colonel Carbec avait obtenu sa mise en congé, Mélanie avait pourvu à tout ce que son mari appelait alors « le train » avec une pointe de mépris… Ce soir de décembre 1815, solitaire devant son assiette de soupe, François regretta le temps de son mariage, même s'il n'avait guère passé plus de trois mois auprès de sa jeune femme, les trois autres ayant été consacrés à visiter les remontes et battre la campagne pour acheter des chevaux au nom de l'Empereur. Pendant ses longues semaines d'hôpital il avait souvent imaginé le petit souper que ne manquerait pas de préparer Mélanie pour fêter son retour. Sa mort survenant après la défaite, c'était une malédiction, peut-être une colère de Dieu, une de ses terribles vengeances comme en raconte la Bible. Quoi espérer ? François Carbec pensa : « Je guérirai sans doute de

Mélanie, jamais de Waterloo. » C'est alors qu'il entendit un bruit de voiture et de chevaux mêlé à des éclats de voix. Il eut juste le temps de se lever, d'ouvrir un tiroir où il savait trouver un pistolet. Déjà le cousin Léon était entré dans le petit salon ovale.

— Bon appétit, mon général !

M. de La Bargelière s'avançait, souriant et les bras tendus. François recula d'un pas, remit en place le pistolet, très lentement, conscient du ridicule de son geste.

— Je ne t'attendais pas si tôt, finit-il par dire sur un ton hostile.

Après neuf mois passés dans des camps adverses, les deux cousins se retrouvaient face à face, prêts à s'injurier, quitte à tomber dans les bras l'un de l'autre un moment plus tard. Interdit par la froideur de l'accueil, M. de La Bargelière feignit de ne pas s'en apercevoir.

— Cher François, je suis accouru dès que j'ai appris ton arrivée !

— Qui t'a prévenu ? Le mouchard de la porte de la Villette sans doute ?

— Bien sûr, ainsi que le cocher qui t'a conduit ici, pour toucher sa prime.

M. de La Bargelière affectait une attitude désinvolte dans l'espoir de retarder le plus possible le moment où la colère de François éclaterait. Méprisant, le général demanda :

— Quel métier fais-tu ?

— Mon cher, je suis devenu un des directeurs de M. Decazes, le ministre de la Police.

— Cela ne m'étonne pas de toi, tu as toujours eu du goût pour les argousins.

Un sourire ironique éclaira les lèvres du cousin quand il répondit :

— Moi, parce que je lui suis demeuré fidèle, le Roi va bientôt me nommer conseiller d'État. Toi, pour l'avoir rallié le jour même de son retour de l'île d'Elbe, ton Empereur t'a expédié immédiatement à l'abattoir. C'est toute la différence qui sépare Louis XVIII de Napoléon. D'un côté, la paix. De l'autre, la guerre.

Le général avait saisi M. de La Bargelière au collet, il lui lança en plein visage, la voix tremblante :

— Alors, tout ce qu'on raconte à Bruxelles, les filatures, les dossiers, les résidences surveillées, les arrestations, les prisonniers, les fusillés, c'est donc toi ? La Bédoyère, Ney, c'est toi ? C'est toi, misérable ?

M. de La Bargelière se dégagea brutalement et parla à son tour sur un ton que son cousin ne lui connaissait pas :

— Cela suffit ! Tu pues le rhum... Toi non plus tu ne changeras jamais. Je t'ai laissé parler parce que tu es malheureux. Maintenant tu vas m'écouter. J'ai appris la mort de Mélanie. Oui, je sais cela aussi, comme j'ai su dès le mois de juillet que tu te trouvais au Military Hospital, j'en ai informé tout de suite ta femme qui a voulu partir aussitôt pour Bruxelles, mais le médecin s'y est opposé : elle n'était pas en état de parcourir quatre cents kilomètres. Vers la fin de sa grossesse, Mme Paturelle a tenu à ce que sa fille quitte Paris pour la faire accoucher à la campagne par je ne sais quelle matrone. Ici, Corvisart l'aurait peut-être sauvée. Il est ridicule de demander à un homme tel que toi d'avoir du courage, mais je ne peux rien te dire de plus, sauf que j'ai couru jusqu'ici pour t'aider.

— Je n'ai besoin de personne ! Assieds-toi.

Dans la réponse du général, il y avait cette fois plus d'obstination que de colère. François Carbec alla prendre dans le petit meuble de coin la bouteille de rhum et deux verres. Les cousins retrouvèrent alors le ton des fraternelles confidences. L'un raconta sa bataille du 18 juin : « Quand j'ai chargé pour la quatrième fois avec mes cuirassiers, je croyais bien que les habits rouges étaient foutus ! C'est toujours la même chose, on nous a trahis comme l'an dernier. À son retour de l'île d'Elbe, l'Empereur voulait faire la paix... Il me l'a dit. »

L'autre secoua la tête : « Non, François, c'était trop tard. Le retour de l'île d'Elbe a tout gâché. La paix était devenue impossible. Entre les Coalisés et l'Empereur une lutte à mort était désormais engagée, parce que Napoléon représentait d'abord la Révolution ; c'était lui ou eux. Tu sais mieux que d'autres comment cette aventure s'est terminée... » Le général ne fut pas insensible à ces arguments qui ne lui étaient pas inconnus. Plus de cent fois il les avait tournés et retournés dans sa tête au cours d'interminables discussions avec d'autres officiers, français ou anglais, soignés au Military Hospital. Il tenait cependant à défendre sa position. « Vous autres les pékins, préfets, magistrats, policiers, vous avez pactisé avec l'ennemi, voilà ce que je veux dire lorsque je répète qu'on a été trahis. » Piqué au vif, le haut fonctionnaire répliqua : « Pour toi qui es militaire, la défaite se résume en cette bataille perdue à Waterloo. Mais il y a le reste que tu n'as pas subi, toi ! Le reste c'est la France coupée en deux, c'est plus d'un million de Prussiens, Anglais, Russes ou Autrichiens occupant et pillant soixante et un départements, sans compter des indemnités se montant à sept cent millions de francs ! Il a fallu ravitailler, assurer l'ordre, subir des affronts. Si l'administration n'était pas demeurée en place pour négocier à tous les échelons, les Coalisés ne seraient jamais repartis. Or, le dernier bataillon prussien a quitté aujourd'hui Paris... Sommes-nous des traîtres ? »

Sans répondre à une telle question, le général demeura un long moment silencieux avant de déclarer :

— Pour nous autres, Waterloo n'est pas seulement une défaite militaire. Elle signifie aussi, peut-être davantage, la ruine des conquêtes de la Révolution. Toi, tu ne peux pas comprendre cela. C'est ce qui nous sépare le plus, malgré l'affection qui nous lie.

Les deux hommes, près de redevenir deux compères, discutèrent jusqu'au petit matin. Avant de quitter la rue de l'Arcade, M. de La Bargelière prévint François :

— N'oublie pas de te présenter tout à l'heure au ministère de la Guerre. Le général Clarke t'attend. C'est moi qui l'ai prévenu de ton retour. Je vais t'envoyer un coupé avec un cocher.

— ... qui sera un argousin ! grogna François.

— Sans doute, admit son cousin en souriant. Il ajouta : Tu dois avoir besoin d'argent ?

— Mon voisin de lit, un lieutenant avec lequel je m'entendais bien, m'a prêté quelques guinées. Il m'a donné aussi des leçons d'anglais.

— Comment feras-tu pour le rembourser ? s'inquiéta M. de La Bargelière.

— Je vais passer chez Laffitte, répondit le général.

— Toi ? Chez le banquier Laffitte ?

— Oui, moi ! L'Empereur m'a fait cadeau de trois cent mille francs.

— Trois cent mille francs ! Alors tu es riche ! Et tu es parti quand même faire la guerre ? Avec tout cet argent ? Mon pauvre François, je sais que tu as été toujours un peu fou... Qu'as-tu fait de tout ce magot ?

— Rien. Je n'ai même pas eu le temps d'offrir un collier à Mélanie, ou seulement de payer le tailleur qui a coupé mes tenues de général.

Soudain soucieux et grave, le cousin demanda :

— Es-tu sûr de retrouver une telle somme chez ton banquier ?

— Bah ! dit en souriant François Carbec, tu seras toujours là, non ? Souviens-toi de notre serment.

M. de La Bargelière esquissa un hochement de tête qui voulait dire : « Malgré son deuil et Waterloo, mon cousin Carbec n'a décidément pas changé ! »

Le général Carbec n'avait jamais eu l'occasion de revêtir sa grande tenue de brigadier. Il y apporta le plus grand soin et éprouva un plaisir de jeune homme à contempler dans la glace son habit bleu au grand collet écarlate brodé de feuilles de chêne, son écharpe or et bleu, les deux étoiles d'argent brodées sur les épaulettes, les bottes vernies à l'écuyère. Quelle arme allait-il accrocher à son ceinturon ? Son épée d'officier général, son sabre de colonel de hussards ou le sabre d'honneur reçu en récompense après Marengo ? Il les avait essayés tous les trois avant de se décider pour le dernier. Satisfait de sa silhouette, il avait alors jeté une cape de drap bleu sombre sur ses épaules, posé sur sa tête un bicorne empanaché et s'était adressé le salut dû à un officier de son rang. La voiture et le cocher promis par M. de La Bargelière l'attendaient dans la cour.

Lui aussi, le général Clarke, duc de Feltre et ministre de la Guerre, était vêtu d'un habit bleu brodé d'or. Assis derrière un grand bureau plat, il regarda un long moment son visiteur fixé au garde-à-vous, avant de lui faire signe de s'asseoir et de lui dire, comme s'il avait voulu le dégrader du premier coup :

— Bonjour, monsieur Carbec.

Plus diplomate qu'homme de guerre, le duc de Feltre s'était empressé d'abandonner Napoléon après avoir été comblé d'honneurs et de dotations. Son visiteur ne l'ignorait pas. La main légèrement crispée sur la garde du sabre, il reçut le coup droit sans broncher.

— Monsieur Carbec, poursuivit le ministre, je suis bien aise de vous recevoir, surtout de vous voir en bonne santé après les blessures que vous avez reçues pendant cette journée de juin qui a précipité la fin de l'Empire. M. de La Bargelière m'a prévenu aussitôt de votre retour parmi nous et m'a demandé d'examiner votre dossier avec la plus grande bienveillance. Si c'est à votre cousin que vous devez d'être reçu ce matin, c'est à moi seul que vous devrez la décision que je serai amené à prendre d'après les propositions que la commission d'examen m'aura soumises. J'ai déjà regardé votre dossier et j'en ai tiré quelques conclusions dont certaines vous sont favorables. Commençons plutôt par les autres.

Le ministre parlait avec la componction d'un notaire de l'Ancien Régime. Il ouvrit un dossier placé devant lui.

— Je vois là que vous avez été promu général de brigade le 28 mars 1815, et commandeur de la Légion d'honneur le 4 juin suivant. Or, un décret de Sa Majesté le roi Louis XVIII, datant du mois de juillet dernier, a annulé toutes les promotions décidées pendant l'interrègne des Cent-Jours. Vous portez donc un uniforme illégal, monsieur Carbec.

François s'était levé brusquement, frappant d'un geste involontaire le parquet de son sabre.

— Allons ! dit le ministre, remettez-vous. Je comprends votre déception, peut-être votre amertume, sans doute votre colère. Entendez-moi plutôt. J'ai été chargé de réorganiser l'armée, il me faut donc prendre des mesures à la fois très difficiles et très dures. Croyez qu'elles m'embarrassent toujours et troublent souvent ma conscience, sinon mon cœur de vieux soldat. Qui exclure de l'armée ? Qui conserver ? Qui placer en demi-solde ? Tous les anciens de la Grande Armée peuvent se glorifier de magnifiques états de service. Alors ? Qu'allons-nous faire de vous ? Vous devrez passer devant une commission d'examen qui décidera de votre sort. Sans doute, vous n'ignorez pas que tous les chefs de corps qui ont suivi Bonaparte à son retour de l'île d'Elbe sont automatiquement poursuivis pour haute trahison. Quelques-uns l'ont déjà payé très cher, monsieur Carbec. Pour vous, j'ai redouté le pire, mais votre cousin a attiré mon attention sur le fait que vous ne vous trouviez pas en état d'activité de service à ce moment-là. Votre dossier nous dit, en effet, que vous aviez sollicité et obtenu un congé de longue durée. Dans ces conditions, vous devriez échapper à toute poursuite judiciaire et, si la commission en décide ainsi, vous pourriez réintégrer l'armée après une mise en observation de quelques mois, avec votre grade de colonel, cela va sans dire. Est-ce donc si grave, monsieur

Carbec ? Vous avez trente-sept ans, vous avez accumulé les plus beaux états de service dont un soldat puisse rêver, vous vous êtes fait un nom, et même un surnom dans l'armée. « Carbec-mon-Empereur », c'est bien vous, n'est-ce pas ? À votre âge on peut tout recommencer. Personne ne vous demande de renier votre jeunesse... Moi aussi j'ai été lieutenant dans la cavalerie. Ah ! nous avons connu des heures merveilleuses, c'est vrai. Pour aboutir à quoi ? La France n'en pouvait plus, monsieur Carbec. Aujourd'hui, il faut ne penser qu'à elle. Tenez-vous tranquille, et nous en tiendrons compte. Vous retrouverez peut-être vos étoiles. Pour le moment je vous place en situation d'examen, c'est vous dire que vous n'êtes ni exclu de l'armée ni maintenu. Ne vous faites pas remarquer : ni cocardes tricolores, ni duels, ni propos subversifs, ni réunions secrètes. Bien entendu, vous revêtirez une tenue civile en attendant qu'on ait statué sur votre sort. Reposez-vous, colonel, reposez-vous. Vous l'avez bien mérité.

Le ministre s'était levé. François Carbec salua, un pli au coin des lèvres qui ressemblait davantage à une expression de mépris qu'à un sourire. Quelques instants plus tard, comme il croisait sans les voir un petit groupe d'officiers, il entendit son nom : « Bon Dieu ! Mais c'est "Carbec-mon-Empereur" ! » Vite entouré et pressé de questions cordiales — « On t'a cru mort !... Où étais-tu passé ?... Prisonnier ? Nous allons arroser cela... » —, il reconnut un chef d'escadron et trois capitaines qui avaient été naguère ses camarades. S'écartant, il demanda, sévère :

— Qu'est-ce que vous faites ici ? Vous n'allez pas me dire que vous avez accepté d'être affectés au ministère et de servir sous les ordres d'un tel jean-foutre ?

Les autres baissaient la tête, silencieux, quand l'un d'eux s'enhardit :

— L'armée, c'est toujours l'armée. On reste entre soi. Une cocarde en vaut une autre...

François les regarda avec un air de pitié avant d'exploser :

— Cette cocarde ne quittera jamais mon chapeau. La vôtre, toute blanche qu'elle soit, vous pouvez vous la foutre où vous voulez !

On entendit longtemps le sabre du général Carbec sonner sur les dalles de marbre qui pavaient le vestibule du ministère.

— Dors, mon mignon. C'est vrai que tu as l'air d'un petit prince ! Ce n'est pas pour rien que nous t'avons appelé Joachim...

Adèle Médard venait de donner la première tétée de la journée à son fils. Elle referma son corsage, plaça le marmot dans son berceau, jeta quelques bûches dans la cheminée où la soupe du matin mijotait au bout d'un crochet, et disposa deux bols, l'un en face de l'autre, sur la table qui occupait le milieu de la salle. C'était une table de chêne, étroite et massive, noircie autant par la fumée et la main des hommes que par les années, une table de ferme où, le travail terminé, on s'accoude pour manger silencieusement, les yeux sans regard et les deux pieds posés bien à plat sur la terre battue, sans même entendre le lourd tic-tac de la pendule.

Chaque matin, après avoir donné le sein à Joachim, Adèle Médard appelait son mari tôt levé et occupé à soigner les bêtes. En souvenir de l'armée où elle avait été cantinière, elle ordonnait :

— À la soupe ! Grouillez-vous là-dedans !

Par jeu, Médard répondait aussitôt : « Vorwärts ! » car, chez les hussards, on avait conservé la tradition de quelques commandements allemands. Sortant de l'étable qui abritait la jument Paméla, il apparaissait, les cheveux pleins de paille, une fourche à la main. Sa jambe de bois heurtait le sol. Adèle courait au-devant de lui, ensemble, ils traversaient la petite cour de la maison paysanne qu'ils avaient héritée d'un oncle maraîcher établi dans la banlieue parisienne.

Ce jour-là, Mme Médard appela plusieurs fois « À la soupe ! » sans entendre la réponse coutumière. Soucieuse, elle traversa la cour d'un pas plus vif, entendit Paméla hennir d'une façon inhabituelle. Étendu sur la litière de la jument, son mari s'efforçait de se relever et s'accrochait à ses jambes.

— Ne t'inquiète pas, mon Adèle, j'ai glissé et je n'arrive pas à me remettre droit tout seul avec ce foutu pilon !

— Tu ne t'es rien cassé, au moins ?

Elle le regarda avec de l'amitié plein les yeux et l'aida à se relever.

— Non, dit-il, mais mon pied gauche me fait toujours mal.

— Mon pauvre Médard ! répondit-elle en riant. Tu fais un drôle d'officier ! Après vingt-cinq ans de service, tu ne sais pas encore distinguer ta gauche de ta droite !

— Je te dis que mon pied gauche me fait mal, je le sais mieux que toi, non ?

— Appuie-toi sur mon épaule au lieu de me parler comme à un conscrit. Ton pied gauche, on l'a mis dans un trou, du côté de Fontainebleau, au mois de mars de l'année dernière, même que c'est moi qui l'ai enterré...

— Je le sais bien, mon Adèle, dit plus doucement Sébastien Médard, mais c'est quand même mon pied gauche qui me fait mal. L'an dernier, au mois de décembre, c'était déjà la même chose.

— Assieds-toi et mange ta soupe. Pour sûr que c'est à cause du froid ! À Nogent-le-Rotrou, quand j'étais petite, j'ai connu un homme à qui on avait coupé le bras gauche : il avait toujours mal à ses doigts. Est-elle bonne au moins, ma soupe ?

Sans attendre la réponse, Adèle Médard poursuivit :

— Aujourd'hui, il fait trop dur pour que tu ailles à Paris.

Tu vas rester au chaud à garder Joachim et tu feras deux pages d'écriture pendant que j'irai bêcher les carrés. Paméla a besoin de se reposer, elle aussi. Tous les deux vous avez fait le fiacre pendant huit jours de rang! Ça va être bientôt mon tour.

Son vieux manteau de cavalerie jeté sur les épaules, à califourchon sur une chaise paillée, Sébastien Médard, installé près du berceau de son fils, suçait maintenant le tuyau recourbé d'une pipe allemande dont il tirait des bouffées de souvenirs. Cette pipe, il l'avait reçue en cadeau du chef d'escadron Carbec, un fameux soir où, après trois semaines de poursuite à travers la Prusse, les hussards étaient parvenus jusqu'à la baie de Lübeck, sur la Baltique. « Sacré Carbec! pensa-t-il, nous allons bientôt le voir arriver. Tout général qu'il est aujourd'hui, c'est quand même moi qui fus son premier instructeur à l'armée d'Italie! Je lui ai appris à monter à cheval, tirer au pistolet, donner des coups de sabre, jouer aux cartes, tenir la boisson, même à soigner les galanteries que les filles vous repassent! » C'était la vérité. Pour le reste, l'élève Carbec n'avait pas eu besoin des leçons du maréchal des logis Médard, celui-ci ne sachant ni lire ni écrire alors que lui avait passé six ans au collège. Tout séparait ces deux hommes, l'instruction autant que la condition sociale, même l'âge puisque le conscrit avait cinq ans de moins que le sous-officier. Une amitié instinctive les avait tout de suite rapprochés à une époque où les mots révolution, liberté, armée, gloire, aventure étaient synonymes de jeunesse. Sauf pour aller soigner leurs blessures là où ils étaient évacués, les deux hommes ne s'étaient guère quittés au cours de leur carrière. Et ils avaient encore réussi à rejoindre le même régiment de hussards à leur sortie d'hôpital. Rien n'était parvenu à les opposer l'un à l'autre, ni les nombreuses promotions de François Carbec, ni même l'apparition d'Adèle Fricasse dans leur vie quotidienne.

L'événement était survenu pendant le mois de mars de l'année 1813. Blessé cinq fois, nommé adjudant — et non sous-lieutenant parce que les nouveaux règlements s'opposaient à la promotion des illettrés —, Sébastien Médard avait été envoyé en remonte par son chef de corps, mission de confiance remplie avec succès dans la région du Perche d'où il était revenu avec une cinquantaine de chevaux. L'adjudant avait aussi ramené la jument Paméla attelée à une carriole bourrée de barils de vin et de cruchons d'eau-de-vie, de cervelas, saucisses et fromages, conduite par une grande fille rousse rencontrée à Nogent-le-Rotrou chez un maquignon où il avait logé une quinzaine de jours, le temps de rassembler, choisir et payer les bêtes destinées au régiment.

Au cours des années précédentes, Sébastien Médard avait protégé plus d'une femme choisie dans le troupeau de celles qui, fidèles à la Grande Armée, avaient participé à toutes les campagnes jusqu'au moment de disparaître dans les tourmentes de la retraite de Russie. La fille ramenée de Nogent-le-Rotrou n'avait rien de commun avec ces ribaudes qu'on appelait, depuis le rassemblement du camp de Boulogne, les « madames quarante mille hommes ». Solide paysanne, habile à manier les chevaux, sachant lire, écrire et compter, lasse de demeurer dans un pays vidé de ses hommes par les conscriptions, elle s'était jetée dans les bras de l'adjudant Médard dès les premières nuits de son arrivée, prête à quitter son maquignon pour suivre un colosse blond aux yeux rieurs à qui deux moustaches de matamore, un grand sabre et une croix de la Légion d'honneur sur un dolman bleu de hussard donnaient une prestance de héros. Trop occupés à rechercher les déserteurs et les insoumis, les gendarmes n'avaient plus le temps de courir après les filles en rupture de contrat. L'adjudant Médard ne l'ignorait pas. Il savait aussi que l'armée deviendrait pour sa conquête un refuge quasi inviolable à condition qu'on l'y admît comme cantinière.

— Mâtin ! Où as-tu déniché cet oiseau ? demanda le colonel Carbec en la soupesant d'un regard connaisseur dans lequel il y avait peut-être autant d'admiration que de méfiance.

— Il se pourrait bien que ce soit la nouvelle cantinière du régiment, répondit prudemment Sébastien Médard. Elle s'appelle Adèle, et même Adèle Fricasse. Je lui ai fait donner des papiers en règle en passant à la division. Il ne manque plus que ton accord, mon colonel.

Quand ils se trouvaient seuls, les deux hommes se tutoyaient. François Carbec regardait la fille avec un sourire de gourmandise qui n'échappa pas à son ami. Il dit aussi :

— Avec cette tournure, ces cheveux et ces yeux-là, tu ne vas pas t'ennuyer. Sacré Médard ! Mais as-tu pensé aux autres ? N'as-tu pas peur d'avoir chaque jour une affaire sur les bras ?

— S'il y a un seul hussard qui tourne autour de ses cottes, il est mort, quel que soit son grade. C'est sûr, tu me connais ?

— C'est bien ce qui m'inquiète, Médard.

— À toi de décider, c'est toi le colonel. Je ne t'en voudrais pas si tu refusais ton accord. Je resterais même ton ami. Tous les deux on ne se brouillera pas à cause d'une femme, non ! Mais je demanderai à changer de régiment parce qu'Adèle c'est mon Adèle. Elle et moi, c'est pour toujours !

Le colonel avait failli les envoyer tous les deux au diable. Il esquissa un sourire. Sauf quand il s'appliquait à la fidélité à l'Empereur et à certains aspects de la discipline militaire, le mot « toujours » ne signifiait pas grand-chose pour lui. Se sentant un peu faiblir, il interrogea :

— A-t-elle seulement l'âge requis ?

— L'âge ? gronda l'adjudant. Qui se soucie d'âge aujourd'hui pour faire la guerre ? Tu as vu les dernières recrues ? Des enfants ! Bien qu'Adèle n'ait pas encore vingt ans, elle est plus âgée qu'eux !

Le colonel Carbec venait de prendre à Mayence le commandement d'un nouveau régiment de hussards reconstruit avec les débris des pelotons que les glaces de la Bérézina n'avaient pas engloutis, auxquels on avait ajouté des conscrits à peine capables de se tenir à cheval, de manier un sabre ou d'armer un pistolet. Dans ces conditions, comment pourrait-il se passer de Sébastien Médard, dont le savoir-faire, l'autorité, l'exemple assuraient à eux seuls la discipline dans les rangs ? Tout bien réfléchi, ne valait-il pas mieux accepter la cantinière que de perdre l'adjudant ?

— Donne-lui un bonnet de police à l'écusson du régiment, une capote et des bottes, avait conclu le colonel.

Le même soir, l'adjudant Médard dit à son ami :

— Je vais te confier un secret à propos d'Adèle. Tu le garderas pour toi seul, parole d'homme ?

— Parole d'homme !

— Elle veut que je devienne officier.

— Moi aussi, sacré farceur ! Mais tu ne sais même pas signer ton nom ! Les ordres de l'Empereur sont formels. Nous ne sommes plus en 93, mon pauvre Médard, mais en 1813 !

— Justement ! protesta l'adjudant. Elle va m'apprendre à lire et à écrire. Personne ne doit le savoir ! Les autres se moqueraient de moi... Plusieurs fois tu as essayé de m'apprendre, sans y parvenir. Ou je suis une foutue bête, ou tu es trop savant pour moi.

Dès le mois d'avril de cette même année, les hussards du colonel Carbec avaient rejoint en Saxe le gros de l'armée française, là où venait d'arriver l'Empereur pour diriger la bataille contre les Prussiens et les Russes. Adèle Fricasse entendit le canon et la fusillade à Lützen sans trop montrer qu'elle avait peur. Quelques mois plus tard, aguerrie comme une ancienne, que ce soit à Dresde, à Leipzig ou à Hanovre, la cantinière improvisée se montra toujours présente là où on avait besoin d'une goutte pour se fortifier le cœur, d'un coup de main pour porter un blessé, d'un remède pour soigner un cheval. Bientôt, le régiment ne comptait plus que le tiers de son effectif, moins de deux cents hommes poursuivis par des cosaques et des Kaiserlichen enragés. Les hussards avaient dû retraiter sur plus de trois cents kilomètres pour repasser en hâte le Rhin avant que l'ennemi n'envahisse la France, mais l'adjudant Médard savait maintenant reconnaître les lettres de l'alphabet et signer son nom.

Au factionnaire qui le saluait devant le porche du ministère de la Guerre, François Carbec répondit avec un geste cérémonieux. C'était peut-être la dernière fois qu'on lui présentait les armes. Mis à sa disposition par M. de La Bargelière, le coupé l'attendait. Un instant, le général fut tenté de rentrer chez lui à pied, par bravade autant que par gloriole, pour se montrer aux Parisiens en grande tenue avec son bicorne orné d'une cocarde tricolore. Pourquoi ne pas aller au Palais-Royal, au café Montausier par exemple, où il rencontrerait quelques anciens, ou chez le banquier Laffitte pour réclamer de suite son argent ? Comme le cocher, descendu de son siège, lui ouvrait déjà la portière de la voiture, il y monta cependant. Une autre idée lui était venue : rendre visite au ménage Médard qui s'était installé dans les environs de Paris, à Saint-Mandé. C'était ces deux-là qu'il fallait choisir pour sortir une dernière fois en grand uniforme.

Sacré Médard ! Il était quand même parvenu à être promu sous-lieutenant... C'était au mois de mars 1814, François Carbec s'en souviendrait toute sa vie parce que ses escadrons, réduits à une centaine de cavaliers, avaient livré ce jour-là leur dernier combat d'arrière-garde dans les environs de Montereau. La jambe déchiquetée par un Biscaïen, l'adjudant Médard, ayant refusé de quitter son régiment, avait été chargé sur la carriole tirée par la jument Paméla où la cantinière avait nettoyé sa plaie à l'eau-de-vie. Lorsque l'ordre de se replier sur Fontainebleau était arrivé, Adèle Fricasse avait dit au blessé : « Tiens bon jusque là-bas, Médard ! Nous ne t'abandonnerons jamais ! Je te trouverai un chirurgien ! »

Là-bas ? Qu'est-ce que cela voulait dire puisqu'on avait dû abandonner Épinal, Nancy, Chaumont, Langres, Troyes et Dijon ? Parvenus à Fontainebleau, les hussards avaient appris que Paris venait de tomber aux mains des Russes et des Prussiens. Et après ? Tout n'était pas perdu. On allait marcher sur la capitale et la reprendre avec l'aide du peuple qui ne manquerait pas de se soulever ! Pour encourager les quelques milliers d'hommes demeurés fidèles, l'Empereur inspectait les régiments les uns après les autres au fur et à mesure qu'ils se regroupaient. Comme il avait toujours su le faire, Napoléon s'adressait aux chefs de corps aussi bien qu'aux hommes de rang, les reconnaissait, les tutoyait, distribuait des croix, signait des promotions. Au colonel Carbec il avait promis les étoiles de général dès qu'on aurait repris Paris et, s'arrêtant devant la carriole où gisait le sous-officier Médard, à moitié moribond, il avait eu le geste de décrocher sa propre Légion d'honneur pour l'épingler sur la poitrine du hussard, mais François l'avait prévenu :

— L'adjudant Médard a déjà la croix.

— Que puis-je faire pour ce brave ? avait demandé l'Empereur.

— Lui donner l'épaulette, avait répondu le colonel sans hésiter.

— Et lui envoyer votre chirurgien ! avait ajouté la cantinière d'une voix qui ne tremblait pas.

— Sait-il lire et écrire ? avait questionné Napoléon d'une voix plus sévère.

— Pour sûr ! avait dit Adèle Fricasse. C'est moi qui lui ai appris !

— Je m'en porte garant ! avait osé prétendre François.

Surpris, l'Empereur avait dévisagé le soldat avec un air apitoyé. Sans rien promettre, les épaules fatiguées, il avait continué son inspection du régiment massacré. Cependant, ce soir-là, le chirurgien Larrey en personne avait remis à l'adjudant Médard son brevet de sous-lieutenant avant de lui couper la jambe au-dessus du genou, à mi-cuisse.

Les chevaux attelés au coupé du ministère menaient bon train le long des berges de la Seine. Le général Carbec regarda sa montre et calcula qu'il arriverait vers onze heures à Saint-Mandé. Du temps qu'il était affecté à l'Inspection de la cavalerie, il était venu quelquefois, à cheval, dans cette banlieue de l'Est parisien où, dès sa sortie de l'hôpital, le sous-lieutenant Médard s'était installé avec sa cantinière bientôt épousée. La dernière visite de François remontait aux premiers jours du mois de juin, juste avant de rejoindre la frontière belge. Sébastien venait d'acheter une vieille voiture à deux roues qu'il avait lui-même rafistolée et repeinte. « À cause de mon pilon, avait-il confié au général venu lui dire au revoir, je ne parviens pas à bêcher autant de plates-bandes que je voudrais. Je me fatigue tout de suite. Le maraîchage, c'est plus dur que je le croyais. Avec Paméla attelée à ce carrosse, je pourrai faire le fiacre à Paris pendant que madame Médard s'occupera du marmot. Elle n'a guère plus d'un mois à attendre avant l'accouchement… Ça va me faire trois bouches à nourrir, sans compter le picotin de Paméla ! J'ai tout calculé : avec ma pension, ma croix, les recettes du fiacre et un peu de maraîchage, ça sera juste mais on s'en tirera. Vive l'Empereur quand même ! Dis donc, mon général, tu vas leur foutre une sacrée frottée aux Coalisés, hein ? Rappelle-toi ce que je t'ai appris pour la charge : ne pas l'engager de trop loin, tu essoufflerais tes chevaux, ni de trop près, tu les empêcherais de prendre l'élan nécessaire. Attention à la position des armes. Le sabre tenu la pointe en avant pour le premier rang, croisé au-dessus de la tête pour les autres. Tu n'as pas oublié la théorie ? Sans ce maudit pilon je serais parti moi aussi ! Même avec tes foutus cuirassiers, c'est pour dire ! »

Le général Carbec se rappelait surtout le mariage de son ancien instructeur avec la cantinière du régiment. Les sacrés bougres ! Ils étaient magnifiques tous les deux, lui dans son uniforme flambant neuf d'officier de hussards revêtu pour la première fois, elle en robe de percale rose, cheveux roux serrés dans un petit bonnet de dentelle, le visage criblé de taches de soleil et les yeux gais. Le mari avait plus de quarante ans, sa femme à peine vingt, mais malgré sa jambe de bois qui frappait le sol et son visage creusé de rides et couturé de cicatrices, le sous-lieutenant Médard avait encore l'air d'un luron coureur de filles. « Sacré Sébastien ! Après avoir traversé plusieurs fois l'Europe à cheval, le voilà devenu cocher de fiacre et marchand de légumes avec son pilon et sa Légion d'honneur. Non, nos enfants ne voudront jamais nous croire... »

Le coupé venait de traverser Saint-Mandé, petit village rassemblé autour de son église, celle où Sébastien Médard, Parisien, mécréant et révolutionnaire, avait consenti à courber la tête devant un prêtre et recevoir le sacrement du mariage pour l'amour d'une jeunesse aux cheveux roux.

— Prenez le deuxième chemin à droite et entrez sous le porche de la ferme, là, sur votre gauche, dit le général au cocher.

Occupé à mettre des bûches dans la cheminée, Sébastien Médard entendit la voiture rouler dans la cour. Surpris, il lâcha son travail et ouvrit la porte de la salle au moment où François sortait du coupé. Les deux hommes restèrent un long moment à se dévisager, immobiles, muets. Un peu raides, ils s'avancèrent l'un vers l'autre et s'étreignirent maladroitement, incapables de dire un mot. Sébastien fut le premier à parler.

— Alors, te voilà revenu ? dit-il avec un rire bête.

— Oui, me voilà revenu, répondit l'autre sur le même ton.

— Laisse-moi un peu te regarder, continua Médard.

Mazette ! Avec ta cape, ta ceinture, ton habit brodé tout en or, on dirait que tu vas au bal ! J'espère que tu n'es pas venu ici pour nous annoncer que tu es invité aux Tuileries ?

Il y avait dans ces mots-là un peu de soupçon et comme une ombre de rancune. Le général se hâta de répondre :

— Ils vont me mettre à la porte de l'armée, c'est la dernière fois que je porte cet uniforme.

— Eh bien, tant mieux ! Sans cela tu pouvais repartir de suite ! gronda Sébastien Médard. Tu vas m'expliquer tout ce qui s'est passé à Ligny, aux Quatre-Bras, au mont Saint-Jean, ce qu'ils appellent aujourd'hui Waterloo. Entre donc, mon général. Donne-moi d'abord des nouvelles de madame Carbec. Elle a dû accoucher. C'est-il un garçon ? Ou une fille ?

François dut raconter son arrivée, la veille, rue de l'Arcade, la maison déserte, la lettre du beau-père Paturelle qui annonçait en même temps la mort de Mélanie et la naissance de Mathieu. Sébastien écoutait, muet, averti par un instinct très sûr qu'il n'y avait rien à dire et que son ami préférait ne rien entendre. Des cris les tirèrent soudain de leur silence et les conduisirent vers le berceau où pleurait un petit enfant.

— Tout le monde dit qu'il est très beau ! assura Sébastien. Quand il pleure, je n'ose pas le prendre dans mes bras de peur de le faire tomber, parce que je ne connais pas grand-chose aux mouflets, mais quand il est sage et que je suis seul, à côté de lui, à fumer ma pipe, celle que tu m'as donnée à Lübeck, alors nous nous racontons des histoires tous les deux. J'aide madame Médard à préparer ses biberons. Nous avons dû le sevrer, Adèle n'avait pas assez de lait. Il a toujours faim, écoute-le.

Le général Carbec n'appréciait pas les cris du jeune Joachim qu'il regardait avec des yeux inquiets. Sébastien s'en aperçut. Hochant la tête, il dit alors avec une voix très douce :

— Ces petits bougres-là, quand ils se mettent en colère il faut avoir une sacrée patience ! Mais on les aime quand même.

Adèle Médard, en sabots, le froid aux joues et reniflant, un fichu de paysanne noué à la diable sur ses cheveux mal coiffés, entra dans la salle à ce moment. Interdite, elle demeura clouée au sol, ne pensant pas à refermer la porte et bégayant :

— Mon... mon colonel! Pardon! Mon général...

Dès son arrivée au régiment où l'adjudant Médard l'avait conduite, Adèle Fricasse avait compris qu'elle serait plus tolérée qu'accueillie de bon cœur par le chef du 7e de hussards. Le colonel l'avait toujours intimidée. Lui-même avait affecté d'ignorer sa présence au point de ne jamais lui adresser la parole en dehors des questions de service, sauf le jour où il l'avait aidé à tenir au-dessus d'une bassine la jambe de l'adjudant tandis que le chirurgien Larrey préparait ses couteaux.

— Comment allez-vous, madame Médard?

Le ton du général était très cordial. Rouge d'émotion, elle répondit :

— Médard et moi, on s'est fait du souci pour vous. Vous entendez notre Joachim? Il n'est pas méchant. Il a faim, c'est son heure, excusez-moi!

Prenant le bébé dans ses bras, elle l'emporta dans une pièce voisine aussi vite que si elle se sauvait.

— L'heure de la soupe, c'est sacré! dit gravement Sébastien.

— Pour sûr, convint François d'une voix solennelle.

Les deux hommes se regardaient, gênés et maladroits, comme si avait surgi entre eux une grosse pelote de fils embrouillés que ni l'un ni l'autre n'était capable de démêler.

— Pour nous aussi, c'est l'heure du biberon! dit enfin Médard en clignant de l'œil. Un jour comme celui-là, c'est notre fête, non? Ah! tu peux dire qu'on l'a attendu, ton retour! Pendant cinq mois, je suis allé rue de l'Arcade chaque semaine pour avoir de tes nouvelles. Ton concierge Ernest me connaît bien...

Il s'était levé avec une grimace qui lui avait un peu tordu la bouche, foutu pilon! et ouvrait maintenant un placard dont il tirait une bouteille et deux verres à boire qu'il remplit aussitôt.

— C'est le dernier flacon. On le gardait pour toi. Il vient de la carriole de mon Adèle! Nous allons trinquer à la santé de nos deux gars.

— D'abord à la santé de l'Empereur! dit François.

— Tu as raison, mon général, mais pas comme ça! De quoi ai-je l'air avec cette blouse de bouseux et cette capote qui n'a même plus de boutons? Attends-moi, j'en ai pour cinq minutes.

Demeuré seul, le général examina la pièce où il se trouvait. C'était une salle de ferme semblable, à peu de chose près, à toutes celles, que ce soit en France, dans les Allemagnes, en Italie, en Espagne, où il lui était arrivé de manger la soupe paysanne : même table étroite, mêmes bancs, même cheminée, même huche pour le pain, même odeur de chou et de poireau, et cette petite fumée bleue qui sent le bois brûlé. « Je me suis toujours senti à l'aise dans ces maisons-là, pensa le général. D'où me viennent donc ce goût et ce sentiment de bien-être, voire de sécurité? Mon grand-père était militaire, mon père avocat, je ne connais aucun parent paysan chez qui j'aurais pu aller durant les mois d'été et en rapporter de tels souvenirs... Les vacances je les ai toujours passées à Paris. »

Comme d'un prodige, François Carbec s'étonnait toujours de cette soudaineté avec laquelle réapparaissent les souvenirs minuscules qui sont la trame de nos vies. Pour lui, le temps des vacances se confondait surtout avec ces deux mois de juillet et août de l'année 89 où, tout à coup, il avait été permis à chacun de descendre dans la rue pour y suivre des cortèges, danser des farandoles, lancer des appels aux armes, entendre sonner le tocsin et improviser des déclamations. Ces images surgissaient dans ses yeux et dans ses oreilles depuis vingt-cinq ans, vivaces autant qu'imprévisibles. Alors il entendait les discours de son père, doux, rêveur, qui ne voulait pas faire la révolution contre la monarchie et disait volontiers : « Vive la Nation, vive la loi, vive le Roi! » Un soir d'émeute, l'avocat Carbec avait reçu un mauvais coup qui ne lui était sans doute pas destiné mais qui l'avait étendu mort sur le pavé. François venait de fêter son douzième anniversaire. Le temps des vacances dans la rue était fini. Celui de la plus grande aventure allait bientôt commencer. Devenu son tuteur légal, un proche parent de l'avocat, M. Carbec de La Bargelière, avait fait inscrire l'orphelin au collège Louis-le-Grand dans la même classe que son propre fils Léon. Bourrés de grec et de latin, de mathématiques et de physique, de cinq heures du matin jusqu'à neuf heures du soir, les deux cousins étaient vite devenus inséparables. Comme leurs condisciples ils avaient applaudi à la proclamation de la patrie en danger, avec d'autant plus d'enthousiasme que, dès les premières semaines de la rentrée scolaire de l'année 93, le principal, les maîtres et le portier de Louis-le-Grand devenu collège de l'Égalité avaient compris qu'il était devenu impossible d'appliquer la sévérité des vieilles disciplines à des garçons qui ne rêvaient plus que de courir à la frontière. Parcourir les rues en cortège et hurler « Liberté ! Liberté ! Liberté » ne parvenait plus à les apaiser. Un mot tout neuf, la guerre, avait surgi. Il était paré de prestiges. Avec la guerre, on enlevait au pas de charge les grades, les honneurs, la gloire... La belle vie ! On quittait le collège à dix-sept ans et on s'engageait pour se battre en Belgique, en Alsace, sur la Meuse ou sur le Rhin, dans les Alpes ou en Italie. Six mois plus tard, couvert de pansements ou de galons, on revenait parader dans la cour de récréation devant les plus jeunes qui n'avaient pas encore atteint l'âge de jouer au héros mais se montraient impatients déjà de conduire des armées à la victoire. Le jour où il avait appris qu'un régiment de hussards avait pris la flotte hollandaise du Texel immobilisée dans les glaces, l'élève François Carbec s'était juré de devenir un de ces cavaliers à pelisse bleue bordée de fourrure noire, toujours premiers partout, qui venaient d'accomplir un tel exploit ! C'était en janvier 95. Il lui avait fallu attendre la fin de l'année scolaire et, dès le mois d'août, il avait rejoint le dépôt du 1er régiment de hussards où on l'avait aussitôt placé sous la férule du maréchal des logis Médard dont il entendait encore les commandements impitoyables : la tête droite, les bras repliés au coude, les épaules basses, le dos droit, les couilles en avant. Nom de Dieu, tes pieds ! Bien à plat sur l'étrier. Qu'est-ce qui m'a foutu une recrue aussi couenne ? Pied à terre ! En selle ! La tête droite... les bras repliés au corps... C'est mieux comme ça...

— On va pouvoir boire la goutte, mon général !

Sébastien Médard se dressait devant lui, cette fois habillé du bel uniforme d'officier de hussards étrenné le jour de son mariage avec Adèle Fricasse. Le sous-lieutenant avait même eu le temps de cirer ses moustaches et d'en retourner les pointes vers les yeux. À ses côtés se tenait une nouvelle Mme Médard, ni paysanne ni cantinière, vêtue d'une robe noire dite « amazone » comme en portent les dames qui montent à cheval. Surpris, le général se leva, secoua la tête, et se demanda si, depuis son retour à Paris, il n'avait pas perdu la raison.

— Va chercher un verre pour toi ! commanda le sous-lieutenant à sa femme sur un ton qui n'admettait pas de réserve.

Sébastien remplit ce troisième verre à ras bord, comme les deux autres. Les yeux un peu hagards, il dit religieusement mais d'une voix bien timbrée :

— À l'Empereur !

Il ajouta, l'instant d'après :

— Au retour du général Carbec, commandant la 2e brigade de cuirassiers.

— À nos deux garçons ! dit en écho Adèle Médard.

À chaque santé, le sous-lieutenant avait bu une large goulée d'alcool si bien que son verre était presque vide alors que les deux autres demeuraient à peine entamés. Fidèle aux traditions galantes de la cavalerie, le général déclara à son tour, avec un sourire d'amitié :

— À la belle madame Médard !

— Attendez au moins que je remplisse mon verre ! s'écria Sébastien.

— Tu as assez bu, Médard ! dit-elle en voulant s'emparer de la bouteille.

— Qui commande ici ?

La voix du sous-lieutenant avait claqué comme un ordre dans la cour d'un quartier de cavalerie le jour d'une revue de détail, tandis qu'il remplissait son verre et le vidait d'un trait. Ils se regardèrent tous trois, muets, interdits. Adèle Médard avait accueilli le compliment du général en rougissant encore plus parce qu'elle avait senti que, pour la première fois, il l'avait regardée non comme une cantinière mais comme une femme. Soudain mal à l'aise, François s'exclama en forçant un peu le ton de la bonne humeur :

— Vous m'avez fait une sacrée surprise en vous mettant tous les deux en grande tenue ! Vous êtes superbes et vous formez un fameux couple ! À la vôtre.

— Sacré dié ! On n'allait tout de même pas recevoir notre général comme des bouseux, et boire à la santé de l'Empereur comme des gueux ! Adèle et moi on a décidé ça en un rien de temps. Moi j'ai passé mon uniforme d'officier, et madame Médard sa tenue de cocher.

— Comment cela ? s'étonna François.

— C'est comme je te le dis ! Madame Médard a obtenu l'autorisation d'être cocher. Elle est la première femme cocher de fiacre à Paris.

— Pas encore ! précisa-t-elle doucement. Il faut attendre que nous ayons trouvé quelqu'un pour garder Joachim.

— L'un de nous fera le cocher, expliqua Sébastien, pendant que l'autre s'occupera du potager. Chacun prend la semaine à tour de rôle, tu saisis la manœuvre ?

— Vous avez un bon cheval ? demanda François.

— Pour l'instant on n'en a qu'un. Il nous en faudrait deux. Au fait, tu connais Paméla ?

— La jument de la carriole ?

— C'est toujours la même. Paméla et mon Adèle je les ai conduites toutes les deux jusqu'à Mayence, dit innocemment Sébastien avec un sourire pour sa femme. Tu te rappelles ?

Le général regarda Mme Médard à son tour. Elle baissa aussitôt les yeux, les joues en feu, comme prise en faute, tandis que son mari s'avisait soudain que François était arrivé tout à l'heure dans un coupé de ville :

— Ton cocher va prendre un mauvais coup de froid, je vais le faire entrer ici pour qu'il boive la goutte avec nous.

— Non ! dit vivement François. Laisse-le donc !

— Pourquoi ? C'est un collègue...

— Ça n'est pas un vrai cocher, mais un argousin chargé de me surveiller.

— Bon Dieu, je vais le foutre dehors !

Frappant le sol avec son pilon, Sébastien se hâtait déjà vers la porte, un gourdin à la main. François le retint :

— N'en fais rien, il en profiterait pour écrire dans son rapport que nous complotons tous les deux.

— Et si c'était vrai ? dit Sébastien d'une voix provocante. Nous ne serions pas les seuls.

— Laisse-moi au moins le temps de respirer, je suis arrivé hier à Paris...

— En attendant, tu déjeunes avec nous. Madame Médard va faire une omelette, tailler des tranches de jambon et nous trousser une salade.

François n'avait plus envie de rester. Quelque chose d'indéfinissable, à peine perceptible, peut-être nuisible à leur amitié, l'inquiétait.

— J'ai affaire à Paris, dit-il.

— Tout général que te voilà devenu, gronda le sous-lieutenant, je suis toujours ton ancien, non ? Ici, c'est moi qui commande. À partir d'aujourd'hui, tu ne devras pas l'oublier !

François faillit céder à la voix cordialement bourrue qui avait accompagné vingt ans de sa vie, quand il crut deviner, dans les yeux d'Adèle Médard fixés sur lui, une sorte de peur semblable à une prière qui le suppliait de s'en aller tout de suite. Il brusqua son départ.

— Il me faut régler aujourd'hui une affaire importante. Je reviendrai bientôt. Au revoir, Médard.

— On n'a même pas eu le temps de causer ! remarqua Sébastien qui ajouta : Tu as l'air de te sauver ?

— Je te dis que je reviendrai bientôt. N'insiste pas. J'ai oublié de te féliciter pour ta lettre. Tu as fait de sacrés progrès depuis Fontainebleau. Bientôt tu écriras comme un clerc de notaire.

— Dame ! Mon Adèle me fait faire une page d'écriture tous les jours... quand je n'ai pas trop bu la goutte. Tu sais, mon général, dit plus bas Sébastien Médard, lorsque tu m'as appris... pour Mélanie... je n'ai pas su te dire tout ce que je pensais. J'ai du chagrin pour toi.

— Je sais, souffla le général. Prends soin de ton Adèle. Les femmes, c'est plus fragile qu'on le dit.

— Sois prudent toi aussi. Tu ignores ce qui se passe ici. Le port d'une cocarde tricolore, ça vaut six mois de prison. Je connais un cocher de fiacre qui a écopé de deux ans ferme pour avoir appelé son cheval « Cosaque ». L'autre jour, un étudiant a tiré trois mois pour avoir dessiné une paire de moustaches sur un buste de la duchesse d'Angoulême. Sois très prudent, mon général !

— Monsieur Laffitte tient à vous recevoir lui-même. Auriez-vous l'obligeance de patienter quelques instants ? dit au général Carbec un commis à la fois déférent et sûr de lui comme il convient au jeune collaborateur d'un homme important.

Pressé par le besoin et décidé à en finir avec ces problèmes d'argent auxquels rien ne l'avait préparé mais qu'il ne pourrait désormais dédaigner, François Carbec voulait savoir ce qu'étaient devenus les trois cent mille francs donnés par son Empereur. Dès qu'il eut quitté les Médard, il se rendit dans les bureaux du financier sans prendre la précaution d'annoncer sa visite. On lui demanda d'attendre. Il y consentit sans manifester la moindre humeur car, au moment même qu'il franchissait le vestibule de la somptueuse demeure où étaient installés à la fois le domicile particulier de M. Laffitte et le siège de la banque, une sarabande de souvenirs l'entourbillonna et lui tint compagnie...

Il avait dix-neuf ans. Promu sous-lieutenant depuis quelques semaines, il faisait partie d'une délégation d'officiers choisis par le commandement en chef de l'armée d'Italie pour accompagner le colonel Marmont qui présenterait au Directoire vingt-deux drapeaux pris à l'ennemi. Descendu chez son ancien tuteur, le père du cousin Léon, il y avait été accueilli à bras ouverts, gâté, habillé de neuf, montré, caressé, honoré avec d'autant plus d'étalage que le vieux La Bargelière, fournisseur des armées de la République dès la première heure, s'était toujours opposé aux timides velléités manifestées par son fils Léon de courir aux frontières plutôt que de suivre les cours de l'École de droit : cette fois, la famille tenait son héros.

Sans leur laisser le moindre temps de repos, Paris avait dévoré les vainqueurs pendant la brève semaine de leur séjour. Vingt ans après, le général Carbec se revoyait franchir le porche de la demeure dont le propriétaire, le banquier Perrégaux, avait voulu offrir une grande fête en l'honneur des dix jeunes officiers du général Bonaparte, pour leur dernière soirée parisienne avant leur retour en Italie. Ceux-là n'étaient plus des enfants de chœur prêts à perdre la tête en entrant dans une salle de bal étincelante de beaux yeux, de bijoux et de luminaires. Depuis qu'ils avaient défilé à Milan sous la porta Romana, acclamés par une foule passionnée, ces sortes de féeries ne les étonnaient plus : au moins, c'était le jeu de ne jamais paraître surpris d'avoir à s'installer à la table, voire dans le lit d'une *contessa* après avoir été son cavalier au bal. Pourtant, ce soir-là — c'était le 1er octobre 1796, le jour de ses dix-neuf ans —, lorsque le sous-lieutenant Carbec était entré dans le grand salon de M. Perrégaux, il était demeuré stupéfait, comme ses compagnons à peine plus âgés que lui, devant le spectacle offert à ses yeux : une corbeille des plus jolies femmes de Paris, vêtues de mousselines blanches très décolletées et fendues jusqu'à la hanche, parées de bijoux, jambes et bras nus, chaussées de cothurnes roses à lacets de soie. Les dix officiers de l'armée d'Italie en avaient eu le souffle un peu restreint, cependant que M. Perrégaux les présentait déjà aux déesses, grandes dames ou comédiennes, danseuses ou filles entretenues, fleurs un peu vénéneuses mais fruits non défendus de la nouvelle société et souvent cueillis par des députés affairistes, fournisseurs aux armées, trafiquants de biens nationaux, gens de théâtre, nobles ralliés et régicides millionnaires qui fréquentaient volontiers chez le banquier pour s'y empiffrer ou agioter. Au milieu de la nuit, François s'était fait enlever par une belle dont le mari conduisait alors une mission diplomatique en Turquie. À l'aube, les dix héros avaient dû repartir pour le Milanais, convaincus que l'amour et la guerre ne s'apprennent que sur le terrain.

— Général Carbec, veuillez m'excuser de vous avoir fait attendre ! Sans doute, mon premier commis aurait-il pu régler directement avec vous l'affaire qui me vaut l'honneur de votre visite, mais je tenais à vous recevoir moi-même. C'est la moindre courtoisie qu'un banquier puisse témoigner à un soldat tel que vous. Ne protestez pas, général ! Je vais même vous confier ce qui m'a empêché de vous recevoir dès votre arrivée : je tenais conférence avec les représentants de messieurs Hope et Barring avec lesquels nous négocions un emprunt pour permettre au Trésor de faire face aux échéances de l'indemnité de guerre qui nous est imposée. Franchement, je ne pouvais interrompre ces confrères anglais et hollandais...

Disert, affectant peut-être une trop grande simplicité de ton, M. Laffitte était venu chercher François Carbec pour le conduire dans une vaste pièce aux murs lambrissés de chêne clair à petits panneaux ouvragés où trônait une large table en bois d'ébène incrustée de fils de cuivre. Peu habitué à de tels égards, le général Carbec se rappelait la façon désobligeante avec laquelle, le matin même, le duc de Feltre l'avait reçu en lui donnant du « monsieur Carbec » pour mieux souligner la précarité de sa position militaire. Que fallait-il penser de la cordialité du financier ? Bonnes manières d'homme courtois ou ruse d'un habile homme devenu banquier du Roi après avoir été celui de l'Empereur, et bien décidé à élargir sa clientèle ? « Vous n'avez pas fini d'en voir... », avait dit hier le cocher du fiacre.

Enclin à traiter les affaires d'argent comme des bagatelles toujours résolues avec plus ou moins de retard par le payeur aux armées, le général s'efforça de parler de son problème avec sérieux sans donner pour autant à penser au banquier qu'il venait réclamer son argent.

— Monsieur, commença-t-il, croyez qu'il m'en coûte de venir... mais les circonstances m'y obligent...

— Me demander, interrompit M. Laffitte, d'honorer le billet à ordre signé par l'Empereur en votre faveur ? C'est naturel, général.

— J'en suis confus. Pour vous, il s'agit d'une petite affaire, mais pour moi...

— Les affaires d'argent sont toujours importantes, il n'en est pas de petite pour un banquier, dit M. Laffitte qui ajouta gravement : Surtout quand il s'agit d'un billet revêtu d'une telle signature !

Le banquier ouvrit un large portefeuille de maroquin vert foncé gravé d'un liséré d'or d'où il sortit avec précaution une feuille de papier vélin timbrée d'un N majuscule et recouverte de quelques lignes manuscrites qu'on aurait dit tracées à coups de sabre.

— Madame Carbec, dit-il très doucement, est venue ici quelques jours après votre départ pour me remettre ce document. Votre beau-père, monsieur Paturelle, qui est un vieux client de la banque, m'a fait connaître le décès de votre épouse. Acceptez, général, mes plus sincères condoléances. Tous les clients de la banque Laffitte sont mes amis. Parmi eux, je compte aussi votre ancien tuteur, M. de La Bargelière ainsi que son fils Léon. J'espère que vous serez un de ceux-là.

Les deux hommes s'étaient levés. Ils se serrèrent la main. Soudain mal à l'aise dans son uniforme de général, bleu foncé et brodé d'or, dominant de plus d'une tête ce petit monsieur moulé dans un habit de couleur marron avec qui les puissants du jour, militaires ou pékins, devaient compter, François Carbec eût préféré qu'un commis du banquier lui remît son magot, sans plus de discours, bonjour, au revoir et merci. S'enhardissant, il lança en rougissant, tout à trac :

— J'ai besoin d'argent, monsieur Laffitte.

— C'est naturel, dit le banquier. Combien vous faut-il ?

Le général s'inquiéta d'une telle question :

— Combien ? Trois cent mille francs ! C'est la somme qui est inscrite sur ce billet, n'est-ce pas ?

— Sans aucun doute, consentit M. Laffitte en souriant. Je vois que vous ne connaissez pas bien les opérations bancaires. L'argent déposé par nos clients ne demeure pas longtemps dans nos caisses, il n'y serait pas en sûreté et ne rapporterait rien. Avec l'accord de votre épouse, j'ai cru bon d'acheter de la rente : elle était alors au-dessous du pair. Elle a encore baissé après Waterloo, mais nous tenons aujourd'hui une très bonne position. De vous à moi, général, même si nous n'approuvons pas toutes les dispositions politiques de notre gouvernement, il faut admettre que le retour des Bourbons aura sauvé les rentiers de la ruine. Dès demain matin, je liquiderai votre compte et je vous remettrai alors non pas trois cent mille mais trois cent douze mille francs. Vous avez peut-être l'intention d'acheter une propriété à la campagne et de vous y établir ? Argent qui dort, argent mort, disait M. Perrégaux qui fut mon patron avant d'être mon associé et dont je suis aujourd'hui le successeur. Retenez cet adage, général !

Faisant mine de comprendre ce qu'il ignorait des mécanismes financiers les plus simples, le général écoutait le banquier avec attention tout en se promettant de faire appel aux connaissances de son cousin Léon, ou mieux encore à l'expérience de son beau-père, dès qu'il aurait récupéré son bien.

— Monsieur Laffitte, dit-il alors, je me conduis comme un butor, mais je vous demande de considérer ma situation. Vous avez devant vous un officier général dont on ne reconnaît plus le grade et qui sera sans doute placé demain en demi-solde ou même rayé des cadres. Après avoir passé sept mois dans un hôpital à Bruxelles, je suis arrivé hier à Paris, vêtu d'un costume trop étroit prêté par un officier anglais qui m'a avancé quelques guinées pour payer mon voyage. J'ai touché ma dernière solde au mois de juin, la veille de la bataille. Je n'ai pas un sou vaillant en poche. Vous me voyez sous l'uniforme d'un général de la Grande Armée, mais je suis un gueux qui ne sait même pas comment il pourra dîner ce soir. Voilà pourquoi j'ai besoin d'argent.

— Comment cela peut-il être possible ! s'indigna M. Laffitte. À force d'être maladroits, les ultras vont devenir odieux...

Il avait sorti d'un tiroir une liasse de billets et deux petits rouleaux.

— Tenez, dit-il après les avoir rapidement comptés, prenez cet argent qui représente à peu près les intérêts rapportés par votre capital. Celui-ci vous sera remis en totalité demain matin, à moins que vous ne préfériez me le confier pour le faire fructifier : les résultats obtenus ne sont pas si mauvais, non ? Quelques officiers m'ont confié leurs économies, ils n'ont pas eu à s'en plaindre. Le secret professionnel m'interdit de vous donner des précisions sur les libéralités de l'Empereur mais vous apprendrez bientôt, d'une façon ou d'une autre, qu'il a enrichi comme des satrapes ceux de ses maréchaux dont la fidélité fut la plus prompte à s'évanouir. Comparée à la leur, votre dotation demeure très modeste. Soyez-en fier et restez fidèle à votre passé. Les Bourbons nous ont ramené la paix, cela est sans prix — nous étions tous rassasiés de vos batailles —, mais je crois de toute mon âme qu'on ne serait plus tout à fait français si on reniait les années de gloire données par l'empereur Napoléon, quel qu'en ait été le prix.

Sans perdre un mot de ce discours un peu déclamé, le général comptait à son tour les billets remis par le banquier. Il y avait là plus de dix mille francs : une année entière de solde pour un officier de son grade.

— Le petit peuple ne s'y trompe pas, poursuivit le banquier. Moi-même, je suis beaucoup plus près de vous que des princes dont j'administre les comptes. Je vous dis cela parce que je suis demeuré, au fond du cœur, le fils aîné d'un charpentier qui, tombé d'un toit, ne parvenait plus à nourrir ses enfants. On dirait une fable édifiante ? C'est pourtant la vérité. Je suis entré dans cette maison pour faire le coursier et tailler les plumes des autres commis. Me voici aujourd'hui gouverneur de la Banque de France et je gère la fortune personnelle des Bourbons alors que mes idées sont plus proches de celles du duc d'Orléans qui servit dans les armées de la République ! Pourquoi pas ? Les affaires sont les affaires, général Carbec. Suivez-moi bien : si vous me confiez votre capital pour le faire fructifier, je puis vous assurer un revenu annuel de vingt-cinq mille francs avec lesquels vous vous installerez au large dans une société où, à parler franc, il n'y a plus beaucoup d'avenir pour l'uniforme, ni à Paris ni en province, à moins de vous résoudre à faire antichambre aux Tuileries. Il suffit de vous regarder, surtout de voir la cocarde tricolore que vous arborez fort imprudemment à votre bicorne, pour savoir déjà que vous ne serez pas invité au château.

Surpris, un peu confus, tenant toujours dans sa main droite les billets inespérés, et redoutant d'étaler une satisfaction de mauvais goût, François Carbec demanda à M. Laffitte de lui préparer un reçu qu'il entendait signer avant d'empocher son magot.

— Nous ne sommes pas pressés ! dit le banquier d'une voix ferme accompagnée du sourire qui ne quittait jamais son visage. Cet argent est le vôtre, il vous permettra d'assurer vos premières dépenses d'établissement et de rembourser votre Anglais.

— Mais…

— Vous voici devenu client de la banque Laffitte, donc un ami. Mes commis régleront ces détails avec vous. Accordez-moi encore un instant, juste le temps de vous faire part d'un souvenir qui me tient chaud au cœur et que je raconterai plus tard si je trouve le temps d'écrire mes Mémoires.

Savez-vous, général, que je suis un des derniers Français à qui l'Empereur ait fait l'honneur d'une longue conversation avant son départ pour l'exil ? C'était le 25 juin dernier. Après avoir signé à l'Élysée l'acte d'abdication, l'Empereur était parti pour la Malmaison où il me fit appeler. J'arrivai vers neuf heures du soir, ému comme vous pouvez l'imaginer. Lui, aussi calme que si aucun événement grave ne fût survenu, me dit en souriant : « Monsieur Laffitte, comment cela va-t-il ? » Et tout à coup, toujours impassible, il m'a demandé si je pouvais lui procurer un vaisseau pour aller en Amérique. Comme je lui bredouillais une vague promesse, il tira d'un petit meuble un gros paquet de billets de banque. « Tenez, me dit-il, voici huit cent mille francs. Je vous enverrai cette nuit, dans un fourgon, trois millions en or, et le prince Eugène vous remettra un million deux cent mille francs. Je vous confie cela en dépôt. » Comme je m'apprêtais à lui écrire un reçu, l'Empereur refusa net, sur un ton qui ne me permettait pas d'insister. Croyez-vous, général Carbec, que je puisse aujourd'hui vous témoigner moins de confiance ?

François s'inclina. Au moment de prendre congé du banquier il lui dit :

— À mon tour de vous conter un souvenir. Savez-vous, monsieur Laffitte, que je suis déjà venu dans cet hôtel ? C'était le jour où M. Perrégaux offrit une soirée fastueuse en l'honneur des officiers venus apporter aux Directeurs les drapeaux pris à l'ennemi.

— Vous étiez donc de ceux-là ?

— J'étais sous-lieutenant.

— Et moi commis associé. J'ai également assisté à cette fête, mais je n'ai guère eu le temps d'admirer les officiers de l'armée d'Italie, les plus jolies femmes s'en étaient déjà emparées pour les faire disparaître... je ne sais où. Un seul demeura présent jusqu'à la fin de la soirée, le colonel Marmont, que Mlle Perrégaux avait fait prisonnier. Elle l'épousa un an plus tard. Sacré Perrégaux, il a toujours fait de bons placements.

Soudain compères, les deux hommes échangèrent quelques mots en riant, ravis l'un de l'autre à ce point que le banquier proposa :

— Faites-moi l'amitié de souper ce soir avec moi.

— À la condition que vous soyez mon hôte !

— L'argent vous brûle-t-il à ce point les doigts ?

— Ne m'avez-vous pas dit tout à l'heure : « Argent qui dort, argent mort » ?

— Général, admit de bonne grâce M. Laffitte, vous avez gagné la partie. Je passerai donc vous prendre chez vous, rue de l'Arcade. Vous aurez eu le temps de retirer cet uniforme un peu voyant et, bien sûr, cette cocarde tricolore qui ne l'est pas moins. Moi je ne risque rien mais vous pourriez être victime d'un provocateur. Il faut maintenant que vous appreniez à vivre en pensant que vous avez un fils. Sommes-nous d'accord ?

Le général Carbec baissa la tête, un peu honteux d'avoir déjà oublié qu'il était père d'un petit garçon dont la maman était morte.

Huit jours après son retour en France, sans même savoir s'il demeurerait longtemps rue de l'Arcade, François Carbec reprit à son service la cuisinière et le valet congédiés par sa belle-mère, et acheta un cheval. C'était là, jugea-t-il, un modeste train de maison en deçà duquel ne pouvait se résigner un officier de son rang, quelles que soient les dispositions du décret royal annulant toutes les promotions accordées par Napoléon après son retour de l'île d'Elbe. L'Empereur lui avait donné deux étoiles, personne ne les lui retirerait. Même sans en porter la tenue qu'il avait rangée provisoirement dans une armoire bourrée de camphre, il était le général Carbec, entendait le demeurer et recevoir les marques de respect dues à son rang, que ce soit chez lui, dans la rue, sous n'importe quel toit, voire en prison. « Le petit peuple ne s'y trompe pas », lui avait dit le banquier Laffitte. C'était vrai. Ernest le concierge, Augustine la cuisinière, Justin le cocher, les garçons de restaurant, les boutiquiers et commis de rang modeste lui donnaient du général sans parcimonie plusieurs fois par jour. Il arriva même qu'il fût salué dans les rues de son quartier par des passants anonymes ayant reconnu, dans ce bel homme vêtu d'une redingote bleu foncé où s'étoilait une grosse rosette de la Légion d'honneur, l'officier qui, au printemps dernier, se promenait au bras de sa jeune femme. Pour autant, François Carbec n'en tirait pas vanité et ne manquait jamais de rendre la politesse d'un coup de chapeau. Vingt ans de service dans l'armée l'avaient habitué à ces marques extérieures de respect avec lesquelles les militaires ne plaisantent jamais : un caporal de récente promotion devait alors le salut à un caporal ancien sous peine d'être provoqué par un coupeur d'oreilles. « Pas de duels, pas de cocardes tricolores, pas de paroles subversives ! » avait recommandé le ministre sur le ton d'une menace à peine déguisée. « Va te faire foutre ! avait pensé le général, je préfère aller vendre mes services au Grand Turc que de vivre entouré d'argousins et de ne plus avoir le droit de dire "Vive l'Empereur" quand le cœur m'en dit. » Mais, le même soir, les paroles de M. Laffitte — « Je puis vous assurer vingt-cinq mille francs de rente. Pensez à votre fils… » — avaient calmé l'humeur de François Carbec. Après avoir rangé dans un tiroir secret les billets remis par le banquier, il avait entrepris de visiter toutes les pièces de cette maison où il n'avait guère habité plus de six mois et où rôdait encore un léger parfum d'œillet, la seule odeur de Mélanie dont il eût gardé la mémoire. Ouvrant un placard aménagé dans un petit cabinet situé près de leur chambre, il le referma aussitôt, plus gêné que troublé par ces tuniques aux tons pastel, suspendues dans le vide et qui ne déclenchaient aucun souvenir charnel. Il comprit ce soir-là qu'il n'avait jamais été si proche de Mélanie que loin d'elle, pendant la période où, grand blessé du Military Hospital, il n'avait survécu que par la volonté de la retrouver et de connaître son fils, sans même se rendre compte que Mélanie n'était devenue pour lui qu'une image immatérielle, déjà semblable à ces robes mortes suspendues dans le placard.

Brusquement ressaisi par son vieux goût des filles aux gestes brutaux, le général était allé passer le reste de la nuit avec une catin. Le lendemain, il avait écrit à son beau-père pour lui annoncer son retour en France, lui dire le chagrin et le désarroi où le plongeait la mort de Mélanie, et lui faire part de la prochaine visite qu'il lui rendrait, à Noël, pour connaître le jeune Mathieu Carbec. Sa lettre ne précisait aucune intention de ramener son fils rue de l'Arcade.

Depuis deux jours, il neigeait sur Paris. Prudent, le cocher de la voiture louée par le général Carbec pour se rendre à Bièvres avait quitté la rue de l'Arcade dans la matinée pour ne pas risquer d'engager ses chevaux dans une tourmente à l'approche de la nuit. Dédaigneux, François s'était installé, muet, dans l'odeur humide du gros feutre bleu qui lui rappelait les courriers du quartier général de l'Empereur reliant jour et nuit les Tuileries aux armées, quels que soient l'état des routes et la couleur du temps. Bons trotteurs, les deux chevaux venaient de s'engager sur le plateau de Palaiseau où la neige tourbillonnait dans le vent. Le général s'avisa qu'il ne lui était encore jamais arrivé de regarder tomber la neige à travers les vitres embuées d'une berline où il se vautrait, tel un richard satisfait de soi. L'an dernier, à quelques jours près, alors qu'il rentrait à Paris par cette même route avec Mélanie épousée la veille, un grand coup de vent avait soudain verglacé le plateau. Inquiets, les chevaux s'étaient arrêtés et bientôt mis en travers de la route gelée. Le général avait dû descendre de la voiture, apaiser les bêtes, prendre les guides d'une main, le fouet de l'autre, pour ne les rendre au cocher qu'à la barrière du Roule où il avait repris sa place aux côtés d'une jeune mariée éblouie... Une année ! Une année avait suffi pour tout détruire. Mélanie était morte, et son héros, vaincu et dégradé, appréciait aujourd'hui le confort — un mot appris au Military Hospital — de la couverture étalée sur ses genoux et de la brique qui lui tenait les pieds au chaud. Demain, penché sur un berceau, peu capable de supporter les hurlements d'un nouveau-né, il en serait donc réduit lui aussi à fumer ses vieilles pipes allemandes et à ressasser les souvenirs, toujours les mêmes, d'un soldat n'ayant jamais su faire autre chose que la guerre et devenu bon à rien ! Serait-il seulement capable d'éprouver les sentiments élémentaires du sous-lieutenant Médard qui lui avait confié l'autre jour : « Ces petits bougres-là, quand ils se mettent en colère il faut avoir une sacrée patience ! Mais on les aime quand même... » ? « Comment vais-je m'y prendre avec le mien ? » se demanda le général Carbec alors que la berline s'arrêtait devant la maison Paturelle.

Au premier regard dont elle le fusilla, le général Carbec comprit que sa venue à Bièvres n'était pas souhaitée par sa belle-mère. Vêtue d'une robe noire agrémentée d'un liséré de perles de jais à la hauteur du cou, Mme Paturelle était installée dans son salon au creux d'un de ces fauteuils à joues qu'on appelle bergères, d'où elle ne se leva pas pour aller à la rencontre de son gendre. Quelques instants auparavant, M. Paturelle avait accueilli François sans dissimuler les marques d'une grande émotion où se mêlaient le chagrin d'avoir perdu sa fille et la fierté de serrer dans ses bras un héros qui était le père de son petit-fils. La mort de Mélanie et le désastre de Waterloo avaient effacé les quelques mots échangés au moment du retour de l'île d'Elbe et, du même coup, réconcilié les deux hommes. Ni l'un ni l'autre n'avaient eu besoin de longs discours pour se comprendre lorsque le drapier avait dit :

— Madame Paturelle vous attend. Vous la trouverez bien changée. Ne la brusquez pas trop. Sa santé m'inquiète, le médecin parle d'angine de poitrine. Soyez indulgent pour tout ce qu'elle pourra vous dire. Pour moi, vous demeurez mon gendre.

Mal à l'aise devant l'attitude de sa belle-mère, et incapable de lui exprimer une sympathie de circonstance, François s'en tira grâce au vieux réflexe militaire du garde-à-vous. Ayant joint les talons, il dit simplement :

— Madame Paturelle, je vous présente mes devoirs.

— Bonjour, monsieur Carbec, répondit-elle sur le même ton.

Elle ajouta après un bref silence :

— Vous avez fort bonne mine. Je vous en félicite.

— Notre gendre a reçu de très graves blessures, il en a réchappé par miracle! intervint rapidement le beau-père.

— Je ne l'ignore pas, mon ami, répliqua Mme Paturelle avec un mince sourire. Je sais aussi que monsieur Carbec a choisi son sort de plein gré, mais je ne pense pas que notre Mélanie ait choisi elle-même de mourir. Notre fille aura eu moins de chance que vous, monsieur Carbec…

Sans doute la pauvre femme avait-elle préparé sa tirade. Elle ne put aller plus loin : la violence contenue de son discours se brisa dans un sanglot. Elle posa une main sur son cœur pour en apaiser le désordre et soupira en désignant un flacon posé sur un guéridon :

— Ma valériane!

Le drapier remplit le verre qu'il tendit à sa femme en lui murmurant quelques-uns de ces mots puérils puisés dans le vocabulaire des vieux époux qui ne se détestent pas. C'est vrai qu'elle avait changé, Mme Paturelle! Ses joues s'étaient creusées, son teint de bourgeoise bien nourrie était devenu livide sous la poudre de riz trop blanche. Carbec fut même tenté un instant de croire que sa belle-mère, ayant deviné qu'on venait lui prendre son petit-fils, lui jouait une espèce de mélodrame pour reculer le moment où elle devrait rendre le petit Mathieu à ce Carbec qu'elle n'avait jamais aimé. Ne valait-il pas mieux brusquer les choses, réclamer son fils tout de suite, l'emporter sans délai loin de ce mauvais tréteau? Il allait s'y décider quand il croisa le regard chargé de détresse que lui lançait M. Paturelle. Le général sut alors que ses beaux-parents avaient compris qu'il ne venait pas à Bièvres pour y connaître son fils mais pour le leur prendre. « Ne commettez pas une mauvaise action! » semblait dire l'épouvante exprimée par les yeux du drapier.

Pendant un temps qui leur parut interminable, tous trois demeurèrent silencieux. Ces sortes de situations, il arrive que les femmes se montrent plus habiles que les hommes à les dénouer. Mme Paturelle s'y employa en laissant glisser un pitoyable sourire au coin de ses lèvres dont la minceur ne témoignait pas d'une nature généreuse. Elle s'était déjà ressaisie.

— Vous voudrez, mon gendre, m'excuser de ce malaise. C'est l'émotion de vous revoir après tous ces drames… Vous devez être fatigué de ce voyage par un si mauvais temps. Remettez-vous à votre gré. Notre curé célébrera la messe de Noël ce soir à huit heures.

Surpris par un tel changement d'attitude, et si rapide, le général demeurait silencieux et sur ses gardes. Mme Paturelle dit encore :

— Je ne pense pas qu'un militaire tel que vous fréquente beaucoup les églises ? Mon mari m'accompagnera. Tout librepenseur qu'il soit, il me l'a promis. N'est-ce pas, Alphonse ?

— Je vous l'ai promis, acquiesça M. Paturelle, mais est-ce raisonnable ? Le médecin vous a recommandé de ne pas sortir par les grands froids !

— Laissez-le dire et laissez-moi faire ! trancha Mme Paturelle.

Tacticien de son état, le général ne pouvait laisser passer une telle occasion d'intervenir.

— Je serai heureux de passer cette soirée de Noël auprès de mon fils. Il est grand temps que nous fassions connaissance.

— Le voici ! annonça la grand-mère.

Comme si toute la scène eût été réglée par un maître de ballet, une jeune femme, généreuse du poitrail et de la croupe, coiffée d'un bonnet à rubans et portant dans ses bras un nourrisson, entra dans le salon.

— Approchez-vous donc, mon gendre ! C'est bien votre fils, il vous ressemble assez ! Regardez comme il est beau…

Mme Paturelle avait retrouvé d'un coup l'autorité de son caquet. Le général Carbec s'approcha de la nourrice. Elle présentait, à bout de bras, une manière de poupée jaunasse, aux yeux ridés et clos, qui ressemblait davantage à ces affreux magots chinois importés par la Compagnie des Indes qu'aux portraits d'enfants idéalisés par les peintres de cour. Surpris, un peu honteux, il demeura muet, hocha la tête et se demanda comment une aussi jolie personne que Mélanie avait pu enfanter un marmot aussi laid, dont la grand-mère osait prétendre qu'il était le portrait de son père.

— C'est le plus beau de tous ! s'exclama-t-elle. N'est-ce pas, madame Rose ?

— Pour sûr ! admit la nourrice qui crut devoir ajouter avec autorité : Dieu sait si j'en ai vu !

Le général comprit qu'il ne pouvait demeurer plus longtemps silencieux sans faire croire à ses beaux-parents qu'il mettait en doute sa paternité.

— A-t-il tous ses membres ? demanda-t-il gauchement à la nourrice.

— Oh, pour ça oui ! répondit-elle avec un rire gaillard qui illumina ses yeux. Il n'en manque point un seul, si c'est cela que vous voulez dire.

Un père devant s'inquiéter de la santé de ses enfants, François posa l'autre question d'usage :

— Profite-t-il bien ?

— Il n'en a jamais assez ! Ça n'est point que je manque de lait, pour ça non ! J'en ai même pour deux, j'en ai de trop ! Mais ce gars-là, il a toujours soif. Ça sera une forte nature...

Mme Rose ajouta en rougissant : « Comme son père, sauf votre respect ! », et dit aussi sur un ton doctoral :

— À mon avis, cet enfant est arrivé une semaine trop tôt. Dans trois mois, il sera plus fort que tous les autres. Venez donc voir ses pieds quand je le changerai, ce sont ceux d'un géant.

— Mais ce teint jaune ?

C'est ce qui inquiétait le plus François Carbec. Cette fois, Mme Paturelle coupa la parole à la nourrice :

— C'est une petite jaunisse. Le médecin dit que dans huit jours nous aurons un garçon frais et rose. Ne vous inquiétez pas. Ces choses arrivent aux nouveau-nés dont les mères se sont fait trop de souci...

Un léger ton de perfidie avait aiguisé la langue de Mme Paturelle tandis qu'elle disait ces derniers mots. Aux aguets, prêt à apaiser tout éclat, le drapier convint d'un ton conciliant que leur fille avait partagé les inquiétudes de toutes les femmes dont les maris font la guerre. Ainsi se termina la présentation de Mathieu Carbec à son père.

Ils soupèrent tous les trois, échangeant peu de mots sauf ces paroles qui ne veulent rien dire, comme lorsque chacun s'efforce de ne pas aborder quelque sujet indiscret ou douloureux. Pour sa part, le général souhaitait connaître les circonstances de la mort de sa femme et supposait que les convenances exigeaient qu'il s'en enquît sans plus attendre. Le visage de Mme Paturelle redevenu soudain dramatique l'en empêcha, et lui fit comprendre que la belle-mère brûlait de savoir les intentions exactes de son gendre. Quant au drapier qui, depuis vingt ans, vibrait d'un cœur égal au son des trompettes et aux appels d'offres de fournitures militaires, il désirait entendre le général lui expliquer comment la Garde avait pu lâcher pied au mont Saint-Jean au point de contraindre l'Empereur à s'enfuir du champ de bataille. Aborder l'un ou l'autre de ces sujets risquait pourtant de provoquer un éclat que chacun redoutait.

Le bouillon chaud suivi d'un pâté en croûte et d'une compote de fruits furent rapidement avalés. Fidèle aux traditions bourgeoises, Mme Paturelle déclara alors :

— Demain, nous fêterons Noël avec une poularde.

Elle s'était levée de table pour aller s'habiller, « se mettre en tenue de messe », pensa le général dont le bras fut pris cordialement par le beau-père pour le conduire vers le salon.

— Goûtez-moi ça, vous me direz ce que vous en pensez !

M. Paturelle venait de remplir avec des gestes d'officiant deux minuscules gobelets d'argent. Il dit d'une voix chuchoteuse :

— Elle date d'avant 89 !

C'était manière d'exprimer à son gendre ses bons sentiments et de lui faire comprendre qu'on allait enfin pouvoir causer, entre hommes, devant une bouteille de marc, non de valériane.

— Il y a des sujets dont on ne peut plus s'entretenir devant ma pauvre femme. Elle risque le pire, le médecin ne me l'a pas caché. Puisque nous sommes seuls, je vais en profiter pour vous informer des dispositions testamentaires de Mélanie.

— Tuteur légal de mon fils, hasarda le général, il me paraît normal...

— Il ne s'agit pas de votre fils, mais de vous-même. Mélanie vous lègue l'hôtel de la rue de l'Arcade qu'elle avait reçu en dot.

— Vous entendez que j'en ai l'usufruit, sans doute ?

— Point. Vous en devenez le maître en toute propriété. Je suppose que vous voudrez rendre visite à votre notaire comme vous voudrez aller au cimetière ?

Le général Carbec demeura perplexe. Survenant quelques mois après la donation impériale, le testament de Mélanie faisait de lui un homme dont la fortune se trouvait soudain édifiée sur la ruine de l'Empereur et la tombe d'une jeune épouse. Un court instant, il fut tenté de répondre qu'il refusait un tel héritage au profit de son fils mais se ravisa aussitôt, comme si le vieux sang des Carbec lui commandait d'accepter l'hôtel de la rue de l'Arcade qui conviendrait si bien à sa position d'ancien général de la Grande Armée, quelle que soit la décision du ministre. François, cependant, ne se hâtait pas de répondre aux questions posées par son beau-père. Celui-ci s'approcha alors de son gendre et lui dit tout bas :

— J'avais prévu vos réticences. L'entretien d'un hôtel coûte cher et suppose un train de vie honorable. Mes dispositions sont déjà prises. Pour vous libérer de ces soucis, une pension vous sera versée tous les trimestres. Bien entendu, elle le sera au nom de mon petit-fils, mais vous en assurerez légalement la gestion. Vous avez compris que madame Paturelle ignore tout de cette affaire ? Jurez-moi de garder le secret.

Le général regarda le drapier en y mettant un supplément d'amitié, lui serra très fort les deux mains. Il dit enfin :

— J'accepte la propriété de l'hôtel. Mon fils y sera donc élevé. Plus tard, il en héritera à son tour. Il me faut cependant refuser la pension que vous m'offrez avec tant de générosité parce que je n'en aurai pas besoin.

— Laissez-moi donc faire ! Tout est déjà réglé. Comment vous y prendriez-vous pour assurer seul le train de cette maison ?

Redressé, le général expliqua fièrement :

— L'Empereur m'a consenti une donation de trois cent mille francs.

— L'empereur Napoléon ? Trois cent mille francs ?

Le drapier avait failli s'étrangler. Il bégaya :

— C'est une petite fortune...

— Avant de quitter Paris pour rejoindre ma brigade, j'avais chargé Mélanie de placer cette somme chez M. Laffitte. Celui-ci m'a rendu des comptes dès le lendemain de mon retour.

Surpris, M. Paturelle feignit cette fois de s'étouffer :

— Mélanie est allée seule chez M. Laffitte ? Chez mon banquier ! Et elle ne m'en a pas soufflé mot ? À moi, son père !

— Bonne fille de négociant, Mélanie connaissait d'instinct, sans doute, l'importance du secret dans les affaires d'argent ? suggéra le général en souriant.

Ému, le drapier écrasa une larme, à la fois petite et vraie, qui venait de sourdre au coin de son œil droit. Il dit très vite et très bas :

— Si ma femme apprenait cette affaire de dotation que Mélanie nous a cachée, elle risquerait un dangereux malaise. Conservons ce secret comme celui de la pension trimestrielle dont je vous parlais tout à l'heure. Ça n'est pas à vous que je la consens, c'est à mon petit-fils. Tout est dit. Chut ! La voilà. Taisons-nous...

Vêtue d'une houppelande noire, Mme Paturelle venait chercher son mari pour qu'il la conduise à l'église. Lente et fragile, le buste un peu raide, son voile de crêpe dissimulant mal la pâleur de son visage amaigri, elle avait l'air de conduire son propre deuil. Le général en éprouva une sorte de gêne quand il la salua avant de se décider à aller regarder de plus près ce magot qui était son fils.

— Je vous laisse tous les deux, dit la nourrice. Appelez-moi si vous avez besoin, je suis dans la pièce voisine.

François Carbec s'était installé dans un fauteuil auprès du berceau. Poings serrés sous le menton, les sourcils froncés, le nouveau-né dormait furieusement sous les yeux d'un père indifférent, déçu de ne pas éprouver les mêmes sentiments de tendresse qu'il avait lus dans le regard de Sébastien Médard contemplant le petit Joachim. Le général ne ressentait rien, pas même la vanité élémentaire d'un mâle devant sa progéniture. « Suis-je un monstre ou une brute incapable d'autre chose que sabrer et forniquer ? » Pour se rassurer, François se rappela qu'il lui était arrivé, au cours des longues semaines passées dans plusieurs lits d'hôpital, de penser à de graves questions qui d'habitude le préoccupaient moins que les soucis immédiats du commandement. Les mystères de la création pas plus que ceux d'un au-delà auquel il croyait confusément ne l'avaient inquiété jusqu'alors, ceux-ci et ceux-là ne lui posant guère plus de questions que les bouleversements provoqués par une révolution créatrice d'une nouvelle société dont les militaires et les banquiers étaient devenus les profiteurs les plus éclatants. Pendant vingt ans, le règlement des armées en campagne lui avait servi de morale, la discipline de conscience, l'honneur militaire de code, le régiment de famille. Avait-il connu seulement une autre famille ? De sa mère, morte comme Mélanie, il n'avait jamais connu qu'un petit portrait dû à un crayon anonyme et longtemps gardé dans son portemanteau avant de disparaître un jour, du côté de Leipzig, avec tous ses bagages tombés aux mains des Prussiens. De son père, il conservait le souvenir d'un homme paisible, aux yeux clairs, qui ne grondait jamais et le laissait courir par les rues. Celui-ci connaissait par cœur l'*Émile*, le *Contrat social*, *L'Esprit des lois*, et c'est en le faisant lire *Paul et Virginie* ou *Robinson Crusoé* qu'il lui avait appris le rudiment. Des avocats et des publicistes venaient à la maison discuter avec lui : ils s'appelaient Desmoulins, Fabre, Danton, Brissot. Les autres garçons de l'âge de François qui rentraient trop tard chez eux recevaient des frottées sévères dont ils se montraient les marques le lendemain avec fierté. Son père avait préféré faire appel à la raison. Il parlait souvent des grandes lois de la nature qui finissent toujours, assurait-il, par l'emporter. Il était mort avant d'avoir eu le temps d'expliquer ce qu'il entendait par ces mots. François Carbec se demandait encore : « Qui et quoi dirigent donc les hommes ? Pourquoi mon père ne m'a-t-il jamais tancé ni fouetté, encore moins mignoté ou seulement consolé des chagrins que j'ai dû subir comme les autres ? Consoler, c'est sans doute la tâche des mères. Comment vais-je m'y prendre avec ce sacré petit bougre ? Si, dès demain, je le conduis à Paris en emmenant la nourrice, je ne fais qu'user de mon droit paternel. Mathieu c'est mon fils, la loi est pour moi. Mais que devient alors Mme Paturelle ? Ai-je le droit de lui enlever son petit-fils quelques semaines après la mort de sa fille ? S'il n'y avait pas son mari, je n'hésiterais peut-être pas. Mme Paturelle, je ne l'aime pas plus qu'elle ne m'aime. Je la soupçonne de boire de la valériane au salon et du kirsch entre deux portes. Mon beau-père, je l'aime bien celui-là, encore qu'il se soit rallié tout de suite aux Bourbons et qu'il ait crié “Vive le Tsar !” quand les cosaques sont entrés dans Paris. Après Waterloo, tous ces bourgeois ne se sont réjouis que parce que la défaite de l'Empereur a fait remonter la rente mais, dès mon retour, j'ai lu dans bien des yeux qu'on regrettait le temps d'hier. Je n'ai qu'à regarder ou entendre M. Paturelle. Avoir un gendre promu général par Napoléon, voilà qui flatte un drapier ! Lorsque je lui ai dit que l'Empereur m'avait fait cadeau de trois cent mille francs, il en a rougi de bonheur. Celui-là, je ne voudrais pas le peiner. Comment m'y prendre ? Opérer par surprise ? J'enlève donc mon fils et la nourrice. Fouette cocher jusqu'à Paris... Nous voilà arrivés rue de l'Arcade, que se passe-t-il ? La nourrice et la cuisinière, le valet et le portier, se mettent au service du nouveau petit maître, et dirigent bientôt toute ma maison, sous prétexte que les hommes, surtout les militaires célibataires, n'entendent rien aux soins nécessaires aux enfants... Tâchons d'y voir clair, sans complaisance. Suis-je capable de passer mon temps auprès d'un berceau comme je le fais ici ? Vais-je rythmer ma vie à la cadence des tétées, des changements de langes, des pleurs et des rots devant lesquels il faut s'extasier ? Général Carbec, méfie-toi de tomber en quenouille... Plus tard, lorsque ce magot sera devenu un garçon, je m'occuperai de lui. Nous prendrons du bon temps tous les deux, je lui raconterai, dès qu'il aura sept ans, ma première entrevue avec le général Bonaparte. Plus tard je lui apprendrai Austerlitz, Wagram, Eylau, toutes les grandes batailles. Si M. Laffitte fait de bons placements, j'emmènerai Mathieu en voyage, nous visiterons l'Europe et nous trinquerons à la santé des hussards en buvant du frascati à Rome, du tokay à Vienne, du moscatel à Madrid, de la vodka à Varsovie. Me croira-t-il lorsque je lui dirai que, pendant vingt ans, nous avons fait trembler l'Autriche, l'Angleterre, la

Prusse, la Russie, l'Espagne ? Il va falloir que je mette un peu d'ordre dans mes souvenirs pour être prêt à répondre aux questions que ce garçon me posera un jour. Faut-il que je lise l'*Émile* moi aussi ? Cela mérite réflexion. Ne pas agir comme un conscrit. Étudier la meilleure façon de m'y prendre avec mon fils pour que nous ne soyons pas malheureux tous les deux. Un homme seul peut-il élever un enfant ? Il faut que je demande conseil à Médard et à Adèle. Ceux-là savent s'y prendre avec un marmot. Je vais retourner à Saint-Mandé... »

Le général Carbec venait de décider qu'il ne ramènerait pas tout de suite son fils à Paris, lorsque Mme Rose, alertée par quelques grognements du nouveau-né, entra dans la chambre, tira le jeune Mathieu de son berceau et le plaça sans plus de façons sur les genoux de son père.

— Tenez votre fils un instant, je dois le changer. Vous ne sentez donc rien ? Ne le serrez pas trop fort mais n'ayez pas peur, c'est plus solide que ça en a l'air.

Penchée sur le tiroir d'une commode, la nourrice y cherchait quelque lange propre quand la porte de la chambre s'ouvrit une nouvelle fois : Mme Paturelle revenait de l'église.

— Eh bien, on a donc fait connaissance tous les deux ! Quel spectacle merveilleux ! On dirait qu'un peintre vous a fait prendre la pose...

Surpris une première fois par le geste de la nourrice et une deuxième par l'arrivée de sa belle-mère, partagé entre la crainte de paraître ridicule et la certitude d'être furieux contre lui-même autant qu'il l'était contre les deux femmes, le général prit le parti de sourire tel un enfant pris en faute qui croit s'en sortir avec une grimace niaise. Il lui sembla alors, au même instant, que le nourrisson ouvrait les yeux et les refermait aussitôt comme pour établir une sorte de complicité entre eux.

— Vous pouvez rendre votre garçon à sa nourrice, dit Mme Paturelle. Nous avons eu une très belle messe mais il faisait un froid de gueux dans l'église. C'est inadmissible ! Je me plaindrai au curé. Un bol de bouillon et un verre de marc me réchaufferont.

Elle ajouta, plus doucement :

— Aidez-moi donc, mon gendre, à descendre ces escaliers. Je suis un peu essoufflée.

Le général s'aperçut tout de suite que sa belle-mère, à qui il venait d'offrir son bras, s'appuyait contre son épaule un peu plus que les convenances ne le permettaient. Mi-étonné mi-narquois, ne sachant quelle contenance adopter, il n'osa la regarder jusqu'au moment où il l'entendit soupirer, puis, tout à coup, respirer plus fort, très vite, en haletant. Devenue très pâle, le visage défait par l'angoisse qui la submergeait et le front empli de sueur, Mme Paturelle avait posé sa main droite sur son cœur et murmurait : « Ma valériane… le docteur. » Elle appela : « Alphonse… Mélanie… » Une heure plus tard, elle était morte.

— Amène-nous ton gars! avait dit Sébastien Médard. Tu le reprendras quand tu y verras plus clair. La chose est réglée.

— Il nous faut l'avis de ta femme. C'est autant à elle qu'à toi que je suis venu demander ce service.

— Quand je suis d'accord, Adèle l'est aussi. C'est moi qui commande ici, non?

Huit jours après la mort de sa belle-mère, le général Carbec était venu demander au ménage Médard de prendre soin du nourrisson pendant quelques mois, le temps nécessaire pour s'adapter lui-même à une vie quotidienne. Sûr de la générosité autant que de l'humeur susceptible de son ancien compagnon, il avait pris les plus grandes précautions pour lui faire admettre que le jeune Mathieu paierait sa pension durant son séjour à Saint-Mandé. L'autre s'était indigné, prêt à en découdre, tu m'insultes, choisis ton arme pour laver une telle offense, et avait fini par accepter d'être dédommagé d'éventuelles dépenses à condition que celles-ci soient réglées par le drapier, non par le général.

— Tu peux nous apporter ton gars, tout est dit!

— Il me faut l'accord de ta femme parce que mon fils ne viendra pas seul. Une nourrice accompagnera Mathieu et devra vivre ici.

— Ouais donc ! répondit Sébastien, l'œil rieur. Donne-moi un peu son signalement.

— Une paysanne à l'air franc et honnête, ronde de partout comme tu les aimais avant Adèle. Tu vas être comme un coq au milieu de son poulailler. Sacré Médard ! Ne va pas trop flamber de la crête…

— Avec mon foutu pilon, il n'y a plus de danger !

Le général Carbec crut percevoir dans cette réponse la fêlure d'une amertume à peine voilée, vite engloutie dans un rire trop forcé.

— Pilon ou pas pilon, poursuivit Sébastien, j'ai fait mes preuves, hein ? Je peux les faire encore, nom de Dieu ! Je suis toujours un homme. On va boire un coup tous les deux pour arroser notre accord.

— Attendons plutôt le retour d'Adèle, dit fermement François.

— Elle ne tardera plus. Adèle fait un petit tour avec Paméla qui n'est pas sortie depuis trois jours à cause du verglas. Je vais chercher la bouteille de schnaps.

Demeuré seul un moment, le général Carbec examina avec attention la salle où il se trouvait. Les murs lui parurent plus sombres, les poutres du plafond plus noires, la table et les bancs plus étroits, la cheminée plus lourde de goudron, les vitres de la fenêtre plus grises que la dernière fois qu'il était venu à Saint-Mandé, à son retour de Bruxelles, et qu'il s'était assis à califourchon sur cette même chaise paillée dont un pied plus court que les autres frappait le sol de terre battue. La joie de revoir le sous-lieutenant Médard auquel le liaient tant de souvenirs dont ils étaient seuls à connaître les secrets et le prix avait dû fausser son regard au point de lui rendre aimable un décor dont l'aspect sordide lui sautait soudain aux yeux et au nez. Comment le fils du général Carbec pourrait-il être élevé, même quelques mois, dans une telle masure tandis que son père habiterait dans un élégant hôtel de la Chaussée-d'Antin ? Qu'en penserait le grand-père Paturelle lorsque le désir de venir embrasser son petit-fils le pousserait jusqu'à Saint-Mandé ? Et la nourrice ? Toute paysanne qu'elle fût, jamais elle n'accepterait, après avoir servi chez des bourgeois, de s'installer ici, dans cette odeur de misère, à côté d'un estropié qui puait l'alcool.

Sébastien Médard plaça sur la table deux verres et la bouteille de schnaps.

— Pendant que je te tiens, dit-il, tu vas m'expliquer comment tu t'y es pris avec ta foutue brigade de cuirassiers pour que les *English* vous foutent cul par-dessus tête le jour de votre foutu Waterloo ?

Le général fit un geste qui exprimait son impatience. Depuis qu'il était rentré en France, tout le monde lui posait cette question, parfois en le regardant au fond des yeux avec un air incrédule et triste. Cela avait commencé à l'hôpital de Bruxelles où, à peine sorti du coma, il avait été interrogé par des camarades qui, après avoir bousculé les Prussiens de Blücher à Ligny, demeuraient convaincus d'avoir assuré la victoire. La semaine dernière, bien que la mort subite de sa femme l'eût frappé d'hébétude, le père Paturelle lui avait posé la même question. Huit jours auparavant, c'était le banquier Laffitte au cours de leur souper, mon cher général, entre nous, dites-moi ce qui est arrivé, on raconte tant de choses... Lui-même n'y comprenait rien, malgré les discussions du Military Hospital au cours desquelles les Anglais paraissaient les plus surpris. Il savait seulement que cette affaire lui collerait désormais à la peau et qu'il entendrait toujours son voisin de lit, un certain lieutenant Woosley auquel on avait coupé un bras, lui déclarer : « Votre général Bonaparte a dû fuir le champ de bataille pour ne pas être fait prisonnier. »

— Non, Médard, pas aujourd'hui. Une autre fois, c'est promis.

— Comme tu voudras, mon général. C'est donc moi qui vais t'en raconter une. Tiens-toi bien. J'ai reçu la visite de mon frère ! C'est à croire que les morts ressuscitent ! Lui aussi, il est resté prisonnier pendant six mois. À son retour, il a été foutu à la porte de l'armée mais Barnabé n'a pas été long à trouver une place dans l'orchestre de l'Opéra comme corniste. Il m'a demandé de tes nouvelles. Tu devrais aller le voir. Musicien à l'Opéra, les artistes, les danseuses... Tous les deux, vous vous en êtes mieux tirés que moi. Sacré Barnabé!

Sébastien avait rempli son verre de schnaps. Il le vida d'un trait, passa sa langue sur ses moustaches et écarquilla les yeux. Un sacré bonhomme, Barnabé. Tambour engagé à quatorze ans, il avait réussi, quelques années plus tard, à se faire incorporer dans la musique de la Garde parce qu'il avait appris à jouer du flageolet et bientôt du cor d'harmonie. Après Erfurt, il avait obtenu le grade d'adjudant qui lui donnait le droit de coiffer un bicorne à plumet rouge, d'arborer des épaulettes d'officier et de chausser des bottes à revers. François l'avait rencontré quelquefois dans les jardins de Vienne, de Varsovie ou de Dresde, là où les orchestres vainqueurs donnaient à danser et jouaient des partitions savantes signées Méhul, Le Sueur ou Cherubini.

— Barnabé blessé à Waterloo? interrogea le général Carbec d'une voix soupçonneuse. Comment s'y est-il donc pris? Le Tondu a toujours protégé sa Garde, non?

— Tout général que tu es, tu ignores que l'Empereur a quand même fait donner la Garde. Mais trop tard! Elle y est allée musique en tête. Les pauvres gars se sont fait massacrer en jouant la *Marche consulaire.* C'est à croire que le Tondu n'avait plus toute sa raison depuis Fontainebleau. Ah, malheur de malheur!

Sébastien Médard allait remplir un autre verre mais François, plus prompt, avait déjà saisi la bouteille.

— Rends-la-moi! dit Médard, la voix dure.

Ayant vu dans le regard de son ami s'allumer une colère dont il redoutait le pire, François répondit en souriant :

— Je la garderai en souvenir.

— Donne-moi cette bouteille, nom de Dieu!

Le général souriait toujours :

— Jamais. Elle est à moi. Je préférerais la jeter au feu!

Le visage devenu blême, les yeux ensanglantés, Médard s'était rapproché, la main levée. Le général ne broncha pas. Il dit simplement, d'une voix détimbrée :

— Tout soldat s'étant rendu coupable de voies de fait à l'encontre d'un supérieur hiérarchique sera immédiatement passé par les armes. Tu connais le règlement?

Silencieux, l'un la main toujours levée, l'autre tenant ferme le goulot de la bouteille dont il était prêt à se servir comme d'une massue, les deux hommes demeurèrent face à face jusqu'au moment où ils entendirent une voiture s'arrêter devant la maison. Le hussard avait déjà reconnu le pas de la jument Paméla.

— Va te faire foutre! murmura Sébastien à l'adresse de François en allant ouvrir la porte à sa femme qu'il accueillit, la mine réjouie : Le général Carbec, dit-il aussitôt, est venu nous annoncer une grande nouvelle : son fils Mathieu va venir habiter avec notre Joachim! Es-tu contente, mon Adèle?

Le froid aux joues, la surprise aux yeux, vêtue d'un caraco de couleur triste, et croisant les mains sur une vieille pèlerine militaire, Mme Médard dit d'une voix un peu étouffée, peut-être hésitante :

— Pour sûr que je suis contente! En voilà, une surprise. Ils vont s'aimer comme deux frères, autant dire comme vous deux!

François avait cru percevoir une sorte de réticence au fond de la gorge de l'ancienne cantinière. Il en fut certain lorsque Adèle, plaquant tout à coup ses mains sur ses hanches, retrouva le verbe haut avec lequel elle gourmandait hier les cavaliers du colonel Carbec :

— Qui donc s'occupera de ces gars-là pendant que je ferai le cocher de fiacre?

Les deux hommes demeurèrent stupéfaits.

— On t'a trouvé une nourrice, ne t'inquiète pas! répondit son mari. Le général va tout t'expliquer pendant que je dételle Paméla.

Seuls, François et Adèle restaient muets, lui s'efforçant d'être aimable en affectant une certaine bonhomie, elle, redevenue timide, les yeux baissés, honteuse de cet éclat. Il fut le premier à parler :

— Alors, madame Médard, je vous fais toujours peur comme au temps où vous vous appeliez Adèle Fricasse? Même que vous aviez plus peur de moi que des Prussiens, ça n'est pas vrai? Ici, chez vous, il n'y a plus de grade, il n'y a qu'un ami, non?

Elle souffla :

— Avec ou sans uniforme, vous savez que vous êtes toujours le colonel Carbec!

Elle ajouta, se reprenant vite :

— Même que vous voilà général!

Riant de bon cœur, François demanda :

— Avais-je l'air si terrible?

— Ça n'est pas ce que je veux dire, protesta Adèle, mais c'est comme pour Sébastien. Malgré son épaulette de sous-lieutenant, pour moi il est resté l'adjudant Médard.

Le général Carbec hocha la tête, songeur, et soudain grave :

— Comment va-t-il? Répondez-moi franchement pendant que nous sommes seuls.

Elle fit d'abord un geste évasif, comme pour dire « Vous le savez aussi bien que moi! », mais précisa aussitôt :

— Sa jambe coupée lui fait mal! Il y a pire : il s'ennuie. Tout cela le ronge...

— Alors, le schnaps? conclut François en montrant la bouteille.

— Oui, le schnaps! C'est forcé, non? Après la vie que vous lui avez fait mener, qu'est-ce qu'il lui reste? Il m'a raconté ses souvenirs plusieurs fois, toujours les mêmes. Ce sont eux qui m'ont fait perdre la tête. Aujourd'hui, Médard n'a plus personne à qui les raconter, même pas à moi qui les sais par cœur...

— Et vous, madame Médard, comment tenez-vous ?

— Moi ? Oh moi...

Elle garda le silence avant de lancer tout à trac : « Pour sûr que lorsque j'ai suivi Médard... », mais n'acheva pas la phrase commencée.

Le reste demeura au fond de sa gorge et de ses secrets. Le reste, c'était l'apparition du héros qui l'avait enlevée à son maquignon, l'arrivée chez les hussards du colonel Carbec, la première fusillade de Lützen, Paméla tirant sa carriole sur les routes enneigées menant à Dresde ou à Hanovre, l'alphabet appris à son homme entre deux batailles, le désastre subi à Leipzig, l'odeur immense des chevaux morts, les ordres et les contrordres aboyés dans le vent, les uniformes flamboyants devenus noirs, la fuite vers le Rhin avec les cosaques aux trousses, les combats désespérés, la jambe de Médard qu'elle avait enterrée elle-même sous un arbre dans la forêt de Fontainebleau, la visite de l'Empereur vaincu au visage triste...

— Pour sûr que j'avais fait d'autres rêves ! Médard, avec sa Légion d'honneur, il aurait pu devenir capitaine, au moins capitaine ! Mais nous avons eu Joachim, heureusement qu'il y a notre Joachim...

À prononcer ce nom, le visage d'Adèle Médard s'était paré d'une joie enfantine. Elle s'enhardit alors à poser la main sur le bras de François et lui dit :

— Faites quelque chose pour Sébastien, mon général, je vous en supplie !

— Ça ne sera pas facile, cabochard comme il est. Vous devrez m'aider. J'ai bien une idée... Dites-moi d'abord pourquoi vous tenez tant, madame Médard, à faire le cocher de fiacre à Paris ?

À voix basse, mais la tête haute, elle affirma :

— Moi aussi je m'ennuie ici !

Surpris, peut-être inquiet, d'une telle franchise, le général

Carbec demeura un instant silencieux. Il revoyait l'image inattendue offerte par Adèle Médard quand elle lui était apparue rayonnante dans sa tenue d'amazone. Qu'allait-elle faire à Paris ? S'approchant, il lui saisit les poignets, les serra très fort et menaça presque :

— Écoutez-moi, madame Médard ! Cocher de fiacre, ça n'est pas un métier pour femme, mais cela ne me regarde pas, c'est l'affaire de votre homme ! Quoi qu'il dise ou fasse, Sébastien pour moi c'est sacré. Conduisez-vous bien avec lui ! Vous voyez ce que je veux dire ?

Tous trois finirent par se mettre d'accord : l'arrivée du jeune Carbec ne posait pas problème, on aimerait Mathieu autant que Joachim. Pourtant, quand le général suggéra d'aménager une chambre pour la nourrice et de repeindre les murs de la maison, Sébastien éleva la voix :

— Ce qui est bon pour notre gars ne le serait pas pour le tien ?

— Ce qui n'est pas bon, répliqua François, c'est qu'un ancien officier de l'Empereur vive dans un taudis. La pension que vous paiera M. Paturelle vous permettra d'entreprendre ces petits travaux tout de suite. Je t'en ferai l'avance. Si vous voulez une nourrice, il faut la loger convenablement.

Adèle soutint le général. Elle imaginait déjà qu'on allait repeindre les cloisons et les fenêtres, réparer les toits, poser peut-être des carreaux sur la terre battue. Elle brava même son mari :

— C'est toi le premier, Médard, qui as voulu une nourrice pour nous permettre de faire le fiacre ! Où allons-nous la coucher ? Il va falloir lui acheter un lit...

— Vous allez m'écouter, commanda le général. J'ai réfléchi à votre idée de combiner le fiacre et le maraîchage, j'en ai même parlé à des personnes qui connaissent mieux que vous et moi ce genre d'affaires. Elles m'ont toutes dit que vous ne feriez jamais que tirer le diable par la queue, au jour le jour. Est-ce là votre ambition ?

— L'ambition ? ricana le sous-lieutenant Médard. Regarde un peu où je la mets, mon ambition !

Il avait donné un coup de poing à son pilon sans prendre garde au geste impatient de sa femme, laisse-donc parler le général !

— Je connais à peu près vos comptes, poursuivit François. Ta pension plus celle de ta croix, cela fait six cent vingt-cinq francs par an. Le maraîchage ? À part vos provisions personnelles en légumes, cela ne vous rapportera rien. Ne proteste pas, mon pauvre Médard, tu sais bien que tu ne pourras pas longtemps bêcher tes plates-bandes avec ton foutu pilon. Il vous reste le fiacre. Combien peut-on faire de courses par jour ? Six en moyenne, je me suis renseigné. À un franc cinquante la course, cela ferait neuf francs par jour, dont il faut soustraire la nourriture du cheval, les dépenses d'écurie, de ferrage, sans compter l'entretien de la voiture et la bourrellerie. Avec un cheval qui travaillerait tous les jours, vous pourriez juste vous en tirer, mais un cheval c'est fragile, il faut en avoir deux, sinon c'est la misère.

— Tout cela, on le sait, Adèle et moi. Où veux-tu en venir ?

— J'ai interrogé d'autres cochers, poursuivit Carbec. Ils m'ont assuré qu'il y a une place à prendre pour ceux d'entre eux qui seront propriétaires de cinq ou six chevaux, de trois voitures et qui pourront engager un nombre égal de cochers, à condition de disposer de bâtiments à la proximité immédiate de Paris. Il paraît qu'il n'y a pas assez de fiacres à Paris, surtout de berlines et de calèches en bon état et de bons chevaux. On m'a dit aussi que le commerce des chevaux était redevenu très profitable à ceux qui sont de la partie. Vous en êtes tous les deux, non ?

Depuis quelques instants, Adèle et Sébastien Médard prêtaient une oreille plus attentive. Celui-ci déclara, un peu sentencieux :

— Pour faire maquignon, il faut d'abord être riche.

— Il faut disposer d'un peu d'argent pour entreprendre n'importe quoi. C'est ce que m'a appris mon beau-père. Avant lui je n'en savais rien, parce qu'à l'armée, à moins d'être ordonnateur, l'argent ne veut jamais dire autre chose que la solde qui tombe ou ne tombe pas le jour qu'on l'attend. Aujourd'hui, j'en ai un peu. Non, Médard, je n'ai pas fait d'économies, tu le sais mieux que personne. Primes ou soldes, j'ai toujours tout flambé avant de les toucher, même qu'il m'est arrivé plus d'une fois de t'appeler au secours. Si je vous dis cela, c'est que Mélanie m'a légué l'hôtel de la rue de l'Arcade et quelques titres de rente que je peux monnayer facilement. Si vous marchez avec moi, je suis prêt à m'intéresser à une affaire de chevaux et de fiacres. Pour commencer, il faudrait acheter à la remonte une demi-douzaine de chevaux qu'on logerait à côté de Paméla. Ça n'est pas la place qui manque ici, il suffirait de quelques journées de maçon, de peintre et de menuisier pour transformer l'étable en écurie. On en profiterait pour passer tous les murs au lait de chaux, peut-être pour paver la cour. Pendant ce temps, Sébastien rechercherait d'anciens hussards mis à la retraite et auxquels je ferais tailler des uniformes de cocher à la mode anglaise pour qu'ils aient belle allure et que les Parisiens veuillent se les disputer comme ils voudront choisir des fiacres bien tenus, propres, vernissés. J'y veillerai. Cela n'empêcherait pas madame Médard d'aller de temps en temps faire le cocher à Paris pour reconnaître les parcours, le nom des rues, les principaux monuments, les cafés, les restaurants, théâtres, et toutes les ficelles du métier. Qu'en pensez-vous ?

Sébastien Médard dit alors :

— Mon général, j'ai été sous tes ordres pendant près de vingt ans. À l'armée, il n'y a pas d'offense. Mais puisque me voilà devenu pékin, je ne suis pas disposé à devenir l'employé de monsieur Carbec.

— Qui m'a foutu une pareille tête de mule, sale bougre que tu es ! Tu n'as rien compris. Nous serons associés tous les trois. Je ne vous donne pas d'argent : j'avance vos parts dans notre compagnie, et j'entends que vous me remboursiez sur vos premiers bénéfices. Vous serez vos propres patrons. Je ne sais pas encore ce que leur foutu ministre va faire de moi mais, quoi qu'il arrive, parole de soldat, vous dirigerez votre affaire comme vous l'entendrez.

François s'était levé comme pour signifier qu'il partait. Adèle Médard n'avait pas ouvert la bouche, mais ses yeux disaient assez que la proposition du général lui paraissait un cadeau inespéré. Les éclats de Sébastien, elle savait qu'ils s'apaiseraient bientôt, elle connaissait les bons moyens de parvenir à ce résultat, mais elle supportait mal ses colères subites, de plus en plus nombreuses et provoquées par des riens. Jugeant qu'il ne convenait pas de prendre son homme de front, surtout devant le général, elle attendrait qu'on lui demande son avis ainsi qu'il arrivait toujours quand une décision importante devait être prise. « C'est madame Médard qui commande ! » disait Sébastien par galanterie, n'y croyant guère et se laissant prendre cependant au jeu, sans même s'en apercevoir parce qu'il respectait en elle la femme qui lui avait appris à lire et à écrire pour devenir officier, qui tenait aujourd'hui les comptes, et qu'il chevauchait toujours, malgré sa jambe mutilée, avec autant d'ardeur qu'au temps où l'adjudant Médard protégeait la cantinière amenée chez les hussards de Carbec avec la jument Paméla.

— Que penses-tu de tout cela, mon Adèle ? finit par interroger Sébastien.

Le ton sonnait moins dur que la voix qui, un moment plus tôt, repoussait la proposition du général.

— C'est toi le chef ! dit Adèle en retrouvant tout à coup le regard admiratif dont les amoureuses ne sont pas avares.

— C'est donc toi qui décides, renchérit François.

— Mais c'est madame Médard qui commande! ajouta aussitôt Sébastien, le visage aussi clair que si aucun nuage ne l'eût assombri tout à l'heure. Regarde-la donc! dit-il en riant. Regarde-la donc sourire! Tu n'as pas encore compris qu'elle meurt déjà d'impatience d'avoir six voitures toutes neuves dans ses remises, dix chevaux dans ses écuries, deux valets et une demi-douzaine de cochers sous ses ordres, sans compter une cinquantaine de poules dans sa cour, plus la nourrice à gourmander, deux nourrissons à caresser et son homme à gouverner? Es-tu d'accord, madame Médard?

Radieuse, elle se jeta dans les bras de son mari qui la tint serrée contre sa poitrine et, sans se soucier de la présence de François, la mignota tendrement jusqu'au moment où il déclara :

— Je vais chercher un troisième verre. Nous boirons à la bienvenue de Mathieu Carbec et à la prospérité de nos affaires!

Tandis que Sébastien, le dos tourné, ouvrait un placard, Adèle murmura :

— Merci! Vous avez sauvé Médard.

Ce soir-là, après avoir dîné dans un bon restaurant parisien où le maître d'hôtel l'avait accueilli avec un sourire à la fois respectueux et finaud, lui donnant du « mon général » à tout propos, François Carbec héla un fiacre pour rentrer directement rue de l'Arcade. Il avait hâte de se retrouver seul. Tenté de choisir parmi celles de sa collection une pipe de hussard au tuyau recourbé et au fourneau de porcelaine peinte, il se rappela que M. Laffitte lui avait fait découvrir de nouveaux cigares dont la société disait merveille. En ayant acheté une boîte, il décida de passer la soirée dans la compagnie de l'un d'eux.

Pourquoi avait-il donc proposé à ces deux Médard de les

aider et même de les établir ? se demandait le général. Était-ce seulement pour permettre à son fils et à sa nourrice de s'installer à Saint-Mandé après la mort de Mme Paturelle ? Était-ce pour guérir Sébastien des démons qui le rongeaient : l'ennui, son pilon, l'alcool, peut-être quelques rancœurs inavouées ? Était-ce pour interdire à Mme Ménard les plaisirs et les dangers qu'elle ne manquerait pas de connaître en allant faire le cocher de fiacre à Paris avec sa robe d'amazone, son fouet et ses cheveux flamboyants sous son chapeau de haute forme ? Ou pour faire tinter son argent à l'oreille de ces deux pauvres diables ? Jouer les bienfaiteurs pour se donner bonne conscience ? Cet argent soudain tombé sur lui telle la pluie d'or de Jupiter, il le devait à la ruine de l'Empire et à la mort de Mélanie. Pourquoi n'avait-il pas dit à Médard que l'Empereur lui avait fait cadeau de trois cent mille francs ? Aurait-il honte d'être devenu riche grâce à Waterloo et à Mélanie ? Sans se l'avouer, il n'avait rien dit à Médard parce qu'il avait eu peur de recevoir cette vérité à travers la figure, comme un coup de sabre... Le sabre c'était l'arme qu'il préférait, se dit-il et cela dévia le cours de ses pensées. « À Bruxelles, à la fin de ma convalescence, j'ai essayé de faire quelques assauts d'escrime avec des officiers anglais. Nous nous comportions en camarades. Nous autres militaires qui sommes éduqués pour obéir aux ordres, nous pouvons faire la guerre sans en vouloir à ceux que nous étripons. La haine, ce doit être un sentiment réservé aux pékins, une réaction d'émeutier. Il faut que je trouve un maître d'armes qui fera travailler mon poignet. Je ne vais pas passer mon temps à fumer des cigares et à jouer aux cartes. La semaine dernière, après la mort de ma belle-mère, j'ai dû faire la partie avec M. Paturelle pour le sortir de la torpeur où il était tombé. Le drapier a gagné tous les coups. Ai-je perdu parce que je pensais à Mélanie ? Je n'ai pas eu le temps de devenir ce que les femmes appellent un bon mari. Ai-je été un bon amant ? Je m'en veux d'avoir passé tant de soirées au Palais-Royal, d'être rentré tard rue de l'Arcade où elle m'accueillait avec un sourire qui savait à quoi s'en tenir. En a-t-elle un peu souffert, ou beaucoup ? Faut-il en avoir du remords ou plutôt croire que mes fautes ont été effacées le jour où je l'ai emmenée avec moi aux Tuileries pour attendre le retour de l'Empereur ? Chère Mélanie, elle était encore plus heureuse que moi lorsqu'elle voyait qu'on me faisait des signes d'amitié et qu'on me disait : "Salut, Carbec-mon-Empereur !" Suis-je capable d'autre chose que d'être général et de faire manœuvrer des escadrons ? Un général sans uniforme, sans sabre, sans soldats, voilà ce que je suis ce soir. À votre âge, déclarait ce nom de Dieu de duc de Feltre, on peut tout recommencer ! Ce jean-foutre n'a jamais été qu'un plumitif d'état-major. Ce que nous avons fait, nous autres, les vrais soldats, personne ne le recommencera jamais. Il faut que vous appreniez à vivre en pensant que vous avez un fils, m'a dit le banquier Laffitte. Apprendre quoi ? À faire le cocher de fiacre moi aussi ?... L'odeur de ce cigare me brouille décidément l'esprit. Tout compte fait, je préfère une bonne pipe allemande. Demain, j'irai en fumer une chez Montausier. J'y rencontrerai bien quelque cavalier qui me saluera d'un "Carbec-mon-Empereur !" Il me faut trouver une occupation si je ne veux pas devenir bientôt, moi aussi, comme mon brave Médard ! »

Préfet hors cadre, détaché au cabinet du ministre de la Police avec rang de directeur, Léon de La Bargelière consacrait la première partie de ses matinées à lire et annoter les fiches confidentielles rédigées par ses indicateurs sur les faits et gestes de la société parisienne. Spécialiste du renseignement politique, M. de La Bargelière connaissait bien cette race d'agents, la manière de s'en servir, voire leur prix qui dépendait surtout de la qualité sociale du rapporteur. Les indiscrétions d'alcôve dont il avait pu naguère se réjouir — c'était à l'époque où Joseph Fouché payait royalement les comptes rendus de l'impératrice Joséphine — ne l'intéressaient plus, mais il apportait la plus grande diligence à les transmettre à M. Decazes qui les présentait lui-même aux Tuileries. Soucieux de la vertu de ses sujets retrouvés après la longue parenthèse de la Révolution, Louis XVIII surveillait de près, disait-on, les rendez-vous de la marquise X., les relations équivoques du vicomte Y., ou les amours désordonnées de Mlle Z..., pour s'en régaler chaque matin à l'heure de son premier œuf à la coque.

Alerté par des incidents qui avaient troublé l'ordre public dans quelques départements au cours du mois de janvier 1816, le ministre de la Police avait recommandé aux préfets de surveiller avec le plus grand soin les allées et venues, conversations, fréquentations et correspondances des anciens officiers de Napoléon. Tous les vétérans seraient désormais considérés comme autant de suspects et M. de La Bargelière serait chargé de collecter l'ensemble des renseignements qui parviendraient à Paris.

M. le directeur n'avait pas voulu cette mission ; il s'y sentait mal à l'aise. Huit mois après le retour des Bourbons, son loyalisme ne lui masquait pas des vérités qui lui paraissaient évidentes et lui faisaient penser qu'à plus ou moins brève échéance le peuple oublierait le despotisme impérial, la conscription et le sang versé mais se rappellerait que Napoléon avait sauvegardé l'essentiel des conquêtes de la Révolution. Là où il était placé, M. de La Bargelière observait la naissance d'une sorte d'idée-force, toute neuve, appelée parfois bonapartisme, qui, cheminant à travers les campagnes, se confondait avec l'idée républicaine, la passion patriotique, et une ferveur mystique vouée au culte de l'Empereur entretenu par les souvenirs de dizaines de milliers de soldats rentrés dans leurs villages plus pauvres que des mendiants. On parlait déjà de miracle… Le ministre de la Police ne venait-il pas de recevoir une note timbrée « Secret confidentiel » par le préfet de l'Aube pour l'informer que, dans un village de son département, une poule avait pondu un œuf où apparaissaient d'un côté la face d'un écu de cinq francs à l'effigie de Napoléon, et de l'autre un aigle aux ailes repliées ? Soucieux d'obéir aux directives de son ministre et de faire respecter l'ordre, le préfet avait aussitôt mis en prison le paysan propriétaire de la poule. Arrêtée elle aussi, la poule avait été mise en cage. D'une telle histoire et du rapport que lui en avait donné M. Decazes, le Roi avait daigné sourire sans se douter que la légende napoléonienne venait de naître dans l'esprit populaire.

« Examinons des informations moins fantaisistes », pensa lui aussi M. de La Bargelière en ouvrant un dossier consacré aux anciens officiers dont le comportement inquiétait le Premier ministre. Ce matin-là, les rapports parvenus sur son bureau relevaient de la routine quotidienne : le colonel

Fabvier avait provoqué en duel un jeune capitaine de la garde royale, quelques vétérans avaient envahi le Café de la Régence et en avaient chassé à coups de canne les clients pour boire entre eux seuls à la santé de l'Empereur, les membres d'une nouvelle société secrète, L'Épingle noire, se réunissaient au Café de Mars, quai Voltaire, où la présence des colonels Lainé et Delatour avait été remarquée. D'autres fiches indiquaient que, surveillés en permanence discrète, les maréchaux Augereau, Soult et Mortier paraissaient n'entretenir aucune relation suspecte. Pour leur part, les services spéciaux des Affaires étrangères ne signalaient rien d'important à propos des allées et venues des généraux qui avaient franchi la frontière dès le lendemain de Waterloo : Drouet d'Erlon s'était réfugié en Bavière, Ameil et Clauzel en Suisse, Letellier en Allemagne, Exelmans à Breda, Ornano à Spa, Morand à Cracovie, Gérard, Hulin et Lamarck à Bruxelles... Ce jour-là, aucune note de police ne s'intéressait aux quelque cent généraux retirés le plus souvent dans leurs domaines où, comblés d'honneurs et de dotations, ils étaient devenus plus royalistes que les princes.

Ça n'est pas de leur côté que viendra le danger, ils sont trop bien nantis, pensa M. de La Bargelière en lisant la liste des divisionnaires et brigadiers qu'il connaissait par cœur, lorsqu'un nom qui n'y figurait pas jusqu'alors lui sauta aux yeux : général de brigade Carbec. Un petit signe conventionnel, connu des seuls services de sûreté et qui voulait dire « suspect », le précédait. Une double inquiétude frappa au ventre le directeur du ministère, la première parce qu'il aimait bien François et redoutait de ne pouvoir le protéger si celui-ci se trouvait compromis dans quelque complot, la seconde, moins noble, parce que la carrière d'un commis de l'État soucieux de parvenir aux hautes fonctions, ou de s'y maintenir, doit se garder de toute parentèle ou amitié politiquement compromettante. Quelle imprudence, erreur, ou folie, le cousin Carbec avait-il pu commettre pour que son nom fût si rapidement fiché, huit semaines après son retour en France ? M. de La Bargelière vérifia qu'aucun dossier particulier n'avait été ouvert à ce nom-là, aucune note rédigée. Tenté un instant de s'informer auprès des services du département politique du ministère de la Police pour connaître la source du renseignement, il se ravisa aussitôt, craignant que sa démarche ne fît naître quelque soupçon sur une connivence, voire une complicité, qui lierait les deux cousins. Par expérience, M. de La Bargelière savait qu'il convenait de marcher à pas de loup dans les sentiers d'un pouvoir encore instable, que la tragédie des Cent-Jours rendait maladroit et méfiant au point que le Roi, le Premier ministre et les ministres disposaient chacun d'un cabinet noir. Sans doute le nom du général Carbec avait-il été ajouté, par quelque fonctionnaire zélé, à la liste des généraux fichés, sans motif précis. Si le cousin François devait faire un jour l'objet d'une surveillance personnelle il serait alors temps de l'en aviser. Pourquoi l'inquiéter déjà ?

La semaine suivante, une note qui portait le timbre du ministère de la Guerre fut remise à M. de La Bargelière « d'ordre de M. le duc de Feltre, l'ex-général Carbec a été placé sous surveillance à compter du 15 décembre 1815 date à laquelle celui-ci s'est présenté au ministère au lendemain de son retour à Paris. Il s'est installé rue de l'Arcade dans un hôtel particulier hérité de sa femme, née Mélanie Paturelle, aujourd'hui décédée. Il y dispose d'une cuisinière, d'un valet à toutes mains, d'un portier, d'un coupé attelé, et semble bénéficier d'une certaine considération de la part de ses voisins. Bien qu'il n'ait perçu aucun traitement — arriéré de solde, demi-solde ou retraite — depuis son arrivée à Paris, l'ex-général paraît mener l'existence d'un célibataire à l'abri du besoin. Il dîne souvent au Rocher de Cancale, fréquente la salle d'armes du prévôt Cazenave où il rencontre d'anciens hussards, notamment les généraux Curely, Marulaz et Pajol. Habitué du café Montausier, au Palais-Royal, il y est reçu par la clientèle habituelle de cet établissement, anciens officiers tous fichés qui se lèvent pour le saluer en criant : "Carbec-mon-Empereur !", jeu séditieux auquel l'intéressé se prête avec une satisfaction non feinte. L'ex-général semble entretenir des relations étroites avec M. de La Bargelière (Léon), ancien préfet aujourd'hui directeur au ministère de la Police. On a noté qu'il s'est rendu deux fois chez le banquier Laffitte et quatre fois à Saint-Mandé dans la petite ferme occupée par le sous-lieutenant Médard. Celui-ci, marié à une ancienne cantinière, fait le cocher de fiacre à Paris, est chevalier de la Légion d'honneur et grand mutilé de guerre. Les propos séditieux tenus habituellement par Médard ont déjà été signalés. Il est notoire que ceux-ci l'auraient conduit en prison si Médard n'avait pas perdu une jambe à la guerre. Abusant de cette indulgence, Médard recevrait chez lui, périodiquement, quelques vétérans. On peut se demander si les nombreuses visites de l'ex-général Carbec, quatre en huit semaines, relèvent seulement de l'amitié d'un chef de corps pour son ancien sous-officier. En effet, une équipe de maçons, charpentiers et peintres achève en ce moment des travaux de réfection entrepris pour remettre à neuf les bâtiments où s'est installé le ménage Médard, à Saint-Mandé. D'où vient l'argent, sinon de l'ex-général Carbec ? De sources généralement sûres, les deux anciens militaires se seraient associés pour acheter des chevaux et des voitures de place. Ces mêmes sources font connaître que ledit Médard rechercherait d'anciens hussards dans le but de les embaucher. À quoi correspond tout ce remue-ménage et qui pourrait croire que l'ex-général agit sans arrière-pensées ? La soi-disant générosité de M. Carbec ne cacherait-elle pas quelque entreprise secrète qui dissimulerait des projets d'actions subversives préparés par d'anciens hussards travestis pour la circonstance en cochers de fiacre ? »

M. de La Bargelière apprécia peu cette note. Que son nom y soit mentionné à côté de celui du général Carbec ne le surprenait pas, sa parenté avec le fameux cavalier ne faisant mystère pour personne, pas plus que l'amitié des deux cousins dont la fidélité avait survécu à des temps difficiles au cours desquels de si nombreux serments avaient été trahis. Ce qui l'inquiétait davantage, c'était l'aspect cauteleux et plus encore l'imbécillité d'une telle prose où, sous le jargon administratif, on ne trouvait peut-être que la bassesse d'un fouille-merde de service mais qui pourrait être utilisée, un jour ou l'autre, contre François, puisque chaque préfet détenait aujourd'hui le droit d'éloigner et d'assigner à résidence fixe tout individu soupçonné d'être un ennemi de l'État, sans qu'existe pour autant un motif grave de prévention contre lui.

Au cours des années passées, il était arrivé quelquefois à M. de La Bargelière de subtiliser et de détruire des rapports de police similaires, à la fois insignifiants et insidieux, susceptibles de compromettre tels bons citoyens au point de les envoyer dans les cachots du pouvoir alors qu'ils se dirigeaient vers le Conseil d'État où ils siégeaient maintenant sans se douter qu'ils avaient échappé aux équipes de sûreté mises en place par M. Fouché, grâce à la petite forfaiture d'un fonctionnaire anonyme. Retirant du dossier la note concernant son cousin, il hésita un long moment avant de prendre la décision de la détruire ou de la laisser en place. Que le ministre de la Guerre ait donné personnellement l'ordre de surveiller les allées et venues du général Carbec, grand blessé de Waterloo, le lendemain de son retour en France, cela lui soulevait le cœur et l'indignait. Mais M. de La Bargelière se rappelait aussi qu'au premier retour du Roi, en avril 1814, le nouveau gouvernement n'avait guère inquiété les hauts fonctionnaires ou dignitaires de l'Empire : maréchaux, généraux, préfets, magistrats, maires, ils avaient à peu près tous conservé leurs places en échange d'un serment de fidélité rapidement prêté. Seulement prêté car, un an plus tard, Napoléon ayant réoccupé les Tuileries, les mêmes fonctionnaires avaient repris leur parole pour la rendre à l'Empereur. La déroute, l'occupation du territoire, la ruine du Trésor public, c'est le prix qu'il avait fallu payer le retour de l'île d'Elbe... Dans ces conditions, se demandait

M. de La Bargelière, le gouvernement n'avait-il pas le droit, voire le devoir, de prendre les plus grandes précautions pour éviter de nouvelles conspirations susceptibles de mettre en danger la sûreté de l'État, ou pire ?

À cette dernière question, M. de La Bargelière haussa les épaules. Si l'ordre rétabli par le congrès de Vienne demeurait encore précaire, la situation n'était plus la même qu'en 1815 : on ne s'évadait pas de Sainte-Hélène comme de l'île d'Elbe. Par ailleurs, cent cinquante mille soldats alliés occupaient les départements frontaliers du Nord et de l'Est. « Ceux-là nous protègent d'une nouvelle aventure », pensa-t-il tandis qu'il remettait en place la fiche du général Carbec. Il sentit au même moment le rouge lui monter au front parce que l'occupation ennemie l'abreuvait de honte et qu'il se rappelait les termes du pacte conclu naguère avec François partant s'engager dans les hussards. « Nous aider mutuellement quoi qu'il arrive, quelles que soient notre position dans la société et nos divergences d'opinion. » Aider son cousin, le protéger contre lui-même, il restait prêt à jouer ce rôle mais ne pouvait supporter l'idée qu'un commis de l'État puisse devenir plus ou moins complice d'un factieux.

En quelques semaines, la ferme Médard avait perdu son aspect de maison pauvre. Des ardoises neuves couvraient les toits, les murs des différents corps de bâtiment étaient recrépis. Transformée en écurie-remise, la grange pourrait désormais abriter six chevaux et trois voitures. François Carbec s'était abstenu de paraître à Saint-Mandé pendant la durée des travaux pour laisser à Sébastien Médard le soin d'embaucher les ouvriers, de les payer, de les surveiller. L'ancien militaire qui se languissait de n'avoir plus personne à commander, à part Adèle et la jument Paméla, n'avait pas laissé passer l'occasion de diriger un petit chantier où il arrivait chaque matin bon premier. Entrant dans le jeu, les compagnons le laissaient faire, se mettaient volontiers au garde-à-vous pour le saluer, travaillaient de bon cœur, et, à l'heure de la pause, buvaient une chopine, « à la santé de l'Empereur ! », en hochant la tête avec un air grave, les yeux fixés sur le pilon et la croix du vétéran.

À la fin du mois de février, tout était prêt pour recevoir Mme Rose et son nourrisson. Le général Carbec alla les chercher à Bièvres. À peine sorti de l'hébétude où l'avait plongé la mort de sa femme, M. Paturelle laissa partir son petit-fils sans manifester une trop grande émotion mais rappela les engagements pris. « Si je suis encore de ce monde, dit-il à son gendre, vous recevrez à la fin du mois de mars un premier versement trimestriel de cinq mille francs. » Le moment des adieux venu, il ajouta : « Mes rendez-vous avec le notaire et mes visites au cimetière m'occupent beaucoup. J'y vais tous les jours. Au printemps, j'irai vous voir à Paris. Si vous voulez bien me loger chez vous, rue de l'Arcade, nous pourrions faire le soir, tous les deux, un piquet. Vous me raconterez vos histoires de hussards !... »

— Tout le portrait de son père ! s'exclama Adèle Médard en serrant le jeune Mathieu Carbec dans ses bras. Est-il beau !

Le général fut heureux d'entendre ces mots qu'il ne prit pas cette fois pour un compliment d'usage. Âgé de trois mois, son fils était devenu un bébé aux joues roses et aux yeux bleus qui tenait sa tête bien droite.

— Je l'avais dit ! triompha Mme Rose.

Dès le premier regard, les deux femmes s'étaient jaugées. Elles échangèrent un sourire de sympathie, chacune s'extasiant sur la bonne mine de son nourrisson, tandis que François Carbec leur disait : « Arrangez-vous toutes les deux ! », et prenait déjà son ami par le bras. « Montre-moi ce que tu as fait de ton écurie ! »

Bouclé dans la berline qui l'avait conduit de Bièvres à Saint-Mandé, le général avait subi pendant trois heures le caquet de Mme Rose et les embarras gastriques de Mathieu.

À ceux-ci, il préférait l'odeur du crottin de la jument Paméla, à ceux-là les emportements du sous-lieutenant Médard.

— Tout a été fait selon tes ordres, dit Sébastien, mais j'ai dirigé la manœuvre comme je l'entendais. Les ouvriers de la ville, c'est plus difficile à commander que des militaires. J'aurais voulu t'y voir ! Je les ai menés tambour battant. Ici j'ai dû faire abattre un mur pour donner plus de place à mes chevaux, là j'ai fait rejointoyer les pierres et chauler les poutres. Il faut que tout soit propre et net pour abriter mes voitures, non ? Suivant tes instructions, j'ai fait repeindre et passer au vernis le vieux fiacre : il est flambant neuf... Tu me suis, non ?

François écoutait et approuvait en souriant. « Mes voitures... mes chevaux », l'affaire imaginée pour venir au secours du ménage allait devenir une réalité. Il questionna :

— Et ta jambe ? Comment va ta jambe ? Te fait-elle toujours aussi mal ?

— Ma foi, elle va plutôt mieux ! Adèle m'a dit : « C'est parce que tu n'as plus le temps de te ronger les sangs. » Mais c'est mon foutu pilon qui me tracasse. Je n'arrive plus à monter sur le siège de mon fiacre. Je suis tombé deux fois. Il est temps que mon Adèle assure la relève. Ne lui dis rien, je ne veux pas l'inquiéter. C'est une sacrée bonne femme, mon Adèle ! Elle s'est occupée du chantier de la maison. Elle a fait passer à la chaux les murs et les cloisons, repeindre les fenêtres, poser des carreaux sur la terre battue. Les ouvriers marchaient droit, aucun d'eux n'aurait osé lui adresser un mot plus haut que l'autre. Tu verras la chambre de la nourrice, elle va être logée comme une princesse ! Moi, je n'étais pas toujours d'accord, mais l'Adèle me répondait : « C'est l'ordre du général et c'est pour son fils ! » Tous les soirs, après avoir couché Joachim, elle tenait les comptes tandis que je faisais ma page d'écriture. Tout est en ordre, nous n'avons pas dépensé un sou de plus que la somme convenue entre nous... Parlons un peu de la nourrice puisque nous sommes tous les deux, entre hommes. Es-tu toujours aussi content d'elle ? À la regarder, c'est une bonne fille qui a l'air de bien connaître son affaire. Mais attention ! Il ne faudra pas qu'elle veuille s'amuser à diriger la musique, parce qu'à la maison, même lorsque je parle fort ou que je dis le nom de Dieu, c'est toujours madame Médard qui commande. Adèle, c'est la maîtresse.

François rassura Sébastien :

— Je suis sûr qu'Adèle et la nourrice s'entendront bien. Madame Rose est une brave femme, une douce qui sait ce qu'elle veut. J'ai senti qu'elle était très attachée à Mathieu, elle aimera autant Joachim. Ces femmes, ce sont des femelles, il leur faut des petits. Faisons avec madame Rose une expérience de trois mois. Au mois de mai prochain, je te dirai si je suis en mesure de m'occuper moi-même de mon fils et de le prendre rue de l'Arcade avec ou sans madame Rose.

Ils revinrent lentement vers la maison, silencieux parce qu'ils n'avaient pas besoin d'exprimer tout haut les sentiments qu'ils partageaient et que François finit par résumer par ces simples mots :

— Quand je nous entends parler de nos mouflets et de leur nourrice, je me demande si nous ne rêvons pas tous les deux...

— Sacrés petits bougres..., répondit doucement Sébastien qui ajouta aussitôt : Nous allons tous les quatre boire à leur santé. Cette fois, mon général, tu ne m'en empêcheras pas.

Adèle Médard était parvenue à rendre plus accueillante la salle de ferme, plus claire malgré la lourdeur des quelques meubles que les années, les mains et les mouches avaient noircis. Des rideaux rouge et blanc égayaient les fenêtres, un bouquet de fleurs séchées jaillissait d'un pot d'étain. Assises toutes les deux devant la cheminée où flambait une grosse bûche, Adèle et Mme Rose échangeaient sur un ton de confidence des propos qui regardent seulement les femmes, lorsque François et Sébastien les rejoignirent.

— Le général veut que nous portions une santé à nos fils,

dit tout de suite Sébastien. Prépare-nous quatre verres, mon Adèle, et sors une bouteille de ta réserve.

Au regard inquiet que lui avait lancé Mme Médard, François avait vite répondu par un sourire conciliant. Il convenait de fêter ce grand jour. Heureuse de cet accord silencieux, elle-même ne boudant pas toujours la goutte, Adèle avait déjà ouvert le cruchon d'eau-de-vie lorsqu'elle vit Mme Rose poser une main autoritaire sur son verre.

— Pas pour moi ! Une femme qui donne le sein ne doit jamais boire d'alcool. Cela rend le lait acide, fait pleurer les enfants, et empêche les dents de sortir.

Sébatien avait tenté de protester : « Eh là ! Madame Rose, ce sont des garçons ! Il faut en faire des hommes ! », mais, toujours de bonne humeur et la voix ferme, la nourrice avait répliqué : « Vous ferez ce que vous voudrez avec Joachim, c'est votre fils, mais pas avec Mathieu qui est mon nourrisson. Quand il s'agit de lui, c'est moi qui commande. N'est-ce pas, monsieur le général ? »

Un peu interloqués, les deux hommes prirent bientôt le parti de rire en échangeant un coup d'œil complice qui voulait dire : « Nous pouvons accorder notre confiance à Mme Rose. » Pour sa part, rassurée elle aussi sur la manière dont seraient gardés les deux enfants pendant ses prochaines absences, Mme Médard se voyait déjà assise sur le siège d'un fiacre verni à neuf, partir fouet en main à la conquête de Paris avec la jument Paméla.

Quatre mois après le retour du général Carbec, la commission d'enquête chargée d'étudier les dossiers des officiers demeurés fidèles à Napoléon pendant les Cent-Jours ne s'était pas encore prononcée sur son cas. François ne se faisait guère d'illusions et s'attendait à être placé en position de demi-solde, voire rayé des cadres de l'armée. Pour autant, il ne se souciait pas de chercher une occupation qui convînt à ses goûts et à ses titres militaires, surtout au grade de général auquel il tenait le plus. Les moins démunis de ses camarades n'avaient pas hésité à devenir agriculteurs ou industriels, mais élever des moutons dans le Berry ou planter des betteraves dans le Soissonnais ne paraissait pas au général Carbec plus raisonnable que de fabriquer du vinaigre à Orléans ou couper du bois dans le Jura. D'autres compagnons qui eux aussi avaient traversé l'Europe au galop géraient des boutiques d'épicier ou des blanchisseries, salons de coiffure ou petits restaurants, apportés en dot par les femmes qu'ils s'étaient décidés à épouser après vingt ans de célibat et auxquelles ils ne répugnaient pas d'obéir. Il y avait tous les autres, les oisifs regroupés à Paris, raidis dans leur solitude et leurs souvenirs, souvent dans leur pauvreté, volontiers querelleurs et arrogants, prêts à se jeter dans l'aventure politique et que M. Decazes avait de bonnes raisons de surveiller de près.

Avec ceux-là, François Carbec se sentait à l'aise, bien qu'il eût la tête assez solide pour comprendre qu'il risquait de s'engloutir un jour avec eux dans la paresse et la rancœur militaires, pires que les autres. Il les écoutait, leur venait en aide, payait des tournées pour fêter l'anniversaire de quelque jour mémorable, et estimait qu'on le remboursait largement en lui adressant le salut qu'il attendait : « Carbec-mon-Empereur ! », au seuil du café Montausier. Pour autant, le général prenait garde de ne pas sombrer dans la nostalgie des vieux soldats, et fréquentait volontiers ceux que les anciens militaires appelaient dédaigneusement les « pékins ».

Toujours aux aguets, M. de La Bargelière s'était promis de détacher François d'un milieu qu'il estimait dangereux, et de le faire accueillir par la société civile qui avait vite remplacé celle des sabres. Le général se laissait faire et retrouvait sans déplaisir le style de vie bourgeois partagé pendant quelques mois avec Mélanie Paturelle. Il accepta d'accompagner son cousin aux Italiens où l'on donnait *Don Giovanni* à l'occasion d'une soirée de charité.

— Comment trouves-tu cette musique, toi qui as entendu les orchestres de Vienne ? demanda M. de La Bargelière qui se prétendait mélomane parce qu'il venait de se fiancer à la fille d'un banquier protecteur d'une chanteuse d'opéra.

— Laisse-moi le temps de m'habituer l'oreille. Pour l'instant, je préfère la *Marche consulaire*. Un jour, je sifflerai les principaux airs de *La Flûte enchantée* !

C'était pendant un entracte, à la buvette du Théâtre des Italiens où les deux cousins buvaient une coupe de champagne. Une voix dit derrière eux :

— Eh bien, monsieur de La Bargelière, quel cachottier vous êtes ! Vous ne m'aviez pas dit que votre cousin admirait lui aussi notre divin Mozart ?

C'était la comtesse de L., belle, jeune encore, les épaules nues, le visage éclairé d'un sourire à la fois indulgent et espiègle. Tout de suite, François se rappela le bal du faubourg

Saint-Germain donné par la comtesse en l'honneur des officiers du tsar Alexandre où il s'était conduit comme un soudard. Il ne regretta pas un instant son attitude, bomba le torse, rougit légèrement et s'inclina avec un peu trop de raideur tandis que le cousin Léon, ravi comme s'il eût été l'organisateur de cette rencontre, répondait :

— C'est la première sortie de mon cousin à Paris depuis...

Il allait dire « depuis Waterloo », mais sa phrase avait été interrompue par Mme de L.

— Depuis qu'il s'est battu en héros, au mont Saint-Jean, nous savons tout cela.

Gêné, devenu cramoisi, déjà dévisagé par quelques spectateurs indiscrets, François ne savait plus quelle contenance prendre.

— J'ignorais, madame, que vous connaissiez si bien mon cousin, s'étonna M. de La Bargelière.

— Nous nous connaissons depuis deux ans bientôt. N'est-ce pas, général ?

— Oui, madame. Je n'ai pas oublié les circonstances dans lesquelles j'ai eu l'honneur d'être reçu chez vous.

— Ni celles dans lesquelles vous nous avez quittés, j'imagine ?

— Pas davantage.

Ils se dévisageaient, silencieux, elle toujours souriante, lui toujours maladroit.

— Si vous n'étiez pas parti avec tant de précipitation, dit Mme de L. en cessant de sourire, peut-être auriez-vous compris qu'en recevant ce soir-là le général Cheremetiev et ses officiers, je jouais seulement un rôle. Un rôle qui n'était pas facile et qui, à moi non plus, ne plaisait pas beaucoup. Avez-vous jamais pensé, général, qu'il convient, dans certaines circonstances, d'avoir un peu d'intelligence avec l'ennemi ? Demandez-le plutôt à monsieur de La Bargelière qui fut préfet dans des périodes très difficiles ?

Mme de L. dit aussi, sur un ton plus grave :

— Tant de douloureux événements se sont passés en France depuis ce mois d'avril 1814 !

Elle ajouta, après un bref soupir, soudain joyeuse :

— Dieu merci, la France se réconcilie aujourd'hui avec elle-même autour de son Roi. N'est-ce pas, général ?

— Je l'espère, madame.

— Alors accordez-moi le bonheur de venir dîner chez moi jeudi prochain, demanda-t-elle avec un regard et une intonation qui semblaient dire : « Il n'y a plus que vous qui comptez ! »

Subjugué, redevenu le jeune officier de dix-huit ans qui entrait en vainqueur à Milan, François répondit :

— Je vous le promets.

Mme de L. donna sa main à baiser, s'en alla lentement, revint sur ses pas, et décocha sa dernière flèche :

— Ne vous mettez pas en peine pour la tenue que vous choisirez jeudi soir : l'habit vous sied aussi bien que l'uniforme.

Le dîner auquel avait été convié le général Carbec chez la comtesse de L. s'achevait sur un ton à peine plus haut qu'il avait commencé. Assis à la gauche de l'hôtesse, François avait observé avec le plus grand soin le comportement de ses voisins et de ses voisines, soucieux de ne pas commettre d'impair dans un milieu qui ne lui était pas familier et où il se savait épié. Tous ceux-là, dix convives, aristocrates ou grands bourgeois, ne parlaient ni ne riaient jamais trop fort, économisaient leurs gestes, et paraissaient très avertis de tout ce qui se passait aux Tuileries, à la Chambre, à la Bourse, voire à l'Institut dont un membre, orientaliste à la mode, se tenait à la droite de la comtesse de L. Celle-ci avait eu, jadis, l'occasion de présider quelques dîners à Saint-Pétersbourg, Vienne, Rome et Madrid où, jeune épouse d'un diplomate dont elle ornait une carrière commencée sous M. de Vergennes et achevée sous M. de Talleyrand, elle avait appris à faire briller ses hôtes en donnant à chacun d'eux la certitude d'être le plus étincelant sinon le plus aimé.

Mme de L. demanda, par jeu, aux six hommes réunis ce soir-là, de raconter le souvenir heureux qui les avait le plus marqués durant ces deux dernières années. C'était là un sujet délicat à traiter autour d'une table où se faisaient face deux anciens émigrés, trois bourgeois libéraux et un général ancien soldat des guerres de la Révolution et de l'Empire, mais on savait que Mme de L., dont le charme personnel et la manière d'en user faisaient pardonner d'évidentes sympathies orléanistes, s'était promis de rapprocher les Tuileries du Palais-Royal, et le faubourg Saint-Germain de la Chaussée-d'Antin au cours de ces dîners du jeudi dont on commençait à parler à Paris. Interrogé le premier, l'orientaliste convint avec un sourire épanoui que le plus beau jour de sa vie demeurait son élection à l'Institut qui, dit-il avec une modestie savamment mise au point, « a fait moins de bruit que les trompettes de Jéricho auxquelles j'ai consacré plusieurs années d'études ».

Mme de L. avait décidé de commencer son tour de table à partir de l'invité placé à sa droite pour que le dernier mot appartînt au général Carbec. Sans faire plus d'embarras, le banquier R. convint avec bonne humeur qu'il privilégiait le jour où il avait été nommé administrateur de la Banque de France. « Et moi, dit le troisième homme, c'est mon élection à la Chambre. » Les trois réponses se valaient par leur banalité. Mme de L. tenta de provoquer chez ses hôtes quelques commentaires mais y parvint à peine tant ceux-là paraissaient heureux et satisfaits de s'être installés dans un des trois temples inviolables : l'Institut, la Banque de France, la Chambre des députés. Bourgeois prudents, aucun d'eux n'avait fait la moindre allusion aux événements des années 1814 et 1815. « Ce sont des jean-foutre !... » pensa le général Carbec. Habituées à se taire, les épouses des trois ravis s'étaient contentées de glousser quelques sourires niais. Visiblement déçue, Mme de L. relança aussitôt les dés :

— Et vous, monsieur de Moselle ?

Aristocrate aux idées libérales, celui-là avait été contraint d'émigrer en Angleterre pendant la Terreur. Rentré en France dès l'avènement du Consulat, il avait accepté un poste aux Affaires étrangères et était devenu ministre plénipotentiaire sous l'Empire, distinction qui lui avait valu d'être mis à la retraite dès le retour des Bourbons. M. de Moselle ne faisait pas mystère de ses préférences politiques pour le système anglais.

— En ce qui me concerne, dit-il, il est impossible de dissocier le moindre de mes souvenirs personnels des événements vécus par nous tous au cours de ces deux dernières années. Je place au premier rang le jour où le Roi, de retour à Paris, accorda la Charte à tous les Français. Pensez-y : la liberté du culte, le droit de publier, l'impôt consenti, la propriété inviolable, la dette publique garantie, le pouvoir judiciaire indépendant. C'était faire naître un immense espoir de réconciliation et d'union nationales. J'y ai cru, j'en suis moins sûr aujourd'hui parce que la parole du Roi n'a pas été entendue par tous et parce que...

— Je ne suis pas de cet avis..., coupa le cinquième homme.

C'était le baron Maudoit, ancien colonel dans l'armée des Princes. Bel homme et le sachant, la quarantaine solide et sûre d'elle, mal élevé comme un marquis, il était intervenu sans attendre son tour de parole.

— La Charte est une grave erreur, dit-il d'une voix passionnée. Elle est inacceptable et il faudra bien la considérer nulle et non avenue parce que le Roi ne peut, en aucun cas, se réconcilier avec des régicides sans renier lui-même le principe essentiel de l'inviolabilité de la personne du souverain.

Se tournant vers François, et le dévisageant d'une façon provocante, le baron Maudoit dit alors :

— Vous voudrez m'excuser, monsieur Carbec, de vous

apprendre que je ne fus jamais plus heureux, au cours de ma vie, que le soir de Waterloo quand nous sûmes que les armées alliées étaient victorieuses et que c'en était fini du général Bonaparte. Moi aussi je me trouvais au mont Saint-Jean, pas du même côté que vous, bien sûr !

Prononcées sur un ton qu'il s'efforçait de rendre badin, à la limite de l'insolence, les dernières phrases du baron Maudoit avaient provoqué plus de surprise que d'approbation. Pendant quelques secondes, chacun avait retenu sa respiration, les yeux fixés sur le sixième homme dont on redoutait un esclandre qui eût gâché la tenue d'un dîner parisien où Mme de L. permettait à ses hôtes d'exprimer les opinions les plus imprévisibles à condition de ne jamais élever la voix. François n'avait pas cillé. Il avait seulement senti une chaleur soudaine lui monter au front tandis que sa main droite tremblait imperceptiblement sur sa fourchette.

— À vous de conclure, général !

Mme de L. appuya sur ce dernier mot comme si elle eût voulu signifier à tous ses hôtes, en particulier au baron Maudoit, qu'elle entendait respecter les grades militaires acquis sous l'empereur Napoléon. Qu'allait donc répondre Carbec ? François avait écouté les autres invités avec la plus grande attention tandis qu'ils péroraient comme on s'acquitte volontiers d'un gage au cours d'un petit jeu de société. Peu préparé à ce genre de tournoi, il avait décidé de raconter avec quelques mots très simples comment l'Empereur lui avait accordé les étoiles. Tout compte fait, ce jour-là avait été le plus heureux de sa vie, et lui-même ne trouverait jamais meilleure réplique au discours de son prédécesseur. Quitte à provoquer un éclat, il était décidé à relever les propos du baron Maudoit qui, après s'être publiquement réjoui de la défaite subie à Waterloo, le dévisageait maintenant avec des yeux pleins de lueurs ironiques. Au diable les usages du beau monde ! Il allait river son clou à ce bellâtre, qu'elles qu'en soient les conséquences. Le regard angoissé de Mme de L. l'arrêta net. Rongeant son frein et ravalant sa colère, fuyant la bataille, jouant les jolis cœurs et tournant le dos à la tradition des hussards, aussi honteux de lui-même que le jour où il avait rangé au fond d'un tiroir sa cocarde tricolore, le général Carbec se contenta d'une fadaise.

— Au cours des deux dernières années, dit-il, nous avons tous connu des heures difficiles, quelle que fût la route choisie par celui-ci ou celui-là. Mais nous vivons ce soir un instant privilégié que nous vous devons, madame. Si, dans deux ans, on me pose la même question, je vous promets d'y répondre en évoquant ce dîner.

L'algarade avait été évitée. L'académicien fut soulagé, le député déçu. On respira mieux. Gratitude mondaine ou tendre promesse, Mme de L. posa doucement sa main sur celle de François sans même s'apercevoir que les yeux du baron Maudoit avaient cessé de sourire. Le dîner achevé, elle se leva pour entraîner vers son salon les femmes dont il convenait maintenant de s'occuper, tandis qu'un maître d'hôtel dirigeait les hommes vers la bibliothèque où leur serait servi du *sherry* selon la mode venue de Londres, pendant qu'ils fumeraient des cigares en racontant les derniers commérages des salons parisiens.

Décidé à demeurer courtois pour rester auprès de Mme de L. après le départ du dernier invité, François écouta avec le plus grand intérêt les indiscrétions révélées par l'orientaliste sur la stratégie d'une élection à l'Institut. Il accorda le même intérêt aux discours tenus par le banquier sur le corps de ballet de l'Opéra, ou par le député sur la buvette de la Chambre. Maintenant le tour du baron était arrivé de raconter une bonne histoire dont sa bouche paraissait déjà se régaler tandis qu'il demandait la parole d'un doigt impérieux.

— Savez-vous, messieurs, que nous avons depuis quelques jours à Paris une femme cocher de fiacre ? Une superbe rousse, ancienne cantinière, c'est tout dire ! Elle refuse déjà du monde. Son tarif ? Un franc cinquante pour la course, comme les autres cochers. Mais il y aurait le casuel... Et ce casuel coûterait cinq francs. Cela se passe, assure-t-on, à l'intérieur de la voiture, une berline toute neuve à laquelle il a fallu ajouter des ressorts spéciaux...

Les hommes rirent de bon cœur, sauf François qui demanda la parole à son tour :

— Permettez-moi, messieurs, de vous enlever pendant quelques instants votre ami avec lequel je voudrais échanger quelques souvenirs communs puisque nous nous sommes trouvés tous les deux au mont Saint-Jean.

François avait saisi le bras droit du baron Maudoit d'une main très ferme pour l'entraîner dans un coin de la bibliothèque.

— Lâchez-moi donc, monsieur Carbec ! souffla le baron sur un ton excédé.

— Appelez-moi général !

— Vous n'en avez plus le droit.

— Et cela ? En ai-je le droit ?

François avait posé son pied droit sur le pied gauche du baron et en écrasait les orteils tandis qu'il lui serrait de plus en plus fort le bras. Les deux hommes, à peu près du même âge et de la même taille, étaient braves l'un et l'autre.

— Vous cherchez une affaire ? Eh bien, vous l'avez ! Mes témoins rencontreront les vôtres.

— J'y compte bien. Maintenant, allons rejoindre les invités de notre hôtesse auxquels vous direz que vous avez menti en essayant de déshonorer une honnête femme.

— Seriez-vous son protecteur ? siffla le baron dans un sourire voulu ironique.

Il ajouta « Vous allez m'obliger à vous tuer demain matin. C'est ridicule, mais vous l'aurez voulu. Tout cela pour une ancienne cantinière devenue cocher de fiacre ! Lâchez-moi donc ! »

D'un geste violent, et élevant la voix, le baron Maudoit était parvenu à dégager son bras. Du même coup, il avait attiré l'attention des autres invités. Ceux-ci, silencieux, observaient les deux adversaires. Il ne restait plus à François qu'à jouer à visage découvert. Tant pis pour les usages, même s'il devait être rejeté définitivement du cercle des amis de Mme de L. pour cause de mauvaise éducation !

— Messieurs, dit-il en prenant un ton de commandement, la personne dont vous parlait tout à l'heure monsieur Maudoit a été la cantinière du régiment de hussards que j'avais alors l'honneur de commander. Elle a épousé depuis un adjudant décoré de la Légion d'honneur et promu sous-lieutenant par l'Empereur le même jour qu'on lui coupait une jambe sur le champ de bataille. Devenue mère de famille, Mme Médard est aujourd'hui cocher de fiacre et gagne honnêtement sa vie : chez elle, j'ai placé en nourrice mon propre fils.

Gênés, refusant de prendre parti, les autres se taisaient. L'un d'eux hasarda, conciliant, sans pouvoir achever son plaidoyer :

— Il s'agissait d'une innocente plaisanterie...

François l'interrompit.

— Je me suis laissé dire que, dans votre monde, tout ce qu'on raconte entre hommes après dîner en fumant des cigares n'est que bavardage qui ne prête pas à conséquences. Pour nous autres, il est des plaisanteries que nous entendons comme des injures. J'ai essayé tout à l'heure, dans un aparté que j'espérais plus discret, d'en convaincre monsieur Maudoit. Nous avons décidé tous les deux de reprendre cette explication et de la mener à bonne fin, dès demain, sur un autre terrain qui sera choisi par nos témoins respectifs. J'ai l'honneur de vous saluer.

Avertie par son maître d'hôtel, Mme de L. venait d'entrer dans la bibliothèque. Le général Carbec s'inclina cérémonieusement :

— Permettez-moi, madame, de vous présenter, cette fois, mes excuses avant de me retirer.

— Que se passe-t-il ? dit Mme de L. d'une voix sévère.

— Votre ami le baron Maudoit se fera un devoir de vous l'apprendre, madame.

Il fallut peu de temps au général Carbec pour trouver deux anciens officiers rompus à ces sortes d'affaires et pointilleux quant à la manière de les régler. Dès la fin de la matinée, ils avaient rencontré les témoins du baron Maudoit, et consigné dans un procès-verbal rédigé en commun qu'aucune réconciliation ne pouvait être envisagée entre leurs clients avant qu'un premier sang ne fût versé. Reconnu pour être l'offensé, le baron, qui bénéficiait du choix de l'arme, n'ignorait pas la réputation des hussards d'être aussi bons escrimeurs qu'adroits tireurs. Après avoir hésité longtemps entre le sabre et le pistolet, il s'était décidé pour ce dernier afin d'en finir plus rapidement.

Lui aussi, François Carbec, souhaitait en terminer vite. Accompagné de ses deux amis et arrivé le premier sur le terrain choisi pour la rencontre — une grande allée bordée de marronniers dans le parc d'une propriété aux environs immédiats de Paris —, il dut écouter sans impatience les conseils d'usage de ses assistants : « Vous placer bien de profil, effacer l'épaule gauche, relever le col de la redingote pour ne pas laisser apparaître l'éclat blanc de la chemise, retenir votre respiration au moment du tir... » Balivernes ! À la guerre, avait-il jamais eu le temps de prendre de telles précautions ? Tout le monde fut bientôt là : les deux premiers rôles, les quatre témoins, un directeur de combat, un médecin et, plus loin, les cochers qui avaient reçu l'ordre de tourner le dos à la scène. Graves, deux hommes arpentèrent le terrain, comptant et recomptant la distance qui séparerait les adversaires au moment où ils auraient reçu l'ordre d'ouvrir le feu. Sorties de leurs boîtes, les armes furent examinées avec des regards d'experts soupçonneux, tandis que le médecin ouvrait sa trousse. Le petit printemps bourgeonnait dans les arbres et étoilait de fragiles couleurs l'herbe qui bordait la grande allée où se tenaient maintenant face à face deux hommes qui feignaient de s'ignorer. Le général Carbec se rappela que l'an dernier, au mois d'avril à quelques jours près, il se dirigeait vers les Tuileries, Mélanie à son bras, au milieu d'une foule innombrable et joyeuse qui attendait le retour de l'empereur Napoléon, et voilà qu'aujourd'hui, après avoir survécu à tant de blessures qui l'avaient couturé de cicatrices pendant vingt ans de batailles, il allait peut-être mourir comme un imbécile, solitaire, sans le secours des trompettes et du galop des chevaux. Une furieuse envie de vivre coula soudain dans ses veines, tandis qu'il entendait à nouveau la voix du foutu baron lui dire : « Vous allez m'obliger à vous tuer demain. »

Le cérémonial préliminaire terminé, les pistolets furent remis aux deux adversaires. Encore quelques secondes et l'affaire serait terminée.

— Messieurs, dit le directeur du combat, je vais lever mon bras. Dès le moment où je le baisserai, vous aurez le droit d'ouvrir le feu. Je vous rappelle que vous pouvez avancer l'un vers l'autre jusqu'à la limite tracée sur le sol par vos témoins. Messieurs, êtes-vous prêts ?

Le bras droit collé au corps, le canon du pistolet dirigé vers le sol, François demeura immobile, fixé sur sa ligne de départ, comme s'il n'avait pas vu le signal donné par le directeur du combat, alors que M. Maudoit, bras tendu, se dirigeait vers son adversaire d'un pas décidé. Le baron dira plus tard : « Voyant que M. Carbec ne bougeait pas, j'avais l'intention de compter deux ou trois pas pour me rapprocher de la cible qu'il m'offrait et être sûr de ne pas le rater : je le tenais au bout de mon pistolet. » Le général, en effet, ne bougeait pas d'un pouce ni n'esquissait le moindre geste. Une longue pratique du combat rapproché lui avait appris qu'il faut tirer d'instinct, frapper comme la foudre sans prendre le temps de viser. Au moment où le baron Maudoit allait appuyer sur la détente de son arme, le général Carbec, comme s'il eût lu dans les yeux de son adversaire que le moment était arrivé d'en finir, le devança d'une fraction de seconde.

L'oreille droite arrachée, M. Maudoit ne parvint pas à retenir un cri de douleur, lâcha son arme et porta la main sur son visage plein de sang. Déjà, le médecin et ses témoins l'entouraient. À François Carbec qui lui tendait la main le blessé tourna le dos : il n'entendait pas se réconcilier.

Le lendemain matin, M. de La Bargelière était informé de cette affaire. Dès son arrivée au ministère, un huissier lui remit un rapport de police, déjà apostillé de la main de M. Decazes : « Urgent, m'en parler. » La note n'indiquait pas seulement que le baron Maudoit et le général Carbec s'étaient battus en duel, elle précisait que les deux hommes s'étaient rencontrés la veille chez la comtesse de L. à l'occasion d'un dîner au cours duquel le général avait cherché querelle au baron. La blessure reçue par M. Maudoit donnait à croire, d'après la prose policière, que son adversaire l'avait visé au front avec l'intention de le tuer. *In fine*, la note soulignait que, le même jour, le général Carbec avait invité à déjeuner ses deux témoins au Café de la Régence où il avait été salué aux cris de « Vive l'Empereur ! » par les habitués de cet établissement auxquels il avait payé une tournée générale. Elle rappelait que le général Carbec avait déjà fait l'objet d'un rapport de police et que son nom figurait sur la liste des suspects.

— Je ne vous cache pas, monsieur de La Bargelière, que cette affaire m'ennuie beaucoup, dit le ministre, non pas tant à cause des faits qui sont rapportés ici qu'à cause de la personnalité des deux principaux acteurs. L'un, le baron Maudoit, est capitaine des gardes du corps de la duchesse d'Angoulême, et l'autre un de vos proches parents. Voilà une oreille promise à beaucoup de bruit. Sans doute, nous pourrions faire disparaître cette phrase où votre cousin est déjà accusé d'avoir provoqué délibérément son adversaire ? Cela ne servirait à rien, car le baron Maudoit et ses amis, qui sont nombreux, ne vont pas manquer de mener grand tapage autour de ce duel. Ce tapage parviendra jusqu'au Roi qui me demandera des explications et réclamera des informations précises sur la personnalité de votre cousin. J'ai lu son dossier établi par la police militaire : il est à peu près vide. Carbec-mon-Empereur ? Il n'y a pas là de quoi fouetter un chat, et, de vous à moi, cette histoire de cochers de fiacre conspirateurs est parfaitement ridicule ! Il n'est pas moins vrai que ce dossier peut, aujourd'hui, faire courir les plus graves dangers au général Carbec. Pour votre gouverne personnelle, le baron Maudoit appartient au groupe des ultraroyalistes réunis autour de M. de Blacas. Rappelez-vous les fulminations du comte de La Bourdonnais contre les hommes des Cent-Jours : « Il faut des fers, des bourreaux, des supplices, la mort... » Saint-Just ne disait rien d'autre au plus fort de la Terreur. Ces menaces ne visent pas seulement ceux qui ont suivi Napoléon jusqu'à Waterloo mais aussi ceux qui refusent de rayer sa mémoire et son nom de l'Histoire. C'est notre cas. C'est donc dire que nous avons là, vous et moi, mon cher directeur, des adversaires déterminés qui ne manqueront pas de profiter d'une telle occasion pour nous nuire auprès de Sa Majesté, quelles que soient la confiance et l'affection que le Roi me témoigne. Il convient que vous sachiez que le baron Maudoit a été l'ami très intime de la comtesse de L. Vous le saviez déjà ? Très bien. Mais vous ignorez sans doute que notre belle comtesse est aussi un des agents les plus efficaces de ce ministère. Elle me coûte très cher ! Je la connais assez pour savoir qu'elle ne pardonnera pas au général Carbec de lui avoir manqué à deux reprises. Si nous voulons préserver votre cousin du pire, c'est-à-dire son arrestation par la police militaire et son renvoi vers une cour prévôtale, il nous faut agir vite et couper l'herbe sous les pieds de nos ennemis et sous ceux de Mme de L. J'ai donc décidé de placer le général Carbec en résidence surveillée, loin de Paris. Avant de signer cet arrêté, j'ai tenu à vous en informer pour vous prier de le signifier vous-même à votre parent. Sommes-nous d'accord ?

M. de La Bargelière avait écouté M. Decazes sans oser l'interrompre mais en se posant quelques questions sur sa sincérité car, de notoriété, on ne savait jamais à quel moment le ministre de la Police disait vrai ou faux. Il s'en voulait d'avoir entraîné François dans un tel guêpier, et plus encore d'avoir ignoré que Mme de L. fût un agent de renseignement.

— Je vous remercie de votre bienveillance, monsieur le Ministre, répondit-il avec un peu d'onction. Quoi qu'il m'en coûte, je m'acquitterai de cette mission. Puis-je me permettre de vous demander si vous avez déjà choisi le lieu où le général sera exilé ?

— Exilé ? Comme vous y allez ! Il ne s'agit pas d'exil mais d'une simple mesure d'éloignement, certainement temporaire... À vrai dire, j'ai déjà rayé des villes comme Lyon, Grenoble, Belfort, Metz, La Rochelle, où des incidents sont toujours à craindre, vous le savez aussi bien que moi, mieux peut-être, mon cher directeur. Je n'ai encore rien choisi. Que penseriez-vous de Guéret, Bellac, ou Saint-Flour ? La population y est très paisible, le pays très beau, l'air très sain.

— Ne craignez vous pas, monsieur le Ministre, de mettre un lion en cage ?

— Auriez-vous une autre idée ?

— Depuis tout à l'heure, je pense à Saint-Malo...

— Expliquez-moi cette pensée.

— C'est le berceau de la famille Carbec dont je suis moi-même issu. Toutes nos racines sont là-bas. Le général y retrouvera de nombreux cousins qui seront très heureux et très fiers de le connaître, de l'admirer, de vouloir le marier, le protéger contre lui-même, donc le surveiller. Vous n'aurez jamais meilleurs gardiens.

M. Decazes hocha pensivement la tête.

— La cité des corsaires et des fameux messieurs chers à Louis XIV ? Vos Malouins n'ont pas bonne réputation, ce sont des têtes dures. J'ai bien connu l'amiral Magon, au temps où j'étais le secrétaire de Madame Mère : l'Empereur fut très affligé d'apprendre sa mort à Trafalgar. Toutes ces vieilles familles ont connu de si rudes traverses pendant la Révolution qu'elles doivent s'intéresser aujourd'hui davantage au négoce qu'à la politique. Voyez l'exemple de Surcouf... Saint-Malo pourquoi pas ? Méfions-nous de faire des martyrs ou des révoltés. Là-bas, tout le monde est marin, n'est-ce pas ? Votre Carbec ne risquera donc pas d'y rencontrer d'anciens hussards à forte tête pour fomenter je ne sais quel complot enfantin. Eh bien, ne perdons pas de temps, monsieur le directeur, puisque vous vous en portez garant. J'envoie un courrier spécial au préfet de l'Ille-et-Vilaine pour l'informer de ma décision. Quant à vous, je vous charge de dire à votre parent qu'il devra avoir quitté Paris avant... Accordons-lui trois jours pour mettre en ordre ses affaires personnelles et préparer ses bagages. De vous à moi, le général Carbec a bien droit à quelques égards, non ? Bien entendu, il devra se conduire de la façon la plus discrète d'ici son départ, sinon je me verrais contraint de le faire arrêter et de le déférer immédiatement en justice. J'en serais désolé pour lui et très peiné pour vous. Il conviendrait que vous puissiez rencontrer votre cousin dès aujourd'hui. Sommes-nous d'accord, monsieur de La Bargelière ? Ah ! qu'il est difficile de demeurer fidèle à ses princes et à ses principes...

L'arrivée d'une femme cocher de fiacre à Paris était d'autant moins passée inaperçue qu'elle avait belle allure dans sa tenue de cavalière, et beau visage sous les cheveux roux coiffés d'un chapeau haut de forme. Quelques-uns de ses collègues l'avaient saluée sous une cascade de quolibets plus ou moins vifs, et quelques autres avaient préféré lui décocher des galanteries qui seraient, croyaient-ils, des pions leur permettant un jour ou l'autre d'« aller à dame ». Aucun d'eux n'ignorait cependant que, malgré sa jambe de bois, le sous-lieutenant Médard était capable de rosser à mort le premier qui s'aviserait de lutiner sa femme. Mais Adèle avait préféré se tirer d'affaire seule en leur faisant comprendre que, aucun soldat ne lui ayant jamais manqué de respect alors qu'elle servait au 7e de hussards, la compagnie des hommes ne lui faisait pas peur. « Voire », avait dit l'un d'eux, en risquant un geste grossier dont il avait été puni aussitôt par un terrible coup de fouet en travers du visage. Quinze jours plus tard, les cochers parisiens n'osaient même plus l'appeler « la belle rousse », ou « l'amazone », encore moins « la cantinière » : ils lui donnaient du « madame Médard » sans y mettre la moindre ironie.

Comment était née la légende qui allait bientôt décorer son nom et rendre populaire la silhouette de la femme-cocher, bien droite sur le siège de son fiacre, la poitrine moulée dans une redingote gris fer et tenant haut les brides de la jument Paméla ? Quelques jours après sa première apparition dans les rues parisiennes, le vent avait raconté, d'une station à l'autre, que, née d'une famille de maquignons aisés, Adèle avait été enlevée, à peine âgée de vingt ans, par un officier de Napoléon et que, devenue cantinière par amour, elle avait fait campagne avec les Marie-Louise de 1814, même que l'Empereur lui avait pincé l'oreille devant un régiment de sa Garde le jour des adieux de Fontainebleau. La semaine suivante, on assurait que deux hommes de la société s'étaient battus en duel pour ses beaux yeux.

Trop fine mouche pour démentir ou confirmer de tels propos, Mme Médard savait en tirer le meilleur parti. Arrivée de bonne heure, non la première, à la station du Palais-Royal, elle ne restait pas longtemps dans la file d'attente des fiacres, un client ayant tôt fait de la choisir parmi les autres cochers, sans doute pour la rousseur de ses cheveux et l'éclat de sa voiture, certainement pour se flatter, avec un air entendu, auprès de ses amis : « J'ai pris ce matin le fiacre de Mme Médard, vous savez bien, la femme-cocher... ! » Furieux d'un succès si rapide, les vieux collègues ronchonnaient un peu et assuraient que dans ces conditions le métier n'était plus possible, mais les autres l'avaient vite adoptée comme s'ils avaient eu plus ou moins conscience que la légende de la cantinière à qui l'Empereur avait pincé l'oreille embellissait leur profession. Dans une partie aussi difficile à jouer, les cheveux roux et le passé militaire d'Adèle Médard, non négligeables qu'ils fussent, n'auraient pas suffi pour assurer sa place dans un milieu de gens rudes, réputés grossiers et sûrs de leur supériorité masculine. Elle l'avait emporté parce qu'elle s'était conduite comme un homme qui connaît son affaire, soigne bien son cheval, étudie le plan de Paris, ruse un peu avec les règlements de police, et sait se servir de son fouet.

Dès que le soir tombait, Adèle refusait de charger de nouveaux clients. Elle repartait aussitôt pour Saint-Mandé où elle devait arriver avant la nuit. Impatient, Sébastien l'attendait dans la cour, traînant sa jambe valide sur laquelle il ne pouvait plus s'appuyer maintenant pour monter sur le siège d'une voiture. Reconnu de loin, le petit trot de Paméla le faisait sourire et le rendait tout à coup heureux à la pensée que, dans quelques instants, il serrerait sa femme contre lui et dételleraît la jument pour la conduire à l'écurie où, bien qu'il eût embauché un jeune valet, il avait lui-même préparé une litière fraîche et garni un râtelier. Ainsi, les mêmes images du bonheur apaisaient chaque jour le cœur violent de Sébastien Médard. Adèle lui jetait les guides en riant, sautait à terre, brandissait une sacoche de cuir où tintaient quelques dizaines de pièces, et courait vers la maison où elle retrouvait son fils qu'elle prenait dans ses bras et mignotait tout en demandant à la nourrice si les deux garçons avaient été sages. « Ces pauvres mignons ! » s'attendrissait Mme Rose. Quand Sébastien arrivait, il voyait sa femme tenant Joachim et Mathieu sur ses genoux tandis que Mme Rose s'activait autour d'une marmite, dressait le couvert, allumait les lampes et disait : « C'est l'heure de la soupe ! » avec l'autorité débonnaire d'une mère de famille. Tête-bêche, les enfants étaient alors couchés dans le même petit lit tandis que Sébastien, installé le premier à table, taillait gravement trois parts de miche et s'apprêtait à raconter à Adèle les grands moments de sa journée : l'achat d'un nouveau cheval ou d'une berline d'occasion qu'il faudrait revernir, l'engagement d'un cocher qui avait servi naguère dans le train des Équipages, l'installation d'une forge… « Tout cela me paraissait facile, autrefois, mon Adèle ! L'intendance ! M'en suis-je assez moqué, foutue bête que j'étais… J'avais tort, pour sûr que j'avais tort. Sans intendance, il n'y a pas d'armée. Je le sais parce que je commande aujourd'hui une petite compagnie. Ici, je suis un peu comme M. Daru. Il me faut veiller à tout pour que notre général Carbec soit content de nous… »

Des préoccupations d'un autre ordre tourmentaient le général Carbec. Très soucieux de courtoisie, il avait tenu à déposer sa carte de visite au domicile du baron Maudoit dès le lendemain de leur duel. Il s'était rendu chez la comtesse de L. pour lui renouveler ses excuses et, sans se l'avouer trop, avec l'intention de renouer les fils d'une aventure à peine engagée et au succès de laquelle il croyait avec l'intrépidité d'un sous-lieutenant le jour d'un premier combat. Après avoir attendu un long moment dans cette même bibliothèque où il avait provoqué le baron, François avait enfin vu arriver un valet de pied habillé comme un chambellan qui lui avait déclaré avec autorité et componction : « D'ordre de madame la Comtesse, j'ai le regret de dire à monsieur le Général que les visites de monsieur le Général ne sont plus les bienvenues chez madame la Comtesse. » Un coup de cravache n'eût pas cinglé davantage le hussard. Un instant, croyant deviner dans l'œil du valet une lueur ironique, il eut envie de l'assommer, ouvrir toutes les portes de l'hôtel, chercher Mme de L., ne pas quitter les lieux avant de l'avoir trouvée pour lui dire qu'il n'avait pas l'habitude de laisser un affront impuni, quel qu'en fût le responsable, homme ou femme. Le souvenir de la main de Mme de L. posée sur la sienne le brûlait encore. Cette chaleur le retint. Se moquant de lui-même, il haussa les épaules, sortit, renvoya son cocher qui l'attendait et décida de rentrer chez lui à pied, la marche le détendrait et l'aiderait à apaiser sa colère sinon sa déception.

Le général Carbec fut surpris de voir rue de l'Arcade le coupé de son cousin. Il arrivait que M. de La Bargelière lui rendît visite sans se faire annoncer, mais jamais avant cinq heures de l'après-midi sauf événement grave. Tout à coup inquiet, il traversa d'un pas rapide la petite cour et grimpa en quelques enjambées le perron où son valet-cocher guettait le retour du maître.

— Monsieur de La Bargelière attend mon général depuis une demi-heure. Je l'ai installé dans le salon.

Affectant la bonne humeur, François salua son cousin :

— Quelle bonne surprise ! Venir à une telle heure, c'est au moins pour m'annoncer que l'Empereur est de retour aux Tuileries !

Serré dans une redingote noire, M. de La Bargelière ressemblait davantage ce jour-là à un ordonnateur de services funèbres qu'à un plaisantin. L'aimable compagnon qui, la semaine passée, prenait plaisir à piloter François Carbec dans la société parisienne et buvait du champagne aux Italiens, s'efforçait aujourd'hui de se composer un visage qui fût à la fois celui du cousin Léon et celui du haut fonctionnaire du ministère de la Police. Mi-grondeur, mi-amical, il se jeta à l'eau.

— Eh bien, tu en fais de belles ! Pourquoi m'as-tu caché que tu te battais en duel ?

— Les nouvelles vont vite à Paris ! répondit le général sur un ton qu'il aurait voulu narquois et où perçait l'inquiétude.

Railleur, il ajouta aussitôt :

— Tous mes compliments, cousin, c'est ton métier d'avoir de bons indicateurs !

— C'est le ministre lui-même qui me l'a appris.

— Diable ! Suis-je devenu un personnage si important ?

— Dans cette affaire, ce n'est pas toi le personnage important, c'est ton adversaire. Il s'agit du baron Maudoit ?

— En effet. C'est ce vilain monsieur.

— Vilain monsieur ou non, c'est d'abord un des favoris du comte d'Artois, donc un de ceux qui recherchent toutes les occasions de perdre les anciens officiers qui sont demeurés fidèles à Napoléon jusqu'à la fin, comme toi, François. Tous les moyens leur sont bons pour les faire disparaître d'une façon ou d'une autre.

— On ne va tout de même pas me fusiller pour avoir frotté un peu durement les oreilles de ce jean-foutre ? dit brusquement le général.

— Moi ? Non. Eux ? Oui, s'ils le peuvent. Ils affirment déjà que tu as provoqué, sans raison grave, le baron Maudoit au cours d'un dîner chez la comtesse de L. et que tu as voulu le tuer pour te débarrasser d'un rival trop bien installé dans la place dont tu prétendais le chasser pour l'occuper toi-même. Un rapport de police que j'ai lu ce matin dans mon bureau a été rédigé en ce sens. Vrai ou faux, ce rapport a été enregistré et te suivra partout, telle une casserole attachée à la queue d'un chien. D'où vient le renseignement ? Mes fonctions officielles m'interdisent de te le dire, François, mais je peux t'aider. Je suis venu ici pour t'aider.

M. de La Bargelière rapporta l'entretien qu'il avait eu quelques heures auparavant avec son ministre, et ne manqua pas d'insister sur son rôle auprès de M. Decazes pour empêcher que le général Carbec ne fût livré à la police militaire.

— Le seul moyen de te sauver, c'était de prendre immédiatement une sanction officielle contre toi et de placer ainsi ceux qui veulent ta perte devant le fait accompli.

Jusqu'à ce moment, François était parvenu tant bien que mal à garder un calme apparent. À peine avait-il froncé les sourcils en apprenant que, de notoriété publique, le baron Maudoit était l'amant de la comtesse de L. Maintenant, il ne pouvait plus contenir sa colère. Il lâcha avec une moue de dégoût plus difficile à subir qu'un orage :

— Toi et ton ministre, qu'avez-vous donc combiné tous les deux avec vos visages de traîtres ?

Craignant d'être saisi au collet et jeté dans la cour, le cousin ne releva pas l'insulte. Il continua, sur un ton plus doucereux :

— Oh, rien de grave, comparé à tout ce qui te menaçait ! L'important, c'était d'agir vite.

— Dis-le donc, mauvais bougre ! Avoue !

— Il s'agit seulement de t'éloigner de Paris pendant quelque temps.

— Explique-toi! Qu'est-ce que cela veut dire : « pendant quelque temps » ? Me prends-tu pour un idiot?

— Eh bien, cela veut dire... je ne sais pas exactement... au moins trois mois, peut-être plus. Il faut laisser les esprits se calmer, attendre aussi qu'on crie un peu moins « Vive l'Empereur! » dans vos cafés du Palais-Royal. Tu comprends ce que je veux dire, n'est-ce pas, François? Il ne s'agit pas d'exil, encore moins de prison... Tant que je travaillerai au côté de M. Decazes, tu n'auras rien à craindre, tu sais que je te protégerai autant que je le pourrai. D'ailleurs le ministre ne te veut pas de mal. Au contraire! Quand il cite ton nom, il le fait toujours précéder de ton grade : général Carbec. Tu vois ce que je veux dire...

— Où allez-vous m'envoyer? Allons, un peu de courage!

— Le ministre hésitait entre Saint-Flour et Guéret. Je suis intervenu aussitôt et je suis parvenu à lui faire choisir Saint-Malo.

— Que veux-tu qu'un homme comme moi aille faire dans ce trou de pêcheurs de morue? ricana François.

Le cousin se rebiffa :

— Ces pêcheurs de morue sont aussi des corsaires qui ont coulé de nombreux navires anglais! Ils valent bien tes hussards, non? Et puis, Saint-Malo est le berceau des Carbec. Tout le monde sera heureux, là-bas, de te connaître, et fier de recevoir un général de l'empereur Napoléon!

— Tais-toi! gronda François. La vérité, c'est que ma présence à Paris gêne ta carrière, peut-être ton mariage avec la fille d'un banquier du Roi. Tu veux te débarrasser de moi. Tu m'as toujours envié, je le sais. Je n'étais pas riche mais, dès le collège, le plus brillant c'était moi. Je travaillais moins que toi et j'obtenais de meilleures notes. Les garçons me choisissaient pour être leur chef. Quand je suis parti m'engager, tu as cru que la place serait libre. Pauvre imbécile! Je suis revenu, un an plus tard, avec mon uniforme flambant neuf de sous-lieutenant, pour apporter à Paris les drapeaux pris à l'ennemi. Tu as failli en crever. Ce qui nous sépare, ça n'est pas nos fidélités, tu n'en as pas, c'est la jalousie qui te ronge et que tu n'oses pas t'avouer. Cela dure depuis vingt ans. Moi j'ai fait la guerre, et toi tu fais carrière dans l'Administration : « Vive la République, vive l'Empereur, vive le Roi ! », pourvu que ton traitement soit réglé à la fin du mois, tu te fous bien du reste, non ? À chacun de mes brefs séjours à Paris nous échangions des accolades fraternelles mais je voyais ton visage devenir verdâtre parce que les femmes me souriaient et que les hommes m'interrogeaient sans plus prêter d'attention à ta présence. Chaque fois que j'ai été blessé, tu as dû souhaiter ma mort. Me voyant toujours vivant — bon pied bon œil, le hussard ! —, tu as inventé un autre moyen de te débarrasser du cousin trop voyant et susceptible de gêner ton *cursus honorum*. Vous avez réussi votre mauvais coup, monsieur de La Bargelière. Votre ministre deviendra pair de France, et vous-même conseiller d'État. Moi je pourrirai à Saint-Malo dans les prisons du Roi ! Sors d'ici, misérable !

— Tu es devenu fou, mon pauvre François...

M. de La Bargelière n'essaya pas d'interrompre son cousin. Lui aussi le connaissait bien. Des discussions gonflées de colère les avaient souvent opposés l'un à l'autre. Cette fois, François était allé trop loin pour qu'il puisse faire un premier geste de réconciliation et dire autre chose que « tu es devenu fou... ». Il lui restait à accomplir la mission dont M. Decazes l'avait chargé.

— Voici l'arrêté du ministre, dit-il en tendant une enveloppe à son cousin. Il y est précisé que le colonel Carbec devra avoir quitté Paris dans trois jours, au plus tard, pour se rendre à Saint-Malo où il demeurera à domicile fixe sous la responsabilité du sous-préfet. D'ici son départ, le colonel Carbec se conduira de la façon la plus discrète sous peine d'être arrêté et traduit sur-le-champ devant une cour prévôtale.

Après s'être légèrement incliné, M. de La Bargelière sortit à reculons, espérant peut-être qu'on allait lui sauter au cou pour le retenir et l'embrasser comme cela était arrivé si souvent au cours de leurs querelles. François ne bougea pas d'un pouce.

Il fallait quatre jours à la diligence des Messageries pour relier Paris à Rennes et Saint-Malo. Le général Carbec s'était installé dans le coupé réservé aux voyageurs importants et en avait occupé les quatre places avec la volonté de les garder pour lui seul jusqu'au terme de la route. Le conducteur avait bien tenté d'y faire monter un couple de bourgeois furieux d'avoir payé le prix fort et d'être relégués dans le compartiment public, mais un seul regard du général leur avait fait comprendre que le coupé serait défendu sans esprit de recul. Le visage bouclé, François n'avait pas même prononcé un seul mot. Muet, les yeux vides, il attendit sans impatience que fussent terminés les derniers préparatifs du départ sans y prêter attention. Enfin un long coup de trompette de chasse retentit, et la lourde machine s'ébranla dans un bruit de grelots, d'essieux et de fers heurtant le pavé. Le général tira sa montre, il était cinq heures du soir, le bon moment pour entamer une étape de nuit au départ de Paris selon la coutume des grandes compagnies de messageries. Quelques instants plus tard, les quatre percherons qui tiraient la diligence avaient déjà adopté la cadence qu'ils garderaient jusqu'au prochain relais. Sûr de ne plus subir les assauts des voyageurs encombrants dont on eût pu lui imposer la présence au départ, le général écarta un des petits rideaux de cuir tirés sur les portes du coupé et en baissa les glaces pour rafraîchir un peu cette boîte capitonnée qui avait rôti au four d'une chaude après-midi de printemps et où il étouffait déjà. C'est alors qu'il aperçut, arrêtée à un carrefour, une berline où se tenait debout un cocher vêtu d'une robe d'amazone, coiffé d'un chapeau de haute forme et saluant du fouet, le bras tendu, face au soleil couchant.

Après avoir entendu la voiture de M. de La Bargelière rouler sur les pavés de la cour, le général était demeuré immobile, cloué au sol par le mépris, peut-être par le chagrin d'avoir insulté son cousin. Tout à coup, il s'était élancé pour le rattraper. Trop tard. La voiture avait passé le porche de l'immeuble et s'engageait dans la rue de l'Arcade. Furieux contre lui autant que contre le cousin, il était revenu dans le salon ovale, avait lu le texte de l'arrêté ministériel qui l'expédiait à cinq cents kilomètres de Paris, et, prenant au hasard un objet de porcelaine sur un guéridon, il l'avait jeté à terre avant de s'écrouler lui-même sur la méridienne de Mélanie. Dans quel piège était-il tombé ? Qui en avait tissé la trame ? Son propre cousin ? Le baron Maudoit ? La comtesse de L. ? Pourquoi lui en voulaient-ils ? Pourquoi lui en auraient-ils voulu ? Incapable de trouver des réponses raisonnables à de telles questions, le général Carbec en était arrivé à se demander si le cousin Léon n'avait pas serré la vérité de près en accusant les favoris du comte d'Artois de vouloir faire disparaître les anciens officiers demeurés fidèles à l'empereur Napoléon, et cela par tous les moyens : résidence forcée, prison, peloton d'exécution. Dès lors, tout devenait clair. Réputé de première force au pistolet, le baron Maudoit avait reçu la mission de le provoquer pour l'emmener sur le terrain. S'en était-il caché ? Pas même. « Vous allez m'obliger à vous tuer demain matin. » Le sort en avait décidé autrement parce que François Carbec s'était exercé chaque jour, depuis vingt ans, à lancer un caillou en l'air et à le briser d'une balle de pistolet sans jamais perdre son temps à le viser. Mais la comtesse de L. ? Quel rôle avait-elle joué dans cette machination où le pauvre Léon de La Bargelière n'avait été peut-être qu'un pantin soucieux de plaire autant aux amis du comte d'Artois qu'à son propre ministre ? Pour penser plus juste, le général but trois verres de rhum, coup sur coup. « Tous ceux-là se trompent s'ils s'imaginent que je vais me laisser conduire dans une niche comme un bichon auquel on aurait mis une muselière pour l'empêcher de mordre ou seulement d'aboyer. Ils me donnent trois jours pour faire mes bagages ? Eh bien, nous allons nous amuser dès ce soir ! »

Le général ouvrit le placard où étaient rangés ses habits militaires. Sa grande tenue de brigadier, il ne l'avait revêtue qu'une fois, le jour où il lui avait fallu se présenter au général Clarke devenu ministre du Roi après avoir été celui de l'Empereur. C'était au mois de décembre dernier, le lendemain de son retour à Paris. Il lui semblait entendre encore le duc de Feltre lui donner du « monsieur Carbec » et lui dire sur un ton de pisse-froid : « Vous portez illégalement cet uniforme… » Par bravade, il avait été tenté quelquefois de revêtir un de ces habits bleus, brodés d'or, alignés les uns à côté des autres comme une parade d'état-major. Cavalier autant discipliné que cabochard, il avait décidé de ne commettre aucune infraction grave tant que la commission d'examen chargée d'étudier son dossier n'aurait pas statué sur son cas : poursuites judiciaires, réintégration dans l'armée, mise à la retraite ou à la demi-solde. Mais ce soir ? Ce soir, il n'ignorait plus ce qu'on allait faire de lui. Eh bien, cette grande tenue de brigadier, il la mettrait et il se rendrait chez Montausier, au milieu des siens, où, sans attendre leur salut coutumier, il crierait le premier, à pleine voix : « Carbec-mon-Empereur ! », comme au camp de Boulogne ! N'en croyant ni leurs yeux ni leurs oreilles, les autres feraient un beau tapage qui déclencherait aussitôt la protestation des pékins. Alors on casserait tout, comme on avait cassé les glaces et le mobilier des grands cafés à Vienne, à Berlin, à Iéna ou à Lübeck. Le beau temps serait revenu. Il ne manquerait même pas l'arrivée de la police militaire pour l'embarquer comme à l'époque où le maréchal des logis Médard entreprenait son éducation. La belle vie, quoi !

Une odeur de camphre frappa soudain les narines du général et lui rappela le souvenir de Mélanie qui prenait tant soin de ses tenues militaires. Jamais elle n'aurait admis qu'un brosseur s'en occupe ! Un jour, il l'avait surprise devant l'armoire grande ouverte à caresser les deux étoiles d'argent brodées sur les épaulettes d'or. Confuse, elle avait rougi jusqu'aux oreilles. C'était au mois d'avril de l'an dernier, le tailleur venait de livrer le bel habit bleu au grand collet écarlate brodé de feuilles de chêne. Mélanie savait qu'elle était enceinte. Quelques jours plus tard, François lui avait dit au moment de la quitter pour rejoindre son commandement : « Fais-moi un beau garçon ! » C'était hier, juste un an. À ce souvenir, le général vit très nettement l'image de sa femme se dessiner devant lui. Elle tenait dans ses bras un nouveau-né qui ressemblait à Mathieu.

La hargne qui lui chauffait le sang depuis la visite de M. de La Bargelière tomba d'un coup, tandis qu'il s'étonnait de n'avoir pensé, au cours de ces derniers jours, ni à Mélanie ni à Mathieu, comme s'il n'eût pas été veuf et père de famille. À cette surprise, succéda aussitôt le rappel d'une phrase de M. Laffitte : « Il faut que vous appreniez à vivre en pensant que vous avez un fils. » Le banquier lui avait conseillé également d'être prudent : « Vous pourriez être la victime d'une provocation. »

La porte de l'armoire aux uniformes refermée, le général Carbec se reprocha d'avoir insulté d'une façon aussi grave M. de La Bargelière et s'en voulut davantage d'avoir peut-être percé à jour le mystère d'une de ces jalousies fraternelles semblables aux maladies honteuses dont on ne guérit pas. Ce cousin, qui avait toujours oublié les pires excès du hussard trop aimé, lui pardonnerait-il jamais d'avoir deviné son secret ?

François décida de lui envoyer sur-le-champ une longue lettre d'excuses mais, quelques instants plus tard, il pensa qu'une telle rédaction méritait d'être méditée, et ouvrit à nouveau la porte de l'armoire aux uniformes pour choisir celui qu'il logerait dans ses bagages.

Semblable à tous ceux qui, dès la naissance, paraissent avoir été marqués au front par le signe, visible d'eux seuls, de l'insouciance — est-ce une forme infantile du bonheur ? —, le général Carbec professait volontiers que les événements survenus au cours de sa vie, et susceptibles d'en modifier le sens, demeuraient les meilleurs qui eussent pu lui arriver. Sans doute, il n'acceptait pas les infortunes sans manifester de violentes colères mais il en tirait souvent le meilleur parti. Une telle disposition d'esprit lui permit ce soir-là de renoncer à se rendre au café Montausier pour y parader. Souvent déraisonnable mais jamais stupide, il ne commettrait pas la sottise de se faire arrêter pour être déféré devant un tribunal d'exception qui le condamnerait sur-le-champ, sans assistance de jury et sans appel, à plusieurs années d'enfermement. À tout bien considérer, mieux valait passer quelques mois à Saint-Malo que moisir pendant cinq ans dans les prisons du Roi. « Il est temps, en effet que j'apprenne à vivre en pensant que j'ai un fils... » Fort de cette résolution, le général écrivit aussitôt à M. Paturelle pour l'informer de la situation qui l'obligeait à quitter Paris, lui déléguer provisoirement sa puissance paternelle et l'inviter à s'installer rue de l'Arcade.

— Je ne sortirai pas ce soir, dit-il au valet, vous me servirez ici mon dîner. Préparez la voiture pour demain matin, à neuf heures. Vous me conduirez à Saint-Mandé chez le sous-lieutenant Médard.

— Je t'avais prévenu dès le premier jour. Je t'avais conseillé la plus grande prudence, même que je t'avais raconté l'histoire des moustaches de la princesse d'Angoulême. Tu as mis les deux pieds dans le purin, mon général !

Sébastien Médard jura plusieurs fois le nom de Dieu. Il était étendu sur son lit. La veille, voulant prendre une fourche pour garnir lui-même un râtelier, il avait glissé sur une rigole. Le valet d'écurie l'avait relevé avec une entorse à sa cheville valide.

— Te payer un duel contre un ultra ! Tu t'es conduit comme un benêt, poursuivit Médard. Le motif de ton affaire était donc si grave que cela ?

— Très grave.

— Tu ne veux pas me le dire ?

— Non.

— Alors c'est une histoire de femme ! Sacré François, tu ne changeras jamais. Laissez-moi rire un peu, général-Carbec-mon-Empereur !... Si seulement tu m'avais choisi pour être un de tes témoins, je t'aurais secondé, j'aurais peut-être pu arranger les choses avant d'aller sur le terrain... et pendant ce temps-là, je ne me serais pas étendu raide à cause de ce foutu pilon !

Du doigt, Sébastien avait montré la jambe de bois et ses sangles de cuir. L'appareil était posé contre le mur, dans un angle de la chambre.

— Regarde ma cheville, elle a doublé de volume. J'en ai pour la semaine, je ne peux même pas me lever pour te servir une goutte. Nom de Dieu de nom de Dieu !

François Carbec était venu à Saint-Mandé pour raconter sa mésaventure à son ami, lui confier la garde de son fils pendant son absence, l'assurer que les gages de Mme Rose et la pension de Mathieu seraient réglés par M. Paturelle qui viendrait s'installer rue de l'Arcade pour être plus près de son petit-fils. Bien que sa décision de ne pas se soustraire aux ordres de l'Administration fût arrêtée, il demanda :

— Ai-je raison d'obéir à ces jean-foutre ? Dans ma situation, que ferais-tu ?

— Si c'est un conseil que tu es venu chercher auprès de ton ancien, mon avis c'est que tu es obligé d'aller où ils veulent t'expédier. Les gens de la police militaire sont encore plus teigneux que les autres, ils finiraient par te retrouver. Alors, ton compte serait bon. Entre nous, tu vas tirer combien là-bas ? Trois mois, six mois ? Tu ne seras pas un martyr. Un général en résidence surveillée, c'est toujours un général, non ? Cela n'a rien de comparable avec un pauvre bougre qu'on met au trou. Je te dis cela parce que moi, Sébastien Médard, tout brigadier-chef que j'étais alors, ils m'ont foutu en prison pendant quatre mois, c'est comme je te le dis, mon général Carbec ! Toi, tu vas peut-être t'y trouver si bien dans ton Saint-Malo que tu ne voudras plus revenir à Paris.

Une légère gouaille avait aiguisé la langue de Sébastien Médard. Il dit sur un ton plus grave :

— Ne t'inquiète pas pour ton fils. Mathieu a trouvé ici une vraie famille. Il la gardera tant qu'il en aura besoin et que tu seras d'accord. Quand dois-tu rejoindre ?

— Je partirai demain.

— Tu ne pars pas en cavale, non ? N'oublie pas que tous les départements du Nord et de l'Est sont occupés. En Espagne ? Tu t'y ferais égorger avant longtemps.

Le général haussa les épaules.

— Tu me prends encore pour ton conscrit ?

— C'est que je te connais, gronda Médard. Si ce foutu pilon ne m'avait pas fait tomber, je t'aurais accompagné jusqu'aux Messageries et j'aurais attendu le départ de la diligence pour être sûr que tu es bien parti.

Sans cacher son émotion, François serra la main de Sébastien Médard.

— J'avais l'intention de te le demander.

— C'est vrai ? dit l'autre, les yeux écarquillés de bonheur.

— Tu vas dire que je me conduis comme un sous-lieutenant, mais je suis sûr que ta présence aurait rendu le départ moins pénible.

— Eh bien, Adèle me remplacera! C'est elle qui t'accompagnera!

— Jamais de la vie! s'indigna le général. Tu n'y penses pas. Madame Médard fait un travail très dur pour une femme, tu ne la dérangeras pas, je te le défends. Tu diras à Adèle au revoir pour moi. Ma voiture me conduira jusqu'aux Messageries...

— Ton petit coupé à deux places? Et où logeras-tu tes cantines? Tu ne vas pas partir dans tes Bretagnes avec un simple portemanteau de cavalerie, non? Sacrédié, c'est encore moi qui commande ici. Ce soir, dès son retour à Saint-Mandé, madame Médard recevra l'ordre de se présenter chez toi... À quelle heure part ta diligence?

François Carbec hésita une seconde avant de mentir :

— À deux heures.

— Adèle sera donc rue de l'Arcade à une heure. C'est dit. Elle conduira la berline que nous avons achetée le mois dernier. Tu auras plus de place pour installer ton fourniment.

Le général ne répondit pas et, comme il sentait le rouge lui monter aux joues, il tourna brusquement le dos à son ami et se rendit dans la pièce voisine pour embrasser son fils.

Mme Médard immobilisa sa berline devant le perron de l'hôtel Carbec à une heure précise et vint se présenter :

— À vos ordres, mon général!

François avait toujours apprécié les marques extérieures de respect dues à la hiérarchie. Il ne fut insensible ni à la voix de l'ancienne cantinière ni à sa tenue mi-militaire mi-civile qui lui donnait fière allure, encore moins à son garde-à-vous aussi bien exécuté que celui d'un vétéran. Ernest le concierge, Justin le valet à toutes mains, Augustine la cuisinière n'en croyaient pas leurs yeux de pouvoir regarder de près la fameuse femme cocher de fiacre, celle à qui l'Empereur avait pincé l'oreille comme il faisait pour honorer ses lignards. Tout à l'heure, pendant le déjeuner, leur maître les avait rassurés autant qu'il avait pu en leur disant : « Mon beau-père M. Paturelle s'installera demain ici et y restera jusqu'à mon retour. Il pourvoira à tous les besoins de la maison et réglera vos gages. Je compte que vous le serviez avec le même zèle et le même dévouement que vous avez toujours témoignés à moi-même et, hier, à Madame Mélanie. » Maintenant, chacun d'eux voulait participer à l'installation des bagages — deux grandes malles, trois sacs de toile, un long étui pour le sabre — sur le toit de la berline, et les fixer solidement à la galerie métallique qui en faisait le tour.

— Où faut-il conduire mon général ?

— À la barrière du Roule, dans la cour des Messageries.

La question et la réponse avaient été prononcées sur le même ton impersonnel, à croire que François Carbec et Adèle Médard ne s'étaient jamais rencontrés. Le général prit place dans la berline, le cocher fit claquer deux fois sa langue. Allez, Paméla ! Comme la voiture passait sous le porche de l'immeuble, la cuisinière Augustine écrasa une larme qui, le long de son nez, exprimait toute une philosophie politique : on n'en finira donc jamais avec ces rois, ces républiques et ces empereurs qui s'en vont et qui reviennent comme au quadrille ! Quel gâchis ! Il reviendra, notre général, pour sûr qu'il reviendra. Et les autres s'en iront, c'est moi qui vous le dis.

— Allez, Paméla !

Le buste droit, la tête immobile, Adèle tenait haut les guides, comme si elle avait toujours conduit l'équipage d'un ambassadeur. Au moment où la berline allait s'engager dans la rue de l'Arcade, le voyageur, parlant dans le cornet acoustique installé à l'intérieur de la voiture, dit très doucement :

— La diligence ne part qu'à cinq heures. Il est inutile d'arriver aux Messageries avant quatre heures et demie. Avant de quitter Paris, je serais heureux de faire une promenade.

— À vos ordres ! Où mon général veut-il aller ?

— Où vous voudrez.

La berline traversa la place de la Concorde et se dirigea vers les Champs-Élysées. Le mois de mars parisien chantait dans les arbres, dorait les fenêtres, les pierres et les toits, rendait plus belles les filles que François, penché à la portière de la voiture, vitre baissée, regardait en souriant et le cœur rapide. Deux grelots de cuivre attachés au collier du harnais, la jument Paméla allait un bon trot de promenade. Elle enfila des avenues bordées de marronniers dont les bourgeons gorgés de sève étaient près d'éclater, franchit la Seine, longea le fleuve où s'attardaient des canotiers au fil de l'eau, grimpa sur la colline de Saint-Cloud, et s'engagea bientôt, au pas, dans l'allée déserte d'un petit bois plein d'oiseaux où elle s'arrêta soudain. Mme Médard rendit les guides, ôta alors son chapeau de haute forme, mit pied à terre, ouvrit la porte de la berline et s'abattit sur la poitrine du voyageur. Ni l'un ni l'autre n'avaient besoin de parler. Étendue sur la banquette de la berline, elle dit seulement, au moment où François relevait la longue jupe de la robe d'amazone, ces mots terribles qu'il n'oublierait jamais : « Serrez-moi très fort ! Avec les deux jambes, mon général ! », avant de pousser un cri de bête.

Le bruit de la tempête réveilla François Carbec, le tira du lit, et l'amena devant la fenêtre de sa chambre pour ne rien perdre du spectacle que des amis lui avaient promis : « Vous arriverez à Saint-Malo pour les grandes marées d'équinoxe, ne ratez pas cela. Il y en a qui viennent de Dinan, Pontorson, Fougères ou Rennes comme s'ils allaient au théâtre ! » Au cours de sa carrière qui l'avait conduit d'un bout à l'autre de l'Europe pendant près de vingt années, le général n'avait guère eu l'occasion de contempler la mer : la Méditerranée en 1798 quand il s'était embarqué pour l'Égypte, et la Baltique à Lübeck, en novembre 1806, avec les cavaliers de la brigade infernale qui, après Iéna, avaient poursuivi les Prussiens jusqu'à l'embouchure de l'Elbe. Ni l'or bleu de la première ni les brumes de la seconde ne l'avaient ému à ce point. Ici, devant cette petite étendue d'eau encadrée par les montants d'une haute fenêtre, il sembla au général Carbec qu'il était devenu l'ordonnateur d'un combat de titans dont les fureurs le fascinaient, comme s'il eût commandé en personne une fantastique charge de cavalerie menée par d'innombrables escadrons aux dolmans verts frangés d'hermine, surgis du plus lointain horizon pour venir s'écraser sur les formidables défenses d'une forteresse de granit, entourbillonnés par de grands oiseaux gris et blancs dont les cris éperonnaient les centaures à peine engloutis et les faisaient se redresser, crinières au vent, pour repartir à l'assaut sous le ciel livide du petit matin.

Les yeux écarquillés, François regarda longtemps les vagues crêtées d'écume déferler en hurlant sur les longs murs où elles explosaient comme des bombes. Le jour s'était levé. Vêtus de cabans goudronnés et coiffés de bonnets de laine enfoncés jusqu'aux yeux, des hommes souvent accompagnés de jeunes garçons allaient et venaient sur les dalles de granit qui reliaient les bastions les uns aux autres. Arc-boutés des pieds et des épaules aux bourrasques qui les frappaient de plein fouet jusqu'à les faire parfois reculer, les trempaient comme des soupes et refoulaient au fond de leur gorge des rires énormes, ceux-là étaient des Malouins. Armateurs ou regrattiers, matelots pêcheurs ou capitaines nobles ou bourgeois, aucun n'aurait manqué son tour des remparts un tel jour d'équinoxe. Ils se reconnaissaient tous, quelquefois sans se connaître, et se croisaient avec des signes de la main ou des clins d'œil, secrètes connivences qui apaisaient un instant les plaies mal refermées des années terribles et les rassemblaient dans la certitude d'appartenir à une communauté supérieure, comme s'ils se fussent tous appelés Duguay-Trouin, Magon, La Bourdonnais ou Danycan.

Arrivé à Saint-Malo, François Carbec était descendu à l'auberge du Sillon où, grand seigneur, il avait réservé deux chambres situées au-dessus des remparts, face aux îlots dont il avait aussitôt retenu quelques noms, Les Bés, Cézembre, La Conchée... Soldat discipliné, il était allé aussitôt se présenter à la sous-préfecture.

— Général de brigade Carbec!

L'homme du pouvoir l'avait accueilli avec le sourire un peu gourmé qui convient à un fonctionnaire d'autorité placé devant une situation délicate.

— Le ministre m'avait annoncé la venue d'un colonel et non d'un général Carbec. Sans doute s'agit-il d'une regrettable erreur de transmission. Vous voudrez bien nous en excuser ?

— Il s'agit en effet d'une erreur. Mes étoiles m'ont été données par l'empereur Napoléon, en personne, répondit François sur un ton raide.

— Eh bien, voilà qui remet les choses au point, dit le sous-préfet en affectant une bonne humeur de circonstance. Je n'ai pas besoin de vous souhaiter la bienvenue à Saint-Malo où tous les Carbec sont chez eux puisque le nom que vous portez se confond avec l'histoire de cette cité... comment dire ? Peut-être glorieuse et difficile à la fois ? Voyez-vous, général Carbec, on est volontiers frondeur à Saint-Malo parce qu'on aime la liberté, mais on veut aussi vivre dans la paix et dans l'ordre sans lesquels on n'entreprend rien de durable : c'est la fonction d'un sous-préfet d'assurer la paix et l'ordre dans son arrondissement. Mon ministre, M. Decazes, m'a recommandé d'entretenir avec vous des relations très courtoises. C'est bien mon intention mais cela suppose de part et d'autre une parfaite loyauté de comportement. Entendons-nous bien, je ne vous demande aucune coopération, seulement une attitude neutre : ni propos subversifs, ni réunions secrètes, ni duels, cela va sans dire. En échange, le secret de votre correspondance et les marques d'honneur dues à un officier de votre rang. Cela vous convient-il, général Carbec ?

Commencé sur un ton pointu, le discours du sous-préfet s'achevait sur une invite cordiale qui ne déplaisait pas à François, mais qui l'irritait cependant parce que cela lui rappelait trop les manières du cousin Léon. Après un moment de silence, s'étant ressaisi, il décida d'adopter une attitude sinon hostile, du moins hautaine.

— Vous me demandez de conclure entre nous une sorte d'accord tacite ? Je ne puis l'accepter dans la mesure où je suis votre prisonnier. J'ai toujours accompli mon devoir, faites votre métier, monsieur.

Le sous-préfet avait esquissé un geste qui exprimait peut-être un regret, et les deux hommes s'étaient séparés sans se toucher la main. Quelques instants plus tard, comme François débouchait du bâtiment administratif, le factionnaire de service était sorti de sa guérite et lui avait présenté les armes. À la fois surpris et charmé, le général avait un peu bombé le torse en rendant le salut et était aussitôt parti à la découverte des rues malouines.

De cette rapide promenade, il était vite rentré à son hôtel, inquiet et farouche, avait commandé qu'on lui servît son dîner dans sa chambre et s'était jeté sur son lit. Comment avait-il failli se laisser prendre aux bonnes manières du sous-préfet ? « Ce jean-foutre s'est joué de moi en m'assurant de la liberté totale de mes mouvements. Peut-on aller et venir librement à travers ces ruelles empuanties où les gestes de chacun sont épiés ? Peut-on vivre libre dans une citadelle entourée d'eau ? M'enfuir sur une planche gréée d'une toile et me confier au vent, autant dire au diable ?... » À peine endormi, François avait été réveillé par les grands oiseaux malouins qui volent au ras des toits avec des cris de mégère. Il avait tiré les couvertures sur ses oreilles et craché d'abominables jurons sans retrouver le sommeil. C'est alors qu'il s'était levé pour contempler la charge des escadrons verts soutachés d'écume dont il avait aussitôt pris le commandement.

Irrité contre un gouvernement qui l'expédiait à cinq cents kilomètres sous le prétexte de le protéger, François l'était davantage contre lui-même et demeurait assez honnête pour se l'avouer : il avait gravement insulté son cousin Léon et trahi son ami Sébastien. Autant dire qu'il avait perdu le même jour, par sa faute, les deux êtres qu'il aimait le plus, les deux compagnons de sa vie. Se bouchant les oreilles pour ne plus entendre les cris rouillés des oiseaux malouins, François renoua une fois de plus le fil des tourments qui ne le quittaient guère depuis son départ de Paris... « Un jour ou l'autre je me réconcilierai avec Léon, ce n'est pas la première fois que nous sommes brouillés à mort. Je ne l'ai jamais ménagé. Mais pourquoi veut-il toujours me rendre service et se trouve-t-il toujours présent pour me tirer d'un mauvais pas ? Qui supporterait cela ? Qu'est-ce qui me fait choisir les mots les plus durs dès que je me trouve en désaccord avec lui, comme si je me délectais à les prononcer ? Quel mauvais génie m'a fait inventer cette fable du cousin dévoré de jalousie ? Après avoir jeté cette insulte à sa figure, j'aurais dû lui sauter au cou, le retenir, lui demander pardon, le remercier d'être intervenu en ma faveur pour m'éviter le pire. Comment ai-je pu imaginer un instant qu'il soit l'auteur de la machination montée contre moi ? Léon, je le connais aussi bien qu'il me devine. Nous serions tombés dans les bras l'un de l'autre. C'est lui qui m'aurait accompagné dans la cour des Messageries où il serait resté jusqu'au départ de la diligence. Adèle Médard ne serait jamais venue me chercher rue de l'Arcade. Adèle !... Bon Dieu de bon Dieu, qu'est-ce qu'il nous a pris à tous les deux ? Nous nous sommes jetés l'un sur l'autre comme si nous avions eu faim depuis des années. Ni Médard, ni les années passées, ni l'amitié, ni la trahison, ni l'honneur : plus rien n'existait qu'Adèle et moi. Qui prit l'un, qui prit l'autre ? La foudre était tombée sur nous. Je ne pourrai plus regarder en face mon vieux Médard quand il dira : "Foutu pilon !" »

Les grandes cavales de l'équinoxe avaient fini par disparaître à l'horizon, emportant avec elles leur artillerie et leurs trompettes. Sous le ciel bleu parcouru de nuages blancs ourlés de soleil, les architectures de M. Vauban se dressaient comme des fiertés, face à la mer, et proclamaient la réussite, l'audace et la vanité de leurs bâtisseurs, à croire que, sous Louis XIV, ils étaient tous millionnaires, songeait François pendant son tour de remparts quotidien. Quelques jours avaient suffi pour faire disparaître la hargne ressentie lors de sa première promenade dans le dédale des rues malouines où il flânait aujourd'hui en souriant à la pensée que, derrière les fenêtres des maisons aux façades étroites, des commères le regardaient passer. « Un cousin de Nicolas Carbec, même qu'il s'appelle François et qu'il est général ! » On le saluait avec des airs respectueux et un peu complices qui s'adressaient autant au général de l'empereur Napoléon qu'au descendant d'une de ces grandes familles malouines dont l'autorité avait survécu aux orages de la Révolution. François Carbec n'était insensible ni aux politesses témoignées par les hommes ni aux œillades décochées par les femmes qui s'en allaient par les rues vendre le poisson à peine sorti de l'eau. « Maquereau frais, maquereau frais qui vient d'arriver ! » Il aimait respirer à larges narines cette odeur mouillée composée de brai, sel, fumée, poisson et goémon que les plus frustes parmi les Malouins eussent reconnue, les yeux bandés, pour être celle de leur cité. Il ne manquait pas le retour des barques de pêche dont les noms, la *Couronne-d'épines*, le *Saint-Doigt-de-Dieu*, la *Marie-aux-Sept-Douleurs* ou la *Vierge-sans-Macules* le surprenaient autant que ceux des rues l'enchantaient, Croix-du-Fief, Travaux-Saint-Thomas, Poids-du-Roy, Corne-du-Cerf, Chat-qui-danse, et cette rue du Tambour-Défoncé où était née jadis la fortune des Carbec dont l'actuel chef de famille, Nicolas, était venu le saluer dès le lendemain de son arrivée.

— Mon cousin, avait déclaré Nicolas Carbec, un homme tel que vous ne peut demeurer à l'hôtel. Je mets à votre disposition notre vieille maison de la rue du Tambour-Défoncé. Vous y serez chez vous aussi longtemps que vous le voudrez. Un ancien matelot qui sait cuisiner vous servira de coq. Pour le reste, je vous trouverai une Cancalaise... Quelles que soient les circonstances qui vous ont conduit ici, vous voici devenu malouin.

Barbu grisonnant, jambes un peu courtes et ventre large, armateur et négociant, Nicolas Carbec avait toujours été tiraillé entre son entraînement vers les idées nouvelles et son respect des traditions. Jeune homme, il s'était réjoui de la prise de la Bastille, mais il n'avait pas hésité à prendre parti, quelques années plus tard, contre les conventionnels régicides et leurs comités de salut public. Dans les périodes les plus sanglantes de la Révolution, il avait caché des aristocrates en danger de mort, protégé des prêtres réfractaires et organisé des filières d'émigration. Dans le même moment, il armait en course contre la flotte anglaise venue prêter main-forte à l'armée royaliste commandée par La Rochejaquelein. Menacé de subir le sort de nombreux Malouins conduits à l'échafaud pour avoir été trop riches ou trop pieux, il avait sauvé sa tête en accordant aux comités locaux des dons substantiels sinon volontaires, mais largement récupérés sous le Directoire, le Consulat et l'Empire dès que les notables avaient retrouvé leur place. La voix de Nicolas Carbec qui avait hurlé « Vive la République ! » n'avait pas été moins sonore à clamer « Vive Bonaparte ! », bientôt « Vive l'Empereur ! » et, dix ans plus tard, « Vive le Roi ! ». À ce grand bourgeois, les temps difficiles avaient appris la navigation sur terre parmi les pires écueils. Plus courageux que téméraire, plus adroit qu'aventureux peut-être, il participait aujourd'hui à l'administration des affaires municipales sans faire mystère de ses opinions libérales : « Nous autres, Malouins, disait-il volontiers, nous sommes prêts à hisser les voiles dès qu'on prononce devant nous le mot liberté. » Pour le distinguer des autres Carbec, on l'appelait « le grand Nicolas ».

Dès la réception du message officiel lui annonçant l'arrivée de François Carbec à Saint-Malo, le sous-préfet lui avait appris la nouvelle :

— J'ai besoin de votre aide, non pour surveiller votre parent mais pour l'entourer de prévenances et d'honneurs. Tous les anciens militaires sont fort sensibles à ces sortes d'hommages. Le gouvernement vous en saura gré.

Un mois plus tard, le général Carbec avait lié connaissance avec plusieurs notables de vieille tradition bourgeoise, les Le Fer, Porée, La Chambre, Duchêne, Trublet, Leroux, Fortin, Moreau, Letellier, Gauthier, La Houssaye, Pradère-Niquet,

Villehuchet, Roussel..., rendu quelques visites de courtoisie aux Magons, et n'avait pas manqué d'aller saluer le fameux Surcouf dont on disait qu'après avoir à lui seul détruit ou pris une cinquantaine de navires ennemis, il était devenu un paisible négociant. François s'installa bientôt rue du Tambour-Défoncé, dans la maison familiale où avaient vécu plusieurs générations de regrattiers qui, à force d'économiser des deniers, des piastres et des écus, avaient pu prendre quelques parts d'armement à la pêche ou à la course, et acheter plus tard des actions de la Compagnie des Indes. À une époque où le Roi confiait volontiers les hautes responsabilités de l'État à des bourgeois, ne dédaignait pas d'emprunter l'argent roturier et permettait aux plus modestes, à condition qu'ils fussent courageux et entreprenants, de se ruer à la conquête des charges et des titres nobiliaires, l'un de ces Carbec était parvenu à se hisser dans la société des messieurs de Saint-Malo.

— Ce Carbec-là s'appelait Jean-Marie. Nous le considérons comme notre ancêtre. Dans la mémoire Carbec, il demeure le chef de notre maison. Avant de mourir, il a reçu le titre d'écuyer qui lui permettait de s'appeler Carbec de La Bargelière, nom d'une petite terre apportée en héritage par une grand-mère qui vendait autrefois de la chandelle et dont il ne rougissait pas. Dame, il faut de tout pour faire la société, n'est-ce pas, général ? Nous devons vous préciser qu'un seul de ses descendants se fit appeler ainsi. Les autres estimèrent que le nom des Carbec n'avait point besoin de savonnette à vilains pour reluire davantage et qu'ils se chargeraient bien eux-mêmes de le faire briller d'un bel éclat. Je pense que nous n'y sommes pas mal parvenus au cours de ces quatre générations dont vous êtes, aujourd'hui, cher cousin, une glorieuse illustration !

Ce compliment, le grand Nicolas l'adressa au général au cours d'un déjeuner qui réunissait une vingtaine de parents plus ou moins proches dans le bel hôtel construit, au siècle précédent, sur les remparts de Saint-Malo, dès lors que la vieille demeure de la rue du Tambour-Défoncé ne convenait plus à la nouvelle condition des Carbec. Les convives applaudirent les paroles de leur doyen avec un joyeux entrain, chacun d'eux prenant pour soi seul l'honneur de cousiner et en supputant peut-être le profit. François avait écouté sans déplaisir la louange à bout portant qu'on lui adressait. Il observa ses cousins avec curiosité, ne s'interdit pas de sourire aux femmes mais sans s'attarder sur les plus belles et en prenant soin d'adresser aussitôt à leur époux un regard fraternel et innocent. Ceux-là, négociants, armateurs, capitaines, notaires, blonds, bruns, petits, grands, ronds, maigres, échalas ou bas-du-cul, se ressemblaient tous, soudés les uns aux autres par les mêmes gestes, les mêmes attitudes, une façon identique de boire, rire, manger, convenir ou dissimuler, gronder ou ruser, liés par les mêmes ambitions, certitudes, craintes, ressentiments ou dédains qui vous révèlent un homme ou une femme plus exactement que la courbure du nez, la fuite du front, la solidité du menton ou la minceur des lèvres. C'étaient les bourgeois malouins du roi Louis XVIII, aventuriers de cabinet mais toujours prêts à s'enorgueillir des exploits de leurs matelots pour en décorer le nom de leur cité.

François Carbec, soldat né de la Révolution, homme de cheval et courant l'Europe, découvrait le giron d'où lui-même et son cousin Léon étaient sortis et où le ramenait un jeu de circonstances compliqué comme le hasard en invente. Il apprit ce jour-là que le fameux ancêtre Jean-Marie avait épousé une Marie-Léone Le Coz, fille d'un modeste corsaire dont il avait fait une dame de Saint-Malo. Jeune veuve, elle avait dirigé l'armement Carbec comme un homme, élevé trois fils selon les disciplines bourgeoises et fait de sa fille une comtesse de Kérélen. L'aîné des garçons avait choisi de s'appeler La Bargelière pour satisfaire un beau-père nantais et s'était établi sur les bords de la Loire, le deuxième avait fait une carrière honorable dans la diplomatie et le troisième, capitaine à la Compagnie des Indes, avait partagé à Paris la disgrâce de

Dupleix après avoir été son aide de camp à Pondichéry. François était le petit-fils de cet officier, et Léon celui du Malouin devenu La Bargelière et nantais.

— Parlez-nous donc un peu de ce Léon qui occupe, dit-on, de hautes fonctions auprès de M. Decazes. Vous devez bien le connaître, non ?

À cette question posée par un des Carbec, François répondit en racontant les années vécues ensemble au lycée d'où ils étaient sortis, lui pour s'engager dans l'armée, l'autre pour s'inscrire à l'École de droit.

— À vous deux, vous avez dû former une fameuse équipe. Racontez-nous cela, cousin !

Ils étaient tous avides d'en connaître davantage. Prudent, le général se contenta de hocher la tête et de faire avec la main un de ces gestes désinvoltes qui veulent exprimer la fuite du bon temps jamais rattrapé. François dit aussi que les circonstances autant que leurs carrières, si peu semblables, leur avaient donné peu d'occasions de se rencontrer.

— Sans doute, il nous est arrivé de nous trouver ensemble à Paris, mais Paris est plus grand que Saint-Malo, mon cousin ! On ne s'y rencontre pas au détour de chaque porche !

Personne n'avait relevé le propos ni même souri.

— Êtes-vous demeurés des amis fraternels après Waterloo et le retour du Roi ?

Cette fois, la question avait été posée par le grand Nicolas. Interdit un instant, François lança d'une voix dure :

— Je l'ai cru longtemps. Je n'en suis plus sûr, comme si l'idée de trahison infectait nos rapports.

Tous baissèrent la tête, silencieux.

— Mon cousin, dit lentement le chef du clan, j'ai organisé cette réunion familiale pour vous accueillir avec amitié parmi nous. Je peux vous assurer solennellement que les Carbec, quelle que soit la couleur de la cocarde arborée sur leur chapeau ou cachée dans leur gousset, ne se trahissent jamais. Nous avons été à Saint-Malo, pendant la période de la Terreur, victimes, acteurs ou témoins de crimes affreux. Peu d'amitiés, peut-être peu de familles ont échappé aux pires délations. Cela est vrai. Nous autres, les Carbec, sommes restés ce que nous avons toujours été, un bloc de granit. Vous en faites partie, il n'est que de vous regarder et vous entendre, sans même avoir besoin de mieux connaître votre vie. Quant à ce cousin Léon, tout La Bargelière qu'il se nomme, hier préfet de l'Empereur, aujourd'hui haut fonctionnaire du Roi, il n'en est pas moins demeuré un vrai Carbec, au même titre que nous tous. J'espère vous recevoir à cette table, un jour prochain, tous les deux. Les raisons, ou les prétextes politiques de votre séjour parmi nous, ne nous regardent pas. Je vais cependant vous rapporter une confidence que me fit notre sous-préfet la veille de votre arrivée : « Quelqu'un de très important protège le général Carbec et lui a évité le pire. Protégez-le à votre tour. » Qui peut être ce personnage, sinon notre cousin Léon de La Bargelière, directeur de cabinet du ministre de la Police ? Chef de famille, c'était mon devoir de le dire devant vous tous. Je lève mon verre à la solidité et à l'unité Carbec !

Le repas dura longtemps. Comme François admirait les porcelaines chinoises qui décoraient les murs lambrissés de la salle à manger, les cousins entreprirent ce jour-là de lui démontrer que la course avait peu rempli les coffres malouins au cours des dernières guerres. Pour entasser ses louis d'or et ses lauriers, le Surcouf avait dû chasser jusqu'aux bouches du Gange, dans l'océan Indien, alors que les autres s'étaient contentés d'opérer dans les parages des îles Anglo-Normandes avec des navires de petit tonnage contre les lourds bâtiments ennemis. « Le Napoléon ne nous a pas beaucoup encouragés, ah ! dame non ! mais soixante des nôtres ont quand même armé à la course plus de trois cents navires, mon général. » L'an dernier, l'heure des bilans étant arrivée avec la paix, ils avaient perdu la moitié de leurs voiles. Leurs bénéfices ? Moins de quinze millions à diviser en soixante parts pour une période de vingt ans…

— La course est morte mais vive la mer libre ! résuma le grand Nicolas. De vous à nous, cher cousin, course ou pas course, la guerre n'a jamais été la vocation majeure des Malouins. C'est plutôt la navigation au long cours ou le cabotage, la grande pêche, et pour tout dire le commerce. Le commerce exige la liberté de naviguer, donc la paix. C'est pourquoi nous n'avons pas hésité à saluer le retour des Bourbons, même si, dans le fond de nos cœurs… vous comprenez ce que je veux dire ? Nous aimons la gloire et le profit, l'ordre et l'aventure, la réserve et la dépense, la légende autant que la vérité, le rêve autant que l'action, les idées nouvelles autant que les routines. Parcimonieux, nous demeurons prodigues. Nous ne dédaignerions pas les faveurs du Roi s'il lui arrivait de nous en accorder, mais nous demeurons attachés aux libertés républicaines. Pour tout vous dire, le jour où la nouvelle du désastre de Waterloo est arrivée jusqu'ici, les gens d'en face, ceux de Saint-Servan, ont pavoisé. Oui, ils ont fait cela ! Nous autres, les Malouins, même ceux qui avaient quelques raisons de ne pas porter l'Empereur dans leur cœur, nous nous sommes barricadés dans nos maisons et nous avons pleuré.

Ce soir-là, comme il rentrait rue du Tambour-Défoncé en compagnie d'un cousin inconnu la veille :

— Allons faire un tour de remparts, lui proposa-t-il.

— Vous voilà devenu un vrai Malouin !

— Sauf les jours de tempête, ça n'est pas tant la mer qui m'attire que ces bastions où sont pointées vers l'horizon ces vieilles pièces d'artillerie.

— Peuh ! répondit le cousin. Vous n'en voyez guère aujourd'hui que cinq ou six alors qu'on en comptait une soixantaine lorsque j'étais jeune garçon, il y a vingt ans de cela… Ces canons ont été vendus les uns après les autres pour les besoins de la guerre. Tour à tour, les conventionnels, les Directeurs, le Premier consul et l'Empereur les ont fait fondre mais ne nous les ont jamais payés ! Sans vous offenser, général, toutes vos victoires nous ont fait perdre beaucoup d'argent. Il est temps que nous redevenions des marins marchands. Les jeux de hasard ne sont pas faits pour nous.

— Vous parlez sans doute de la guerre de course ?

— C'est notre légende ! Nous saurons l'entretenir, ne vous mettez pas en peine ! Elle est aussi notre vérité. En attendant, il faut travailler. Pour ma part, j'achève la construction de deux navires pour l'armement desquels je cherche des porteurs de parts. Cela peut rapporter gros. Entre nous, même à la retraite, un général doit bien gagner, non ? Si cela vous intéresse, je vous céderai volontiers quelques actions... Venez donc visiter mes chantiers, ils sont installés sur le Sillon. Pensez-y, le commerce on sait le pratiquer.

— Le commerce triangulaire ? questionna François, méfiant.

— Pourquoi pas ? dit le Carbec. La traite des nègres n'a jamais beaucoup tenté les Malouins, à part la famille Chateaubriand et quelques autres. Mais nous avons eu tort et laissé la place aux Nantais...

— M. de Chateaubriand négrier ? s'étonna François.

— Son père, le vicomte René-Auguste. Avec quel autre argent croyez-vous qu'il aurait acheté le château de Combourg ?

Rentré chez lui, le général se sentit plus solitaire que la veille. Tous ces cousins qui le mignotaient, lui disaient tout de go leur volonté de le protéger contre lui-même avec l'accord du sous-préfet, et le hissaient déjà tel un pavillon d'honneur au sommet de leur plus grand mât, il les avait écoutés avec beaucoup d'intérêt et quelque méfiance. Qu'on reconnût ses mérites militaires ne lui déplaisait pas, quel guerrier ne joua jamais le rôle du soldat glorieux ? Qu'on voulût l'installer si vite dans un clan familial où il risquait d'être englouti tel un pêcheur de coques aventuré dans les sables du mont Saint-Michel, cela l'inquiétait. Sa vraie famille, c'étaient le fantôme de Mélanie, son fils Mathieu, le cousin Léon, Sébastien et Adèle Médard, son beau-père Paturelle, voire la cuisinière et le cocher de la rue de l'Arcade. Ceux-là connaissaient ses qualités et ses défauts, partageaient ses bons et mauvais jours, étaient attachés à lui par des souvenirs minuscules, querelles ou accords, inquiétudes ou bonheurs, rires ou chagrins, colères subites et brèves rancunes... Comment avait-il pu détruire, saccager, souiller tout cela le même jour, comment avait-il pu jeter dehors Léon et culbuter quelques heures plus tard la femme de Médard ? Le véritable traître, ce n'était pas le cousin La Bargelière, c'était lui, François Carbec, général commandant la deuxième brigade de cuirassiers à Waterloo...

Incapable de trouver le sommeil, François décida d'envoyer, dès l'ouverture de la poste, à son cousin, la lettre d'excuses recommencée si souvent et demeurée dans son portefeuille. Cette même nuit, il tenta aussi d'adresser un billet au ménage Médard, mais au moment où sa main allait écrire : « Mon cher Sébastien », il s'en sentit incapable. Pour en finir avec ce tourment qui ne lui laissait guère de répit depuis sa dernière promenade en berline dans le bois de Meudon, il songea pendant un court instant à revêtir son uniforme d'officier et à se tirer une balle de pistolet dans la tête. Pourquoi pas ? Au cours de sa vie, il avait connu de nombreux soldats, hommes du rang ou de grade élevé, courageux et disciplinés, qui avaient soudain mis fin à leur aventure. Connaît-on jamais le secret d'un compagnon quotidien ? Le souvenir du clin d'œil complice échangé avec son fils Mathieu retint son geste. François se rappela également le sourire avec lequel le sous-lieutenant Médard lui avait dit : « Un général en résidence surveillée, c'est toujours un général, non ? Cela n'a rien de comparable avec un pauvre bougre qu'on met au trou... » Médard avait gouaillé aussi : « Tu vas peut-être t'y trouver si bien dans ton Saint-Malo que tu ne voudras plus revenir nous voir ! »

Revenir, le général Carbec y pensait chaque jour. Les prévenances des cousins, les œillades des commères, la promenade sur les remparts, les cris des oiseaux au ras des toits, le nom des rochers qu'il récitait maintenant par cœur, Cézembre, la Conchée, Harbour, les deux Bés..., le salut du factionnaire posté devant la sous-préfecture tissaient sa vie quotidienne de petits bonheurs dont il n'ignorait pas le prix, mais le son de la Noguette qui sonnait l'angélus trois fois par jour, le renversement des marées, l'arrivée du poisson frais, l'odeur des maquereaux grillés ou les couchers de soleil sur la Rance ne lui interdisaient pas de savoir qu'il demeurait prêt à risquer un coup de tête pour se retrouver un soir dans les jardins du Palais-Royal, pousser la porte du café Montausier et s'entendre hurler « Carbec-mon-Empereur ! ». À force de les monter et de les descendre, il connaissait à présent toutes les rues malouines, leurs fumets, leurs bruits et leurs visages, mais il les sentait moins fort, ne les écoutait plus, les entendait à peine alors qu'il se rappelait les moindres détails des silhouettes croisées hier rue de l'Arcade, et que le souvenir d'une bonne odeur de crottin lui chatouillait soudain les narines comme si un fiacre parisien eût passé rue du Tambour-Défoncé. Ce fiacre, c'était celui de la jument Paméla conduit par une femme-cocher vêtue d'une robe d'amazone et coiffée d'un chapeau haut de forme. Revenir ? Se retrouver en face de Sébastien Médard avec son pilon, François Carbec savait que cela n'était plus possible.

Une longue lettre de M. Paturelle n'apaisa pas le tourment du général. Venu s'installer à Paris dès le départ de son gendre, le drapier ne décolérait pas contre un gouvernement qui, disait-il, s'acharnait aujourd'hui à pourchasser des héros pour crime de fidélité après s'être porté garant de la réconciliation nationale. Dès lors, comment faire confiance à l'auteur de la Charte qui, après avoir proclamé l'irrévocabilité des ventes de « biens nationaux », écoutait aujourd'hui d'une oreille complaisante les réclamations des anciens émigrés protégés par le frère du Roi ? Quelques jours après son retour rue de l'Arcade, le beau-père avait trouvé un billet anonyme adressé à M. Paturelle, « voltairien, drapier et voleur », qui disait : « Il faudra bientôt quitter les lieux. » Tombant à ses pieds, la foudre ne l'eût pas davantage épouvanté. Drapier, M. Paturelle s'enorgueillissait d'appartenir à l'une des plus vieilles corporations, sans doute la plus huppée de France ; voltairien, il croyait à l'existence d'un Être suprême et n'aimait pas les prêtres. Mais voleur ? C'était comme s'il avait reçu un crachat en plein visage. Fournisseur aux armées, n'avait-il pas toujours observé avec le plus grand scrupule les clauses de ses marchés sans jamais tricher sur la qualité de la marchandise ? Sa signature ou sa parole ne valaient-elles pas celles des Biederman, des frères Michel ou des Vanderberghe ? Cet hôtel de la rue de l'Arcade, ne l'avait-il pas payé comptant avec les bénéfices réalisés sur une livraison de capotes et de souliers à l'armée du Rhin, en 1796, il y avait vingt ans de cela ? C'était un bien sacré, garanti par la République, par l'Empereur et aujourd'hui par la Charte…

En quelques mots, la lettre du beau-père racontait aussi une visite rendue aux gens de Saint-Mandé : « Votre Mathieu se porte à merveille ! Vous le reconnaîtriez à peine tant il a profité. J'ai réglé tous les frais de pension dont nous étions convenus, avec un trimestre d'avance pour être sûr que mon petit-fils ne manque de rien. Vos amis se portent bien et ont l'air d'être heureux de leur sort. Ils se plaignent de ne pas recevoir de vos nouvelles… » À coup sûr, le billet anonyme préoccupait davantage M. Paturelle que le sort du ménage Médard. « Pour en revenir à cette affaire, je dois vous dire que je m'en suis ouvert à M. Laffitte qui est devenu notre banquier commun, vous a en amitié, et dont les oreilles entendent beaucoup de bruits ignorés de nous. D'après lui, il n'y aurait pas lieu de s'inquiéter : "Le Roi est trop adroit politique pour revenir sur sa parole. Que le Ciel nous le garde longtemps si nous voulons que les acquisitions des biens déclarés nationaux demeurent irrévocables." Je ne vous cache pas, mon cher gendre, que ce billet anonyme m'empêche de dormir. Si la propriété de cette maison, aujourd'hui à vous, était menacée, je n'hésiterais certainement pas, foi de Paturelle, à descendre dans la rue avec un fusil... »

La pensée que, vêtu d'une redingote taillée dans un bon drap d'Elbeuf, son beau-père puisse s'embusquer, un soir d'émeute, derrière quelque barricade, et épauler une mauvaise pétoire de ses mains noires de poudre, fit sourire plus qu'elle n'inquiéta le général Carbec. Il imagina cependant que l'auteur du billet ne devait pas être inconnu du baron Maudoit. « Intimidation, provocation ou menace réelle, nous ne sommes pas près d'en finir avec ces jean-foutre ! Le meilleur moyen de le faire taire c'est de retourner au canon. Je lui ai coupé l'oreille droite, il reste la gauche... » Déraisonnables, ces velléités s'évanouissaient à peine nées. Comment s'y serait-il pris pour quitter Saint-Malo où, n'étant pas dupe des bonnes manières dont on l'entourait, il se savait à la fois protégé et surveillé de près, ainsi qu'il en eut la preuve quelques jours plus tard dans le cabinet du sous-préfet.

— Asseyez-vous donc, général. Je vous ai prié, non convoqué, bien sûr, de passer à la sous-préfecture pour vous communiquer une heureuse décision officielle qui vous concerne. Elle a été prise par le ministre de la Guerre. La commission chargée d'examiner votre situation a jugé qu'il n'y avait pas lieu d'engager des poursuites judiciaires du fait que vous vous trouviez en congé d'activité le jour où vous avez rallié les troupes rebelles. « Dans ces conditions, le colonel Carbec est admis à faire valoir ses droits à la retraite à compter du 19 juin 1815. »

La nouvelle ne surprit pas François. Il s'y attendait depuis le jour où il s'était présenté au duc de Feltre. Cependant, le coup le frappa de plein fouet.

— Autant dire qu'ils me mettent dehors. C'est bien cela, n'est-ce pas?

— Pas tout à fait. Vous devenez un militaire retraité parmi des milliers d'autres. De vous à moi, vous auriez pu connaître un sort plus rude...

— Soit! dit alors François sur un ton plus aimable. Eh bien, puisque ma conduite ne donne pas lieu à poursuites judiciaires, me voici libre. Je rentre dès demain à Paris. À quelle heure la diligence part-elle pour Rennes?

Muet, le sous-préfet baissa la tête. Il la releva pour affronter l'orage qu'il redoutait depuis le début de leur conversation, et s'efforça de sourire.

— Je pourrai signer bientôt, en tout cas je l'espère, le sauf-conduit qui vous permettra de nous quitter. Pour l'instant, j'ignore si la décision du ministre de la Guerre annule celle du ministre de la Police qui vous a envoyé ici. Nous allons étudier cela de près. Vous trouvez-vous si mal à l'aise à Saint-Malo où tout le monde vous respecte? Croyez-moi, les Malouins regretteront leur... général Carbec.

« Ce foutriquet de sous-préfet se moque de moi », pensa François, tandis que l'autre poursuivait en imitant la bonne humeur :

— Je dois aussi vous remettre un pli qui vous est adressé personnellement. Il ne peut vous apporter que de très bonnes nouvelles qui simplifieront ma tâche car son enveloppe porte le timbre du cabinet du ministre.

François avait déjà reconnu l'écriture de M. de La Bargelière. C'était la réponse à la lettre qu'il s'était enfin décidé à envoyer à son cousin, trois mois après avoir chassé celui-ci de sa maison. Il attendit d'être de retour rue du Tambour-Défoncé pour la lire. Hâtant le pas, les yeux sans regard et le pouls rapide, il ruminait la décision du ministre qui le rayait des cadres de l'armée et en faisait un colonel à la retraite. Il ne l'acceptait pas. Jamais il ne supporterait qu'on lui retire les deux étoiles de l'Empereur, pas plus que son beau-père Paturelle ne tolérerait que les anciens propriétaires de la rue de l'Arcade prétendent s'y installer. Tout bien réfléchi, les deux affaires n'étaient-elles pas conséquentes ? Le général Carbec se prit à penser que l'armée et le peuple ayant fait ensemble la Révolution, ils vibraient aujourd'hui aux mêmes craintes et aux mêmes colères.

Parce qu'il les avait lus plusieurs fois, François sut bientôt par cœur les passages essentiels de la longue lettre du cousin Léon : « Je n'attendais plus ta lettre après l'avoir longtemps espérée... Ainsi faits que sont nos caractères, je veux bien admettre que nous ne pouvions réagir autrement que nous l'avons fait devant le danger d'une situation imprévue : moi en t'épargnant la prison, toi en m'injuriant. Ces sortes d'orages nous en avions subi d'autres et nous les avions toujours passés au compte des pertes et profits de notre amitié sans qu'il soit jamais question entre nous d'excuses, encore moins de pardon. Cette fois, tu es allé très loin dans la violence et la démesure... Cependant j'ai décidé de ne me rappeler que les seuls bons souvenirs qui nous lient tous les deux depuis tant d'années à travers tant d'événements. Il me paraît impossible, en effet, que tu ne sois pas informé du grand événement que je dois vivre la semaine prochaine : j'épouse Mlle Mathilde Jacqueline Saudrin dont le père siège au conseil de la Banque de France. Personne d'autre que toi ne pouvant être mon premier garçon d'honneur, je m'en suis ouvert auprès de mon ministre pour te faire obtenir la permission d'un court séjour à Paris. M. Decazes m'a fait amicalement remarquer que la situation politique l'obligeait à la plus grande prudence. Tu conviendras avec moi que l'agitation bonapartiste, ainsi qu'on commence à la nommer, dispose peu le gouvernement à l'indulgence. Même à Saint-Malo tu ne peux ignorer que des troubles très graves secouent la région grenobloise. Nous allons sans doute connaître des jours dangereux... Le moment était donc mal choisi pour demander au ministre de la Police d'accorder une faveur à un officier de haut grade soupçonné, à tort j'en suis convaincu, d'être un ennemi de l'État ou seulement susceptible de troubler l'ordre public... Un prochain renversement de la majorité à la Chambre n'est pas impossible. Patience et discrétion. Compte toujours sur moi. N'oublie jamais le serment de notre jeunesse auquel je demeure fidèle... » Au-dessous de sa signature, M. de La Bargelière avait écrit en post-scriptum : « Je sais que la famille t'a fait fête à Saint-Malo où tu as eu mille fois raison de rendre quelques visites de courtoisie dès ton arrivée. Celle rendue au baron Surcouf était-elle nécessaire ? Je comprends la nature des liens qui peuvent te rapprocher de ce grand capitaine de course mais c'est mon devoir de te prévenir que son manoir de Riaucourt nous a été récemment signalé comme un des rendez-vous de l'opposition. Ne me mets pas dans les embarras. Sois très prudent. »

François Carbec haussa les épaules et serra les poings. Le mariage du cousin, il s'en moquait. Après l'aventure chez la comtesse de L. il se souciait peu d'assister à une réception parisienne. De la lettre de M. de La Bargelière, il retenait surtout la volonté du gouvernement de traiter les anciens officiers de l'Empereur en proscrits après les avoir éliminés de l'armée par n'importe quel moyen, mort, exil, prison, résidence forcée, liberté surveillée. Lui, on se contenterait peut-être, grâce à un protecteur bien placé dont il ne niait plus les bonnes intentions, de l'éliminer doucement, de l'engluer dans les bonnes manières, les flagorneries familiales, le négoce maritime, la traite des nègres et la pêche à la morue. Eh bien, le général Carbec n'accepterait jamais de jouer au militaire retraité qui promène sa Légion d'honneur dans le jardin municipal, est reçu à la préfecture le jour de la fête du Roi, fait partie du conseil paroissial et préside les distributions de prix. Être prudent ? Quel sens donner à ce mot-là ? Il n'avait jamais été prudent, lui ! Il s'en irait. Où ? Droit devant lui avec son sabre et ses étoiles de général. On ne le reverrait jamais. Ni à Saint-Malo, ni à Paris, ni à Saint-Mandé... Le sultan de Constantinople et le shah de Perse recrutaient toujours des hommes de guerre, non ?

François s'aperçut tout à coup qu'il avait avalé coup sur coup six petits verres de rhum en lisant le message de son cousin. Ses idées devenaient confuses. « Je ne tiens plus la goutte, une bonne marche autour des remparts me fera du bien. » Sanglé dans sa redingote bleu foncé, le chapeau vissé au ras des yeux, la canne plombée en main, il demeura quelques instants devant un miroir pour apprécier la correction de sa tenue et dit à haute voix, satisfait de son examen :

— Carbec-mon-Empereur !

Parvenu à la hauteur du bastion de Hollande où deux couleuvrines armoriées de fleurs de lys pointaient leur museau vers les passes, François s'arrêta un instant pour regarder la silhouette d'un jeune homme, ancrée tel un pieu dans le granit comme si elle eût été un des éléments de la forteresse. Une demi-heure plus tard, repassant devant le même bastion après avoir fait un premier tour de remparts, il remarqua à nouveau la silhouette. Elle n'avait pas bougé. Curieux, François s'approcha, mit sa main en visière pour ne pas être gêné par le soleil, scruta lui aussi l'horizon. Les barques de pêche étaient déjà rentrées depuis longtemps. Vide, immense, au plein de l'eau, la mer était gonflée d'une puissante respiration sous le ciel bleu et blanc d'un soir d'été dont on verrait bientôt s'allumer les dernières lueurs. Au cours de sa carrière, François Carbec avait passé en revue quelques milliers de militaires aux yeux hagards et au sabre immobile ; lui-même, jeune recrue, avait joué ce rôle du soldat frappé soudain de paralysie sur le passage de son capitaine. Jamais il n'en avait vu garder aussi longtemps une totale fixité, à croire qu'un jeteur de sorts l'avait pétrifié. Intrigué, François observa de plus près la silhouette, celle d'un jeune homme, vingt ans peut-être, portant une petite barbe noire, vêtu d'un caban et coiffé d'un chapeau rond en cuir. « Certainement un Malouin. Ils sont les seuls à pouvoir rester des heures devant la mer, les yeux fixes sans penser à rien. » Au cours de ses tours de remparts quotidiens, comment n'avait-il jamais rencontré ce promeneur?

— Bonne observation? demanda François.

Surpris comme s'il sortait tout à coup d'un profond sommeil, le garçon tourna la tête, reconnut celui qui le questionnait et se présenta, au garde-à-vous :

— Hervé Le Coz, ancien aspirant au 14e régiment de marine, rayé des cadres. Mes respects, mon général.

Bon peseur d'hommes, François apprécia le maintien, la voix, le regard et dit en souriant :

— Rayé des cadres? Alors nous sommes deux.

— Vous? Le général Carbec! Comment ont-ils osé?

— C'est ainsi. Je viens de l'apprendre. Dis-moi plutôt d'où tu me connais. Tu n'es pas un cavalier...

— Ici tout le monde sait qui vous êtes. Mon père assistait au déjeuner que le grand Nicolas a donné en votre honneur. Les Le Coz sont parents des Carbec, mon général.

— Cela me fait plaisir de te connaître. Entre cousins et entre soldats, on peut peut-être se comprendre, s'aider... Pourquoi n'es-tu pas venu me voir?

— Je n'ai pas osé. Un aspirant ne dérange pas un général. Il y a autre chose. Je suis surveillé par la police.

— Diablc! Moi aussi. Cela va nous permettre de boire tous les deux à notre santé. Allons chez moi. Le grand Nicolas veille à ce que je ne manque pas de rikiki.

L'ancienne maison Carbec, bâtie de madriers et de torchis, avait échappé par miracle à l'incendie qui avait autrefois dévasté plusieurs quartiers de la ville et contraint les Malouins à ouvrir des carrières dans les flots pour rebâtir leurs demeures. Comme la plupart des maisons construites avant la grande brûlerie, sa façade étroite s'élevait sur quatre étages, soit quatre pièces reliées entre elles par un escalier situé dans un angle. Sous le rez-de-chaussée, taillées dans le roc, deux caves superposées avaient abrité naguère chandelle, goudron et savon, plus tard des cordages, des voiles, toutes sortes d'apparaux et des barils pleins de morues salées, au milieu desquelles les regrattiers avaient caché leurs premières économies qui devaient leur permettre d'acheter du poivre, de la cannelle ou du gingembre jusqu'au jour où l'un d'eux aurait l'audace de sortir de ces cachettes quelques centaines de piastres pour payer trois actions de la Compagnie des Indes et participer bientôt à ces contrats d'armement que les notaires appelaient « grosse aventure ». Quand la famille avait fait construire un bel hôtel sur les remparts, la maison de la rue du Tambour-Défoncé avait abrité les commis, les livres de comptes et les archives de l'armement Carbec. Aujourd'hui elle était aménagée pour recevoir les hôtes du grand Nicolas de passage à Saint-Malo. Habitué aux cantonnements les plus divers, modestes ou princiers, le général se tenait le plus souvent dans la chambre du haut par la fenêtre de laquelle, à travers un enchevêtrement de toits aigus, il regardait un pan de ciel bleu, découvrait un peu de mer et plongeait dans une cour où se dressait la ferronnerie d'un vieux puits.

Les deux hommes s'étaient installés dans des fauteuils de styles disparates, bois doré et dossier raide, recouverts de velours de soie, sans doute hollandais, parvenus jusqu'ici à la suite d'aventures plus ou moins avouables. Toutes voiles étarquées, trois goélettes avaient l'air de glisser sur les reflets d'une longue table de chêne où étaient posés des verres pleins à ras bord qui sentaient le rhum et des pipes qui puaient le tabac refroidi.

— Maintenant, raconte-moi ton histoire, dit le général.

— Cela aurait pu devenir une grande histoire..., répondit l'aspirant. C'était au mois de juillet de l'année dernière, quelques semaines après la bataille. Mon régiment, le 14ᵉ de marine, tenait garnison à l'île d'Aix pour assurer la défense des côtes. La plupart d'entre nous n'avions jamais entendu le bruit du canon et nous brûlions de quitter nos fortifications pour rejoindre les troupes massées en Vendée et en Gironde. Les ordres et les contrordres se multipliaient autant que les bruits les plus extraordinaires qui nous plongeaient en même temps dans le désespoir ou rallumaient notre confiance. Malgré la sévérité de la défaite, Waterloo n'avait été qu'une bataille perdue dont près de cent mille hommes s'étaient sortis indemnes. L'Empereur n'avait été ni tué ni fait prisonnier. Certains de nos officiers assuraient que, si les Alliés entraient dans Paris, le gouvernement s'installerait derrière la Loire : plus de deux cent mille hommes attendaient dans les dépôts qu'on leur donne un fusil et la conscription de 1815 pouvait fournir cent cinquante mille soldats. D'autres prétendaient que tout était perdu, assuraient que Napoléon avait abdiqué avec l'intention de s'exiler en Amérique et qu'il venait même d'arriver à Rochefort avec une douzaine de berlines chargées de bagages. Deux frégates de la marine mouillaient bien au large, la *Méduse* et la *Saale*, mais encerclées par une forte escadre de bâtiments anglais dont la présence disait clairement les intentions. Forcer un tel blocus avec les deux frégates, il n'était pas besoin d'être amiral ni même simple matelot pour savoir que la tentative tournerait au drame. C'est alors qu'avec cinq camarades, aspirants eux aussi, nous avons imaginé d'armer un de ces petits bateaux bretons qu'on appelle chasse-marée, qui tiennent bien la mer et passent inaperçus. Nous avons bourré la *Zélie* de pistolets, fusils, poudre, vivres et quelques litres d'eau-de-vie. Notre plan était simple : embarquer l'Empereur dans le plus grand secret, la nuit, passer à travers les bâtiments anglais et trouver la mer libre à l'aube. Nous étions sûrs de réussir notre affaire.

Ému et le visage crispé d'un mince sourire devant les candeurs et les certitudes du jeune homme, le général avait écouté l'aspirant sans l'interrompre. Lui-même se revoyait au Military Hospital, couvert de pansements, accusant de trahison tous ceux qui lui révélaient avec les plus grandes précautions la déroute subie à Waterloo, tandis que, entre deux comas, il voyait des cavaliers défiler au son des trompettes dans les rues de Bruxelles comme autrefois à Milan, Vienne et Berlin. À peu de jours près, au même moment, le général et l'aspirant s'étaient laissés prendre par un délire comparable.

— Admettons que votre *Zélie* ait réussi à tromper la surveillance anglaise, où seriez-vous allés ?

— Droit en Amérique, dame !

— Sans pilote ? Vous n'étiez même pas des marins, aucun de vous n'avait jamais navigué.

— Nous avions un plan ! Voiles affalées, nous faisant tout petits, pour ainsi dire invisibles, nous attendions le passage d'un bâtiment de commerce que nous aurions pris à l'abordage, il en vient tous les jours dans ces parages, les marchands ne se défendent pas et amènent tout de suite leur pavillon, ils préfèrent perdre leur cargaison que leur vie. Maîtres du navire, nous donnions l'ordre au capitaine de nous conduire, à l'abri de son pavillon, à Baltimore ou à New York.

— L'Empereur fut-il mis au courant de votre plan ?

— Le général Lallemand nous l'a affirmé. Ce dont nous sommes sûrs, c'est qu'il est resté huit jours à l'île d'Aix, au cours desquels il est venu passer en revue notre régiment. Parvenu à notre hauteur il nous a regardés tous les six avec un sourire de connivence où nous avons lu autant de tristesse que de bonté. Peut-être avait-il déjà son idée : se confier à la générosité anglaise. S'il avait su qu'on l'emmènerait à Sainte-Hélène, pour sûr qu'il aurait embarqué sur notre *Zélie* !

Étonnant, le récit de l'aspirant Le Coz ne paraissait plus invraisemblable au général Carbec. Il entendait encore le banquier Laffitte lui raconter son dernier entretien avec Napoléon à la Malmaison : « Monsieur Laffitte, pouvez-vous me procurer un navire pour aller en Amérique ? » avait demandé l'Empereur. François jugea inutile de révéler cette confidence au jeune homme.

— Qu'êtes-vous devenus après le départ du *Bellerophon* ?

— Cela n'a pas traîné. On nous a mis tous les six en prison pour avoir détourné à notre profit du matériel, des armes, des munitions et des vivres appartenant à l'armée. Nous y sommes restés six mois, sans être jugés, au bout desquels on nous a rayés des cadres. Moi je suis revenu à Saint-Malo où mon père voudrait que je devienne armateur, négociant, subrécargue, négrier peut-être. Ici je m'ennuie, je n'ai rien à faire, je voudrais partir.

— Toi aussi ? Nicolas m'a dit que les Malouins ne peuvent rester en place. Ils sont toujours prêts à partir n'importe où au bout d'un rêve ou au fond d'un verre. C'est vrai ?

— Pardonnez-moi, mon général, je sais où je veux aller.

— Où donc ?

— En Amérique. Là-bas tout est grand, les plaines, les fleuves, les forêts, les maisons, les navires, les fortunes. Ici tout va devenir petit. On va s'épier et jalouser le voisin qui gagne plus d'argent. Là-bas tout le monde s'aide et tout le monde a le droit de devenir riche, comme de votre temps tous les soldats pouvaient devenir généraux. Le pays de la liberté n'est plus en France. C'est l'Amérique !

Le feu aux joues, le jeune homme parlait d'une voix saccadée, sur un ton à la fois respectueux et cordial qui réchauffait le cœur du général et lui rappelait que lui aussi, à vingt ans, lieutenant au 7e de hussards et partout vainqueur, il avait imaginé, entrepris et réussi des coups de main dont l'audace égalait bien la témérité de ce petit aspirant.

— Vous autres, vous avez eu de la chance ! dit Hervé Le Coz, en regardant François Carbec avec des yeux un peu éblouis par l'alcool. Vous devriez écrire vos Mémoires.

Haussant à peine les épaules, le général ne releva pas le propos.

— Nous nous reverrons, dit-il. Les mouchards du sous-préfet, on s'en fiche. Viens ici quand tu voudras ou rencontrons-nous de temps en temps sur les remparts, sans nous cacher, au bastion de Hollande par exemple. Entre nous, dis-moi donc ce que tu regardais tout à l'heure avec tant d'attention que tu n'avais même pas remarqué que je me tenais à côté de toi depuis quelques instants ?

— Je ne regardais rien, mon général !

— Comment, rien ? C'est impossible.

— Non, rien. La mer, le ciel et tout ce qu'il y a peut-être derrière la mer et le ciel, je ne les regardais pas. J'ai dû avoir un coup de partance comme nous disons à Saint-Malo.

Le général Carbec entendit sonner toutes les heures de la nuit malouine. Au cours de cette journée il avait appris sa mise à la retraite, le mariage de son cousin, la prolongation de sa résidence forcée et la surveillance discrète dont il était l'objet. De sa longue conversation avec le jeune Le Coz, il retint surtout le projet fou des six aspirants d'embarquer l'Empereur à bord d'un chasse-marée pour le conduire en Amérique. Était-ce si fou ? Avec un peu de chance... « Au lieu de ronger mon frein rue du Tambour-Défoncé je me trouverais sans doute là-bas, moi aussi, où je l'aurais déjà rejoint. Le Nouveau Monde ! Un pays à sa mesure. L'Europe c'était trop petit pour nous... Un coup de partance ? Est-ce que je pourrais avoir, à mon âge, un coup de partance, ou bien n'ai-je plus qu'à écrire mes Mémoires ? Le petit Le Coz ne s'est pas gêné pour me le dire. Lui il ira en Amérique. Mon père en parlait souvent avec ses amis. Ils disaient tous que, là-bas, le mot "bonheur" est écrit dans la Constitution... »

« Nous allons sans doute connaître des jours dangereux... », avait écrit M. de La Bargelière à François. Au poste qu'il occupait, le directeur du cabinet du ministre de la Police était bien placé pour savoir que le gouvernement ne parvenait pas à calmer les haines et les ressentiments des ultras et des royalistes qui, forts d'une majorité parlementaire, étaient décidés à en finir une bonne fois avec tout ce qui évoquait la Révolution et l'Empire. Non satisfaits d'épurer l'armée et l'Administration, ils s'en étaient pris à l'Académie et à l'Institut. Les savants, écrivains et artistes dont les noms leur rappelaient de fâcheux souvenirs avaient été bannis pour laisser la place aux nouveaux théoriciens d'une royauté absolue de droit divin qui correspondait sans aucun doute aux vœux des anciens émigrés mais que repoussaient ceux qui avaient admis le retour de la monarchie à condition qu'elle fût accompagnée d'une Constitution.

Terrorisés par la police ou condamnés par les cours prévôtales pour délits d'opinion, beaucoup n'avaient guère jusqu'à présent manifesté leur opposition que par des actions mineures, vite décelées et réprimées, quand, subitement, l'affaire de Grenoble éclata comme le tonnerre. Cette fois, il s'agissait d'un véritable coup de force organisé avec la complicité de quelques officiers en service, des demi-soldes et des bourgeois libéraux décidés à renverser les Bourbons au profit de Napoléon II. Sans doute le complot échoua-t-il, mais le département de l'Isère fut mis en état de siège pendant les mois d'avril et mai 1816 pour traquer les conjurés égayés dans la montagne après leur tentative manquée et passer par les armes quelques dizaines des plus compromis.

Peu de semaines plus tard, on découvrit à Paris une nouvelle sédition, montée cette fois par des ouvriers dont trois furent condamnés à mort et dix-sept déportés. Soigneusement entravée, la presse avait tu ces drames mais la tradition orale la remplaçait. Ainsi, on ne put cacher que le général Mouton-Duvernet venait d'être fusillé pour s'être rallié à l'Empereur pendant les Cent-Jours.

Adèle Médard apprit la nouvelle quelques jours après le drame, un soir de juillet, alors qu'elle s'apprêtait, sa journée de travail terminée, à regagner Saint-Mandé. Hue, Paméla! à l'écurie ! Cocher de fiacre comme elle, un ancien sous-officier lui demanda :

— As-tu connu le général Mouton-Duvernet ?

— Non...

— Toi tu es trop jeune, mais Médard s'en souvient certainement, lui. Ils étaient tous les deux à Arcole. Tu lui diras qu'ils l'ont fusillé, à Lyon. Ça va faire du bruit !

Il y avait maintenant quatre mois qu'Adèle Médard, son costume d'amazone, son chapeau haut de forme et ses cheveux roux faisaient partie du paysage parisien. Son nouveau métier ne l'avait pas déçue. Consciente que son passé militaire n'était pas étranger à son succès, elle refusait cependant de répondre à certaines questions que ne manquaient pas de lui poser ses collègues ou ses clients qui voulaient en savoir plus long sur l'ancienne cantinière. À l'un d'eux qui lui avait demandé, égrillard : « Alors Napoléon vous a pincé l'oreille ? rien que l'oreille ? », elle avait répliqué en tirant sur les guides pour arrêter son cheval : « Descendez, je ne conduis que les hommes bien élevés ! », mais ses reparties étaient souvent soulignées d'un charmant sourire. Des souvenirs du temps qu'elle servait aux armées elle n'aimait pas parler, alors que Médard et les anciens qui venaient boire la goutte à Saint-Mandé se racontaient d'interminables gibernes ; Adèle n'était pas dupe, elle devinait que, si les bons jours de leur aventure l'emportaient toujours sur les mauvais, c'est parce qu'ils s'ingéniaient à nier ceux-ci, au moins à les taire pudiquement. Mme Médard se rappelait surtout le jour où, après avoir fait boire à son homme un bol de rhum et lui avoir placé entre les dents un morceau de cuir, le chirurgien lui avait scié la cuisse. Du sous-officier beau soldat et bel homme, l'Empereur avait fait ce jour-là un infirme, un héros et un ivrogne. Quelques mois plus tard, Adèle était devenue une Mme Médard bien décidée à se tenir dans la société comme l'épouse d'un retraité décoré. La naissance de Joachim, l'installation d'une nourrice à demeure, l'autorisation du préfet de police la consacrant première femme cocher de fiacre de Paris, l'achat de trois vieilles voitures et d'un cheval, la réfection de la petite ferme héritée l'avaient rapidement conduite à vouloir oublier celle que les cavaliers du 7e de hussards appelaient entre eux « la Fricote ». Mais il y avait Sébastien. Celui-là n'oubliait rien. Il se rappelait même les détails les plus insignifiants de sa vie militaire. Aussi Adèle essayait-elle de tempérer les violences passionnées de son mari toujours prêt à s'emporter et à défendre les anciens compagnons contre lesquels le pouvoir s'acharnait, et tâchait-elle de le convaincre de la nécessité d'en finir avec tous ces complots qui perturbaient l'ordre public indispensable à leur nouveau métier. Cependant l'un comme l'autre, et semblables à tous les gens du peuple, ils espéraient en secret le retour de la cocarde tricolore.

Ce soir-là, un de ces beaux soirs de Paris où la lumière blonde de l'été s'attarde sur la courbe de la Seine, Adèle avait hâte de regagner Saint-Mandé. Allez, ma belle, on rentre! C'était un bon moment de la journée celui où Paméla frappait de ses sabots les pavés tout neufs de la cour au milieu de laquelle se tenait, droit sur son pilon, Sébastien Médard dont l'oreille cavalière avait reconnu de loin le trot de la jument. Cependant, « mon Adèle » se demandait, ce soir-là, comment son mari réagirait en apprenant l'exécution du général Mouton-Duvernet. Assise sur un banc adossé à la maison, Mme Rose donnait le sein à Mathieu Carbec tout en faisant mille sourires à Joachim dont on avait sorti le berceau pour profiter du beau soleil. Un peu plus loin, Sébastien Médard arrosait les fleurs de capucines qui criblaient d'étoiles dorées et pourpres un des murs de l'écurie.

— Voilà Maman! dit Mme Rose aux enfants.

Sébastien lâcha aussitôt son arrosoir.

— J'étais au puits, à tirer de l'eau, je ne t'ai pas entendue. Tu rentres plus tôt que d'habitude?

— J'avais hâte de vous retrouver tous.

Il la tenait tendrement contre lui. Tout à coup, inquiet, il interrogea :

— Tout va bien, mon Adèle ? Tout va bien comme tu veux ? Il faut que tu prennes des précautions.

— Ne t'inquiète pas. Tu sais que je suis solide.

— C'est vrai. Tu as toujours l'air d'une jeune fille...

Il y avait dans la voix du soldat mutilé un accent de tendresse et comme l'impatience d'attendre l'heure du lit.

— Comment vont les enfants ? coupa Adèle en souriant.

Le repas du soir terminé, Mme Rose se retira, avec une rapidité discrète, dans sa chambre avec ses deux garçons, tandis que les Médard s'installaient à leur tour sur le banc. La gorge moite, Adèle se découvrit un peu tandis que Sébastien se débarrassait sans façon de son pilon qu'il posa à terre avec son attirail de sangles et de bretelles.

— Bonne journée, mon Adèle ?

— Très bonne. On aurait dit que tous les Parisiens voulaient se promener en fiacre pour profiter du beau soleil.

— Qu'est-ce qu'ils racontent, tes Parisiens ?

— Tu sais bien que je ne parle guère aux clients...

— Mais tu les entends, non ?

Adèle estima que le moment était venu de rapporter la nouvelle confiée par le sous-officier devenu cocher. Elle posa sa main sur celle de Sébastien.

— Promets-moi de rester calme.

La voix altérée, il répondit :

— Qu'est-il arrivé, mon Adèle ? Dis-moi tout.

— Connais-tu un certain Lucas ?

— Le maréchal des logis ? Il t'a manqué de respect ?

— Calme-toi, calme-toi Médard. Tu vas en avoir besoin. Non, Lucas ne m'a pas manqué, il m'a chargée de t'apprendre une grave nouvelle.

Elle lui tenait maintenant les deux mains, et lâcha tout à trac :

— Ils ont fusillé le général Mouton-Duvernet.

Sébastien Médard reçut le coup sans broncher, seules ses épaules qu'il avait l'habitude de tenir droites s'affaissèrent. Et il ne tenta pas de retirer ses mains demeurées prisonnières d'une poigne habituée à tenir les rênes d'un cheval. Il répéta seulement plusieurs fois, sans élever la voix :

— Assassins! Les assassins! Ils vont assassiner les meilleurs.

Le mois dernier, en apprenant la chasse à l'homme décrétée dans le département de l'Isère après l'affaire de Grenoble, Sébastien Médard avait vidé une demi-bouteille d'eau-de-vie et cassé deux chaises. La douceur autoritaire de Mme Rose l'avait finalement calmé.

— Qu'est-ce que t'a dit encore Lucas?

— Il m'a dit que vous étiez ensemble à Arcole…

— C'est vrai… Et puis?

— Que cette mort allait faire beaucoup de bruit

— Tu peux le croire! Dès demain matin, je vais réunir…

Adèle l'interrompit :

— Ne te mêle pas de cela, Médard! Laisse les autres… Peut-être que si vous complotiez moins, ils finiraient par vous oublier. Pense à nous, aux enfants. La guerre, c'est comme ta jambe, elle est perdue depuis longtemps. Tout cela est fini. Et il y a tout le reste qui commence. Écoute donc Paméla qui racle du sabot dans son écurie…

Sébastien Médard ne répondait rien, mais Adèle entendait gronder sous les moustaches du hussard des milliers de tonnerres de Dieu. Puis, calme, il dit lentement :

— J'aurais dû m'en douter. Depuis deux jours, ma jambe, celle que tu as enterrée à Fontainebleau, me fait mal. C'est toujours la même chose, chaque fois qu'il arrive malheur à l'un des nôtres. Mouton-Duvernet, je n'ai pas pensé à lui. C'était un nom parmi tant d'autres du temps de la campagne d'Italie où tout le monde se connaissait… Non, je n'ai pas pensé à lui. Pour tout te dire, mon Adèle, j'ai pensé à notre général Carbec. Si son beau-père ne nous donnait pas de ses nouvelles, nous ne saurions même pas s'il est vivant ou mort. Il ne nous a jamais écrit, le sale bougre ! Ça ne m'empêche pas de penser souvent à lui. Et toi, mon Adèle, penses-tu à lui ?

Les mains d'Adèle tenaient toujours serrées celles de son mari. Elles ne tremblèrent pas davantage que sa voix quand elle répondit :

— J'y pense lorsque, le dimanche matin, je fais les comptes de la semaine.

— Pour sûr ! convint Médard.

Tous les deux se turent. Au bout d'un long moment, Sébastien dit :

— C'est lui qui aurait dû écrire le premier, mais entre nous il n'y a pas d'offense. Qu'en penses-tu, mon Adèle ?

— C'est ton affaire, je ne me suis jamais mêlée de vos histoires. Si tu veux lui envoyer une lettre, fais-le. Tu sais écrire maintenant.

Une légère agressivité gravait la voix d'Adèle. Il répondit :

— Grâce à toi. Mais ce soir, je n'aurais pas une bonne main. Tu pourrais peut-être prendre la plume...

Toujours sur la défensive, elle se dérobait :

— À part les comptes, je n'ai rien à dire à ton général...

— Tu écrirais et moi je te dirais ce qu'il faut écrire.

— Alors te voici promu maître d'école ? dit-elle enfin en riant.

Dès lors, Sébstien sut qu'il avait gagné la partie.

— Une fois décidée, l'action doit s'engager aussitôt. Donne-moi mon pilon, mon Adèle.

Quelques instants plus tard, ils étaient assis face à face devant la longue table où ils avaient pris tout à l'heure leur repas. Penchée sur une feuille de papier quadrillé, le visage éclairé d'un imperceptible sourire, Adèle écrivit :

« Mon général Carbec, salut et fraternité ! Comme tu as pu

le voir tout de suite, j'ai passé la plume à Mme Médard parce que ce soir ma main tremblait trop après avoir pris connaissance... »

— Non, Sébastien! Pas ça! fit Adèle.

— Comment?

— Tu ne dois pas parler du général Mouton-Duvernet!

— Certainement si! rugit Médard en frappant du poing sur la table. Qui commande, ici?

— Alors fais-le toi-même!

Frémissante, elle se leva et ajouta :

— Tu ne comprends donc pas que si cette lettre est ouverte par la police, et elle le sera certainement, tu compromettras ton général Carbec et nous tous en même temps. Allez tous vous faire fusiller si cela vous chante! Moi je resterai pour défendre mes enfants...

Comme tant d'autres fois, ils se tenaient face à face, tous les deux décidés à ne pas reculer d'un pas. Le premier, Médard lâcha pied.

— Tu as sans doute raison... Assieds-toi, mon Adèle. Nous allons lui dire tout de suite le plus important. Tu es prête? Je reprends : « J'ai passé la plume à Mme Médard pour qu'elle ait elle-même l'honneur et la joie de t'apprendre une grande nouvelle. Notre Joachim aura dans quelques mois un petit frère, ou une petite sœur. Ce sera sans doute pour Noël. »

— Tu crois que cela intéresse le général? demanda Adèle sans lever la tête.

Haussant les épaules, Médard continua sa dictée sans hésitation, comme s'il en avait préparé et appris le texte par cœur depuis plusieurs jours. Rien n'y manquait, ni la santé des nourrissons, ni les tétasses de Mme Rose, ni le prix de l'orge, ni l'engagement d'un nouveau cocher et d'un jeune palefrenier, ni les visites de M. Paturelle à son petit-fils, ni le foutu pilon, ni le bonjour d'Adèle. Il conclut d'une voix forte : « Honneur aux anciens. Vive l'Empereur! »

Ainsi que l'avait prévu le cocher Lucas, la mort du général Mouton-Duvernet fit grand tapage mais provoqua dans le même temps une réaction inattendue du pouvoir. Qu'un an après le retour des Bourbons un vieux soldat de Napoléon, ayant vécu dans la clandestinité sans jamais avoir été mêlé à un complot quelconque, puisse être passé par les armes, voilà qui avait bouleversé l'opinion populaire et inquiété les représentants des Alliés à Paris au point de leur faire redouter l'explosion d'entreprises désespérées susceptibles de compromettre le paiement des dettes de guerre. Quelques semaines après avoir refusé la grâce du condamné à mort, Louis XVIII, sous la pression du général Wellington, et sur le conseil de son ministre favori Decazes, se décidait enfin à signer une ordonnance de dissolution de la Chambre dont les membres les plus exaltés étaient parvenus jusqu'ici à imposer au gouvernement une politique de répression vite qualifiée de « Terreur blanche ».

Ce jour-là — c'était le 5 septembre 1816 —, M. de La Bargelière ne manqua pas de féliciter son ministre d'être parvenu à obtenir du Roi la signature d'une telle ordonnance. M. Decazes accepta le compliment sans sourciller, connaissant bien la part jouée dans cette affaire par les cabinets de Londres et de Vienne autant que par lui-même.

— Mon cher directeur, répondit-il, nous voici débarrassés pour un temps d'une Chambre incommode et de dangereux exaltés. Ils voudront prendre leur revanche, non seulement contre moi, mais contre le Roi en personne qu'ils essaieront de faire placer sous la tutelle de son frère. Je ne pèserai pas lourd. Vous non plus, monsieur le directeur, mais je vous aurai fait nommer d'ici là conseiller d'État. Dépêchons-nous donc d'appliquer la Charte, avec la collaboration des paysans, des commerçants et des bourgeois qui ne demandent qu'à travailler et s'enrichir en paix, après ces trop longues années de troubles. Quant aux libéraux, nous tâcherons sinon d'en faire des alliés, du moins de les apaiser en cessant les poursuites dont ont été victimes trop de grands soldats. Je ne veux plus qu'on les considère comme des suspects et encore moins comme des ennemis de l'État. Il y a aussi ceux qui se sont exilés de leur propre chef. Vous qui êtes chargé du dossier des officiers généraux de Napoléon, vous devez savoir où se trouvent ces braves gens ?

— D'après les dépêches de notre ambassade, on remarque la présence d'officiers de plus en plus nombreux en Amérique, et non des moindres : Grouchy, Lefebvre-Desnouettes et les frères Lallemand, par exemple…

— Leurs contacts avec le roi Joseph ?

— Ils seraient fréquents et sont très surveillés.

— Ne nous mêlons pas trop des faits et gestes de ceux-là qui sont à cinq mille kilomètres. Cela regarde les Affaires étrangères. Pensons à la sécurité du territoire. À ce propos, on n'entend plus parler du général Carbec, sottement compromis dans un duel pour une histoire de femme, autant dire pour rien. Il va falloir penser à lui rendre la liberté de ses mouvements. Arrangez cela.

2

Philadelphie

Le 19 avril 1817 au matin, le *Voltaire*, un quatre-mâts de trois cent cinq tonneaux appartenant au banquier américain Stephen Girard, appareille du port d'Anvers en droiture pour Baltimore. Sur la dunette, le général Carbec, nu-tête, sanglé dans son carrick noir, a empoigné la lisse de bastingage qu'il serre à blanchir les jointures de ses grosses mains de sabreur. Il regarde défiler les rives de l'Escaut et, jusqu'à l'horizon, la plaine des Flandres pour lui seul repeuplée des armées de Carnot et résonnant de leurs clameurs répétées de victoire en victoire pendant le bel été 1794 : Kléber, Pichegru, Jourdan, Moreau, Lefebvre ! Les avaient-ils alors acclamés, lui François Carbec et quelques autres, et même le cousin Léon, dans la cour de Louis-le-Grand ! Ils avaient dix-sept ans et la Révolution était belle dont seuls les bulletins de victoire passaient les murs du collège. L'hiver suivant quand la même armée de Sambre-et-Meuse, mal chaussée, mal habillée, traversa les fleuves gelés et, en quelques semaines, occupa Nimègue, Utrecht et Amsterdam, quand Pichegru lança sur le Zuiderzee glacé ses régiments de hussards pour s'emparer de la flotte hollandaise prise dans les eaux gelées du Texel, ce fut dans toute l'Europe un étonnement mêlé de stupeur et, dans la cour de Louis-le-Grand, du délire. Le général Carbec se souvient, un sourire passe dans sa moustache. Très vite son visage redevient grave, ses maxillaires se durcissent et il pousse ses lèvres en une moue de dégoût. À Waterloo, l'Europe des familles royales et des aristocrates exilés a triomphé de l'Empire et, à travers lui, de la Révolution; Moreau et Pichegru ont trahi, celui-ci s'est pendu dans sa cellule et celui-là est mort d'un boulet français; le cousin Léon dirige le cabinet du ministre de la Police de Louis XVIII. « Et moi, général Carbec, j'ai trahi mon vieux camarade Sébastien Médard, j'ai couché avec sa femme à qui j'ai fait un enfant et maintenant je me sauve en Amérique! Comme ils sont loin mes dix-sept ans! Gloire, honneur, fraternité, ce n'étaient donc que naïvetés d'adolescents ou, pire, poisons habilement instillés pour nous faire supporter l'insupportable? »

Au soir le *Voltaire* a débouqué en mer du Nord et le vent a forci. Le navire s'est incliné sur bâbord puis a commencé de courir sur la houle moirée d'écume. Légèrement fléchi sur ses jambes écartées, le général aspire une grande goulée de vent et un rire silencieux lui déchire le visage. Les souvenirs de ces derniers mois se bousculent dans sa tête.

« Bon Dieu! Ça y est, me voilà libre. Seul et libre. Adèle, je veux l'oublier. Quand j'ai reçu la lettre m'annonçant l'enfant j'ai tout de suite pensé que j'en étais le père, cela faisait juste neuf mois après la promenade du bois de Saint-Cloud. Mais quand j'ai vu Adèle serrer la petite Caroline contre sa poitrine, quand elle m'a montré son visage lisse et son regard limpide de femme heureuse, quand elle a mis l'enfant dans les bras de Sébastien qui a dit : "Elle est jolie, ma fille, elle ressemble à sa mère, heureusement que c'est pas à son père" et qu'Adèle m'a regardé, prière et défi mêlés dans ses yeux, j'ai compris : il n'y avait jamais eu de promenade au bois de Saint-Cloud, je devais m'en aller. Nos regards se sont accrochés. Alors elle a ri très fort à un propos quelconque de son homme et, sans cesser de me défier des yeux, elle a appuyé sa tête sur l'épaule de Sébastien. »

— *Look out, general!*

Le capitaine du *Voltaire*, un grand gaillard roux aux yeux clairs, a crié dans le vacarme en faisant signe à François de bien se tenir. Le vent a encore forci, de gros nuages sombres accourent de l'ouest et le navire s'élève lentement sur les vagues déferlantes puis s'effondre brutalement dans les creux. François sourit au capitaine, lui montre ses deux mains serrées sur la lisse.

« Dimanche, quand je suis allé à Saint-Mandé leur dire adieu, elle a pris les deux petits dans ses bras, Mathieu à droite, Caroline à gauche, et Joachim dans ses jupes, elle m'a dit : "Dieu vous garde, général." Dans ses yeux il y avait cette fois de la douceur et il m'a semblé qu'ils brillaient plus que d'habitude. »

Douché par une vague plus grosse que les autres qui a éclaté sur le pont, Carbec a rejoint le salon qui, sous la dunette, entoure le fût massif du mât d'artimon. Les boiseries d'acajou et les commodes en bois exotique, le cuivre jaune des ferrures et des lampes à huile, le râtelier où luisent des fusils et des pistolets enchaînés, une cave à liqueurs avec des flacons cristal et argent, une grande table où sont étalées les cartes marines, dans un angle un petit piano droit forment le parfait décor d'un départ pour le Nouveau Monde.

Un homme jeune, le visage grave déjà frappé de désenchantement, joue d'un doigt sur le piano en fredonnant une ritournelle. Il est seul dans le salon et n'a pas entendu Carbec entrer. Comme le bruit de la tempête augmente il se met à chanter plus fort :

Adieu la terre, adieu beaux jours
Pour nous y a plus d'amour.
Fais un nœud plat sur le passé
Not'vie c'est de recommencer.

« On ne saurait mieux dire », pense Carbec en rejoignant sa cabine particulière, rare privilège des passagers de distinction. Celles-ci sont au nombre de six, quelques mètres carrés chacune, ouvrant sur le salon et d'où on voit la mer par un hublot fixe de verre épais serti de cuivre. Deux cabines sont réservées au capitaine et à son second. Les quatre autres sont occupées par Carbec, le jeune homme au piano et deux commerçants d'Anvers, des diamantaires, des frères que, entre deux rafales de vent, on entend gémir sur leur couchette.

Le jeune homme s'appelait Pierre Benjamin Buisson. Vingt-trois ans, polytechnicien, capitaine d'artillerie, il avait déjà été décoré de la Légion d'honneur par l'Empereur lui-même à Montereau. Carbec et lui passaient de longs moments en tête à tête. Le capitaine, qui voulait tout savoir de l'Empereur, écoutait avec passion le général raconter ses souvenirs et celui-ci, flatté de l'admiration que lui portait ce jeune homme si instruit, se faisait expliquer la navigation, le calcul du point astronomique, les marées, la lune et la marche des étoiles.

— Et vous, mon ami, pourquoi quitter la France? Vous êtes trop jeune pour être, comme moi, rayé des cadres et vos études comme vos capacités vous promettent un bel avenir dans votre pays.

— C'est que, mon général, pour moi la France sans l'empereur Napoléon n'est plus la France, celle qu'au lycée Louis-le-Grand et à l'École nous avons appris à aimer et à servir, pour la gloire, pour les sciences, pour la patrie. Lorsque Louis XVIII est revenu aux Tuileries en juillet 1815, je m'y trouvais avec ma compagnie pour lui présenter les honneurs : on a vu descendre du carrosse royal un gros homme au souffle court qui est passé devant ma troupe au garde-à-vous, sans un salut, sans un regard, comme si nous n'existions pas. Cette image je ne l'oublierai jamais. J'étais humilié, comprenez-moi bien, non pas qu'il nous ait ignorés, venant de lui cela m'était indifférent ; non, j'étais humilié qu'un tel homme fût devenu l'autorité suprême de mon pays.

Carbec hocha la tête et raconta comment le Petit Caporal passait ses soldats en revue, l'œil de l'aigle et le sourire complice, comment il allait à pied de bivouac en bivouac, les veilles de bataille, parler simplement avec ses hommes. Le lendemain il veillait à ce que l'on prenne soin des blessés, distribuait des promotions et la croix de la Légion d'honneur, trouvait pour chacun les quelques mots dont on se souviendrait toute sa vie et qu'on raconterait et raconterait encore à ses enfants et petits-enfants.

— C'est pour cela, mon général, que je préfère tenter ma chance en Louisiane, notre ancienne colonie, où j'ai de lointains parents. On y parle notre langue, on y vit libre, le poids du passé y est léger, tout est à inventer et à bâtir. J'ai aussi, à Philadelphie, un de mes anciens de Polytechnique, le général du génie Simon Bernard, vous le connaissez peut-être ?

— J'ai entendu parler de lui. C'est un homme compétent que l'Empereur estimait.

— Il est, je crois, intégré dans l'armée américaine pour l'organisation des fortifications. Si cela est possible il me proposera sûrement de me prendre avec lui, entre camarades cela se fait. Et vous, mon général, si toutefois je ne suis pas indiscret ?

— Oh ! mon cas est différent puisque je suis rayé des cadres. Certes, j'aurais pu m'occuper ici ou là dans la vie civile mais, comme vous, je ne supporte pas le gouvernement actuel. J'ai déjà eu une affaire qui m'a valu un an de résidence forcée, j'en aurais eu d'autres.

— En Amérique, vous avez une introduction ?

— Ma foi non, aucune.

— Alors venez avec moi à La Nouvelle-Orléans. Ma famille vous aidera.

Carbec remercia, ne refusa pas, sourit amicalement à tant de spontanéité tout en se disant que lui, François Carbec, ne savait rien faire que la guerre, commander les hommes, s'occuper des chevaux, tandis que ce jeune homme avait des capacités autrement grandes. Si sympathique que lui fût Buisson, Carbec accepterait mal de travailler sous son autorité. On ne se débarrasse pas facilement de vingt ans de hiérarchie militaire et des signes extérieurs de considération. Pierre Buisson, qui ne manquait pas de finesse, le sentit et ajouta :

— En tout cas, mon général, si vous avez besoin d'un second et si vous pensez que je puisse convenir, je serais très heureux et honoré de travailler avec vous.

Quand ils terminaient leurs bavardages, le soir, et regagnaient leurs cabines, le capitaine se mettait discrètement au garde-à-vous et marquait légèrement la position.

— Mes respects, mon général.

Cela ne déplaisait pas à François Carbec.

Après huit jours de mauvais temps les deux frères anversois, amaigris, le teint jaune, le regard terne, refirent surface. On les vit d'abord sur la dunette respirer avec précaution puis céder aux exhortations du capitaine du navire, manger de larges tranches de jambon salé avec du pain de mer et avaler des rasades de whisky. Ragaillardis ils se révélèrent joyeux compagnons, plutôt bavards et se racontant volontiers. Les frères Van Hill avaient une grande différence d'âge. Ludwig, la quarantaine austère, le cheveu et le collier de barbe grisonnants, culotte et pourpoint de drap sombre, aurait pu être le père de Johannes, jouvenceau blondin qui riait de tout, avait des gestes gracieux qui agitaient les rabats de dentelle de ses manches tandis qu'il faisait miroiter un gros rubis à sa main gauche tout en caressant sur son pourpoint un lourd collier d'argent. Pourquoi allaient-ils en Amérique ? avait demandé Carbec.

— Pour faire fortune, pardi ! s'était exclamé Johannes.

Ludwig avait expliqué que leur famille taillait les pierres précieuses et en étendait le négoce depuis plusieurs générations, que leurs clients jusqu'à présent s'étaient tous trouvés en Europe mais que les événements extraordinaires de ces trente dernières années, le mouvement vers la jeune Amérique des émigrés de toutes sortes, leur retour, le départ de nouveaux exilés, tout cela accompagné du va-et-vient de richesses parfois considérables — et quel meilleur moyen pour ce faire que les pierres précieuses, peu encombrantes, faciles à cacher, partout reconnues et appréciées ? — leur imposait, dans l'intérêt même de leurs clients, de porter leur négoce, à l'achat comme à la vente, jusqu'en cette jeune démocratie des États de l'Union. La géographie de leur commerce s'agrandissait dans le même temps que les révolutions bouleversaient les fortunes, rendaient les uns pressés de vendre, les autres avides d'acheter. Tous avaient besoin de commerçants compétents, honnêtes et discrets, pour contenter leurs désirs réciproques. Consciente de ses devoirs, la famille Van Hill serait présente aussi en Amérique, par Johannes qui y demeurerait après que Ludwig l'aurait aidé de son expérience et de ses relations nombreuses. Ludwig parlait avec enthousiasme de la jeune Amérique :

— Les besoins de ce pays en produits manufacturés comme en crédits pour les acquérir sont considérables et tous les banquiers d'Anvers et de Londres sont prêts à les leur accorder parce que c'est une population jeune et courageuse dont le nombre augmente très rapidement par l'immigration d'hommes et de femmes de qualité.

— Votre analyse économique me paraît pertinente sur un plan général, dit Buisson. Toutefois, pour ce qui concerne votre négoce particulier, je pense que vous ferez là-bas plus d'achats que de ventes car je doute que les Américains disposent d'argent pour des objets qui ne sont pas indispensables.

— Erreur, monsieur ! Grave erreur ! intervint Johannes avec vivacité. C'est que vous oubliez les femmes, la grâce futile des femmes et la vanité des hommes qui les accompagnent ! Le commerce embrase l'Amérique, et dans ce terreau vierge, d'immenses fortunes naissent, dont les propriétaires voudront vite faire l'étalage. Quoi de plus doux, monsieur, je vous le demande, à la vanité d'un homme que d'entrer dans un salon avec, à son bras, une jolie femme parée d'une robe aux étoffes rares dont le décolleté s'orne d'un collier précieux ? Il croit ainsi, par la présence à ses côtés d'une ravissante, montrer tout à la fois sa virilité et sa richesse, encore que celle-ci puisse être un substitut à celle-là.

— Je vous trouve bien pessimiste, jeune homme, dit Carbec en souriant, et bien sévère pour nos compagnes. Tous les hommes et toutes les femmes ne sont pas ainsi.

— Presque tous, dès qu'ils ont de l'argent. Et s'ils n'en ont pas, ils ne m'intéressent pas ! conclut Johannes Van Hill avec un rire suffisant.

Ludwig cependant dit d'une voix calme :

— Je suis de votre avis, mon général, et je rencontre souvent de ces hommes peu riches qui, pour les beaux yeux d'une femme, sont prêts à toutes les folies. Ceux-là ne cherchent pas à flatter leur vanité mais à se convaincre eux-mêmes du prix qu'ils attachent à leur amour et de la durée qu'ils lui imaginent, à l'image de ces pierres indestructibles.

— En somme, dit Carbec, il est indispensable que vos pierres soient chères !

— Si elles ne l'étaient pas, elles ne contenteraient pas les vaniteux et ne seraient pas aux yeux des amoureux des gages suffisants. Heureusement, leur rareté et leur beauté font leur prix. Tenez, regardez celle-ci. Je n'en connais pas d'eau plus pure, n'est-elle pas merveilleuse ?

Ludwig Van Hill sortit de son gousset un gros diamant blanc monté sur une bague qu'il tenait délicatement entre le pouce et l'index pour la faire tourner à la lumière et en voir jaillir les feux.

Il tendit la bague au général.

— Voyez vous-même.

Carbec, de sa poigne qui savait faire voler un sabre comme rien, imita gauchement les gestes du diamantaire tandis que celui-ci poursuivait :

— Il y a quelque chose de la femme dans une telle pierre : l'éclat, la pureté, la dureté aussi, et, sous un certain angle qu'on cherche parfois longtemps sans le trouver, une chaleur, comme une tendresse qui passe.

Carbec reposa la bague sur la table et dit brutalement :

— Avec moi vous perdez votre temps. Je ne suis pas riche et ma femme est morte.

— Je suis vraiment désolé, dit Ludwig Van Hill. Croyez que je n'avais pas l'idée de vous vendre quoi que ce soit. Laissez-moi cependant vous souhaiter qu'un jour, plus tard, nous nous retrouvions et que cette fois vous ayez envie de m'acheter une pierre aussi belle que celle-ci.

Carbec eut un sourire amer et haussa les épaules. Même riche, il ne s'imaginait pas dépenser une fortune pour une bague.

Au soixante-troisième jour de mer, la vigie du *Voltaire* annonça la côte américaine. Carbec et Buisson se trouvaient sur la dunette aux côtés du capitaine de la frégate. Celui-ci avait depuis longtemps mûri une phrase de circonstance et, montrant la côte d'un geste théâtral, il s'écria : « Ça est mon pays délivré d'Angleterre par France. Vive La Fayette ! »

Les deux Français posèrent une main amicale sur l'épaule de l'Américain et, pour ne pas être en reste, Carbec, qui avait retenu quelques rudiments d'anglais de son séjour au Military Hospital, ajouta :

— *American and French are good friends*, puis il poursuivit en français à l'intention du seul Buisson : Quant au petit marquis, il m'a toujours semblé un drôle de conscrit, un intrigant et un bavard de salon qui s'est fait un mérite en Amérique d'être français et en France d'être allé en Amérique.

Quelques heures plus tard le *Voltaire* embouquait la Chesapeake et, cap au nord, remontait vers Baltimore au fond de la baie. Les diamantaires avaient rejoint les trois autres sur la dunette et tous les cinq demeuraient silencieux, saisis par l'émotion des atterrages après une longue navigation, quand le bateau glisse dans un calme et un silence perdus depuis des semaines et que, rassurés d'avoir échappé aux dangers de la mer, les navigateurs s'inquiètent de ce qu'ils vont découvrir à terre, dans un monde nouveau ou qu'ils avaient, au long de leur voyage, oublié. C'est à ce moment que Carbec et Buisson ressentirent pour la première fois le trouble de l'immigré. Jusque-là ils étaient en voyage, c'est-à-dire nulle part. Maintenant la réalité de l'exil était là sous leurs yeux et, à mille nuances qu'ils n'auraient su analyser et qui pour certaines naissaient de leur imaginaire, ils comprenaient que la lumière, les couleurs, les odeurs, les voix, la saveur des mets seraient désormais différentes de celles qui, ressenties depuis l'enfance, constituaient leur référence et leur socle. Les frères Van Hill avaient des pensées plus prosaïques : Johannes rêvait de fortune et de plaisirs, Ludwig songeait aux précautions à prendre pour ne pas être dévalisé. Le jeune Buisson, examinant la baie et les deux promontoires qui, au nord et au sud, en commandaient l'entrée, se souvenait qu'ici même, en septembre 1781, avait eu lieu la bataille de Chesapeake gagnée par l'amiral de Grasse sur la flotte anglaise. Celui-ci avait alors joint ses forces aux troupes terrestres de Rochambeau et de Washington avec, parmi celles-ci, la petite troupe de La Fayette toujours avide de gloire. En octobre leurs efforts combinés avaient enlevé aux Anglais la place de Yorktown, mettant ainsi fin à la guerre d'Indépendance des treize États de l'Union. Buisson demanda au capitaine où se trouvait Yorktown. Celui-ci répondit en anglais et Ludwig traduisit :

— Là-bas, à bâbord sur la hauteur, c'est Yorktown où

Cornwallis et ses huit mille Anglais étaient assiégés par nous. J'y étais, j'avais vingt ans.

Alors on le pressa de questions. Où était postée l'artillerie, celle des navires de De Grasse avait-elle servi, quelle cavalerie ? demanda Carbec. Quels travaux de tranchées pour les assiégeants ? questionna Buisson.

Le capitaine entraîna tout le monde dans le carré et, sur la table des cartes avec des bouteilles, des verres, des règles, un compas, il raconta et mima la bataille. Il n'était plus besoin de traduction, ils vivaient la bataille et se comprenaient au-delà des mots. Ludwig les regardait avec un mince sourire indulgent, comme des enfants qui jouent à la guerre. Après la bataille recommencée plusieurs fois, on but force whiskies.

Au soir le vent a faibli, le *Voltaire* n'avance que lentement, roulant d'un bord sur l'autre, voiles molles et gréement grinçant. La nuit est noire et du continent proche arrivent, portés par la brise de terre, des effluves inconnus. Carbec est remonté sur la dunette à côté de l'homme de barre et, embrumé des vapeurs de l'alcool, il se raconte encore une fois le siège de Yorktown. Dans le silence de la nuit, tous les bruits de batailles inscrits dans sa mémoire depuis des années renaissent et recomposent pour lui les combats : les coups sourds de l'artillerie, le claquement de la mousqueterie, le grondement continu des chariots et, telles des taches de lumière dans la nuit, les clameurs de folie et de peur poussées par les assaillants. À un moment il entend dans le lointain le martèlement d'une charge de cavalerie, ils sont lourds, ils vont lentement, c'est bien, on va toujours trop vite au début de la charge. Le bruit fait surgir l'image de sa mémoire, il voit la première ligne, ce sont des cuirassiers et là, au milieu, c'est lui, François Carbec, général commandant le 6e cuirassiers. La ligne se rapproche du *Voltaire* sur sa poupe, ils sont là, maintenant, tout près. Carbec sursaute, se retourne et, soudain dégrisé, découvre une sorte de bateau sans voiles avec en son milieu une longue cheminée noire d'où sortent des gerbes d'étincelles dans un flot de fumée, et sur les côtés de grandes roues qui tournent régulièrement ; il avance plus vite que le *Voltaire*. Les yeux écarquillés, Carbec interroge le capitaine qui a rejoint la dunette.

— Steamer, répond celui-ci, laconique.

Puis, après un silence, il laisse tomber, méprisant :

— Avec du bon vent, je suis plus vite que lui.

Et il tire un peu plus fort sur sa pipe qui se met à rougeoyer tandis qu'il regarde s'éloigner le bateau qui les a maintenant largement dépassés.

Le *Voltaire* se mit à quai dans le port de Baltimore non loin du steamer qui l'avait doublé dans la nuit. De jour celui-ci semblait moins étrange mais Carbec jugea que cette machine était trop compliquée pour être robuste. Fragile et coûteuse se dit-il, en observant une file de nègres faire la chaîne pour déverser dans la cale de lourds paniers de charbon. Le capitaine du *Voltaire* les regardait également et composait sur son visage l'amusement et le mépris tandis que ses propres matelots déposaient sur le quai les bagages de ses passagers, de grosses malles noires piquées de clous en cuivre jaune.

Un élégant phaéton attelé de deux alezans bais, et dont la caisse vernie couleur lilas réfléchissait les rayons du soleil levant, était venu chercher les frères Van Hill qui s'en étaient allés, confus, discrets et rapides. Carbec et Buisson, plantés sur le quai au milieu de leurs bagages, se demandaient comment ils allaient rejoindre Philadelphie, lorsqu'un homme assez âgé, habit de drap noir, bas blancs et chaussures à boucle, se dirigea vers eux en claudiquant :

— Messieurs, bienvenue au pays de la liberté. Je crois deviner que vous êtes français, officiers de la Grande Armée peut-être, puis-je vous être utile ? Je me présente : André Larose, je tiens le relais du Black Horse à Philadelphie.

— Carbec, général dans la cavalerie de l'Empereur.

— Buisson, capitaine d'artillerie dans la Grande Armée.

Larose rectifia la position.

— Oui, je ne m'étais pas trompé. J'étais moi-même sergent dans le corps des volontaires étrangers de la Marine, appartenant au duc de Lauzun. Arrivé dans ce pays en juillet 1780, blessé à Yorktown en octobre 1781, soigné par une femme admirable qui est devenue mon épouse, je me suis établi dans ce pays, cela fait trente-sept ans, et je ne l'ai jamais regretté. J'ai une petite affaire de messageries à Philadelphie avec une auberge que nous tenons ma femme et moi. Je suis à votre disposition pour vous assister, vous transporter, vous loger, enfin tout ce qui paraît difficile à un nouvel arrivant qui ignore la langue et les habitudes du pays.

— Avons-nous quelque démarche à accomplir ? s'inquiéta Buisson. Une identité à fournir, un laissez-passer à obtenir ?

Larose sourit.

— Non, rien. Je vous ai dit que c'est le pays de la liberté. Vous n'aurez qu'à donner vos nom et prénom à cet homme qui vient vers vous, un registre sous le bras. On ne vous demandera aucun papier.

Larose questionna :

— Je suppose que vous allez à Philadelphie ?

Et comme les deux Français acquiesçaient :

— J'ai encore deux places, dit-il en montrant une grosse guimbarde attelée de six vigoureux chevaux. Ce n'est pas très confortable mais rapide. Nous serons arrivés en six heures de temps.

Pendant que son cocher chargeait les bagages, Larose, décidément bavard, poursuivit :

— Vous retrouverez beaucoup de vos collègues. Ils sont tous à Philadelphie ! Et puis le comte de Survilliers est tout près, n'est-ce pas, alors…

— Le comte de Survilliers ? interrogea Carbec en fronçant le sourcil.

— Ah ! Vous ne savez pas ? C'est le nom qu'a pris ici Joseph Bonaparte, le frère de l'Empereur, l'ancien roi de Naples et roi d'Espagne. C'est par discrétion et modestie, je suppose. Peut-être aussi pour montrer qu'il a tourné la page ou pour qu'on le laisse tranquille.

Avant de grimper dans la lourde voiture, François Carbec alla examiner les chevaux, s'attarda longuement sur leurs pieds robustes, larges et poilus, et fit un signe de tête approbateur en se tournant vers Larose.

— Belles bêtes, résistantes, du coffre et de la puissance et des pieds pas fragiles. Sans doute un peu exigeantes pour la nourriture ?

— Eh oui ! Vous avez le coup d'œil ! C'est vrai que vous êtes de la partie. C'est comme moi quand je suis arrivé, tout ce que je savais c'était rapport au cheval... C'est que je n'étais qu'un petit sergent. Je n'avais pas l'instruction d'un général, surtout d'un général de Napoléon, on dit qu'ils sont si instruits !

Carbec hocha la tête en grimaçant, pas mécontent du compliment mais désireux de l'atténuer pour être certain de pouvoir en conserver le bénéfice.

— Ce qui compte, vous savez, mon ami, c'est de bien connaître son métier, que ce soit le cheval, la manœuvre d'un régiment, l'artillerie, la navigation... ou le commerce des diamants, ajouta-t-il en pensant aux frères Van Hill.

Le général Carbec prit ses quartiers au Black Horse, l'auberge d'André Larose, et s'y trouva bien. Il pouvait y parler, manger et boire français et le soir y rencontrer des anciens de la Grande Armée. Ensemble ils découvraient le whisky qui embellissait leurs souvenirs.

Buisson n'était resté que quelques jours à l'auberge du père

Larose. Simon Bernard avait insisté pour que son jeune camarade vienne loger chez lui. Au général il avait également proposé de partager la chambre de Buisson mais François Carbec avait refusé. Il se voyait mal entre ces deux ingénieurs trop savants pour lui dont il ne comprenait pas tous les mots, il préférait garder sa liberté et comme le lui avait dit Buisson en riant :

— C'est la belle Cordelia qui serait déçue si vous partiez !

Cordelia, la fille de Larose, brune aux yeux gris, pommettes hautes, regard droit et changeant où se succédaient l'amitié, l'ironie, la douceur mais aussi l'indifférence et la froideur, avait tout de suite intrigué Carbec. Ses parents avaient tenu à ce qu'elle apprenne le français et aille à l'université ; elle y avait étudié la littérature pour laquelle elle montrait beaucoup de goût. Études terminées, elle aidait à l'auberge en attendant de se marier, minaudait sa mère avec une pointe d'impatience.

Un matin, comme il rentrait de promenade, François Carbec reconnut de loin Cordelia qui venait vers lui sur le même trottoir, toujours habillée en noir et blanc malgré les recommandations de sa mère à se rendre plus « attirante ». Attirante, elle l'était pourtant, pensa Carbec qui, le temps qu'ils se croisent, se demanda combien de jupons elle avait sous son ample jupe noire remontée jusque sous la poitrine, si les pantalons étaient serrés au-dessus ou au-dessous des genoux, si elle portait un corset à baleines, sous son corsage de percale blanche. Et sa frimousse était bien mignonne dans son bonnet à bec bordé de dentelle.

— *Good morning, miss Cordelia.*

— *Good morning, general.*

François Carbec l'avait saluée d'un large coup de chapeau et d'un ton paternel. Cordelia avait esquissé un sourire et baissé les yeux en poursuivant son chemin.

Oui, une jolie personne, s'était dit François Carbec, aimable et douce quand cela lui disait, et hautaine et fière quand elle le voulait, qui sait tenir une maison et qui n'est point sotte. Sûr qu'elle ferait une bonne épouse. Mais lui, François Carbec, immigré, non établi, ne sachant ce qu'il allait devenir, ce n'était pas d'une épouse qu'il se préoccupait. Les filles de l'Arbalest House y avaient pourvu largement dès son arrivée à Philadelphie. Généreuses et accueillantes, elles savaient consoler et distraire, apaiser et faire d'hommes tristes des mâles un instant triomphants. Elles étaient, dans cette ville puritaine, la sauvegarde des familles et détournaient des femmes mariées les assauts des hommes seuls tout en procurant aux maris quelques divertissements. Pour ceci et peut-être aussi pour cela, les épouses ne les aimaient pas et pinçaient les lèvres quand elles les croisaient dans la rue tandis que les maris faisaient semblant de ne pas les voir et que les célibataires les saluaient par leur prénom.

Comme chaque matin depuis bientôt deux mois, à sept heures sonnantes, le général Carbec ouvre la porte du 217 Spruce Street. C'est là qu'il demeure maintenant : dans une ligne de constructions contiguës, une élégante maisonnette de brique rose, plus haute que large, avec de jolies fenêtres anglaises à petits carreaux, des volets rutilants de la même peinture bleu turquoise que la porte d'entrée où brillent un lourd marteau de bronze doré et, sous le fronton triangulaire, une lanterne hexagonale aux glaces biseautées.

François Carbec descend les trois marches de marbre blanc, regarde le ciel plombé et soupire. Le climat chaud et humide de Philadelphie pendant l'été a eu raison de son carrick de drap sombre et il porte maintenant une redingote de toile de lin gris clair, un pantalon de coton blanc, une chemise blanche sans dentelle sous le nœud double d'une cravate de soie noire. Un chapeau Bolivar du même tissu que la redingote, une canne-épée à pommeau d'ivoire complètent le vêtement du général qui, se dirigeant à grands pas en ce matin du mois d'août 1817 vers le fleuve Delaware, n'a déjà plus tout à fait l'air d'un officier de la Grande Armée, encore qu'un observateur averti ne s'y tromperait pas : une certaine raideur propre à tous les militaires, le buste droit, épaules effacées, ventre plat, hausse du regard réglée à trois cents mètres, et cette façon insolente de faire sonner ses talons sur le pavé. C'est bien un soldat de l'Empereur !

Arrivé au bord du fleuve, Carbec fait quelques pas sur l'une des nombreuses jetées perpendiculaires à la rive, où se mettent à quai les navires marchands qui, depuis l'Océan, ont remonté le large estuaire de la Delaware sur une centaine de kilomètres jusqu'au grand port industriel qui est aussi la capitale des États de l'Union. Observant l'agitation des opérations, le va-et-vient des charrettes et le mouvement des barques, les ballots et les tas qui encombrent les quais, blé, maïs, chanvre, lin, minerais, charbon, mélasses, coton, laine, peaux de daim, fourrures, poissons séchés, tabac, vins de Bordeaux, rhum des Antilles, carrioles, charrues, selleries, billes d'acajou, blocs de granit ; entendant les cris qui se mêlent à ceux des mouettes, les jurons, les commandements et les plaisanteries, en anglais, en français, en espagnol, en allemand et en d'autres langues qu'il ne connaît pas ; percevant par moments les effluves caramélisés du maïs grillé derrière l'odeur vinaigrée du goudron et le relent sur des mélasses, tous baignés par l'haleine fétide des eaux saumâtres que ne balaient pas les marées et les tempêtes ; examinant cette vie grouillante qui n'a d'autre raison d'être que le commerce, acheter, vendre, échanger, gagner de l'argent, le général Carbec se souvient des paroles de Stephen Girard, lorsqu'il l'a rencontré quelques jours après son arrivée à Philadelphie. « Croyez-moi, cher ami, le temps des commerçants est arrivé. Ils seront les puissants de ce monde et auront les généraux à leur service. Ils gouverneront, bâtiront des empires et fomenteront des guerres pour les conserver. Les Anglais l'ont compris avant les autres. Ce sont leurs commerçants qui ont vaincu Napoléon qui les méprisait. Ce sont les marchands américains qui ont voulu notre indépendance pour ne pas se laisser asphyxier par l'Empire britannique. »

Remontant la rive droite du fleuve en suivant Water Street, Carbec se remémore son entretien avec le banquier auquel il avait remis sa lettre de crédit.

« Drôle de bonhomme que ce Girard, le capitaine du *Voltaire* m'avait prévenu, mais j'ai quand même été surpris par le personnage, un visage qu'on n'oublie pas, avec son crâne chauve couronné de longs cheveux blancs et cet œil gris clair, unique, le gauche, qui fixe l'attention tandis que la paupière droite, inutile, s'est écroulée et cache à moitié un globe atrophié et sans vie. Un regard qui ne cille pas, qui rassemble en lui seul l'intensité des deux yeux, un œil qui observe, enregistre, calcule, juge, et qui ne semble fait que pour ça, un regard où ne doivent jamais passer ni la joie ni la peine, soit que le banquier ait appris à cacher ses sentiments, soit qu'il ait cessé d'en éprouver. »

Le banquier l'avait cependant reçu fort aimablement : « Bonjour cher ami, je vous attendais. Je sais, bien sûr, que vous êtes arrivé le 22 juin à Baltimore sur mon navire, le *Voltaire*, et le cher Laffitte m'écrit tout le bien qu'il faut penser de vous. Je vous ai ouvert un compte à ma banque et, lorsque vous m'aurez remis la lettre de change de cent mille francs qui m'est annoncée, je vous créditerai aussitôt du même montant en francs, et vous verserai un intérêt de douze pour cent l'an en attendant que vous voyiez plus clair dans vos projets et que l'on puisse vous trouver des placements de meilleur rendement mais à plus long terme. Si cela vous convient, nous procéderons ainsi. » Tout cela avait été dit simplement, clairement, sans les manières auxquelles Laffitte l'avait habitué. Et il avait bien aimé sa façon directe d'aller au-devant de ses problèmes : « Vous devez avoir besoin d'argent, vous loger, vous... habiller — son œil venait d'évaluer le poids excessif du carrick de gros drap —, tenez, voici mille dollars, il vous faut un domicile convenable, un général de l'Empereur ne peut demeurer indéfiniment dans un relais de poste, même au Black Horse du très estimable Larose, c'est bien là que vous êtes descendu, n'est-ce pas ? » Girard lui avait proposé cette maison à Spruce Street, il disait en avoir plusieurs dans Philadelphie pour rendre service à ses amis, c'était meublé, on n'avait qu'à s'y installer, une femme viendrait faire le ménage. Puis il s'était tu, ayant dit tout ce qu'il avait à dire, cela avait pris cinq minutes. Carbec l'avait remercié, non, il n'avait pas encore de projets précis et il serait très heureux de recevoir ses conseils. C'est alors que le banquier lui avait fait son couplet sur les commerçants qui allaient commander les généraux et il avait ajouté : « Voyez vos amis arrivés avant vous, informez-vous, réfléchissez et revenez me voir ; en attendant, apprenez l'anglais, c'est indispensable. »

Le général Carbec est maintenant arrivé à hauteur du quai Stephen-Girard. Un attroupement observe les manœuvres d'accostage d'un gros trois-mâts dont on devine à ses peintures écaillées, ses vernis et ses cordages noircis, ses voiles flétries, et aux visages amaigris, aux yeux brillants et aux sourires triomphants de l'équipage, que le *Montesquieu* revient du bout du monde et qu'il est chargé de richesses. Les commentaires se font écho dans la foule : voilà dix-huit mois qu'il est parti pour Bordeaux avec du blé et du coton, ensuite Amsterdam, Saint-Pétersbourg pour y livrer le vin et les fruits de France et en ramener du fer et du chanvre, enfin l'Asie, des cuirs et des armes pour Calcutta et jusqu'en Chine, à Canton, sur le Si-kiang, la rivière des Perles. Il en rapporte des épices, du thé, des porcelaines et des soieries, un voyage réussi, les hommes et le navire sont fatigués mais le père Girard va encore gagner une fortune sur ce coup-là ; dans la foule, quelqu'un dit en français : « Girard, c'est le Napoléon du commerce ! » Carbec se retourne, c'est Larose.

— Ah ! mon général, je ne vous avais pas remis.

— Bonjour, mon ami. Eh bien, de ce pas je me rends chez vous pour ma leçon quotidienne avec mademoiselle votre fille, à huit heures.

— Si vous le permettez, je vous accompagne, mon général, il faut que je prépare un relais pour la poste de New York.

Les deux hommes prennent Mulberry Street, perpendiculaire au fleuve. L'un grand, dans la force de l'âge, élégant, va à longues enjambées, l'autre petit, la soixantaine, en culotte brune et blouse noire, le dos voûté, hâte le pas et s'essouffle à parler.

— Cordelia m'a dit que vous faisiez de rapides progrès et que bientôt vous tiendriez une conversation en anglais.

— C'est qu'elle est un excellent professeur, monsieur Larose, et je vous félicite de lui avoir fait apprendre le français, comme de lui avoir donné une excellente instruction.

— Vous êtes trop bon, mon général. Je dois dire que ma petite Cordelia nous a toujours donné les plus grandes satisfactions. Elle avait de très bonnes notes au collège ; elle y était avec son amie Henriette Girard, la nièce du banquier, qui, dit-on, pourrait bien épouser un de vos collègues, le général Lallemand.

— Le général Lallemand ? Lequel ?

— Il y en a plusieurs ?

— Deux frères, Charles l'aîné et Henri le cadet, tous deux généraux. Charles, lieutenant-général, baron, commandait les chasseurs à cheval de la Garde à Waterloo et Henri, général de brigade, lui aussi à Waterloo, commandait un régiment d'artillerie.

En prononçant ces mots d'une voix métallique, le général Carbec s'est redressé d'un pouce, et il laisse tomber, dédaigneux :

— Ce doit être le cadet, Henri. Je n'imagine pas Charles se laissant mettre la corde au cou.

François Carbec voyait les manœuvres des parents Larose pour lui caser leur fille unique, les sourires humides de la mère et les allusions candides du père : il allait bientôt devoir laisser son affaire, l'âge était là, une affaire qui ne demandait qu'à grandir, les transports de Baltimore à New York, le mariage des voitures de poste et des *steamboats* sur la Delaware. Ah oui, il y avait à faire pour qui serait plus jeune et entreprenant, sans compter l'auberge bien placée, près du port et du quartier résidentiel d'Elfreth Street.

Cela agaçait Carbec, il n'avait nullement l'intention de se remarier, et encore moins envie de devenir cocher et aubergiste, même si Cordelia ne le laissait pas indifférent : belle jeune fille au corps souple, visage fin, teint de lis et de rose, pommettes hautes, cheveux bruns tirés sur la nuque en chignon, des yeux gris clair en amande, un regard distant où le général Carbec avait cependant surpris des lueurs d'ironie ou de gaieté. Une nuit, comme il revivait son cauchemar habituel, mourant sur le champ de bataille, la poitrine enfoncée, n'avait-il pas rêvé de Cordelia le regardant de ses beaux yeux baignés de tendresse et posant sur ses lèvres un baiser dont il avait gardé le goût après son réveil et dont le souvenir continuait de l'émouvoir. Le général cependant restait sur ses gardes. Cordelia également, qui, irritée par les conseils dont sa mère l'accablait, veillait à rester polie mais distante, se méfiait de la réputation des Français et se cabrait dans son orgueil à l'idée que ce général pût penser qu'elle espérait quoi que ce fût de lui. Les leçons d'anglais, c'était une idée de son père quand le général avait dit — était-ce innocent ? — qu'il lui faudrait apprendre l'anglais sérieusement.

Comme Carbec et Larose passaient le porche de granit assez haut et large pour une malle-poste à six chevaux et pénétraient dans la cour dont les pavés bosselés, gris, bleutés, bistres et bruns, polis par les roues des calèches et les fers des chevaux, lui rappelaient les rues de Saint-Malo, Carbec se sentit obligé de lâcher quelques mots d'amabilité.

— Ah ! voici vos écuries que je n'ai pas encore eu l'occasion de visiter. Combien logez-vous de chevaux ?

— Jusqu'à quinze, mais on pourrait encore agrandir du côté de la remise où il y a beaucoup de place perdue.

Larose insista pour faire visiter son installation qui, sous les balcons de bois, entourait la cour sur trois côtés.

— À l'étage, ce sont les appartements et les chambres. Le

rez-de-chaussée est réservé aux chevaux et aux voitures. Les écuries sur un côté, au fond de la cour le magasin de fourrage et la forge, c'est commode pour ferrer sur place, et sur le troisième côté une grande remise pour les voitures.

On trouvait là, désarticulées, une malle-poste, celle-là même qui les avait ramenés de Baltimore, deux calèches et une charrette anglaise, et un peu partout des brancards démontés, des roues, des essieux, une caisse sur ses ressorts, et toute la sellerie, harnais, colliers, bricoles, œillères, croupières, guides, mors, rênes, sangles... Ce décor hétéroclite, l'odeur tiède du fumier et çà et là la frappe irrégulière d'un sabot sur le sol, firent que tout d'un coup et comme s'il se réveillait d'un long sommeil, Carbec se retrouva à Saint-Mandé. Un torrent de souvenirs déferla dans sa tête tandis que sa gorge se serrait.

— Mais vous connaissez certainement tout cela, mon général ? dit Larose.

Cordelia qui les avait rejoints ne le laissa pas répondre.

— Il va falloir me rendre mon élève, c'est l'heure de sa leçon. Vous allez ennuyer le général Carbec avec votre cavalerie !

— Pas du tout, cher professeur, monsieur votre père m'entretient de cavalerie, comme vous dites, et sachez que rien ne peut m'être plus agréable que parler cheval avec un homme de l'art.

Il avait dit ces mots avec une ironie affectée que déjà il regrettait. Cordelia pinça ses lèvres, ses yeux s'assombrirent mais c'est avec un beau sourire qu'elle déclara :

— Oh ! général, je ne m'étonne pas que vous préfériez parler cheval que parler anglais et je ne doute pas que vous y réussissiez mieux.

Le père Larose jubilait. Querelle d'amoureux se disait-il, l'affaire était en bonne voie.

Dans la grande salle de l'auberge, déserte à cette heure, Cordelia et le général Carbec se font face de part et d'autre de l'épaisse table de chêne, lui penaud et elle amusée, décidée à rabattre cette superbe masculine, militaire et française qui l'agace tant. Elle est trop jeune pour savoir que souvent la stupidité d'un homme vient de sa panique à se sentir vulnérable au charme féminin.

Cordelia tend une feuille imprimée à François Carbec :

— *Would you read this, please, general? It's the Declaration of Independence of the United States of America, dated July, 4th, 1776.*

— En entier?

— *Yes.*

— *When in the course of human events it becomes necessary for one people to dissolve the political bonds... a decent respect to the opinion of mankind requires that they should declare the causes which impel them to the separation. We hold these truths to be self-evident, that all men are created equal, that they are endowed by their Creator with certain unalienable Rights, that among these are Life, Liberty and the pursuit of Happiness. That to secure these Rights, governments are instituted among men, deriving their just powers from the consent of the governed. That whenever any form of government becomes destructive of these ends, it is the Right of the People to alter or to abolish it and to institute a new government*[1]...

C'est un supplice et une humiliation pour le général Carbec que de lire ainsi, mal, en ânonnant, puis de plus en plus

1. Lorsque, dans le cours des événements humains il devient nécessaire pour un peuple de rompre les liens politiques... la décence, le respect qu'il doit à l'opinion de l'humanité l'obligent à déclarer les causes qui le déterminent à la séparation. Nous tenons pour évidentes et allant de soi les vérités suivantes : tous les hommes ont été créés égaux, leur Créateur les a investis de certains Droits inaliénables; parmi ceux-ci se trouvent la Vie, la Liberté et la poursuite du Bonheur. Les gouvernements ont été institués pour garantir ces Droits; ils ne tiennent leur pouvoir que du consentement de ceux qu'ils gouvernent. Lorsque le gouvernement ne remplit plus son objet, le peuple a le droit de le modifier ou de le renverser et d'en instituer un autre.

mal, sous le regard impavide de Cordelia qui se contente de corriger sèchement les fautes de prononciation. Il poursuit cependant :

— *The history of the present King of Great Britain is a history of repeated injuries and usurpation, all having in direct object the establishment of an absolute tyranny over these States*[1]...

Plusieurs fois François Carbec propose d'arrêter la lecture, il y a déjà beaucoup à faire avec ce qu'il a lu, expliquer les mots, les utiliser dans une phrase, traduire, c'est le rituel de chaque leçon. Mais Cordelia reste inflexible et, revêtue de l'autorité du professeur, elle contraint son élève, discipliné par profession, à poursuivre l'exercice jusqu'au terme qu'elle a décidé. Cordelia se mord les lèvres et surmonte avec peine son envie de rire lorsque, enfin, il arrive au bout :

— ... *And for the support of this Declaration, with a firm reliance of the protection of Divine Providence, we mutually pledge to each other our Lives, our Fortunes and our sacred Honor*[2].

Rouge, transpirant, butant sur chaque mot, mangeant sa moustache et postillonnant sur les *th*, il lui demande, hargneux :

— Faut-il aussi lire les noms des cinquante-sept signataires ?

Alors elle éclate de rire et lui, beau joueur, également. La leçon se poursuit, conversation lente en anglais, chacun suivant attentivement le mouvement des lèvres de l'autre, Carbec troublé, Cordelia tout à sa mission d'enseignement.

---

1. L'histoire de l'actuel roi de Grande-Bretagne est une histoire faite de violations répétées et d'usurpations ayant toutes pour objet direct l'établissement d'une tyrannie absolue sur ces États.

2. Et à l'appui de cette Déclaration et avec une pleine confiance dans la protection de la Divine Providence, nous engageons les uns envers les autres nos vies, nos fortunes et notre honneur qui nous est sacré.

— Un bien beau texte, dit le général. Et qui précède de treize ans la Déclaration française des droits de l'homme.

— Oui, nous sommes très fiers de l'audace et de la vision de ceux qui l'ont écrit et signé. C'est le fondement de notre nation.

— Mais pourquoi la « poursuite du bonheur » et pas simplement le bonheur ? Est-ce à dire que le bonheur ne sera jamais atteint ?

Avec un haussement d'épaules excédé, la réplique de Cordelia tombe sèchement :

— Et vous, général, vous l'avez atteint le bonheur ?

Dans l'instant qu'elle prononce cette phrase, Cordelia réalise ce qu'elle a de cruel, s'adressant à un exilé qui a perdu sa famille et sa patrie. Dans un geste juvénile elle porte la main à sa bouche comme pour effacer ses paroles et, les yeux embués, s'écrie en français :

— Oh ! pardon, général, je ne voulais pas te faire du mal.

Comme elle a dit ces mots ! Et cet accent charmant qui fait chanter le français ! Le sévère professeur est redevenu une petite fille rougissante et le général un sous-lieutenant.

— Ce n'est rien, dit enfin François Carbec très doucement. D'ailleurs qu'est-ce que le bonheur, Cordelia ?

Le premier mardi de chaque mois, juillet et août exceptés, les soldats de l'empereur Napoléon exilés à Philadelphie se réunissaient à dix-huit heures précises à la Free Friends Meeting House sur Mulberry Street, entre la Cinquième et la Sixième Avenue, dans une grande salle mise à leur disposition par la loge maçonnique de Pennsylvanie. En septembre 1817, le général Carbec et le capitaine Buisson se dirigeaient pour la première fois vers le lieu de réunion. On les avait prévenus que le comte de Survilliers serait là. Comment allaient-ils le saluer ? Pas monsieur le Comte, quand même ! Chemin faisant ils se racontèrent leur nouvelle existence : le polytechnicien avait été pris en charge par son grand ancien Simon Bernard (promotion 1794), qui l'avait recruté en tant qu'ingénieur dans le service des fortifications de l'armée américaine. Le soir ils étudiaient ensemble les plans d'un nouveau principe de défense. Buisson étouffait de tellement de sollicitude et enviait la liberté de Carbec. Ce dernier lui raconta son entretien avec Stephen Girard, son apprentissage de l'anglais et s'étendit avec complaisance sur ses soirées à l'Arbalest House où Julie, une ancienne du Palais-Royal, avait, dit-il, tout ce qu'il faut pour la conversation la plus charmante « et crois-moi, mon vieux, sa géométrie est plus distrayante que celle de tes fortifications ! Viens donc, je te présenterai, elle a des amies tout à fait aimables ».

Comme ils entraient dans le hall de Free Friends Meeting House, un portier s'enquit de leurs noms puis leur fit signe de le suivre jusqu'à une porte à double battant qu'il ouvrit en grand d'un geste large. Un cri sourd et grave claqua tel un coup de fusil et se poursuivit comme le roulement du tonnerre : « Vive l'Empereur ! » Ils étaient là, deux cents peut-être, au garde-à-vous, rangés en carré, deux cents visages, sourcils froncés, regards tendus, bouche encore ouverte sur leur cri, tous vieux routiers du cérémonial militaire dont ils savaient que c'est le meilleur cadeau de bienvenue à donner aux nouveaux expatriés. Le général Carbec et le capitaine Buisson demeuraient figés à l'entrée de la salle tandis qu'ils découvraient ici et là des visages connus. Voir ainsi leurs camarades habillés en civil, redingote, gilet et chemise à cravate, et hésitant à les reconnaître tant leur souvenir était lié à celui de leurs uniformes, qu'ils fussent flamboyants ou déchirés et brûlés dans le feu des batailles, leur jeta en pleine figure leur propre image de vaincus en exil. Pétrifiés, la gorge nouée par l'émotion, le général et le capitaine se mirent eux aussi au garde-à-vous, mâchoires serrées, les yeux brillants. Alors du carré jaillirent d'autres cris, moins solennels, joyeux cette fois, et chaleureux : « Vive Carbec-mon-Empereur ! vive la cavalerie !

vive l'arti ! vive Polytechnique !... » Et les nouveaux arrivés furent vite entourés et bousculés d'accolades et de bourrades affectueuses. « Eh bien mon vieux, je te croyais mort ! Je t'ai vu tomber au mont Saint-Jean, ça avait l'air sérieux. Et X..., tu sais quelque chose ? — Ah ! c'était un brave. — Alors tu n'as pas voulu servir le gros Louis ? — Dis donc, c'est vrai que tu as découpé l'oreille d'un ultra ? Tu l'as raté ! Je t'ai connu plus adroit ! » Ils étaient tous là à se congratuler, joyeux et bruyants comme des gamins un jour de rentrée des classes. Qui aurait reconnu les farouches soldats qui, vingt ans durant, avaient renversé les trônes et terrorisé l'aristocratie européenne ? Les uns après les autres ils vinrent près de François Carbec et Pierre Buisson échanger quelques mots, des adresses, des tapes dans le dos, des clins d'œil, des rires, de l'amitié. L'un des premiers, Joseph Bonaparte, se dirigea vers les nouveaux venus. Le général Carbec s'inclina légèrement :

— Majesté.

— Il n'y a plus de Majesté, mon ami, appelez-moi Survilliers, comme tout le monde. Je vous souhaite la bienvenue, Carbec. Il faudra venir me voir à Point Breeze.

Le comte de Survilliers qui fut roi de Naples et roi d'Espagne s'éloigna en reprenant une conversation animée avec le général comte Clauzel : ils échangeaient des recettes sur la plantation et la taille des arbres fruitiers. Plus tard dans la soirée, après que les bouteilles de vin de Bordeaux eurent été ouvertes, François Carbec observait Joseph Bonaparte au centre d'un petit groupe réunissant Clauzel, le préfet Combe, Latapie, Grouchy, Lefebvre-Desnouettes, Vandamme et quelques autres. Le comte de Survilliers, redingote simple de couleur verte, pantalon blanc à sous-pieds, chemise blanche et cravate noire, avait les mêmes traits que son frère l'Empereur, un peu épais, le teint brun, et pourtant ne lui ressemblait pas : ni flamme ni tension dans ce visage paisible qui respirait le bien-être. « Voilà un homme qui dort bien, digère bien et semble parfaitement heureux », se dit François Carbec. À ce moment, il entendit le comte de Survilliers raconter, la voix égrillarde :

— Quand j'étais roi d'Espagne, il y avait à Madrid une petite marquise adorable...

Grouchy qui avait quitté le petit cercle grommela :

— Si Joseph commence à raconter ses bonnes fortunes on n'en a pas fini!

Puis, prenant François Carbec par le bras, il l'entraîna à l'écart :

— Dites-moi, Carbec, vous étiez au mont Saint-Jean n'est-ce pas, grièvement blessé? Je suis content que vous vous en soyez tiré. J'imagine qu'on vous a raconté ce qui s'est passé ensuite et que, comme d'habitude, on m'a tout mis sur le dos. Waterloo, c'est de ma faute, paraît-il! Mais j'avais des ordres, des ordres reçus de la bouche même de l'Empereur le 17 juin au matin! Trop facile de dire après coup qu'il fallait désobéir. J'ai rédigé un petit document racontant heure par heure les journées des 16, 17 et 18 juin, je vous le ferai tenir et vous comprendrez, vous, un soldat, un vrai, et pas un excité comme certains — à ce moment il regardait vers Vandamme —, vous comprendrez que, sachant ce que je savais, je n'avais pas d'autre choix. Que l'Empereur ait changé sa manœuvre, je le comprends fort bien, mais pouvais-je imaginer qu'il n'enverrait qu'un seul courrier pour me prévenir et que celui-ci n'arriverait pas? Ce fameux courrier du 17 juin, soi-disant envoyé à dix heures du soir, et que personne n'a jamais revu!

Le général Carbec connaissait l'autre version, celle de Vandamme qui était sous les ordres de Grouchy et il répugnait à approuver le maréchal comme à le critiquer. Le vieux général Rigau, presque soixante ans, un colosse couturé de cicatrices, mâchoire fracassée, langue mutilée, un bras inerte, vint le tirer d'embarras en répondant à sa place par une bouillie de mots mouillés :

— Qui peuch'avoir chqu'il au'ait fait à ta plache?

Buisson, accompagné d'un homme plus âgé que lui, la quarantaine comme Carbec, se dirigea vers celui-ci.

— Je te présente un de mes anciens de Polytechnique, le général Henri Lallemand qui désire te parler.

— Ah ! l'artilleur. Je te connais de nom et j'ai très bien connu ton frère, le cavalier, il y a vingt ans quand il était lieutenant des Guides de Bonaparte en Italie. Avec lui et ce diable de Lasalle, en avons-nous fait des folies ! Au fait, où est ton frère ? Je sais qu'il s'est tiré des griffes des Anglais. On l'a dit chez les Turcs puis en Bolivie. J'imagine qu'il est toujours à monter de ces coups hasardeux comme il les adore !

Sans répondre, Henri Lallemand prit Carbec par le bras et lui dit à haute voix :

— J'ai du courrier pour toi, deux lettres que Stephen Girard a reçues du banquier Laffitte et qu'il m'a chargé de te remettre.

Lorsqu'ils se furent éloignés, il ajouta à voix basse :

— Pour mon frère, je pense que nous le verrons bientôt mais il nous faut rester discrets. Tu as raison, il ne reste pas inactif mais tu devines que ses coups, hasardeux comme tu le dis, ne peuvent être exposés en public ; même ici, il y a trop de bavards. Il t'en parlera, un jour prochain, je l'espère. Il sait que tu es à Philadelphie et il compte sur toi.

François Carbec jeta un coup d'œil sur les enveloppes, reconnut les écritures : le cousin Léon et... Adèle. Son cœur battit plus vite tandis que, d'un air détaché, il les glissait dans une poche de sa redingote et disait en souriant :

— Tu te maries, paraît-il ?

Henri Lallemand sursauta :

— Qui t'a dit cela ?

— Je le sais. Ne me demande pas comment.

Devant l'air inquiet de Lallemand, Carbec ajouta :

— Tu as raison. Il y a toujours trop de bavards, surtout parmi les femmes.

— Tu connais Henriette ?

— Non, mais sa grande amie, semble-t-il.

— La fille Larose de la taverne du Black Horse?

— Tout juste.

— Henriette m'a souvent parlé d'elle. Une amie de collège. On la dit très belle et très bonne cavalière.

— Alors, ce mariage?

— En réalité, j'ai fait ma demande mais j'attends toujours une réponse de Stephen Girard, l'oncle d'Henriette. À la mort de son frère, Stephen Girard, qui n'a pas d'enfant, a recueilli et adopté ses trois nièces. C'est un curieux bonhomme plein de mystères, dur en affaires, parfois sans pitié, et en même temps capable des plus grandes générosités, un bourreau de travail, un solitaire. Je me demande pourquoi il me fait languir. Il doit prendre des renseignements! Oui, un drôle de type. Il m'a dit t'avoir vu à ton arrivée, et être à ta disposition pour te conseiller, il a insisté pour que je te le rappelle. C'est signe qu'il t'estime beaucoup car il a une horreur maladive de perdre son temps dans ce qu'il appelle des « mondanités stériles ».

— Il m'a conseillé de faire du commerce et d'apprendre l'anglais! Va pour l'anglais. Mais le commerce, je ne m'y vois pas!

— C'est une idée fixe chez lui. Il faut dire que ça lui a réussi. Tu connais son histoire?

— Je sais seulement qu'il est banquier, comme Laffitte, et qu'il a des bateaux. Je suis même venu sur l'un d'eux, le *Voltaire*, et j'en ai vu un autre à quai il y a quelque temps. Curieux qu'il donne à ses bateaux des noms de philosophes français...

— C'est qu'il est français! Enfin il l'était, puisqu'il a choisi la nationalité américaine. Né à Bordeaux vers 1750, orphelin de mère à douze ans, huit frères et sœurs dont il est l'aîné. À quatorze ans il quitte sa famille pour s'embarquer comme garçon de cabine sur un navire de commerce. À vingt-trois ans il obtient son brevet de capitaine et, à vingt-cinq, il possède la moitié des parts d'un petit bateau qui fait du cabotage entre New York et La Nouvelle-Orléans. Depuis, il n'a jamais cessé de commercer, de plus en plus loin, avec des navires de plus en plus gros. En 1811, à soixante et un ans, il a racheté The Bank of the United States et, en 1812, sa banque a souscrit pour trente-cinq millions de francs un emprunt levé par le gouvernement américain pour financer la guerre contre l'Angleterre.

— Toi aussi tu as pris tes renseignements avant ta demande en mariage !

— Ce n'est pas ce que tu crois. Premièrement j'aime Henriette, mais ce sentiment n'est peut-être pas accessible à un hussard ! Deuxièmement, je tiens cette histoire de Stephen Girard lui-même qui voulait me montrer qu'on peut faire rapidement fortune dans ce pays, à condition, ce sont ses mots, « d'observer, de réfléchir et de travailler sans relâche ». Troisièmement, il a tenu à me préciser qu'il jugeait le principe de l'héritage immoral et injuste, et que, pour sa part, il avait pris des dispositions pour qu'à sa mort toute sa fortune aille à des œuvres consacrées à l'éducation des orphelins.

— N'a-t-il pas dit cela pour éprouver la sincérité de tes sentiments ?

— Je suis convaincu qu'il a effectivement pris ces dispositions et qu'il a estimé nécessaire de m'en informer, peut-être pour m'éprouver mais certainement parce qu'il professe qu'on ne bâtit rien de solide sur l'ambiguïté. C'en est devenu maladif chez lui et cela le conduit à tenir des propos qui, parfois, déplaisent, ce dont il n'a cure. Il y trouve même une certaine jouissance.

— Et son œil ? un accident ?

— Henriette m'a dit que c'était de naissance. Regard terrible, n'est-ce pas ?

— Très désagréable. Par discrétion je ne le regardais pas en face pour ne pas insister sur son infirmité et lui en profitait pour me dévisager sans cesse de son œil scrutateur.

— C'est tout à fait cela. Mais le bonhomme est intéressant et il a une grande qualité à mes yeux : il déteste les Anglais, je ne sais pourquoi...

— Mais c'est que les Anglais sont détestables!

— Bien dit, mon général.

Rouge, le verbe haut, la quarantaine grisonnante et drue, une sorte de colosse trapu s'était rapproché d'eux et immobilisé dans un garde-à-vous un peu théâtral.

— Je me présente. Maurice Persat, décoré par l'Empereur, capitaine au 2e lanciers. J'ai su que vous aviez pris un mauvais coup de lance au mont Saint-Jean où vous conduisiez la charge de vos cuirassiers, pour la quatrième fois, sans cuirasse! Mes respects mon général!

— Bonjour, camarade. Au 2e lanciers vous étiez donc à Waterloo avec le général Sourd, n'est-ce pas?

— Exact. Ah! en voilà un brave. Il a été blessé lui aussi, amputé d'un bras sur le champ de bataille et aussitôt remonté en selle pour commander le régiment.

D'autres les rejoignirent qui plaisantèrent Persat « décoré par l'Empereur », Raoul, Arlot, Galabert, Vasquez, de Cluis. Le vin de Bordeaux et l'évocation des faits d'armes firent que tous parlaient de plus en plus fort et, dans le tintamarre des conversations, c'étaient toujours les mêmes mots qu'on entendait s'entrechoquer à proximité : l'Empereur, la Garde, canon, cavalerie, drapeau, aigles, la croix, charge, sabre, lance, traître, ultras, tandis que, plus loin, c'était la clameur sourde des chants entonnés, la victoire en chantant, aux armes citoyens, nous ouvre la barrière, la liberté, de même que, dans une bataille, on perçoit tout près le cliquetis des sabres et dans le lointain le roulement de la canonnade.

On fit raconter par Persat, qui ne se fit pas prier, comment il fut décoré par l'Empereur. L'histoire était connue mais il est des récits qui s'enrichissent avec le temps. C'était en 1814, pendant la campagne de France...

Depuis, le capitaine ne signait plus son courrier que : Maurice Persat, décoré par l'Empereur. Les mauvaises langues prétendaient que ceci valait également pour les billets doux les plus intimes et les plus audacieux qu'il adressait aux femmes par lesquelles il aurait aimé être décoré pour d'autres exploits.

Le journaliste Simon Chaudron, l'éditeur du *Nain jaune*, lui aussi exilé à Philadelphie, allait de groupe en groupe et prenait des notes. Pour ses amis, il publiait depuis un an le mensuel *L'Abeille américaine*. Maintenant, il interrogeait Maurice Persat, décoré par l'Empereur, et se demandait s'il oserait publier les propos du bouillant capitaine :

— Traître, Moreau mort russe ! Traîtres, Talleyrand et ses complices Chateaubriand et La Fayette ! Sans eux Napoléon ne serait pas prisonnier à deux mille lieues de ses vieux soldats désespérés. Patience, tout n'est pas joué, je vais aller faire un tour en Colombie et au Mexique, aider Bolívar et Mina à se débarrasser de l'Espagnol Ferdinand. Après tout, le roi d'Espagne, c'est bien nous !

Et du menton il montrait Joseph. Interloqué, François Carbec regardait Henri Lallemand qui, baissant la tête, changea de sujet et s'adressa à Chaudron en lui demandant comment il s'en sortait, financièrement.

— Mal, bien entendu, malgré la générosité de tous, mais je crois que *L'Abeille* est un morceau de notre patrie telle que nous l'aimons et constitue entre nous le lien indispensable pour survivre en exil. Vous n'imaginez pas le courrier que je puis recevoir ; aujourd'hui, par exemple...

Il sortit de sa poche quelques feuillets.

— Un avis de recherche : M. Victor Crétin, ex-officier, passé en Amérique en octobre 1816 sur le *Rubicon* venu du Havre. Et même un poète qui nous envoie des alexandrins :

Des ombres de la mort je suis environné
Ils ne pouvaient me vaincre ; ils m'ont assassiné.
Oui, je meurs. Mes enfants conservez à jamais
Le souvenir d'un père et l'horreur des Anglais.

Carbec aussitôt abonné à *L'Abeille américaine* reçut des mains de Simon Chaudron le dernier numéro, qu'il glissa dans sa poche avec les enveloppes remises par Henri Lallemand. La réunion semblait tirer à sa fin, les bouteilles étaient vides, le brouhaha diminuait; il allait enfin pouvoir lire son courrier. Non, pas encore. Lefebvre-Desnouettes monta sur une petite estrade, frappa dans ses mains et réclama le silence qui, peu à peu, se propagea dans la salle. Clauzel se tenait à ses côtés.

— Mes chers amis, avant de nous séparer, je tiens à vous communiquer une information de la plus grande importance. Comme vous le savez, nous sommes quelques-uns — il se tourna vers Clauzel — à animer, avec l'aide si précieuse de William Lee, ancien consul des États-Unis à Bordeaux, la Société coloniale des émigrés français. Celle-ci s'est donné pour but de rassembler en une colonie ceux qui souhaitent jouir de la liberté américaine tout en gardant leur nationalité et leurs souvenirs communs. Le président Jefferson a bien voulu nous encourager dans cette voie sans nous cacher les difficultés que nous devrons surmonter. Le Président ne s'est pas contenté de nous écrire sa sympathie, il a si bien soutenu notre projet que le Congrès a voté une loi réservant de vastes territoires sur des régions récemment rachetées par le gouvernement américain aux tribus indiennes creeks et choctaws, dans l'Alabama, sur les bords de la rivière Tombigbee. Ces terres, qui nous sont dévolues, pourront être acquises par nous au prix de quatre dollars l'hectare, payables en quatorze ans sans intérêt, à la seule condition qu'elles soient consacrées à la culture de la vigne et de l'olivier, comme celles que la Rome antique confiait à ses glorieux vétérans. Oui, mes amis, nous bâtirons là-bas notre ville, Demopolis; nous y vivrons selon les lois démocratiques inspirées de nos traditions et des usages de ce pays, lois dont nous déciderons ensemble et qui constitueront le pacte social de notre association. Et ayant, tel Cincinnatus, abandonné les armes pour la charrue, nous nourrirons nos familles et prospérerons dans le labeur et la fraternité.

Lefebvre-Desnouettes s'étrangla d'émotion en prononçant ces derniers mots, tandis que son regard parcourait l'auditoire. Comme une vieille moustache grisonnante levait timidement la main dans le fond de la salle, le général tendit les bras et l'encouragea d'un signe de la tête et d'un sourire fraternel.

— Oui, mon ami ?

Et l'autre, d'une voix rocailleuse :

— Mon général, avec la vigne, est-ce qu'on fera du vin ?

François Carbec a commencé par ouvrir l'enveloppe d'Adèle, « Général Carbec, aux bons soins de Monsieur Laffitte ». Lorsqu'il a vu que la lettre elle-même était de la main de Sébastien, il s'est senti triste et seul.

« Mon général Carbec, salut et fraternité.

« Ton beau-père Paturelle, un brave homme, nous a dit savoir par le canal de la haute finance que tu étais bien arrivé aux Amériques. Et aussi qu'on pouvait t'écrire par le même canal dont il connaissait le bout qui est à Paris, ce que je fais pour te donner des nouvelles. Ton fils Mathieu se porte bien. Il trotte comme un poulain et suit Joachim comme son grand frère. Il nous fait penser à toi tellement il te ressemble et mon Adèle et moi on l'aime comme notre fils, mais on ne voudrait pas que tu sois fâché parce qu'il nous appelle papa et maman, comme fait Joachim. À son âge, on ne peut rien lui expliquer et on est ennuyés. On attend que tu nous donnes tes instructions sur cette question. La petite Caroline grandit bien, elle aussi, et Mme Rose est une bonne nourrice. Les affaires ne vont pas mal. On a maintenant cinq voitures, douze chevaux et quatre cochers, tous des hussards. Avec eux je suis plus tranquille, ils seront toujours là pour protéger mon Adèle si un imprudent venait à lui manquer de respect. Question finance, Mme Médard me dit qu'à la fin de l'année on pourra te rembourser la moitié de l'argent que tu nous as prêté pour acheter nos parts dans la société. Question politique, ça ne s'arrange pas et je me dis que tu es mieux là où tu es. Ton beau-père Paturelle dit que c'est un pays où on est libre et où tous ceux qui s'en donnent la peine deviennent riches. Ah ! si j'avais pas ce foutu pilon ! Toi qui es aux Amériques, qu'en penses-tu, mon général ? On espère que tu vas pouvoir nous donner des nouvelles par le canal de la haute finance. Mme Médard et moi on t'envoie notre amitié éternelle.

« Sébastien Médard,
Ancien S.L^{t} au 7e Régiment de Hussards
Chevalier de la Légion d'honneur. »

Sa lecture terminée, François Carbec demeure immobile, le regard figé, tandis que la feuille de papier tremble un peu dans sa main et que ses pensées le conduisent à Saint-Mandé : « Brave Sébastien, tout délicatesse et respect, c'est bien de toi, ça, cette inquiétude parce que Mathieu t'appelle papa. C'est vrai que ça me fait quelque chose ; mais le pire c'est d'imaginer ton sourire lorsque Caroline t'appellera ainsi pour la première fois. Mon pauvre Sébastien, il s'est sacrément appliqué pour faire sa lettre, je le vois d'ici, mordant sa moustache dans les pleins, le sourcil levé dans les déliés, fier secrètement du résultat mais n'osant pas écrire lui-même l'enveloppe de peur que sa calligraphie ne fasse sourire le canal de la haute finance. Et dire que moi j'ai été ému de reconnaître l'écriture d'Adèle Médard et que même je me suis imaginé des choses. »

François Carbec hausse les épaules et, d'une main nerveuse, ouvre la seconde enveloppe.

« Mon cousin, ton beau-père, M. Paturelle, auquel j'ai rendu visite en ton hôtel de la rue de l'Arcade dont je puis t'assurer qu'il prend le plus grand soin, m'a fait savoir, en baissant la voix comme s'il se fût agi d'un secret, que le banquier Laffitte était en mesure de te faire parvenir du courrier aux Amériques. Tu te doutes bien que nous n'ignorons rien des liens d'intérêt, de confiance et peut-être d'amitié, qui unissent Laffitte à Paris et Girard à Philadelphie, et que nous connaissons fort bien leur rôle indispensable dans le transfert sûr et discret d'une rive à l'autre de l'Océan des biens des bonapartistes dans un sens et des anciens émigrés dans l'autre. Que les nombreux navires de S. Girard, dont j'ai noté que plusieurs portent le nom de philosophes français, ne se contentent pas de transporter les objets habituels du commerce, mais assurent également l'acheminement du courrier de leurs clients, sinon les clients eux-mêmes, est pour nous d'une évidence telle qu'elle rendait inutile la confidence du brave homme.

« J'aurais pu tout aussi bien t'adresser cette lettre aux bons soins de notre ambassadeur aux États de l'Union, M. Hyde de Neuville, dont je ne doute pas qu'il connaît ton adresse sinon tous tes faits et gestes. J'ai cependant pensé qu'il te serait plus agréable de recevoir ces lignes par une autre voie. »

Carbec grommelle dans sa moustache : « Ce mauvais congre se fout de moi, ma parole. C'est surtout qu'il ne voulait pas se compromettre en écrivant à un proscrit. »

« Je t'entends d'ici, mon vieux François, grogner dans ta moustache au moment que tu liras ces derniers mots ! N'ai-je pas raison ?

« Trêve de plaisanteries. Toujours fidèle au serment de notre jeunesse, j'ai à te faire connaître certaines informations que je crois utiles à ta tranquillité. Notre ambassadeur Hyde de Neuville nous a adressé un rapport sur les activités des nombreuses personnalités réfugiées en Amérique, à commencer par le frère aîné de l'Empereur. Ce rapport fait état d'une certaine agitation autour de celui-ci ; il aurait reçu dans sa propriété, située dans les environs de Philadelphie, Francisco Mina, qui dirige l'insurrection mexicaine, contre le gouvernement espagnol. On cite les noms de Lakanal et de Lallemand. Notre ambassadeur évoque la possibilité d'un vaste complot qui viserait à libérer Napoléon de Sainte-Hélène pour le porter sur le trône du Mexique. Je ne sais quelles peuvent être dans ce projet surprenant la part de la réalité et la part de l'imagination de notre ambassadeur, mais je tenais à te prévenir que si complot il y a, celui-ci est éventé, et que les gouvernements espagnol et américain en sont naturellement informés. Plus que jamais je te conseille de rester prudent et de demeurer à l'écart d'aventures extravagantes qui ne peuvent qu'être désastreuses pour leurs acteurs. »

Après avoir parcouru rapidement la fin de la lettre du cousin Léon, les nouvelles de Mathieu, la famille, les souvenirs, Carbec relut le passage relatif aux soupçons de Hyde de Neuville. Le nom de Lallemand était cité, il s'agissait sans doute de Charles, et Carbec se souvint des propos que lui avait tenus tout à l'heure Henri Lallemand : « Il sait que tu es ici, il compte sur toi, il t'en parlera lui-même. » Tout cela concordait. Fallait-il montrer cette lettre à Lallemand, ou lui en parler seulement ? Risquer de compromettre Léon ? « Surprenant qu'il ait pris ce risque, le cousin ! et par écrit encore ! À moins qu'il n'ait écrit en accord avec son ministre, afin que je montre cette lettre à mes camarades et que ceux-ci, se voyant découverts, renoncent à leur projet ! Sacré Léon ! Toujours aussi malin. L'art de se mettre bien avec tout le monde : il aide le gouvernement à désamorcer un complot en paraissant me rendre service. En tout cas, il ne parle ni de Lefebvre-Desnouettes ni de Clauzel et de leur projet de la vigne et de l'olivier. Ceux-là ont fait mon siège pour que je me joigne à eux. J'ai demandé à réfléchir. Je les connais bien l'un et l'autre, des hommes d'honneur, courageux et vertueux, on peut leur faire confiance, mais que connaissent-ils de la culture de la vigne et de l'olivier ? Ils m'ont dit : "On n'est pas plus idiots que les paysans, on apprendra, nous ne sommes pas si vieux et nous avons le temps d'installer nos enfants et même d'en faire quelques autres, que diable !" Ils veulent faire venir leur famille restée en France et tout recommencer. Mais moi ? Tout refaire en partant de rien, apprendre un métier, bâtir une ville, refonder une famille ? Quelle famille ? Quelle femme ? Je ne sais même pas quels enfants sont les miens. »

Le mois de septembre passa et François Carbec demeurait irrésolu. Cultiver la vigne et l'olivier en Alabama et devenir un gentleman-farmer entouré d'une nombreuse famille? Suivre les conseils de Stephen Girard et tenter de s'enrichir dans le commerce et la finance, bien qu'il n'ait pour ces occupations ni goût ni compétence? Choisir l'aventure avec les frères Lallemand et porter l'Empereur sur le trône du Mexique, mais la chose était-elle seulement possible? Aucun de ces destins ne le tentait, les deux premiers encore moins que le dernier mais Charles Lallemand ne s'était toujours pas montré.

Cependant l'existence oisive que menait le général Carbec ne manquait pas d'agréments : avec Cordelia les leçons d'anglais; avec les camarades les bavardages et les discussions sans fin où l'on remuait les souvenirs en les décorant de quelques touches des peintures dorées de la légende et de la gloire; avec Julie Fortineau «la distraction et la conversation» promises par l'Arbalest House. De toutes les personnes qu'il rencontrait c'est avec Julie que le général Carbec se sentait le plus libre, et cela ne concernait pas les seuls exercices convenus de la maison de Cedar Street. Trente ans, saine et bien en chair, l'œil vif et bleu, une somptueuse crinière d'un blond vénitien qui la première fois rappela à Carbec Adèle Médard, une grande bouche souriant sur des dents brillantes, le verbe haut, Julie Fortineau était arrivée à Philadelphie quelques années plus tôt, dans les bagages d'un hobereau émigré qui l'avait vite abandonnée. Ces gens-là, disait-elle au général Carbec avec l'air d'une marquise parlant de ses domestiques, ça n'a pas de sentiment, tous des traîtres, et sans s'encombrer de subtilités politiques elle ajoutait :

— D'ailleurs, moi je suis pour la République et pour l'Empire.

À l'Arbalest House, Julie s'était fait une réputation. « L'élégance et l'éducation de la Cour de France », pouvait-on lire en face de son nom sur le livre d'or et d'inventaire de la maison. Lorsque, vêtue d'une robe-chemise en gaze légère rose nouée sous les seins et coiffée d'un battant-l'œil contenant mal sa lourde chevelure cuivrée, elle avait accueilli la première fois le général Carbec avec une courte révérence, elle lui avait dit :

— Bienvenue à l'Arbalest House, général, c'est un honneur et un plaisir que de vous recevoir.

Celui-ci s'était un instant demandé s'il n'avait pas montré une grossièreté inexcusable en répondant :

— Mais tout le plaisir sera pour moi !

Il avait été vite rassuré quand, fine mouche, Julie avait pris la balle au bond et minaudé :

— Ah ! ce n'est pas très gentil, ça. Et pourquoi est-ce que je n'aurais pas du plaisir moi aussi, surtout que vous avez tout ce qu'il faut pour m'en donner, n'est-ce pas, beau cavalier ?

De ce premier échange, ils devaient plus tard, bien plus tard, rire ensemble.

Le mariage d'Henriette Girard et du général Henri Lallemand fut annoncé officiellement et la cérémonie fixée au 28 octobre 1817. Présenté par son camarade à la jeune fiancée, François Carbec avait apprécié celle-ci sans émotion bien qu'elle ne fût pas laide, d'un seul coup d'œil et avec la même rigueur concise qu'il apportait naguère à l'examen des chevaux de remonte : beauté un peu molle, beaux yeux bruns noyés d'admiration candide, bouche petite, taille bien faite, bassin large, de l'éducation et de la douceur, cela ferait une gentille épouse et une bonne mère de famille. Alors le souvenir de Mélanie était monté en lui, irrépressible, et il avait entendu à nouveau la chanson joyeuse de leurs premiers mois de mariage.

— Eh, Carbec, tu m'écoutes ?

Il n'avait pas prêté attention à Henri Lallemand lui proposant d'assister au spectacle d'un cirque de passage.

— Voilà ce qu'on en dit dans *La Gazette de Philadelphie* : « Grand spectacle équestre de Timour le Tartare. Sieur Thomas exécutera de merveilleux exercices de dressage. Sieur Blackmore présentera les étonnantes figures de la troupe bondissante de ses chevaux ailés. Le clown Campbell vous fera rire et pleurer. Et, enfin, le surprenant cheval Salto, après de nombreux sauts étonnants, terminera par un extraordinaire bond par-dessus deux autres chevaux. » Qu'en penses-tu ? Le hussard nous fera-t-il l'honneur de nous accompagner ?

Carbec comprit que les fiancés cherchaient un chaperon. Il vit le visage de la jeune fille tourné vers lui, une figure enfantine et confiante qui exprimait à la fois l'anxiété et la gourmandise. S'il acceptait, elle allait rire et battre des mains ; elle ferait la moue en baissant la tête pour cacher une larme s'il refusait. Carbec fut d'accord, Henriette applaudit et lança un regard appuyé à son fiancé qui poursuivit, embarrassé :

— Euh !... Nous avions pensé que tu pourrais peut-être proposer à ton professeur d'anglais de venir. C'est une grande amie d'Henriette et une bonne cavalière, le spectacle l'intéressera sûrement.

À nouveau le visage d'Henriette se tourna anxieux vers François Carbec qui, fronçant le sourcil, s'écria :

— Cela m'a tout l'air d'un complot !

Henri Lallemand éclata de rire :

— À vrai dire, oui ! Ces demoiselles se sont mis dans la tête d'aller voir Timour le Tartare, mais leur éducation demande qu'elles soient accompagnées. J'étais tout désigné pour être circonvenu le premier, je dus aussi m'engager à faire ton siège.

Le général Carbec admit que, face à une pareille combinaison tactique et devant une telle concentration de moyens si charmants, il ne pouvait que se rendre, et qu'au demeurant il aurait le plus grand agrément d'une si aimable compagnie.

Les demoiselles avaient soigné leurs toilettes, Henriette en casaquin et jupe d'indienne avec une capeline enfermant sa chevelure blonde serrée par un ruban rose, Cordelia portant un pierrot de cotonnade imprimée et elle aussi une capeline fermée par un ruban bleu et ne laissant échapper sur le front qu'une mèche soyeuse de ses beaux cheveux noirs. Elles applaudirent avec enthousiasme aux numéros équestres tandis que les hommes laissaient entendre par leurs airs condescendants qu'ils avaient déjà vu, voire eux-mêmes exécuté des exercices tout aussi relevés. Toutefois le bond du cheval Salto par-dessus deux de ses congénères provoqua les commentaires élogieux du général Carbec, non pas tant pour le cavalier que pour l'animal, une superbe bête, dit-il, avec de la puissance et du cœur. « Il est beau », dit simplement Cordelia.

François Carbec la regarda, vit au mouvement de son corsage qu'elle était émue, et lorsque, Cordelia ayant tourné la tête vers lui, leurs regards se croisèrent, puis se mêlèrent, il en fut désorienté.

Après le cirque, ils se rendirent tous quatre au Black Horse où les parents de Cordelia accueillirent la jeunesse avec à la fois trop de familiarité et trop de déférence. Mme Larose servit du thé aux demoiselles et le père du whisky à messieurs les généraux. On parla cheval et André Larose, comme frappé d'une idée subite, dit tout à coup :

— Vous savez, messieurs, que mes chevaux sont à votre disposition. Oh ! ils ne sont sans doute pas aussi fougueux que ceux dont vous avez l'habitude mais j'imagine que cela vous manque de ne plus avoir le…

Il allait dire le cul sur une selle, tout le monde l'avait compris, mais il perçut le regard lourd et glacial de Cordelia, s'interrompit, hésita et poursuivit en bredouillant :

— … de ne plus avoir quelque chose entre les… Enfin, je veux dire…

Et sagement il renonça à expliciter ce qu'il voulait dire.

Henriette et Henri avaient souri, Cordelia était pâle et François Carbec lui donna un regard d'amitié. Pour la rassurer il se fit très aimable avec son père.

— Eh bien, cher monsieur Larose, je retiens votre proposition, je prendrai volontiers un peu d'exercice dont j'ai le plus grand besoin. J'ai aperçu vos chevaux et je puis vous assurer qu'il m'est arrivé souvent d'en monter de moins beaux. Il faut dire que nous en faisions une telle consommation ! Pensez donc, rien qu'à Iéna j'en ai eu trois de tués sous moi…

Il avait dit cela non par vanité et gloriole — passant d'ailleurs sous silence que ce même soir l'Empereur l'avait félicité et promu colonel sur le champ de bataille —, mais peut-être en espérant voir passer dans les yeux de Cordelia une inquiétude rétrospective et un peu de cette tendresse féminine qui manque aux hommes depuis le jour où, jeunes garçons, ils ont écarté celle que leur prodiguait leur mère. Il en fut toutefois pour ses frais car Cordelia, plus inquiète semble-t-il du sort des chevaux que de celui des cavaliers, prit un air horrifié et s'écria :

— Mon Dieu ! pauvres bêtes, quelle boucherie que vos horribles guerres !

Le père Larose enchaîna rapidement :

— Ici, nous sommes en paix et pour longtemps. Vous verrez qu'il y a de belles promenades le long de la Delaware et dans la vallée de la Schuylkill. Ma fille vous conduira, n'est-ce pas, Cordelia ?

— Comme vous voudrez, père.

Et se tournant vers Henriette et son fiancé elle ajouta :

— Nous irons tous les quatre, ce sera amusant.

Henriette, cependant, secoua la tête.

— Tu oublies, ma chérie, que nous nous marions dans trois semaines et que nous n'en aurons sûrement pas le temps.

— Nous irons donc tous les deux, dit gaiement le général Carbec. J'espère que ce sera quand même amusant !

François Carbec se résolut enfin à rendre visite à Stephen Girard. Henri Lallemand lui avait conseillé d'aller au domicile de celui-ci, North Water Street, un matin vers sept heures au moment où M. Girard rejoignait le comptoir attenant aux entrepôts et à sa maison. C'est là que le marchand passait sa matinée, au milieu de ses livres de comptabilité et de ses archives, écrivant, classant et lisant les rapports qui lui venaient du monde entier, envoyés par ses capitaines et ses agents en deux exemplaires par deux voies différentes. À midi, il déjeunait rapidement avec ses apprentis pour ensuite se rendre à pied à sa banque, sur la Troisième Avenue, entre Chestnut et Walnut. Il ne rentrait que vers neuf heures du soir, le regard un peu égaré, ivre de travail, l'esprit perdu dans le labyrinthe de quelque combinaison toujours fondée sur une idée simple, mais dont le succès dépendait de l'exécution minutieuse de cent détails dont il réglait seul les mécanismes avec la même passion et le même bonheur inquiet qu'un horloger sa dernière montre, un compositeur l'orchestration de sa symphonie et qu'un peintre pose l'ultime touche de vie sur le regard d'un portrait.

Les journées de Stephen Girard se déroulaient toutes de la même façon, excepté le dimanche où il travaillait en cachette.

« Que voulez-vous, je ne sais rien faire d'autre », disait-il pour s'excuser et puis, ajoutait-il, « *to rest is to rust* », se reposer, c'est rouiller.

— C'est le matin, après son petit déjeuner pris en compagnie de ses capitaines de navire, que tu le trouveras de meilleure humeur, lui avait dit son camarade.

L'œil de Stephen Girard balaya de haut en bas François Carbec, enregistrant la redingote, le pantalon de coton blanc, les bottes à revers, la chemise sans dentelle. Le général, lui, observait que le banquier portait le même vêtement noir élimé et les mêmes chaussures éculées qu'il lui avait vus lorsqu'il l'avait rencontré la première fois à la Banque Girard. Autant il avait été impressionné par les colonnes corinthiennes en granit, les sols en marbre blanc, et s'était étonné que le propriétaire eût une allure minable, autant ce jour-là, dans ces bureaux austères où des commis s'appliquaient à écrire, penchés sur de grands livres, et où pénétrait cependant la vie bruyante du port — le grincement des charrettes et le claquement des sabots, les cris, les jurons et les chansons, les odeurs mélangées, douceâtres, fades ou sucrées —, il se sentit à son aise et retrouva soudain la sensation lointaine de certains matins quand s'ébranlaient à l'aube les régiments de la Grande Armée.

— Alors, général, on me dit que vous pratiquez maintenant fort bien l'anglais ? Je n'avais pas été aussi rapide mais peut-être n'avais-je pas un aussi bon professeur ! Je connais la jeune Larose, c'est la grande amie de mon Henriette, une belle petite…

Une lueur passa dans l'œil du banquier et, sur ses lèvres, une légère crispation que François Carbec perçut l'une et l'autre et qui lui déplurent. Cela fut perceptible au ton de sa voix détimbrée, lorsqu'il répondit :

— C'est une personne instruite qui parle fort bien le français et sait parfaitement enseigner. Un professeur consciencieux et sérieux.

Girard sourit et, tout à trac, d'une voix joyeuse, il dit :

— Permettez-moi de vous donner un conseil, général. Épousez Cordelia. Faites comme votre ami Lallemand. Vous êtes veuf, dans la force de l'âge, vous pouvez bâtir une nouvelle vie, vous avez les qualités pour réussir mais il vous manque la stabilité sociale que donne une famille, sans parler des exigences de la nature qui peuvent certes être contentées par des courtisanes mais entre nous, général... quelle perte de temps !

François Carbec commençait à se sentir agacé. De quoi se mêlait le vieux bonhomme ? Qu'est-ce qu'ils avaient tous à vouloir le marier à Cordelia ? Ce n'était quand même pas cette péronnelle d'Henriette qui allait tout manigancer pour que son amie de cœur ait un destin identique au sien !

— Je vous remercie de vos conseils, cher monsieur, bien que ce ne soit pas ce genre de recommandations que je m'attendais à recevoir de vous.

Carbec avait dit cela avec un sourire ironique. Il ignorait que ce propos blessait au plus profond Girard dont le visage se couvrit du masque de l'impassibilité et dont le regard, pendant quelques secondes, s'immobilisa.

La vie familiale de Girard avait été un échec douloureux. Après quelques années de mariage, sa femme demeurée sans enfant avait perdu la raison ; l'hôpital l'avait recueillie, elle devait y rester vingt-cinq ans, jusqu'à sa mort, en 1815. Pour ce qui est des « exigences de la nature », qu'il avait fort gaillardes et vigoureuses, le banquier Girard, soucieux de la respectabilité qu'exigeait son métier dans la puritaine Philadelphie, s'en était arrangé par une succession de servantes-maîtresses qu'il remplaçait tous les dix ans par une plus jeune. Bien que personne ne fût dupe de cette organisation, il conservait ainsi la réputation d'une existence dominée par la seule passion du travail, ce qui était vérité, et si le démon du libertinage effleura jamais l'austère banquier, ce ne fut qu'un battement d'ailes dans l'alcôve de sa propre demeure et personne n'en sut rien que la servante complice et intéressée dont le silence se payait d'or. Quant au sentiment amoureux, c'était une extravagance qu'il avait éliminée de sa vie depuis qu'à l'âge de douze ans une jolie cousine pour qui il éprouvait l'amour le plus généreux et le plus pur, lui avait cruellement expliqué qu'il était trop laid, borgne et court de jambes pour qu'une fille pût l'aimer. Ce jour-là il s'était juré de devenir très riche.

Carbec ajouta sur un ton plus aimable :

— D'ailleurs, si telle était mon intention, je ne suis pas du tout sûr que Mlle Cordelia y serait favorable.

Stephen Girard ne répondit pas, haussa les épaules et poursuivit :

— Laissons, c'est votre affaire. Alors que voulez-vous savoir ?

— Mes camarades m'ont parlé de culture de la vigne et de l'olivier sur des terrains qui nous seraient concédés par le gouvernement américain dans des conditions avantageuses, ce serait dans l'Alabama mais je ne sais rien des chances de succès de ces cultures sur ces terres-là...

— ... et avec ces hommes-là ! Écoutez, général, j'ai vu depuis quarante ans arriver de nombreux exilés qui espéraient trouver ici des fortunes plus favorables que sur le Vieux Continent. Eh bien, de tous ceux-là, je n'ai vu réussir que ceux qui, ayant un métier en Europe, ont simplement voulu l'exercer ici, dans ce pays nouveau où le travail et l'industrie sont toujours récompensés. Ceux-là réussirent parce qu'ils apportaient de vraies compétences à ce pays qui en manquait : maçons, tailleurs, boulangers, cuisiniers, maîtres d'armes, professeurs de français ou de mathématiques, et même professeurs de danse ou de toute autre chose utile ici. À l'inverse, j'ai vu bien des prétentieux qui, parce qu'ils avaient apporté un peu d'argent, quelques bijoux cachés dans un pourpoint, s'imaginaient pouvoir conduire de grandes affaires sans en avoir l'expérience et sans même y avoir réfléchi sérieusement. Ceux-là se sont trouvés ruinés en peu de temps, parfois victimes de malhonnêtes gens mais plus souvent de leur légèreté, parce qu'ils comprenaient le commerce comme un jeu de hasard où l'on gagne beaucoup sans travailler ! Erreur fatale ! Pour en venir à votre affaire de vigne et d'olivier, j'en entends parler depuis des mois, à commencer par votre ami Henri Lallemand. Je connais les conditions financières qui vous sont proposées : quatre dollars l'hectare, payables en quatorze ans sans intérêt. C'est une bonne affaire si vous avez assez d'argent pour attendre plusieurs années la première récolte, si vous avez les connaissances nécessaires, ou si vous êtes prêt à les acquérir, si vous avez la volonté et le courage de défricher, travailler de vos mains, vivre à l'écart des villes... Je sais aussi tout ce que ce projet a de sympathique et de séduisant : vous retrouver entre Français, créer votre colonie avec vos propres traditions et, comme le préconise votre Jean-Jacques, vivre en grande famille, au contact de la nature et en harmonie avec les bons sauvages, encore que pour ceux-ci vous aurez intérêt à être prudents car je ne suis pas certain qu'ils auront lu, eux aussi, Jean-Jacques Rousseau ! Non, voyez-vous, franchement je ne vois pas d'un très bon œil cette aventure, car c'en est une, et beaucoup plus grande que ne l'imaginent vos sympathiques amis, Desnouettes, Clauzel et autres. Mais l'opération n'est pas impossible : la qualité des hommes qui y participeront en fera une réussite ou un échec.

Carbec hocha la tête.

— Je comprends, monsieur, vos mises en garde. Croyez cependant que les officiers qui, comme moi, ont une certaine pratique de la guerre, savent qu'on n'attaque pas l'ennemi sans avoir entraîné ses troupes, organisé l'acheminement des matériels, des munitions et des vivres, analysé toutes les éventualités et réfléchi aux actions à entreprendre dans chaque cas.

— J'entends bien, général, et c'est en quoi le génie de

Napoléon fut éclatant. Toutefois vos batailles, voyez-vous, sont des actions violentes, brillantes mais de courte durée, quelques semaines, quelques mois tout au plus. Les affaires, la finance et encore plus l'agriculture sont de longues patiences. Vous êtes des lions, nous ne sommes que des rats...

— Je n'oublie pas, monsieur, ce que vous m'avez déclaré la première fois que je vous ai rencontré : les commerçants et les financiers seront les puissants de ce monde et ils commanderont aux généraux!

Girard eut ce grand sourire bref qu'il avait parfois, inclina la tête en manière d'approbation et dit :

— Général, il y aura toujours ici ou là des chefs militaires hantés par le destin fabuleux de Napoléon.

Girard marqua un temps, puis continua à voix basse presque en chuchotant :

— Je ne serais pas surpris que certains de vos amis, ici même à Philadelphie, poursuivent de tels rêves extravagants et je ne saurais trop vous mettre en garde contre de pareilles aventures, quelle que soit la sympathie que l'on ait pour ces hommes courageux, quelque grande que soit notre admiration pour l'empereur Napoléon.

François Carbec baissait la tête. Que savait au juste le vieil homme des projets des frères Lallemand? N'était-ce pas à eux qu'il faisait allusion? Le général se tint sur ses gardes en écoutant le banquier poursuivre.

— J'ai donné à votre ami Henri Lallemand mon opinion sur tout cela. La seule condition que j'ai mise à son mariage avec ma nièce est qu'il s'engage à ne jamais entraîner ma petite Henriette dans ces forêts peuplées d'Indiens qui savent se montrer d'une générosité comme d'une cruauté exceptionnelles. Pour vous qui me donnez l'impression d'avoir une vocation de célibataire, les choses ne se présentent pas de la même façon...

Girard élargit son sourire de faune et cligna de l'œil gauche, égrillard et complice.

— La femme indienne m'a-t-on dit ne manque pas d'habileté ! Pour en revenir à votre camarade Henri Lallemand, il a fort bien compris et admis mon point de vue. Je lui fais une entière confiance. C'est un garçon sérieux et instruit, je ne suis pas certain que cela lui sera très utile ici mais il pourra toujours donner des cours de mathématiques ou écrire un mémoire sur l'artillerie. Et puis, que voulez-vous, ils me disent tous les deux qu'ils s'aiment ! Des enfants ! Elle, je comprends ! Mais lui, à son âge, un général ! Ah ! ce mariage sera un événement. Sa Majesté Joseph Bonaparte me fera l'honneur de sa présence.

Le banquier, cependant, ne perdait pas de vue l'objet de la visite de Carbec.

— Mais vous n'étiez pas venu me parler du mariage de ma nièce. Je vous ai donné mon avis sur la colonie de la vigne et de l'olivier, il me semble pourtant nécessaire, avant de prendre une décision, que vous examiniez d'autres voies. C'est pourquoi je vous engage à rencontrer mon jeune ami William Bayshore. J'ai bien connu son père qui était de ma génération, nous avons réalisé quelques belles affaires ensemble et maintenant je suis prêt à continuer avec le fils que, à vrai dire, je connais peu. C'est un garçon de votre âge, il parle couramment le français et vous n'aurez aucune peine à vous comprendre. Initié très jeune aux affaires de son père qui, à sa mort, lui a laissé une petite fortune, ce qui est à mes yeux parfaitement immoral, William Bayshore a un réseau de relations bien établies notamment avec les diamantaires hollandais. C'est important le négoce des pierres précieuses en ce moment, vous voyez pourquoi ?

François Carbec se souvint des leçons de Ludwig Van Hill.

— À cause des immigrés qui sont dans l'obligation de vendre leurs bijoux.

— En effet. Vous n'imaginez pas la quantité d'argent qui peut ainsi passer de main en main. William a donc une bonne situation de départ, un âge où les forces ne manquent pas et assez de temps devant lui pour voir grandir et prospérer ses affaires. De votre côté vous pouvez lui apporter votre expérience du commandement, votre esprit d'organisation, votre caractère et votre courage, il en faut dans les affaires et cela ne s'apprend pas ; on en a ou pas. Allez donc le voir de ma part, il habite la belle maison que son père a bâtie dans la vallée de la Schuylkill, et bavardez quelque temps ensemble pour voir si vous pourriez vous accorder. Si c'est le cas, n'oubliez pas que toute affaire durable entre deux associés doit être faite à parts égales. Faute de quoi le gros gruge le petit qui finit par se venger et l'affaire se termine mal. Si, pour votre part, il vous faut un financement, vous pouvez compter sur mon soutien.

Le petit homme s'arrêta brusquement de parler et se leva derrière son bureau encombré de lettres, factures, livres de comptabilité et dossiers entoilés semblables à ceux qu'on apercevait derrière le fin grillage des bibliothèques qui couvraient les murs et au dos desquels on pouvait lire calligraphiés à l'encre noire, Bordeaux, Londres, Le Havre, Anvers, Amsterdam, Saint-Pétersbourg, Cap François, La Nouvelle-Orléans, Île-de-France, Calcutta, Canton, Shanghai, Rio, Valparaiso et beaucoup d'autres. François Carbec comprit que l'entretien était terminé, il est vrai que le banquier Girard avait cette fois été très bavard, et il quitta, avec des sentiments mêlés d'agacement et de respect, le vieil homme qui avait pour passion, dans ce bureau sombre et poussiéreux, de pousser ses bateaux de port en port comme des pions sur un échiquier et qui s'en était distrait un moment pour donner à ce général qui aurait pu être son fils les conseils d'un père attentif. Le banquier n'avait pas eu d'enfant et Carbec ne gardait de son père que le souvenir d'un corps désarticulé, la tête inclinée sur une chemise blanche tachée de sang, ramené chez lui un soir d'émeute par trois hommes essoufflés et mouillés de sueur. Comme si le hasard maladroit essayait de réparer ses dégâts.

La maison de William Bayshore, une grande demeure selon la mode, avec fronton et colonnades corinthiennes, se trouvait en dehors de la ville, à l'opposé du port de Philadelphie, du côté de Fairmount, sur une hauteur dominant la Schuylkill qui borde la cité à l'ouest. Le père Larose avait insisté pour que François Carbec prenne son buggy auquel il avait attelé un morgan bai brun, trotteur souple et endurant. Le général en avait fait compliment et, lorsque sous le soleil pâle de ce matin d'automne il traversa les bois mordorés de Fairmount dans un silence où résonnait le trot de son cheval, il ressentit pour la première fois depuis longtemps un bonheur plein lui gonfler la poitrine, comme si le bel animal lui transmettait l'équilibre de sa cadence parfaitement régulière. Carbec arrêta le buggy devant le perron et un domestique se précipita pour conduire l'attelage jusqu'aux écuries qu'on apercevait à quelque distance derrière un bosquet d'eucalyptus.

Un serviteur noir, grand et solennel, le fit entrer dans un petit salon aux boiseries jaunes rechampies d'un gris légèrement bleuté. Tout de suite François Carbec se planta devant un tableau qui, entre deux moulures, ornait le panneau principal de la pièce. C'était un portrait de femme où dominaient le vert jade et l'amarante sur les deux volumineuses manches à gigot d'un corsage de soie aux larges rayures nacarat avec, au creux du décolleté, un cattleya jaune échevelé. Sous le front pâle et les cheveux noirs tirés en arrière par un chignon, de grands yeux allongés au regard distant qui cependant, si on l'observait mieux, s'ombrait de tristesse et avouait des élans contenus que confirmait la lèvre inférieure pulpeuse et pourpre. De longues mains fines sagement croisées sur un éventail fermé ajoutaient au portrait une touche de respectabilité qui le rehaussait d'ambiguïté.

Comme fasciné, François Carbec contemplait ce visage de femme qui lui en rappelait un autre sans qu'il parvînt à trouver lequel. Il tenta, une gageure, de passer en revue toutes celles qu'il avait rencontrées, et dont le souvenir marquait ses campagnes plus sûrement que les bulletins de victoire de Napoléon : les Milanaises de 1797 qui débutèrent l'éducation de ses vingt ans, laquelle fut complétée l'année suivante par les Égyptiennes des bordels du Caire, des Italiennes à nouveau en 1800, ce n'étaient plus les mêmes, des Romaines et des Napolitaines en 1805, et bientôt les Autrichiennes puis les Prussiennes qui l'avaient changé de l'Italie, une comtesse polonaise en fourrure l'hiver 1807 avec ce même regard peut-être que le portrait — oui, c'était les yeux de Warouska, mais pas sa bouche — puis l'Espagne trop brûlante dont il s'était vite lassé ; blessé devant Valence en décembre 1811 il n'avait pas fait la campagne de Russie, cela manquait à son tableau ; il avait aussi connu quelques Françaises, des Parisiennes dans sa jeunesse, Mélanie c'était autre chose, et les filles du Palais-Royal, et encore, il allait les oublier, celles de la rue de la Soif à Saint-Malo et ces dames de l'Arbalest House ; non, dans tout ce lot de femmes ou filles, pas une qui ressemblât à ce portrait, mais sans doute la superposition de plusieurs souvenirs, la Polonaise pour les yeux, une Romaine pour la bouche, une Allemande pour le teint.

— Ah ! vous admirez ce tableau !

— Beaucoup. Qui est-ce ?

— C'est de B..., un bon peintre anglais qui a déjà une jolie cote à Londres.

— Je voulais dire : qui est la femme ?

— Ah ! Une Irlandaise m'a-t-on dit, j'ai oublié son nom.

Carbec n'avait pas entendu l'homme arriver et leur dialogue, avant même qu'ils eussent échangé quelque politesse, avait aussitôt commencé, rapide et sec comme un assaut d'escrime. Grand, mince, élégant, le visage allongé un peu chevalin encadré de favoris blonds, William Bayshore semblait descendre du cadre doré de l'un des portraits en pied qui décoraient le salon dans lequel ils étaient maintenant entrés, et le général Carbec, du même regard précis, qui savait noter tous les signes distinctifs d'un uniforme, avait détaillé la tenue de son hôte, redingote bleu lavande, gilet jaune piqué de fleurs de myosotis, lavallière de soie grise, pantalon crème et fines bottes de chevreau noir, avant de conclure pour lui-même « un vrai dandy anglais, pas du tout le genre de Girard ». L'homme, cependant, ne manquait pas d'allure, admit à contrecœur le général en son for intérieur, bien qu'il n'appréciât guère chez un civil une élégance trop voyante, indice à ses yeux de futilité et de vanité. Il ne s'était jamais dit que les uniformes des militaires, et particulièrement ceux des officiers chamarrés, flattaient les mêmes caractères sans que les intéressés eussent à assumer le choix des tissus précieux, des parements, brandebourgs et boutons dorés, des pelisses et fourrures, des armes ciselées et des chapeaux emplumés.

Bayshore observait Carbec avec non moins d'attention. La raideur militaire de son visiteur ne le surprenait pas mais il percevait aussi que celui-ci n'éprouvait à son égard pas plus de sympathie que lui-même pour le général.

Entraîné et naturellement habile à cacher ses sentiments, il n'en fut que plus aimable. De plus, c'était un protégé de Stephen Girard, un camarade d'Henri Lallemand, sûrement un familier du comte de Survilliers, du maréchal Grouchy, des généraux Clauzel, Vandamme, ce milieu français dont il serait adroit qu'il se rapprochât pour corriger sa réputation d'anglophilie, qu'il avait certes voulue mais qui pouvait le gêner pour la conclusion de certaines affaires dans un pays qui n'avait pas encore apaisé les tensions anciennes entre loyalistes et insurgés. Enfin, *last but not least*, ces officiers sûrs d'eux-mêmes, naïfs et ignorants du monde des affaires, étaient autant de proies pour un homme habile.

— Alors, général, comment trouvez-vous notre pays ? Voilà quelques mois que vous êtes parmi nous, vous êtes arrivé, je crois, sur le *Voltaire*.

— Oui, trois mois, et je dois dire que j'ai été fort bien

accueilli, en particulier par M. Stephen Girard qui m'a fortement conseillé de vous rencontrer.

François Carbec allait droit au but de sa visite, à la hussarde, c'était son style et il ne se sentait pas le goût de développer un bavardage avec ce William Bayshore, lequel le comprit, pensa que décidément ces militaires manquaient de manières et résolut de promener longuement son visiteur avant d'en venir à l'objet qui l'amenait ici.

— Stephen m'a adressé un petit mot, laconique comme toujours, pour m'annoncer votre visite, tenez, le voici.

Il sortit de la poche de son gilet un billet minuscule et le lut en imitant la voix douce et précise du banquier :

— « Cher Bill, j'ai conseillé au général Carbec d'aller vous voir. Il lui faut une occupation et un revenu ; il dispose d'un certain capital » et c'est signé S.G. On ne saurait être plus concis !

— Tout y est !

— Ah ! vous devez vous entendre, tous les deux. Mais ne pensez-vous pas qu'il convient d'abord que nous fassions connaissance ? Voulez-vous que nous marchions un peu dans le parc, en cette saison les fleurs ne sont pas les plus belles mais il fait moins chaud qu'en été et nous bavarderons à loisir ? Ensuite j'espère que vous me ferez le plaisir de partager un déjeuner rapide et je vous rendrai votre liberté.

Sa voix était chaleureuse, son sourire charmeur, l'amitié brillait dans ses yeux. François Carbec aurait eu mauvaise grâce à refuser. Ils traversèrent le salon pour se diriger vers de larges portes ouvrant sur une terrasse qui dominait le parc : des arbres, des fleurs et des statues au milieu de pelouses coupées ras descendant en pente douce vers les berges de la Schuylkill. Au passage, Carbec admira l'élégant mobilier, les marqueteries de bois fruitier, les chandeliers d'argent, les bronzes précieux et les nombreux tableaux qui ornaient les boiseries. Il aima moins les lourds rideaux de soie bleu pâle bordés de galons d'or. Il avait déjà vu en France, dans quelques demeures de maréchaux, pareille ostentation de richesses mais peut-être parce que lui-même, bien qu'il n'en portât pas le titre, était un La Bargelière depuis plus de cent ans, il méprisait cet étalage, se disait que vanité est preuve de bêtise et se réjouissait que son interlocuteur en fût affecté. Il s'étonnait cependant que l'austère Girard semblât apprécier le fils de son vieil ami aujourd'hui disparu.

De la terrasse entourée de balustres et qu'embrassaient deux escaliers de marbre blanc aux marches larges et basses, ils descendirent dans le parc qui, expliquait Bayshore, était au printemps parsemé d'azalées, de pivoines, de rhododendrons, de camélias, d'iris, de lauriers-roses et pendant l'été de magnolias et d'agapanthes mauves qui jaillissaient des vasques orangées comme des feux d'artifice. Sur les pelouses, entre les massifs de rosiers, se promenaient, superbes et gonflés d'importance, des paons blancs qui, par saccades, tournaient leur tête minuscule de droite et de gauche et faisaient vibrer leur roue somptueuse de tulle et satin blanc piqué de paillettes d'argent devant les statues, dianes chasseresses et divinités de l'Olympe arrêtées dans leur élan au carrefour des allées.

— Racontez-moi la France, général, comment se passe le retour du roi Louis XVIII ?

— Je suis sûr que vous en avez quelque idée, les hommes d'affaires et les financiers tels que vous sont toujours bien informés, n'est-ce pas ?

— C'est la base même de notre métier, et en posant cette question à un homme de votre qualité je ne fais que compléter mon information auprès d'un témoin de premier ordre.

— Eh bien, je vais vous donner mon avis. Pour moi, les choses sont simples : depuis que l'Empereur n'est plus là pour les museler, les ultras sont sortis de leurs trous et ils se pavanent revêtus de prétention et de ridicule, tenez, pardonnez-moi, vos paons, magnifiques je dois dire, me font penser à eux ! Mais qu'on fasse simplement courir le bruit qu'une redingote grise surmontée d'un petit chapeau noir a été aperçue sur une plage, et vous verrez se sauver à nouveau ceux-là qui prétendent être la France et mériter par leur seule naissance les plus grands privilèges. C'est la curée. À eux tous les commandements, tous les sièges dans les deux Chambres. Et cela ne leur suffit pas. Il faut aussi qu'ils poursuivent de leur haine, parce qu'ils en ont peur, ceux qui ont servi l'Empereur. Ils les ont condamnés à mort, fusillés, bannis ou acculés à l'exil. Je vous le dis comme je le pense, monsieur, la France est aujourd'hui aux mains de ceux qui, pour retrouver leurs privilèges, l'ont combattue depuis vingt ans. La nation est mise en esclavage au bénéfice d'une minorité.

— Esclavage ? C'est une image ! Ici c'est un mot qu'on emploie avec circonspection ! Croyez que je comprends fort bien votre amertume mais je constate cependant que les bienfaits de la paix se font déjà sentir et que le prix de la rente remonte en France ; après être tombée à quarante francs à la fin de l'année dernière, la voici bientôt à plus de soixante francs.

— Oui, je sais, c'est une bonne chose pour ceux qui ont de la rente ! Mais les autres, c'est le prix du pain qu'ils voient monter ! Il a doublé en un an. Quand j'ai quitté la France au mois de mai, il y avait des émeutes de la faim dans le nord du pays, la troupe est intervenue, il y a eu des morts.

— N'est-ce pas que la récolte de 1816 fut très mauvaise ?

— Peut-être, mais c'est surtout que l'occupation étrangère a épuisé les stocks de blé et que son entretien nous coûte cher, sans compter l'énorme indemnité de guerre réclamée par les coalisés, sept cent millions de francs, là aussi c'est la curée ! Un joli cadeau que font les Bourbons avec l'argent du peuple français à leurs cousins, nos ennemis de toujours, qui les ont remis sur le trône !

— La France est riche, général, et les bas de laine — c'est bien ainsi que vous dites ? — regorgent d'or. Vous verrez que la dette sera bientôt remboursée, la prospérité vite retrouvée et le commerce entre nos deux pays plus florissant que jamais ! Je fonde personnellement de grands espoirs sur les échanges commerciaux entre la France et les États de l'Union, beaucoup de liens historiques et affectifs nous y disposent, comme nos économies complémentaires. Vous pourriez être une aide précieuse dans cette affaire, vos relations, votre cousin proche du ministre Decazes, votre famille malouine, tout cela est très favorable, n'est-ce pas, si toutefois vous oubliiez un peu vos ressentiments à l'encontre du gouvernement actuel, ou du moins si vous ne les exprimiez pas trop vivement...

Le général hocha la tête comme pour approuver. À vrai dire, il ne savait que penser de cette proposition, ne voyant pas de façon concrète ce qu'il aurait à faire. De son côté, Bayshore ne paraissait pas attendre de réponse et, comme ils étaient maintenant revenus sur la terrasse, il dit d'un ton enjoué :

— Ah ! je vois que James nous a préparé un couvert à l'extérieur. C'est une bonne idée, nous allons profiter d'une des dernières belles journées de la saison.

Pendant leur promenade, une table avait été dressée, nappe blanche, porcelaine fine, cristaux, argenterie et, dans une aiguière, les reflets rubis d'un vin où se perdaient les rais fragiles du soleil automnal. À quelque distance, en manches de chemise blanche, gilet puce et culotte de la même couleur serrée aux genoux sur des bas blancs, un grand nègre attendait, aussi discret et absent que les statues du jardin et pourtant attentif aux moindres détails du service.

— Peut-être ne savez-vous pas, général, que notre ami Stephen Girard n'a pas toujours été banquier, et qu'à un moment de sa vie il faisait le commerce des vins et alcools, en particulier avec la ville de Bordeaux. Il a gardé de cette époque des relations utiles dans les châteaux de Gironde et c'est lui qui me procure, comme il le faisait pour mon père, ces vins précieux. Goûtez ce haut-brion 1805, l'année d'Austerlitz, vos ultras n'en boivent pas de meilleur. À la santé de votre Empereur !

— À l'Empereur !

Les deux hommes avaient terminé leur repas et, chauffant un verre de cognac, fumaient un cigare en silence. James s'était éloigné, la lumière était douce et l'air immobile. Bayshore se disait qu'il allait réussir à apprivoiser ce hussard ombrageux et à le conduire là où il voulait. Carbec ne pensait à rien, il goûtait la beauté des lieux, la douceur de l'heure, le sentiment de sa liberté. Après tout, ce Bayshore n'était pas un mauvais bougre et son vin était superbe. Un bruit sourd se fit entendre du côté du fleuve. François Carbec reconnut le martèlement régulier qu'il avait déjà entendu la nuit dans la baie de Chesapeake lorsque l'étrange bateau à feu avait doublé le *Voltaire* ; bientôt la haute cheminée apparut, crachant un flot de fumée, et, quand il passa devant eux, le bateau rouge et noir fit fonctionner par deux fois une sirène stridente.

— Ah ! Voilà la dernière excentricité de notre ami Stephen toujours en quête d'inventions et de progrès technique. Savez-vous qu'il ne jure plus que par ces machines qu'il appelle savamment des pyroscaphes et dont il prétend qu'elles bouleverseront le monde ! Il va jusqu'à prétendre qu'un jour de tels navires traverseront l'océan et rejoindront l'Europe en deux petites semaines ! Entre nous, je crois que, l'âge venant, notre ami commence à perdre la raison. Il n'est quand même pas difficile de comprendre que ces bateaux doivent transporter le combustible dans leur cale où il prend la place des marchandises. Il y a là un vice économique fondamental qui est de devoir transporter pendant le trajet ce qui sera brûlé à la fin du voyage. Plus celui-ci est long, plus ce vice congénital devient insupportable. Non, je n'imagine pas qu'un pyroscaphe puisse un jour remplacer le *Montesquieu* ou le *Voltaire* !

Bayshore avait achevé sa phrase par un petit rire plein de suffisance qu'il interrompit brusquement.

— Laissons là ces enfantillages. Vous avez dû faire le

voyage avec les frères Van Hill. Ce sont des Anversois, des diamantaires.

François Carbec acquiesça, se souvint des théories des deux frères sur le commerce des pierres précieuses et écouta William Bayshore avec attention.

— Ces négociants, dit celui-ci, m'ont affirmé avoir de bonnes raisons de penser que nombre d'exilés, du moins les plus riches et particulièrement le plus riche d'entre eux, Joseph Bonaparte, avaient fui la France en emportant des quantités considérables de bijoux et de pierres précieuses et que ceux-ci, pour assurer leur existence dans ce pays, seraient disposés à céder leurs joyaux dans des conditions avantageuses. Or, il se trouve, poursuivit Bayshore avec jubilation, qu'au même moment cette joaillerie est fort recherchée dans toutes les capitales européennes, d'où les hasards de la guerre l'ont d'ailleurs chassée et où les bouleversements politiques récents font renaître des fortunes qui éprouvent le besoin de se décorer.

Bref, toutes les conditions d'un commerce lucratif se trouvaient réunies : de ce côté de l'Atlantique excès d'offre et, de l'autre, demande non satisfaite. Les frères Van Hill avaient proposé une association dans laquelle ils apporteraient leur compétence technique quant à l'évaluation des pierres et leurs relations en Europe, tandis que Bayshore s'enquerrait des propriétaires de bijoux et leur proposerait une aide sûre, discrète et efficace pour le cas où ils souhaiteraient un jour s'en séparer.

Et comme s'il y pensait à l'instant même, William Bayshore s'écria :

— Voilà une activité qui vous conviendrait parfaitement, cher ami ! Les portes des exilés bonapartistes vous sont ouvertes et vous êtes l'image même de l'intégrité et de la discrétion qui entraînent la confiance indispensable dans ce genre de négociations. Votre aide serait très précieuse et vous en tireriez, comme il est normal, de substantiels bénéfices.

Les vapeurs conjuguées du haut-brion et du cognac, l'ivresse légère donnée par le cigare firent que le général Carbec n'explosa pas tout de suite et que quelques instants plus tard, il rougit de ne l'avoir pas fait. Comment ce marchand avait-il pu s'imaginer que lui, général de la Grande Armée, soldat depuis vingt ans, allait faire la tournée de ses camarades, voire rencontrer le frère de l'Empereur, pour leur proposer ses services d'intermédiaire dans la vente de bijoux, et en tirer un bénéfice sur leur dos ! Voilà un jean-foutre qui méritait d'apprendre ce qu'est l'honneur d'un hussard. Pourtant François Carbec ne dit rien, les vapeurs de l'alcool et le cigare assurément, mais aussi la peur du ridicule et, plus insidieux, un doute qui tintait comme une fêlure dans la cuirasse ancienne de ses certitudes, le soupçon que ses scrupules étaient d'un autre temps.

— Qu'en pensez-vous, mon général ?

— Je vais y réfléchir, peut-être demander conseil à M. Girard. Vous n'y voyez pas d'inconvénient ?

— Pas du tout. Au contraire, et je suis persuadé qu'il vous convaincra !

François Carbec se leva, remercia pour l'accueil si aimable, félicita pour la splendeur de la demeure, et ils traversèrent à nouveau le salon et ses nombreux tableaux, faisant une courte halte devant chacun tandis que Bayshore énonçait d'une voix atone et comme indifférente : *Portrait de Mme B.* par Van Loo, *Les Lavandières* de Boucher, *Mme R. en habit de bal tenant un masque*, *Mlle F. méditant sur Newton*, *Hercule et Omphale* de Lemoyne, *Le Corset bleu et le corset rouge* de Metsu, *Bethsabée* de Rembrandt, *Mmes X...* et *Y...*, avec leur seule grâce et sans autre attribut, la *Chaste Suzanne* de Luca Giordano, *Bethsabée au bain* de Boucher, *Portrait de femme*, *Ruines de Rome* par Pannini, *Baptême de l'eunuque* par Cuyp.

— Votre salon est un véritable musée, dit le général Carbec avec un petit sourire. Je vois que les métiers du commerce laissent de gros bénéfices !

— Cette collection me vient de mon père qui était grand amateur de peinture, commerçant avisé et travailleur infatigable. Rien ne s'acquiert sans talent et sans travail, général, sauf à voler. Que voulez-vous, les œuvres d'art sont nos médailles, à nous les financiers ; nous les affichons volontiers sur les murs de nos salons comme les militaires vainqueurs les décorations sur leur poitrine. Vanité pour vanité, nos récompenses à nous ne sont pas le prix du sang des autres.

— Vous n'avez pas non plus versé le vôtre.

— À chacun son métier, général !

— J'entends bien, monsieur. Reconnaissez au moins que pour défendre l'argent des uns il faut souvent le sang des autres.

— C'est vrai. C'est pourquoi il faut éviter les guerres qui profitent quelquefois aux riches et jamais aux pauvres. La paix, elle, peut enrichir tout le monde.

Ils étaient arrivés dans le petit salon jaune près de l'entrée. François Carbec lança un dernier regard vers le portrait de la belle Irlandaise au cattleya dont les yeux pers lui avaient rappelé Warouska, sa comtesse polonaise de l'hiver 1807.

Comme il s'en allait sur son buggy par la longue allée rectiligne recouverte de sable blanc, il croisa un phaéton verni couleur lilas attelé de deux alezans bais qu'il reconnut aussitôt : c'était celui de Baltimore venu chercher les frères Van Hill à l'arrivée du *Voltaire*.

Le père Larose s'affairait dans ses écuries quand le général Carbec y rapporta le buggy.

— Alors, général, comment avez-vous trouvé mon morgan ?

— Très agréable, puissant et docile.

— Et Bill ? je veux dire William Bayshore ?

— Ah ! Je n'en dirais peut-être pas autant. Ce monsieur m'a surtout paru très riche.

— Vous pouvez le dire ! Avec ce que son père lui a laissé...

— Je reconnais qu'il m'a reçu de façon très courtoise et j'ai admiré qu'il parle notre langue avec une aisance qui le ferait passer pour un de nos compatriotes.

— Ce n'est pas surprenant. Son père était français, nous étions tous les deux dans l'armée de Rochambeau, à Yorktown en 1781.

— Pourtant son nom est bien anglais, Bayshore ?

Louis Larose se mit à rire et expliqua que le père s'appelait en réalité Morel mais avait une réputation de coureur de jupons qui l'avait fait surnommer par ses compagnons français « le baiseur » ! Connu sous ce seul nom par les Américains, ceux-ci l'avaient écrit à leur façon lorsque Morel demanda leur nationalité. Content de se voir ainsi américanisé, il n'avait pas protesté. Cependant il avait toujours tenu à ce que son fils parle parfaitement le français.

Baiseur, Bayshore... !

Ils en riaient encore lorsque Cordelia vint vers eux.

Elle avançait le visage éclairé par le soleil couchant, et François Carbec réalisa soudain sa ressemblance étrange avec le portrait qu'il avait admiré chez Bayshore. C'était si aveuglant, yeux allongés, regard intense et changeant, lèvre pulpeuse, même ardeur contenue, il la regardait venir vers lui, comme frappé de stupeur, et elle-même, étonnée de lui voir ce visage tendu, effaça son sourire. Le père de Cordelia les sortit d'embarras.

— Alors, jeunes gens, quand donc sortirez-vous mes chevaux ? Cela leur fera le plus grand bien. Voulez-vous les voir ?

Au général il réservait Yorktown, un tennessee à la robe bai foncé, qui avait, dit-il, un beau tempérament. Cordelia monterait sa jument, un quarterhorse isabelle, nommée Lorraine en souvenir de la province natale de Larose. Ils iraient se promener lundi.

Comme il s'en retournait chez lui à grands pas en descendant Water Street, François Carbec s'arrêta soudain, puis retourna jusqu'au Black Horse.

— Dites-moi, Larose, ce phaéton qui était à Baltimore à l'arrivée du *Voltaire*, vous l'avez bien vu, n'est-ce pas ? Savez-vous à qui il appartient ?

— À William Bayshore, bien sûr !

Le dimanche, à Philadelphie, était jour de recueillement en famille, on y lisait les Saintes Écritures et parlait à voix basse, les jeux mêmes des enfants étaient suspendus. François Carbec avait vite renoncé à la « tasse de thé et rien d'autre » qu'offraient ce jour-là les dames de l'Arbalest House dans leur salon où des chansons sentimentales et convenables agrémentaient le jour de repos des pensionnaires.

Julie Fortineau aimait bien ces journées, avait-elle expliqué au général, parce qu'elle n'avait plus à jouer de comédie et pouvait ne penser qu'à elle-même. Au début elle allait à l'église, la tête et le visage cachés par un grand châle sombre. Elle avait mal supporté tous ces regards tournés vers elle qui la dévisageaient. Un jour, le prêtre en chaire s'insurgeant contre la mode féminine s'était écrié en la regardant fixement, elle, silhouette noire tapie dans le fond de l'église : « Je vous déclare à vous, femmes orgueilleuses et insensées, que je vous déteste, que je vous abhorre ! Que j'aimerais mieux voir l'enfer ouvert sous moi que de jeter un coup d'œil sur une femme vêtue suivant l'horrible mode. Mais un jour vous serez damnées et je contemplerai avec délices, de concert avec les saints, les tourments éternels que vous endurerez. » Depuis, c'est dans le salon de l'Arbalest House que, le dimanche matin, son âme trouvait le repos en s'accompagnant au piano pour chanter : *Je descendis dans mon jardin pour y cueillir du romarin... Gentil coquelicot mesdames... Il pleut, il pleut bergère, rentre tes blancs moutons... Si tu y mets la patte et ron et ron petit patapon, tu auras du bâton, tonton...* qui lui rappelaient son enfance sans qu'elle songe un instant à quelque sous-entendu libertin. François Carbec préférait l'Arbalest House des jours de semaine.

Bien qu'il fût parfois invité le dimanche chez l'un de ses camarades, lui-même installé à Philadelphie avec sa famille, c'est le plus souvent seul dans sa petite maison de Spruce Street qu'il passait cette journée avec quelques livres, entre une marmite de soupe préparée par la femme qui tenait son ménage et une bouteille de ce whisky nouveau pour lui auquel il avait pris goût. Ce dimanche-là, le général Carbec se plongea dans la lecture du dernier numéro de *L'Abeille américaine*. À la rubrique « Gazette de Paris », il lut : « Les quatre maréchaux de France de service au Château — Macdonald, Oudinot, Marmont et Victor — ont déjeuné dimanche avec le Roi », et il apprécia le commentaire de Simon Chaudron : « Bonaparte et Louis XVIII ont l'un et l'autre traité ces héros avec distinction, chacun sur le champ de bataille qui lui était propre ! »

Mais c'est le cœur serré qu'il lut plusieurs fois, reproduite dans *L'Abeille américaine,* la lettre adressée par Napoléon au comte Las Cases au moment où celui-ci fut contraint de quitter Sainte-Hélène.

« Si quelque jour vous voyez ma femme et mon fils, embrassez-les — il y a plus de deux ans que je n'ai eu de leurs nouvelles ni directement ni indirectement [trois lignes enlevées par la censure de Hudson Lowe].

« Cependant, prenez courage et consolez mes amis. Mon corps, il est vrai, est au pouvoir de mes ennemis ; leur rage n'oublie rien de ce qui peut rassasier leur vengeance ; ils me font mourir à coups d'épingle ; mais la providence est trop juste, je le crois, pour permettre que cela dure longtemps au milieu de ce climat dévorant, privé comme je le suis de tout ce qui fait supporter l'existence [trois lignes enlevées]… recevez les assurances de mon estime, de mon amitié et soyez heureux.

« Votre affectionné Napoléon.

« Longwood, décembre 1816. »

Pour se remettre, Carbec se planta au garde-à-vous devant la glace de sa cheminée, se servit un grand verre de whisky, le vida d'un trait. À l'Empereur !

Cette lecture, cependant, ou peut-être l'effet de l'alcool, lui fit du bien et raffermit son esprit. Voilà qu'il se retrouvait. En dépit de quelques états d'âme nés de l'oisiveté, il sentait qu'il n'avait jamais cessé d'être un soldat de l'Empereur et c'est l'âme guerrière qu'il poursuivit sa lecture par le *Chant d'adieu à un brave*. Bientôt il déclama à haute voix, devant la glace :

— « Adieu, brave ! adieu, noble et honorable victime d'une persécution qui ne laisse point de repos à ceux que la haine poursuit et d'une vengeance hideuse qui livre aux bourreaux sans pitié tous ceux que sa fureur peut atteindre. Adieu brave ! »

Comme il portait le verre à ses lèvres, il suspendit le mouvement de sa main, « Bon Dieu, il faut que je réponde à la lettre de Sébastien », puis il avala le whisky avec une énergie redoublée.

— « Tu faisais revivre parmi nous les vertus des anciens héros, et tous les glorieux souvenirs de la patrie. Nous admirions ton modeste courage, tes actions guerrières dont tu ne parlais jamais, ta haine généreuse des tyrans, ta noble franchise, ta loyauté pure et ton cœur compatissant… Adieu, brave ! »

Le général Carbec vida un dernier verre, adieu brave bouteille, et d'un pas raide se dirigea vers sa table pour écrire au lieutenant Sébastien Médard.

« Salut et fraternité !… »

Le général Carbec et Cordelia allaient côte à côte au pas de leurs montures et Cordelia faisait parler le général en anglais, c'était l'heure de la leçon. La brume du matin ne s'était pas encore levée sur la Delaware dont ils suivaient la berge marécageuse et coupée de petits ruisseaux qui rejoignaient le grand fleuve. Ils avançaient en direction du sud, vers le confluent de la Schuylkill. Lorraine, la jument de Cordelia, marchait calme et droit d'un pas régulier. Yorktown, que montait François Carbec, ne cessait d'encenser, ce qui agaçait le général déjà fort occupé à soigner son anglais et amusait secrètement la jeune fille. À un moment la jument broncha et, quelques secondes plus tard, les deux cavaliers entendirent derrière eux sur le fleuve un martèlement sourd et régulier que François Carbec reconnut bien que le bruit fût étouffé par la brume.

— C'est l'*Eagle*, dit Cordelia. Il arrive de Trenton et descend sur Wilmington.

La haute cheminée noire apparut au-dessus de la nappe de brouillard sous laquelle on devinait les superstructures du bateau et en son centre la lueur du foyer entourée d'un halo. Quand le navire les dépassa et que le battement des pales se fit plus proche, les chevaux bronchèrent à nouveau. Bientôt on ne vit plus qu'un tube noir qui émergeait de la brume et un panache de fumée flotter derrière lui avant de se fondre dans la brume. Le général Carbec regarda la cavalière, son chapeau de haute forme noir entouré d'un voile de tulle qui flottait derrière, et sourit. Cordelia lui rendit son sourire sans comprendre.

Vers dix heures, le soleil pâle perça la brume et la campagne s'enlumina des couleurs de l'automne pourpre et mordoré. Le général Carbec décréta la leçon terminée et, tout en reprenant sèchement en main Yorktown, qui continuait d'encenser, demanda d'une voix enjouée :

— Je sens que ma monture a besoin de se détendre. Un petit temps de galop vous conviendrait-il, cher professeur ?

— Comme vous voudrez, général.

Lorraine avait bondi sans que Cordelia eût semblé le lui demander et François Carbec vit aussitôt qu'il avait affaire à une cavalière excellente ; il nota le buste droit, les mains basses sur l'encolure et devina que sous la longue jupe, pieds bien appuyés sur les étriers et talons bas, les jambes commandaient fermement l'animal. Très vite elle eut plusieurs longueurs d'avance et le long voile de tulle bleu pâle volait derrière elle comme une bannière. Avec brutalité, le général Carbec se jeta à la poursuite de Cordelia. Yorktown, cependant, les oreilles couchées en arrière, détala la queue en l'air et, en quelques sauts saccadés et ruades désordonnées, s'efforça de jeter bas son cavalier. Celui-ci, trop expérimenté pour se laisser désarçonner mais furieux et vexé, résolut de corriger Yorktown, le mit au galop sur un cercle en pesant de tout son poids sur l'avant et en tirant la bouche vers l'intérieur. Lorsque la bête commença à souffler, il la cravacha sèchement, donna un coup sec sur la bouche et l'étreignit de toute la puissance de ses jambes pour obliger l'animal dont les flancs luisaient de sueur à poursuivre sur un cercle de plus en plus raccourci le galop qui l'épuisait. Quand il le jugea soumis à sa volonté et désormais forcé à l'obéissance, François Carbec mit Yorktown au trot et rejoignit Cordelia qui, arrêtée à quelque distance, avait observé la scène.

Ils s'arrêtèrent devant elle : Yorktown blanc d'écume, les flancs parcourus de spasmes, les naseaux dilatés, roses à l'intérieur, ses gros yeux fous ; le général, belle allure, le sourire un peu fat et finalement pas mécontent de sa démonstration.

Carbec nota que le galop avait rosi les joues de la cavalière et semblait l'avoir un peu essoufflée. Il comprit vite que la colère seule la faisait respirer plus vite.

— Vous êtes une brute, dit-elle d'une voix durcie. Voyez

l'état dans lequel vous avez mis la pauvre bête. Jamais elle ne vous le pardonnera.

D'abord surpris par l'attaque alors qu'il s'attendait à quelque compliment, le général sentit la colère lui chatouiller les moustaches et se força à rire.

— Je n'ai que faire du pardon d'un cheval ! Je ne lui demande qu'une chose : me transporter où je veux, quand je veux, à l'allure que je veux. Excusez-moi, Cordelia, mais il y a vingt ans que je monte à cheval et dans des conditions ne ressemblant en rien à une promenade avec une charmante demoiselle.

Soudain il s'était animé, il ne riait plus ; il y avait de la colère, de l'orgueil et du désespoir dans sa voix.

— Je parle de la guerre, de charges de cavalerie sous la mitraille, face à des murs de lances et de baïonnettes sur lesquels il faut jeter montures et cavaliers, du canon qui tonne, des boulets qui explosent dans les jambes des chevaux, des hennissements des bêtes affolées, blessées, éventrées, des cris des hommes aussi, Cordelia. J'ai connu tout cela et vous voudriez que je ne corrige pas un cheval qui m'emmerde !

Ils étaient repartis côte à côte et allaient en silence, Lorraine calme au pas régulier, Yorktown nerveux, les oreilles agitées, parcouru de tremblements, l'écume débordant de sa bouche mais n'encensant plus comme au début de la promenade, Carbec l'avait noté avec satisfaction.

— Je vous comprends, croyez-moi, général.

Cordelia avait repris sa voix douce et regardait en souriant le général. Dans ses yeux il n'y avait plus l'orage menaçant mais de la gaieté. Il n'en revenait pas. Elle poursuivit :

— Oui, je comprends qu'avec tout ce que vous avez vécu vous réagissiez comme vous le faites. C'est ainsi qu'on doit faire dans le monde de la guerre. Mais il y a dans la vie autre chose que la guerre, autre chose que vous n'avez jamais connu et qui s'appelle la paix, la famille, le bonheur.

Il flaira le piège.

— Je sais tout cela, mais revenons à nos chevaux, il n'y a pas trente-six façons de les mener.

— C'est ce qui vous trompe, général ! Voulez-vous que nous fassions une expérience ? Mettons pied à terre l'un et l'autre, laissez-moi en tête à tête quelques instants avec Yorktown, moins de temps que vous n'en avez mis à le châtier.

Cordelia prit Yorktown par la bride et marcha à ses côtés, lui parla doucement, lui flatta l'encolure sans s'inquiéter de la sueur. Au bout d'un moment elle s'arrêta, sembla lui dire un secret dans le creux de l'oreille, puis le caressa sur le nez entre les naseaux, là où la peau est douce, et y posa un baiser. Ils s'en revinrent tous les deux, lentement. Yorktown avait l'air complètement calmé mais, quand ils s'approchèrent de Carbec, il coucha ses oreilles en arrière. La voix douce de Cordelia le rassura tandis qu'elle disait :

— Allez-y, général, montez pendant que je lui explique.

Quand ils se remirent en route, Yorktown marchait du même pas régulier que Lorraine et ne tremblait plus.

— Que lui avez-vous dit, sorcière ? demanda Carbec.

— Comme à vous, général, je lui ai parlé gentiment, c'est tout. Vous aussi vous étiez en colère !

Elle égrena un rire cristallin et il eut envie de rire avec elle et de la serrer contre lui.

— Mais lui, vous l'avez embrassé sur le nez !

— Parce que c'est un cheval, et qu'il est moins intelligent que vous.

— Je suis très bête, Cordelia.

— Je sais, dit-elle.

Au confluent de la Delaware et de la Schuylkill, Cordelia fit voir à François Carbec la propriété de Stephen Girard, elle y était venue quelquefois avec Henriette pour aider à ramasser les fruits. Quand ils arrivèrent sur la colline de Fairmount, le général montra la maison et les jardins de William Bayshore.

— Il a dans son salon un portrait de femme qui vous ressemble, Cordelia, d'une façon étrange.

— Vous allez travailler avec lui ?

— Je ne pense pas.

La date du « mariage Girard » approchait. C'est ainsi qu'on parlait à Philadelphie, en ce mois d'octobre 1817, de ce qui serait l'événement de la saison. Le premier millionnaire en dollars des États-Unis d'Amérique, Stephen Girard, banquier franc-maçon, né français, mariait sa nièce Henriette devenue sa fille adoptive ; elle épousait le général bonapartiste Henri Lallemand, condamné à mort par contumace, réfugié à Philadelphie, capitale des États de l'Union dont le gouvernement était désireux de garder les meilleures relations avec l'Angleterre comme avec la France de Louis XVIII.

On savait qu'il y aurait deux réceptions, la première chez Stephen Girard, le jour du mariage, réunirait dans un savant dosage social et politique ceux qui estimaient devoir être conviés et ceux que le banquier souhaitait spécialement honorer dans la mesure toutefois où leur présence ne choquerait pas les premiers. La seconde aurait lieu le lendemain à Bordentown, dans la propriété du comte de Survilliers. On y retrouverait toute la colonie française exilée à Philadelphie ainsi que les notabilités américaines que ni leur position politique ni leurs affaires ne faisaient redouter de participer à une telle assemblée.

Qui serait à la première réception, qui à la seconde, qui aux deux, fut pendant quelques semaines l'objet d'espoirs et de vanités, d'inquiétudes et de jalousies, et d'un casse-tête pour Stephen Girard et Joseph Bonaparte. Le général Carbec, malgré son grade, ne serait pas de la première réception. Le banquier qui devait compter avec le parti des anciens loyalistes favorables à l'Angleterre s'en était excusé auprès de lui. Du côté bonapartiste, ses seuls invités seraient le comte de Survilliers, le maréchal Grouchy et les généraux Clauzel et Lefebvre-Desnouettes que leur position et leur ancienneté qualifiaient de façon indiscutable; et bien sûr, s'il arrivait à temps, le général Charles Lallemand, frère du marié. Cordelia Larose était invitée aux deux réceptions, chez Stephen Girard en sa qualité de demoiselle d'honneur de son amie Henriette, également chez le comte de Survilliers qui, pour balancer la majorité masculine des anciens de la Grande Armée, avait demandé à Henriette de convier ses amies et connaissances.

Il faisait déjà nuit lorsqu'un soir Henri Lallemand rendit une visite discrète au général Carbec. Celui-ci était plongé dans la lecture de *La Nouvelle Héloïse* et se surprenait à prendre quelque intérêt aux sentiments délicats des héros et aux événements romanesques qui leur en donnaient le prétexte. Aussi ne fut-il pas dépaysé lorsque Henri Lallemand, avec des airs mystérieux et en baissant la voix, lui annonça que son frère Charles-Antoine était arrivé et souhaitait le rencontrer sans éveiller les soupçons des sbires de Hyde de Neuville. Voici ce qu'ils avaient imaginé. Le lendemain matin François Carbec se rendrait comme chaque jour au Black Horse pour sa leçon d'anglais avec Cordelia. Peu de temps après, Henriette et Henri les rejoindraient avec le buggy de Stephen Girard et tous les quatre repartiraient de l'auberge dans une calèche du père Larose, tous rideaux tirés.

Ils remonteraient le long de la Delaware jusqu'à Trenton où ils pourraient traverser le fleuve et redescendre sur l'autre rive jusqu'à Point Breeze, la propriété de Joseph Bonaparte, près de Bordentown. Charles disposerait d'une heure pour leur exposer ses projets et leur organisation. Pendant ce temps le comte de Survilliers, qui ne devait être compromis en aucune façon, ferait les honneurs de sa propriété aux jeunes filles et parlerait avec elles de la réception qu'il donnerait en ces lieux le lendemain du mariage, une justification toute trouvée à cette visite pour le cas où elle serait découverte.

Sur une colline plantée de pins qui domine la Delaware, Point Breeze rassemble sur quelques dizaines d'hectares un petit monde dont le comte de Survilliers est le maître heureux et débonnaire : au bout d'une allée bordée de magnolias et de rhododendrons, la maison principale, blanche sur une vaste pelouse piquée de dieux et déesses dans le plus simple appareil ; des dépendances multiples, écuries, hangars, volières et une véritable ferme avec granges et étables ; un parc arboré des espèces les plus diverses descendant jusqu'à un étang de plusieurs hectares aménagé sur le ravin que traverse un ruisseau avant de s'écouler dans la Delaware.

Le comte de Survilliers vint à la rencontre des jeunes gens, élégant avec simplicité dans sa redingote verte sur un gilet blanc ; François Carbec le jugea plus plaisant que les fois précédentes, les jeunes filles furent séduites par le charme et la gentillesse du souverain certes déchu, mais pas encore vieux, qui s'adressait à elles comme un père et les regardait avec au fond des yeux une petite lueur tendre qui disait que la vie est pleine de surprises et de promesses. De sa belle voix chaude et ronde qui faisait chanter la langue française comme l'italienne, il leur dit :

— Bienvenue à Point Breeze, chers amis. *Bellissime signorine*, ajouta-t-il en inclinant très légèrement la tête.

Il expliqua que le général Charles Lallemand, un peu souffrant, était tenu de garder la chambre où il recevrait ses camarades ; il priait ces demoiselles de l'en excuser. Pendant ce temps, le comte de Survilliers se ferait une joie de tenir compagnie à Henriette et Cordelia — permettez que je vous appelle par vos prénoms, vous me faites penser à mes filles Charlotte et Zénaïde que je n'ai pas vues depuis deux ans — ; il les invita à faire un tour du parc et une promenade en barque sur l'étang, c'était l'été indien n'est-ce pas, la *più meravigliosa stagione dell'anno*; ils rencontreraient peut-être un grand lièvre roux dans les bois, sur l'étang ils donneraient du pain aux cygnes, on verrait sauter les brochets et devant eux des petits poissons d'argent fuir comme une poignée de diamants jetés à la surface des eaux.

Les jeunes filles battirent des mains et bras dessus, bras dessous, lui au milieu, ils partirent tous trois en riant tandis qu'un valet de chambre conduisait les deux hommes jusqu'au cabinet où les attendait le général baron Charles-Antoine Lallemand.

Autant son jeune frère Henri apparaissait calme et réfléchi, autant Charles Lallemand, brun de peau, le cheveu et l'œil noirs, un grand front, joues creuses, lèvres minces, regard fiévreux, des mains longues et fines sans cesse agitées, le verbe rapide et sec, se donnait-il volontiers des airs de visionnaire, d'homme des tempêtes et des actions fulgurantes. Il y avait du Bonaparte en lui et, pour cela, l'Empereur l'avait souvent favorisé. À voir les deux frères côte à côte on percevait la domination de l'aîné sur son cadet admiratif.

François Carbec connaissait Charles Lallemand depuis longtemps. Hussards l'un et l'autre, ils s'étaient connus en Italie avec les Guides de Bonaparte, puis s'étaient retrouvés en Égypte au siège de Jaffa; c'est là que Charles Lallemand avait eu sa première expérience de diplomatie secrète avec sir Sidney Smith sous les murs de Saint-Jean-d'Acre; il devait en garder pour la vie ce goût maladif des combinaisons clandestines dont les protagonistes sont convaincus qu'ils font l'Histoire. Plus tard ils avaient à nouveau combattu ensemble pendant les campagnes de Prusse et d'Espagne.

Ces souvenirs défilaient dans leur mémoire quand ils se retrouvèrent face à face au premier étage de la demeure du comte de Survilliers, abasourdis d'en être arrivés là après tant de gloire continue : conspirer contre le gouvernement de la

France tandis que l'Empereur se mourait dans une petite île malsaine perdue au milieu de l'Océan.

Mais l'heure n'était pas au passé et ils n'avaient que peu de temps. Charles Lallemand fut concis. Le Grand Projet comprenait deux thèmes majeurs et quelques actions de diversion.

Le premier thème était de reprendre à l'Espagne ses colonies aux Amériques et de constituer ainsi un nouvel Empire à la tête duquel on placerait Napoléon que, deuxième thème, on ferait s'évader de Sainte-Hélène. La suite appartiendrait au génie de l'Empereur retrouvé, il saurait rassembler les forces nécessaires à la reconquête du sol de la patrie. Les trois hommes étaient debout autour d'une table où s'étalait la carte des Amériques. Lallemand l'aîné accompagnait son discours du mouvement de sa main maigre qui caressait la carte du bout des doigts. Les deux autres demeuraient immobiles et muets. Il poursuivit en expliquant le pourquoi et le comment des actions de diversion : reconnaissant l'impossibilité de cacher les préparatifs du Grand Projet aux nombreux espions anglais, espagnols et français qui pullulaient à Philadelphie, New York, Baltimore et La Nouvelle-Orléans, Lallemand avait imaginé de tromper l'ennemi en le noyant sous une quantité d'informations, vraies et fausses mêlées, qui le conduiraient à hue et à dia comme une meute qui s'épuise derrière un cerf recoupant sa trace avec adresse. Naturellement les actions de diversion destinées à rendre plausibles telles ou telles informations fausses devraient avoir toutes les apparences de la réalité ; cela impliquait que leurs acteurs eux-mêmes fussent dans l'ignorance du caractère particulier de leur mission. Seuls son frère Henri et Carbec connaîtraient la réalité et les limites du premier thème du Grand Projet, l'opération Texas, tandis que deux de leurs camarades, Latapie et Brayer, connaîtraient le second, l'opération Sainte-Hélène. Enfin lui, Charles Lallemand, serait seul à connaître dans le détail l'ensemble du Grand Projet.

François Carbec leva un sourcil en signe d'interrogation et demanda à voix basse :

— Et Sa Majesté Joseph Bonaparte ?

— Pas même lui. Il connaît les grandes lignes et ne les désapprouve pas mais il ne doit à aucun prix être compromis si notre affaire tourne mal. Vous imaginez bien qu'il est surveillé de près par Hyde de Neuvillle ; c'est pourquoi nous avons pris tant de précautions pour nous rencontrer aujourd'hui.

Le temps pressait. Lallemand l'aîné coupa court à une question qu'allait poser son frère, il avait encore beaucoup à leur dire et d'abord comment il entendait conduire la campagne du Texas. L'objectif réel était de créer à l'ouest de la Louisiane, au-delà du territoire américain et en bordure de la colonie espagnole, sur les rives du fleuve Trinité, un camp fortifié où regrouper une force de quelques centaines d'hommes bien armés capables dans un premier temps de tenir en échec les garnisons espagnoles de Nacogdoches et de San Antonio de Bejar, de se faire respecter des tribus indiennes comanches et choctaws, puis dans un deuxième temps d'encadrer une véritable armée de plusieurs milliers d'hommes pour conquérir toute la province du Texas, et aider les insurgés de Xavier Mina à chasser du Mexique les troupes de Ferdinand VII d'Espagne. L'objectif avoué, le seul qui serait annoncé aux volontaires qu'il allait falloir susciter, serait tout différent. Sur ces territoires vierges « qui n'étaient à personne », on allait créer une communauté nouvelle où pourraient vivre dans la paix et dans l'honneur les vétérans meurtris de l'épopée napoléonienne. D'ailleurs il avait déjà rédigé le texte de la proclamation que, plus tard, il conviendrait de faire connaître au monde entier. Charles Lallemand saisit quelques feuillets, se redressa et, d'une voix grave et théâtrale, lut lentement :

— « Réunis par une suite des mêmes revers qui nous ont arrachés à nos foyers et dispersés d'abord dans diverses contrées, nous avons résolu de chercher un asile où nous pourrions nous rappeler nos malheurs pour en tirer d'utiles leçons.

« Un vaste pays s'est présenté à nous ; un pays abandonné par les hommes civilisés, où l'on voit seulement quelques points occupés par des peuplades indiennes qui se contentent de chasser et laissent sans culture un terrain aussi étendu que fertile... Nous exerçons le premier droit accordé à l'homme par l'auteur de la nature, en nous établissant sur cette terre pour la féconder par nos travaux et lui demander les produits qu'elle ne refuse jamais à la persévérance...

« Nous nommerons le lieu où notre colonie est posée : Champ d'Asile. Cette dénomination, en nous rappelant nos revers, nous rappellera aussi la nécessité de fixer notre destinée, d'asseoir de nouveau nos pénates ; en un mot de nous créer une nouvelle patrie. »

Quand il eut terminé sa lecture, Charles Lallemand constata avec satisfaction l'émotion de ses compagnons. De la part de son frère qui était tendre, cela ne l'étonnait pas mais que Carbec, dont il connaissait l'esprit critique et réaliste, fût touché par son discours l'assurait de son succès ; il allait susciter l'enthousiasme, entraîner les vétérans, tromper le gouvernement américain sur ses intentions et peut-être les espions français, espagnols ou anglais qui l'épiaient.

Et même si ceux-ci n'étaient pas complètement dupes, au moins leurs gouvernements, à des milliers de kilomètres de là, en seraient-ils informés ; le moment venu il suffirait de communiquer cette proclamation à la presse.

Henri Lallemand serra son frère dans ses bras et, d'une voix étranglée, ne sut que lui dire :

— Merci. Merci pour nous tous.

Charles regarda Carbec plus réservé qui, cependant, approuva d'un signe de tête.

— Alors vous en êtes ?

— Bien sûr ! s'écria Henri.

— Et toi, Carbec ? interrogea Charles.

À ce moment ils entendirent la voix joviale du comte de Survilliers suivie du rire en cascade cristalline des jeunes filles qui l'accompagnaient. Par la fenêtre les trois hommes les regardèrent qui revenaient de leur promenade, les bras chargés de branches d'érable pourpre, de poires et de pommes du verger, et de champignons ramassés dans les prés. Elles avaient les joues rouges et des sourires éclatants ; le comte de Survilliers ressemblait à un grand-père heureux. L'image du bonheur, pensa Carbec, et le discours de Lallemand qui, tout à l'heure, l'avait touché, lui parut soudain factice et vide de sens. La vérité, la vraie vie, était là sous ses yeux dans le sourire de Cordelia. Cependant il savait qu'il allait entrer dans la chimère de Charles Lallemand. Les jeunes filles les avaient vus derrière leur fenêtre et leur faisaient signe de descendre. Cordelia avait pour lui les mêmes regards qu'Henriette pour son fiancé. Que ferait celui-ci de sa jeune épouse ? Y avait-il seulement pensé ? L'entraînerait-il sur les rives du fleuve Trinité ou bien, comme il l'avait promis à Girard, la laisserait-il à Philadelphie chez son oncle, le temps de son expédition aventureuse ? Charles Lallemand perçut que son charme avait cessé d'opérer et devina les pensées de ses compagnons. Il ne fallait pas leur donner le temps de trop réfléchir.

— Eh bien, Carbec, ne me dis pas que c'est la vue de ces jeunes filles qui te fait hésiter ! D'ailleurs tu en sais trop maintenant pour ne pas être avec moi.

— Tu peux compter sur moi, répondit doucement le général Carbec.

Il y avait de la résignation dans sa voix. Charles Lallemand saisit entre les siennes les mains de son camarade :

— Je savais que je pouvais compter sur toi… comme sur mon frère, dit-il en faisant un clin d'œil à celui-ci.

Puis il précisa le calendrier de la campagne.

En décembre, un navire quitterait Philadelphie avec, à son bord, environ deux cents colons qui seraient les pionniers du Champ d'Asile. La destination finale — l'île de Galveston, face à l'embouchure du fleuve Trinité dans le golfe du Mexique — serait gardée secrète. Le bateau appareillerait pour Mobile, situé à l'est de La Nouvelle-Orléans, et proche de l'embouchure de la rivière Tombigbee. Cela mettrait de la confusion dans les rapports des espions et donnerait à penser que les vétérans se dirigeaient vers la colonie de la vigne et de l'olivier.

Au mois de février les hommes de Philadelphie et ceux de La Nouvelle-Orléans, une centaine, des vétérans également mais aussi d'anciens colons de Saint-Domingue, se retrouveraient sur l'île de Galveston, le repaire du corsaire Jean Laffite avec lequel il avait noué les meilleures relations. Sur l'île on aurait préalablement entreposé les approvisionnements nécessaires au succès de l'expédition : matériaux et outils pour la construction et l'agriculture, armements, fusils, poudre, canons, sabres, sellerie... sans oublier les cadeaux pour amadouer les tribus indiennes, des centaines de mètres de collier en perles de verre multicolores. Ce serait le rôle du général Carbec que d'acheter et transporter ces approvisionnements à partir de La Nouvelle-Orléans où, grâce à une contrebande très active, se traitaient ces sortes d'affaires. Il devrait donc se rendre là-bas en avant-garde. Quant à Henri, il accompagnerait les vétérans de Philadelphie sur le navire qui partirait en décembre. Cela lui permettrait de rester quelques semaines avec sa jeune épouse. De toute évidence, pas un instant Charles Lallemand n'avait imaginé que sa jeune belle-sœur pût suivre son mari dans l'expédition. Henri ne disait mot et gardait les yeux baissés. Carbec dut se raidir pour ne rien manifester quand il comprit que dans peu de temps, quelques semaines peut-être, il serait parti pour La Nouvelle-Orléans. En son for intérieur, il n'approuvait pas ce programme qui lui paraissait conçu avec une certaine légèreté ; il n'appréciait pas non plus le rôle qui lui était dévolu mais, dès lors que Charles Lallemand, son aîné et général plus ancien, en avait décidé ainsi, vingt années d'obéissance militaire condamnaient le général Carbec à se raidir et à accepter sans mot dire.

Charles Lallemand, dont le plus grand talent était dans le maniement des hommes, comprit qu'il avait assuré son pouvoir sur ces deux-là. Sur son frère il n'en avait jamais douté mais, pour Carbec, il savait qu'usant de sa position et de son ancienneté il lui avait forcé la main et l'avait mis devant le fait accompli. Trop fin psychologue pour ne pas percevoir les réticences non exprimées et sachant qu'il ne risquait plus maintenant de voir l'un ou l'autre revenir sur son engagement, il s'efforça de dénouer les tensions qu'il avait lui-même créées.

— Ah! mes amis, je parle, je parle sans vous laisser placer un mot. Ne m'en veuillez pas de l'ardente nécessité de le délivrer où m'a laissé l'Empereur quand je l'ai vu pour la dernière fois à bord du *Bellerophon* dans le port de Plymouth. C'était le lundi 31 juillet 1815. L'amiral Keith venait de lui remettre la décision écrite de son gouvernement, un texte empreint de cette perfidie dont les Anglais ont le secret, par laquelle on l'autorisait à se faire accompagner à Sainte-Hélène par trois officiers de sa suite, les généraux Savary et Lallemand exceptés. J'étais bouleversé. Il semblait regretter mon départ. « Je serai peiné de vous voir vous éloigner », m'a-t-il dit et soudain il m'a regardé intensément et j'ai vu passer dans ses yeux une flamme joyeuse! Alors j'ai compris qu'il comptait sur moi pour organiser son évasion, ce qui me serait plus facile libre que prisonnier avec lui à Sainte-Hélène. Aussi n'ai-je eu de cesse, dès que libéré de Malte où je fus emprisonné avec Savary, de rassembler les volontés et les secours de tous ceux qui, dans le monde, admirent l'empereur Napoléon, enfant héroïque et génial de la Révolution. Après bien des détours j'en suis venu au Grand Projet. Vous avez certainement des questions. Voyons, Henri?

— En deux mots, quelle attitude devons-nous prendre vis-à-vis de la colonie de la vigne et de l'olivier?

— Tu as raison d'en parler. On me dit que Clauzel et Lefebvre-Desnouettes font grand bruit sur cette affaire. Je suis d'avis que nous donnions l'impression de soutenir cette idée, ce sera une excellente diversion. Cela ne nous empêchera pas d'expliquer aux plus jeunes et aux plus dynamiques que nous souhaitons entraîner au Champ d'Asile qu'il y a mieux à faire pour eux, en gloire et en richesses, que la vendange du raisin et la cueillette de l'olive ! Et toi, Carbec ?

— Tu parles de richesses. C'est qu'il en faut beaucoup pour financer ce projet : conquérir le Texas, peut-être le Mexique, entretenir plusieurs centaines d'hommes, les équiper, les armer, affréter des navires, délivrer l'Empereur !...

— Question primordiale en effet, cher ami, car sans or il n'est pas de grande entreprise. Vous imaginez bien que ceci est très secret mais il est juste que je vous accorde une confiance égale à celle que vous me témoignez.

Pour donner tout son poids au secret qu'il allait révéler, Lallemand l'aîné marqua un temps de silence, comme s'il hésitait à le divulguer. Baissant la voix, il expliqua que Joseph Bonaparte, dont la fortune était immense, avait mis à sa disposition un crédit illimité dans son principe. La difficulté cependant était de transformer en numéraire, en piastres et en dollars, des richesses constituées en propriétés, terres, or, bijoux et pierres précieuses. Un réseau avait dû être créé où intervenaient des banquiers, Laffitte et Girard bien sûr, mais beaucoup d'autres également, ainsi que des diamantaires et des intermédiaires divers dont il fallait s'assurer qu'ils ne connaîtraient jamais ni l'origine ni la destination des valeurs considérables qui circulaient entre leurs mains, non sans qu'ils prélèvent leur dîme au passage. Cela répondait aux questions que Carbec s'était posées à propos des frères Van Hill et de William Bayshore. Il comprenait aussi le silence de Stephen Girard. Charles Lallemand leur renouvela sa consigne de secret absolu ; ne pas même évoquer le sujet devant le comte de Survilliers ou Girard qui, en raison de leur position sociale et politique, ne devaient en aucun cas risquer d'être soupçonnés d'avoir partie liée avec eux.

Au lendemain du conciliabule de Point Breeze et jusqu'au jour du mariage, François Carbec cessa de rencontrer les frères Lallemand. Ceux-ci présentèrent à la colonie française de Philadelphie leur projet de Champ d'Asile. L'habileté de l'aîné jointe à l'enthousiasme candide du cadet assurèrent leur succès. Le puîné touchait les plus jeunes par ses discours où se mêlaient l'amour de la nature, l'utopie d'une société nouvelle et les souvenirs des ouvrages de Jean-Jacques Rousseau. Son frère, qui connaissait mieux les aspirations secrètes des moins jeunes, savait faire naître chez ceux-ci l'espoir de la vie la plus séduisante : vivre en militaires dans un monde en paix qui tout à la fois prendrait soin de leur gloire ancienne et les protégerait des aléas et des embûches de la vie civile. Quant aux plus hauts gradés, ils avaient assez vécu pour ricaner aux propos idéalistes d'Henri Lallemand. Bien nantis, ils ne craignaient pas les difficultés de la vie civile, et ils prenaient soin eux-mêmes de leur gloire. Tous les généraux ou presque s'opposaient à l'idée du Champ d'Asile : Lefebvre-Desnouettes et Clauzel qui prônaient la vigne et l'olivier en Alabama, Grouchy dont les regards implorants demeuraient tournés vers la France, Vandamme le réaliste qui traitait les deux frères d'enfants et de fous à lier, et quelques autres pour des motifs semblables. Seul le vieux général Rigau, couturé de blessures et la mâchoire fracassée — le martyr de la gloire, disait de lui l'empereur Napoléon —, gardait à soixante ans les ardeurs et l'enthousiasme d'un jeune homme.

— Je chui vot' hom… me ! avait-il déclaré à Charles Lallemand dans une grimace chaleureuse.

Après sa promenade matinale, invariablement le tour de la cité rectangulaire dessinée par le quaker William Pen entre les fleuves Delaware et Schuylkill, le général Carbec se mettait à sa table de travail. Il étudiait les cartes des États du Sud, l'Alabama, le Mississippi, la Louisiane et, du côté du Texas et du Mexique, celles des colonies espagnoles. Il savait depuis longtemps — c'était une exigence constante de l'Empereur — que l'étude rigoureuse des cartes avant même d'aller sur le terrain était la condition nécessaire au succès de toute opération. Carbec avait maintenant en mémoire la configuration globale de la côte et la succession des fleuves qui, s'écoulant du nord au sud, se jetaient dans le golfe du Mexique : l'Alabama et le Tombigbee qui se rejoignaient à Mobile sur la côte, le grand Mississippi qui s'écrasait dans son immense delta marécageux et La Nouvelle-Orléans sur une langue de terre entre le fleuve et le lac Pontchartrain, la Sabine qui marquait la frontière ouest de la Louisiane et débouchait dans un lac côtier qu'une passe étroite reliait à la mer, la Trinité enfin se jetant dans la baie de Galveston et, devant celle-ci, des îles allongées qui en limitaient l'accès. Plus à l'ouest c'étaient le Colorado et le Rio Grande à la frontière mexicaine. Son attention se porta sur l'île de Galveston, domaine du corsaire Jean Laffite, où ils regrouperaient leurs approvisionnements et leur armement avant de remonter avec trois cents hommes le cours de la Trinité sur quelque deux cents kilomètres. Ce serait une véritable expédition.

Disposeraient-ils de bateaux pour accéder jusqu'à l'embouchure de la Trinité au fond de la baie ou devraient-ils faire le tour de celle-ci et allonger leur marche de plus de cinquante kilomètres ? Remonteraient-ils le fleuve sur des embarcations ou à pied en suivant les berges ? Le cours d'eau était très sinueux et les abords sans doute marécageux. La région était-elle déserte ? Des tribus indiennes y demeuraient-elles et quel serait leur accueil ? Et surtout, Carbec constatait que ce territoire se trouvait sans équivoque en zone espagnole, largement à l'ouest de la Louisiane. Quelle était, dans ces conditions, la portée de l'accord du gouvernement américain transmis par le secrétaire d'État Adams au général Lallemand qui lui avait exposé son projet ?

Ces questions préoccupaient Carbec qui en rédigeait de brèves synthèses en attendant de les communiquer au général Charles Lallemand. Il espérait que celui-ci serait en mesure de lui apporter des réponses précises mais il lui arrivait d'en douter.

Après le travail d'état-major venait le temps de la lecture. Piqué par son ignorance de la littérature française et impressionné par la culture de Cordelia, il s'était procuré quelques-uns des titres qu'elle avait mentionnés et il s'efforçait, sans toujours y parvenir, d'y trouver de l'intérêt. Sur sa table étaient empilés *La Nouvelle Héloïse*, *La Princesse de Clèves* et *Manon Lescaut*, ainsi qu'un recueil de poèmes d'André Chénier. Ces ouvrages lui semblaient d'un autre âge, à lui qui avait douze ans en 1789, dont la jeunesse avait été marquée par la Révolution et le basculement de la société et qui, à dix-sept ans, s'était embarqué sur les champs de bataille au rythme des tambours. Les salons de musique, la harpe et le clavecin lui étaient aussi étrangers que vertugadins, falbalas ou prétintailles, et la seule carte du Tendre que Carbec eût jamais parcourue comptait plus de mamelons, croupes et ravines fleuries que beaux sentiments, attentions délicates ou raidissements de la vertu. Il arriva cependant quelquefois que ces lectures le laissent songeur et qu'il en vienne à se demander si les hommes et les femmes de ces romans étaient aussi étrangers qu'il l'avait d'abord cru à la nature vraie des êtres humains, fussent-ils généraux des armées de Napoléon. Un tel doute, quand il s'insinuait dans l'esprit du général Carbec, n'y demeurait guère. Il connaissait le remède souverain à ces songeries, « allons voir les filles », se disait-il, et il descendait à grands pas sonores Cedar Street vers l'Arbalest House et ses plaisirs roboratifs.

Julie Fortineau qui l'avait accueilli la première restait sa préférée. Mieux qu'aucune autre elle savait, dans cette maison vouée à « la distraction et à la conversation », allier les charmes de celle-ci aux fantaisies de celle-là. Le Français en exil était devenu sa spécialité. Avec lui elle évoquait la mère patrie, le pain chaud et le bon vin, lui contait les arcades du Palais-Royal sur quoi elle avait beaucoup à dire, ensemble ils mêlaient leurs nostalgies, se racontaient quelques morceaux de leur chienne de vie, et enfin, enfin, lui parfois n'en pouvant plus, et elle souriant tel l'artisan devant un travail bien fait, ils en venaient naturellement aux consolations de la « distraction » dont le sésame était un gros bijou de verroterie qu'elle portait au creux d'un large décolleté et qu'elle appelait un boute-en-train et parfois un tâtez-y.

Le général Carbec avait d'emblée bénéficié de la prédilection de Julie Fortineau pour les cavaliers et le hussard qu'il demeurait s'était à plusieurs reprises, c'est le mot, étonné de se retrouver à l'état de monture soumise aux commandements d'une walkyrie flamboyante et joyeuse qui commentait la manœuvre, moi ce que je préfère c'est le trot, au pas je m'ennuie et au galop on est tout de suite arrivé.

Les semaines passant, Julie avait cependant insisté, était-ce habileté, règlement de la maison ou simple habitude née de l'expérience, pour présenter successivement ses collègues au général qui les jugea toutes charmantes, et compétentes dans leur diversité. Mais il ne venait jamais à l'Arbalest House sans terminer par une visite de courtoisie à Julie Fortineau qui lui offrait dans le grand salon du dimanche, après avoir revêtu sa tenue la plus modeste, du whisky dans une tasse à thé. Dans cette circonstance sans équivoque, une franche camaraderie était née entre le général et la courtisane. Julie savourait le bonheur de converser avec un homme sans autre souci que d'écouter et de donner son sentiment vrai. Courtisane promue confidente, elle vénérait le général. Lui-même prenait à leurs entretiens le plaisir le plus honnête et Julie qui ne manquait ni de bon sens ni de finesse lui en apprit beaucoup sur les mœurs américaines et sur les femmes en général, toutes choses en quoi l'ignorance de François Carbec était considérable. Sans doute n'était-elle pas, dans ses jugements, exempte de ressentiment et de rancune à raison des humiliations subies mais elle observait la société d'un point de vue original et ses commentaires réjouissaient François Carbec.

Ainsi quand elle se moquait de ces hommes uniquement préoccupés d'acquérir des richesses, dont l'existence était un enfer parce que plus ils possédaient plus ils prenaient conscience de ce qu'il leur manquait, et qui, en toute circonstance et jusque dans le plaisir, gardaient un visage grave et empreint de tristesse. Et comme, disant cela, elle mimait ces visages successivement austères, pudibonds, un instant impudiques, puis embarrassés et honteux, le général Carbec éclatait de rire : « Ma chère Julie, vous êtes impayable ! »

— Et leurs femmes ? lui demanda-t-il un jour, qu'en pensez-vous ?

Le visage de Julie se durcit et un mauvais pli lui tomba au coin de la bouche.

— Je suppose que vous voulez dire les vraies femmes, les épouses, les mères, pas les femmes comme moi, n'est-ce pas ? Parce que nous, les courtisanes, nous n'existons pas. Nous sommes là pour la part du diable. À nous le vice, la honte et l'impudicité, comme ils disent. Aux épouses l'honnêteté, la vertu, la res-pec-ta-bi-li-té. Nous, on nous ignore mais les maris, quand ils s'ennuient avec leur femme vertueuse et froide, sont bien contents de venir ici s'amuser et libérer trop de désirs refoulés. Alors, que voulez-vous que je pense de ces femmes qui vont, le menton levé, appuyées au bras de leur époux, et détournent la tête quand elles nous croisent dans la rue ? Eh bien je vais vous le dire, je ne les aime pas, je les méprise et en même temps je les plains. La vérité c'est que les hommes de ce pays, si fiers de leur Constitution démocratique, considèrent les femmes comme ils considèrent les Indiens et les nègres, toutes et tous à leur service. Eux n'ont pas de temps à perdre, pensez donc, ils doivent s'enrichir et bâtir les États-Unis d'Amérique! Donc ils ont décidé : les Indiens chassés à l'Ouest, les nègres esclaves dans les plantations du Sud, et les femmes, pour qu'elles ne les empêchent pas de travailler, séparées en deux espèces : pour la reproduction, des épouses honnêtes et vertueuses, tout à leur dévotion, qui font le foyer familial paisible, et pour le plaisir des courtisanes légèrement dépravées, pas trop, cela les effraierait, qui les désennuient de trop de respectabilité. Ils enferment les premières dans la vertu, les secondes dans la débauche, et les divisent pour les dominer. Mais un jour viendra, je vous le prédis, où les femmes de ce pays n'accepteront plus d'être ainsi traitées; elles voudront être elles-mêmes, retrouver leur dignité; elles s'uniront, feront leur révolution et alors, croyez-moi, général, les hommes de ce pays ne pèseront pas lourd, avec leur grande carcasse et leur grande gueule, entre les mains fines et intelligentes d'épouses et de maîtresses qui les mèneront par le bout du nez.

François Carbec n'en revenait pas de tant de hargne et de lucidité. Julie avait lancé sa diatribe à propos des mœurs américaines mais lui-même, à plusieurs reprises, s'était senti visé.

— En France les choses étaient-elles très différentes? demanda-t-il.

— Oui, même si les hommes y sont comme partout égoïstes et autoritaires. La différence vient de ce qu'ici les hommes se sentent vraiment égaux, tous pensent avoir la possibilité de devenir riches et tous s'efforcent d'y parvenir. Cela les occupe entièrement et ils n'ont plus de temps pour nous. En France, ceux qui sont riches n'imaginent pas qu'ils puissent ne plus l'être, et les pauvres savent qu'ils le resteront. Alors tous ont du temps pour aimer, séduire, souffrir ou briser les cœurs. Aussi beaucoup de femmes de France ne sont-elles pas toute vertu ou toute débauche, il arrive que des épouses aient des galanteries et que des courtisanes deviennent fidèles. Chez nous, tout est possible parce que c'est le sentiment d'amour qui commande, tandis qu'ici c'est l'argent.

— En somme, si je devais me marier, vous me conseilleriez d'épouser une Française plutôt qu'une Américaine ?

Julie le regarda étonnée, comprit qu'il ne se moquait pas et, bonne fille, lui dit gentiment, avec un sourire mêlé d'amitié et de tristesse :

— Je vous ai vu l'autre jour partir à cheval avec la fille Larose, et je me suis dit que vous formeriez un beau couple. Vous voyez que je n'ai rien contre les femmes d'ici. Ce sont les hommes qui les font ce qu'elles sont. Avec vous il n'y a pas de danger. Elle sera heureuse, général, celle que vous épouserez.

Carbec sentit couler en lui la douceur du miel et bondir l'allégresse des matins ensoleillés.

Le regard soudain absent, il sourit à Julie, qui comprit que ce sourire ne s'adressait pas à elle, et que le général François Carbec — peut-être ne le savait-il pas encore — était follement amoureux.

Le comte de Survilliers avait bien fait les choses. Le vapeur *Eagle* était loué ce jour-là pour transporter de Philadelphie à Point Breeze ses invités à la réception qu'il donnait pour le mariage, célébré la veille, du général Henri Lallemand avec Mlle Henriette Girard. Un peu avant dix heures, une foule bruyante se retrouvait sur le quai Stephen-Girard, face à la maison du banquier, des hommes en majorité, qui parlaient fort jusqu'à couvrir le cri des mouettes et faisaient de grands gestes, des Français. Ils étaient tous en civil, le frère de l'Empereur, soucieux de discrétion, avait insisté pour qu'il en soit ainsi, mais le large ruban rouge que beaucoup portaient à la boutonnière de leur redingote les distinguait des quelques Américains, amis personnels du comte et du banquier. On était dans les derniers jours du mois d'octobre, l'été indien, la brise légère de l'Océan caressait les visages et, de l'autre côté du fleuve, le soleil encore bas sur l'horizon diffusait une lumière pâle qui enveloppa Cordelia lorsqu'elle apparut seule à l'extrémité du quai, d'abord silhouette menue enveloppée dans un châle de cachemire, et, comme elle s'approchait, visage ravissant entrevu sous sa capeline de paille souple nouée d'une soie mordorée. Les têtes se tournèrent vers elle, les conversations tombèrent, puis cessèrent et on entendit à nouveau le cri des mouettes. Cordelia se sentit rougir. Elle ne connaissait personne que le général Carbec, et comme il ne venait pas vers elle, elle eut peur qu'il ne l'abandonne à son embarras — mais qu'a-t-il ce grand imbécile à me dévisager ainsi de ses yeux ronds sans bouger ? — et elle sentit une flambée de colère la traverser. François Carbec, fasciné, la regardait. S'il ne l'avait pas aimée il se serait déjà, comme tout homme bien élevé, précipité vers elle pour l'accueillir. Ce geste naturel ne l'était plus pour lui et, tout hussard des armées napoléoniennes qu'il fût, la timidité et une sorte de gêne le tenaient paralysé. Lorsqu'elle ne fut plus qu'à quelques pas, Cordelia leva les yeux vers lui, un regard tirant sur le noir comme un ciel d'orage, et il s'inclina avec gaucherie. Elle fut vite entourée et complimentée, se montra vive et spirituelle, déploya ses charmes alentour et savoura sa vengeance en ignorant superbement Carbec coincé entre Clauzel et Lefebvre-Desnouettes qui s'efforçaient de le convaincre d'être du premier contingent pour la culture de la vigne et de l'olivier sur la rivière Tombigbee. Vandamme le délivra.

— Dis donc, Carbec, la petite mignonne, tu la connais ?

— Un peu. Elle m'a donné des leçons d'anglais.

— Eh bien, mon vieux, à ta place, c'est pas d'anglais que je lui aurais parlé ! Alors il t'est égal que je lui fasse un brin de cour ? C'est que je connais ta force au pistolet et au sabre, je prends mes précautions !

François Carbec, furieux et angoissé, le vit se précipiter vers le cercle qui entourait Cordelia, lui raconter une histoire et la faire éclater de rire. Cordelia sentit sur elle le regard de Carbec, elle lui adressa un sourire. Il la rejoignit.

Le trajet jusqu'à Point Breeze allait durer un peu plus de deux heures. Les conversations s'organisèrent par petits groupes. Quelqu'un demanda si on verrait les jeunes mariés ? Oh ! bien sûr, on les retrouverait chez le comte de Survilliers ainsi que quelques intimes qui avaient passé la nuit à Point Breeze. Stephen Girard avait auprès de lui ses invités personnels, William Short le diplomate et son épouse, et des relations d'affaires, Peter Duponceau, Nathanael Chapman, également accompagnés de leurs épouses, enfin William Bayshore, qui s'était avancé vers François Carbec :

— Heureux de vous rencontrer, général. Avez-vous réfléchi à ma proposition, cher ami ?

De toute évidence il attendait une approbation et espérait profiter de la circonstance pour se faire présenter aux camarades de Carbec. La réponse de ce dernier le surprit et, plus encore, son ton sec et désagréable.

— Oui, mais sans conclure pour le moment. Si vous le voulez, nous en reparlerons plus tard.

— Ne tardez pas trop, général. N'est-ce pas votre Empereur qui a dit : « Il faut être lent dans la délibération et vif dans l'exécution » ?

— Eh bien, je délibère, cher ami, dit-il en tournant les talons.

Il vit alors que Stephen Girard les observait tous les deux de son œil pointu.

Dans un des groupes, le diplomate William Short disait avec élégance le plus grand bien du comte de Survilliers, quel homme charmant que le comte, si simple, si fin, si délicat, d'humeur toujours égale malgré tous les soucis..., comment dirais-je ?... familiaux, n'est-ce pas, qui l'accablent. Et savez-vous, ajouta-t-il en s'adressant à ses compatriotes, qu'il a pour notre nation la plus grande admiration ? Il y a quelque temps un de mes amis lui demanda quel était de tous les pays qu'il avait connus celui où il y avait le plus de bonheur. « L'Amérique, répondit-il sans hésiter, d'ailleurs le mot bonheur figure dans la Constitution. »

— Bonheur, peut-être, mais avec peu de plaisir.

Ces mots avaient été prononcés d'une voix sourde par un gros homme congestionné qui somnolait dans son fauteuil, son épouse, une maigre à tête de vitrail, à ses côtés.

Quelqu'un commenta :

— Le plaisir souvent conduit au malheur. Il doit donc être écarté du pays où l'on recherche le bonheur.

Prestat « décoré par l'Empereur » qui se tenait près de Carbec demanda à voix basse :

— Tu connais le con qui vient de parler ?

— Non, en tout cas, ce n'est pas un des nôtres.

La femme à tête de vitrail s'agita et, de ses lèvres décolorées, laissa tomber d'une voix morne :

— La vie n'est pas faite pour le plaisir et le bonheur n'est pas de ce monde.

Alors Prestat se leva, se mit au garde-à-vous devant elle :

— Commandant Prestat du 2e de lanciers, décoré par l'Empereur. Eh bien, moi, madame, j'ai le bonheur d'avoir eu du plaisir toujours et partout dans ce monde, parce que partout j'ai fait l'amour, sur les neiges et les glaces de Russie, oui, madame, dans les bazars de Constantinople et du Caire, dans les sables de l'Égypte, dans ma douce patrie et dans toutes les villes d'Italie, et même, faut-il vous le dire, madame, pas plus tard qu'hier dans votre bonne cité de Philadelphie...

Il attendit quelques secondes que l'embarras pèse sur la compagnie, puis il ajouta avec une ironie sèche :

— Il est vrai que ce n'était pas avec une Blanche !

Prestat sortit du salon pour rejoindre le pont inférieur où on entendit peu après exploser de grands éclats de rire.

Lefebvre-Desnouettes vint prier la dame et Stephen Girard de bien vouloir excuser son camarade dont il prétendit que, plusieurs fois blessé, il n'avait plus toute sa raison.

— Oh ! le pauvre garçon, dit la femme à tête de vitrail avec un mouvement des deux bras qui fit craindre qu'elle ne voulût aller le consoler.

Stephen Girard adressa à Lefebvre-Desnouettes un sourire complice. Embarrassé, Carbec s'approcha de Cordelia qui le rassura tout de suite :

— Il est drôle, votre camarade !

L'incident clos, chacun s'efforça de relancer la conversation sur un sujet qui ne fût ni moral, ni religieux, ni politique. On se rabattit sur la technique du pyroscaphe, et le capitaine connut son quart d'heure de bonheur en répondant sans hésitation à toutes les questions qu'on lui posa.

L'*Eagle* jaugeait cent cinquante tonneaux, il mesurait cent vingt pieds de long et vingt-deux de large. Sa machine lui permettait une vitesse de sept nœuds. La hauteur de la cheminée ? Trente pieds. Pourquoi est-elle si haute ? Pour aller vite, madame, il faut beaucoup chauffer, donc brûler rapidement une grande quantité de charbon, donc avoir un maximum d'air dans le foyer, et plus la cheminée est haute, plus elle aspire d'air froid à sa base. Irait-on plus vite si elle était plus haute ? Non, monsieur. Et si elle était moins haute ? Non plus, monsieur. Pourquoi ? Parce que c'est calculé, monsieur, par les ingénieurs ! Et combien allez-vous consommer de charbon pour nous conduire de Philadelphie à Bordentown ? Mille trois cent cinquante livres, monsieur. Buisson, qui avait posé la question, sembla réfléchir un instant puis hocha la tête de haut en bas, et chuchota quelques mots à l'oreille de Simon Bernard.

Un peu avant d'arriver à Bordentown, la Delaware se rétrécit et forme des méandres entre des collines boisées. Toutes les couleurs de l'automne s'y trouvaient mêlées en un gigantesque tableau, les jaunes lumineux en taches claires sur les fonds roux et cuivrés, et cent nuances feu, fauve et rouille qui contrastaient avec les masses vert sombre des grands sapins. La machine avait dû ralentir et se faisait moins bruyante. Les conversations s'arrêtèrent un instant, on admirait le paysage, puis repartirent plus vives lorsque le capitaine eut annoncé dans son porte-voix :

— Point Breeze, à un *mile* sur votre droite, la longue maison blanche sur la hauteur et le parc qui descend jusqu'à la Delaware. Il y a un ponton où nous accosterons.

Ils étaient tous là pour les accueillir, Joseph Bonaparte, souriant et détendu; le maréchal Grouchy, toujours l'air préoccupé comme si, depuis l'aube du 18 juin 1815, il ne cessait de s'interroger gravement sur le parti qu'il devait prendre; les deux frères Lallemand; Du Pont de Nemours fils, Éleuthère Irénée, dont le père, Pierre Samuel, venait de mourir à Wilmington; trois autres qui devaient être le juge Hopkinson, l'historien Ingersoll et Nicholas Briddle. Carbec aida Cordelia à sauter sur le ponton, le comte ouvrit les bras en signe de bienvenue, dit à Cordelia que son amie Henriette l'attendait à la maison, prit la main de François Carbec entre les siennes en le remerciant, de quoi donc? se demanda celui-ci légèrement inquiet. Cordelia partit seule en avant rejoindre son amie.

Carbec et les frères Lallemand remontèrent ensemble vers la maison. Le gros de la troupe suivait loin derrière dans un babillage ponctué des petits cris des femmes et des grands rires masculins.

— Tu as un passage pour La Nouvelle-Orléans après-demain, sur un bateau de Girard.

Charles Lallemand avait dit cela à voix très basse. François Carbec crut avoir mal compris.

— Quoi?

— Après-demain pour La Nouvelle-Orléans. Tout est arrangé. Cet après-midi dans la salle des Bustes, à quatre heures, je te donnerai les détails.

Puis Charles se tourna vers son cadet et s'écria d'une voix forte et gaie :

— Alors, mon frère, quel effet cela fait-il d'être marié?

Henri bafouilla une réponse que Charles n'écouta pas. Sur le côté de l'allée, un vieil homme bizarrement accoutré avec des restes d'uniforme et tenant son râteau comme un fusil, présenta les armes avec son outil en s'écriant :

— Vive l'Empereur! Vive l'Empereur! Grenadiers en avant! La vieille garde meurt mais ne se rend pas! Wagram, Austerlitz, Austerlitz...

Lallemand expliqua :

— C'est une vieille moustache, un pauvre fou que Joseph a recueilli. Il était dans la Garde à Waterloo, on ne sait comment il est arrivé ici. Un jour il est entré et s'est adressé au comte de Survilliers : « Salut, Bonaparte, quand c'est qu'on va chercher le frérot ? » Joseph l'a gardé. Il ramasse les feuilles mortes sur les pelouses et, avec son râteau, il manœuvre pendant des heures.

Les autres les rejoignaient sur le perron. Le comte en tête, légèrement essoufflé, fit les honneurs de sa demeure.

— Mes amis, vous êtes ici chez vous, installez-vous comme vous l'entendez dans le grand ou le petit salon, la salle de billard ou la salle à manger. Nous déjeunerons dans une grange voisine assez vaste pour nous réunir tous. Je vous recommande toutefois une petite pièce, la salle des Bustes, où j'ai coutume de me recueillir parmi les souvenirs de ma famille, vous pouvez bien sûr vous y rendre mais ce n'est pas un lieu pour la conversation, c'est en quelque sorte ma chapelle. Au premier étage vous verrez la galerie de peinture — il y a là des toiles qui intéresseront peut-être certains d'entre vous — et la bibliothèque pour y méditer ou somnoler parmi les livres. Les dames trouveront au premier étage également chambres et cabinets de toilette où elles pourront à loisir prendre du repos et — je vous connais, belles dames — vérifier dans les miroirs l'objet de l'admiration qu'elles auront déjà lue dans nos yeux.

Intimidée, l'assistance s'égailla et une procession silencieuse défila de salle en salle devant des merveilles que beaucoup n'imaginaient même pas mais que certains reconnaissaient et nommaient à voix basse. Parmi ceux-ci, William Bayshore démontrait le plus d'enthousiasme. Dans le vestibule, la puissante toile de David, *Bonaparte franchissant le Grand Saint-Bernard* — « calme sur un cheval fougueux », ajouta le comte, « mais la jambe et le pied placés de façon déplorable », notèrent les cavaliers —, retint tous les regards et les officiers, sans même s'en rendre compte, se tinrent devant lui au garde-à-vous.

Le grand salon, six hautes fenêtres, deux cheminées de marbre blanc et une large porte vitrée ouvrant sur un perron, rideaux de mousseline blanche brodée et murs tendus de mérinos bleu, comptait trois grandes toiles de Gérard : *Napoléon en manteau de cour, Joseph roi d'Espagne*, costume de satin brodé d'or et manteau de velours doublé d'hermine, *La Reine Julie et ses deux filles Zénaïde et Charlotte*, ainsi que deux marines de Vernet et une *Vue de Naples* par Denis. Les meubles délicats, consoles d'acajou à pieds en forme de lyre et dessus en marbre d'Italie gris, rose ou noir, tables à jeu à pieds tournés, larges sofas, causeuses profondes, chaises retour d'Égypte, candélabres et girandoles, vases de porphyre et bronzes dorés, tapis des Gobelins, tant de belles choses et tant de richesses rassemblées laissaient les hommes muets, pleins de respect, étonnés et songeurs. Les femmes exprimaient plus facilement leur admiration, Cordelia la première qui les avait rejoints avec Henriette ; Carbec remarqua son regard brillant et son visage rosi où se lisaient l'excitation et la joie. Elle tourna la tête vers lui et son sourire, quand elle vit le visage ravagé du général, s'éteignit tandis que son regard interrogeait. Lui se redisait sans y croire les mots de Charles Lallemand : « Après-demain, sur un bateau de Girard, un passage pour La Nouvelle-Orléans. » Et il ne pourrait même pas dire à Cordelia pourquoi il partait, où il allait ni quand il reviendrait… s'il devait revenir un jour de cette aventure.

Dans la galerie de tableaux, au premier étage, William Bayshore exultait.

— Quelle collection ! Quelle collection ! Tout y est ! J'ai compté quatre Rubens, *Le Jugement de Pâris, Lions et chevreuil, Chasse au renard, Paysage avec figures et fruits* ; trois Titien, *Saint Sébastien, Tarquin violant Lucrèce, Sainte Madeleine* ; des Vierges de Murillo et de Raphaël ; un viol encore par Philippe de Champaigne ; et encore le Corrège, Vélasquez, Poussin et je ne sais combien de Luca Giordano !

Puis, apercevant Carbec :

— Vous voyez, général, que les financiers ne sont pas les seuls à apprécier la peinture !

Cordelia ne comprit pas pourquoi Carbec se contenta de hausser les épaules. Pour l'excuser, elle engagea la conversation avec Bayshore qui, fort expert en peinture, lui expliqua des choses nouvelles pour elle.

Dans la grange, une grande table en fer à cheval était dressée, nappes blanches, corbeilles de fruits, feuillages d'automne et les dernières roses avant l'hiver avec, au centre, une longue ligne de bouteilles rouge sombre de vin de Bordeaux. Deux larges cheminées, une à chaque extrémité de la grange, où brûlaient depuis plusieurs jours des arbres entiers, rayonnaient une lumière chaleureuse. Le comte de Survilliers présidait, à sa droite Henriette et son mari, à sa gauche Mme Hopkinson et Stephen Girard. Peu nombreuses, les femmes étaient placées près des personnalités les plus importantes, Cordelia entre Carbec et Charles Lallemand, Henriette n'y était pas pour rien. Le comte adressa au jeune couple quelques mots aimables qui ne manquaient ni de finesse ni d'émotion, s'égara un peu dans le symbole politique de cette union et eut pour Stephen Girard des propos allusifs et reconnaissants. Puis, au nom de tous ses camarades exilés, il remercia avec conviction les amis d'Amérique qui les avaient accueillis avec une généreuse simplicité. On applaudit, remplit et vida les verres. Le bruit des conversations et bientôt celui des rires et des éclats de voix s'amplifièrent et il se forma un brouhaha où on ne s'entendait plus. Aussi fallait-il, pour être compris de son voisin, lui parler à l'oreille. Vandamme, à qui était échue en voisine de table la dame au visage de vitrail, jalousait son camarade qui demeurait silencieux aux côtés de

Cordelia. Ah ! si j'étais à sa place, enrageait-il. Carbec, en effet, sous le choc de son départ proche, s'avouait à lui-même son amour pour Cordelia et s'en trouvait paralysé. L'esprit occupé de cet amour et comme vidé de toute autre chose, il était incapable de conduire cette sorte de conversation légère, spirituelle et délicatement galante que les femmes adorent et encouragent en riant facilement pour en entretenir le feu comme si elles craignaient qu'il ne retombât. Quant à Charles Lallemand, il était trop occupé par le général Rigau sur sa gauche pour s'occuper de sa voisine. Rigau était, avec Carbec et son frère Henri, le seul général qu'il ait convaincu de le suivre au Champ d'Asile et il le comblait d'attentions en l'écoutant chuinter son « enchouchasme pour le Champ d'Achile ». Entre ses deux généraux Cordelia enrageait, le dépit et l'ennui se lisaient sur son visage ; Henriette s'en aperçut et dit quelques mots à son mari qui, à son tour, jeta un coup d'œil à son camarade. Carbec surprit ces échanges, en devina l'objet et se résolut à dire à l'oreille de sa voisine :

— Ne m'en veuillez pas, je vous en prie, Cordelia, d'être un si triste compagnon. J'ai pour cela une bonne raison, croyez-moi, dont je vous parlerai plus tard.

Elle le regarda surprise, rassurée, et lui donna son sourire auquel il répondit par le sien mélancolique. Henriette se pencha à nouveau vers son mari et lui murmura quelque chose dont elle fut la seule à rire. Vers la fin du repas le brouhaha tournait au tohu-bohu quand Charles Lallemand se leva pour dire quelques mots au comte de Survilliers qui acquiesça de la tête.

Revenu à sa place, Lallemand fit tinter son verre pour réclamer le silence.

— Je sais bien, mes amis, qu'il n'en est pas un parmi nous qui, en dépit du plaisir de se trouver ici réunis par l'hôte le plus généreux et le plus proche de nos cœurs, non, il n'en est pas un qui n'ait eu aujourd'hui une pensée émue pour celui qui fut notre jeunesse et notre gloire, pour celui dont le génie fulgurant étonna le monde et qui, cependant, fut si proche de nous, à la fois exigeant et indulgent, sévère et compatissant ; celui qui sut rassembler les forces nées de la Révolution et en être le héros ; celui auquel, justement parce qu'il était fils de la Révolution, on a refusé l'exil décent toujours consenti aux souverains déchus et qu'on tient prisonnier, privé de tout lien, dans une île lointaine au climat malsain qui menace son existence.

À ce moment la voix de Charles Lallemand se fêla, il dut s'arrêter un instant et le silence fut tel qu'on entendit crépiter le feu dans les cheminées. D'une voix raffermie, il reprit :

— Comme vous tous, j'imagine, il m'arrive de me raconter à moi-même les prodiges qu'il nous a donné de vivre. Tout à l'heure, en lisant l'étiquette de ces bouteilles admirables dont notre hôte nous a régalés, haut-brion 1806, le souvenir me revint de cet étonnant mois d'octobre 1806 dont d'une certaine façon nous célébrons aujourd'hui l'anniversaire et qui fut peut-être la période la plus exaltante que l'Empereur nous ait fait vivre. Beaucoup d'entre nous l'ont vécue. Souvenez-vous : début octobre, la Grande Armée est rassemblée en Saxe au sud de la Prusse, quand va bientôt commencer la course prodigieuse qui, en moins d'un mois, nous conduira de victoire en victoire jusqu'à Berlin, et plus loin encore, au sud de la mer Baltique et sur les rives de l'Oder. Le 13 octobre, en fin de journée, nous sommes à Iéna et prenons position sur le Landgrafenberg qui domine la ville et la plaine de Weimar. L'Empereur y bivouaque parmi nous et, dans la nuit froide, escorté par des hommes portant des torches, il parcourt le front des troupes, explique la situation et déjà proclame : « L'armée prussienne est coupée en deux. Elle ne combat plus que pour s'échapper. » À l'aube du 14, le brouillard est épais, comme à Austerlitz, et nous attaquons sur le plateau sans voir ni très bien savoir ce que nous faisons. Lui, sait. Il a tout pensé, tout organisé, tout combiné, l'espace, le temps, le mouvement. À dix heures, quand la brume se lève, les chasseurs et les hussards de Ney sabrent l'artillerie prussienne, Augereau et Lannes bousculent l'infanterie qui fuit en désordre, tandis que les dragons de Murat poursuivent fantassins, artilleurs et cavaliers jusque dans les rues de Weimar. En quelques heures une armée de soixante-dix mille Prussiens a été culbutée.

On écoute l'orateur dans un silence absolu. Certains le regardent, la plupart ont les yeux perdus au loin et on comprend, à leurs visages graves, que défilent dans leur tête des images qu'ils sont seuls à connaître, celles de leurs propres souvenirs et peut-être de leur peur, les échos de l'ivresse du combat mais aussi les visages crispés, les corps désarticulés et souillés de sang gisant sur les champs de bataille où, les soirs de victoire, on recherche les amis disparus.

— Ce n'est qu'un début. À dix kilomètres de là, et dans le même temps, à Auerstaedt, Davout défait les soixante mille hommes de Brunswick dont les fuyards rejoignent ceux d'Iéna pour comprendre, stupéfaits, qu'ils ont été vaincus partout. Par cette double victoire d'une seule journée, vingt mille hommes sont tués ou blessés chez l'ennemi et autant prisonniers. Mais cela ne suffit pas à l'Empereur. C'est toute l'armée prussienne qu'il veut, avant que n'arrivent les Russes. Alors commencent la poursuite implacable et les manœuvres calculées qui ne laissent aucun hasard. Le 25 octobre, Davout campe à Berlin et Lannes à Spandau. Le 28, le prince de Hohenlohe capitule près de Magdebourg. Le 29, c'en est aujourd'hui l'anniversaire, sur la côte baltique, la place forte de Stettin, sa garnison et son artillerie se rendent aux hussards de Lasalle dont notre ami Carbec commandait un régiment.

Tous les regards se tournèrent vers celui que Charles Lallemand désignait de la main et qui baissait les yeux en souriant.

— Restait encore Blücher. Le 7 novembre, à Lübeck, il se rend aux dragons de Grouchy.

Cette fois, c'est vers le maréchal que tout le monde se

tourna. Il relevait le menton et regardait le général Lallemand avec des yeux mouillés de reconnaissance.

— Au soir du 7 novembre 1806, des cent soixante mille hommes de l'armée du roi de Prusse, il ne reste rien et nous campons sur les rives de l'Oder.

Quand Charles Lallemand se tut, pâle, la voix brisée, et retomba assis sur sa chaise, tous les hommes se mirent debout, applaudirent longuement et, brandissant leur verre à l'exemple du comte de Survilliers, s'écrièrent : « Vive l'Empereur ! »

Les femmes, demeurées assises, levaient la tête vers les hommes et les regardaient, incrédules, comme s'ils étaient devenus fous.

L'après-midi fut serein et chacun musarda suivant son goût. Certains, qui prétendaient vouloir admirer la nature et profiter des derniers rayons de soleil de l'été indien, marchaient par petits groupes et discutaient de choses sérieuses sans plus regarder autour d'eux, Lefebvre-Desnouettes et Clauzel recrutaient pour l'Alabama, Pierre Buisson et Simon Bernard parlaient poudre et explosifs avec Éleuthère Du Pont de Nemours ; d'autres lisaient dans la bibliothèque en fumant de nouveaux cigares que le comte venait de découvrir, Ingersoll l'historien et le juge Hopkinson s'émerveillaient devant les milliers de livres et se passionnaient pour des documents que le comte avait mis à leur disposition dans des boîtes en carton vert ; les amateurs d'art se promenaient dans la galerie des peintures, William Bayshore y déployait ses commentaires et enregistrait peut-être un inventaire discret.

Les dames, dans le grand salon, entouraient le comte de Survilliers ravi, qui racontait volontiers ses souvenirs de roi de Naples, un peu moins ceux de roi d'Espagne. Quelques hommes aussi étaient là, ceux qui préféraient la compagnie des femmes, Prestat dont elles feignaient d'avoir peur, Vandamme qui tournait autour de Cordelia, Stephen Girard qu'on n'avait jamais vu si bavard, William Short le diplomate qui donnait la réplique au comte avec humour et discrétion, et quelques autres qui croyaient avoir une belle voix. Car on savait qu'avec Joseph on chanterait de ces airs d'opéra qu'il adorait, où sa connaissance de l'italien et son registre de baryton faisaient merveille. On apporta les partitions, Henriette se mit au piano et l'on entendit bientôt, entrecoupés de fous rires, le duo de Serpina et d'Uberto dans *La Serva padrona* de Pergolèse, le comte Robinson et Geronimo dans *Il Matrimonio segreto* de Cimarosa. Mais le grand succès de Joseph, on le lui laissait chanter seul, c'était le comte Almaviva des *Noces de Figaro* dont il connaissait le rôle par cœur.

Pendant ce temps les deux frères Lallemand et Carbec s'étaient retrouvés dans la salle des Bustes où, mal éclairés par un candélabre, ils parlaient à voix basse.

Au centre était le buste du père, Charles Bonaparte par Bartolini, entouré de ceux de Louis et Jérôme par Bartolini également, d'Élisa et de Pauline par Canova, du roi de Rome, enfant, couché sur un coussin, par Canova encore. Il y avait aussi un groupe par Bosio, *Bacchus et Ariane*, qui devait donner un autre cours aux méditations que le comte de Survilliers disait tenir en ce lieu.

Carbec s'était habitué maintenant à l'idée de partir le surlendemain pour La Nouvelle-Orléans. Le matin il était près de refuser. Le rappel par Charles Lallemand de la campagne de Prusse en 1806 et du rôle qu'il y avait joué l'avait galvanisé. Persuadé maintenant que la gloire et l'amour vont bien ensemble, il s'engagerait donc dans l'aventure et reviendrait dans quelques mois épouser Cordelia, devoir accompli et, pourquoi pas, fortune faite.

Charles, qui l'avait senti hésitant, presque réticent, se réjouissait de le voir déterminé, organisé, rapide, tout ce pour quoi il l'avait toujours apprécié et qu'il avait craint, un moment, que l'exil ne lui ait fait perdre. Les deux hommes eurent vite arrangé leur affaire. Charles remit à François la liste de ce qu'il fallait se procurer, armement, munitions, outils et provisions de nourriture pour plusieurs mois, toutes choses qui se trouvaient aisément à La Nouvelle-Orléans pour peu qu'on sache faire briller un peu d'or.

— Pour cela, dit Lallemand, ne t'inquiète pas. Nous avons l'argent nécessaire. Demain, tu iras voir Girard, il t'attend : il te donnera ce qu'il faut, numéraire, lettres de crédit et le nom de ses correspondants.

En arrivant à La Nouvelle-Orléans, François Carbec se mettrait en rapport avec Jean Laffite, il le trouverait, lui ou ses hommes, au café Maspero. Charles l'avait rencontré : il fallait s'en méfier, après tout c'était un flibustier, mais il était tout-puissant dans le golfe du Mexique et montrait pour l'empereur Napoléon une grande admiration qui se reportait sur tous ceux qui l'avaient approché. Il faudrait aussi, fin janvier, conduire depuis La Nouvelle-Orléans jusqu'à l'île de Galveston une centaine de volontaires qui y rejoindraient ceux de Philadelphie. Quelques-uns étaient des exilés récents, d'autres avaient fui Saint-Domingue depuis déjà quelques années. À ceux-là comme à ceux de Philadelphie, il ne faudrait révéler leur destination précise qu'au dernier moment.

— Parvenir à garder le secret de nos opérations me paraît illusoire, objecta Carbec.

— C'est pourquoi je me suis arrangé depuis plusieurs mois à faire courir des bruits où se mêlent nos projets réels et d'autres, imaginaires. J'ai agi en sorte que ce vieux fou de Lakanal en ait connaissance et je sais qu'il a déjà bavardé ici et là. Étant moi-même étroitement surveillé, je ne puis agir directement. Mais toi, Carbec, ton nom n'a jamais été cité pour le Champ d'Asile, tu apparais plutôt comme un candidat à la vigne et à l'olivier, on ne nous a pas vus ensemble et ta présence ici s'explique par ce mariage.

Carbec hocha la tête en manière d'approbation, puis demanda :

— À La Nouvelle-Orléans, m'as-tu dit, un seul connaîtra ma vraie mission. Qui est-ce ? Comment le trouverai-je ?

Lallemand tapa amicalement sur l'épaule de son camarade.

— Ce ne sera pas difficile. Vous vous connaissez. Il t'attend. C'est Hervé Le Coz.

— Le petit Le Coz de Saint-Malo ?

François Carbec avait presque crié. Charles Lallemand lui fit signe de baisser la voix et ajouta :

— Tout juste. Il a bondi de joie quand il a su que c'était toi. Tu sais que je l'ai connu à Rochefort quand lui et ses amis ont proposé de fuir avec l'Empereur sur un petit chasse-marée, puis de capturer un navire marchand et de rejoindre l'Amérique.

— C'était fou !

— Un peu hasardeux, c'est vrai, mais moins fou que de faire confiance aux Anglais ! Je regrette amèrement aujourd'hui qu'on ne l'ait pas suivi. Le résultat ne pouvait pas être pire que ce à quoi nous avons abouti. Le Coz c'est un gars bien. Vous formerez une sacrée équipe tous les deux. Des Malouins à La Nouvelle-Orléans ! Les corsaires de Laffite n'ont qu'à se tenir.

Pendant que les deux aînés organisaient leur affaire, Henri s'était tu et semblait ailleurs. Carbec s'en aperçut :

— Et toi, Henri, comment vas-tu faire avec Henriette ?

— Pour le moment je reste ici. En décembre, je lui annoncerai que j'accompagne ceux de Philadelphie au Champ d'Asile, sans indiquer l'endroit, et que je reviendrai dans…

Il hésita, Charles ajouta pour lui :

— Oh ! quelques mois tout au plus.

Carbec se dit qu'il tiendrait demain le même discours à Cordelia.

Il faisait presque nuit quand l'*Eagle* vint rechercher les invités du comte de Survilliers. De temps à autre la machine lâchait un jet de vapeur impatient tandis que des serviteurs brandissaient des torches pour éclairer le chemin qui descendait vers l'embarcadère. Vandamme et Carbec offrirent en même temps leur bras à Cordelia qui fit un sourire au premier et s'approcha du second.

L'*Eagle,* dans le noir, ressemblait à un monstre avec un gros cœur rougeoyant dont les battements sourds ébranlaient la nuit et un long cou noir d'où jaillissaient des flammes. Cordelia frissonna, François Carbec serra son bras.

« Venez me voir demain à la banque à trois heures », lui avait murmuré Stephen Girard tandis que François Carbec prenait congé en descendant de l'*Eagle.* Lorsque le général entra dans le bureau du banquier, qui ne ressemblait en rien à celui de Water Street resserré entre la comptabilité et les magasins, Girard fit signe à son visiteur de s'asseoir et s'excusa de terminer un courrier qui d'ailleurs le concernait. Carbec le regardait écrire. L'œil gauche près de la feuille de papier, la tête un peu tournée vers la droite se déplaçait lentement puis brusquement revenait à gauche, accompagnant la plume dont le grincement écorchait le silence. Le général observait le banquier et s'étonnait de lire sur le visage de cet homme déjà vieux une volonté impatiente et une obstination irrémissible. Le banquier se redressa, fila un sourire entre ses lèvres minces et planta son regard borgne dans les yeux du général.

— Nous sommes d'accord, n'est-ce pas ? Je ne sais rien, je ne veux rien savoir de vos folies, même si vous avez ma sympathie. À votre âge, j'ai fait quelques bêtises également mais de moins grandioses parce que j'étais seul. J'ai toujours été seul, c'était ma faiblesse mais j'en ai fait une force, j'ai toujours su où je voulais aller et j'en ai supporté seul toutes les conséquences, hostiles ou favorables. Votre situation, la vôtre et celle de vos amis, est différente. Votre colonie nombreuse, votre exil, vos rencontres fréquentes, votre passé glorieux, vos qualités, tout vous conduit à vous entraîner les uns les autres et à concevoir des entreprises que j'appelle folies, notez que je les ignore même si je puis en imaginer quelques-unes. Cela m'inquiète pour vous tous, à commencer par ma petite Henriette. Je sais que je ne puis infléchir vos décisions, d'ailleurs je ne le voudrais pas, mais laissez-moi vous parler à cœur ouvert, comme je l'aurais fait pour mon fils si j'avais eu le bonheur d'en avoir un. Un jour, plus tard, peut-être vous en souviendrez-vous quand vous regarderez la vie d'une autre façon. Sachez d'abord que j'ai la plus vive admiration pour l'empereur Napoléon qui a réalisé de grandes choses dans cette France qui demeure un peu ma patrie. Mais vous êtes ici dans un monde différent, à l'opposé de ce que vous avez connu depuis vingt ans, et il est nécessaire à votre équilibre et à votre réussite dans ce pays que vous regardiez en face la réalité, c'est-à-dire les faits.

François Carbec n'aimait pas le tour que prenait ce discours. Immobile et muet, il soutint sans ciller le regard de Girard. C'est ainsi qu'il se tenait avec les beaux parleurs : les écouter sans répondre, sans donner le moindre signe, laisser leur discours se tarir, se répéter, se conclure sans force, faute de trouver une contradiction sur quoi s'appuyer. Stephen Girard cependant était d'une autre trempe, il savait ce qu'il voulait dire et il le disait nettement, sans hâte, calmement :

— Les faits sont qu'il n'y a plus de Grande Armée ; que votre Empereur est prisonnier dans une petite île perdue au milieu de l'Océan, entourée d'une escadre anglaise, et qu'il n'en reviendra pas vivant ; qu'ici, en Amérique, vous n'êtes plus général même si, pour vous faire plaisir, on continue de vous appeler ainsi ; qu'il va vous falloir gagner votre vie, les uns et les autres, lorsque vous aurez dépensé les largesses dont vous avez été comblés ; que vous serez obligés, je vous l'ai déjà dit, de faire plus ou moins du commerce. Je sais que beaucoup de Français, qu'ils soient issus de l'aristocratie ou de la Révolution, n'aiment pas cette idée de commerce, les premiers parce qu'ayant tout eu par privilège ils n'ont jamais eu à gagner leur vie, les seconds parce que nourris d'idées abstraites et de philosophie, et ayant vécu trop longtemps aux crochets de l'Europe, ils ne voient pas la nécessité de gagner par l'industrie et le commerce ce qu'ils ont eu la facilité de prendre ailleurs. Mais ces temps-là sont révolus et il faudra que la France elle aussi daigne vivre de commerce dans la paix, car commerce et paix sont indissociables l'un de l'autre. Votre bourgeoisie, libérale en grande majorité, y est prête et y aspire. Elle seule peut vous délivrer des ultras et il vous faut cesser de rêver à un renouveau glorieux de l'Empire écroulé.

Depuis un moment François Carbec ne soutenait plus le regard du banquier. Quand celui-ci se tut, il y eut un long silence. Le général sentait bien que Girard, dans sa brutalité, n'avait pas tort, mais il savait aussi que le banquier, en voulant ne considérer que les « faits », négligeait la force des sentiments et de l'imaginaire capables d'engendrer des événements prodigieux. Il savait aussi que l'honneur était une façon d'assurer son propre équilibre et que celui-ci commandait de ne pas renier ce qui, pendant vingt ans, avait été pour ses camarades et lui-même leur raison de vivre et pour beaucoup de mourir.

D'une voix détimbrée, Carbec dit enfin :

— Vous aviez, je crois, autre chose à me dire.

— Oui. Le *Good Friends* appareillera de mon quai demain matin à sept heures trente. On vous y attendra et on ne vous posera pas de questions. Il n'y aura pas d'autre passager. On m'a demandé de faire en sorte que vous disposiez à La Nouvelle-Orléans de sommes assez importantes en numéraire, piastres ou dollars. L'origine de cet argent pas plus que mon intervention ne doivent être connues de quiconque, vous le savez, et je vous fais confiance. Voici donc trois lettres de crédit de cent mille dollars chacune établies à votre ordre par Baring Bros, Daniel Parish, Crommelin, les deux premières de Londres, la troisième d'Amsterdam. Vous pourrez les présenter dans toutes les grandes maisons de négoce du coton ou du sucre de La Nouvelle-Orléans. Voici également de quoi charger votre ceinture et qui vous causera peut-être plus de souci.

Girard fit glisser sur son bureau cinq piles de dix pièces de vingt dollars en or, mille dollars en numéraire, puis vida sur la table un petit sac de cuir d'où coulèrent douze diamants semblables et deux belles émeraudes allongées taillées en goutte d'eau et montées en pendentifs d'oreilles. Le banquier dit de sa voix posée :

— Ça, c'est pour la flibuste, ils y sont très sensibles. D'après mes renseignements, vous devriez pouvoir négocier chaque diamant à deux mille dollars et chaque émeraude à cinq mille dollars, et plus pour la paire.

La main de Carbec tremblait un peu comme il rangeait les pièces dans leurs étuis et les pierres dans le sac de cuir, avant de tout enfouir dans les poches de son carrick.

Stephen Girard, qui pensait à tout, poursuivit :

— J'ai aussi arrêté la situation de votre compte dans la banque ; il s'élève aujourd'hui à cent quatre mille cinq cents francs. Avez-vous des instructions particulières, souhaitez-vous que je continue de gérer votre capital et… s'il vous arrivait malheur, à qui devrais-je le remettre ?

Le général Carbec dit qu'il faisait confiance au banquier en toutes choses, il avait un fils en France qui était son seul héritier et dont le tuteur était Léon de La Bargelière. Il demanda comment emporter avec lui une partie de son capital pour le cas où il en aurait besoin

— Cela ne vous sera pas nécessaire mais, si vous préférez cependant avoir une réserve personnelle, je vous conseille plutôt de prendre avec vous un ou deux bijoux, c'est peu encombrant et facile à négocier.

Stephen Girard sortit d'un tiroir de sa table quelques bagues serrées dans de petits sacs de soie, les tria d'un index noueux et, ayant écarté deux montures d'or portant l'une un diamant et l'autre un rubis, il dit :

— Voici deux pièces de grande qualité que je puis vous céder pour quatre mille dollars chacune. En cas de nécessité, vous les négocierez facilement à ce prix et si, comme je l'espère, vous ne les utilisez pas, à votre retour je vous les rachèterai au même prix.

François Carbec saisit les bagues entre le pouce et l'index et les fit bouger lentement devant ses yeux comme il avait vu faire Ludwig Van Hill.

— Elles m'ont l'air très belles, dit-il.

— Certes oui, de vraies bagues de princesse! Savez-vous au moins reconnaître un diamant d'une imitation en verre?

Sans attendre la réponse, le banquier sortit d'un tiroir une loupe et une pierre qu'il tendit à Carbec.

— Tenez, regardez à la loupe ce faux diamant : certaines facettes sont rayées, des arêtes sont arrondies, des pointes émoussées, tout ceci n'arrive jamais sur un vrai diamant. Regardez maintenant celui-ci, qui est vrai. Vous voyez la différence, n'est-ce pas? Je ne parle pas seulement de l'absence d'usure mais de la clarté et de la lumière. Ne regardez pas la surface, plongez votre regard à l'intérieur de la pierre. Vous y êtes? Vous voyez ce monde étrange, plus pur, plus profond que les yeux de femme les plus beaux? Peut-être cela explique-t-il les diamants que les hommes offrent à l'objet de leur amour : ces pierres sont à l'image de ce qu'ils voudraient que fût l'être aimé. Toujours un leurre... mais ce n'est pas forcément un mauvais placement, si toutefois la belle ne s'enfuit pas avec le bijou!

Le général Carbec serra soigneusement le diamant et le rubis dans leur sachet de soie. Il se levait pour prendre congé lorsque le banquier lui tendit la feuille sur laquelle il écrivait tout à l'heure.

— Voilà ce que j'écris à un homme de La Nouvelle-Orléans dont vous devez ignorer le nom. En cas d'absolue nécessité, vous vous rendrez à cette adresse et vous direz ces quatre vers :

Dans un mois dans un an comment souffrirons-nous
Seigneur, que tant de mers me séparent de vous,
Que le jour recommence et que le jour finisse,
Sans que jamais Titus puisse voir Bérénice ?

« Je pense que vous les avez reconnus et que vous n'aurez point de peine à les retenir. Encore une fois je vous demande de ne faire appel à ce secours qu'en cas d'extrême difficulté ; de là on pourrait remonter jusqu'à moi et une imprudence de votre part me ferait perdre ce que j'ai mis une vie entière à bâtir. Jamais je n'ai ainsi fait confiance à qui que ce soit et je m'étonne de le faire aujourd'hui. Peut-être est-ce que je vieillis. J'ai cependant la certitude de ne courir, avec vous, aucun risque.

François Carbec lut plusieurs fois l'adresse et assura qu'il agirait en sorte de ne pas l'utiliser. Il se levait à nouveau pour prendre congé quand le banquier lui dit encore :

— J'ai aussi cela pour vous, que je vous donne. C'est un outil dont à mon âge je n'ai plus besoin, la dernière invention d'un de mes amis. Il m'assure, et je le crois volontiers, que c'est pratique, peu encombrant et très surprenant pour les adversaires. Là où vous allez, il vous sera utile.

Pendant qu'il parlait, Girard avait tendu à Carbec un coffret d'acajou portant la marque Joshua Shaw — Philadelphia. À l'intérieur, un pistolet court, trapu, avec système de percussion à cinq coups, une belle mécanique dont les cuivres reluisaient. Carbec n'avait jamais vu pareille arme, il ne savait même pas que cela existait. Comme il commençait à remercier, le banquier, sur un ton rogue et brusqué, lui déclara :

— Sauvez-vous, j'ai à travailler. Au revoir, général.

— Cela ne me fait plus plaisir que vous m'appeliez général.

Carbec avait dit cela en riant. Il ajouta :

— Dans ce pays on s'appelle par son prénom, n'est-ce pas ? Alors appelez-moi François.

— Bravo ! Au revoir, François. *Take care.*

— Au revoir, Stephen. Merci pour tout.

Et dans le même temps qu'ils échangeaient leurs adieux, brusquement Girard donna à Carbec une accolade maladroite.

En sortant de la banque, pensif, Carbec se dirigea lentement vers le Black Horse. La veille au soir, après que l'*Eagle* eut craché sa troupe de passagers sur Girard's Wharf, il avait raccompagné Cordelia jusque chez elle. Il lui avait offert son bras, elle s'était appuyée avec légèreté et, chemin faisant, il lui avait expliqué qu'il devait partir, oh ! seulement pour quelques mois.

— C'est pourquoi vous aviez l'air si contrarié aujourd'hui ? lui avait-elle demandé, et elle avait ajouté : Parce qu'il vous déplaît d'aller là où vous allez… ou parce que cela vous ennuie de quitter Philadelphie ?

Il lui sembla qu'elle avait prononcé les derniers mots d'une voix mal assurée. Il avait bafouillé une réponse stupide qui ne signifiait rien. Elle n'avait plus dit un mot jusqu'à ce qu'ils fussent arrivés devant le Black Horse.

— Bonsoir, général. Merci de votre compagnie. Faites un bon voyage.

Et elle avait vivement refermé sa porte avant qu'il ait pu prononcer un seul mot d'adieu.

Toute la nuit François Carbec en avait été tourmenté. À l'aube sa décision était prise : il retournerait au Black Horse voir Cordelia et lui demanderait si elle voulait bien l'épouser ; si elle acceptait, le mariage pourrait avoir lieu dans quelques mois.

Maintenant il se dirigeait vers le Black Horse et il se sentait, à l'instant de sauter le pas, un peu moins sûr de lui. Était-il raisonnable de nouer de tels liens au moment où il partait vers des aventures incertaines ? Pourtant quand Girard, tout à l'heure, lui avait remis les deux bagues, le diamant et le rubis, il avait aussitôt pensé en offrir une à Cordelia, en gage de son amour. Il n'arrivait pas à démêler ses sentiments et cela lui donnait une démarche lente et inhabituelle chez lui. Il serait en effet rassurant de partir en laissant derrière soi une douce fiancée qui attend sagement, la bague au doigt, votre retour et, dans le même mouvement, il avait le sentiment que c'était singulièrement rétrécir les perspectives de l'aventure.

Au Black Horse le père Larose l'accueillit comme à l'accoutumée, avec chaleur. Il se montra surpris et chagrin d'apprendre le départ du général.

— Ce n'est qu'un voyage, n'est-ce pas, et vous nous reviendrez bientôt ? Non, Cordelia n'est pas là, elle est chez son amie Henriette qui rentrait aujourd'hui de Point Breeze. Elle sera désolée, y a-t-il une commission à lui faire ?

Non, il n'y avait pas de commission. Dans sa poche Carbec serrait la bague au diamant, celle qu'il aurait donnée à Cordelia si elle avait été là, si elle l'avait acceptée… Le destin lançait les dés autrement.

Le lendemain matin, il faisait à peine jour quand le *Good Friends* appareilla, poussé par le courant de la Delaware et une légère brise de mer par le travers. Sur la dunette, aux côtés du capitaine, Carbec observait la manœuvre quand il distingua à l'entrée du quai une mince silhouette immobile qui regardait dans la direction du navire. Tout de suite il eut la certitude que c'était Cordelia et se sentit oppressé par une houle de tendresse. Il fit de grands gestes auxquels la silhouette ne répondit pas. Alors le doute s'installa dans l'esprit du général Carbec qui, pour la première fois de sa vie, commença de ressentir les vrais tourments de l'amour.

3

La Nouvelle-Orléans

Un fort vent de sud-sud-ouest soufflait sur le golfe du Mexique à l'aube du 2 décembre 1817 lorsque le *Good Friends* arriva grand largue en vue du fort de la Balise aux portes du monstrueux delta du Mississippi. Le capitaine abattit de quelques degrés et embouqua la passe sud vent arrière. Bientôt il mettait en panne devant le fort tandis qu'une chaloupe de la douane des États de l'Union l'abordait à tribord. Les navires de Stephen Girard étaient bien connus des douaniers : cinq minutes plus tard, le *Good Friends* filait à nouveau grand largue toutes voiles dehors et remontait à belle allure le puissant Mississippi, si puissant qu'il se prolongeait lui-même dans la mer du Mexique sur plus de quatre-vingts *miles*.

Le capitaine observa le ciel un moment, à son avis le vent allait garder la même direction et forcir encore. Sauf accident, ils seraient à La Nouvelle-Orléans le lendemain. Sauf accident? Carbec comprit pourquoi lorsqu'il vit le capitaine et son second, équipés de longues-vues, scruter le fleuve en amont et donner de temps à autre des indications à l'homme de barre pour éviter des obstacles, des arbres entiers parfois, que les eaux boueuses charriaient, faisaient tourbillonner ou amassaient en des enchevêtrements un moment immobilisés sur une courbe de la berge puis relancés dans leur course tournoyante et meurtrière. François Carbec voyait fondre sur eux puis défiler à toute allure de chaque côté du navire des obstacles qu'il découvrait au dernier instant. Il jugea l'exercice plaisant et demeura longtemps sur la dunette à observer l'eau, le ciel et la terre aux limites incertaines.

C'était un monde étrange, plat et le ciel plus grand qu'ailleurs, marais en camaïeu où la terre ne se distinguait pas de l'eau, forêts noyées et des étendues d'eau vertes comme des prairies, un paysage immobile et silencieux que venait briser soudain le vol bruyant d'une colonie de gros oiseaux et quelques cris inconnus, puis le silence à nouveau. On devinait que la vie était là, multiforme et grouillante, alligators, serpents, loutres, tortues, insectes innombrables ; çà et là des arbres isolés, des cyprès ou des chênes verts colonisés par des mousses filamenteuses et grises qui pendaient à leurs branches comme des vêtements déchirés, et aussi des arbres morts dont les squelettes blanchis dressaient vers le ciel des doigts décharnés.

Le lendemain le vent a forci. Il a poussé devant lui des nuages gris foncé, les a roulés et entassés d'est en ouest jusqu'à obscurcir le ciel complètement. Peu après, la pluie s'est mise à tomber, lourde, tiède, de grosses gouttes écartées les unes des autres. Elle s'arrêta comme le *Good Friends* arrivait dans la boucle qui enserre la ville. À l'ouest, les nuages noirs se déchirèrent et, dans un morceau de ciel bleu, le soleil blanc apparut. À l'est, un double arc-en-ciel sur fond de nuages noirs dessina une arche au-dessus de La Nouvelle-Orléans. François Carbec n'en avait jamais vu de si beau et il se dit que c'était peut-être là le signe annonciateur d'événements extraordinaires.

Dans la courbe du fleuve et face à la digue qui protège des inondations la ville en contrebas, des centaines de bateaux étaient amarrés côte à côte, voiliers de haute mer, schooners des îles, petits bateaux de pêche, grands radeaux équipés de longues et fortes rames qui servent de gouvernail et, un peu plus en amont, quelques steamers crachant la fumée par leur double cheminée. À cette période de l'année les eaux du Mississippi ne sont pas au plus haut et François Carbec, sur la dunette du *Good Friends*, se trouvait au niveau de la levée de terre, large avenue plantée de grands arbres aux feuilles vernissées, encombrée à perte de vue vers l'amont comme vers l'aval de marchandises de toutes sortes où se mêlaient les balles de coton, les tas de charbon, les billes de bois, les barriques de mélasse, les barres de métal, les sacs de café, les fûts d'épices et de tabac, et d'innombrables colis entassés çà et là et piqués de fanions de toutes les couleurs. Dans ce chaos s'écoulait une foule bigarrée et bruyante dont Carbec percevait les cris, les jurons, les ordres et les chansons prononcés dans toutes les langues, espagnol, français, anglais, allemand, italien, sans compter les patois nègres, lents et mélodieux. Abasourdi par cette agitation et trop occupé à observer les couleurs chaudes, les mots qui chantent et les odeurs épicées, il ne remarqua pas de suite un homme qui agitait son chapeau de paille. Quand il le vit, il reconnut Hervé Le Coz.

Sur le quai ils se donnèrent l'accolade.

— Mes respects, mon général, dit Le Coz.

— Ici il n'y a plus de « général » qui tienne, mon vieux, dans ce pays on s'appelle par son prénom et on se tutoie. Appelle-moi François comme je t'appelle Hervé. Et puis nous sommes cousins, non ?

— D'accord, mais si tu veux me croire, nous devrions nous dépêcher, un nouveau grain arrive et nous serons vite sous l'averse.

Carbec observait Le Coz et ne reconnaissait pas tout à fait le jeune homme inquiet et ardent qui sur les remparts de Saint-Malo se demandait s'il ne souffrait pas d'un « coup de partance ». Ses traits s'étaient durcis, son visage hâlé n'avait plus le modelé de l'enfance et il avait rasé sa petite barbe noire, il n'en avait plus besoin pour avoir l'air d'un homme. Il semblait plus vigoureux, les épaules plus larges, les bras puissants et les mains épaisses.

Un gamin noir, pieds nus, en haillons mais riant de toutes ses dents et de la joie plein les yeux, se précipita vers Carbec en tenant un parapluie fermé presque aussi grand que lui.

— Mouché, mouché ! Pli a tè qu'a vine, voum-tac oune dollar.

— Tu as compris ? demanda Carbec.

— Oui, il dit que « la pluie sur la terre va venir » et il te propose un parapluie, un voum-tac, pour un dollar.

— Un voum-tac ? Quelle langue parle-t-il donc ?

Le Coz se mit à rire et expliqua.

— Il parle gombo, une sorte de langage inventé par les esclaves venus d'Afrique qui déformaient, simplifiaient et parfois enrichissaient d'onomatopées le français que parlaient leurs maîtres ; à la longue c'est devenu un véritable idiome. On s'y habitue assez vite.

— Mais d'où vient voum-tac ?

— Ah ! ça c'est simple, écoute.

Le Coz prit le parapluie du gamin, l'ouvrit d'abord à moitié en disant « voum » puis complètement jusqu'à ce que l'on entende le déclic du ressort, il ajouta alors : « Tac. »

Carbec éclata de rire, le gosse aussi qui sut dès lors sa vente assurée et, lorsque la pluie arriva, quelques instants plus tard, on put voir un général d'Empire ouvrir un grand parapluie jaune en deux temps en même temps qu'il s'écriait : « Voum-tac ! » Une négresse qui passait s'exclama :

— Mouché blanc qu'a palé gombo !

Roulant des fesses, elle partit en riant.

— Tout le monde est-il toujours aussi gai dans ce pays ? demanda Carbec. Ce n'est pas comme à Philadelphie !

— Pour sûr ! Les nègres ont la gaieté dans le sang de même que les Blancs nés dans ce pays et qu'on appelle les créoles. Le climat, la fertilité du sol y sont peut-être pour quelque chose. La vie est facile ici, même pour les plus pauvres et, quant aux riches, les vieilles familles aristocratiques créoles, les Bernard de Marigny et compagnie, ils se sont tellement enrichis dans le commerce du sucre... et l'exploitation des esclaves qu'ils n'imaginent pas que cela puisse changer. Leur principal souci dans la vie est d'organiser des fêtes et des bals, de risquer des fortunes au jeu et accessoirement de se battre en duel.

— Mais... les esclaves ? Ils ne sont pas heureux, eux, je suppose ?

— Non, bien sûr, encore que cela dépende des plantations. Nombreuses sont celles où ils ne souffrent pas et mangent à leur faim. Évidemment ils ne sont pas libres, et pour nous c'est quelque chose d'insupportable.

Un marin du *Good Friends*, le dos plié et vacillant sur ses jambes, déposa sur le quai la grosse malle cloutée de Carbec. Sur un signe de tête de Le Coz, un grand nègre dont les muscles glissaient sous sa peau luisante se saisit de la malle qu'il mit sur son épaule avec une aisance nonchalante.

— C'est notre domestique, dit Le Coz, tu ne devineras jamais son nom ! Saint-Malo !

— Comment cela se peut-il ?

— C'est un enfant trouvé, perdu ou abandonné, va savoir, qu'un marin de chez nous a recueilli sur ce même quai il y a quelque vingt ans. Quand son bateau s'en est retourné, il a confié le gosse aux sœurs ursulines. Il a seulement dit qu'il était de Saint-Malo et qu'il reviendrait. On ne l'a jamais revu. Les bonnes sœurs ont élevé le gamin et fini par le déclarer « homme de couleur libre » sous le nom de Saint-Malo.

— Pourquoi « homme de couleur libre » ?

— Pour le distinguer des esclaves. À l'origine tous les nègres sont arrivés d'Afrique comme esclaves. La loi, le code noir, dit que les enfants de femmes esclaves sont aussi esclaves et appartiennent au maître, même si on connaît le père et quel qu'il soit. Un propriétaire peut affranchir ses esclaves quand ils ont trente ans, pas avant, même si ce sont ses propres enfants, ils deviennent alors « hommes de couleur libres ». Souvent ont ainsi été affranchis les enfants d'une esclave et de son maître créole. C'est pourquoi les hommes de couleur libres sont rarement de vrais nègres. Le plus souvent ils sont mulâtres avec une moitié de sang noir, quarterons avec un quart, octavons avec un huitième, etc. Le plus intéressant ce sont les femmes : les quarteronnes sont sublimes, la peau de miel et les yeux de braise.

— Et les enfants de mère créole et de père esclave ? demanda innocemment Carbec.

— Cela n'existe pas, grand Dieu ! Ou si cela existe, on n'en parle pas ! N'évoque jamais cette possibilité devant un créole. Tu te retrouverais aussitôt avec des dizaines de duels sur les bras. Saint-Malo, je m'entends bien avec lui, il sait tout faire, les ursulines lui ont appris à lire, écrire et compter en français ; il est fort comme un bœuf, fait bien la cuisine et ensemble nous discutons du *Contrat social* qui est son livre de chevet !

Ils longeaient un mur que dépassaient, fouettées par le vent et luisantes de pluie, des feuilles de bananiers et des têtes de palmiers ébouriffées.

— C'est là que se trouve le couvent des ursulines, dit Le Coz. Ce sont des femmes remarquables, tu en verras passer, toujours pressées, marchant à petits pas rapides, la tête baissée sous leur voile noir. Elles ne sont pas nombreuses, une vingtaine, et font du bien comme cent. Tout le monde les respecte. N'est-ce pas, Saint-Malo ? dit Le Coz en se retournant vers lui.

— Ce n'est pas moi qui dirai le contraire, monsieur. Ce sont de saintes femmes, tout comme le père Antoine est un saint homme.

— Et qui est ce père Antoine ? demanda Carbec, le sourcil en alerte.

Tout ce qui touchait à la religion lui était suspect.

— Un père espagnol de l'ordre des capucins. On le rencontre parfois, toujours pressé lui aussi, vêtu de sa robe de bure marron serrée à la taille d'une cordelière blanche, ses pieds nus dans des sandales de cuir à large semelle, un bon sourire dans une grande barbe blonde et grise et toujours les mêmes mots : « Dieu te bénisse, mon fils. » Je crois qu'il est curé de la cathédrale Saint-Louis depuis plus de trente ans. Il est respecté par tout le monde, les Blancs comme les nègres, parce qu'il est à lui seul la charité, la bonté et la tolérance ; et personne n'a oublié son dévouement pendant les épidémies de fièvre jaune. Quand Saint-Malo a eu douze ans, les sœurs ursulines n'ont plus voulu le garder dans leur couvent ; c'est le père Antoine qui s'est occupé de lui.

Ils arrivaient à l'angle de la rue des Ursulines et de la rue Royale, devant une belle demeure dont le toit, débordant largement des murs, couvrait au premier étage une galerie bordée d'un balcon de fer forgé qui entourait toute la maison et faisait du rez-de-chaussée un passage couvert.

— Nous voici arrivés. Le général Lallemand a voulu que je loue pour nous une belle maison ; il m'a donné l'argent nécessaire et recommandé d'avoir un train qui nous fasse respecter. Il me disait toujours : « On ne prête qu'aux riches » et « On n'est que ce qu'on paraît ». Enfin, tu le connais.

— Il m'a dit la même chose, et je suis de son avis. N'oublie pas que nous allons acheter pour quelque trois cent mille dollars de matériel et qu'il nous faut bien montrer un peu d'or. Il me semble que les Malouins n'ont jamais dédaigné de paraître. Est-ce que je me trompe ?

— C'est vrai pour les vieux, mes parents, mes oncles. Nous, les jeunes, sommes différents.

François Carbec, mortifié de se voir classé avec les vieux, répliqua en haussant les épaules :

— Attends donc d'avoir quelques années de plus et tu seras toi aussi du côté des vieux !

À l'étage se trouvaient leurs appartements, au rez-de-chaussée une remise, la cuisine et le logement des domestiques. La maison ceinturait sur ses quatre côtés un patio qui rappela à

Carbec quelques journées délicieuses, il n'y en eut pas beaucoup, qu'il avait connues en Espagne. Le murmure de la fontaine était le même et aussi la treille de bougainvillées roses tandis qu'un magnolia et un bananier, vernissés et luisants de pluie, leurs feuilles encore frissonnantes des derniers mouvements de la tempête, ajoutaient, à ses souvenirs d'une Espagne raffinée et guindée, des réminiscences animales et sensuelles.

À la nuit le vent tomba et il ne resta plus que quelques gros nuages boursouflés comme des taches d'encre noire dans le bleu du ciel étoilé. Sur la galerie entourant le patio François se balançait dans un fauteuil à bascule en buvant un mélange de rhum, que Saint-Malo appelait tafia, et de jus de fruits dont les parfums lui étaient inconnus.

Cela faisait huit mois, songeait-il, qu'il avait fui Saint-Mandé, sa patrie, ses amis, et tout ce qui nourrissait sa mémoire, huit mois pendant lesquels il avait appris une nouvelle langue, s'était forgé l'esquisse de quelques raisons de vivre, avait découvert une sorte d'amour qui naguère l'eût fait sourire de pitié et y avait cependant succombé sans comprendre. Et au moment même qu'il s'était reconstruit et allait demander en mariage la belle Cordelia, il avait brusquement quitté Philadelphie, bousculé par Charles Lallemand qui l'envoyait à La Nouvelle-Orléans, chargé d'or et de diamants, acheter des armes de contrebande afin d'enlever le Texas au royaume d'Espagne et de porter sur le trône du Mexique Napoléon encore prisonnier dans l'île de Sainte-Hélène au milieu de l'Atlantique. Et qui trouvait-il en arrivant à La Nouvelle-Orléans ? Le Coz, le cousin malouin, ainsi qu'un grand nègre qu'on appelait Saint-Malo et qui, élevé par les sœurs ursulines, ne jurait plus que par Jean-Jacques Rousseau. François Carbec glissa un sourire dans sa moustache, se dit que tout ceci paraîtrait incroyable dans un roman, mais que pourtant c'était réellement arrivé et s'inscrivait dans la suite des événements surprenants auxquels l'Empereur les avait habitués, l'Empereur qui osait tout imaginer et savait ensuite tout réaliser. Mais sans lui, quel destin saurait-on accomplir ? Ce soir, peut-être était-ce le tafia, tout semblait facile à François Carbec. L'affaire du Texas, c'était le temps d'une campagne rapide contre quelques coloniaux espagnols corrompus et fatigués ; au printemps, de retour à Philadelphie, il épouserait Cordelia, Cordelia qui l'attendait, mince silhouette noire au bout du quai Stephen-Girard sur la Delaware. Elle n'avait pas répondu à ses gestes d'adieu ? La retenue et la pudeur naturelles à son sexe — voilà qu'il parlait comme Jean-Jacques Rousseau — l'en empêchaient, pauvre petite, et il n'aurait pas aimé qu'elle lui fît de grands gestes !... D'ailleurs était-ce bien elle ?

— Comment te sens-tu ? Remis des fatigues du voyage ?

Hervé Le Coz avait rejoint François Carbec sur la galerie et jusque tard dans la nuit, se balançant sur leurs fauteuils et vidant de grands verres rose orangé que Saint-Malo, pieds nus, leur apportait sans bruit, ils parlèrent à voix basse.

Sans rien en dire à sa famille, Le Coz s'était embarqué matelot sur un navire du Havre qui faisait escale à Saint-Malo avant de rallier Saint-Domingue. Un second embarquement l'avait conduit à La Nouvelle-Orléans. Pendant des mois, il avait trimé, marinier sur le Mississippi, s'engageant facilement ici ou là, il était costaud et quand il disait qu'il était de Saint-Malo, on connaissait, et tout le monde le voulait. De Surcouf, Potier de La Houssaye, et surtout de Napoléon, ils brûlaient de tout savoir : les exploits des corsaires malouins, et comment était l'Empereur, et qu'est-ce qu'on attendait pour aller le délivrer à Sainte-Hélène, ils étaient tous volontaires pour y aider. La vie était dure sur le fleuve, surtout quand il fallait remonter un *keelboat* jusqu'à Natchez et parfois Saint Louis.

— Un *keelboat*? avait demandé François Carbec qui l'écoutait avec amitié.

— Les *keelboats*, ce sont des bateaux à quille, avec un bout de voile, des bancs de nage pour une dizaine de rameurs et des centaines de mètres de haussières à souquer sur les chemins de halage. Pour descendre le fleuve, c'est moins dur, mais il faut se méfier. Le Mississippi est plein de pièges sournois, des courants bizarres qui parfois remontent le long des berges, des tourbillons, des arbres entiers emportés par le courant et qui naviguent entre deux eaux, des bancs de sable qui d'une année à l'autre changent de place.

Il avait aussi descendu le fleuve en *flatboat*, bateau à fond plat. Ce sont de vastes radeaux où l'on entasse une cargaison à destination de La Nouvelle-Orléans, coton, charbon, blé, ou même toute une famille sous une cabane où s'abriter du soleil et de la pluie, qu'on laisse dériver au fil du courant en le guidant à l'aide de deux énormes rames, l'une à la proue, l'autre à la poupe, qui manœuvrées par deux ou trois hommes font office de gouvernail. Une fois arrivé, le *flatboat* est détruit et son bois revendu pour la construction.

François Carbec posa beaucoup de questions, il admirait le courage du jeune Le Coz et peut-être plus encore son indépendance, sa liberté et sa confiance en lui. C'est vrai qu'ils sont comme ça à Saint-Malo, se disait-il.

— Je n'avais pas le choix, poursuivit le Malouin comme s'il avait deviné les pensées de Carbec. Je n'avais pas un sou, pas un picayune, comme ils disent ici, et c'était ça ou les combines louches dans les tripots du port avec, pour finir, trois pouces d'acier dans le dos, encore que cela n'est jamais exclu sur le Mississippi, où les occasions ne manquent pas : une bagarre pour une carte cornée, un dé qui sort le six un peu trop souvent, une fille que des gars se disputent, sans compter les pirates qui du côté de Natchez montent à l'abordage des embarcations peu défendues, souvent des *flatboats*, avec seulement trois ou quatre hommes, suppriment tout le monde et poursuivent le voyage à leur profit. Mais nous, les *kaintocks*, nous ne nous laissons pas faire.

— Les *kaintocks* ?

— Au début les bateliers qui descendaient le fleuve venaient souvent du Kentucky. On les appelait les *kaintocks*. Après des mois de navigation et d'aventures, ils arrivaient à La Nouvelle-Orléans chevelus, sales, poilus, bagarreurs et impatients de tout. Ils terrorisaient la bourgeoisie créole qui continua de nommer ainsi cette même race de bateliers... même s'ils venaient de Saint-Malo !

— Alors tu as été *kaintock* toi aussi ? dit François Carbec avec un rien d'envie dans la voix.

— Pour sûr ! J'y ai beaucoup appris : tout ce qu'on a un peu oublié aujourd'hui dans les riches hôtels de nos armateurs de parents, cousins et oncles, et que savaient nos ancêtres à tous deux, Yves Le Coz et Jean-Marie Carbec... avant qu'ils ne se fassent appeler de La Ronceraie et de La Bargelière : ruser, juger les hommes, se battre aux poings et au couteau, viser juste et tirer vite, au pistolet comme au fusil. Je m'y suis aussi fait des amis, des vrais, à la vie et à la mort. En cas de besoin on peut compter sur eux. Retiens bien ces noms : Bill Sedley et Annie Christmas. Un soir on ira les voir, ils sont sur un *flatboat* amarré à hauteur de la rue Tchoupitoulas, c'est la rue des bordels, comme on dirait la rue de la Soif à Saint-Malo.

Et puis un soir, il y avait deux mois de cela, à l'Auberge du Veau-qui-tète, le général Lallemand avait posé sa main sur l'épaule du jeune homme qui, à Rochefort, en juillet 1815, voulait conduire l'empereur Napoléon en Amérique.

La lune s'était levée et répandait une clarté laiteuse dans le ciel maintenant dégagé de tout nuage. Dans le patio l'ombre portée du bananier dessinait un crabe immobile auprès de la fontaine. François Carbec se disait que le jeune Le Coz était un bon gars, seulement vingt-deux ans et déjà si mûr. En quelques heures il lui avait beaucoup appris.

Dans le lointain on entendit comme un battement de tambour, un martèlement plutôt, rythmé à quatre temps, ba-doum ba-doum, puis un chant qu'on entendait à peine et qui bientôt s'arrêta. Après quelques minutes le chant reprit, proche cette fois, une mélodie lente qui passait de l'aigu au grave sans perdre sa rondeur, on ne pouvait dire si c'était une voix d'homme ou de femme. Carbec interrogea Le Coz du regard.

— C'est une chanson gombo, répondit celui-ci.

Le chant s'arrêta. On l'entendit à nouveau, plus loin, mais cette fois on n'en distinguait plus les paroles.

— C'est un message, dit Le Coz. Ils en passent comme ça toutes les nuits.

— Qui ça, « ils » ?

— Les gens de couleur, les esclaves, les libres, les prêtres du vaudou et leurs fidèles, va savoir… Ils forment un réseau et ont des relais dans toutes les directions, les nouvelles circulent très vite dans leur langage imagé, une sorte de poésie qu'ils sont seuls à comprendre. C'est le télégraphe gombo.

— Notre Saint-Malo comprend-il ces messages ? demanda Carbec.

— Bien sûr ! C'est lui qui m'a tout expliqué ; mais je ne pense pas qu'on puisse lui demander la traduction. Cela ne nous regarde pas. Ce sont leurs affaires, leur monde, leur religion, leurs mystères, leur liberté.

Le Coz n'avait pas entendu Saint-Malo arriver pieds nus portant des boissons sur un plateau. Avec précaution il posa les verres sur la table et dans la pénombre on l'entendit déclarer d'une voix gaie :

— A ça no z'affè.

— Que dit-il ?

— Ce sont nos affaires, traduisit Le Coz en riant.

Les deux hommes baissèrent la voix et parlèrent eux aussi de leurs affaires. Carbec expliqua leur mission, montra à Le Coz la liste des achats à effectuer, les lettres de crédit, les pierres précieuses et rappela le but : embarquer fin janvier tout ce matériel ainsi que la centaine de volontaires déjà recrutés, mais leur cacher que la véritable destination était à l'ouest, l'île de Galveston. Faire croire que ces préparatifs étaient destinés à la colonie de la vigne et de l'olivier, dans l'Alabama, sur la Tombigbee qui rejoint la mer à Mobile, à l'est de La Nouvelle-Orléans.

Ils commenceraient par se faire connaître en ville ; ce serait facile, un passage dans les cafés, Trémoulet, Le Veau-qui-tète, Maspero, Les Réfugiés, y suffirait. On s'intéresserait d'abord au matériel agricole et on louerait un entrepôt sur le lac Pontchartrain, à l'autre extrémité de la ville. Ce lac communique avec la mer à l'est de La Nouvelle-Orléans et constitue la voie la plus courte vers Mobile. Bien entendu, tous les colis seraient marqués « Mobile ». Pour l'armement, cinq cents fusils avec baïonnette, et autant de sabres, six canons de 120, boulets et poudre, il faudrait procéder par lots, au moins deux, et faire garder l'entrepôt jour et nuit. Pour cela comme pour le transfert à Galveston il faudrait prendre contact avec Jean Laffite.

François Carbec a pris place au milieu de la pirogue. Derrière lui le nègre Bonaventure, encore plus grand et plus fort que Saint-Malo, rame depuis des heures à puissants coups de pagaie et l'embarcation légère glisse sur l'eau verte des bayous, se coule entre les roseaux dans le labyrinthe des canaux. À quatre heures du matin, Bonaventure est venu chercher Carbec pour le conduire, lui seul, à Barataria dans le repaire du corsaire Jean Laffite de l'autre côté du fleuve, loin en aval de la ville.

Un lougre de contrebandier leur a fait traverser le Mississippi, au plus court. Un vent de sud-sud-est compensait la dérive due au courant. Sur l'autre rive, près d'un ponton de planches branlantes dont plusieurs manquaient, ils ont trouvé la pirogue dans une cache de roseaux. Maintenant le soleil se lève sur leur gauche, au-dessus de La Nouvelle-Orléans. En avant de l'embarcation François Carbec voit se refléter sur les eaux lisses du bayou le ciel blafard dans lequel il lui semble que la pirogue va pénétrer comme dans un songe. Un cri bref, rauque, transperce le silence. Un autre. Un moment les appels se répondent. Enfin les bruits se mêlent, coassements et babillages, frôlements dans les roseaux, une oie sauvage qui cacarde, le trissement d'une hirondelle de mer, un héron-butor s'envole majestueux en beuglant. Alors Bonaventure, qui n'a pas dit un mot depuis le départ, commence à chanter d'une voix fluette :

Oh ! zénéral Florido !
Cé vrai yé pas capab' pran moi !
Oh ! zénéral La Florio !
Cé vrai yé pas capab' pran moi !

François Carbec se souvient d'avoir entendu un soir au Veau-qui-tète le général Florido, commandant la garnison de La Nouvelle-Orléans, déclarer que si on lui en donnait l'ordre il aurait vite fait de mettre la main sur tous les brigands de Barataria. Alors Carbec se retourne en riant vers Bonaventure. Celui-ci, ravi de la complicité, reprend de plus belle :

— *Oh ! zénéral Florido !*

Et ajoute quelques couplets que Carbec ne peut déchiffrer.

Approcher Laffite n'a pas été facile. Quand, pour la première fois, c'était au café Maspero, les deux Malouins ont demandé où ils pouvaient le rencontrer, les conversations autour d'eux se sont un bref instant arrêtées, personne ne leur a répondu, quelques regards inexpressifs se sont posés sur eux comme sans les voir. Le lendemain, ils sont allés au café Trémoulet où beaucoup d'anciens de la Grande Armée ont pris l'habitude de se retrouver, pour raconter leurs batailles, s'enivrer du souvenir de leur gloire passée, noyer leur ennui dans le whisky et le tafia et, s'ils ont la chance qu'un créole aristocrate admirateur du roi de France s'y montre superbe et hautain, ou qu'un Américain du Nord, commerçant le plus souvent, fasse quelque remarque désobligeante pour l'Empereur, provoquer l'imprudent et l'entraîner sous les chênes du côté du bayou Saint-Jean pour un duel où ils donnent le choix des armes à leur adversaire, bien qu'ils se prétendent eux-mêmes offensés par l'attitude ou les propos de celui-ci. Cette heureuse circonstance cependant se fait de plus en plus rare ; seuls quelques Nordistes nouveaux venus et mal informés s'y laissent surprendre ou, de temps à autre, un jeune homme de bonne famille, de retour d'un voyage en France et soucieux de sa réputation auprès des dames. Ceux-ci le plus souvent choisissent l'épée à laquelle ils excellent grâce à l'enseignement de maîtres d'armes nombreux à La Nouvelle-Orléans.

Lorsque Carbec et Le Coz sont entrés au Trémoulet, tous les regards se sont tournés vers le général, une tête nouvelle à La Nouvelle-Orléans, et lorsqu'on l'eut reconnu, ce fut un formidable « Carbec-mon-Empereur » qui fit trembler les vitres, suivi de beaucoup de verres levés et vidés, d'accolades, de chansons, de rires et de larmes ravalées quand on évoquait le prisonnier de Sainte-Hélène. Tard dans la nuit — Mme Trémoulet avait déjà supplié plusieurs fois, allez mes enfants, il va falloir aller vous reposer —, Humbert dit de sa voix de commandement :

— En place pour la revue !

Alors s'est déroulé pour la première fois devant Carbec le cérémonial des grandes occasions qu'il devait revoir souvent : toutes les chandelles étaient soufflées à l'exception d'une grosse bougie placée sur une table ; Humbert, accroupi, plaçait devant la flamme le pommeau de sa canne décoré d'un buste de l'Empereur et l'ombre de Napoléon apparaissait, immense, sur le mur de la taverne ; tout le monde se levait, les servantes s'arrêtaient de ranger la vaisselle et, tandis que l'ombre de Napoléon passait lentement devant ses soldats au garde-à-vous puis s'éloignait sur le mur de l'auberge, le silence était total dans le café Trémoulet. Alors Humbert soufflait la chandelle et, dans le noir, les vieilles moustaches sifflaient le couvre-feu.

Comme ils rentraient chez eux ce soir-là, se disant que ce n'était pas au Trémoulet qu'ils trouveraient le moyen de rencontrer Laffite, Carbec et Le Coz furent rejoints par un petit homme rond qui, tout à l'heure, au café, n'avait cessé de les dévisager au point que Carbec avait un moment pensé lui en demander raison. Le souci de ne pas risquer de compromettre le succès de sa mission l'avait retenu.

— Messieurs, permettez que je me présente, Cherry Belle Couche, avocat. J'étais hier au café Maspero lorsque vous avez posé une question qui est restée sans réponse. Je pense pouvoir vous aider.

Carbec dévisagea le petit homme, des yeux mordorés craintifs et humides dans un visage mou, un peu trop gros pour le reste du corps, des lèvres épaisses, des cheveux bouclés et pommadés, soigneusement coiffés, des mains courtes et grasses, les ongles soignés, et l'odeur d'un parfum qui rappela au général certaine pensionnaire de l'Arbalest House à Philadelphie.

— Et comment cela ? demanda Carbec d'un ton rogue.

— Si vous me permettez de vous accompagner jusque chez vous, je vous communiquerai des informations que vous me semblez ignorer et je vous indiquerai le moyen de rencontrer Jean Laffite.

Il n'est pas, avait expliqué l'avocat, *persona grata* à La Nouvelle-Orléans. Ce n'était pas nouveau, on pouvait même dire qu'il ne l'avait jamais été, hormis une période de quelques mois après qu'en janvier 1815 il eut efficacement participé à la victoire contre les Anglais. Les Baratariens étaient alors les héros du jour, capitaines valeureux, hommes intrépides, canonniers habiles. Clairborne, gouverneur de La Nouvelle-Orléans, n'avait cependant pas oublié les humiliations que, depuis dix ans, Laffite et ses acolytes lui faisaient subir, bafouant la loi de la nation et méprisant son représentant, mettant eux-mêmes à prix la tête du gouverneur à cinq mille dollars quand celui-ci avait mis la leur à cinq cents dollars, étalant avec ostentation leur richesse et leur pouvoir. Laffite n'en était pas moins admiré et respecté par la majorité des habitants de La Nouvelle-Orléans auxquels il fournissait tous les articles possibles du commerce, y compris les esclaves, qu'ils se procuraient par la contrebande et, il fallait le reconnaître, ajouta en soupirant maître Cherry Belle Couche, de plus en plus par la capture de vaisseaux espagnols et anglais. Dans la baie de Barataria, sur Grande-Île et sur Grande-Terre, ils avaient bâti des entrepôts pour y entasser les fruits de leur industrie qu'ils venaient écouler sur le grand marché qu'était devenu le port de La Nouvelle-Orléans. En 1814, lorsque les Anglais menacèrent la ville, les Barathariens vinrent à son secours. Tant que les gens de Barataria ne s'attaquaient qu'à des Anglais ou des Espagnols, personne ici n'y trouvait à redire. Mais lorsque quelques lieutenants de Laffite, trop zélés ou désireux peut-être de supplanter leur chef, s'attaquèrent aux intérêts américains, il en alla autrement et ce fut la guerre entre le gouverneur et Jean Laffite. Aujourd'hui, celui-ci avait le sentiment d'avoir été floué par le gouvernement américain et tout lui était bon pour reconstituer les richesses perdues. Il avait certes conservé ici de nombreuses amitiés mais il devenait dangereux pour lui de se montrer en ville et il ne le faisait qu'avec précaution.

— Faudra-t-il donc pour le rencontrer aller dans ce Barataria ? demanda Le Coz.

— C'est probable mais, croyez-moi, n'essayez pas d'y aller seuls. Bien des voyageurs ont disparu dans ces marécages, pour le plus grand bonheur des alligators.

Alors l'avocat s'était tu. Dans le silence qui avait suivi, les deux Malouins avaient imaginé ce que pourrait être pareille expédition : s'égarer dans le labyrinthe des canaux qui serpentent entre des roseaux deux fois hauts comme un homme, qui parfois se terminent en cul-de-sac et d'autres fois se rebouclent sur eux-mêmes, découpant dans cette végétation mouvante des îlots dont certains sont de terre ferme et d'autres pas ; ne jamais en trouver l'issue et y demeurer prisonniers, guettés par les yeux mi-clos des caïmans patients ; sans compter les pirates…

Ils étaient tous les trois sur la véranda qui entourait le patio, à demi allongés dans des fauteuils de palmes tressées. Saint-Malo de son pas silencieux leur avait apporté de grands verres de jus de fruits clarifiés de tafia, la brise légère qui, ce soir-là, venait du lac Pontchartrain faisait entendre par bouffées des battements de tambour, les notes aigrelettes d'un banjo et la rumeur lointaine d'une mélopée fragmentée, ba-doum, ba-doum… À un moment, dans un trou de silence, un long cri à la fois puissant et lointain était parvenu jusqu'à eux, yea-a-a-a-a-a-a-a-ha.

— Il y a vaudou du côté de la place Congo, murmura l'avocat.

Ses doigts courts s'étaient mis à battre la mesure de plus en plus vite sur le bras du fauteuil tandis que ses gros yeux globuleux se fixaient sur quelque chose qu'il était seul à voir. Carbec avait ressenti le besoin irrépressible de rompre le silence.

— Vous nous avez promis un moyen de rencontrer Laffite.

Maître Cherry Belle Couche avait tourné la tête, regardé les deux Malouins sans sembler avoir compris la question, puis tout à coup avait paru s'éveiller.

— Laffite ? Oui. Bien sûr. Il y a une ancienne forge, près d'ici, au coin des rues Bourbon et Saint-Philippe. Là on vous renseignera, à condition que vous expliquiez pourquoi vous voulez le rencontrer et… apportiez la preuve de ce que vous annoncez. Vous me comprenez, n'est-ce pas ?

À nouveau avait retenti le long cri, yea-a-a-a-a-a-ha, l'avocat s'était levé avec une agilité dont on ne l'eût pas imaginé capable, et avait pris congé rapidement.

Alors Saint-Malo s'était approché de ses maîtres.

— Qu'y a-t-il ? avait demandé Le Coz.

— Fais attention à cet homme-là, mon ami. Moi je te dis qu'il est plus dangereux que le serpent à sonnette et que l'araignée à cul rouge.

Il avait fallu se rendre plusieurs fois à la forge, se faire reconnaître, donner son adresse, expliquer ce qu'on voulait — ce n'était pas aisé —, attendre, on allait voir, revenir, on ne savait pas, Carbec commençait à s'énerver quand il s'était souvenu des paroles de l'avocat : « Il faudra apporter la preuve de ce que vous annoncez. Vous me comprenez, n'est-ce pas ? » La fois suivante, il avait sorti de sa poche et posé sur la table quelques pièces d'or, des pièces de vingt dollars. L'homme en face de lui avait avancé ses doigts maigres et spatulés et d'une chiquenaude fait tournoyer une pièce sur la tranche ; sans dire un mot, il en avait examiné une autre de près puis d'un geste désabusé, l'avait jetée sur la table. Alors Carbec avait pris un petit sac de cuir d'où il avait fait glisser un diamant, ça c'est pour la flibuste, lui avait dit Stephen Girard. L'homme, cette fois, avait saisi la pierre avec respect et, s'étant approché de la fenêtre, l'avait portée près de son œil pour l'examiner avec une loupe de bijoutier.

— Vous en avez d'autres ?

Carbec avait fait signe que oui.

— De la même qualité ?

— Oui.

— Combien ?

— Six avec celui-là.

Carbec avait à peine hésité mais l'autre avait flairé un mensonge.

— Faites voir.

— Je ne les ai pas ici.

L'homme avait haussé les épaules en tournant la tête de côté d'un air méprisant et, dans une langue inconnue de Carbec et Le Coz, avait dit quelques mots à un acolyte qui se tenait debout dans le fond de la pièce. Puis il avait déclaré, avec un air de commisération et un sourire ironique qui montrait ses mauvaises dents :

— Il faudra revenir.

Sans un mot, et prenant son temps, Carbec avait ramassé

les pièces d'or, remis le diamant dans son sac en cuir, empoché le tout et, comme il allait se lever, il avait ajouté sèchement, en regardant l'homme droit dans les yeux :

— J'ai aussi cela.

Et il avait sorti d'un autre petit sac de cuir une grosse émeraude en goutte d'eau montée en boucle d'oreille.

Surpris, l'homme n'avait pu maîtriser la lueur venue enfiévrer son regard ni le mouvement de ses lèvres qui s'étaient serrées. Sa main tremblait légèrement lorsqu'il saisit délicatement l'émeraude pour l'examiner. Ensuite il avait demandé :

— Vous avez la paire ?

— Bien sûr, avait répondu Carbec avec le même haussement d'épaules qu'avait eu l'homme tout à l'heure.

— On peut voir ?

— Pas avant que nous ayons rencontré Laffite.

Un moment ils s'étaient défiés du regard, les yeux dans les yeux, sans ciller. Le Coz, inquiet, se tenait prêt à bondir, armé du poignard qu'il portait à la ceinture. Mais Carbec avait repris la main. Il dévisageait l'homme calmement et observait le regard fiévreux, les yeux cernés, l'anneau d'or piqué d'un diamant, accroché à son oreille gauche. Celui-ci tout d'un coup sembla se détendre et montra à nouveau ses mauvaises dents avec un sourire mielleux :

— Comme vous voudrez, signor. Je peux faire conduire l'un d'entre vous auprès de M. Laffite, il n'y a pas de place pour deux. Demain, si vous voulez. Un nègre vous conduira, il passera vous chercher à quatre heures du matin.

— *Oh ! zénéral Florido !*
Cé vrai yé pas capab' pran nou !

Carbec maintenant chante avec Bonaventure, répète après lui et recommence à chaque fois que le grand nègre corrige sa prononciation. Tous deux rient aux éclats, Bonaventure en pleure et, entre deux coups de pagaie, essuie de grosses larmes du revers de sa main gauche.

— *Oh ! zénéral La Florio !*

Carbec à présent se sent en sécurité. La veille, avec Hervé Le Coz, il avait craint que cette expédition ne fût un traquenard et ce matin il avait un moment hésité à prendre place dans la pirogue en tournant le dos au grand nègre. Maintenant c'est pour le jeune Malouin qu'il s'inquiète. L'homme à l'anneau d'or sait celui-ci seul et probablement gardien de la majeure partie de l'or et des pierres précieuses ; il a certainement pensé que le Français n'aurait pas pris le risque d'emporter dans le repaire de Barataria plus que quelques échantillons. Carbec, bien qu'il ait recommandé à Le Coz la plus extrême vigilance — ne pas quitter la maison jusqu'à son retour, tenir portes et fenêtres fermées, la nuit organiser avec Saint-Malo un tour de garde —, se reproche de n'avoir pas pris de précautions plus grandes, pas demandé le renfort de quelques-uns des volontaires pour le Champ d'Asile. Il essaie de se rassurer en pensant au pistolet de Stephen Girard qu'il a laissé au jeune homme après en avoir vérifié avec lui le mécanisme et le chargement, mais plus il y songe, plus il se persuade que c'est folie d'avoir fait confiance à l'homme à l'anneau d'or et si lui, Carbec, n'a pas de problème c'est donc que Le Coz en a de son côté.

À la mi-journée, la lumière et le silence écrasent les bayous. Sur le marais et dans le ciel, plus un cri et partout l'eau verte et tiède d'où émergent çà et là les gros yeux circonflexes des alligators immobiles. Quelque temps les deux hommes s'arrêtent auprès d'un monticule de coquillages où pousse, on se demande comment, un chêne vert martyrisé par le vent. Bonaventure sort d'un panier tressé multicolore des beignets de riz enveloppés dans une feuille de bananier, des bananes et une gourde d'eau qu'ils se partagent sans un mot. Puis le grand nègre s'allonge dans la pirogue :

— Mo z'ami, mo allé dromi ti mo'ceau.

Et il se couvre la figure de son chapeau de paille effrangé. Bientôt des ronflements sonores font vibrer l'air et dérangent, à deux pas de là, un serpent à sonnette jaune et noir que François Carbec, tétanisé par la peur, voit s'éloigner paresseusement en méandres obliques. Alors, tout d'un coup et comme jamais, même au Military Hospital après Waterloo, le général Carbec, abasourdi, sort de son rêve et prend la mesure exacte de sa situation. Lui, officier de hussards nommé général par l'empereur Napoléon, lui qui pendant plus de quinze ans a chevauché à travers l'Europe dans des uniformes chamarrés d'or et d'argent, terrorisé nobles et bourgeois des villes où il cantonnait ses troupes, ripaillé dans les meilleures auberges, accompagné au bal et jusque dans leur lit les femmes les plus belles, les plus spirituelles et les plus élégantes de Milan, Vienne ou Varsovie, lui, général Carbec, est-il ce même homme qui, aujourd'hui vêtu de grossière toile de coton, coiffé d'un chapeau de paille, se tient accroupi et aveuglé de lumière auprès d'une pirogue au milieu d'un marécage grand de milliers d'hectares où personne ne saurait le retrouver, attend en mangeant une banane qu'un nègre termine sa sieste et n'ose pas pisser contre une touffe de roseaux de peur d'y voir se dresser un serpent ? Et est-il ce même homme qui il y a quelques semaines disait à Cordelia partir pour peu de temps, qui la veille de son départ était allé chez elle, bague en poche, avec l'intention de la demander en mariage ? « Cordelia, murmure-t-il à voix basse. Cordelia… » Alors François Carbec pressent qu'il ne la reverra jamais et il est dévasté par une vague de tendresse qui déferle dans sa tête. Plus tard il se décide à pisser, non contre les roseaux, mais dans l'eau du bayou. Ragaillardi par le geste, il va jusqu'à diriger un jet puissant dans la direction d'un alligator endormi, toutefois largement hors de portée.

Bonaventure vers le soir s'attrista. La jubilation l'avait quitté et sa chanson était une longue plainte où le grand nègre disait le désarroi de son cœur :

Mo pas connin queque quichause
qu'allé tourmenter mo la,
Mo pas connin qui la cause
Mo cœur brûlé moi comme ça
Ah Dieu qué tourmen, qué peine
C'est in souffrance passé la chaîne.

Cela ne fit pas sourire François Carbec. Le soleil sur leur droite descendait, les couleurs s'adoucissaient et les oiseaux qui, dans la journée, s'étaient tus reprenaient leurs ricanements et leurs cris. Bientôt le bayou s'élargit et l'eau l'emporta sur la végétation. Les mouettes et les hirondelles mêlaient leurs criailleries dans le soir et, haut dans le ciel, les pélicans repliaient leurs ailes et tombaient comme des pierres en des plongeons verticaux qui fascinaient François Carbec. Un peu plus tard il sentit l'odeur de la mer. Devant la pirogue s'ouvrait la baie de Barataria que fermaient au loin Grande-Île et Grande-Terre, deux lignes vertes allongées côte à côte et bordées de blanc.

Au centre de l'île de Grande-Terre une large maison blanche recouverte de palmes et revêtue d'un crépi de coquilles d'huîtres fait face à la mer. Les murs sont épais, les fenêtres étroites et garnies de barreaux rapprochés, une large véranda ouvre sur les eaux vertes et bleues du golfe du Mexique et sur un archipel de petites îles ourlées d'écume et de sable blanc, écrasées de lumière. Près d'un grand hamac rouge sur un guéridon noir une longue-vue de cuivre jaune; la brise balance le hamac et porte jusqu'à la véranda le bruit sourd du ressac et les effluves d'un champ d'orangers proche de la maison.

C'est là que demeure Jean Laffite, chef d'une communauté singulière de contrebandiers et de corsaires dont les lois démocratiques simples et rigoureuses ont pour unique objet de permettre l'enrichissement de tous et la jouissance paisible des biens acquis.

Corsaires et non pirates, expliquait Laffite au général français en dînant avec celui-ci le soir de son arrivée à Grande-Terre :

— Nos lettres de marque de Carthagène font de nous des auxiliaires de la jeune république de Bolivie en lutte contre l'Espagne de la même façon que des commissions du gouvernement républicain du Mexique libre nous font un devoir d'assister Francisco Mina et d'attaquer les vaisseaux espagnols partout où nous les rencontrons.

Laffite avait éclaté de rire et s'était exclamé :

— Suis-je bête ! Ce n'est pas à un Malouin que j'apprendrai la différence entre un corsaire et un pirate ! Parlez-moi donc du grand Surcouf, notre maître à tous ! L'avez-vous rencontré ?

Le personnage surprenait Carbec. Il avait cru trouver à Barataria un flibustier semblable à l'homme à l'anneau d'or de La Nouvelle-Orléans et voilà qu'il avait devant lui un seigneur aux manières d'aristocrate, sans la morgue. Une sympathie réciproque s'était aussitôt épanouie chez les deux hommes. Ils étaient grands et forts l'un et l'autre. Aussi brun que le Breton était blond, Laffite avait le teint mat, les cheveux noirs tirés en arrière et serrés par un catogan, des dents brillantes entre des lèvres pleines et incarnates, surmontées d'une fine moustache et d'un regard noir étincelant avec quelque chose de féminin dans sa façon d'exprimer tour à tour l'ironie, l'amusement, l'indignation, comme il savait certainement dire l'amour, la tendresse, le désir, la tristesse. Pour l'heure il exprimait l'amitié fraternelle et chaleureuse. Ils finissaient de dîner. « On vous a préparé un repas de Barataria », avait dit Laffite, en invitant Carbec à s'asseoir devant une table tout argenterie massive et cristal taillé sur une nappe blanche brodée de fils d'or, où s'étaient succédé des mets aux saveurs raffinées qui, par touches légères, imprégnaient François Carbec de bien-être et d'optimisme : soupe à la tortue, gombo z'huîtres et le jambalaya traditionnel du delta, ragoût d'écrevisses, de crevettes, de crabes et de lard, longtemps mitonné dans quantité de tomates, relevé de piment et parfumé d'herbes aromatiques des bayous. Les vins des plus grands crus n'avaient pas manqué et leurs reflets pourpres réchauffaient le cristal des flacons où dansaient les flammes des chandelles.

Les deux hommes avaient le même âge, ils s'étaient un peu raconté leur vie, l'un était immensément riche et l'autre possédait peu de choses après avoir été général de l'empereur le plus puissant du monde ; l'un était homme de la mer et l'autre de la terre, mais ils s'étaient reconnu le même orgueil, le même mépris des mesquins et des médiocres qui souvent se confondent ; chacun avait deviné chez l'autre la même tendresse cachée sous des dehors rudes et soupçonné les mêmes blessures secrètes.

— Maintenant, François, dis-moi ce dont tu as besoin, Lallemand m'a parlé de quelques centaines de fusils, ce n'était pas très précis.

— Cinq cents fusils avec baïonnette, mille cinq cents pierres à fusil, cinq cents sabres, six canons Gribeauval de 120, mille deux cents livres de poudre, boulets et mitraille.

— Bigre ! et à livrer où et quand ?

— Avant fin janvier, dans un entrepôt sur le lac Pontchartrain.

— Sur Pontchartain ? En es-tu sûr ? J'avais cru comprendre que votre destination se trouvait à l'ouest ?

— Exact. Mais nous voulons essayer de cacher notre véritable destination et faire croire à ceux qui nous observent, Français, Anglais, Espagnols et Américains, que nous préparons la colonie de la vigne et de l'olivier sur la Tombigbee.

— Je comprends, mais ne serait-il pas préférable que je le livre directement sur l'île de Galveston ? Ce serait encore plus discret.

Le général Carbec avait naturellement songé à cette solution mais l'avait aussitôt écartée. C'eût été placer toute l'affaire entre les mains d'un seul homme et sans contrôle jusqu'au dernier moment. Qu'adviendrait-il de leur expédition si, une fois les troupes réunies à Galveston, leur armement n'y était pas ? Sa mission, à lui, Carbec, était d'assurer cet acheminement, il ne pouvait s'en décharger sur un tiers, quelle que fût sa confiance en celui-ci.

Laffite, dans le temps que Carbec hésitait à répondre, le comprit et le tira d'embarras :

— À la réflexion ce n'est pas une bonne idée et, si j'étais à ta place, je préférerais m'assurer moi-même et par avance de la fourniture des armes et de leur qualité. Je note donc, livraison au bayou Saint-Jean en deux fois, il faut quand même diviser les risques, des fusils, baïonnettes et sabres, poudre et pierres à fusil. Mais pour les six canons, difficiles à transporter discrètement, je préférerais te les livrer à Galveston... d'autant qu'ils y sont déjà ! C'est là que je rassemble peu à peu toutes mes forces avec l'idée d'abandonner un jour prochain Barataria trop proche des enculés de La Nouvelle-Orléans... Mais ceci est une autre histoire. Alors, que penses-tu de ma proposition ?

— Cela me va, Jean, mais nous n'avons parlé ni du prix ni du moment du paiement...

— Pour le prix...

Laffite hésita. Carbec fut soulagé lorsqu'il entendit :

— Quatre-vingt mille dollars pour le tout, est-ce acceptable pour toi ? Il me serait difficile de diminuer ce prix, mes hommes ne l'admettraient pas, chez nous chacun reçoit sa part de la vente, tu comprends ?

Laffite ne dit pas qu'il avait retranché du prix sa propre part. Carbec le devina et s'efforça de le montrer :

— C'est parfait. Je te remercie en notre nom à tous. Et sois certain que, si nous réussissons, ta participation au succès sera reconnue. Et pour le paiement ?

— Quand tu voudras, quand tu pourras, piastres d'argent ou dollars en or, ce qui te sera le plus pratique. Le plus simple serait, si de ton côté il n'y a pas de risque d'indiscrétion, une lettre de crédit au profit de la société de négoce Sauvinet et Cie, ce sont des amis.

Carbec cependant pensait aux diamants et aux émeraudes qu'il avait montrés à l'homme à l'anneau d'or à La Nouvelle-Orléans et dont Jean Laffite ne parlait pas. Il demanda, hésitant :

— Et… pour les diamants ?

— Quels diamants ? dit Laffite interloqué.

Alors Carbec raconta à Laffite l'accueil qui lui avait été réservé à la forge et comment finalement il avait obtenu de parvenir jusqu'à lui. Laffite se rembrunit, voulut connaître tous les détails, fronça les sourcils quand Carbec mentionna maître Cherry Belle Couche, demanda si l'homme à l'anneau d'or était seul, jeta un coup d'œil rapide sur le diamant, plus attentif sur l'émeraude, fit venir Bonaventure et l'interrogea longuement en langage gombo qu'il parlait avec aisance.

Enfin il se tourna vers Carbec, l'air soucieux :

— Ton ami Le Coz est en danger. L'homme qui t'a reçu à la forge s'appelle Gambio. C'est un homme à moi dont je me passerais volontiers. Indiscipliné et déséquilibré, il est capable de tout. Le plus inquiétant est qu'il a pour les pierres précieuses, et spécialement pour les émeraudes, une obsession maladive. Je le connais, il est rusé et calculateur ; à mon avis il a organisé ton voyage avec Bonaventure de façon telle que tu ne prennes pas le risque d'emporter les pierres ; il a certainement dans l'idée de s'attaquer à ton ami, seul ou avec l'aide de celui qui a assisté à vos entretiens et qui ne vaut guère mieux, et de s'emparer des émeraudes qui le rendent fou. Il agira de nuit, celle-ci ou la prochaine. En partant tout de suite par les voies les plus rapides nous pouvons arriver sur place avant le jour.

Ils étaient quatre, Laffite, Carbec et deux rameurs indiens. Un cotre, tout dessus, leur fit traverser la baie en moins d'une heure. Puis, par les bayous, avec deux pirogues menées à force pagaies par les deux Indiens, ils rejoignirent le Mississippi à quelques miles en aval de Chalmette. Un lougre devait ensuite les mener à La Nouvelle-Orléans.

Agenouillés à l'arrière des embarcations, les rameurs, pour scander leur effort ou peut-être pour chasser les esprits qui les nuits de pleine lune passent dans les brumes des marais, chantaient d'une voix grave :

Hou wa haa!
Tou way pa ka way
Hou wa haa!
Tou way pa ka way.

Carbec, assis au milieu de sa pirogue, contractait tous ses muscles comme pour la faire avancer plus vite. Il se demandait comment les Indiens trouvaient leur chemin dans les jeux de l'ombre, du brouillard et des trous de clarté que la lune projetait par endroits. Plusieurs fois ils étaient passés auprès de points rouges immobiles, au ras de l'eau, quand soudain, venant de l'autre pirogue qui allait en tête, éclata un coup de feu suivi d'une grande agitation dans l'eau du bayou : un énorme alligator battait l'eau de furieux coups de queue en montrant son ventre jaunâtre. Les pirogues avaient à peine ralenti et, un instant interrompu, le chant des Indiens reprit aussitôt.

Hou wa haa!
Tou way pa ka way
Hou wa haa!
Tou way pa ka way.

La lune avait disparu à l'ouest en glaçant les marais d'une dernière lumière blafarde, et il faisait nuit noire lorsque le lougre se glissa en silence entre deux navires amarrés à quelques centaines de mètres de la place d'armes. Deux ombres en jaillirent qui remontèrent en courant vers le bayou Saint-Jean puis tournèrent à gauche dans la rue Royale.

— C'est là, dit Carbec en montrant du doigt la maison louée par Le Coz au coin de la rue des Ursulines.

La rue sombre semblait déserte. Au premier étage, entre les fentes des volets, on voyait vaciller la lueur d'une chandelle. Les deux hommes s'approchèrent de la porte qu'ils cognèrent discrètement de la crosse d'un pistolet. Ils attendirent un moment, frappèrent encore, un volet grinça, un fragile rai de lumière trembla sur le sol et Carbec dit d'une voix sourde :

— C'est moi, François. Ouvre vite Hervé, je suis avec un ami.

La porte s'entrouvrit et le visage de Le Coz apparut, sourire figé, éclairé par un chandelier qu'il tenait levé au-dessus des têtes.

— Dieu merci, nous arrivons à temps ! s'écria Carbec en se retournant vers Laffite qu'il présenta à Le Coz.

Ce dernier éclata de rire :

— Tu veux dire que vous arrivez après la bataille ! Il y a moins d'une heure nous avons été attaqués par deux hommes qui avaient franchi le mur et accédé à la véranda par le jardin.

— Ils pourraient revenir, dit Carbec.

— Non. Je les ai tués.

Le jeune homme avait dit cela d'un air détaché comme si le fait eût été banal mais Carbec et Laffite, chacun avec son expérience propre du combat et de la mort, entendirent dans la voix de Le Coz la fêlure légère des émotions maîtrisées.

— Comment cela s'est-il passé ? demanda Laffite avec un ton amical, presque paternel.

Le Coz avait été réveillé par des coups sourds qui ébranlaient la maison. Sur la véranda, Saint-Malo armé d'une barre de fer tenait tête en silence — cet imbécile aurait mieux fait de donner l'alerte en criant — à deux hommes armés du sabre court des pirates. Le Coz était arrivé à temps : blessé au bras, Saint-Malo venait de lâcher la barre de fer et un sabre déjà levé allait s'abattre sur sa tête. D'un coup de pistolet Le Coz avait abattu l'homme qui menaçait Saint-Malo. L'autre s'était alors précipité sabre dressé vers Le Coz, qu'il croyait désarmé, en réclamant essoufflé :

— Vite, les pierres, les émeraudes !

Il n'avait sûrement pas eu le temps de comprendre comment Le Coz avait tiré une deuxième fois avec la même arme.

Laffite demanda à voir le pistolet à cinq coups et l'examina attentivement. À mi-voix il lut le nom du fabricant, Joshua Shaw — Philadelphia, et eut un léger sourire :

— Un bel objet, dit-il en le rendant à Le Coz. Je suis heureux qu'il t'ait permis de te débarrasser de ces gredins. Cela me rend un fameux service.

Ils s'approchèrent des corps, à plat dos, les bras en croix, la même blessure, un large trou de sang noir au milieu du visage, à la place du nez et des yeux. À l'oreille du plus grand brillait un diamant serti dans un anneau d'or.

— Je vois que ta main n'a pas tremblé, fils, dit Laffite.

Le compliment fit rougir Hervé Le Coz. Le jour n'allait pas tarder à se lever, Laffite ne pouvait rester plus longtemps. Il précisa à Carbec comment se dérouleraient les livraisons à l'entrepôt du lac Pontchartrain, Bonaventure serait son correspondant à La Nouvelle-Orléans. Puis il regagna le lougre et envoya deux hommes avec une charrette à bras ramasser les cadavres.

— C'est les caïmans qui vont être contents, dit un des hommes.

— Ouais ! et aussi les écrevisses, ça va être la fête dans les bayous, approuva l'autre tandis qu'avec un couteau il tranchait l'oreille à l'anneau d'or piqué d'un diamant.

— Dommage qu'il n'y en ait qu'un, dit le premier qui, du coin de l'œil, surveillait l'opération. Il va falloir le jouer.

— Ouais.

— Au passe-dix en trois coups ?

— Ouais.

Bien que la blessure de Saint-Malo ne fût pas grave, une entaille dans le gras du bras droit, il dut pendant quelques jours porter celui-ci en écharpe.

— Te voilà blessé, Saint-Malo ? lui demanda maître Cherry Belle Couche, comme il venait rendre visite à Carbec et Le Coz, deux jours après l'attaque.

— Oh ! ce n'est rien, je suis tombé dans l'escalier.

— Je ne te savais pas si maladroit, répondit l'avocat avec une mimique dubitative où l'ironie s'ajoutait au mépris.

Personne ne s'était inquiété des deux coups de feu en pleine nuit. La garde de ville de La Nouvelle-Orléans savait, il est vrai, se montrer discrète et la disparition de deux hommes de la forge Laffite ne lui avait pas été rapportée. Tout événement cependant, transmis par le télégraphe gombo, était connu de la population de couleur qui, avec des airs mystérieux et entendus, en distillait quelques bribes aux Blancs. En l'absence d'incident, les gens de couleur, par des commérages et des insinuations sur des faits réels ou imaginaires, continuaient d'alimenter la rumeur pour justifier, au moins à leurs propres yeux, les airs supérieurs qu'ils aimaient afficher et qui exaspéraient les Blancs. Ceux-ci en étaient venus à avoir leur propre réseau de renseignements, fragile, trahi, moqué, bâti sur des gens de couleur, Noirs, mulâtres ou quarterons, qui avaient les plus fortes chances d'être un jour victimes du « grand Zombi », le dieu serpent du vaudou, et de régaler de leur chair les alligators et les écrevisses du bayou Saint-Jean ou du lac Pontchartrain. Maître Cherry Belle Couche, tout le monde le savait, personne ne le disait, était la cheville ouvrière de ce réseau. Le consul de France utilisait régulièrement ses services, comme son collègue le consul d'Espagne et comme le gouverneur américain de l'État de Louisiane. Fils cadet d'une riche famille de planteurs-sucriers de Saint-Domingue, il avait fait ses études de droit en France, à Bordeaux, et en 1803 avait vissé sa plaque d'avocat sur la porte d'une belle maison de la rue de Chartres :

Hippolyte Cherry Belle Couche
Diplômé de la Faculté de droit de Bordeaux
Avocat-Conseil en toute sorte d'affaire

La plaque avait fait sourire mais comme il était riche de sa part d'héritage, redoutable à tous les jeux de cartes et savait perdre avec élégance, ne manquait pas d'esprit et s'en servait pour charmer autant que pour ridiculiser, passait pour connaisseur de toute matière artistique et particulièrement de littérature et de musique, les portes de la société créole lui avaient été grandes ouvertes quoi qu'il lui manquât, pour être un vrai gentilhomme créole, la prestance, l'admiration de la gent féminine, comme de bien monter à cheval, et de relever la moindre offense par un duel sous les chênes.

L'esprit en lui l'emportait sur le physique et dans une certaine mesure y suppléait. Il n'était pas marié et vivait seul avec une nombreuse domesticité de couleur. On ne lui connaissait pas de liaison. On le craignait trop pour le moquer ou pour l'aimer. Personne n'osait parler de lui.

Maître Cherry Belle Couche donc, ayant eu vent de quelque incident dans la maison Carbec-Le Coz, venait aux nouvelles.

— Je passais, chers amis, et m'inquiétais de savoir si mes

avis vous avaient permis de joindre ceux que vous désiriez rencontrer.

— Parfaitement, et je vous en remercie, répondit Carbec.

— Tout s'est bien passé ?

— Oui, mon cher maître, et merci encore.

— Je ne puis vous être d'aucun secours ?

— Je ne pense pas et serait-ce le cas que je m'en voudrais d'abuser de votre gentillesse.

Jamais François Carbec n'avait été aussi courtois et il s'amusait de tenir à distance, à force d'amabilité, l'avocat dont son instinct lui commandait de se méfier. Il se souvenait aussi de la remarque de Saint-Malo, le serpent à sonnette et l'araignée à cul rouge, comme de la grimace de Laffite lorsqu'il lui avait dit avoir réussi à le joindre grâce à Cherry Belle Couche.

Après le départ de l'avocat, Carbec appela Saint-Malo sur la véranda et entreprit d'en savoir plus :

— Assieds-toi, Saint-Malo, nous avons à parler.

Interdit, les yeux plus ronds qu'à l'accoutumée, le nègre ne bougeait pas. Jamais personne, ni la sœur Clotilde, ni le père Antoine ne lui avait proposé de s'asseoir à son côté pour bavarder.

— Qu'attends-tu ? Je te fais peur ?

— Oh ! non, mon général.

Saint-Malo se souvint opportunément de ses lectures de Jean-Jacques Rousseau, il était un homme libre, tous les hommes sont égaux… et il posa une demi-fesse sur le bord d'une chaise.

Carbec, à moitié allongé dans son fauteuil, se redressa et, se rapprochant de Saint-Malo, lui demanda à voix basse :

— Ce Cherry Belle Couche, qui est-ce ?

— Je te l'ai dit l'autre jour : il est plus dangereux que le serpent à sonnette et que l'araignée à cul rouge.

— Oui, je me souviens, mais comment le connais-tu ? Qu'a-t-il fait ?

Saint-Malo hésita à répondre, puis il se décida. À un général de France qui le traitait comme un égal, il ne pouvait rien refuser. C'était une longue histoire qu'il ne fallait répéter à personne. Carbec promit et Saint-Malo raconta.

Lorsqu'il eut douze ans, les sœurs ursulines le confièrent au père Antoine qui le fit enfant de chœur et lui donna la responsabilité de tous les cierges de la cathédrale : ramasser les restes de cire sur les chandeliers, apporter des cierges neufs, vider les troncs, faire les comptes. Avec six chapelles plus l'autel principal, il était bien occupé. Il aimait ce travail, à cause du silence, de toutes ces petites flammes vivantes et de l'odeur de la cire. Quand il était seul dans la cathédrale, la Sainte Vierge quelquefois lui parlait. À quinze ans, il fut chef des enfants de chœur. En procession, vêtu de la longue aube blanche, c'est lui qui portait la croix en tête du cortège et qui aux enterrements préparait l'encensoir, déposait les grains d'encens dans la cassolette et réglait la longueur des chaînettes pour qu'on les entende tinter, ding, ding, ding.

Il était heureux et pensait à devenir prêtre. Il l'avait dit au père Antoine qui le trouvait trop jeune et pas assez instruit malgré l'enseignement des ursulines.

Carbec, ignorant des choses de l'Église, comprenait mal ce que lui racontait Saint-Malo mais il devinait que pour tout savoir il ne fallait pas l'interrompre, bien qu'il ne vît pas le rapport avec Cherry Belle Couche. Il s'était simplement à nouveau enfoncé dans son fauteuil ; Saint-Malo, qui, dans le même temps, s'était assis normalement sur sa chaise, poursuivit son histoire.

C'est alors, dit-il, que le père Antoine, ayant su que l'avocat cherchait pour son cabinet un homme de couleur parlant le gombo mais sachant aussi lire et écrire le français, avait conseillé à Saint-Malo de tenter sa chance : il pourrait ainsi se perfectionner dans le maniement du français, cultiver son esprit, acquérir même des notions de droit, et dans quelques années, si sa vocation se confirmait, entreprendre des études religieuses. Ainsi fut fait. Cherry Belle Couche se dit intéressé, promit de veiller à l'éducation du jeune Saint-Malo et de lui donner chaque semaine quelques piastres, en plus du logement et de la nourriture. Pendant un an tout fut parfait. Son travail consistait à bien comprendre les problèmes exposés par les gens de couleur et à les résumer par écrit en français, à l'intention de l'avocat qui, cela lui faisait gagner beaucoup de temps, ne recevait ses clients qu'après avoir lu les notes de Saint-Malo. Cherry Belle Couche prenait le temps de corriger les écrits de Saint-Malo et de lui expliquer les solutions juridiques aux problèmes posés. Enfin il l'autorisait à emprunter les livres de sa bibliothèque et le conseillait dans ses lectures : Rousseau, Voltaire, Diderot, et aussi Beaumarchais.

— Ah ! *Le Mariage de Figaro* ! C'est là que tout a commencé. J'adorais ce théâtre et rêvais de jouer sur une scène, j'en connaissais par cœur des tirades entières. Alors l'avocat, le soir, m'aidait à répéter, puis il se mit lui aussi à jouer avec moi, je faisais le page, il était la comtesse. On se déguisait, à un moment je devais me cacher sous les jupes de la comtesse, les serviteurs nous regardaient en riant. Quand je voulus être Figaro, il fut Suzanne, il me serrait contre lui. Les autres serviteurs se moquaient de moi, je les entendais rire dans mon dos ; quand je m'approchais, ils se taisaient. Un soir en hiver, après une scène où Suzanne se moque de Figaro, on avait bien ri, Cherry Belle Couche dit à son valet de chambre — il l'appelait Cupidon — : « Dis donc, Cupidon, pour la bassinoire fais-toi aider par Saint-Malo. » Je ne savais pas ce que c'était. « Suis-moi », me dit Cupidon et il me conduisit dans la chambre de l'avocat.

— Fais comme moi, déshabille-toi.

— Tout ?

— Tout.

On devait se mettre nus dans le grand lit. Quand on l'avait assez réchauffé, Cherry Belle Couche arrivait, se mettait nu lui aussi et sautait dans le lit entre nous deux.

Saint-Malo baissait la tête et parlait à voix de plus en plus basse. Carbec eut pitié de lui :

— Je devine la suite. Et comment as-tu quitté l'avocat ? Et qu'a dit le père Antoine ?

Saint-Malo poussa un gros soupir.

— Ça c'est le pire. J'aurais dû me confesser au père Antoine, je n'ai pas voulu lui faire de peine. Et puis je crois que j'avais perdu la foi.

— Quand es-tu parti ?

— Pas tout de suite. Cherry Belle Couche m'a fait peur. Il me disait : « Je peux te faire pendre quand je veux. » Alors j'ai continué à faire la bassinoire. Et un jour il m'a dit : « Je te chasse », il avait l'air furieux, je ne sais pas pourquoi. Il m'a répété : « Si tu racontes, je te fais pendre, j'ai un dossier tout prêt sur toi. » Je suis sûr que c'était vrai ! Je l'ai vu faire, il est très malin, il trompe même les juges. Il connaît les secrets des gens et menace de les dénoncer s'ils ne font pas ce qu'il veut. C'est pour cela qu'il faut vous méfier de lui, il est capable de parler au gouverneur et de vous faire enfermer au Cabildo. Je n'ai jamais rien raconté, vous êtes le seul, mon général.

— Sois tranquille, Saint-Malo, je suis une tombe.

— Dis pas ça ! Ça porte malheur, et vite il embrassa son gri-gri, un petit sachet en cuir qu'il portait attaché autour du cou.

Quelques jours plus tard, Bonaventure annonça la première livraison d'armes pour la nuit de Noël entre minuit et deux heures du matin. On oubliait ce soir-là le couvre-feu des gens de couleur, et la garde de ville serait encore moins vigilante que d'habitude. Le Coz trouva sans difficulté trois volontaires du Champ d'Asile pour aller à l'entrepôt pendant que lui-même et Carbec se montreraient en ville. On pourrait aller à la messe de minuit, dit Hervé.

— À la messe? s'écria Carbec en ouvrant de grands yeux ronds.

Sourire en coin, Le Coz confirma :

— Eh! dame ! C'est qu'il y aura beaucoup de monde pour nous voir. Et après on ira rue Tchoupitoulas chez Annie Christmas.

— Eh bien, mon gars! Si ton oncle Nicolas savait que tu vas au bordel en sortant de la messe de minuit...

Le Coz cette fois rit franchement :

— Ce n'est pas ce que tu penses, général! Là aussi il y aura beaucoup de monde à nous voir et ce ne devrait pas être les mêmes qu'à l'église.

Ce matin-là, le général Carbec avait reçu une lettre de France, une longue lettre commencée par Sébastien et terminée par Adèle, qui l'avait laissé abattu, bousculé par des sentiments confus où se mêlaient l'amertume des souvenirs, l'incertitude du lendemain et une nausée qui lui fit craindre d'être atteint d'une de ces maladies bizarres des pays chauds. Dans le courrier que lui avait remis un capitaine de Stephen Girard arrivé à La Nouvelle-Orléans, il y avait aussi une lettre de Charles Lallemand. Rien d'autre. Pourquoi diable s'était-il imaginé que Cordelia lui écrirait et souffrait-il maintenant qu'elle ne l'ait pas fait? Lui-même s'était essayé à lui écrire, puisqu'elle aimait la littérature, une lettre comme il en avait lu dans *La Nouvelle Héloïse*. Très vite il s'était senti aussi ridicule la plume à la main que l'eût été Jean-Jacques Rousseau avec un sabre de cavalerie et il avait renoncé à ces phrases simples, élégantes, spirituelles, à ce ton d'aimable complicité qui permettait à l'habile Jean-Jacques d'approcher peu à peu l'intimité de Julie sans que celle-ci s'en offusquât. Dépité, furieux, il avait senti la tristesse monter en lui. Il découvrait la solitude désespérée des amours malheureuses. On célébrerait Noël à Philadelphie, au Black Horse, comme à Saint-Mandé, ce n'est pas pour la religion, avait écrit Adèle, mais pour la joie des enfants; on le célébrerait à Paris chez le cousin

Léon, chez le banquier Laffitte, à Saint-Malo dans la maison sur les remparts où le grand Nicolas réunirait la famille et tous auraient une pensée pour lui mais pas un seul n'imaginerait que, ce soir-là, le général Carbec se saoulerait dans un bordel flottant amarré sur la berge du Mississippi à hauteur de la rue Tchoupitoulas. Noël, on le fêterait aussi dans les salons dorés du palais du Louvre pendant que l'Empereur, prisonnier sur son rocher, se sentirait encore plus seul et abandonné que les autres soirs. Songer à son Empereur avait redonné courage à Carbec. Il avait une mission à accomplir, que diable, qui ferait peut-être que tout un jour recommencerait, le grand jeu de la gloire et de la mort, et l'ivresse des batailles qui fait oublier aux soldats vainqueurs la misère des hommes.

Charles Lallemand, dans son bref message, annonçait que début janvier deux cents volontaires sous le commandement du général Rigau partiraient de Philadelphie à destination de l'île de Galveston et du Champ d'Asile. Lui-même ne rejoindrait pas Carbec à La Nouvelle-Orléans comme prévu ; la « grande opération », l'évasion du prisonnier de Sainte-Hélène, exigeait qu'il se rendît en personne en quelques pays voisins. Il rallierait directement Galveston fin février et comptait sur Carbec pour y trouver hommes et matériel. Il terminait par ces mots : « Nous allons voler comme l'éclair et frapper comme la foudre. » Carbec eut un sourire ironique en même temps qu'un léger haussement d'épaules.

Puis il relut la lettre des époux Médard, une lettre simple et vraie qui sentait bon l'amitié, qui disait la vie quotidienne, les enfants, les chevaux, les affaires qui allaient bien, comme le démontraient les comptes calligraphiés par Adèle. Elle lui disait aussi combien Mathieu était beau, intelligent, un peu diable mais si charmant et comme il vous ressemble, général, ajoutait-elle avec une innocence, réelle ou feinte, allez savoir, se demanda François Carbec. Sébastien racontait avoir donné à Mathieu sa première leçon d'équitation, à deux ans passés je me suis dit que pour un fils de hussard il était temps, ton bonhomme riait aux éclats et la vieille Paméla a été la douceur même. Carbec voyait la scène : Sébastien et son pilon, et la jument, oreilles droites et attentives ; il entendait la voix rugueuse du vieux sergent, tiens-toi droit, les épaules basses, qu'est-ce qui m'a foutu un conscrit pareil, et le pas précautionneux de Paméla sur les pavés. Tout cela était si réel, les images et les bruits, qu'il sentit l'odeur tiède des écuries et crut se réveiller à Saint-Mandé d'un long cauchemar qui l'avait conduit dans les marais du Mississippi après un passage au pays du bonheur qui avait le beau visage obsédant d'une jeune femme brune prénommée Cordelia. Pourtant il ne rêvait pas : la lettre de Sébastien tremblait dans sa main, la tête lui cognait, encore un de ces accès de fièvre dont il souffrait depuis son arrivée à La Nouvelle-Orléans et que Saint-Malo soignait avec une tisane au goût amer.

Les cloches de la cathédrale Saint-Louis sonnaient à toute volée tandis qu'une foule bariolée et silencieuse se hâtait pour assister à la messe de minuit ce 24 décembre 1817. Des élégantes en chapeaux et robes de madras accompagnées d'hommes portant avec aisance la longue redingote de couleur sur chemise à jabot et gilet de soie à fleurs ; des gens de couleur au maintien plus modeste, les femmes coiffées d'un simple foulard et les hommes en chemise blanche ; des religieuses en noir les yeux baissés et déjà en prière ; des uniformes rouges et bleus avec chapeaux à plume, des créoles du quartier Marigny, des Yankees du faubourg Sainte-Marie, des marins de tous les pays dont les navires dressaient au-dessus de la levée leurs mâtures où brillaient des lanternes, toute une troupe de fidèles qu'accueillait devant le porche un Bonaventure impérial dans son costume de suisse, habit bleu roi galonné d'argent, bas blancs qui mettaient en valeur les mollets du géant et, larges comme ses pieds, des chaussures grossières auxquelles on avait ajouté des boucles qui semblaient minuscules ; tricorne noir en tête, il tenait comme un sceptre une lourde canne ornée de cuivre et d'argent. En arrivant, Carbec lui fit un clin d'œil et siffla doucement l'air de *Oh! zeneral Florido !* Bonaventure roula des yeux affolés et lui lança un regard implorant, sans pouvoir retenir un rire silencieux qui fit luire ses dents blanches dans sa face noire. Dans la cathédrale, des enfants de chœur s'appliquaient, sur la pointe des pieds et bras tendu, à allumer les dernières chandelles et, malgré les nombreux candélabres et les lampes à huile accrochées aux murs, la nef était comme un long vaisseau naviguant dans le noir sur le clapot des conversations chuchotées, vers la lumière de l'autel blanc et or décoré de palmes vertes et d'arums géants. La partie centrale était déjà remplie et, hormis les familles créoles bienfaitrices de la paroisse qui avaient leur banc, les nouveaux arrivants se tenaient debout dans le fond et dans les allées latérales. Une petite cloche tinta et le père capucin Antoine Sedella sortit de la sacristie précédé d'une grappe d'enfants de chœur habillés en rouge et blanc. En tête, venait le plus grand qui portait la haute croix d'argent avec sur son visage le même recueillement grave, pensa Carbec, que devait avoir Saint-Malo il y a quelques années avant qu'il ne devînt l'employé de maître Cherry Belle Couche. Ce dernier assistait à la messe, Le Coz et Carbec l'avaient vu gagner les premiers rangs où la famille d'un planteur lui gardait une place à son banc. La voix du père Antoine quand il chantait la messe en latin redevenait jeune, haut placée et allègre, une façon de dire que sa foi était intacte et n'avait pas vieilli. Quand il se tourna vers l'assistance en écartant les bras, *Dominus vobiscum*, chacun fut frappé par la joie qui rayonnait de son visage pour une fois rasé de près et entouré d'une barbe blonde et grise taillée au carré.

L'assistance répondit en désordre, *et cum Spiritu tuo* et

quand, s'étant retourné vers l'autel, le père fit une génuflexion, les familles riches des premiers rangs virent apparaître, sous l'aube immaculée de lin blanc et la chasuble verte brodée de fils d'or, un pied nu dans une sandale de cuir dont la semelle était percée d'un trou large comme une pièce de vingt dollars.

— En essé temps là parout oune édite de César Augousto ordonnant lé récensemente dé toute la terre...

Monté en chaire, le père Antoine lisait l'Évangile avec ce prononcé espagnol dont il n'avait jamais pu se défaire.

— Gloire à Dieo au plou haut des es'cieux et passé es'sour la terre haous es'hommes dé bonne volonté. Au nom dou Père et dou Fils et dou es' Saint Esprit, *Amen.*

Alors le père Antoine commença son prêche et les yeux se levèrent vers lui, visages de créoles et visages de couleur, frères le temps d'une messe.

Il ouvrit grand ses bras comme pour les embrasser tous et leur annonça qu'un Sauveur était né qui leur apportait l'espérance et avec elle la réponse à la grande question : fallait-il, devant les horreurs, les souffrances, les injustices de l'existence, et face au mystère cruel de la destinée humaine, fallait-il prendre le chemin de la révolte ou celui de l'amour ? C'était une question que Carbec ne s'était jamais posée. Son esprit cependant vagabonda vers les soirs et les lendemains de batailles quand aux gémissements des blessés couverts par les hurlements de ceux qu'on amputait succédait bientôt l'odeur des cadavres d'hommes et de chevaux qui, par dizaines de milliers, gisaient démantibulés dans la plaine. Révolte ou amour ? Qu'est-ce que cela signifiait ? Révolte contre qui ? Contre l'ennemi pour venger nos morts ? Le plus souvent on s'était vengé d'avance ! Révolte contre Dieu ? Encore faudrait-il croire en Lui ! Alors l'amour ? Oui, pourquoi pas ? Du haut de sa chaire le père Antoine Sedella s'écriait justement que l'espérance, c'était de choisir l'amour, l'amour de tous, des plus pauvres et des plus faibles comme des plus riches et des plus forts, car tous avaient leur détresse ; l'espérance, poursuivait-il, c'était de choisir la charité et la tolérance plutôt que la lutte contre le mal et les méchants. François Carbec savait peu de chose de l'enseignement de l'Église. Enfant de la Révolution et des armées impériales, il n'avait eu ni l'occasion, ni le temps, ni, pour tout dire, le goût de s'en inquiéter ; il avait cependant assez entendu parler de la sainte Inquisition supprimée par Napoléon en 1808 puis rétablie en 1814 par Ferdinand VII, pour s'étonner des propos du père Antoine : la charité avant la lutte contre le Mal ? Voilà qui le surprenait et qui lui était sympathique.

La suite du sermon montra pourtant les limites de la mansuétude du père Antoine. Il venait de dire en adoucissant sa voix dans un sourire : « La espérance es dé savoir rédevenir comme oune enfante dans la main de Dieo », quand soudain sa voix enfla et trembla comme il ajoutait :

— Mais malhoure à es'céloui qui es'scandalisera oune enfante car il es'sera djeté dans les ténèbres où il y aura des pleurs et des grincements de dents.

Il y eut alors dans la cathédrale un silence épais, pas une toux, pas un mouvement de pied, un long silence au bout duquel le père Antoine dit brusquement : « *Amen* », et descendit de la chaire.

À une heure du matin la messe se terminait et les ursulines faisaient monter dans la cathédrale leurs voix de cristal :

Les anges dans nos campagnes
Ont entonné l'hymne des Cieux
Gloria in excelsis Deo...

Carbec se souvint qu'en ce moment même les hommes de Laffite et les siens entassaient des caisses d'armes et de munitions dans l'entrepôt du lac Pontchartrain.

À la sortie de l'église, Carbec et Le Coz, bien qu'ils ne connussent pas grand monde, prirent le soin de se montrer, saluèrent maître Cherry Belle Couche en conversation avec Guillemain, le consul de France, Mme Trémoulet en grande tenue, Bernard de Marigny de Mondeville et sa ravissante épouse, fille de Don Juan Ventura Morales le directeur de la Banque d'Orléans, Sauvinet le financier de Jean Laffite, et d'autres qu'ils ne connaissaient que de vue pour les avoir rencontrés ici ou là, mais qui semblaient, eux, savoir qui ils étaient. Hervé Le Coz suivit des yeux quelques belles quarteronnes.

C'était l'heure maintenant pour les deux hommes de se rendre rue Tchoupitoulas dans l'établissement flottant d'Annie Christmas.

De loin ils entendirent la musique, un piano et deux violons qui tournaient des valses et des boléros, des voix qui chantaient des mélodies sages venues des provinces de France et d'Espagne. Éclairé par une quantité de lampes-tempête dont la lumière transformait en décor les feuilles de bananiers et les palmes plantées ici et là en d'énormes bouquets, le pont du bateau plat était encombré de chaises et de gens attablés, tous des gens du fleuve, des bateliers en majorité, de grands gaillards aux yeux clairs, les *kaintocks* de Le Coz, et également des marins du bout du monde aussi bien que des pêcheurs d'écrevisses des bayous. À chaque table, de jeunes personnes en robe longue, brunes, blondes ou noires, une fleur rouge ou blanche piquée dans les cheveux, se laissaient faire la cour gentiment et de temps à autre descendaient sur le quai avec un cavalier pour un tour de danse sous les lampions.

— Nous y voici, dit Le Coz.

— Mais… tu m'avais dit que c'était un bordel, s'étonna Carbec.

— C'en est un! Sauf la nuit de Noël. C'est le cadeau que chaque année Annie offre à ses filles. Ce soir-là elles sont maîtresses de maison et reçoivent leurs amis en « honnêtes femmes », comme on dit à Saint-Malo. Annie y tient beaucoup, sans doute de vieux souvenirs de son enfance, c'est pourquoi on l'appelle Annie Christmas.

— Alors c'est une tasse de thé et rien d'autre ? demanda François Carbec qui se souvenait des dimanches à Philadelphie.

— N'exagérons pas ! C'est d'abord du whisky plutôt que du thé et ensuite il est toujours permis aux honnêtes femmes d'avoir des sentiments, ce que certains appellent des faiblesses, mais aujourd'hui ce sont elles qui choisissent, si elles veulent, quand elles veulent…

— Et les hommes qui viennent ce soir ? Respectent-ils la règle du jeu ?

— Oh ! oui. Dame ! Quand tu auras vu Annie, tu comprendras pourquoi. Et puis elle n'est pas seule. Elle est en ménage avec Bill Sedley, un gars haut comme une montagne, capable d'assommer un bœuf avec son poing. Quand je travaillais sur le fleuve, je l'ai vu à l'œuvre dans des bagarres, je t'assure qu'il vaut mieux être dans son camp. Tiens, justement voici Annie qui vient nous accueillir.

Une tête de plus que Carbec — elle devait mesurer deux mètres et peser cent kilos —, Annie Christmas, habillée à l'indienne, bandeau sur le front et une veste en peau de daim ornée d'une frange, ouvrit grand ses bras à Hervé Le Coz :

— Ah ! voilà mon petit Breton ! C'est gentil de venir aujourd'hui.

Et à Carbec elle tendit une main qui pesait bien une livre.

— Les amis d'Hervé sont mes amis !

Elle les installa à une table, leur apporta du whisky, puis retourna à son poste d'observation, à l'entrée de la cabine, près de l'orchestre. Droite, souriante, son regard allait de table en table, et au moindre éclat de voix se figeait dans sa direction. Si les choses ne se calmaient pas il y avait toujours quelqu'un pour crier :

— Attention ! Annie va sortir le fouet !

On riait et tout rentrait dans l'ordre.

— Qu'est-ce que cette histoire de fouet ? demanda Carbec.

— C'est un long fouet de cuir qu'Annie a appris à manier dans une tribu indienne qui les a recueillis, elle et ses parents, lorsqu'ils furent chassés d'Acadie. Elle est d'une adresse stupéfiante. Je l'ai vue désarmer un homme qui, à plusieurs mètres, la menaçait d'un poignard.

Une fille à la peau couleur de miel vint à leur table et parla avec Hervé qu'elle semblait bien connaître. Les musiciens avaient été remplacés par trois autres. Accompagné par un banjo à quatre cordes et par une sorte de tambour que son propriétaire frappait très vite de ses doigts longs et maigres, un Noir chantait des chansons gombo : *Eh! pour la belle layotte mo mouri 'nocent*; *Pov' piti mamzel zizi*; et l'*Histoire de la belle Calalou.*

Un peu plus tard, les musiciens changèrent encore, c'étaient aussi des Noirs, mais de ceux que, depuis peu, on appelait des nègres américains. Ceux-là avaient eu des maîtres yankees et ne parlaient pas gombo mais une sorte d'anglais, n'avaient pas connu le secours des prêtres français ou espagnols mais les pasteurs anglais leur avaient enseigné la Bible. Comme leurs frères africains ils aimaient chanter et danser, étaient obsédés par les rythmes, et avaient souffert dans leur chair et dans leur âme. Ils disaient des chants bien à eux et commençaient d'inventer une musique étrange à la mélodie syncopée pour raconter au monde que la danse était leur joie, le sommeil leur délivrance, l'amour une maladie et la mort le chemin du retour en Afrique. Ils étaient trois, un banjo, un tambour et une trompette d'où sortaient des notes longtemps tenues, moelleuses et brûlantes comme Carbec et Le Coz n'en avaient jamais entendu. À tour de rôle ils chantaient et leur voix vibrait comme leur trompette.

Quelle curieuse nuit de Noël, songeait François Carbec comme ils s'en retournaient vers le centre, Le Coz et lui, en marchant sur la levée d'où ils dominaient à droite le fleuve immense aux flots rapides et silencieux et en contrebas à gauche la ville resserrée et grouillante : un Noël sans neige, sous les bananiers et les palmiers ; un prêtre espagnol qui prônait l'amour et non le châtiment ; une patronne de bordel qui, pour un soir, rendait à ses pensionnaires leur dignité et les protégeait avec son fouet indien ; un Père Noël un peu pirate qui allait lui apporter, pourvu que tout se passe bien, des armes et des munitions ; des gens venus de partout pour toutes sortes de raisons et qui mêlaient leurs races, leurs cultures, leurs rêves et leurs angoisses, oui, c'était un Noël étrange et qui ne réveillait chez François Carbec aucune nostalgie. Au contraire sa tristesse des jours passés s'était dissipée et cette nuit de Noël avait excité en lui la jubilation et l'exaltation toujours ressenties lorsque, sous ses yeux, la vie et l'imagination triomphaient des habitudes. Oui, il était enfant de la Révolution et son Empereur lui avait montré qu'on pouvait changer le monde. La partie n'était pas terminée.

Il était quatre heures du matin lorsqu'ils s'arrêtèrent au café Maspero. Un homme au regard fiévreux passa près de Carbec et, portant sa main sur le côté de sa moustache comme un espion de comédie, lui murmura dans un souffle chargé de whisky :

— Tout est en ordre, mon général !

La deuxième livraison d'armes eut lieu une nuit de janvier 1818. Comme la première fois Carbec et Le Coz jugèrent prudent de se montrer en ville et ils se rendirent au Théâtre d'Orléans où on donnait ce soir-là *Le Mariage de Figaro*. Carbec fut très entouré par la bonne société créole. Tout le monde savait maintenant qu'il était apparenté aux La Bargelière, qu'il avait quarante ans, était veuf, tirait vite et juste au pistolet et maniait le sabre comme un hussard après vingt ans de campagnes. Les hommes faisaient son éloge et les femmes, parce qu'elles lui trouvaient beaucoup de charme, n'en disaient rien.

Le Coz restait à l'écart et observait son aîné avec au coin de l'œil une lueur d'ironie. Quand celui-ci s'en aperçut, il le présenta avec ostentation :

— Mon jeune cousin, Hervé Le Coz de La Ranceraie.

Un murmure étonné se propagea dans la salle comme les ronds dans l'eau d'un étang après le saut d'une carpe et le nom de Ranceraie voleta de bouche en bouche sur des visages épanouis de ravissement. Le Coz ahuri écoutait Carbec, très à l'aise, expliquer que son aïeul Jean-Marie Carbec de La Bargelière avait épousé à Saint-Malo, il y avait de cela un peu plus de cent ans, Marie-Léone Le Coz de La Ranceraie, arrière-grand-tante du jeune Hervé. Dans le cercle formé autour des Malouins, maître Cherry Belle Couche, qui supportait mal le succès des autres, demeurait silencieux, sa grosse tête inclinée, un imperceptible pli narquois au coin de la bouche. Il attendait l'occasion, un silence, pour porter sa botte. Comme à regret, ennuyé mais se faisant un devoir, si pénible fût-il, d'éclairer ses amis dont les familles ne devaient rien à la savonnette à vilains, il lança d'une voix si sucrée et si aimable que chacun comprit qu'il allait envoyer une pique et qu'on se prépara à esquisser un sourire tout de finesse pour montrer qu'on avait saisi la perfidie du propos, mais assez discret pour laisser toute sa chance à la riposte espérée — mon Dieu que c'était excitant — :

— Ce que le général Carbec de La Bargelière ne vous dit pas, belles dames...

C'était l'habitude de Cherry Belle Couche de s'adresser, dans les assemblées, de préférence aux femmes et de le faire avec une familiarité courtoise et une aisance un peu hautaine qui eussent suffi à convaincre un observateur attentif que l'avocat n'avait jamais eu d'ambition à l'endroit des dames.

— ... c'est que sa famille a d'autre titres, et plus anciens, à notre admiration puisqu'on y trouve des corsaires et des capitaines d'aventure, qui, en leur temps, reçurent leur récompense.

Pour moins que cela un membre de la bonne société créole envoyait ses témoins. Quelle audace était donc venue à maître Cherry Belle Couche connu pour son habileté à esquiver l'affrontement et qui jamais ne s'était rendu sur le terrain, sous les chênes ? Et qui plus est, s'attaquer à un homme si redoutable ! Carbec aurait volontiers châtié cette larve visqueuse mais l'avocat souriait, sûr de lui, il était clair qu'il avait pris ses précautions et le piège était trop évident : sous ce prétexte, duel d'un exilé bonapartiste avec une notabilité respectée de la ville, le gouverneur pouvait le faire arrêter et le garder un moment au Cabildo. Tout à l'heure Carbec avait vu l'avocat en long aparté avec Guillemain, le consul de France, un rapport de police était peut-être arrivé de Paris qui le signalait comme dangereux conspirateur, à la première occasion on l'emprisonnerait quelque temps avant de l'expulser.

François Carbec résolut de rester sur le terrain mondain et, se souvenant de son goût pour Beaumarchais au temps de ses humanités au collège Louis-le-Grand, il marqua vers Cherry Belle Couche une inclinaison de tête comme pour le remercier et d'une voix ronde et sonore, tel un acteur sur la scène, il s'exclama :

— Maître Cherry Belle Couche...

Il laissa passer un temps pour jouir du silence et de la tension dans l'auditoire et poursuivit, la mine réjouie :

— ... mon cher maître, je vous remercie d'avoir évoqué nos ancêtres communs, ceux du lieutenant Le Coz et les miens, ici et ce soir, au moment que nous allons entendre tout à l'heure l'admirable Figaro parler comme à coup sûr ils l'auraient fait eux-mêmes. Vous connaissez, n'est-ce pas, le monologue du cinquième acte ?

Alors, comme il y a vingt ans dans la cour de son collège, Carbec déclama avec la force contenue et le mépris qui convenaient :

— « Parce que vous êtes un grand seigneur vous vous croyez un grand génie !... Noblesse, fortune, un rang, des places : tout cela rend si fier ! Qu'avez-vous fait pour tant de biens ? Vous vous êtes donné la peine de naître et rien de plus ; du reste, homme assez ordinaire ! tandis que moi, morbleu ! perdu dans la foule obscure, il m'a fallu déployer plus de science et de calculs pour subsister seulement, qu'on en a mis depuis cent ans pour gouverner toutes les Espagnes. Et vous voulez jouter... ! »

Carbec ajouta dans un éclat de rire :

— Non ! Je crois que vous ne voulez pas !

L'assistance terrifiée accorda à Cherry Belle Couche — c'était lui maintenant l'offensé et de quelle façon ! — un bref temps de silence puis, comme il ne disait mot et gardait ses lèvres serrées sur un méchant sourire crispé, les applaudissements et les bravos éclatèrent tandis que chacun voulait féliciter le général Carbec, les hommes lui serrer les mains et les femmes lui montrer des yeux brillants.

Hervé Le Coz lui murmura à l'oreille :

— Au moins il ne manquera pas de témoins pour se souvenir nous avoir vus au théâtre ce soir !

— Oui, mais je me suis fait un ennemi mortel. Il est vrai que bientôt nous serons loin d'ici et n'y remettrons pas les pieds avant longtemps !

L'acteur qui tenait le rôle de Figaro fut légèrement décontenancé quand au cinquième acte, lorsqu'il déclama : « Parce que vous êtes un grand seigneur... », toutes les têtes du parterre se tournèrent ostensiblement vers un point de la salle et plus discrètement vers un autre. Quand les applaudissements à la fin de son monologue se firent plus longs et plus chaleureux que d'habitude, il pensa avoir été particulièrement bon.

Après le spectacle il y avait bal. Un orchestre — violons, violoncelle et piano — jouait des valses et des boléros tandis que des couples élégants tournaient avec application et que, sur le pourtour, des dames assises sur des banquettes cannées ouvraient et fermaient avec des gestes distraits leur éventail de soie peinte. Des serviteurs noirs présentaient des rafraîchissements sur des plateaux d'argent, de grands verres de merise ou de sirop d'orgeat. C'était un bal élégant de la meilleure société de La Nouvelle-Orléans sur lequel flottait un ennui distingué comme un vernis sur un meuble neuf. Les deux Malouins, circonspects, hésitaient à s'engager plus avant dans la salle quand Bernard de Marigny de Mondeville, très élégant dans sa redingote bleu nuit, son pantalon crème, sa chemise à jabot ornée d'une large cravate jaune à pois bleus, se glissa entre eux et, les prenant chacun par le bras, leur glissa à l'oreille :

— Puisque vous avez la chance d'être célibataires, inutile de vous ennuyer ici. Suivez-moi plutôt. J'ai beaucoup apprécié votre tirade, mon général, et je vous en félicite. Je suis moi-même de vieille noblesse normande et mon arrière-grand-père posa le pied sur le sol canadien en 1709 avant de devenir avec Bienville un des découvreurs de la Louisiane. Mais cela ne m'empêche pas de voir tout ce qu'il y a de sclérosé chez beaucoup de mes amis créoles. Je dois reconnaître que les Yankees nous montrent souvent l'exemple du dynamisme, du travail, de l'inspiration, du réalisme, du non-conformisme, exactement comme nos ancêtres, et je n'oublie pas que c'est le Malouin Jacques Cartier qui nous ouvrit la porte du Canada.

En même temps qu'il parlait il les avait entraînés par un petit escalier dans un jardin où murmurait une fontaine au pied d'un magnolia. Venant de loin, par bouffées, des bruits assourdis leur arrivaient, éclats de voix, notes de violon et de piano dont les sons étouffés se mouraient dans l'air humide. Marigny montra à l'autre bout du parc des fenêtres éclairées derrière un balcon où passaient des ombres.

— C'est le bal des quarteronnes, des filles superbes qui sont là sous la surveillance de leur mère mulâtresse. Il n'y a pas d'autres femmes et seuls les hommes blancs sont admis. Vous verrez, elles sont charmantes, attirantes et agréables à danser, bien élevées et de conversation plaisante. Mais n'en attendez pas plus, sauf à vous engager dans des obligations financière durables et non négligeables que les mères négocient âprement avant de placer leur fille. Amusez-vous. Moi, je vais faire une partie dans la salle de jeu, venez donc m'y retrouver.

La salle à danser des quarteronnes était moins grande et moins éclairée que celle du théâtre mais la lumière des chandelles y dorait mieux la peau mate de jeunes filles sveltes au sourire éclatant et au regard chaud qui dansaient avec souplesse la biguine, la valse avec distinction, sérieusement le quadrille et en riant aux éclats la galopade, et faisaient tourner la tête de leurs cavaliers en même temps que leurs robes légères brodées de fleurs aux couleurs vives. Sur les banquettes, les mères, empâtées et la peau plus foncée, s'étaient composé le visage douloureux du sacrifice maternel, consenti et monnayé pour le bonheur de son enfant. Les hommes étaient à leur affaire. Séduits, ils s'efforçaient de séduire, déployaient leurs talents, montraient leur force, leur adresse, leur esprit et surtout leur fortune ou leur position qu'ils s'ingéniaient à faire connaître, des hectares de canne à sucre, une quantité de balles de coton, un nombre de navires, ou affichaient un air condescendant vis-à-vis d'un autre danseur, lequel ne manquait pas d'en demander réparation — assez fort pour que tout le monde l'entendît — et d'envoyer ses témoins. L'orchestre s'arrêtait quelques instants, juste assez pour que chacun, et chacune, prît conscience de l'incident, puis la danse reprenait son cours tandis que les cavalières des deux héros les regardaient avec admiration et que ceux-ci, encore un peu pâles, bombaient le torse.

Hervé Le Coz fit danser une toute jeune fille, on lui donnait seize ans, qui le regardait avec de grands yeux noirs émerveillés et lorsque, après une galopade endiablée, il la reconduisit auprès de sa mère, elle tourna vers le jeune homme un visage mêlé d'espérance et d'inquiétude. Carbec nota que la mère, ignorant Le Coz, semblant même ne pas l'avoir vu, était demeurée impassible, et que les coins de sa bouche s'étaient légèrement abaissés avec une moue qui ajoutait l'ironie au dédain. Ce galant-là, elle l'avait tout de suite jaugé, ne lui convenait pas, trop jeune, pas assez de fortune, un aventurier peut-être !

Carbec laissa le jeune Hervé aux plaisirs de son âge et se dirigea vers la salle de jeu enfumée où régnait un silence épais seulement coupé par des mots brefs qui se croisaient, monotones, d'un endroit à un autre de la salle : le jeu est fait, il y a trente piastres, cinquante, cent piastres, refait à la banque, cent dollars, la main passe, dix et as vingt et un, faites les cartes, crevé, je tiens, cent piastres sur le dix, trente et un, cartes, banco. Plusieurs tables réunissaient chacune quatre à six joueurs assis et autour d'eux de nombreux spectateurs tendus et impassibles qui semblaient ne reprendre vie qu'entre les coups pour commenter à voix basse les dernières facéties du dieu hasard et communier dans leur ferveur.

Carbec s'approcha de la table la plus entourée d'où venait de s'élever un murmure étonné. On y jouait au pharaon et Marigny tenait la banque avec une élégance désinvolte devant un tas de pièces de vingt dollars en or, et face à quatre pontes. Carbec reconnut, à la droite de Marigny, Sauvinet, puis le docteur Félix Formento, un ancien chirurgien de la Grande Armée qui s'était déjà acquis une réputation à La Nouvelle-Orléans, Cherry Belle Couche, encore lui, et enfin La Morandière, gros sucrier installé aux Opelousas.

« Vos jeux, messieurs », demanda Marigny. Sauvinet retourna un huit de trèfle qu'il couvrit avec cent dollars, le docteur un valet de carreau, l'avocat un dix de pique, le sucrier un roi de cœur et tous trois misèrent également cent dollars comme Sauvinet. « Merci, messieurs », et en même temps Marigny tira deux cartes, la première qu'il plaça à sa gauche en disant « pour les pontes », c'était un dix, la deuxième qu'il posa à sa droite en disant « pour la banque », c'était un roi.

Marigny paya cent dollars à l'avocat et ramassa la mise de La Morandière. Les autres gardèrent leur mise. La partie se poursuivit, jouée très vite avec le minimum de mots et de gestes, le docteur et le financier très attentifs et droits sur leur siège, le sucrier appliqué à sourire, Cherry Belle Couche vautré dans son fauteuil, l'air absent, poussant cartes et pièces d'une main dégoûtée et tenant de l'autre un cigare sur lequel il arrondissait ses lèvres épaisses. Marigny seul semblait prendre plaisir au jeu. Celui des autres devait être plus compliqué. Carbec observa un moment la partie et reconnut qu'à quelques détails près on jouait le pharaon à La Nouvelle-Orléans comme à Paris ; ce n'était, il est vrai, qu'une variante de la bassette qui, bien qu'interdite depuis Louis XIV, se jouait cependant sous d'autres noms. Il en fut persuadé lorsque le banquier, c'était alors le docteur Formento, tira deux cartes de même valeur « pour les pontes » et « pour la banque », et qu'il le vit ramasser avec un mince sourire la totalité des mises, plusieurs centaines de dollars, cela faisait beaucoup de consultations. C'est à cet instant que le regard ennuyé de Cherry Belle Couche découvrit Carbec dans l'assistance.

Quand ce fut son tour, après le docteur Formento, de tenir la banque, l'avocat profita de l'interruption pour agiter sa petite main grasse vers Carbec en disant de sa voix sucrée :

— Le général Carbec de La Bargelière nous fera-t-il l'honneur de partager notre modeste partie ? Si toutefois personne à cette table n'y voit d'objection ?

Tout le monde se déclara heureux, honoré.

Carbec, embarrassé, balbutia : « Non, merci, je n'avais pas prévu et ne dispose pas de numéraire. » Marigny, théâtral et généreux, poussa vers lui son tas d'or en s'écriant :

— Vous faites erreur, cher ami, tout ceci est vôtre !

Refusant de se voir entraîné où il ne voulait pas, François Carbec déclinait l'offre à nouveau lorsque Cherry Belle Couche, écrasant avec force dans un cendrier le bout humide de son cigare, dit d'une voix coupante cette fois :

— Vous n'allez quand même pas vous dérober, Bargelière ! Ou seriez-vous si pressé ?

Carbec pensa aux armes que cette nuit même on livrait à l'entrepôt et comprit qu'il ne pouvait pas reculer. Et comment laisser quiconque croire qu'un général de l'empereur Napoléon avait un jour perdu la face devant un Cherry Belle Couche ?

François Carbec de toute sa hauteur le regarda alors droit dans les yeux et répliqua sèchement :

— Je n'ai pas pour habitude de me dérober devant qui que ce soit. Ce n'est pas avec vous que je commencerai, ne serait-ce que pour une partie de cartes, même si j'ai compris que c'est là le seul terrain sur lequel vous acceptiez de vous mesurer.

Carbec s'attendait que cette fois l'avocat relevât l'insulte. Celui-ci se contenta de pousser ses lèvres luisantes en une moue dédaigneuse.

Marigny était aux anges, il se serra pour faire une place à Carbec sur sa gauche, demanda très fort qu'on apporte un siège pour le général Carbec de La Bargelière :

— Asseyez-vous ici, cher ami, entre La Morandière et moi, vous y serez entre gens de bonne compagnie.

Il y avait foule maintenant autour de leur table, tous avaient perçu la menace dans les paroles échangées et chacun jugeait fatal qu'un événement se produisît dont on pourrait parler pendant quelques jours au Maspero et au Veau-qui-tète.

Le jeu cependant se poursuivit dans le calme et la tension disparut peu à peu, absorbée dans l'épaisseur de l'air enfumé, humide et chaud.

Cherry Belle Couche et La Morandière avaient tenu la banque. C'était maintenant le tour de Carbec avec qui se terminerait la partie. Ses gains et ses pertes s'étaient peu à peu équilibrés et il avait toujours devant lui la centaine de pièces de vingt dollars prêtée par Marigny. Il battit le jeu des pontes, fit couper La Morandière, distribua dix cartes à chacun et laissa cachées deux cartes au talon. Puis il battit le jeu de la banque, fit couper Marigny et posa le paquet devant lui.

— Vos jeux, messieurs.

Marigny retourna une dame, Sauvinet un trois, le docteur un sept et chacun misa cent dollars. L'avocat retourna un valet et poussa du doigt un rouleau de cinquante pièces de vingt dollars. Mille dollars ! C'était la mise maximum autorisée dans cette salle. Le sucrier retourna un dix, hésita et misa vingt dollars.

— Merci, messieurs.

Carbec tira deux cartes, à gauche pour les pontes, ce fut un valet, un murmure monta de l'assistance ; à droite pour la banque c'était un dix. Carbec paya mille dollars à l'avocat et ramassa les vingt dollars du sucrier. Il était clair que Cherry Belle Couche montait l'enchère au maximum avec l'espoir de mettre Carbec dans une situation délicate. La Morandière, choqué, avait cru bien faire en limitant sa mise à vingt dollars, cela n'avait eu pour résultat que de priver le général d'un gain qui eût équilibré sa perte de mille dollars. Au coup suivant chacun fit la mise maximum de mille dollars, c'était la seule chance que Carbec se refît puisque, dans ce jeu de pharaon, la banque avait en principe un certain avantage. Tout alla très vite. Carbec dut encore emprunter trois mille dollars à Marigny, cela faisait maintenant cinq mille, le prix d'une de ses deux bagues, pensa-t-il en se demandant laquelle il sacrifierait ; il s'était attaché à l'une comme à l'autre depuis qu'il avait découvert qu'elles exprimaient exactement les deux facettes de son amour pour Cordelia, le diamant de la tendresse et le rubis de la passion. Ludwig Van Hill aurait été content de l'apprendre.

On joua enfin le dernier coup, le dixième depuis que Carbec tenait la banque. Il n'avait plus devant lui que mille dollars sur les cinq mille empruntés à Marigny. Celui-ci retourna un huit, Sauvinet un roi, Cherry Belle Couche un roi également, le docteur un dix, le sucrier un neuf. Chacun misa mille dollars. Carbec tira deux cartes, à gauche pour les pontes, un roi ! Il allait devoir payer deux fois mille dollars, à Sauvinet et à l'avocat ! À moins que... La deuxième carte, à droite pour la banque, fut encore un roi, l'assistance ne put retenir un oh ! d'émerveillement, et Carbec ramassa toutes les mises, cinq mille dollars.

Quand il leva les yeux, il rencontra le regard étonné de Le Coz. Comme il le rejoignait, il lui demanda, badin :

— Alors, lieutenant, tu en as déjà fini avec la danse ?

— J'avais trop chaud.

— Pas tant que moi, mon vieux !

Et il lui donna une bourrade amicale, joyeux comme un gamin qui vient d'échapper à une punition.

En arrivant chez eux, les Malouins trouvèrent Jean Laffite qui les attendait.

— Un ennui ? s'inquiéta Carbec.

— Rien de grave pour le moment mais il nous faut agir rapidement. Je suis venu t'en entretenir.

L'entrepôt était surveillé par deux hommes du gouverneur, les éclaireurs de Laffite envoyés en reconnaissance les avaient repérés. Il avait dû décider seul d'effectuer quand même la livraison après avoir fait prisonniers les guetteurs.

Tout s'était bien passé : les armes et les munitions étaient livrées en totalité et les hommes du gouverneur ligotés sur le lougre qui, en ce moment même, les menait vers Barataria sous la surveillance de deux Indiens Bayougoulas. Leur disparition toutefois donnerait l'alerte dès le lendemain et justifierait une perquisition de l'entrepôt. La découverte d'une telle quantité d'armes entrées en contrebande créerait de sérieuses difficultés avec le gouverneur Clairborne. Laffite proposait d'embarquer cette nuit même tout l'armement sur un brick ami qui se trouvait non loin sur le lac Pontchartrain et qui pourrait y demeurer quelques jours en attendant qu'un trois-mâts vienne chercher Carbec, sa centaine de volontaires et son matériel. Il ne faudrait pas trop tarder cependant.

— Est-ce possible dans cinq jours ? demanda Laffite.

Carbec consulta du regard Le Coz qui acquiesça, oui, tous les autres achats avaient été effectués, les volontaires étaient prévenus d'un départ fin janvier, on était déjà le 20, ils seraient prêts.

À l'aube ils étaient de retour rue Royale où Laffite demeurerait caché toute la journée avant de regagner Barataria la nuit suivante. Cela leur donnait une longue journée à passer ensemble et ne déplaisait ni à Carbec ni à Laffite qui s'étaient deviné beaucoup d'affinités. Depuis leur dîner à Barataria ils savaient qu'ils avaient le même mépris de la lâcheté et de la mesquinerie. Il leur fallut plus de temps pour deviner qu'ils avaient le même besoin d'être aimés par le même genre de femmes. Quand ils se séparèrent après le succulent repas de cuisine créole préparé par Saint-Malo, prolongé par un long bavardage en tête à tête sur la véranda pendant que le jeune Le Coz rameutait dans les cafés de la ville les volontaires du Champ d'Asile, chacun savait s'être découvert un ami sur qui, quoi qu'il arrive, pouvoir compter. Ils savaient aussi que leurs routes étaient divergentes. Laffite avait exprimé sa rancœur contre les Yankees que le gouverneur Clairborne personnifiait à ses yeux, raconté comment en 1814, lui, Jean Laffite, avait repoussé les avantages offerts par les Anglais — trente-cinq mille dollars et un commandement dans la Royal Navy — pour qu'il les aide à prendre la Louisiane aux États-Unis.

— Au contraire j'ai apporté mon soutien à Clairborne pour la bataille de La Nouvelle-Orléans. Le 8 janvier 1815, on a couché par terre plus de deux mille soldats rouges grâce aux canons prélevés sur mes navires.

Le général Jackson l'avait assuré de son amitié personnelle et de sa haute estime. Le président James Madison avait proclamé une amnistie totale pour « tous délits, crimes ou infractions commis avant le 8 janvier 1815 en violation de tout acte de législation des États-Unis concernant le revenu, le commerce ou la navigation par toute personne habitant La Nouvelle-Orléans ou l'île de Barataria ».

— Eh bien, malgré cela, ce faux-cul de Clairborne s'est arrangé pour que ne me soient pas restituées les richesses que mes hommes et moi avions amassées à Barataria et qui ont été saisies en octobre 1814 pendant que nous venions au secours de la ville menacée par les Anglais. Alors je n'ai pas eu d'autre solution que de reprendre depuis Barataria la course et la contrebande, de me mettre au ban de cette société américaine qui prétendait ne pas vouloir de moi comme citoyen quand j'étais disposé à faire pour elle davantage encore. Maintenant ma décision est prise, je vais prendre mes distances, abandonner Barataria et commencer plus loin à l'ouest, vers le Mexique et la Bolivie, une nouvelle existence.

Carbec, exilé, pouvait mieux que quiconque comprendre la blessure de cet homme qui brûlait d'appartenir à une société plus noble qu'une bande cosmopolite de corsaires-pirates et d'en être reconnu.

Lui, Carbec, avait au moins l'espoir.

— Tu as un but, un grand rêve à réaliser, tu imagines le retentissement si vous arrivez à faire de Napoléon l'empereur du Mexique ! lui avait dit Laffite.

Ils avaient parlé de l'opération Sainte-Hélène, le « grand projet » comme disait Lallemand. Laffite avait confirmé qu'un de ses navires baptisé pour la circonstance *La-Séraphine*, une frégate très rapide, partirait bientôt pour Pernambouc sur la côte brésilienne, presque à la même latitude que Sainte-Hélène. Il avait entendu dire que Latapie commanderait le détachement, que Brayer le rejoindrait à Pernambouc où Lallemand se trouvait actuellement pour préparer le terrain.

C'était une conversation à bâtons rompus dans la pénombre de la véranda qui aidait aux confidences. Laffite parla de sa fille unique, Denise, dont la mère était morte en lui donnant le jour il y avait quinze ans, et qui vivait en pension loin de lui.

— Comment ferais-je autrement, avec la vie qui est la mienne ? C'est pour cela aussi que je souhaitais devenir un citoyen américain comme les autres, avec une famille.

Il se demandait ce que deviendrait la Louisiane sous l'influence chaque jour plus grande des Yankees.

— Les gens vivaient bien en Louisiane du temps de la France et de l'Espagne, trop bien peut-être ; ils se laissaient aller à la vie facile dans un pays fertile où le travail pénible est accompli par des esclaves. La société était en équilibre : les riches ne cherchaient pas à l'être plus, les pauvres restaient pauvres sans être misérables. Les Américains, qui nous arrivent du nord, avec leur soif de s'enrichir, leur brutalité, leur ardeur au travail, leur ambition et leur goût de régenter, sont en train de tout bouleverser et nos distingués et charmants créoles, les Marigny, La Morandière, La Houssaye et autres Garrigues de Flaugeac vont peu à peu laisser la place aux Smith, aux Johnson... et aux Clairborne!

— Et les esclaves ? demanda doucement Carbec. Il y a quelques jours au Maspero j'ai vu vendre comme du bétail une négresse et ses quatre enfants, l'aîné n'avait pas dix ans et le dernier, quelques mois à peine, pleurait dans les bras de sa mère. Je me suis sauvé parce que j'avais honte.

Après un silence il ajouta :

— On m'a dit que toi aussi tu vendais des esclaves. Est-ce vrai ?

Laffite baissa la tête. Il répondit d'une voix lasse qu'accompagnait un geste d'impuissance :

— Oui, c'est vrai mais, crois-moi, je n'en suis pas fier et je vais faire en sorte, en m'éloignant de La Nouvelle-Orléans, de ne plus toucher à ce sale commerce où j'ai plongé malgré moi. C'est une affaire compliquée, qui remonte loin, à laquelle tu ne peux rien comprendre avec ta cervelle nourrie de la Révolution française. Souviens-toi quand même que si la Convention a aboli l'esclavage, celui-ci fut rétabli par ton Empereur. Dans ce pays c'est une institution qui a la force de l'habitude, même si les meilleurs et les plus clairvoyants de ses citoyens en dénoncent le principe. Mais écoute le raisonnement. Il y a une dizaine d'années le gouvernement des États-Unis, au nom de principes philosophiques que j'approuve, interdit la traite des Noirs. Mais il n'a ni le courage ni la force de supprimer pour autant l'esclavage de ceux qui sont déjà là, au risque de bouleverser l'économie de tout le Sud et de créer une multitude de sans-travail. Donc les esclaves demeurent un élément de la production du sucre et du coton alors qu'on en a tari la source. Certes, leur natalité est forte mais les affaires se développent encore plus vite. Résultat : pénurie d'esclaves, les prix montent, montent, jusqu'à ce que, nécessairement, la traite reprenne. Tout le monde y tâte : Espagnols, Français, Anglais, Américains aussi achètent en Guinée et au Dahomey pour quelques poignées de pacotille les vaincus des dernières guerres tribales dont ce fut de tout temps le sort que d'être vendus comme esclaves, les conduisent aux abords de nos côtes, où leur cargaison doit être débarquée en contrebande. C'est là que j'interviens. Pouvais-je le refuser à mes hommes, contrebandiers par vocation ? Ce n'est pas tout. Corsaire avec lettres de marque me commandant d'attaquer vaisseaux anglais ou espagnols, il m'arriva de prendre des navires négriers. Que fallait-il faire de la cargaison ? La jeter à la mer ? J'ai toujours pensé préférable de la vendre à des planteurs que je savais bons maîtres, des créoles français le plus souvent, des Espagnols plus rarement, et jamais de Yankees, qui sont les maîtres les plus durs, les plus exigeants, les plus avides d'argent.

« Tu vois, l'esclavage est une grande machine faite de nombreux rouages qui s'engrènent les uns les autres et où chacun trouve son bénéfice, une grande machine très puissante qu'un seul de ces rouages, le voudrait-il, ne saurait arrêter. Interdire la traite sans supprimer l'esclavage fut une stupidité économique et une hypocrisie. Quant à supprimer l'esclavage, il y faudra une révolution. Voilà l'affaire. Je n'ai fait que profiter d'une situation dont je n'étais pas responsable. Je n'ai en rien aggravé le sort de ces pauvres diables, au contraire. Si ce n'avait été moi, un autre aurait tenu ma place, peut-être avec moins d'humanité.

Carbec, songeur, regarda Laffite, hocha la tête et ne répondit pas. Ils restèrent ainsi un long moment sans parler. Une gêne s'était installée entre eux qu'ils ne savaient comment dénouer. Carbec enfin dit de la même voix sourde qu'avait eue Laffite tout à l'heure, la voix des aveux et de la honte :

— On ne veut pas toujours ce qu'on fait, quand on est pris dans une grande machinerie. Nous aussi en Espagne... mais il nous fallait venger nos camarades...

Il raconta. C'était dans les Asturies, sur la place d'un village près de Villafranca. Ils avaient découvert les corps de cinq grenadiers enterrés jusqu'aux épaules dont la tête seule dépassait du sol, cinq pauvres têtes éclatées, sans visage, noires de mouches, qui avaient servi de jeu de boules. Plusieurs boulets marqués de sang et de chair écrasée en témoignaient. Alors, pour venger leurs camarades, ils avaient massacré tous ceux, hommes, femmes, enfants, vieillards, qui n'avaient pas fui dans la montagne. Ceux qu'ils n'avaient pas sabrés en les poursuivant, ils les avaient rassemblés sur la petite place, plusieurs dizaines, attachés ensemble et fusillés après leur avoir fait déterrer avec leurs mains les corps des cinq suppliciés.

— Ce jour-là on en a tué au moins une centaine. J'entends encore les cris des femmes et les injures qu'elles nous crachaient, les hommes, eux, ne disaient rien. Le pire c'est ce souvenir que j'ai des enfants, leurs visages lisses mouillés de larmes et leurs grands yeux affolés. Comment avons-nous pu ? Nous étions devenus fous.

— Eux-mêmes, comment avaient-ils pu ? Et les enfants avaient peut-être applaudi au jeu de boules avec les têtes de tes camarades.

— C'étaient des enfants, dit seulement Carbec.

Il faisait nuit noire à présent et une torchère éclairait faiblement les deux hommes sur la véranda.

— Il faut y aller, dit Laffite. Mes fidèles Bayougoulas m'attendent sur le lougre.

— Avant que tu ne partes, je voudrais te remercier pour ton soutien généreux et précieux. Tu m'as évité bien des déboires et sans ton intervention, la nuit dernière, je me trouverais peut-être emprisonné au Cabildo ! Ma mission, grâce à toi, se trouve parfaitement remplie. Nos comptes sont réglés, Sauvinet a reçu les sommes convenues, j'aimerais cependant ajouter ceci pour toi, personnellement.

Carbec sortit de sa poche un petit sac de cuir qu'il tendit gauchement à Laffite.

— Superbes ! dit celui-ci en élevant vers la lumière les deux émeraudes. Merci, ce sera un magnifique souvenir de notre affaire, un souvenir que peut-être un jour je partagerai avec la seule femme que je connaisse digne de porter ces splendeurs.

Carbec remarqua alors sur le visage de Laffite cet air un peu niais qui vient aux hommes amoureux. Il ne se doutait pas que le cours de ses pensées lui composait la même figure.

4

Le Champ d'Asile

On les voyait depuis quelques jours arriver au galop sur l'autre rive du fleuve, se dresser droit sur leurs chevaux, immobiles, observer les hommes du Champ d'Asile puis soudain disparaître sans un cri. Cette fois ils étaient venus sur cette rive-ci de la Trinité, jusqu'à l'entrée du camp, quatre cavaliers sur de petits chevaux pie, moins d'un mètre soixante au garrot, apprécia François Carbec. Trois d'entre eux coiffés de plumes noires et blanches arboraient chacun une grande lance. Le quatrième portait un bonnet de fourrure et, posé en travers de ses genoux, un fusil au très long canon. Le Coz remarqua qu'il était vêtu d'une tunique de peau comme en portait Annie Christmas. Le silence se propagea sur le camp et fit, de proche en proche, se redresser de leur ouvrage les trois cents hommes du Champ d'Asile qui, le visage en sueur et torse nu, tenaient encore à la main une hache, un marteau, une pelle ou une pioche. Le cavalier au bonnet de fourrure leva un bras et, à la surprise générale, s'exprima en français :

— Le chef Oo-Loo-Te-Ka de la tribu des Tonkawas du peuple Choctaw m'a mandé de rencontrer les Visages pâles qui viennent du pays où naquit le père de mon père, du nom de Michel Béliveau. Ma mère était cherokee et mes frères indiens m'appellent Long-Fusil. Les Tonkawas ont vu que vous bâtissiez des maisons et que vous n'aviez pas de chevaux.

Le chef Oo-Loo-Te-Ka dit qu'il veut bien que vous demeuriez en cette place et il vous souhaite la bienvenue.

Charles Lallemand avait passé une chemise et, s'approchant des cavaliers, à son tour il leva le bras avec noblesse et dit :

— J'adresse mon salut au grand chef de la tribu des Tonkawas et je le remercie de son message de bienvenue. Oui, comme sa grande sagesse le lui a fait comprendre, nos intentions sont pacifiques. Chassés de notre pays natal par l'adversité, nous n'avons pas d'autre souhait que de vivre ici de notre travail pour nourrir nos familles.

Un Indien dit alors, avec véhémence, quelques mots que l'homme au bonnet traduisit :

— Mon ami s'étonne que tu parles de famille parce qu'il n'y a avec vous que deux femmes et encore pas très jeunes. Il demande si tu comptes faire des familles avec les filles de sa tribu ?

« Voilà une bonne question », pensa le jeune Le Coz, tandis que de toutes parts on chuchotait en ricanant, et qu'une ombre de perplexité glissait sur le visage du général. Celui-ci cependant posa assez vite sur sa figure un masque d'amitié candide et, sur le même ton qu'il eût fait l'aimable dans un salon parisien, répondit :

— Mon cher Long-Fusil, veuillez dire à votre ami que si nous saluons en vous le fruit harmonieux de la fusion entre les peuples indien et français, nous pensons que rien ne doit être imposé et qu'il convient de laisser parler la nature et les sentiments dans le respect des coutumes des uns et des autres, respect auquel je m'engage au nom de mes hommes.

On n'avait pas fini au Champ d'Asile de se demander comment « laisser parler la nature » ainsi qu'on prit dès lors l'habitude de le dire à tout bout de champ.

Charles Lallemand proposa aux visiteurs d'entrer sous sa tente mais l'homme au bonnet de fourrure dit qu'il convenait que Lallemand rendît d'abord visite au chef Oo-Loo-Te-Ka avec des présents qui témoigneraient de ses sentiments pacifiques. À son tour le chef lui remettrait des cadeaux en proportion de ceux qu'il aurait reçus.

Lallemand acquiesça. On décida que, lorsque le soleil se serait levé pour la cinquième fois, la visite serait rendue à la tribu des Tonkawas. L'homme au bonnet de fourrure indiqua que leur campement se trouvait à une lieue en amont sur l'autre rive mais qu'il fallait remonter le fleuve sur près de trois lieues avant de pouvoir traverser à gué.

Cela faisait plus de deux semaines qu'ils s'étaient installés dans cette boucle du fleuve, adossés à la forêt bordée d'une ceinture de lianes et de ronces derrière laquelle se mêlaient les espèces les plus diverses, chênes, érables, acacias, noyers, magnolias, cornouillers et d'autres inconnues d'eux, que dominaient des pins et sycomores immenses dont certains atteignaient quarante mètres. Sur l'autre rive, la prairie s'étendait jusqu'à l'horizon et le vent y faisait courir dans l'herbe haute des ondes couleur de jade derrière des vagues bleues.

Les premiers jours avaient été difficiles. La grogne couvait depuis Galveston où il avait fallu attendre jusqu'à la fin du mois de mars l'arrivée de Charles Lallemand. Désœuvrés, ne sachant rien de leur destination, les hommes avaient commencé à murmurer et le vieux général Rigau avait eu besoin de tout le respect dû à son âge et à ses blessures pour contenir les mécontents et obtenir le maintien d'un ordre militaire dans cette troupe d'hommes aventureux qui, enflammés par leurs propres chimères autant que par les discours des frères Lallemand, s'étaient engagés non pour la solde qui était maigre, une piastre par jour, mais pour vivre les rêves qu'ils nourrissaient de leurs souvenirs.

Carbec lui-même, sa mission terminée après que Laffite eut remis les six canons de 120 et les douze cents kilos de poudre promis à La Nouvelle-Orléans, se demandait pourquoi, au lieu de rejoindre Philadelphie et Cordelia — il y avait trois mois maintenant qu'il était parti —, rester sur cette île plate et pluvieuse à ne rien faire que se protéger des piqûres des maringouins et ressasser avec Rigau.

Il resterait cependant. Un peu parce qu'il voulait croire au « grand projet » et n'osait pas s'avouer ses propres doutes ; il se souvenait pourtant des propos de Vandamme à Philadelphie, Vandamme qui était le contraire d'un timoré : « Vous êtes fous à lier », disait-il. Il resterait parce que la camaraderie et ces autres sentiments aux contours moins nets qu'on appelle solidarité, fidélité ou honneur, le tenaient en otage. Carbec demeura donc sur l'île de Galveston avec ses camarades, à attendre que Charles Lallemand les rejoignît. Ses nuits, sabrées par de brefs et violents accès de fièvre, étaient parfois traversées de rêves où passait Cordelia, des rêves chastes et romantiques le plus souvent qui devenaient certaines nuits plus charnels et laissaient au réveil Carbec ému et vaguement gêné.

Laffite, après les avoir accueillis, était reparti en opération. Il avait proposé aux généraux de s'installer chez lui, dans une grande maison rouge construite au centre de l'île comme une forteresse que huit canons défendaient. Ils avaient profité de l'hospitalité pour y abriter les deux seules femmes de leur colonie, deux demoiselles qui avaient passé la première jeunesse, Aimée, fille du général Rigau, et Adrienne, fille du docteur Viol, tandis qu'eux-mêmes restaient au milieu de leur troupe.

La marche vers le Champ d'Asile, quand enfin on put l'entreprendre les premiers jours d'avril, n'avait pas été aisée. Malgré plusieurs grandes chaloupes achetées à Laffite pour le transport du matériel, il fallut avancer dans les marais entourant la baie de Galveston puis sur les berges du sinueux fleuve Trinité. Les premiers contacts avec les serpents, le harcèlement des maringouins, la chaleur humide, la soif, les fièvres, la dysenterie firent de l'expédition un calvaire. Quand, à quelque deux cents kilomètres de la côte, on arriva dans cette vaste clairière que bordaient le fleuve sur un côté et la forêt sur l'autre, l'endroit parut idéal. Tout cependant restait à faire, aménager la berge, défricher, abattre des arbres et débiter les troncs nécessaires aux constructions, bâtir des forts et des abris, préparer des lotissements pour les cultures. Pourtant l'essentiel à quoi personne, sauf les frères Lallemand, n'avait sérieusement réfléchi était de savoir comment ils allaient organiser leur vie quotidienne. Certains pensaient suivre les préceptes de Jean-Jacques Rousseau, tous frères parmi les bons sauvages, partageant les bienfaits d'une nature généreuse, loin des vices et de la corruption de la société, heureux et purs comme on s'imagine que sont les enfants. D'autres, plus nombreux, comme ils se retrouvaient entre eux avec les mêmes souvenirs, les mêmes mots, les mêmes plaisanteries qui toujours avaient nourri leur insouciance, s'imaginaient que tout allait recommencer, le grand jeu des batailles, les longues fatigues exténuantes et les carnages brutaux et rapides mais au bout la victoire fastueuse et pour un temps l'oisiveté et la vie joyeuse.

Le lendemain de leur arrivée, Charles Lallemand, debout sur l'unique chariot qu'avec une paire de bœufs ils étaient parvenus à conduire jusqu'ici, tenait un long discours à la troupe rassemblée autour de lui, un discours qu'il prononçait avec beaucoup de talent, pensa Carbec, tandis qu'Henri Lallemand tendait vers son frère un visage admiratif et que le vieux général Rigau, qui entendait mal, mettait la main en cornet à son oreille, fermait un œil et se mordait la moustache.

— Mes amis, le monde entier bientôt connaîtra notre colonie et la noblesse des sentiments qui anime ses fondateurs. Il les connaîtra grâce à ce texte préparé par nous de longue date avec les généraux Rigau, Carbec et Henri Lallemand, et d'ores et déjà entre les mains de *L'Abeille américaine* qui le publiera dans son numéro du mois de mai.

Charles Lallemand avait alors déclamé le même texte qu'il avait lu à Carbec et à son frère Henri à Bordentown chez Joseph Bonaparte.

Le premier paragraphe avait fait monter l'émotion dans l'assistance et bien des regards s'étaient voilés de larmes.

— Réunis par une suite des mêmes revers qui nous ont arrachés à nos foyers et dispersés d'abord dans diverses contrées, nous avons résolu…

Puis vint la péroraison :

— Nous nommerons le lieu où notre colonie est posée Champ d'Asile. Cette dénomination, en nous rappelant nos revers, nous rappellera aussi la nécessité de fixer notre destinée, d'asseoir de nouveau nos pénates, en un mot de nous créer une nouvelle patrie.

Les applaudissements éclatèrent où se mêlaient les cris vive l'Empereur ! vive le Champ d'Asile ! vive Lallemand ! Le visage de Charles était illuminé et pourtant il ne souriait pas, ses yeux seuls brillaient et regardaient au loin.

C'était bien le discours lu à Bordentown et qui avait séduit François Carbec. D'où venait qu'aujourd'hui il ne ressentait pas le même enthousiasme et que c'étaient les habiletés et les précautions du texte qui retenaient le plus son attention alors qu'il ne les avait pas perçues lors de la première lecture ?

Lallemand reprit la parole. Il y avait, dit-il, des dispositions pratiques à prendre pour l'organisation de leur colonie et, après avoir annoncé comme allant de soi que les quatre officiers généraux, Rigau, Carbec, son frère Henri et lui-même, constitués en directoire, veilleraient aux destinées du Champ d'Asile, il poursuivit par ces phrases qui tombèrent pesamment sur l'assemblée étonnée.

— La colonie, essentiellement agricole et commerciale, sera militaire pour sa conservation. Elle sera divisée en cohortes ; chaque cohorte aura un chef qui sera tenu d'avoir un registre des personnes qui la composent. Un registre général, composé des registres réunis de toutes les cohortes, sera tenu par la direction de la colonie ; les cohortes seront rassemblées sur le même emplacement, afin d'être mieux protégées contre les agressions et de vivre chacune tranquille sous la protection de toutes. Un code sera rédigé sur-le-champ pour garantir la sûreté des propriétés et des personnes, pour prévenir l'injustice, pour assurer la paix des hommes et déjouer les projets des mécontents.

Les cinq derniers mots avaient été prononcés de la même voix forte que le reste de la harangue mais les plus expérimentés y perçurent la légère fêlure des commandements incertains qui se réfugient dans l'autorité. François Carbec se sentit mal à l'aise et il entendit sourdre de sa mémoire les échos lointains de son adolescence du temps que la Convention implacable ordonnait la vie des Français. Lallemand poursuivait, rigoureux, péremptoire, réglementant tout de l'existence quotidienne des colons et rappelant la nécessité de l'obéissance à ces règles ; une obéissance qui n'était plus celle que, dans l'armée, on doit à son chef dont on connaît le visage, la générosité et les faiblesses, mais une obéissance à cette chose abstraite qu'on appelle la Loi et qu'on dit être l'expression de la volonté du peuple.

Henri se joignait à lui pour donner çà et là quelques précisions et les deux frères, comme saisis de vertige, légiféraient en plein délire et toute naïveté.

Les colons travailleraient pour la collectivité six heures par jour sauf le dimanche. Le reste du temps ils seraient libres de construire leur maison, cultiver leur jardin, cinq hectares par famille, chasser ou pêcher. La première année ils seraient nourris aux frais de la colonie et les outils nécessaires leur seraient prêtés. À partir de la deuxième année, quand ils subviendraient eux-mêmes à leur nourriture, ils auraient à voter pour élire des députés, un pour dix habitants. Ces députés choisiraient trois directeurs, élus pour cinq ans, qui administreraient la colonie comme, en attendant, allaient le faire les généraux. La famille serait la cellule naturelle de la vie sociale et seuls les hommes mariés pourraient être élus députés. Les colons avaient un an pour se préparer, la collectivité était disposée à aider les candidats. Enfin, la société serait vertueuse, les vices seraient bannis, ni jeux de hasard ni tavernes, l'esclavage interdit, et les éventuels conflits simplement réglés par l'arbitrage naturel des parents et amis ; point ne serait besoin de juges ni d'avocats, professions nuisibles à l'exercice légitime de la justice par la sagesse populaire.

Et Lallemand conclut avec l'inévitable référence à l'Antiquité dont se piquaient les fils de bourgeois qui avaient fait des études :

— Imitons ces Spartiates qui méritent à jamais de servir d'exemple par leur constance et leur dévouement à l'intérêt général. Imitons ces Romains aux beaux temps de la République, pour qui le premier devoir, la vertu sublime était le salut d'un Romain. Le Romain qui en sauvait un autre obtenait la couronne civique, et c'était la première de toutes. Elle était plus honorable que celle même que l'on décernait à un brave qui montait le premier sur une muraille ennemie ou qui enlevait une enseigne dans le combat…

L'orateur vit-il dans l'assistance quelques sourcils froncés et moues dubitatives ? En tout cas il confirma, devant un auditoire quand même étonné :

— Loin de nous ces perturbateurs de la société qui ne sont que de faux braves et qui n'excitent que le mépris lorsqu'on les apprécie.

Au moment qu'il arrivait au pouvoir, fût-ce d'une colonie minuscule, Charles Lallemand trouvait naturellement les mots pour dire la nécessité de l'ordre, des mots que Louis XVIII, au même instant, prononçait peut-être.

Carbec écoutait stupéfait. On applaudit encore, mais personne, cette fois, ne cria vive l'Empereur !

— Qu'éche que t'en penches ? demanda Rigau à Carbec.

— Il déconne complètement. Notre camarade est devenu un politicien.

Carbec s'était promis d'avoir une discussion sérieuse avec les frères Lallemand. Depuis qu'ils s'étaient rejoints à Galveston il avait senti Henri différent de celui qu'il avait connu à

Philadelphie, moins amical, presque distant, inféodé à son frère dont il adoptait la posture, l'attitude songeuse du grand homme écrasé par sa destinée, blasé d'être admiré mais vite inquiet de l'être moins. Quand Carbec lui avait demandé des nouvelles de sa jeune épouse, il avait répondu d'un air distrait. S'ils avaient revu Cordelia ? Non, pas lui, mais Henriette certainement. Et ce fut tout.

Le soir même Carbec prit à part les deux frères et leur dit son sentiment.

— Qu'est-ce que cette mascarade pseudo-philosophique du siècle passé ? s'emporta-t-il. Est-ce tout ce que vous avez retenu de l'Empereur ? Allez-vous continuer à berner tous ces braves qui vous ont fait confiance ? Oui ou non sommes-nous des soldats qui se préparent à lever des troupes, à les former et les encadrer pour enlever à l'Espagne ses colonies du Texas et du Mexique et en faire un nouvel empire pour notre Empereur enfin délivré ? Ou voulez-vous faire de nous des pasteurs bucoliques entourés d'une ribambelle d'enfants ?

— Mon pauvre Carbec, dit Charles tandis que son frère souriait de pitié, tu n'as décidément pas la tête politique. Les choses ne sont pas si simples.

— On n'avance que par approximations successives, ajouta Henri.

Charles poursuivit d'un ton calme et protecteur qui exaspéra Carbec :

— Aujourd'hui nous avons réussi à rassembler plus de trois cents hommes, autonomes et armés. Il nous faut d'abord conserver cette force, l'entraîner et la maintenir le temps qu'il faudra en attendant que les circonstances politiques soient favorables à une intervention armée. Cela peut être long, un an, deux ans. Comment crois-tu que nous pourrons rester ici si nous ne montrons pas aux gouvernements américain et espagnol, pendant tout ce temps, l'apparence d'une colonie pacifique ? Et comment garderons-nous nos hommes si nous ne leur donnons pas d'autres raisons de vivre ici ?

— En leur racontant des histoires ? En leur disant de prendre femme et d'avoir des enfants ? Et quelles femmes ? Où les trouveront-ils ? En leur disant que dans un an ils subviendront à leurs besoins avec les produits de leur récolte ? Et à qui les vendront-ils ?

Charles Lallemand, méprisant, laissa tomber :

— Raconter des histoires au peuple, comme tu dis, pour l'amener à faire, sans qu'il s'en rende compte, ce qui est dans son intérêt, c'est cela, mon vieux, la politique ! Et l'Empereur, que crois-tu qu'il faisait dans ses proclamations au lendemain des batailles, gagnées ou perdues ?

Le coup avait porté. Carbec le savait au fond de lui-même encore qu'il ne se le fût jamais avoué. Il bredouilla :

— L'Empereur, l'Empereur, c'était l'Empereur ! Et pas un illuminé prétentieux qui se prend pour lui !

Charles Lallemand, pâle, dit d'une voix blanche :

— Tu perds la tête, Carbec. Te voilà avec un accès de fièvre. Va consulter le docteur Viol, nous reprendrons cette conversation quand tu seras rétabli.

Le lendemain Carbec était décidé à en finir. Il alla voir Charles Lallemand.

— Je ne marche plus, attaqua-t-il rondement. Ma mission est terminée et je ne te dois plus rien. Tu as trouvé en arrivant à Galveston les hommes, les armes, les matériels, les marchandises que tu souhaitais. Je t'ai rendu mes comptes et remis les cent soixante-deux mille quatre cents dollars qui me restaient ainsi que les douze diamants dont je n'ai pas eu besoin, même s'il a fallu tuer deux hommes pour les conserver. Les émeraudes, je les ai offertes à Laffite pour toute l'aide…

Lallemand l'interrompit, s'adoucit :

— Je sais, je sais, mon vieux, tu as été parfait et je sais aussi que cela n'a pas été facile. J'ai rencontré Laffite qui m'a tout raconté. Il t'estime beaucoup ainsi que le jeune Le Coz. Carbec, j'ai encore besoin de toi ici.

— Ce n'est pas possible. Je n'approuve pas la comédie que

toi et ton frère allez jouer à ces hommes qui sont nos camarades et je ne puis donc vous être ici d'aucune utilité, au contraire. Je retourne à Philadelphie. J'y rendrai compte de ma mission à Joseph Bonaparte et Stephen Girard.

Carbec ne pouvait pas manifester plus clairement qu'il ne reconnaissait pas l'autorité de Charles Lallemand. Celui-ci demeura impassible ; il avait une grande maîtrise de son expression. Lorsque Carbec ajouta : « Le jour où notre cause aura besoin d'un soldat et non d'un politicien, à nouveau je répondrai "présent" », Lallemand sut produire un mince sourire dans lequel Carbec ne lut qu'un peu de tristesse et beaucoup d'amitié, ce dont il fut touché. C'est plus doucement qu'il demanda :

— Où en es-tu de l'opération Sainte-Hélène ?

— J'ai de mauvaises nouvelles. Le *Parangon* est bien arrivé à Pernambouc avec Latapie, Pontecoulant et une troupe de soixante hommes mais la jeune République était déjà défunte, la ville contrôlée par les Bragance. Les nôtres sont arrêtés, les chefs prisonniers à Rio pour y être interrogés. Tout est à refaire, mais cette fois nous regrouperons nos forces directement sur l'île Fernando de Noronha, au large des côtes de Pernambouc. J'ai demandé à Jean Laffite d'y penser. Je vais devoir m'en occuper moi aussi au mois de juillet et abandonner quelque temps le Champ d'Asile.

Lallemand saisit amicalement le bras de Carbec.

— C'est pourquoi j'aurais tellement apprécié que tu acceptes de rester ici. Rigau est un brave homme mais sa vieille tête a reçu trop de coups pour encore bien fonctionner. Quant à mon jeune frère, tu le connais comme moi, c'est une brillante intelligence dans le domaine des idées mais, en cas de coup dur, quand il faut du bon sens, des décisions rapides et la confiance des troupes, je crains qu'il ne soit pas l'homme de la situation. Toi, tu as tout cela et au plus haut point. Avec toi ici, je serais parti tranquille. Mais je comprends tes scrupules. Tant pis, n'en parlons plus.

Carbec, méfiant, scruta le visage de Charles Lallemand. On n'y pouvait rien déceler qui trahît la ruse, ni lueur dans le regard ni cet air de supériorité qu'affiche volontiers le flatteur médiocre en oubliant qu'il compromet ainsi son entreprise. Lallemand n'était pas un flatteur médiocre. Et son analyse était juste. En cas de coup dur on ne pouvait faire confiance ni au vieux Rigau ni au jeune Lallemand. Carbec sentit le piège se refermer sur lui. Il se débattit :

— Tu me l'as dit hier, je n'ai pas la tête politique. Ton frère l'a, lui. Quant à Rigau, il a bon sens, esprit de décision et la confiance des hommes. À eux deux, ils feront l'affaire.

À ce moment, comme son frère Henri s'approchait, Charles Lallemand lui dit :

— Notre ami Carbec veut nous quitter.

— C'est peut-être qu'on l'attend à Philadelphie ! Fais comme moi, écris-lui que ce sera un peu plus long que prévu.

Carbec, décontenancé, ne savait que répondre quand, brutale comme l'attaque d'un crotale, l'offre de Charles Lallemand le saisit à la gorge en même temps qu'elle le tirait d'embarras.

— Écoute, Carbec, voilà ce que je te propose : tu restes ici jusqu'à mon retour. Début septembre au plus tard, tu reprends ta liberté. D'accord ?

Ébranlé, gêné, Carbec n'avait pas résisté à cet ultime assaut. L'idée d'écrire à Cordelia avait fait tomber sa dernière ligne de défense.

Le soir même, bien qu'aucun courrier ne puisse quitter le Champ d'Asile avant le début du mois de juillet, Carbec écrivit une première lettre. Cette fois encore il trouva l'exercice difficile et quand, se souvenant du goût de Cordelia pour la littérature, il s'essaya à quelques effets de style, il eut le sentiment de peiner comme un percheron tirant sa charrue quand il aurait voulu, tel un élégant cavalier, réussir avec aisance les exercices les plus difficiles. Après qu'il eut déchiré plusieurs brouillons il arriva à ceci, qui ne lui déplut pas.

« Le Champ d'Asile, 10 avril 1818.

« Chère Cordelia,

« Cinq mois se sont écoulés depuis que j'ai quitté Philadelphie pour une mission que je pensais plus brève ; je comptais, il vous en souvient peut-être, revenir avec le printemps. Les circonstances et des obligations morales impérieuses me commandent néanmoins, sans que je puisse m'y soustraire et quelque déception que j'en éprouve, de demeurer plusieurs mois loin de Philadelphie... c'est-à-dire loin de vous, chère Cordelia.

« Par ces mots, comprenez, chère amie, que mon départ précipité en novembre dernier m'a retenu de vous exprimer des sentiments que je ne puis taire plus longtemps et que je suis impatient de vous redire un jour de vive voix, dans l'espérance que vous voudrez bien ne pas les repousser.

« Le temps me sera long jusqu'à ce jour encore lointain de l'automne prochain et je ne puis imaginer de demeurer six mois dans l'incertitude de savoir si mon inclination est partagée. Aussi pardonnez-moi, chère Cordelia, de préjuger de vos sentiments à mon endroit et de croire, me fondant sur le souvenir de lueurs à peine entrevues dans vos beaux yeux et que j'ai eu l'audace de prendre pour des marques d'intérêt envers ma personne, ma flamme agréée.

« De ce jour, ma douce amie, toute mon existence vous appartient, mes pensées, mes actes et même mes rêves où vous passez si souvent. L'empereur Napoléon disait : "Je gagne mes batailles avec les rêves de mes soldats endormis." Maintenant, dans mes songes, c'est vous Cordelia que je rêve de conquérir.

« François Carbec. »

Charles Lallemand voulut que la visite à la tribu des Tonkawas fût empreinte de la solennité et du faste que s'octroient les grands chefs dans leurs rencontres.

Parce qu'on ne disposait pas de chevaux et parce que le char à bœufs ne montrait pas assez de grandeur, on décida de naviguer sur le fleuve Trinité. Une chaloupe à quatre rameurs fut chargée de présents destinés aux Indiens : des dizaines de mètres de colliers de perles en verre multicolore, des ustensiles de cuisine, chaudrons de cuivre et écuelles, un sac de piastres en argent à marteler pour fabriquer des bijoux, un sabre de cavalerie, des pièces de tissus que des navires de la Compagnie des Indes avaient rapportées jusqu'à La Nouvelle-Orléans. Carbec et les deux Lallemand, tous trois revêtus de ce qu'il leur restait d'uniforme de général et de décorations, coiffés du bicorne à plumetis et cocarde tricolore qu'ils portaient en long pour pouvoir se serrer sur le même banc, montèrent dans la chaloupe tandis que, debout à la proue, deux trompettes en habit bleu céleste gansé argent et portant shako cramoisi à plumet noir jouaient la marche consulaire et que, perché sur un cornouiller en fleur, sifflait un perroquet étonné.

Lorsque la chaloupe, pavillon tricolore flottant à la poupe, commença à remonter le fleuve Trinité sous les vivats de tout le Champ d'Asile assemblé, on entendit une vieille moustache s'écrier avec un fort accent parisien :

— Ma parole, on se croirait à Erfurt !

Oo-Loo-Te-Ka était assis avec six hommes devant une tente plus grande que les autres au milieu du village. Son visage était décoré de spirales bleu foncé sur un fond écarlate et une couronne de plumes blanches descendait comme une crinière dans son dos. Cinq des six autres hommes avaient le visage peint en rouge et bleu et portaient une plume blanche tenue verticale derrière leur tête par une bande de cuir qui leur ceignait le front. Le sixième, qui se tenait à la gauche d'Oo-Loo-Te-Ka était Michel Béliveau, le coureur des bois coiffé de son bonnet de fourrure. Ils se passaient l'un l'autre un long calumet dont ils tiraient de brèves bouffées. De temps à autre un homme prononçait d'une voix grave quelques mots qui tombaient dans le silence. Ils semblaient n'avoir pas vu arriver, alors que ceux-ci étaient maintenant debout devant eux, les trois généraux suivis des deux trompettes chargés de présents.

Charles Lallemand apprécia la technique d'intimidation, son frère Henri s'émerveilla de la sagesse et du désintéressement des bons sauvages, François Carbec comprit que le marchandage avait déjà commencé avant même que l'objet en fût précisé.

On déposa les cadeaux devant Oo-Loo-Te-Ka et, s'adressant à Béliveau pour qu'il soit son interprète, Charles Lallemand y alla de son discours.

— Il y a cinq sommeils de cela tes cavaliers m'ont appris l'existence de la tribu des Tonkawas dans le voisinage de l'emplacement que mes trois cents hommes et moi avons choisi pour nous installer durablement. Aujourd'hui nous venons saluer le grand chef Oo-Loo-Te-Ka, lui dire que nous avons été chassés de notre pays natal qui est très loin de l'autre côté des mers et que nous cherchons des terres à faire fructifier par notre travail pour assurer notre nourriture et celle de nos familles. Nos intentions sont pacifiques, la place que nous avons choisie n'était cultivée par personne, nous avons beaucoup de poudre mais nous ne l'utiliserons que pour nous défendre si on nous attaque, nous ne voulons pas gêner les Tonkawas sur leur territoire de chasse mais nous leur demandons de nous apprendre à chasser avec eux parce que nous ne savons rien des animaux de ce pays.

Le coureur des bois avait traduit phrase après phrase. Oo-Loo-Te-Ka émit un grognement et Long-Fusil dit que les trois généraux devaient s'asseoir et fermer le cercle. Le silence s'installa et le calumet reprit sa ronde de bouche en bouche. Henri Lallemand fut le premier à le recevoir, il était un peu pâle ; puis vint son frère qui tira sa bouffée d'un geste empreint de noblesse, mais personne ne le regardait; Carbec qui était le dernier se dit qu'il préférait la salive de ses frères d'armes à celle de ses frères indiens qui avaient tous de mauvaises dents. Quand ce fut terminé, les cinq Tonkawas dirent les uns après les autres, entre de longs silences, quelques mots que le coureur des bois n'expliqua pas. Le calumet fit encore deux tours. Enfin Oo-Loo-Te-Ka parla et le coureur des bois traduisit :

— Les Tonkawas eux aussi ont été chassés de leur pays natal et ils connaissent les souffrances de ceux qui ont dû abandonner leur forêt, leur rivière et la terre où dorment les ancêtres. Les Tonkawas eux aussi veulent vivre en paix et ils n'utiliseront la force de leurs arcs, la vigueur de leurs guerriers et la rapidité de leurs chevaux que pour se défendre contre les étourdis qui les attaqueront. Les Tonkawas sont des grands chasseurs de bisons et ils savent où les trouver à quelques sommeils d'ici, mais les hommes au chapeau comme la lune ne pourront pas les accompagner parce qu'ils n'ont pas de chevaux.

Oo-Loo-Te-Ka saisit un à un les cadeaux et les fit circuler entre ses hommes, sans qu'aucun ne manifestât satisfaction ou dédain. Quand ils eurent terminé leur examen, tout le monde se leva, Oo-Loo-Te-Ka se dirigea vers Charles Lallemand, lui enleva son chapeau en « morceau de lune » qu'il mit sur sa propre tête en échange de la coiffe de plumes qu'il posa sur le crâne du général. Alors Oo-Loo-Te-Ka rit très fort, tout le monde en fit autant, Carbec plus que les autres en voyant la tête de Lallemand, puis l'Indien dit à nouveau quelques mots que Long-Fusil traduisit :

— Le chef désire vous offrir un cadeau de bienvenue et vous propose de choisir chacun un cheval parmi ceux qui sont dans l'enclos derrière vous.

C'étaient des chevaux sauvages que les Tonkawas capturaient dans la Prairie par troupeaux entiers et qu'ils relâchaient ensuite après avoir gardé les plus beaux sujets. Ils les dressaient durement, par la faim et la soif, aussi longtemps qu'ils n'acceptaient pas la selle et le mors. Il y en avait là une vingtaine dans l'enclos, et tout de suite l'œil exercé de Carbec distingua un étalon bai brun presque noir, d'allure plus fière que les autres, tête haute, œil attentif, qu'il désigna du doigt.

— Celui-là est magnifique, dit-il.

Les Tonkawas échangèrent quelques mots entre eux et Long-Fusil expliqua que cet animal était un rebelle, très difficile à dresser et qu'ils le déconseillaient, mais si l'homme blanc en avait la force il pouvait essayer. Carbec pensa à la promenade à cheval sur les bords de la Delaware et à la façon dont Cordelia avait calmé Yorktown. Oui, il prendrait ce rebelle et puisque maintenant il écrivait à Cordelia, il lui raconterait dans ses lettres l'histoire de Rebel, c'est ainsi que déjà il avait décidé d'appeler son beau cheval noir qui portait une balzane, et sur le front et le chanfrein une liste blanche interrompue.

Après cinq sommeils, Oo-Loo-Te-Ka rendrait à son tour visite aux hommes blancs et il apporterait avec lui les trois chevaux choisis. On se sépara avec de grandes démonstrations d'amitié qui étaient à l'opposé de l'accueil distant des Tonkawas.

Comme Charles Lallemand s'en étonnait, Carbec lui expliqua que tout venait de son échange de coiffure avec Oo-Loo-Te-Ka et qu'il lui fallait désormais porter chaque jour son diadème de plumes. Le retour de la chaloupe au Champ d'Asile fut accueilli par les applaudissements et les rires et le soir, autour des feux de camp, Charles Lallemand dut aller de bivouac en bivouac se montrer avec sa coiffe de plumes — ce qu'il fit de bonne grâce — et raconter en détail l'entrevue avec le chef de la tribu des Tonkawas.

— Et avez-vous parlé des femmes, mon général? lui demanda-t-on plusieurs fois.

La vie quotidienne cependant s'organisa au Champ d'Asile. Les habitudes anciennes nées de l'ordre militaire resurgissaient comme les rejets sur les vieilles souches : la hiérarchie, le cérémonial, les horaires de travail et le quartier libre qui légitime l'inaction bridaient les imaginations et rythmaient l'existence de tous. Rigau et Carbec, parce qu'ils savaient que c'étaient là les conditions éprouvées de l'efficacité au combat d'une troupe guerrière, ne s'en plaignaient pas. Henri Lallemand enrageait et ne réussissait à intéresser qu'une poignée des plus jeunes au cours du soir qu'il consacrait à Jean-Jacques Rousseau et au *Contrat social.* Son frère Charles, cynique et pragmatique, semblait avoir oublié ses discours du premier jour, l'avenir démocratique du Champ d'Asile, ses députés et le directoire élus, l'organisation de la justice par des jurys. Il n'était pas persuadé que les théories de son jeune frère, utiles pour séduire, le fussent pour commander. Après tout, se disait-il, le vieil ordre militaire arme et protège le moral des troupes avec plus de robustesse qu'on ne le pense et les rend aptes à toutes sortes de travaux, dans les circonstances les plus diverses. Il se demandait toutefois combien de temps cela pouvait durer lorsque le pouvoir n'était pas légitimé d'une façon ou d'une autre ; la carrière des chefs de bande ne durait pas longtemps. Aussi Charles Lallemand ne manquait-il pas une occasion de raconter en détail les derniers moments avec l'Empereur sur le *Bellerophon* à Plymouth et la mission d'organiser son évasion dont il se sentait investi. L'ombre de l'Empereur s'étendait sur le Champ d'Asile et protégeait la troupe des dissensions internes. Le souvenir de ses victoires et de sa gloire continuait de faire briller les uniformes défraîchis des quatre généraux. Il allait revenir, les chefs savaient, on préparait son retour.

Les quelque trois cents hommes du Champ d'Asile étaient organisés en trois cohortes, correspondant aux trois armes, infanterie, cavalerie, artillerie, chacune placée sous l'autorité d'un colonel. L'état-major, composé des quatre généraux, dirigeait l'ensemble du camp, décidait des relations avec les tribus indiennes, notamment de l'achat des chevaux, des expéditions hors du Champ d'Asile, de l'approvisionnement, de l'armement, des travaux collectifs, de l'entraînement militaire, de l'affectation des lots de culture, de l'emplacement des constructions, de la solde, des sanctions. Le plus délicat avait été de faire admettre une nouvelle échelle des grades. Les chefs se montrèrent habiles. La population des colons qui comprenait une majorité d'officiers, peu de sous-officiers, pas de soldats, se vit conférer, tout en conservant ses grades anciens dans les armées napoléoniennes, des grades supplémentaires, dits du Champ d'Asile, marqués par des bandes de coton blanc qu'ils pouvaient ajouter aux ors de leurs uniformes anciens. Les lieutenants et les sous-officiers devinrent soldats du Champ d'Asile, les capitaines sous-officiers, les colonels capitaines, hormis les trois colonels les plus anciens, Douarche, Sarrazin et Fournier qui devinrent chefs de cohorte. Les quatre généraux demeurèrent généraux, chacun avec un aide de camp.

Les trompettes sonnaient le réveil à quatre heures, le service quotidien des travaux collectifs et l'exercice militaire s'exécutaient de cinq heures à huit heures le matin et de quatre heures à sept heures l'après-midi. La construction du camp retranché, quatre fortins robustes faits avec des troncs d'arbres assemblés et entourés de palissades de pieux solidement fichés dans le sol, occupa d'abord les trois cohortes qui y mirent de l'ardeur. Ces travaux terminés, la colonie se sentit en sécurité. Sur la berge de la Trinité, protégeant les chaloupes et commandant le fleuve, le fort de la Palanque était le plus important. Défendu par trois canons, il abritait le magasin général et l'infirmerie où opérait le docteur Viol assisté de sa fille Adrienne et de Mlle Aimée Rigau. Le vieux général y demeurait. Les trois autres forts, le fort Henri, le fort Charles et le fort du milieu, chacun armé d'un canon, pouvaient, en cas d'attaque, se protéger les uns les autres et accueillir cent colons qui y trouveraient munitions et provisions pour soutenir un siège. Le fort du milieu était échu à

François Carbec qui y demeurait avec Hervé Le Coz devenu son aide de camp.

Disposés en arc de cercle, les emplacements des habitations avaient été indiqués à chaque colon et quelques-uns avaient déjà bâti un robuste abri en rondins, parfois même semé quelques graines de melon dont ils espéraient des miracles ; les autres, plus nombreux, s'étaient contentés de planter une tente sur leur terrain. Au centre du camp un sycomore géant portait à trente mètres de haut le drapeau tricolore que la cohorte de service hissait le matin et amenait le soir devant une douzaine d'hommes auxquels on avait réussi à trouver des uniformes presque réglementaires. À la sonnerie du trompette, tout le camp se raidissait au garde-à-vous, tête haute, visage grave mais l'œil brillant comme si, au même instant, le regard bienveillant de l'Empereur croisait celui de chaque vétéran.

Après le temps des bâtisseurs vint celui des laboureurs. Les terres défrichées devaient être préparées pour les plantations d'automne selon un ordre précis établi par Henri Lallemand : coton pour les artilleurs, canne à sucre pour les cavaliers et indigo pour les fantassins. La première année, à titre d'expérience, on se contenterait de cinquante hectares de chaque espèce ; cela ne faisait qu'un demi-hectare par homme, on en serait, disait-il, vite venu à bout. Le maniement de la charrue se révéla cependant plus délicat et plus pénible qu'on ne l'eût pensé, le sol tantôt trop sec, tantôt trop mouillé, les souches indéracinables, les deux bœufs vite épuisés, les chevaux indiens achetés par Carbec réfractaires au labourage, et l'on vit de ces hommes qui avaient traversé les plaines de Russie à pied dans la neige et le blizzard, aujourd'hui épuisés par la chaleur et brûlés par le soleil, s'atteler eux-mêmes aux charrues, et chanter :

On va leur percer le flanc
En plein plan, ran tan plan
Tire lire en plan,
On va leur percer le flanc

Des cavaliers tonkawas venaient observer, immobiles et silencieux, ces coutumes étranges des Visages pâles. Carbec les rencontrait souvent pour leur acheter des chevaux. Un jour Oo-Loo-Te-Ka lui fit demander par le coureur des bois :

— Pourquoi détruire la forêt, blesser la terre, enlever leur nourriture à nos amis les animaux qui sont aussi notre propre nourriture ?

Comme de plus il voyait que ces travaux étaient pénibles, il pensait que c'était un sacrifice pour plaire au Grand Esprit, une punition que les hommes blancs avaient sans doute méritée. Quand Carbec s'expliqua, sans grande conviction toutefois, Oo-Loo-Te-Ka tira deux brèves bouffées de son calumet et, fermant à demi les yeux, dit quelques mots que Long-Fusil traduisit :

— Le Grand Esprit a fait le monde tel qu'il est. Sa volonté n'est pas que nous le changions. Si c'était sa volonté il nous le ferait savoir. Si ce n'est pas sa volonté, tenter de changer la nature par des artifices est une faute qui sera suivie d'échecs.

Alors Carbec demanda :

— Est-ce la volonté du Grand Esprit que les chevaux naissent rebelles ?

Oo-Loo-Te-Ka commença à réfléchir. Le sorcier tourna le calumet vers l'est puis vers l'ouest et aspira une longue bouffée. Il semblait plein de courroux quand il prononça quelques mots gutturaux que Long-Fusil traduisit en souriant :

— Tous les oiseaux aiment s'entendre chanter.

Puis il ajouta :

— Le grand sorcier avait prédit que tu n'arriverais pas à dresser le cheval noir dont le chef t'a fait cadeau. Il est vexé que tu y sois parvenu et jaloux du prestige que cela t'a donné dans la tribu des Tonkawas.

Carbec aimait la compagnie du coureur des bois. Indien par sa mère, le métis savait tout de la nature, des plantes et des animaux, des herbes qui guérissent, des poisons et de leurs antidotes, de la confection des arcs et des flèches, de la construction des pirogues légères en écorce de cyprès et de la fabrication des sarbacanes, de la chasse à l'ours et au bison, aussi bien qu'aux rats musqués sur les berges du fleuve ou aux dindons cachés dans les micocouliers, de la capture des alligators avec un pieu dans la gorge, de la pêche des anguilles avec un hameçon taillé dans un os de dindon et des saumons harponnés la nuit à la lueur des torches avec des bambous effilés. De son père il avait hérité ce fusil étrange au très long canon dont il se servait avec une adresse légendaire colportée de tribu en tribu et qui lui avait valu son nom indien de Long-Fusil. Un jour qu'ils chassaient ensemble et qu'il avait abattu un daim à grande distance, Carbec, admiratif, lui avait dit :

— Tu dois être redoutable dans une bataille.

Béliveau avait hoché la tête.

— J'ai des frères de sang chez les Blancs comme chez les Indiens et je ne veux faire la guerre ni aux uns ni aux autres. Refuser de se battre n'est pas toujours facile. C'est pourquoi j'ai dû quitter le Tennessee et la tribu cherokee dans laquelle nous vivions depuis que les Anglais nous avaient chassés d'Acadie et que les Américains du Massachusetts nous avaient refoulés, parce que nous étions pauvres et catholiques et sans doute aussi parce que ma mère était indienne. Quand les Cherokees ont déterré la hache de guerre pour combattre les Français en Louisiane, j'ai décidé de chasser seul et d'aller de tribu en tribu pour échanger des savoirs. C'était il y a longtemps.

Carbec se demanda quel âge pouvait avoir Béliveau, ses cheveux étaient blancs et son visage ridé mais son corps était souple et vigoureux. Il avait certainement plus de soixante ans. Le coureur des bois connaissait beaucoup d'histoires qu'il racontait avec lenteur pour laisser aux images et aux idées le temps de fleurir ; elles disaient l'unité et l'harmonie de l'univers, que toute chose est liée à toute chose, les hommes, les animaux, les plantes et que s'ils s'y appliquent, ils peuvent converser entre eux avec beaucoup de liberté. La première fois Carbec eut l'air étonné et Béliveau lui demanda :

— Tu ne me crois pas ? Pourtant c'est bien ainsi que tu as apprivoisé ton cheval, n'est-ce pas ?

Carbec approuva. Il ne dit pas que c'était avec le secret de Cordelia. Puis il comprit que Béliveau et elle disaient la même chose.

Chaque jour François Carbec écrivait à Cordelia. Cette pratique quotidienne l'avait débarrassé de son style guindé ; dans ses lettres il se montrait plus naturel, plus gai, plus amoureux et celles-ci avaient le ton familier d'une correspondance véritablement échangée. Aucune cependant n'avait encore quitté le Champ d'Asile et, en attendant le départ en juillet de Charles Lallemand qui les emporterait avec lui, Carbec les assemblait au moyen d'une liane desséchée et d'une couverture en écorce de bouleau sur laquelle il avait calligraphié en longues anglaises : Lettres à Cordelia ; et en plus petits caractères : Champ d'Asile — Année 1818.

Les camarades du général Carbec eussent été bien surpris à la vue de ce petit volume dans lequel ils auraient pu lire :

À la date du 20 avril :

« Charles Lallemand fait tous ses efforts pour prolonger le style et la manière de l'empereur Napoléon mais, vous connaissez Charles, il a tendance à forcer le trait et il arrive que l'effet soit contraire à ses visées. Les camarades se lassent un peu de son récit de la bataille d'Iéna, celui-là même qu'il nous fit à Bordentown. Souvenez-vous, chère Cordelia, nous étions voisins de table, je venais d'apprendre mon départ dès le surlendemain pour La Nouvelle-Orléans et demeurais à vos côtés un cavalier morose. Vous étiez coiffée d'une capeline de paille souple qui me cachait votre profil et je ne réussissais pas à trouver les mots pour retenir tourné vers moi votre visage dont j'étais si ému qu'il me brouillait les idées. Que de souvenirs déjà ! »

À la date du 21 avril :

« Le brave général Rigau, notre glorieux aîné, âgé de soixante ans, occupe le plus grand fortin qui est situé au bord de la rivière Trinité ; nous y installons également l'infirmerie que tiennent les deux seules femmes du camp, les demoiselles Rigau et Viol, filles du général et du docteur, deux personnes qui ont passé la première jeunesse mais dont la piété filiale et le dévouement sont au-dessus de tout éloge. Vous imaginez bien que notre Champ d'Asile n'est pas le meilleur endroit pour une femme et j'espère qu'Henri Lallemand n'aura pas l'idée d'y faire venir sa jeune épouse. Mais vous savez combien notre ami, idéaliste et zélateur des théories de votre Jean-Jacques, se laisse parfois entraîner jusqu'au bout d'un raisonnement. Bien entendu vous ne direz rien de cela à Henriette ! »

À la date du 25 avril :

« Figurez-vous ma bonne amie que j'ai pour aide de camp un jeune sous-lieutenant, Hervé Le Coz, que j'avais rencontré il y a deux ans à Saint-Malo et qui se trouve être un parent. Un jour, belle amie, je vous raconterai l'histoire des Messieurs de Saint-Malo ; nous irons sur les remparts regarder la mer, avaler le vent et humer l'odeur du goémon ; je vous apprendrai les noms des îlots : Cézembre, La Conchée, Les Pointus... et peut-être mes ancêtres Marie-Léone et Jean-Marie, se tenant par la main, nous regarderont-ils en souriant. »

À la date du 3 mai :

« Ah ! comme vous auriez ri, Cordelia, de voir Charles Lallemand, sérieux comme un pape, la tête emplumée de la coiffure du chef tonkawa que ce dernier avait échangée contre le bicorne de Charles, le chapeau “en morceau de lune”, comme disent les Indiens ! Ceux-ci nous ont fait don de trois chevaux. Le mien est magnifique, bai brun foncé, une balzane et une liste interrompue sur le chanfrein, des jambes fines et un poitrail large, une prestance de seigneur ! Les Tonkawas n'ont pas réussi à le dresser mais je m'y applique en me souvenant de vos leçons : je lui parle de vous d'une voix aussi douce qu'il m'est possible. Je l'ai appelé Rebel. »

À la date du 11 mai :

« Nos constructions sont terminées et nous passons maintenant à la culture : coton, canne à sucre et indigo. Henri a fait des calculs qui promettent la prospérité aux colons. Rebel se laisse approcher et quand je lui dis à voix basse "Cordelia", je vois dans ses gros yeux violets une lueur complice et moqueuse. Cela fait du bien d'avoir quelqu'un à qui parler de vous. »

À la date du 28 mai :

« J'ai rencontré, douce amie, un homme étrange. C'est un métis, coureur des bois, ami de la tribu voisine des Tonkawas. Il a beaucoup vécu et sait tout de la forêt, de la prairie, des hommes et des bêtes qui les habitent. Il dit que le jour approche où il devra rendre ses comptes au Grand Esprit et cela ne semble pas l'inquiéter. Je crois qu'il m'apprécie parce que Rebel s'accorde avec moi. C'est à vous par conséquent, ma chère Cordelia, que je dois l'amitié de Long-Fusil, comme l'appellent les Indiens.

« Mon amie, vous ne cessez d'occuper mes pensées. »

Des feux de camp brûlaient toute la nuit entre les fortins et les hommes s'y retrouvaient le soir pour « faire Palais-Royal », disaient-ils, raconter les mêmes histoires qu'au café Montausier, avec en plus le décor étrange qui libérait les imaginations et enrichissait la légende. D'autres marchaient deux par deux, de groupe en groupe, se racontant des affaires plus personnelles, et les fourneaux rougeoyants de leurs pipes allaient et venaient entre les feux de camp. Parfois ils convergeaient vers un groupe d'où jaillissaient de grands éclats de rire ou vers un autre d'où montait un de ces chants qui les prenaient aux tripes, et qu'ils entonnaient gravement, d'abord à voix basse, comme s'ils étaient intimidés de pénétrer dans le sanctuaire de leurs souvenirs puis, se confortant mutuellement, chantaient de plus en plus fort tandis que tous les feux tour à tour joignaient leurs voix aux leurs et qu'enfin une immense clameur réunissait tout le Champ d'Asile debout dans la nuit. Les guetteurs tonkawas qui, dans l'ombre, observaient, ne s'émouvaient plus de ces hymnes guerriers adressés au Grand Esprit et jamais suivis d'effet.

Ces chants sacrés marquaient la fin des veillées, personne ensuite ne racontait plus d'aventures scabreuses, histoires de duels, de femmes ou autres gaudrioles, et chacun parlant à voix basse regagnait son abri tandis que les hommes de garde entretenaient les feux et se tenaient dans l'ombre tournant le dos aux flammes pour ne pas être éblouis et mieux surveiller la nuit.

Les histoires, faits divers du jour ou souvenirs plus ou moins embellis étaient réservés aux débuts de soirée, et avant tout les récits des exploits amoureux, l'extraordinaire en la circonstance étant qu'il y eût quelque chose à raconter. Les plus malins et les plus ardents avaient usé des conseils bienveillants et des bons offices de Long-Fusil auprès des Tonkawas. Ceux-ci considéraient d'un œil favorable la prostitution des femmes célibataires ou veuves pourvu que les présents fussent appréciables et constituent une dot pour un mariage futur. Seule exception, la fille aînée du chef Oo-Loo-Te-Ka : la tradition sacrée voulait qu'elle fût vierge et que l'homme qui la déflorerait l'épousât. À bon entendeur, salut ! Elle s'appelait Neeshnepahkook qui, en langue choctaw, signifie Nez-Coupé, et les habiles qui fréquentaient au camp des Tonkawas l'avaient facilement reconnue à ses narines ouvertes vers le haut et aux trois incisives qui manquaient à sa bouche. Aucun n'envisageant de succéder à Oo-Loo-Te-Ka, ils se tenaient à distance et on avait fait courir le bruit que le grand chef des Tonkawas réservait sa fille à Charles Lallemand, source inépuisable de fous rires. Long-Fusil avait appris aux hommes du Champ d'Asile les mots magiques qui leur ouvriraient les cœurs peut-être, mais plus sûrement les cuisses convoitées : « *Tali hata pisa achokma* ». De peur de les oublier, certains répétaient ces mots à longueur de journée et, preuve qu'ils ne manquaient pas de mémoire, on commença de voir des femmes tonkawas se pavaner avec des colliers et des pendentifs faits de piastres d'argent. Le soir à la veillée, les malins racontaient devant un auditoire rigolard et envieux leurs aventures avec Oiseau-qui-chante, Rayon-de-Miel, Oie-Courageuse, Patate-Douce, Fraise-Gracieuse ou Anguille-Agile. Hervé Le Coz, un soir, fit beaucoup rire en contant son histoire. Patate-Douce, jeune veuve de Serpent-Savant, valeureux guerrier tué au combat contre les Apaches Chitikawas, avait, dit-il, de beaux yeux noirs pleins de sentiment dans un joli visage encadré de deux nattes qui lui descendaient bien au-dessous de la taille qu'elle avait fine, chose rare chez les Tonkawas, tout en ayant, on le devinait sous sa tunique en peau de daim, une poitrine que Le Coz décrivait avec ses mains. Quand il eut dit : « *Tali hata pisa achokma* », Patate-Douce le conduisit dans sa hutte. Il avait atteint le plus haut degré de l'émotion et, d'une main fébrile, il délaçait la tunique de Patate-Douce lorsque, horreur ! il ne put retenir un cri tout en retirant vivement sa main, tandis qu'il découvrait, lové sur le ventre de l'Indienne et dressant entre les seins une gueule ouverte sur des crocs menaçants, le tatouage vert et noir d'un crotale. Le Coz confessa devant un auditoire hilare — Hé ! J'aurais voulu voir y voir les gars — que son émotion retomba illico et qu'il lui fut impossible de faire suite. On moqua Le Coz mais jamais on ne vit Patate-Douce arborer de collier de piastres d'argent. Long-Fusil expliqua que ce tatouage était l'œuvre de Serpent-Savant, l'époux défunt de Patate-Douce, qui, à l'image de l'esprit qui l'habitait, était rusé, dissimulé et cruel.

Nombreux cependant étaient ceux qui, pour des raisons

personnelles, la mésaventure de Le Coz ayant marqué les esprits, ressentaient peu d'appétence à « laisser parler la nature » avec les femmes tonkawas. Ceux-là préféraient les risques d'expéditions jusqu'à San José, Arcoquiros ou Chichi, lieux d'anciennes missions bâties par ces jésuites redoutables qui s'avançaient au premier rang des troupes espagnoles en brandissant un crucifix et terrorisaient les Indiens persuadés d'être ainsi menacés du supplice de la croix. Les missions avaient périclité, les peuples choctaw, biloxi ou apache conservé leur religion tandis que, derrière les murs d'argile, vivaient maintenant des métis descendants des conquistadors et que, dans des auberges maussades, des femmes encore belles souriaient de leur grande bouche et promettaient des reins voluptueux.

Mais plus que les histoires galantes, les racontars de service, les difficultés du labourage, le dressage des chevaux indiens et les négociations permanentes avec les Tonkawas, ce qui animait les soirées Palais-Royal autour des feux de camp c'était de tisonner les mémoires et d'en faire jaillir le souvenir et la gloire de l'Empereur, celui qui avait fait de leur vie une aventure prodigieuse où de jeunes hommes du peuple commandaient des armées, bousculaient des rois en se moquant, connaissaient vite la célébrité, les honneurs, les richesses et l'orgueil de la patrie en même temps qu'ils apprenaient à en payer le prix avec une insouciante générosité, leur vie et celle de beaucoup d'autres, ce qui n'était pas le moins exaltant, en tout cas pour ceux qui avaient survécu. Chaque soir le Champ d'Asile devenait une grande machine à malaxer les mémoires et broyer les souvenirs, qui distillait du bonheur, de la fierté, de l'amour, de la générosité et de la légende mêlés à la crainte angoissée que tant d'événements aussi étonnants n'aient été vécus que dans un rêve dont on se réveillait misérable parmi des conteurs fous réunis autour d'un feu de camp. Ainsi François Carbec dans ses songes nocturnes retrouvait-il Cordelia pour le matin se réveiller désenchanté, ainsi chaque soir le temps d'une veillée oubliait-il la morosité nécessiteuse du Champ d'Asile pour rejoindre sa jubilante jeunesse cependant qu'il allait de groupe en groupe, hochant la tête ici, disant son mot là, s'asseyant sans rien dire ailleurs où se racontaient des souvenirs qui étaient aussi les siens et faisaient renaître des bruits, des odeurs, des couleurs et le sourire triste de compagnons disparus, parfois la sensation retrouvée dans tous ses muscles de monter tel cheval dont il avait aimé les allures et qu'il avait dû achever blessé à mort dans une de ces larges plaines destinées aux grands carnages d'hommes et de chevaux. Les histoires qui se disaient autour des feux étaient toujours les mêmes, long monologue collectif de soldats radoteurs enfermés dans la même mémoire, la même folie, le même amour :

— Les chasseurs à cheval de la Garde, c'était le plus beau régiment du monde. C'est pas moi qui l'ai dit, c'est Lasalle... et il s'y connaissait, le bougre !

— Et le 20e de chasseurs, tu l'oublies ? Celui qui portait le numéro de la bouteille, c'était forcément le meilleur, non ? Et son coup de sabre qu'on reconnaissait sur la figure des ennemis qu'il avait chargés ! Nous, au 20e en Espagne, quand on n'avait plus d'eau-de-vie, on disait : « Qui veut aller prendre un goddam ? » Et aussitôt un chasseur allait faire prisonnier un Anglais de Wellington avec la gourde de rhum qu'ils portaient tous.

— Question de numéro, au 69e de ligne on n'avait pas à se plaindre ! Une fois, comme on arrivait en Espagne, l'Empereur fut un moment à côté de nous et il nous a dit : « Vous avez un fameux numéro, il faudra l'apprendre aux Espagnoles ! » Ça nous a surpris qu'il dise les mêmes choses que nous.

— Et à Guadarrama, quand il marchait avec nous sur un sentier gelé et qu'il a glissé, il a dit : « Foutu métier ! » et juré comme un grognard.

— Lasalle, j'étais à côté de lui à Wagram, pour sa dernière

charge, la pipe au bec, une balle en plein front, il ne s'est pas vu tomber.

— Et Dorsenne, le beau Dorsenne, tu te souviens ? Dur mais juste. Et crâne avec ça ! Dos à l'ennemi, face au régiment qui se faisait hacher par les batteries autrichiennes, il restait calme, ne se retournait même pas pour surveiller les boulets qui arrivaient sur lui comme sur nous ; il nous regardait serrer les rangs et pas un d'entre nous n'aurait osé baisser la tête...

— Et la charge de Lepic à Eylau ? Lui aussi ne voulait pas voir une tête bouger quand on entendait gronder les boulets.

— Quand même, on peut dire qu'on a eu de sacrés chefs.

— Mais la meilleure tête, celui qui avait tout pensé, tout prévu, tout organisé — et qui nous aimait ! —, c'était bien le Petit Caporal avec son chapeau de quatre sous et sa redingote miteuse. Les parements et les boutons dorés, les fourrures et les chapeaux à plume, c'était bon pour les maréchaux, pour les flatter. Mais ceux qu'il aimait vraiment, c'étaient nous les petits, nous qu'il venait voir au bivouac pour nous écouter, goûter le pain, manger une pomme de terre qu'on lui tendait au bout d'une baïonnette, dire une blague.

— Je me souviens, c'était le soir de Wagram, on a couché sur le champ de bataille abandonné par les Autrichiens, la Garde s'est formée en carré, l'Empereur a demandé sa peau d'ours et il s'est endormi au milieu de nous, seul parmi nous.

— Mon plus beau souvenir c'est quand j'ai monté la garde une nuit devant sa tente à rayures bleues et blanches.

— Les maréchaux n'ont pas tous trahi, il y en a qui sont morts avant !

— Lannes, après Essling, on lui a fait de belles obsèques. La musique de la Garde a joué la *Marche funèbre pour la mort d'un héros* coupée toutes les cinq minutes par le roulement de trois cents tambours qui battaient interminablement.

Carbec se souvenait. Il y était lui aussi, c'était grandiose, tragique et implacable comme l'annonce, avec deux mois d'avance, des quarante mille morts de Wagram et du grondement continu du canon qui dorénavant décidait des batailles tandis que l'infanterie et la cavalerie se sacrifieraient tour à tour pour prendre les batteries ennemies ou protéger les nôtres. Le brutal, comme disaient les hommes en parlant du canon, allait devenir le juge tout-puissant, le doigt du destin qui pour quelques centimètres à droite ou à gauche faisait de vous un héros, un tas de chairs broyées ou un éclopé pour la vie, portant pilon comme Sébastien Médard. « Que deviennent-ils à Saint-Mandé ? » se demanda Carbec comme il s'approchait d'un groupe d'où les rires fusaient et où le cruchon de rhum semblait tourner plus vite qu'ailleurs.

— Le brutal, quand il gronde, quand tu entends les boulets ronfler au-dessus de ta tête et que les tambours battent la charge, ça te prend aux tripes, tu croises la baïonnette, tu marches au canon et rien ne peut t'arrêter…

— À Iéna on manœuvrait sous les boulets, et les lièvres affolés qui détalaient en tous sens dans la plaine nous faisaient rigoler en même temps que le brutal labourait nos rangs de sillons sanglants…

— Le soir de Wagram le feu avait cessé presque partout : un capitaine du 6e chasseurs met pied à terre et commence à pisser face aux lignes autrichiennes quand on voit un boulet ricochant sur la plaine arriver droit sur lui. On lui crie : « Prenez garde, capitaine ! », alors, sans s'émouvoir, il écarte tout grand les jambes, le boulet passe entre sans le toucher et il continue de pisser tranquillement sous nos applaudissements !

— À Friedland, le lieutenant qui commande ma batterie a un bras arraché, il le ramasse, le met dans la gueule brûlante d'un canon chargé et commande le feu en disant : « Envoyez-leur ça, j'en ai encore un à leur service ! »

— Le boulet, souventes fois, c'est moins mauvais qu'un

bon coup de sabre parce que, le boulet, il te referme les artères tandis qu'avec le sabre tu pisses tout ton sang et t'es foutu.

— Une fois j'ai vu un boulet arracher trois têtes d'un coup. Eh bien je te le dis, celui-là il avait oublié de refermer les artères ! Trois jets d'eau de sang, que ça faisait !

Carbec s'éloigna en souriant, il devinait que bientôt on allait redire les exploits de la jument Lisette que son ami Marbot montait à Eylau. Un bon copain, Marbot, avec lequel on ne s'ennuyait pas, il fallait l'entendre parler de Lisette « aux allures douces, plus légère qu'une hirondelle, mais qui mordait comme un bouledogue ». Au plus fort d'une mêlée, elle avait arraché de ses dents « le nez, les lèvres et les paupières ainsi que toute la peau du visage d'un grenadier russe dont elle fit une tête de mort vivante et toute rouge » puis, saisissant au ventre un autre Russe, lui avait arraché les entrailles avant de le broyer sous ses sabots. En d'autres circonstances elle devait encore le sauver. « Sacré Marbot, après tout ce qu'il a vécu et avec son talent de conteur, il devrait écrire ses Mémoires », pensa Carbec comme il s'approchait d'un autre feu où l'on parlait à voix basse.

— En Russie, le pire c'était le froid, non, c'était la faim après qu'on eut mangé tous les chevaux. Parfois on les saignait vivants, encore debout ; le sang chaud et noir formait vite de la glace et on se battait pour la sucer.

— On a dû manger nos morts...

— Beaucoup sont devenus fous avant de mourir. J'en ai vu mettre ce qu'il leur restait d'uniforme et de décorations et rire très fort. Leurs dents paraissaient énormes dans leur visage maigre. On appelait ça le rire de la mort.

— En Espagne, l'horreur c'étaient les moines, des fous de cruauté qui vous découpaient les prisonniers en morceaux après les avoir sciés tout vifs entre deux planches, ou qui les plongeaient vivants dans de l'huile bouillante, comme ils ont fait au général René.

— Et le 3e de hussards à Camarinas, soixante-quatre hommes égorgés la nuit dans leur sommeil!

— Et ceux du 6e d'infanterie légère et de dragons, empalés, mutilés, ni yeux ni langue, oreilles et ongles arrachés, les couilles et la queue dans la bouche!

— Alors nous on est entrés dans le couvent des Filles de Jérusalem et par les fenêtres on jetait les moines sur les baïonnettes dressées des copains qui les attendaient dehors. La rage nous a saisis et nous aussi on a massacré, violé, pillé. Il y en a qui se sont rempli les poches... et cette fois, c'est pas comme en Russie, ils ont pu ramener leurs trésors.

Ils avaient vu Carbec.

— On dit pas ça pour vous, mon général! Vous n'étiez que colonel. C'est les grosses épaulettes qui se sucraient.

— N'exagérez rien. Il y eut peut-être quelques cas mais ce fut l'exception.

Les gars se mirent à rire.

— Vous voulez qu'on vous donne des noms d'« exceptions », mon général?

— Le premier qui dit un nom, je lui colle quinze jours de corvée à débroussailler les berges du fleuve.

Il savait qu'ils avaient raison mais si, lui, général Carbec, laissait dire, c'est tout le système qui foutait le camp. Les berges du fleuve, tout le monde savait qu'elles étaient infestées de serpents à sonnette dont on entendait le bruissement sec crépiter dans les fourrés quand on passait auprès. Deux fois déjà des hommes mordus à la jambe avaient été sauvés de justesse par des remèdes tonkawas apportés par Long-Fusil, des décoctions de fleurs de lobélie, d'herbe à serpent, de racines et de graines dont le grand sorcier gardait jalousement le secret.

Charles Lallemand tenait à ce qu'on célébrât les anniversaires des grandes victoires par la lecture, qu'il donnait lui-même, devant les hommes rassemblés, des proclamations de l'Empereur, des phrases coulées dans le bronze et précises comme une scène de David qui, vingt ans plus tard, faisaient encore frissonner ses soldats lorsque, rassemblés autour du grand sycomore du Champ d'Asile, ils écoutaient le baron Charles-Antoine Lallemand les déclamer :

« Soldats, vous avez en quinze jours remporté six victoires, pris vingt et un drapeaux, cinquante pièces de canon, plusieurs places fortes et conquis la plus riche partie du Piémont. Vous avez fait quinze mille prisonniers, tué ou blessé plus de dix mille hommes... Dénués de tout, vous avez suppléé à tout. Vous avez gagné des batailles sans canon ; passé des rivières sans pont ; fait des marches forcées sans souliers, bivouaqué sans eau-de-vie et souvent sans pain. »

Et encore :

« Soldats, vous vous êtes précipités comme un torrent du haut de l'Apennin ; vous avez culbuté, dispersé tout ce qui s'opposait à votre marche... Vous rentrerez alors dans vos foyers et vos concitoyens diront, en vous montrant : "Il était de l'armée d'Italie." »

Puis vint le 14 juin, double anniversaire de Marengo et de Friedland, « un jour de bonheur », disait l'Empereur. Ce soir-là, Charles Lallemand sortit son meilleur uniforme de général et, à la lueur de torches portées par deux grenadiers, déclama d'une voix brève et sonore devant les trois cents hommes du Champ d'Asile qui, au garde-à-vous dans la nuit, entendirent à nouveau le fracas des batailles, le roulement des tambours, la clameur des hommes et le hennissement des chevaux dans le même temps qu'ils voyaient passer devant leurs yeux éblouis les charges étincelantes des cavaliers, la musique de la Garde, tambours, fifres et cornets en habit bleu, veste et culotte blanches :

« Soldats, le 5 juin, nous avons été attaqués dans nos cantonnements par l'armée russe. L'ennemi s'est mépris sur les causes de notre inactivité. Il s'est aperçu trop tard que notre repos était celui du lion : il se repent de l'avoir troublé. Dans les journées de Guttstadt, de Heilsberg, dans celle à jamais mémorable de Friedland, dans dix jours de campagne enfin, nous avons pris cent vingt pièces de canon, sept drapeaux, tué, blessé ou fait prisonniers soixante mille Russes, enlevé à l'armée ennemie tous ses magasins, ses hôpitaux, ses ambulances, la place de Koenigsberg, les trois cents bâtiments qui étaient dans ce port, chargés de toutes espèces de munitions, cent soixante mille fusils que l'Angleterre envoyait pour armer nos ennemis.

« Des bords de la Vistule nous sommes arrivés sur ceux du Niemen avec la rapidité de l'aigle. Vous célébrâtes à Austerlitz l'anniversaire du couronnement, vous avez cette année dignement célébré celui de la bataille de Marengo, qui mit fin à la guerre de la seconde coalition.

« Français ! Vous avez été dignes de vous et de moi. Vous rentrerez en France couverts de lauriers et, après avoir obtenu une paix glorieuse qui porte avec elle la garantie de sa durée, il est temps que notre patrie vive en repos, à l'abri de la maligne influence de l'Angleterre. Mes bienfaits vous prouveront ma reconnaissance et toute l'étendue de l'amour que je vous porte.

« Au camp impérial de Tilsitt, le 22 juin 1807. »

Ce soir-là Hervé Le Coz dit à François Carbec :

— Quelle chance vous avez eue, mon général, de vivre ces années merveilleuses !

Depuis qu'avec le Champ d'Asile ils avaient retrouvé l'univers hiérarchique militaire, Hervé ne tutoyait plus Carbec et lui donnait du « général ».

— Oui, certainement. Tout cependant n'était pas si merveilleux. Il y avait aussi tous ces morts, tous ces estropiés à vie, la conscription des pauvres gens dans les campagnes. Pour nous, jeunes officiers, ce fut un jeu grisant qui nous cachait la misère des plus nombreux.

— Il fallait bien défendre la patrie.

— Oui, l'Europe des rois depuis la Révolution était liguée contre nous. Dès 1792, nous avons dû nous battre sans cesse, libérer notre sol d'abord puis, pour anéantir l'ennemi, le poursuivre jusqu'au cœur, à Vienne, Berlin, Moscou. Mais vois-tu, nos adversaire à force d'être battus devaient un jour ou l'autre en tirer les leçons et nous dominer. Peut-être eût-il mieux valu après Tilsitt renoncer à mater l'Angleterre, car ce fut elle l'artisan de notre perte.

— Vous dites cela maintenant, mais vous étiez heureux et la France était fière, j'imagine, du temps qu'elle dominait l'Europe entière.

— Fière mais malheureuse de tous ses enfants morts. Les mots, vois-tu, petit, les mots comme ceux que tu as entendus tout à l'heure, sont des meurtriers et de fieffés menteurs. Avec eux on fait des chansons d'amour, des prières ou des proclamations guerrières et que reste-t-il de vrai en celles-ci comme en celles-là quand on en retire la peur des pauvres hommes, la peur de n'être que ce qu'ils sont ?

— L'Empereur, quand il disait ces mots...

— L'Empereur c'était l'Empereur et nous l'aimions... Il a cristallisé ce besoin d'admirer et d'aimer qu'ont les jeunes gens et qu'il a su garder vivant en nous parce qu'il était admirable, génial, et en même temps simple, vrai, parce qu'il nous aimait.

— Quand on l'aura délivré de Sainte-Hélène et qu'on l'aura fait empereur du Texas et du Mexique, tout pourra recommencer ?

— Je ne sais pas, on dit que l'Histoire ne se répète pas. Et on ne l'a pas encore délivré...

— Vous n'y croyez pas ?

— Je n'ai pas dit cela.

— Les hommes ici ne font pas confiance aux frères Lallemand, ils disent que le général Rigau est trop vieux, vous êtes le seul en qui ils croient.

Carbec ne répondit pas. Il regretta de n'avoir pas annoncé dès le début qu'en septembre il rejoindrait Philadelphie. Si ces hommes ne faisaient confiance qu'à lui seul, il devenait leur prisonnier, leur otage.

À côté du grand paddock dans lequel la cohorte de cavalerie gardait trois douzaines d'appaloosas achetés aux Indiens, Rebel avait un enclos pour lui seul où on le voyait souvent immobile, oreilles pointées, tête droite tournée vers la prairie, dresser sa silhouette de seigneur, pousser un long hennissement tout le corps en alerte, avec précaution s'avancer de deux pas, puis soudain se désintéresser et brouter trois brins d'herbe. Chaque jour Carbec passait plusieurs heures auprès de son cheval. Le comportement du général avait surpris. Alors qu'on s'attendait à de vigoureuses et spectaculaires séances de dressage de cet animal donné par les Tonkawas pour indomptable, on vit les premiers temps Carbec se tenir pendant des heures assis sans bouger à quelque distance de Rebel et lui dire à voix basse des mots qu'on n'entendait pas.

— Qu'est-ce que vous lui racontez, mon général?

— Des mots d'amour, bien sûr! répondait Carbec en riant.

— Et ça va marcher?

— Bah! comme avec les femmes!

Et le vieux sergent qui avait posé la question en conclut que ça ne marcherait pas. Il fut bien étonné quand il vit quelques jours plus tard Rebel, cou tendu à l'extrême, manger, du bout des lèvres, un biscuit dans la main du général toujours assis par terre, puis, après quelque temps encore, Carbec passer un licol à son cheval et le faire marcher à ses côtés sans cesser de lui parler. Les progrès furent ensuite très rapides : travail à la longe, prise du mors, habitude de la selle. C'est alors qu'Hervé Le Coz reçut ses premières leçons d'équitation, une heure quotidienne de trot assis sur Rebel tenu à la longe.

— C'est indispensable pour l'assiette, disait Carbec, chambrière à la main, et ne te plains pas, mon ami Castex faisait monter les classes de quatre heures du matin à dix heures du soir !

Rebel eut quelques mouvements de révolte dont Le Coz fit les frais sous les rires des anciens. L'un et l'autre cependant progressèrent vite, celui-là en calme et celui-ci en équilibre. Bientôt Carbec monta lui-même Rebel chaque jour et c'était un beau spectacle de les voir dans l'enclos s'appliquer ensemble à des figures difficiles ou partir dans un galop pétulant, sauter quelques barrières et deux heures plus tard revenir au pas, grisés de leur course dans la prairie à la poursuite de chimères dont ils pressentaient, sans le savoir vraiment ni l'un ni l'autre, que c'étaient les mêmes.

Le dernier jour du mois de juin, une chaloupe remontant la Trinité accosta au pied du fort de la Palanque, à l'entrée du Champ d'Asile. Envoyés par Jean Laffite quatre hommes apportaient aux colons des plans de coton et de canne à sucre, des vivres, du rhum et le courrier qu'un navire du corsaire avait acheminé de La Nouvelle-Orléans à Galveston. Charles Lallemand repartirait avec la chaloupe.

Quand le courrier fut distribué, le silence s'établit dans le camp tandis que les hommes s'égaillaient pour lire à l'écart quelques feuillets qui parfois tremblaient dans leurs mains. Carbec avait reçu trois enveloppes. Il reconnut aussitôt les écritures sur les deux premières, Adèle Médard et le cousin Léon ; la troisième venait de Saint-Malo. Il ouvrit celle de Saint-Mandé.

« Mon général Carbec, salut et fraternité !

« Alors, ça va repartir en Amérique ! J'avais bien deviné que avec tous les camarades réunis là-bas quelque chose se préparait ! On parle de vous dans le journal dont je t'adresse une page. Tu penses si on a donné notre souscription ! Avec Mme Médard on a décidé de verser deux cents francs pour le Champ d'Asile à la banque de MM. Gros, Duvillier et Cie, au numéro 15, boulevard Poissonnière.

« Dans un autre journal, on dit que là-bas, au Texas, tout pousse tout seul, le blé, le sucre, le coton et que “les chevaux sauvages le disputent à ceux d'Arabie pour la force et la légèreté”. Dis-moi si c'est vrai pour les chevaux. Pour la culture il vaut mieux que ça pousse tout seul parce que ça m'étonnerait que vous y passiez beaucoup de temps ! Surtout, mon général, si l'affaire réussit et qu'on se refait un empire au Texas avec tous les camarades, pense à moi ! Même avec mon pilon je pourrai dresser les conscrits, nom de Dieu ! Vive le Texas ! Vive l'Empereur !

« Les enfants vont bien. Ton fils a fait pour toi le dessin, il paraît que c'est Paméla.

« Sébastien Médard,
Ancien S.Lt au 7e Régiment Hussards
Chevalier de la Légion d'honneur. »

Dans la même enveloppe le dessin de Mathieu, un gribouillis vigoureux dans lequel François Carbec décela de solides qualités.

Sur la page du journal *La Minerve* qui était jointe, Carbec lut avec agacement :

« Les anciens ne connaissaient rien de plus noble que le courage dans les revers ; ils regardaient avec admiration les hommes que l'adversité ne pouvait abattre. Des Français obtiennent le genre de gloire qui manquait seul à leur renommée. Ils ne demandent au ciel et aux hommes que la terre et l'eau, la liberté, le travail du jour et la paix des nuits. La plupart d'entre eux, élevés dans la profession des armes, n'ont de ressources que leur valeur, de richesses que leur renommée.

« Puissent la liberté et le bonheur croître ensemble au Champ d'Asile et que la vertu, compagne assidue de la tempérance et du courage, le préserve des atteintes de l'ambition et du souffle empoisonné de la tyrannie. »

Il s'irrita contre les journalistes qui, sans savoir, écrivent n'importe quoi et prétendent en plus vous faire la morale.

La lettre du cousin Léon était, elle aussi, passée par les banquiers Laffite et Girard, le canal de la haute finance, comme disait Sébastien. Qu'avait donc de si confidentiel à lui dire son cousin ? Le cher Léon donnait gentiment des nouvelles de son petit-cousin qu'il était allé voir et dont il faisait beaucoup de compliments ainsi que de ses parents nourriciers « pour lesquels il avait la plus grande estime parce qu'ils possédaient ces vertus cardinales de bon sens, de courage au travail et d'honnêteté qui sont le socle moral de notre nation ». Tiens, tiens, se dit Carbec, il change, le cousin. Il lui écrivait aussi :

« Tu sais que tu es un personnage trop important pour passer inaperçu même en Amérique, et notre consul à La Nouvelle-Orléans, très zélé et jusqu'à présent bien informé, nous a aussitôt prévenus de ta présence dans cette ville. Il apparaît toutefois qu'il s'était d'abord mépris sur tes intentions puisqu'il avait annoncé ton départ prochain pour la colonie de la Tombigbee ! Quant au Champ d'Asile installé au Texas, colonie espagnole, laisse-moi te dire que vu d'ici cela paraît extravagant. Une nouvelle fois je te mets fraternellement en garde contre les élucubrations hasardeuses de Charles Lallemand qui a tendance à se prendre pour Napoléon ! Naturellement le gouvernement français a tenu à préciser aux gouvernements américain et espagnol que Charles Lallemand, proscrit, bonapartiste bien connu, n'agissait qu'en son seul nom. En l'occurrence, il semblerait que cette fois ton ami ait trouvé plus retors que lui en la personne du secrétaire d'État américain

Adams, qui l'aurait incité à installer son Champ d'Asile sur un territoire espagnol que les États de l'Union, actuellement limités à la rivière Sabine, voudraient ajouter à l'État de Louisiane. Si Madrid ne réagit pas, vous serez réputés avoir occupé la région pour le compte de l'Union. Dans le cas contraire, on vous ignorera et vous serez considérés comme une bande d'aventuriers que le royaume d'Espagne se devra d'anéantir. C'est à mon avis le plus probable, car ton ami Lallemand, s'il a obtenu un accord et même un encouragement du gouvernement américain pour installer le Champ d'Asile sur la Trinité, s'est contenté d'informer avec une certaine insolence la couronne d'Espagne de ses projets. Je le cite : "... les membres de la colonie du Champ d'Asile sont d'ailleurs disposés à reconnaître le gouvernement espagnol, à se comporter loyalement avec lui et à acquitter toutes les taxes qu'il se croira obligé d'imposer. En retour, les colons du Champ d'Asile demandent à être gouvernés par leurs propres lois, sans obéir au gouvernement espagnol, en se conformant à leurs anciennes habitudes militaires. Quoi qu'il arrive ils sont déterminés à s'implanter au Texas et à s'y fixer envers et contre tous." Je ne sais ce qui l'emporte dans ces lignes de la naïveté ou de la stupidité. Je suis, pour ma part, persuadé que Madrid ne laissera pas la jeune Amérique s'étendre au-delà de la Sabine. Il ne devrait pas s'écouler beaucoup de mois avant que cela ne se confirme. Te voilà prévenu. Je n'aimerais pas que meurent bêtement aux frontières du Texas, dans une guerre qui n'est pas la leur, trois cents de ces soldats de mon pays qui firent la gloire de la France et dont l'un est mon vieux cousin préféré. »

La dernière phrase fit chaud au cœur de François Carbec. Cette lettre cependant le laissa songeur. Elle ne confirmait que trop ses propres intuitions et inquiétudes. Avant que Charles Lallemand ne parte, il devait avoir avec lui un entretien au fond.

La troisième enveloppe venait de Saint-Malo. Elle était superbement adressée au : Général Carbec, Le Champ d'Asile.

Amérique. Comment était-elle parvenue jusqu'à lui ? Le grand Nicolas, chef du clan Carbec, qui l'avait reçu à Saint-Malo lui écrivait :

« Mon cher cousin,

« La rumeur publique nous rapporte que vous êtes l'un des généraux qui dirigent le Champ d'Asile aux Amériques. Je ne sais si je dois vous en féliciter car je vous dirai franchement que, pour ma part, je regrette que nombre d'hommes de valeur dont la France a tellement besoin aient été, ou se soient eux-mêmes, découragés de vivre dans leur patrie. J'ose espérer que ce n'est pas définitif. Mais ceci n'est pas l'objet de ma lettre. Nous sommes à la recherche du jeune Hervé Le Coz — vous avez déjeuné chez moi avec ses parents —, embarqué pour les Amériques il y a plus de deux ans et dont nous sommes sans nouvelles. Il est parti fâché avec son père, ce sont des choses qui arrivent à cet âge et qu'il faut savoir réparer avant qu'il ne soit trop tard. Peut-être la Providence vous a-t-elle fait ou vous fera-t-elle, un jour le rencontrer. Si c'est le cas, puis-je vous demander, en ma qualité d'aîné, de lui tirer les oreilles de ma part et de le prier d'écrire à sa famille ? Si vous avez des nouvelles, seriez-vous assez aimable pour nous les faire tenir quand vous en aurez la possibilité ?

« Croyez, mon cher cousin, que nous aurons le plus grand plaisir à vous revoir quand vous nous reviendrez des Amériques et, malgré ce que je vous écrivais au début de cette lettre, tous mes vœux vous accompagnent pour le succès de votre Champ d'Asile.

« Nicolas Carbec. »

Charles Lallemand avait reçu le numéro de *L'Abeille américaine* dans lequel Simon Chaudron avait fidèlement reproduit la déclaration fondatrice du Champ d'Asile : « Réunis par une suite des mêmes revers... » D'autres journaux de Philadelphie, La Nouvelle-Orléans ou Paris, parlaient du Champ d'Asile et du Texas en termes souvent fantaisistes, sensibles ou émouvants. Ainsi, on lisait dans *La Gazette de Louisiane* du 31 mars 1818 : « On rapporte qu'il se trouve à Galveston un rassemblement extraordinaire de Français avec une grande quantité de munitions et d'instruments aratoires. On en attendrait prochainement trois mille de plus... » Dans un journal parisien, ce quatrain qui en agaça plus d'un :

Au lieu d'un glaive inutile
Forgeons le fer agriculteur
Nobles débris du Champ d'Honneur
Fertilisez le Champ d'Asile

Mais le miel coula dans le cœur de tous lorsque Charles Lallemand leur lut avec sentiment ces vers composés pour eux en Louisiane :

C'étaient les vieux soldats de ce Corse superbe
Dont le char triomphant broyait comme un brin d'herbe
Ce monde de vaincus qui lui baisaient les pieds.

De son côté, Henri Lallemand n'en finissait pas de lire un gros paquet de feuillets. Il vint le visage réjoui vers François Carbec en montrant ses lettres :

— Henriette t'envoie ses amitiés ainsi que celles de Cordelia. Elles parlent souvent de nous et espèrent notre prochain retour. Bien sûr elles réclament des nouvelles. Nous allons pouvoir confier nos lettres à Charles. Tu as écrit à Cordelia ?

Carbec répondit d'un signe de tête. Cordelia lui envoyait ses amitiés ! Une vieille inquiétude sournoise s'était d'un seul coup dissipée au creux de sa poitrine, il se sentait soudain plus léger, plus jeune, plus fort et il avait envie de rire sans autre raison.

La veille de son départ, Charles Lallemand voulut réunir tous les hommes au centre du camp devant le sycomore géant où l'on montait chaque jour le drapeau tricolore.

— En trois mois seulement, mes chers compagnons, vous avez accompli des travaux exceptionnels qui ont fait de vous tout à la fois des bâtisseurs, des forestiers, des laboureurs, des chasseurs, et même, pour certains d'entre vous, des étudiants de la langue choctaw!... Mais avant tout vous êtes demeurés des soldats fidèles aux traditions des armées de l'Empereur, les symboles des vertus de courage et d'abnégation qui feront demain, comme elles le firent hier, le succès de nos glorieuses entreprises...

À ce moment François Carbec se souvint de ces mots du grand sorcier des Tonkawas : « Tous les oiseaux aiment s'entendre chanter. »

Charles Lallemand chanta longtemps. Il expliqua pourquoi il devait s'absenter, deux mois au plus, faire connaître au monde l'existence du Champ d'Asile, recueillir des fonds, attirer de nouveaux colons et surtout, « mes amis, c'est là un secret que je vous confie, mettre en place les moyens ultimes de faire s'évader de Sainte-Hélène son illustre prisonnier ». Enfin il ajouta qu'il partait sans inquiétude puisqu'il laissait le Champ d'Asile entre les mains des généraux Rigau, Carbec et Henri Lallemand.

Aux questions que Carbec lui avait posées en tête à tête quant à la situation précise du Champ d'Asile vis-à-vis des gouvernements américain et espagnol, Lallemand avait répondu agacé que c'était là un sujet politique qu'il avait réglé directement avec le secrétaire d'État américain Adams et par écrit avec le gouvernement espagnol, lequel n'avait pas fait d'objection, Carbec n'avait pas à s'en inquiéter, son seul souci devait être le maintien du moral des hommes au Champ d'Asile.

Dans le volumineux sac de courrier que Charles Lallemand

emporta, il y avait un paquet soigneusement ficelé contenant les « lettres à Cordelia » dont la dernière écrite à la hâte.

« Le Champ d'Asile, 2 juillet 1818.

« Ma douce amie,

« Charles part dans quelques heures et je veux lui confier avec les lettres écrites à votre intention depuis trois mois celle-ci qui vous dira l'état de mon cœur depuis qu'Henri, lisant les lettres de son épouse, m'a transmis vos amitiés avec le souvenir que vous aviez gardé de moi et l'espoir de mon prochain retour. Ainsi, je ne vous suis pas indifférent ! Et moi qui dans mes lettres m'efforçais de contenir ma flamme de peur de vous importuner ! Comme elles vont vous sembler froides et ennuyeuses ces lettres ! Mais ne vous méprenez pas, mon amie, et considérez plutôt que tout ce que je vous ai écrit au sujet de Rebel, nos galops joyeux dans la prairie, nos exercices et notre complicité, tout cela eut lieu tandis que ma pensée était près de vous, que je lui parlais de vous et lui disais votre nom, au point qu'il me suffit maintenant de murmurer "Cordelia" pour le voir dresser les oreilles et porter son attention à ce que je vais lui demander.

« Je devine, chère Cordelia, que vous allez vous moquer. Je vous annonçais l'état de mon cœur et je ne sais que vous parler de mon cheval ! Mais vous êtes trop fine et trop bonne cavalière pour ne pas savoir que, chez les gens de cheval, amour et équitation vont de pair. Et n'est-ce pas au cours de notre promenade avec Lorraine et Yorktown sur les bords de la Delaware, à l'automne dernier, que vous m'avez donné une fameuse leçon qui devait changer en moi bien des choses, plus que vous ne pouvez l'imaginer ?

« Lorsque vous lirez ces lignes, ce devrait être, si mes calculs sont exacts, dans les derniers jours du mois d'août, je serai alors près de quitter ces lieux pour vous rejoindre.

« J'arriverai en octobre, quand la brume sur le fleuve, le

soleil pâle sur les feuilles jaunies des arbres et les dernières douceurs avant l'hiver rendent plus douloureuse la nostalgie de serrer dans ses bras l'être aimé.

« François. »

Le lendemain matin à l'aube, Charles Lallemand, très digne, embarquait sur la chaloupe des flibustiers et descendait la Trinité vers Galveston.

Le soleil écrasait la terre et faisait briller les ors de l'uniforme du général Carbec lorsque celui-ci, serré dans son dolman bleu à brandebourgs dorés, se présenta à l'entrée du campement des Tonkawas, monté sur Rebel qu'il maintint immobile sans que le cheval bronchât.

Le chef Oo-Loo-Te-Ka, entouré de ses guerriers armés de lances qu'ils gardaient verticales, l'attendait. Il avait coiffé le bicorne à plumetis et cocarde tricolore de Charles Lallemand et tenait de sa main gauche un long calumet qui lui barrait la poitrine. Oo-Loo-Te-Ka et ses hommes ne bougeaient pas. Quand le chef des Tonkawas jugea que le cavalier avait passé avec succès l'épreuve de l'immobilité, il salua à la manière des Visages pâles en écartant son chapeau d'un geste large. Carbec, congestionné et transpirant dans son uniforme de drap, rendit le salut avec noblesse. Alors, au signal du grand sorcier des Tonkawas, un chant rythmé s'éleva de la masse des guerriers, une mélopée sourde mêlée de sifflements aigus, tandis qu'une chaîne de danseurs s'enroulait et se déroulait en spirale avec des mouvements tantôt rapides, tantôt lents qui donnaient à Carbec le vertige ; il reconnut qu'on exécutait pour lui la danse du serpent, cela le mit mal à l'aise.

Il sentit une migraine gonfler derrière son front, serrer ses tempes, brûler ses yeux et battre la charge sur ses tympans, comme dans les accès de fièvre qui parfois le terrassaient. La chaîne des danseurs, dans un dernier soubresaut, se perdit dans la foule des guerriers et ce fut au tour de Carbec d'exécuter le numéro de dressage préparé depuis des semaines. Rebel, calme et appliqué, fit preuve de souplesse et d'adresse dans des exercices ignorés des Indiens dont les visages impassibles ne montrèrent aucun étonnement. Carbec était épuisé, il sentait ses jambes trembler, une sueur froide jaillir de chacun de ses pores et des éblouissements l'aveugler comme si des obus explosaient en silence devant ses yeux. Il terminait sa présentation, Rebel marchant l'amble avec délicatesse, et revenait vers Oo-Loo-Te-Ka qu'il saluait de son sabre quand, dans un brouillard rougeâtre, il vit confusément le chef indien coiffé du bicorne porter sa main droite sur la poitrine et lui sourire, un sourire qui s'élargissait dans un visage que soudain il reconnut : l'Empereur ! Oui, c'était lui, entouré de ses grenadiers hérissés de baïonnettes, qui du bras gauche lui désignait un point dans la prairie et lui ordonnait de sa voix calme des jours de bataille : « Carbec, allez donc avec vos hussards me culbuter cette batterie autrichienne qui fait souffrir ma vieille Garde. »

Les Tonkawas virent le général Carbec se dresser sur ses étriers et, après qu'il eut hurlé quelques mots, partir au galop sabre tendu à l'horizontale vers un bouquet de cactus qu'il sabra en tous sens avec fureur avant de s'écrouler à terre, les bras en croix. Rebel caressait du souffle chaud de ses naseaux le visage inanimé de Carbec lorsque Long-Fusil et les Tonkawas, accourus, le transportèrent inconscient dans une tente.

— On fa quand même pas laicher notre camarade chez les chauvaches !

Rigau, indigné, s'adressait au docteur Viol venu avec lui au campement des Tonkawas aussitôt que Béliveau les avait prévenus. Le docteur cependant, après qu'il eut examiné Carbec, toujours inconscient, livide, les yeux clos et les mâchoires serrées, ne cacha pas son inquiétude et conclut :

— Le déplacer dans cet état lui serait fatal. Nous ne pouvons qu'attendre, le garder au calme et essayer de le faire boire.

Oo-Loo-Te-Ka s'approcha des Français, accompagné du grand sorcier de la tribu, et dit quelques mots que Béliveau traduisit :

— Le chef Oo-Loo-Te-Ka dit que l'esprit de son ami au visage pâle s'en est allé courir dans la prairie avec les chevaux sauvages. Mais le grand sorcier des Tonkawas sait guérir les fièvres de l'esprit. Le chef Oo-Loo-Te-Ka lui a ordonné de faire revenir son ami au visage pâle et l'a menacé, s'il échouait, de le donner vivant en pâture aux alligators.

Long-Fusil poursuivit :

— Je pense que vous devriez leur faire confiance. Dans ma longue vie de coureur des bois, j'ai rencontré beaucoup de sorciers; celui-ci est le plus instruit des médecines que le Grand Esprit a cachées dans les herbes, les fleurs, les racines et dans le cœur des serpents.

Après quelques conciliabules, on décida de laisser Carbec aux soins des Tonkawas mais Rigau, en s'en allant, jeta à Béliveau :

— Dites-leur bien : ch'il arrife malheur à Carbec, le chef auchi fera connaichanche afec les crocch… diles.

Long-Fusil ne traduisit pas.

Chaque heure, le grand sorcier, accompagné d'une femme de la tribu, se rendait auprès de Carbec. Avec un morceau de bois d'ébène, il écartait les mâchoires contractées et prononçait quelques mots pleins de fureur tandis que la femme glissait entre les dents une cuillerée d'un liquide noirâtre.

Lorsqu'il sortit du coma, Carbec commença à délirer. Souvent il semblait faire des efforts pour se redresser sur sa couche, ouvrait grand sa bouche pour un cri immense qui n'était plus qu'un chuchotement et agitait par saccades son bras droit et son poing crispé. Puis, tout d'un coup, son corps se dénouait et s'enfonçait dans un sommeil dont n'émergeaient qu'un gémissement plaintif et une bulle de salive à la commissure des lèvres. Une femme essuyait la sueur sur son front et l'éventait avec des plumes d'aigle déployées dans sa main.

— Il est encore très loin, on ne peut pas l'entendre, dit le grand sorcier à Long-Fusil.

Plus tard, il se mit à parler, une voix de clairon, des mots sans ordre, morceaux de mémoire éclatée que Béliveau écoutait avec une compassion attentive et désolée :

— La grande batterie, général, cent pièces en ligne... Vive l'Empereur... Pour les artilleurs il faut des konias, de bons petits chevaux polonais... Pourquoi, pourquoi dites-moi, Warouska, votre portrait se trouve-t-il chez le Baiseur ? Ah ! non ! Pas avec les deux jambes !... La botte de Sébastien ? Bien solide sur les deux jambes, laisser venir et au dernier moment parade de prime haute et riposte de pointe à la poitrine, au dernier moment nom de Dieu et tu n'as plus qu'à le cueillir, avec délicatesse, dit Sébastien ! Vive l'Empereur !... Bien sûr que c'est Warouska ! Cordelia ? Cela ne se peut, elle n'a jamais mis les pieds en Pologne... Non, pas les enfants, pas les enfants... Du haut de ces pyramides, une pomme de terre mon Empereur ?... Sire, vous rentrerez dans votre capitale... Buisson ? un fameux artilleur, mais cela n'empêche que l'artillerie ça manœuvre comme une huître... Parlez-moi de la cavalerie !... Mais comment donc chère Julie ! Toujours au trot ? Ah ! j'ai trop galopé aujourd'hui, chère amie... Annie comment ? Ah oui ! Annie Noël, un beau grenadier qui fouettait les Cosaques devant les ponts de la Bérézina... Éblé, c'était un bon... Avec Mélanie c'est autre chose, c'est comme avec Cordelia... Vandamme ? Que voulez-vous dire ? Comment ? Que dites-vous ? Je vous envoie mes témoins monsieur, demain matin, au pistolet... Mélanie-Cordelia c'est ma femme, elle m'aime. On a un fils, un petit gars, mon fils, mon fils, pourquoi n'a-t-il pas de nom ? Pour sûr que je ne l'ai pas oublié ! Caroline c'est pas un nom de garçon !... Cherry Belle-Couche, le roi des pharaons à cul rouge... Pauvre Saint-Malo... À bas la cocarde blanche, à bas les fromages blancs !... Ah ! que vous avez de beaux yeux Cordelia !

— Il se rapproche, dit le grand sorcier, il commence à faire son chant de vie.

Carbec est sorti de son délire, le grand sorcier des Tonkawas et Long-Fusil ne sont plus à son chevet, il dort paisiblement et, jusque dans son sommeil, il sent ses forces renaître. Tout à l'heure il a ouvert les yeux, reconnu par l'ouverture verticale de la tente qu'il faisait clair de lune et s'est aussitôt rendormi, un sourire béat étalé sur son visage.

Maintenant il rêve. Il n'a pas reconnu tout de suite cette chose légère et chaude qui passe sur sa peau, part des épaules, s'attarde sur sa poitrine, descend vers le ventre, descend encore. Maintenant il a reconnu, une femme le caresse dont il n'arrive pas à voir le visage et qu'il est sûr pourtant de connaître. Adèle ? Non, elle n'aurait pas la main si douce. Julie peut-être ? Non plus, elle parlerait. Carbec comprend que c'est Cordelia. Une grosse houle de tendresse lui gonfle la poitrine et les larmes lui viennent aux yeux. Cordelia qui s'enhardit, Cordelia qui a de beaux yeux pleins de rire et de douceur, Cordelia dont le sourire est bouleversant, Cordelia qui a des mains d'artiste et le fait grogner comme une contrebasse qu'on accorde, Cordelia qui s'arrête, Cordelia qui reprend, Cordelia qui... tiens c'est comme avec Julie, au pas, au trot, au trot, mon Dieu Cordelia qui galope, qui galope, Cordelia, Cordelia, Cordelia, ah !... Cordelia !

Carbec ouvre de grands yeux reconnaissants et manque s'étrangler :

— Nez-Coupé !

Neeshnepahkook, fille aînée du chef Oo-Loo-Te-Ka, celle

que doit épouser celui qui la déflorera, lui sourit de ses trois dents manquantes et se relève en brandissant une peau de daim tachée de sang. Le grand sorcier tient sa vengeance.

Le vieux Rigau, paternel, était formel :

— Chauve tes couilles, Carbec !

Henri Lallemand et Long-Fusil approuvèrent. Les Tonkawas ressentiraient comme un affront insupportable que Carbec n'épousât pas Nez-Coupé, ce qui aurait impliqué qu'il vécût au sein de la tribu. Béliveau disait que seule la castration du fiancé récalcitrant serait considérée comme une réparation acceptable ; incidemment, le grand sorcier lui avait déjà fait savoir qu'il était expert en cette opération. Jusqu'ici on avait gagné du temps : il fallait que Carbec se rétablisse même s'il avait déjà apporté la preuve d'une vigueur retrouvée ; le général, en quittant le campement des Tonkawas, avait fait cadeau à Oo-Loo-Te-Ka de son uniforme et de son sabre et à Nez-Coupé de trois mètres de collier de perles de verre multicolores ; on avait palabré. Désormais, sauf à ce que Carbec accepte le mariage, le Champ d'Asile serait harcelé par les Tonkawas qui n'auraient de cesse qu'ils n'aient capturé le général pour lui faire expier l'affront par la juste « compensation » que le grand sorcier aurait plaisir à prélever. Monter une expédition militaire d'envergure contre les Tonkawas serait hasardeux, risquait de réveiller l'hostilité d'autres tribus, affaiblirait le Champ d'Asile pour un objectif qui n'était pas le sien. Il n'y avait qu'une solution : Carbec devait, à l'insu des Tonkawas, quitter le Champ d'Asile et regagner La Nouvelle-Orléans. Long-Fusil se proposait de l'accompagner : il se faisait vieux et il était justement dans ses projets de rejoindre la tribu cherokee qui les avait recueillis, sa mère et lui, lorsque les Anglais les avaient chassés d'Acadie. Carbec hésitait. Il repensait aux propos de Charles Lallemand, « en cas de coup dur, toi seul... » et à ceux d'Hervé Le Coz, « les hommes n'ont confiance qu'en vous seul». Où était son devoir? Serait-il plus utile absent que présent, plus nuisible présent qu'absent? Cela le blessait de s'enfuir mais il était conscient de la menace qu'il ferait peser sur le Champ d'Asile en y demeurant. Il demanda à réfléchir, prit l'avis de quelques camarades, Charassin, Germain, Charlet, Charbonnier, Foy et bien sûr Le Coz. Ils furent unanimes : il fallait partir. « Sauve tes couilles, Carbec ! »

Les deux hommes s'en étaient allés au milieu de la nuit. Des peaux de ragondins enveloppaient les pieds des chevaux qui avançaient sans faire de bruit ni marquer d'empreintes sur le sol ; Long-Fusil avançait en tête monté sur un mustang, le général suivait sur Rebel.

Carbec, sans un mot, avait serré des mains, reçu des tapes amicales dans le dos et l'accolade bourrue du vieux Rigau. L'heure n'était plus aux plaisanteries et chacun mesurait les dangers de l'expédition. Il faudrait d'abord échapper à la vigilance des Tonkawas qui, chaque matin, venaient au Champ d'Asile s'assurer de la présence de Carbec et ne manqueraient pas de se lancer à sa poursuite ; ils ne seraient pas longtemps abusés par les traces qu'on avait laissées le long de la Trinité en direction du sud, à l'opposé de la route choisie par les fugitifs. Il resterait à parcourir trois cents *miles* vers le nord-est, pénétrer les forêts, passer des montagnes, traverser des fleuves larges et puissants, se faufiler du côté de Nacogdoches entre les territoires des Apaches hostiles et ceux des Comanches imprévisibles, traverser la Sabine, atteindre les rives de la rivière Rouge. Long-Fusil assurait pouvoir alors se procurer dans une tribu cherokee amie une bonne pirogue en bois de cypre, légère et robuste, capable de leur faire descendre cinq cents *miles* de la rivière Rouge, franchir des rapides, rejoindre enfin le Mississippi en aval de Natchez. La suite du voyage serait facile. Le seul nom d'Annie Christmas, avait dit Hervé

Le Coz, leur assurerait une place sur un des nombreux bateaux à fond plat qui se laissent porter jusqu'à La Nouvelle-Orléans. Conscients des périls de cette équipée, c'est le cœur serré que les hommes du Champ d'Asile virent le général Carbec et son guide s'éloigner et leurs ombres silencieuses s'évanouir dans la forêt.

Au matin les Tonkawas se mirent à gesticuler. Par groupes de trois ou quatre ils arrivaient au galop sur l'autre rive de la Trinité, observaient un moment les allées et venues dans le camp puis repartaient dans un nuage de poussière rouge et de cris perçants. Long-Fusil qui n'était pas rentré au campement de la tribu et Rebel absent de son enclos les avaient mis en alerte. Bientôt on ne les vit plus tourner autour du Champ d'Asile, la chasse avait commencé.

Rigau avait doublé les sentinelles, consigné tout le monde à l'intérieur du camp. Il faisait très chaud, le temps était lourd et humide, les hommes désœuvrés bavardaient par petits groupes, on voulait se rassurer sur le sort des fugitifs, Long-Fusil connaissait la forêt comme un cerf, ils avaient au moins six heures d'avance, au pire ils étaient bien armés et excellents tireurs l'un et l'autre. Le Coz se félicitait que Carbec eût pris le pistolet à cinq coups de Stephen Girard. Personne n'osait évoquer le sort des deux hommes si, par malheur, ils étaient pris vivants par les Tonkawas. Nul n'en parlait, chacun y pensait, on attendait. Le soir il y eut un orage très violent, l'habituelle soirée Palais-Royal ne put avoir lieu. Il n'y en eut pas non plus les jours suivants, c'en était terminé des souvenirs glorieux ou paillards et on n'osait plus parler du lendemain. Quand Henri Lallemand évoquait les récoltes futures de coton, canne à sucre et indigo, des sourires teintés de mépris glissaient entre les moustaches. Il y eut même quelques murmures.

Un matin, il y avait neuf jours que Carbec et Béliveau étaient partis, on vit une petite troupe d'Indiens Tonkawas s'arrêter devant le Champ d'Asile. Au centre, le grand sorcier brandissait au-dessus de sa tête un long fusil. Il montait un cheval bai foncé, presque noir, avec une balzane et sur le front une liste blanche interrompue. L'animal se cabra et lança deux longs hennissements angoissés, ses flancs frémissants luisaient et une écume rosée tombait de sa bouche. Le Coz qui était de garde au fort de la Palanque mit en joue le grand sorcier. Rigau l'arrêta d'une voix triste :

— Non, petit, chela ne chert à rien. On a achez d'ennuis comme cha.

La consternation et le désarroi s'abattirent sur les hommes du Champ d'Asile, soldats pourtant endurcis qui avaient vu mourir nombre de leurs amis. Cette fois ce n'était pas seulement un des leurs qui périssait dans des circonstances atroces. Carbec, c'était le réalisme et le bon sens, un chef qui ne vous payait pas de mots et qui donnait confiance. Sa disparition marquait d'une lézarde l'avenir qu'on leur avait donné à rêver, une fissure qui les fit soudain se voir eux-mêmes tels qu'ils étaient, vieux fous déguisés dans leurs uniformes de drap, acteurs médiocres d'une mauvaise pièce qui les ridiculisait. Ils savaient maintenant que l'or et le brillant dont un délire collectif avait décoré leur aventure n'étaient pas de bon aloi. Ils se demandaient ce qu'ils étaient venus faire dans ce pays où tout était démesuré sinon hostile, les arbres immenses, la chaleur torride, les orages infernaux, les serpents et les Indiens assassins et tortionnaires, les moustiques des maringouins énormes et les guêpes si promptes à vous piquer avant même de se poser qu'on les appelait frappe-d'abord. Alors la nostalgie leur venait de la douce France, de ses vergers en fleurs, de ses rivières sans crocodiles et de ses prairies où paissent des vaches paisibles gardées par des bergères aimables. Le moral était au plus bas, on ne riait plus ni ne chantait, on chuchotait dans d'interminables conciliabules.

Le vieux général Rigau comprit qu'il fallait vite reprendre sa troupe en main avant qu'elle ne se débandât. Il fit comme il avait toujours fait, les bonnes vieilles méthodes qui ont apporté leurs preuves, chaque matin pendant trois heures exercice pour tout le monde, à mon commandement en colonne marche, et le soir réunion des trois cohortes au complet pour le cérémonial du drapeau autour du grand sycomore.

Le mécontentement augmenta, non pas la grogne du soldat qui rouspète et va toujours, mais les murmures et les critiques d'officiers subalternes et de sous-officiers que quelques galons avaient habitués à plus de considération. Rigau cependant tenait bon, ne doutait pas de bien faire, punissait les infractions. Henri Lallemand demeurait silencieux. Il y eut des incidents, des rixes et des duels, des drames. Trois hommes enfreignirent l'interdiction de quitter le camp et voulurent aller au bordel de San José : leurs chevaux ramenèrent, ligotés sur leur selle, leurs cadavres scalpés et torturés. Les deux infirmières eurent à se plaindre de ce qu'on appela des tentatives regrettables. Elles étaient les filles du général Rigau et du docteur Viol ; on ménagea leur pudeur et leur réputation en ne punissant pas les coupables comme ils auraient dû l'être.

Des hussards, pour tuer le temps, avaient inventé un nouveau jeu : le duel avec un crotale. L'exercice consistait, armé d'un sabre bien affûté, à chasser le serpent à sonnette sur les berges de la Trinité et lorsque celui-ci, dressé en position d'attaque, jetait en avant sa gueule ouverte, à la trancher d'un seul coup. Deux fois le crotale avait été le plus rapide. On ne disposait plus du remède des Tonkawas, les hommes avaient agonisé pendant deux jours, le visage noirci, les yeux fermés par des paupières boursouflées, les lèvres éclatées entre lesquelles on pouvait à peine infiltrer quelques gouttes d'eau.

On était loin de l'enthousiasme bruyant des premiers temps. Chaque jour apportait son ombre, les maladies, les accidents, les conneries ; on n'osait plus trop s'éloigner pour chasser dans la forêt, on pêchait dans la Trinité et on mangeait de l'alligator. Les bœufs avaient été sacrifiés depuis longtemps, on commença à tuer les chevaux.

Charles Lallemand arriva à la fin du mois d'août. Il avait le teint jaune, paraissait épuisé et fut imprécis sur les résultats de son voyage. On lui posa d'ailleurs peu de questions, comme si les réponses étaient connues d'avance. Les deux frères Lallemand passaient leurs journées en tête à tête et semblaient ignorer Rigau, lui laissant le soin subalterne de faire fonctionner le camp, d'assurer l'ordre, de commander. Le vieux général, cependant, rongeait son frein, il avait des questions à poser à Charles Lallemand et il ne s'écoulerait pas longtemps avant qu'il ne le fasse.

Les hommes de Laffite étaient repartis avec le courrier, et dans celui-ci une lettre d'Hervé Le Coz à ses parents.

« Le Champ d'Asile, août 1818.

« Mes chers parents,

« J'ai à vous annoncer une triste nouvelle : il est maintenant certain que notre cousin Carbec qui, à la suite de circonstances qu'il serait trop long d'expliquer, a dû quitter le Champ d'Asile et traverser, accompagné d'un seul homme, près de mille cinq cents kilomètres de territoire sauvage, a été massacré par une tribu indienne. C'était un homme remarquable, non seulement par son courage mais aussi par son humanité et par la qualité de son jugement. Nous nous étions retrouvés à La Nouvelle-Orléans et ne nous étions pas quittés depuis. En juillet dernier, il avait reçu une lettre de l'oncle Nicolas disant votre inquiétude à mon sujet. Il m'avait alors reproché de vous laisser sans nouvelles et fait promettre de vous écrire à la première occasion. Notre famille tout entière doit être fière du général François Carbec.

« Voilà deux ans que j'ai fait mon dernier tour des remparts de Saint-Malo, deux ans durant lesquels j'ai vu tellement de pays et de gens différents qu'il me semble avoir vécu dix ans. Certes, je n'ai pas fait fortune mais je me suis enrichi d'expériences et d'amitiés, et surtout j'ai pu respirer sans craindre ni la police du gouvernement ni, pardonnez-moi, Mère, je ne voudrais pas vous peiner, l'étouffement de la sollicitude familiale. Nous autres Malouins, vous le savez, mes chers parents, sommes ainsi faits que si nous aimons avec passion notre vieille cité, nous ne pouvons cependant vivre qu'en dehors de ses remparts, qu'il nous faut constamment devant les yeux de l'espace et des horizons et que, si Saint-Malo est le port où nous revenons toujours, il est aussi celui de toutes les partances.

« J'ai trouvé dans ce pays la liberté, l'espace et les horizons et, dans ma fidélité à l'Empereur, l'amitié et jusqu'à présent la joie de vivre. La disparition de notre cousin Carbec et la période difficile que nous traversons au Champ d'Asile me font ces temps-ci moins joyeux mais, dans ma tête et tout mon être, j'entends toujours la vie qui jubile. C'est vous dire que votre fils est heureux et je sais que c'est ce qui vous importe le plus.

« Votre fils affectionné,

« Hervé. »

Le Coz, quand on avait compris que Carbec était tombé aux mains des Tonkawas, avait, selon l'usage, remis au général Rigau commandant le camp les affaires personnelles de son cousin, ses papiers, les lettres dont il fallait prendre connaissance pour savoir qui prévenir de sa disparition. Parmi celles-ci se trouvait la dernière lettre de Léon de La Bargelière que Rigau avait lue avec stupeur. Il n'en avait naturellement touché mot à quiconque mais se promettait un entretien serré avec Charles Lallemand quant aux soi-disant autorisations obtenues par lui des gouvernements américain et espagnol. Les événements lui en donnèrent bientôt l'occasion.

Un détachement de cavalerie de la garnison espagnole de San Antonio de Bejar se présenta un matin à l'entrée du Champ d'Asile. L'officier qui le commandait demanda à parler au général Charles Lallemand. Avec hauteur et s'exprimant au nom du roi d'Espagne Ferdinand VII, il signifia au commandant du Champ d'Asile d'avoir à se retirer, lui et son parti, du territoire du Texas. Toute résistance, précisa-t-il, était inutile, une armée de deux mille fantassins était en marche qui bientôt camperait ici même.

Charles Lallemand, blême, ne répondit pas et l'officier espagnol s'éloigna plein de morgue, appliquant toute son attention, comme si rien à ses yeux n'était plus important, à l'amble sautillé qu'il imprimait à sa monture.

— En voilà une churpriche ! chuinta Rigau à l'adresse de Charles Lallemand.

Puis il s'étonna.

— Tu nous avais dit avoir l'accord du gouvernement espagnol, et il tint son cadet un moment sur le gril.

Celui-ci se défendit mal, quelques propos vagues :

— Tu ne peux pas comprendre, de toute façon maintenant la seule question est de savoir ce que nous allons faire.

Certains voulaient livrer bataille, il y avait longtemps qu'ils n'avaient pas senti l'odeur de la poudre :

— Même à dix contre un, les Espagnols n'ont aucune chance contre nous ; sans compter nos canons de 120 et nos artilleurs de Polytechnique qui sont les meilleurs du monde, n'est-ce pas, mon général ?

Henri Lallemand hocha la tête, il sembla que c'était affirmativement mais chacun comprit qu'il ne faisait pas cause commune avec les boutefeux. Ceux-ci, trois mois auparavant, auraient formé la majorité mais ceux-là même qui aujourd'hui tenaient les discours les plus crânes se disaient également prêts à « mourir à la française », montrant par là les limites de leurs ambitions tactiques.

Le vieux général Rigau aurait aimé joindre sa voix aux leurs ; son tempérament, sa légende, son amour charnel de la patrie, né sur les champs de bataille de Valmy et Fleurus, tout cela le plaçait dans leur camp. Mais la phrase de Léon de la Bargelière tournait dans sa tête : « Je n'aimerais pas que meurent bêtement sur les frontières du Texas, dans une guerre qui n'est pas la leur, trois cents de ces soldats de mon pays qui firent la gloire de la France... » « Faudrait pas être les couillons de l'Hichtoire », ressassait-il dans sa vieille tête.

Il voyait que Charles Lallemand ne se faisait pas d'illusions sur l'issue d'un siège du Champ d'Asile par deux mille Espagnols, mais qu'il répugnait à donner le signal de la retraite. Henri attendait que Charles décide. Charles attendait que Rigau prenne position en espérant que celui-ci ferait preuve de raison. Le vieux général comprenait tout cela et, pour se venger, fit croire aux deux frères qu'il était partisan d'attendre l'infanterie espagnole de pied ferme, on allait leur montrer nom de Dieu ce que sont les vétérans de la Grande Armée.

Quelques jours plus tard, le temps que s'apaisent les pulsions des guerriers et que, par une suite de raisonnements vertueux, s'installe avec la force de l'évidence l'opportunité d'un repli — l'Empereur lui-même à Moscou, n'est-ce pas... —, les colons du Champ d'Asile abandonnèrent coton, indigo et canne à sucre, leurs fortins et leurs cabanes, et laissèrent là leurs dernières illusions tandis que, têtes basses, ils marchaient en silence vers l'embouchure de la Trinité et l'île de Galveston.

Laffite encore une fois les recueillit. Il fut très affecté par la triste fin du général Carbec. Au jeune Le Coz il dit avec simplicité :

— Moi aussi, comme vous, j'ai perdu un ami.

La vie à Galveston se révéla tout de suite difficile. Laffite subissait les pressions des États-Unis pour qu'il abandonne l'île, de la même façon que le gouvernement espagnol avait chassé du Texas les colons du Champ d'Asile. Les vivres manquaient, un cyclone suivi d'un raz de marée ravagea les fragiles installations des vétérans et causa plusieurs morts. Les frères Lallemand partirent chercher du secours à La Nouvelle-Orléans et ne revinrent jamais. Rigau, resté seul avec les hommes découragés, amers et acerbes, s'efforça de les garder debout. En novembre, Laffite mit à la disposition des malades et des plus faibles une goélette qui les ramena à La Nouvelle-Orléans. Les autres, le général Rigau à leur tête, rejoignirent la côte et, à travers marais et bayous, nourris des seuls produits de leur chasse et de leur pêche, entreprirent de marcher jusqu'à La Nouvelle-Orléans. Les survivants y parvinrent six semaines plus tard, une vingtaine étaient morts en route.

Ils arrivèrent épuisés et affamés un soir de décembre. Le soleil couchant dorait les toitures, l'air était léger et il y flottait une odeur de friture. Une négresse portant fièrement sur sa tête un plateau chargé de beignets chantait dans la rue :

Belles calas, madame,
Mo gaignin calas, tou cho, tout cho.

Hervé Le Coz conduisit Rigau à la belle maison, au coin de la rue Royale et de la rue des Ursulines, qu'ils avaient habitée Carbec et lui, un an plus tôt.

Saint-Malo leur ouvrit la porte.

— Ah ! monsieur Le Coz, quelle joie de vous revoir ! Et quelle tristesse, mon Dieu, ce qui est arrivé au pauvre général Carbec ! Monsieur Charles est sur la galerie avec un visiteur.

Charles Lallemand voulut donner l'accolade à Rigau qui le repoussa en grommelant quelque chose que personne ne comprit. Il présenta le visiteur, un homme à frisettes et dentelle :

son ami Johannes Van Hill, qui justement s'en allait. Puis il demanda à Saint-Malo de préparer deux chambres et un bon dîner pour les nouveaux arrivants. Les deux généraux se dévisageaient en silence, Lallemand le teint fleuri, très élégant dans sa redingote vert pâle, Rigau dépenaillé et broussailleux, ses cicatrices profondément marquées dans son visage amaigri. Le Coz s'éclipsa. Alors Rigau gronda d'une voix sourde :

— Tu nous as bernés. Tu nous as bernés depuis le début.

L'explication fut violente. On parla argent. Rigau demanda des comptes. Lallemand, sur ce point, fut précis :

— Je m'occupe de trouver quelques ressources pour nos camarades. M. Van Hill qui nous quitte est négociant en pierres précieuses ; il propose trente mille dollars, soit environ cent cinquante mille francs pour les diamants qui nous restent. C'est moins que ce que j'espérais mais je ne vois pas d'autre solution. D'autre part un courrier de France m'apprend que la souscription ouverte par *La Minerve* au bénéfice du Champ d'Asile remporte un grand succès à Paris, on m'annonce au moins cent mille francs dans quelques semaines.

Rigau ricana :

— Y a plus de Champ d'Achile !

Lallemand ignora la remarque et poursuivit :

— Je te remettrai tout cela, soit deux cent cinquante mille francs. Je te laisse le soin de le partager entre nos camarades. Moi j'abandonne ma part.

— Et ton frère ?

— Il n'en a pas besoin. Sa femme est riche, il est allé la rejoindre à Philadelphie.

Les rescapés du Champ d'Asile furent bien accueillis à La Nouvelle-Orléans et y trouvèrent leur place. Ils avaient craint d'être moqués mais, au contraire, on les plaignit et on eut à cœur de les aider : c'était pour les créoles une bonne occasion de critiquer les Yankees. Un journal local analysa l'événement dans un éditorial :

« Comment un gouvernement républicain et libéral peut-il se déshonorer au point de sacrifier à un despote tel que Ferdinand VII des exilés auxquels il a promis asile et protection ? C'est qu'en diplomatie les affaires se règlent non sur les sentiments mais sur les intérêts. »

Charles Lallemand et Rigau ne se parlèrent plus. Ils avaient chacun leurs partisans qui se réunissaient pour le premier au Veau-qui-tète, et pour le vieux général au café de Mme Trémoulet qui, toujours vaillante et le verbe de plus en plus haut à mesure qu'elle prenait du poids, n'en finissait pas de choyer « ses enfants » et surtout « ces pauvres petits qui avaient tant souffert au Texas ».

Au Veau-qui-tète les imaginations étaient plus enflammées, on y buvait plus aussi et le culte de l'Empereur y était célébré avec une ardeur constante. C'est là qu'officiait maintenant Humbert en faisant apparaître, avec une chandelle et le pommeau de sa canne, l'ombre de l'empereur Napoléon sur les murs du café. Ceux du Trémoulet faisaient la part des choses dans leur passé et, sans renier celui-ci, se préoccupaient d'assurer leur futur. Sans doute leur expérience douloureuse les avait-elle désensibilisés, peut-être aussi la sollicitude maternelle et le bon sens de Mme Trémoulet y étaient-ils pour quelque chose.

Bientôt Charles Lallemand quitta la ville. Rigau s'installa dans une maison modeste que lui proposa la paroisse de la cathédrale Saint-Louis. Sa fille, Aimée, enseigna le français dans une institution et veilla sur son père. Le docteur Viol ouvrit un cabinet dont Adrienne fut l'infirmière dévouée et triste.

Hervé Le Coz et Saint-Malo reprirent leurs discussions philosophiques et le Malouin fut surpris par l'habileté et la véhémence du grand nègre à manier les idées développées par

Jean-Jacques Rousseau dans le *Discours sur l'origine et les fondements de l'inégalité parmi les hommes.*

Le soir de Noël, Le Coz se rendit chez Annie Christmas qui lui ouvrit grands les bras.

— Ah ! voilà mon petit Breton ! Tu es comme le Jésus, toi, tu ne viens me voir que pour Noël ! Et ton ami le général ?

Il lui raconta pour Carbec. Quand il parla de Long-Fusil elle fronça un sourcil.

— Tu connais son vrai nom ?

— Béliveau, Michel Béliveau.

— Voilà qui est extraordinaire ! C'est un cousin de mon père. Je l'ai bien connu chez les Cherokees, quand j'étais petite. On disait qu'il était le meilleur coureur des bois qu'on ait jamais vu. C'est triste qu'il se soit fait avoir par les Tonkawas. L'âge, peut-être...

À Philadelphie, au bord de la Delaware, un jour du printemps de l'année 1819, Stephen Girard, debout à l'entrée de la jetée, observe les manœuvres d'amarrage de son *Voltaire* qui vient d'arriver avec une cargaison de tabac de Virginie. Le banquier refait mentalement le calcul du fret de son navire :

« J'ai trois cents balles légères de tabac qui remplissent les trois cinquièmes de mes cales et font les trois huitièmes de la charge de flottaison, je puis compléter mon chargement à destination de Plymouth avec des fûts de mélasse et du minerai, cela devrait me permettre de porter la charge au maximum, mais le capitaine ne sera peut-être pas satisfait de l'équilibre. Je parie qu'il voudra répartir le tabac entre la proue et la poupe et placer le minerai dans la cale du milieu qui est trop petite pour la quantité... »

Perdu dans ses calculs, Stephen Girard n'a pas remarqué un homme descendu du *Voltaire*, un gaillard barbu et chevelu, habillé à l'indienne, qui vient vers lui à grands pas et lui adresse des signes du bras en l'appelant par son nom :

— Stephen !

Interdit, le banquier regarde l'inconnu de son œil scrutateur, observe la tunique à franges, les mocassins et les lanières autour des jambes, le bandeau qui rejette en arrière la longue chevelure, et se demande quel peut être cet énergumène qui l'appelle par son nom, lorsque, tout d'un coup, celui-ci étant arrivé à quelques mètres de lui, l'émotion bouleverse son visage : la bouche entrouverte et la lèvre inférieure tremblante, il ne parvient pas à parler tandis qu'il serre les deux mains de l'homme entre les siennes. Enfin, d'une voix étranglée, il réussit à articuler :

— Grand Dieu ! Général Carbec !... François, cela fait des mois qu'on vous croit mort !

— C'est une longue histoire, a dit Carbec au banquier. Puis il a raconté : les Tonkawas à leurs trousses, la ruse de Long-Fusil et le sacrifice de Rebel, le refuge chez les Cherokees de l'Arkansas, la maladie du coureur des bois et sa mort parmi les siens, les cousins cherokees dans l'État de Caroline, le port de Charleston et par chance le *Voltaire* qui y faisait escale.

Ils sont assis dans le salon de Stephen Girard devant une bouteille de haut-brion 1805.

— L'année d'Austerlitz, dit gentiment le banquier.

Carbec hoche la tête en arquant les sourcils et dit à voix basse en haussant les épaules :

— C'est loin tout ça !... À propos, votre nièce Henriette a-t-elle de bonnes nouvelles de son mari ?

Girard baisse le nez.

— Henri Lallemand est ici, à Philadelphie. Ils sont tous rentrés, les Espagnols les ont chassés.

Carbec incline la tête à son tour et dit doucement :

— Cela devait arriver.

Un long moment les deux hommes demeurent silencieux, Carbec immobile et songeur tandis que Girard l'observe d'un œil aigu.

— Et maintenant qu'allez-vous faire, François ?

Comme Carbec ne répond pas, le banquier poursuit :

— J'ai une idée pour vous : capitaine de steamer sur le Mississippi ! Cela vous conviendrait-il ?

Carbec redresse la tête, hésite un instant puis, comme s'il n'avait pas entendu la question, demande d'une voix mal assurée :

— Qu'est devenue l'amie de votre nièce, Cordelia ?

— Ah ! La petite Larose ? Figurez-vous qu'elle s'est mariée la semaine dernière ! Elle a épousé William Bayshore.

Girard a dit cela très vite, d'un ton faussement enjoué, sans regarder Carbec, puis il est sorti du salon :

— Excusez-moi, j'ai du travail qui m'attend. Mary va vous préparer une chambre. Installez-vous, vous êtes ici chez vous.

Carbec est resté seul. Il n'a pas entendu Mary approcher et il garde le visage caché dans ses grosses mains. À un moment il dit tout bas :

— Le Baiseur !...

Des images explosent dans sa tête qui lui fait mal comme jamais aucune blessure, pas même le coup de lance reçu à Waterloo. Une douleur inconnue irradie du creux de sa poitrine, le fait bloquer sa respiration et raidir tous ses muscles. Il voudrait hurler comme ils faisaient dans les charges de cavalerie, soi-disant pour effrayer l'ennemi mais plus encore pour chasser leur angoisse. Longtemps François Carbec demeure ainsi, le visage caché dans ses mains. Il apprend à connaître les mouvements de cette souffrance nouvelle pour lui, à les conduire, à s'en torturer, à composer la tristesse et la colère tandis que pour la centième fois il questionne « Comment a-t-elle pu ? Après toutes les lettres que je lui avais écrites ! » À un moment, il entend le banquier parler dans une pièce voisine ; surgit alors une image d'abord lointaine puis qui se rapproche peu à peu et amène sur ses lèvres un sourire amer : un steamer blanc laissant derrière lui une fumée noire remonte à toute vapeur le Mississippi immense et le capitaine, bel uniforme et visage triste, seul sur la passerelle dans le fracas des pistons et des jets de vapeur, qui hurle « Cordelia ! Cordelia ! » tandis que sur la berge une cavalière s'éloigne au galop, un long voile de tulle bleu pâle flottant derrière son chapeau haut-de-forme.

NOTE AU LECTEUR

Bernard Simiot, mon père, est mort au mois d'août 1996 en ayant achevé la première partie de *Carbec, mon Empereur !* Les derniers mois il me parlait souvent de ce roman dont il savait qu'il n'aurait pas le temps de le terminer. J'entends encore sa voix affaiblie par la maladie me dire : « J'aurais quand même bien voulu emmener Carbec en Amérique et raconter les aventures et les rêves de ces sacrés bougres qui voulaient délivrer Napoléon pour le faire empereur du Mexique et du Texas ! », et je revois dans ses yeux le regret immense d'abandonner ses personnages qui lui rendaient le goût, si fort en lui, de la vie qu'il leur avait donnée. François Carbec était là, bien campé sur son socle, avec son histoire personnelle, sa famille, ses amis, ses amours, et il ne demandait qu'à partir pour les Amériques. Ce fut lui qui m'emmena. Il m'entraîna à Philadelphie, en Louisiane, sur le Mississippi, dans les bibliothèques, les archives notariales et les sociétés d'histoire de nos amis américains. Ainsi s'est achevé *Carbec, mon Empereur !*, différent sans doute de ce que Bernard Simiot eût écrit mais fidèle, je crois, à sa vision de l'Histoire, à sa lucidité indulgente et à sa tendresse pour les hommes et les femmes qui en sont les acteurs, à son respect rigoureux des lieux, des dates, et des personnages historiques.

Écrivant à mon tour dans le petit bureau que mon père occupait au premier étage de La Picaudais, il m'est arrivé de rire avec lui de tel mot ou telle scène dont je ne puis m'empêcher de penser que c'est lui qui, par un de ces tours de magie dont il était coutumier, me les a soufflés. Ainsi s'est poursuivi par le truchement de personnages romanesques le dialogue complice qu'entre nous la mort avait interrompu.

La Picaudais, juillet 1998,
Philippe SIMIOT.

OUVRAGES DE BERNARD SIMIOT

Piste impériale
(Julliard)

La Reconquête
(Flammarion)

De Lattre
(Flammarion)

De quoi vivait Bonaparte
(Albin Michel)

Suez, cinquante siècles d'Histoire
2e Grand Prix Gobert de l'Académie française
(Arthaud)

Moi Zénobie reine de Palmyre
Goncourt du récit historique
(Albin Michel)

Ces Messieurs de Saint-Malo
Prix Bretagne
Prix du Cercle de la Mer
Prix d'académie de l'Académie française
(Albin Michel)

Le Temps des Carbec
(Albin Michel)

Rendez-vous à la Malouinière
(Albin Michel)

Paradis perdus
(Albin Michel)

Moi, Sylla, dictateur
(Albin Michel)

La composition de cet ouvrage
*a été réalisée par l'***Imprimerie Bussière,**
l'impression et le brochage ont été effectués
sur presse Cameron
dans les ateliers de **Bussière Camedan Imprimeries**
à Saint-Amand-Montrond (Cher),
pour le compte des Éditions Albin Michel.

Achevé d'imprimer en avril 1999.
N° d'édition : 18082. N° d'impression : 144-990090/4.
Dépôt légal : mai 1999.